पेंगुइन स्व

कारीगर

लोकप्रिय उपन्यासकार थे। उनके पिता पं. मिश्रीलाल शर्मा मूलत: बुलंदशहर के रहने वाले थे। वेद प्रकाश एक बहन और सात भाइयों में सबसे छोटे हैं। एक भाई और बहन को छोड़कर सबकी मृत्यु हो गई। 1962 में बड़े भाई की मौत हुई और उसी साल इतनी बारिश हुई कि किराए का मकान टूट गया। फिर एक बीमारी की वजह से पिता ने खाट पकड़ ली। घर में कोई कमाने वाला नहीं था, इसलिए सारी ज़िम्मेदारी मां पर आ गई। मां के संघर्ष से इन्हें लेखन की प्रेरणा मिली और फिर देखते ही देखते एक से बढ़कर एक उपन्यास लिखते चले गए।

वेद प्रकाश शर्मा के 176 उपन्यास प्रकाशित हुए। इसके अतिरिक्त इन्होंने खिलाड़ी श्रृंखला की फिल्मों की पटकथाएं भी लिखी। *वर्दी वाला गुंडा* वेद प्रकाश शर्मा का सफलतम थ्रिलर उपन्यास है। इस उपन्यास की आज तक करोड़ों प्रतियां बिक चुकी हैं। भारत में जनसाधारण में लोकप्रिय थ्रिलर उपन्यासों की दुनिया में यह उपन्यास सुपर स्टार का दर्जा रखता है।

हिन्द पॉकेट बुक्स से प्रकाशित

लेखक की अन्य पुस्तकें

वर्दी वाला गुण्डा
सुहाग से बड़ा
सुपरस्टार
चक्रव्यूह
कैदी नं. 100
खेल गया खेल
सभी दीवाने दौलत के
बहू मांगे इंसाफ़
पैंतरा
साढ़े तीन घंटे
हत्या एक सुहागिन की

कारीगर

वेद प्रकाश शर्मा

पेंगुइन स्वदेश
पेंगुइन रैंडम हाउस इंप्रिंट

पेंगुइन स्वदेश

यूएसए। कनाडा। यूके। आयरलैंड। ऑस्ट्रेलिया। सिंगापुर
न्यू ज़ीलैंड। भारत। दक्षिण अफ्रीका। चीन

पेंगुइन स्वदेश, पेंगुइन रैंडम हाउस ग्रुप ऑफ़ कंपनीज़ का हिस्सा है,
जिसका पता global.penguinrandomhouse.com पर मिलेगा

पेंगुइन रैंडम हाउस इंडिया प्रा. लि.,
चौथी मंजिल, कैपिटल टावर-1, एम जी रोड,
गुड़गांव 122 002, हरियाणा, भारत

पेंगुइन
रैंडम हाउस
इंडिया

प्रथम हिंदी संस्करण तुलसी पॉकेट बुक्स द्वारा 1989 में प्रकाशित
प्रथम हिन्दी संस्करण हिन्द पॉकेट बुक्स द्वारा 2022 में प्रकाशित
प्रस्तुत हिंदी संस्करण पेंगुइन स्वदेश में पेंगुइन रैंडम हाउस द्वारा 2024 में प्रकाशित

10 9 8 7 6 5 4 3 2

इस पुस्तक में व्यक्त विचार लेखक के अपने हैं, जिनका यथासंभव तथ्यात्मक सत्यापन किया गया है, और इस संबंध में प्रकाशक एवं सहयोगी प्रकाशक किसी भी रूप में उत्तरदायी नहीं हैं।

ISBN 9789353494087

मुद्रकः रेप्रो इंडिया लिमिटेड

www.penguin.co.in

This is a legitimate digitally printed version of the book and therefore might not have certain extra finishing on the cover.

कारीगर

टायरों की जोरदार चीख-पुकार के साथ सफेद रंग की मारुति शानदार पोर्च के नीचे रुकी। जहां वह रुकी वहां की एक दीवार पर काले रंग का ग्रेनाईट पत्थर लगा हुआ था, पत्थर पर चांदी के बड़े-बड़े चमकदार अक्षरों से लिखा था–'लक्ष्मी फिल्म्स प्रा. लि.।'

एक झटके से ड्राईविंग डोर खुला।

दूध जैसे सफेद कपड़े पहने लड़का बाहर निकला।

वह बेहद खूबसूरत, स्मार्ट और आकर्षक था।

गोरा-चिट्टा! हृष्ट-पुष्ट! गोल चेहरे वाला! साढ़े छः फुट लंबा! अपने मस्तक पर उसने रोली का लाल टीका लगा रखा था।

सफेद टी शर्ट में चमक रहे मसल्स देखते ही बनते थे। जिस्म का हर कटाव साफ बता रहा था–वह नियमित 'जिम' जाता है। बाल रेशमी थे। आंखें ब्राऊन। माखन में मिले चुटकी भर सिंदूर जैसे रंग का था वह मगर, इस वक्त चेहरा जरूरत से कुछ ज्यादा ही सूर्ख नजर आ रहा था।

वह दाएं हाथ में नंगा रिवॉल्वर लिए बेखौफ गाड़ी से निकला था। दाएं पैर में मौजूद पीटी शू की एक ठोकर गाड़ी के खुले दरवाज़े पर मारी।

वह 'धाड़' की आवाज के साथ बंद हुआ। लड़का हाथ में रिवॉल्वर लिए कांच के शानदार दरवाज़े की तरफ लपका।

अगले पल 'रिशेप्सन' जैसे स्थान पर था।

वहां मौजूद आबनूस की लकड़ी के गेट पर एक प्लेट लगी थी।

प्लेट पर ब्रास के अक्षरों से लिखा था–'महेश घोष।'

नाम के नीचे अपेक्षाकृत छोटे अक्षरों में लिखा था–'प्रोड्यूसर एंड डायरेक्टर!'

दरवाज़ा बंद था।

उसके बाहर कंधे पर गन लटकाए वर्दीधारी गार्ड खड़ा था।

गार्ड लड़के को, खासतौर पर उसके आने के स्टाईल और हाथ में मौजूद रिवॉल्वर को देखकर चौंका।

अभी ठीक से कुछ समझ भी नहीं पाया था कि लड़के ने झपटकर अपने रिवॉल्वर की नाल उसकी कनपटी पर रखी। दूसरे हाथ से गुद्दी कब्जाई और हलक से भेड़िए की गुर्राहट निकाली–"चूं-चां की तो चीं निकाल दूंगा।"

गार्ड के होश फाख्ता।

चेहरा श्मशान में उड़ती राख से पुता-सा नजर अपने लगा।

मुंह से आवाज निकालने की कोशिश की तो पाया–हलक रेगिस्तान बन चुका है। ज़ुबान हड़ताल किए बैठी है।

गार्ड की आंखों में नाच रहे मौत के सायों को घूरते लड़के ने कहा–"आमतौर पर मैं गरीब आदमी को नहीं मारता लेकिन अगर वह किसी दौलतमंद की ढाल बनने की कोशिश करे तो सबसे पहले उसी को लुढ़काता हूं।"

गार्ड बड़ी मुश्किल से कह सका–"क्या चाहते हो?"

"देखता रह।" कहने के साथ उसने एक जोरदार ठोकर आबनूस की लकड़ी के दरवाज़े में मारी।

दरवाज़ा भड़ाक् से खुला।

ऑफिस में बैठे लोग चौंके।

दृश्य देखकर तो उछल ही पड़े।

मगर जब तक कुछ समझ पाते या मुंह से आवाज निकालते तब तक लड़का गार्ड को कवर किए अंदर जा चुका था। डोर क्लोजर पर झूलता आबनूस की लकड़ी का दरवाज़ा अपनी गति से वापस बंद होने की तरफ अग्रसर था। बेशकीमती मेज के उस तरफ खड़े अधेड़ आयु के व्यक्ति के मुंह से निकला–"कौन हो तुम?"

लड़के ने कहा–"अगर नाम बताने से तेरा काम चल जाएगा तो बताए देता हूं–चक्रेश है नाम मेरा।"

"कौन चक्रेश?"

"इस नाम का मतलब है–चक्कर चलाने वाला ईश्वर!"

"मगर तुम यहां इस तरह . . ."

"शटअप!" लड़का उसका वाक्य पूरा होने से पहले गुर्राया।

गुर्राहट इतनी 'पैनी' थी कि अधेड़ तो अधेड़, उसके सामने मेज के इस तरफ खड़ी के चेहरे पर भी हवाईयां उड़ने लगीं। दहशतजदा तो वे चक्रेश के आगमन और उसके रिवॉल्वर की धार पर मौजूद गार्ड को देखकर ही हो चुके थे। अधेड़ कीमती सूट, शर्ट और टाई पहने हुए था। टाई पर डायमंड युक्त पिन लगा था। वही क्यों, उनकी तो दस अंगुलियों में छः में हीरे, मणिक, पन्ने, नीलम और पुखराज आदि की अंगूठियां भी जगमगा रही थीं। गले में सोने की चेन। चेन में फिर डायमंड। आधा सिर गंजा था, आधा खिचड़ी बालों में लैस।

और लड़की . . . अच्छी-खासी खूबसूरत थी वह।

मगर कपड़े।

कपड़े तो मानो पट्ठी ने पहन ही नहीं रखे थे।

केले के तने जैसी चिकनी टांगों की जांघों तक नुमाईश करती स्कर्ट! मिनी शर्ट! ऐसी, जो गोश्त के गोलों को छुपा कम, दिखा ज्यादा रही थी।

थोबड़ों पर हैरत का सागर लिए अभी वे चक्रेश को देखने ही से फुर्सत नहीं पाए थे कि उसने हुक्म दिया–"बैठ जाओ।"

दोनों खड़े रहे। जैसे हुक्म को समझे ही न हों।

"सुना नहीं तुमने?" वह गुर्राया–"आई से-सिट डाऊन!"

दोनों इस तरह 'धम्म' से अपनी-अपनी कुर्सियों पर बैठ गए जैसे बेजान पुतले गिर पड़े हों।

चक्रेश के जबड़े भिंचे हुए थे। गुलाबी होठ कसे हुए। उसी मुद्रा में उसने सारे ऑफिस का निरीक्षण किया। बहुत से शानदार ऑफिस था। एक भी 'शोपीस' देशी नहीं। 'शोकेस' में महेश घोष की हिट फिल्मों की ट्राफियां रखी थीं। किसी पर सिल्वर जुबली लिखा था, किसी पर गोल्डन जुबली तो किसी पर डायमंड जुबली।

सारे ऑफिस में टहलने के बाद नजर अधेड़ आयु के व्यक्ति के चेहरे पर स्थिर हो गई। उस चेहरे पर जिनकी आंखों के नीचे पड़े पपोटे

बता रहे थे वे शुगर के मरीज हैं। चक्रेश की आंखों में मौजूद हिंसा के भावों को देखकर उनकी ऊपर की सांस ऊपर और नीचे की सांस नीचे अटकी रह गई थी।

बड़ी मुश्किल से अपने मुंह से इकट्ठा हो चुका थूक सटका।

चक्रेश ने पूछा–"तेरा ही नाम महेश है?"

मुंह से आवाज न निकाल सके तो गर्दन 'हां' में हिला दी।

"महेश घोष?"

पुनः गर्दन हिली।

"मुंह से बोल!" चक्रेश ने डपटा।

"ह-हां!" उसके अंदर भरी हवा से धक्का-सा मारा।

"वही न! प्रोड्यूसर, डायरेक्टर?"

"हां!"

"ये सारी ट्राफियां तेरी हैं?"

"जी!" उन्होंने यूं कहा जैसे उनके अपनी होने का बहुत दुख हो!

"बड़ी हिट फिल्में बनाता है तू।"

क्या जवाब देते महेश घोष। वैसे भी बोलने में कष्ट का अनुभव हो रहा था।

"सुना है तेरी एक भी फिल्म नहीं पिटी! सबने एक से बढ़कर एक बिजनेस किया है।"

महेश घोष अब भी चुप।

"कहां से लाता है इतने हिट फार्मूले! कैसे पहचानता है जनता की नब्ज?"

"सब भगवान की कृपा है।" वे बड़ी मुश्किल से कह सके।

"भगवान की कम, लक्ष्मी की कृपा ज्यादा लगती है तुझ पर! नाम भी लक्ष्मी फिल्म्स प्राईवेट लिमिटेड रखा है।"

"मगर . . ."

"हां! हां! बोल! क्या बोलने वाला है?"

"मैं तो हर महीने खान साहब को "नजराना" पहुंचा देता हूं, फिर तुम यहां क्यों आए हो?"

"कौन खान?"

महेश घोष के चेहरे पर आश्चर्य के भाव उभर आए। बोले–"त-तुम खान साहब को नहीं जानते?"

"तू जानता है तो बता दे, कौन से खेत की मूली है ये?"

यह एहसास होते ही महेश घोष का हौसला कुछ बढ़ गया कि वह खान साहब का आदमी नहीं है। आवाज में थोड़ा रौब पैदा करने की कोशिश करते हुए बोले– "अगर तुम खान साहब के आदमी नहीं हो तो जो कर रहे हो, इसकी कीमत अपनी जान देकर चुकानी पड़ेगी।"

"रिवॉल्वर मेरे हाथ में है गधे, फिलहाल अपनी जान की परवाह कर।"

"मुझे अगर छुआ तो भी खान साहब के आदमी तुम्हें पाताल तक से निकालकर वहां भेज देंगे जहां से न आज तक कोई वापस आया है, न आएगा।"

"अबे मगर ये खान-वान है कौन?"

"बाप है इस शहर का। फिल्म इंडस्ट्री के खुदा! लगभग सभी लोग उन्हें नजराना पहुंचाते हैं! जो नहीं पहुंचाते वे देर-सवेर ऊपर पहुंच जाते हैं और।"

"और?"

"उस नजराने के एवज में उनकी गारंटी होती है देने वाले के साथ कोई दुर्घटना नहीं होगी।"

"कैसी दुर्घटना?"

"जैसी तुम करना चाहते हो।"

"क्या करना चाहता हूं मैं?"

"तुम शायद लूट के इरादे से यहां घुसे हो।"

"बड़ा समझदार आदमी है यार। जब इतना ही समझदार है तो जुबान क्यों चला रहा है? जो मुझे चाहिए वो मांगने का मौका क्यों दे रहा है? उतारकर मेज पर क्यों नहीं रख देता ये अंगूठियां, पिन और चेन।"

"मैं फिर कहता हूं, तुम खान साहब के कहर . . ."

"अभी-अभी क्या बताया तूने, पूरी इंडस्ट्री खान को चंदा देती है?"

"हां!"

"तब तो बड़ी मोटी आसामी होगा वह।"

अब क्योंकि माहौल का तनाव कुछ कम हो गया था शायद इसलिए महेश घोष के मुंह से निकल गया– "म-मुझे तो तू कोई पागल लगता है।"

"ओए!" गुर्राकर जो रिवॉल्वर चक्रेश ने उनकी तरफ घुमाया तो सकपका गए महेश घोष! चक्रेश एक-एक लफ्ज को चबाता कह रहा था– "ठीक पहचाना! मैं वाकई पागल हूं। पर क्या तू जानता है–पागल कब क्या कर डाले, भगवान तक नहीं जानता!"

महेश घोष को काटो तो खून नहीं।

"जवाब दे! काफी माल होगा न खान के पास?"

"भला उसके पास क्या कमी है?"

"तुझसे भी ज्यादा?"

घोष को लगा–लड़का सचमुच पागल है। और जो पागल है, वाकई उसका क्या भरोसा कब क्या कर डाले? समझ तो वह गए ही थे कि यह लड़का जो हरकत कर रहा है उसका खामियाजा अपनी जान देकर चुकाना पड़ेगा। परंतु तब . . . जब वे उसे यहां से 'विदा' कर दें। जब तक नहीं जाता, तब तक तो खुद उन्हीं की जान खतरे में थी। उसी को बचाने की खातिर उन्होंने अपनी सभी अंगूठियां, पिन और चेन उतारकर मेज पर रख दी। बोले–"तुम इन्हें ले जा सकते हो।"

"ये सब तो ले ही जाऊंगा मगर बाद में, पहले खान के बारे में बता! मुझे मोटी-मोटी आसामियों पर हाथ साफ करना है। उसके पास तुझसे कितना ज्यादा माल होगा?"

"कई गुना . . . शायद हजार गुना ज्यादा?"

"तब तो पौ बारह हो जाएंगे प्यारे। जल्दी बता–रहता कहां है?"

"दुबई में।"

"दुबई में?" चक्रेश चिहुंका– "मजाक करता है साले।"

"म-मजाक नहीं कर रहे, खान साहब वाकई दुबई में रहते हैं।"

"और तू . . . बल्कि पूरी फिल्म इंडस्ट्री उसे चंदा देती है।"

"हां।"

"कैसे?" दुबई पहुंचाते हो?

"दुबई उनके आदमी पहुंचाते हैं।"

"आदमी? . . . ये खान किसी औरत का नाम है क्या? द्रौपदी से ज्यादा आदमी हैं क्या उसके?"

महेश घोष का जी चाहा–अपने रहे-सहे बाल भी नोंच डालें। उन्हें इस बात का पक्का यकीन होता जा रहा था कि ये लड़का, जिसने अपना नाम चक्रेश बताया था, पागल है। बोले – "खान साहब औरत नहीं मर्द है। मर्द भी ऐसे जो दुबई में बैठकर यहां हुकूमत करते हैं। उनके नाम ही का इतना खौफ है कि हम जैसे लोग हर महीने उनके आदमियों को नज़राना पहुंचा देते हैं। न पहुंचाए तो वे हमें . . ."

"मैं समझ गया।"

"क्या समझ गए?"

"आज से बल्कि अभी से खान का नजराना बंद। मेरा शुरू।"

महेश घोष को लड़के पर तरस आया परंतु कर क्या सकते थे। सो बोले, "सब ठीक है। ले जाओ।" सारा सामान उतारकर मेज पर रख दिया है।

"उसे क्या तेरा बाप उतरेगा?" चक्रेश ने उसकी रिस्टवॉच की तरफ इशारा किया।

रिस्टवॉच भी मेज पर रखते हुए घोष ने कहा– "कर तो रहे हो ये बेवकूफी मगर मेरा दावा है एक घंटे के अंदर ये सभी सामान तुम ही इस मेज पर वापस रख रहे होंगे या तुम्हारी लाश शहर के किसी गटर में पड़ी मिलेगी। मेरा सामान मुझ तक लौट आएगा।"

"कौन करेगा यह काम?" चक्रेश ने आंखें निकालीं– "तू?"

"मैं नहीं।" उसके तेवर देखकर मिस्टर घोष सकपकाए।

"खान साहब के आदमी करेंगे।"

"क्यों . . . वे क्यों करेंगे? उनके बाप को लूट रहा हूं क्या मैं?"

"बता चुका हूं–जो उन्हें नजराना देता है, वे उसके साथ वैसी कोई वारदात नहीं होने देते जैसी तुम . . ."

"तेरे भेजे में नहीं घुसी क्या बात?" उसने रिवॉल्वर की नाल गार्ड की कनपटी से हटाकर उसके माथे पर रख दी– "आज से खान का नजराना बंद। मेरा शुरू।"

"कहा तो है।" घोष के मुंह से उसके सिर पर नाच रही मौत बोली– "ले जाओ।"

चक्रेश ने एक ही बार में सारा सामान समेटा। मुट्ठी बंद की और अपनी पैंट की जेब में घुसेड़ कर खोल दी। इतना काम निपटाने के

बाद उसने मेज के पार, महेश घोष की रिवाल्विंग चेयर के नजदीक फर्श पर रखे सूटकेस की तरफ इशारा करके कहा– "अब उसे उठाकर मेज पर रख दे!"

"किसे?" महेश घोष के चेहरे के रहे-सहे रंग भी एक झटके से उड़ गए।

"बेवकूफ बनाने की कोशिश मत कर। मैं उस बैग की बात कर रहा हूं।"

"बैग?"

"जानता हूं–उसमें एक करोड़ रुपया है।"

महेश के जिस्म से तो मानो जान ही निकल गई।

"मैं सब जानता हूं बेटे। वह बैग तुझे तेरे एक डिस्ट्रीब्यूटर ने दिया है। वह केवल दस मिनट पहले यहां से गया है। असलियत में तो उसी के लिए आया था। ये सब तो 'लुभाव' में हाथ लग गया।" कहने के साथ उसने अपनी जेब थपथपाई।

"उसे रहने दो।" महेश घोष की घिग्घी बंध गई– "दो दिन बाद मेरी बेटी की शादी है। पैसे की सख्त जरूरत . . ."

"शटअप!" एक बार फिर वह उसका वाक्य काटकर गर्जा।

घोष सकपकाकर चुप रह गए। होश फाख्ता थे। हालत देखने लायक।

"तुझसे ज्यादा जरूरत मुझे है।"

"तुम्हें?"

"मेरी बीबी की शादी है।"

"बीवी की शादी?"

"जल्दी से बैग मेरे हवाले कर। पुलिस-वुलिस आ गई तो फेरे जेल में पड़ते नजर आएंगे।"

"म-मेरी समझ में नहीं आ रहा। तुम आखिर किस किस्म के . . ."

"बैग दे रहा है या कर दूं कपाल क्रिया?"

मरता क्या न करता।

सूटकेश उठाकर चक्रेश के हवाले करना ही पड़ा।

"ये हुई न बात।" कहने के साथ उसने बैग संभाला और आबनूस की लकड़ी के दरवाज़े की तरफ बढ़ा।

किसी के वश में कुछ नहीं था।

वह वहां से निकल भी जाता तो कोई कुछ नहीं कर सकता था।

मगर!

वह निकला नहीं बल्कि बंद दरवाज़े के नजदीक ठिठका।

जोरदार ठहाका लगाया।

ठहाके के साथ वापस घूमा।

कमरे में मौजूद अन्य तीन व्यक्तियों के जिस्मों में मानों चीटियां रेंग रही थीं। किसी की समझ में कुछ नहीं आ रहा था जबकि वह ठहाके लगाता हुआ वापस मेज के नजदीक आया। जोर-जोर से हंसना बंद करने के साथ बोला– "क-कैसी रही सर! कैसी रही मेरी एक्टिंग?"

"क्या मतलब?" घोष की सांसें अभी तक अटकी हुई थीं।

"जो मैंने किया, अगर वह आपकी आगामी फिल्म का पहला सीन हो और उसे मैं करूं तो कैसा कर सकूंगा?"

"कहना क्या चाहते हो तुम?"

"ये रहा आपका बैग। ये रहा बाकी सामान।" उसने सबकुछ मेज पर रखते हुए कहा– "और ये रहा रिवॉल्वर। ये असली नहीं, नकली है। वैसा ही जैसा आप फिल्मों में यूज करते हैं।" कहने के साथ उसने रिवॉल्वर भी मेज पर डाल दिया था।

"मगर . . ."

चक्रेश ने हाथ जोड़े। चेहरे पर 'याचक' के से भाव उभर आए। गिड़गिड़ाया– "सर, स्ट्रगलर हूं। मुंबई में नया-नया आया हूं। एक्टिंग का शौक है। अपने टेलेंट का नमूना दिखाने का इससे बेहतर कोई और रास्ता नहीं सूझा। आपकी अगली फिल्म में काम मिल जाए तो . . ."

"तो तू टेलेंट दिखा रहा था मुझे अपने! एक्टिंग कर रहा था?"

"उम्मीद है आपको पसंद आई होगी।"

"हरामी के पिल्ले! एक्टिंग कर रहा था तू? काम मांगने आया था यहां?" घोष दहाड़ते चले गए– "हमारा तो दम ही निकाल दिया तूने। होश ही उड़ा दिए। देख–अभी तक हम तीनों किस कदर कांप रहे हैं।"

चक्रेश अपनी कामयाबी पर मानो झूम उठा। खुश होता बोला– "इसका मतलब ये हुआ सर, मेरी एक्टिंग ने आपको प्रभावित किया। आप मान चुके हैं मैं कितने नेचुरल शॉट दे सकता हूं। अब तो आप मुझे . . ."

"तुझे काम दूंगा साले! तुझे! जिसने मेरे पित्ते ही ढीले कर दिए।"

"अरे! आप तो नाराज हो गए लगते हैं सर। काम देने के मूड में तो इस वक्त बिल्कुल नजर नहीं आ रहे हैं। खैर, कोई बात नहीं। फिर कभी आकर मिलूंगा।" कहने के साथ वह अपनी जेब से एक विजिटिंग कार्ड निकालकर मेज पर डालता हुआ बोला– "ये मेरा कार्ड है। आपको कभी मेरे जैसे 'रीयल' आर्टिस्ट की जरूरत महसूस हो तो जरूर याद कीजिएगा। कहने के साथ उसने तेजी से दरवाज़े की तरफ बढ़ना शुरू कर दिया था।"

"जाता कहां है उल्लू के पट्ठे!" बुरी तरह भन्नाए घोष ने गार्ड से कहा– "हरीराम, पकड़ उसे!"

मामला समझ में आते ही हरीराम भी लपक पड़ा मगर वह चक्रेश को छू तक नहीं सका। उसके खुद तक पहुंचने से पहले ही चक्रेश बाहर निकल चुका था। हरीराम ने दरवाज़े का हैंडिल पकड़कर जोरदार झटका दिया। दरवाज़ा बाहर की तरफ से बंद किया जा चुका था।

एक तो क्या, अनेक झटकों के बावजूद नहीं खुला।

तमतमाए हुए घोष उस वक्त खुद भी दरवाज़ा खोलने की असफल कोशिश कर रहे थे जब बाहर से गाड़ी स्टार्ट होने की आवाज आई।

लड़की ने कहा– "कमाल का लड़का था। सब कुछ ले जा सकता था मगर कुछ नहीं ले गया।"

⅄

आज महेश घोष की बेटी की शादी थी।

दोपहर का एक बजा था।

तैयारियां जोर-जोर से चल रही थी। महेश घोष खुद अपने नेतृत्व में उस पंडाल को सजवा रहे थे जो उनके लंबे-चौड़े बंगले के लॉन में लगा था। कहां लाईटें लगनी हैं, कहां फूलों की सजावट होनी है, यह सब महेश घोष खुद दौड़-दौड़कर कार्यकर्ताओं को बता रहे थे। उस वक्त वे डेकोरेटर से फेरों वाले मंडप की सजावट पर चर्चा कर रहे थे जब नमूने जैसे नज़र आने वाले दो व्यक्ति वहां पहुंचे।

अजीब जोड़ी थी वह।

एक बहुत लंबा था। सात फुटा। बेहद पतला। बल्ली-सा लगता था।

दूसरा गुट्टा था। केवल तीन फुटा। मोटा। 'मिलिए' जैसा लगता था।

लंबे की ठोड़ी पर फ्रेंचकट दाढ़ी थी। गुट्टा क्लीन शेव्ड। लंबा अपने मुंह में मौजूद पान को यूं चबा रहा था जैसे जुगाली कर रहा हो। गुट्टे की अंगुलियों के बीच उसकी अंगुलियों से कई गुना लंबा सिगार था। रह-रहकर उसमें कश लगा रहा था वह। लंबे की नाक तोते जैसी थी तो गुट्टे की गोभी के पकौड़े जैसी। लंबे के चहरे को जहां एक-एक हड्डी चमक रही थी वहीं गुट्टे की आंखों तक को गोश्त ने ढक रहा था।

कुछ कॉमन चीज़ की थीं दोनों में।

दोनों के जिस्मों पर एक जैसा लिबास था।

काले कोट। सफेद पतलूनें और काले जूते।

दोनों की नाकों पर चश्मे लटक रहे थे।

उनके पास एक बॉक्स था। ज्वेलरी बॉक्स जितना छोटा। बॉक्स पर महरून रंग की सनील चढ़ी हुई थी। उस बॉक्स को उनमें से कोई एक नहीं बल्कि दोनों संभाले हुए थे। कुछ इस तरह जैसे अत्यंत भारी हो जबकि वास्तव में वह बेहद हल्का था। दोनों ने एक-एक हाथ लगा रखा था बॉक्स में। यूं उठाए चले आ रहे थे जैसे वह इस दुनिया की सबसे कीमती वस्तु हो।

सबसे पहले उन पर चंपक की नजर पड़ी। चंपक महेश घोष का मुंह चढ़ा नौकर था। वह बीड़ी पी रहा था। उन्हें देखते ही लपककर नजदीक पहुंचा। बोला– "मैंने 'संसार के विचित्र जानवर' नामक किताब को घोट-घोटकर पिया है।"

लंबे ने पीक थूका। बोला– "तो?"

"तुम्हारे बारे में कुछ नहीं था उसमें।"

"होता कैसे?" गुट्टे ने कहा– "हम क्या तुझे जानवर नजर आ रहे हैं?"

"इसीलिए पूछ रहा हूं–कौन से चिड़ियाघर से उठे चले आ रहे हो?"

"कचेहरी का नाम सुना है कभी?"

"कम से कम किसी चिड़ियाघर का नाम तो यह हो नहीं सकता।"

"वहीं से पधारे हैं।"

"क्यों?"

"वर्दी नहीं देख रहा! वकील हैं।" गुट्टे ने सिगार में कश लगाने के बाद कुछ इस तरह गर्दन अकड़ाकर कहा जैसे वकील होना किसी देश का प्राईम मिनिस्टर होना होता है– "महेश घोष से मिलने आए हैं।"

"काम क्या है उनसे?"

"ये सौंपना है।" दोनों ने एक साथ सनील के बॉक्स की तरफ इशारा किया।

"तुम दोनों ने मिलकर उठा रखा है इसे। बहुत भारी है क्या?"

"दुनिया नाम के गोदाम में 'जिम्मेदारी' से भारी कुछ नहीं होता।"

"ये कौन-सी वस्तु का नाम हुआ?"

"तू नहीं समझेगा। अनपढ़ है ना। हम पढ़े-लिखे हैं। वकील ठहरे।" लंबे ने 'पिच' की आवाज के साथ पान की पीक थूका– "बैरियर बनकर मत अड़। हमें महेश घोष से मिलना है।"

"तुम दोनों के नाम?"

"अपलम!" लंबे ने कहा।

गुट्टा बोला– "चपलम।"

"किसलिए मिलना साहब से?"

"उन्हीं को बताया जाएगा।"

"नहीं हो सकता। अभी-अभी तुमने मुझे बैरियर कहा। ये शब्द मुझे जंचा। दिमाग में ठुक गया है। अपने साहब का बैरियर ही हूं मैं। बगैर मुझे पार करे कोई उनसे नहीं मिल सकता।"

इस मसले पर बाकायदा झगड़ा शुरू हो गया उनमें। अपलम चपलम महेश घोष से मिलने के कारण बताने को तैयार नहीं थे और चंपक बगैर कारण जाने आगे नहीं बढ़ने दे रहा था। बात इतनी बढ़ गई कि उनकी आवाजें महेश घोष के कानों तक पहुंचने लगीं। चंपक ने जल्दी से बीड़ी फेंक दी। थोड़े तमतमाए हुए-से वे उनके नजदीक पहुंचे। गुस्से में बोले–"कौन हो तुम? क्यों झगड़ रहे हो?"

अपलम ने 'पिच' से पीक थूका। बोला–"हमें विश्वस्त सूत्रों से पता लगा है कि आज चांदनी की शादी है।"

"हां। है तो सही। मगर . . ."

"मगर?"

"शादी शाम को है।"

"हम अभी से टपक पड़े! ऐनी ऑब्जेक्शन?"

"वह तो ठीक है मगर कम से कम मैंने तो इंवाईट किया नहीं आपको। बल्कि मैं तो आपको जानता तक . . ."

चपलम ने सिगार में कश लगाने के साथ कहा– "हम इस शादी में आमंत्रित किए जाने वाले सबसे पहले शख्स हैं।"

"अट्ठारह साल पहले ही आमंत्रित कर लिए गए थे।" अपलम ने फिर पीक थूका– "इसलिए पधारे भी सबसे पहले हैं।"

"अट्ठारह साल पहले!" महेश घोष का दिमाग चकराकर रह गया– "आप की बात समझ में नहीं आई मेरी, भला अट्ठारह साल पहले कोई किसी की शादी में कैसे आमंत्रित हो सकता है?"

"हम हुए।" अपलम बोला।

चपलम ने कहा– "और ठुककर हुए।"

"साहब जी।" चंपक बोला– "मुझे ये कोई पागल लगते हैं। ऐसी सिच्वेशन आने पर मैंने आपकी फिल्मों में अक्सर देखा है–विलेन अपने चमचे से कहता है– 'इन्हें धक्के देकर बाहर निकाल दो।' वही डायलॉग आप मुझ पर आजमाइए। फिर देखिए मैं इन्हें किस तरह धक्के पे धक्का देकर बाहर निकालता हूं।"

"तुम चुप रहो चंपक।" महेश घोष ने उसे डांटा।

चंपक सकपकाकर चुप रह गया।

अपलम कहे बगैर नहीं चूका– "लग गया न बोलती पर ढक्कन।"

"अट्ठारह साल पहले आपको चांदनी की शादी में किसने इंवाईट किया था?" महेश घोष ने पूछा।

"पहली बार कायदे का सवाल पूछा गया है।" अपलम बोला।

चपलम ने कहा– "तो जवाब भी कायदे का दे न।"

"कंचन देवी ने।" अपलम ने बताया।

चौंक पड़ा महेश घोष– "कंचन ने?"

"वे शायद आपकी धर्मपत्नी थीं।" चपलम बोला।

अपलम ने कहा– "और चांदनी की माता जी।"

"बताया तो यही था उन्होंने।" चपलम बोला।

"बात समझ में नहीं आई।" महेश घोष बुरी तरह उलझे हुए नजर

आ रहे थे– "कंचन ने अट्ठारह साल पहले तुम्हें चांदनी की शादी में क्यों आमंत्रित किया था?"

"ये बॉक्स उसे देने के लिए।" दोनों ने वे हाथ आगे बढ़ाए जिनमें बॉक्स था।

"बाक्स।" मुंह से निकले इस शब्द के साथ महेश घोष की नजर उस बॉक्स पर जम गई जिस पर सनील का महरून कपड़ा चढ़ा हुआ था। बोले– "ये बॉक्स तुम्हारे पास कहां से आया?"

"कंचन देवी ने ही दिया था।"

"और कहा था– "पता नहीं मैं अपनी बेटी की शादी तक जीवित रहूं न रहूं। अगर न रहूं तो यह बॉक्स ठीक शादी के दिन चांदनी को देना। कहना–इसमें तुम्हारी मां की तरफ से तुम्हारे लिए शादी का तोहफा है।"

"जैसे ही अखबार में पढ़ा– 'आज प्रसिद्ध प्रोड्यूसर डायरेक्टर महेश घोष की बेटी की शादी है।' यह बॉक्स लेकर दौड़े-दौड़े यहां चले आए। बाहरहाल, वह जिम्मेदारी तो निभानी ही थी जो आपकी धर्मपत्नी अट्ठारह साल पहले सौंपकर गई थी। आपका ये कूढ़मगज नौकर इस बॉक्स को 'हल्का' बता रहा था। अब आप ही बताइए–यह बात इसकी समझ में कैसे आ सकती है कि 'जिम्मेदारी' इस दुनिया की सबसे वजनी वस्तु होती है। अट्ठारह साल से यह जिम्मेदारी हमने अपने कंधों पर उठा रखी है।"

"इस बॉक्स में है क्या?" महेश घोष ने पूछा।

"एक पत्र।"

"पत्र?"

"जी।"

"क्या हम से पढ़ सकते हैं?"

"कोई भी पढ़ सकता है। ये बॉक्स उन्होंने हमें 'सील' करके नहीं दिया था।"

महेश घोष ने बॉक्स लिया। खोला।

उसमें केवल एक काग़ज़ था।

महेश घोष ने काग़ज़ निकाला। तहें खोलीं। राईटिंग कंचन की ही थी। पढ़ना शुरू किया और उसके बाद . . . महेश घोष उसे पढ़ते चले गए। पूरा पढ़ने के बाद उनके होंठों पर मुस्कान उभर आई। नजरें काग़ज़

से हटाकर अपलम-अपलम की तरफ देखते बोले– "यह लेटर कंचन ने चांदनी के नाम लिखा है। शायद उसे उम्मीद नहीं थी कि वह चांदनी की शादी तक जीवित रह सकेगी इसलिए किसी बैंक लॉकर में उसके लिए कोई तोहफा रख गई है ताकि बेटी को शादी के मौके पर मां के तोहफे की कमी न खले। जाओ–लेटर चांदनी को दे आओ। वह अपने कमरे में है। चंपक, इन लोगों को चांदनी के पास ले जाओ।"

"नहीं। अभी नहीं।" अपलम ने उनके हाथ से बॉक्स लेते हुए कहा।

"क्यों?"

चपलम ने लेटर भी उसके हाथ से सरका लिया– "कंचन देवी की तरफ से हमें हुक्म हुआ था– 'यह बॉक्स चांदनी को तब देना है जब वह विदा हो रही हो।' "

"चाहे जब दे देना मगर मेरे ख्याल से वह अपनी मां के तोहफे को कुबूल नहीं करेगी।" कहने के बाद महेश घोष वहां रुके नहीं बल्कि तेज कदमों के साथ डेकोरेटर को सजावट के बारे में समझाने के लिए उसकी तरफ बढ़ गए।

⅄

रात का वक्त।

'कंचल विला' दुल्हन की मानिंद सजी हुई थी।

विला के बाहर, सड़क के दोनों तरफ दूर-दूर तक देशी-विदेशी कारों की लाईनें लगी हुई थीं। उनमें लाल और नीली बत्तियों वाली भी अनेक गाड़ियां थीं। ऐसा लग रहा था जैसे सारे मुंबई की गाड़ियां वहां और केवल वहीं इकट्ठा हो गई हों। बार-बार ट्रैफिक जाम हो जाता था। ड्यूटी पर तैनात पुलिसवालों को व्यवस्था बनाए रखने के लिए जमकर मशक्कत करनी पड़ रही थी। पूरी की पूरी फिल्म इंडस्ट्री तो आई हुई थी ही, मुंबई के सभी आईपीएस, आईएएस और पीसीएस अफसर भी मौजूद थे। हर बड़े बिजनेस मैन की गाड़ी भी नजर आ रही थी। चारों तरफ हर्षोल्लास का माहौल था।

एक तरफ से 'चढ़त' चली आ रही थी।

बैंड बज रहा था।

स्त्री-पुरुष मस्त होकर नाच रहे थे।

दूल्हा एक सजी हुई बग्गी पर बैठा था।

आतिशबाज बार-बार अपने हुनर से आकाश को गुंजा रहा था।

और दुल्हन!

यानी चांदनी।

आतिशबाजी की आवाज़ें मानो उसके कानों में प्रेमरस घोल रही थीं। बेहद खुश नजर आ रही थी वह।

वह, तो यूं ही चांद का टुकड़ा थी।

और आज . . . आज तो धरती पर चांदनी से सुंदर मानो कोई थी ही नहीं। मुंबई की सबसे ज्यादा महंगी और बहतरीन मानी जाने वाली ब्यूटीशियन अभी-अभी उसका श्रृंगार पूरा करके हट चुकी थी।

ड्राईंगरूम में थी वह।

सहेलियां भी साथ थीं। वे बार-बार चुहलें कर रही थीं।

तभी वहां चंपक पहुंचा। बोला– "मेमसाहब, साहब जी ने कहलवाया है–बरात दरवाज़े पर पहुंचने वाली है। जल्दी से तैयार होकर पंडाल में पहुंच जाएं।"

एक सहेली ने कहा– "बस कपड़े पहनने बाकी हैं। दस मिनट में आती हैं।"

चंपक वापस चला गया।

कमरे में चारों तरफ चांदी के बड़े-बड़े थालों में सजे एक से एक कीमती जोड़े रखे थे। उन सबकी तरफ इशारा करके एक सहेली ने कहा– "ससुरालों वालों ने इतने सारे जोड़े भेज दिए हैं मेरी बन्नो के लिए। बोल! कौन-सा पहनेगी?"

उसके व्यंगात्मक अंदाज पर सभी सहेलियां खिलखिलाकर हंस पड़ीं।

"अच्छा! अब तुम सब भी बाहर निकलो।" चांदनी ने कहा– "मैं तैयार होकर आती हूं।"

"क्यों, हमारे सामने कपड़े बदलने में शर्म आएगी क्या?" एक बोली।

दूसरी ने कहा– "हम से शरमाएगी और जब वो . . . एक-एक करके सारे कपड़े उतारेगा तो . . ."

"अभी बताती हूं तुझे।" घूंसा तानकर चांदनी उसकी तरफ लपकी।

कमरा खिलखिलाहटों से खिल उठा।

कुछ देर तक इस किस्म की चुहलबाजियां चलती रहीं।

अंततः सहेलियों को कमरे से जाना ही पड़ा।

चांदनी ने दरवाज़ा अंदर से बंद कर लिया। मारे खुशी के उसका मुखड़ा दमक रहा था। गुलाब की पंखुड़ियों जैसे होंठों पर मोहक मुस्कान लिए वह कुछ देर तक कमरे में मौजूद जोड़ों को देखती रही। फिर, बाथरूम की तरफ बढ़ गई।

उधर वह बाथरूम में बंद हुई इधर कमरे की खिड़की पर चक्रेश नजर आया। एक हाथ से उसने खिड़की की चौखट पकड़ रखी थी। दूसरे में एक जोड़ा था। आकाश के कलर से मिलता-जुलता खूबसूरत जोड़ा।

एक ही जम्प में चक्रेश कमरे के अंदर आ गया।

चोरों की मानिंद दबे पांव आगे बढ़ा।

अनेक थालों में से एक रखा जोड़ा उठाया और उसकी जगह अपने साथ लाया जोड़ा रख दिया। जोड़े के साथ डायमंड का एक खूबसूरत नेक्लेस भी था। बस इतना काम करने के बाद वह ठीक उसी तरह खिड़की के पार गुम हो गया जिस तरह प्रकट हुआ था। उसके लाए हुए जोड़े पर एक चिट लगी हुई थी। चिट पर लिखा था–"चांदनी, इसे पहनकर तुम दूज के चांद की तरह खिल उठोगी–तुम्हारा होने वाला पति।"

⅄

चांदनी के जिस्म पर वही जोड़ा था।

गले में नेक्लेस।

सचमुच चांदनी गगन से अवतरित अप्सरा-सी लग रही थी। जब वह पंडाल में पहुंची तो सबकी निगाहें उसी पर स्थिर थीं। दूल्हा अपने भाग्य पर गर्व कर रहा था।

एक-एक करके शादी की रस्में आगे बढ़ने लगीं।

उस वक्त फेरों की तैयारियां चल रही थीं। चांदनी दूल्हें की बगल में

जा बैठी थी जब पंडाल में पहली बार चक्रेश नजर आया। उसकी नजरें मंडप में बैठी चांदनी पर स्थिर थीं।

ब्राऊन कलर की आंखों में ऐसे भाव थे जैसे अपनी दुनिया अपनी आंखों से लुटती देख रहा हो।

उस शख्स पर उसका कोई ध्यान नहीं था जो, उसे वहां देखकर चौंका था। पचपन साल के करीब की आयु का वह एक मोटा शख्स था। चक्रेश पर नजर पड़ते ही उसके मुंह से निकला– "ओह! तो ये यहां पहुंच ही गया।"

"कौन है वह?" बगल में खड़े अपलम ने पूछा।

चपलम का सवाल– "क्या तुम उसे जानते हो?"

"भला मुझसे बेहतर उसे कौन जान सकता है।" कहने के बाद वह तेज कदमों के साथ चक्रेश की तरफ बढ़ गया। अपलम-चपलम जहां के तहां बॉक्स संभाले खड़े रह गए। उनके नजदीक अपना चेहरा मेकअप में पोते एक अधेड़ आयु की औरत भी खड़ी थी। उसके एक हाथ में 'ज़िन' का गिलास और दूसरे में ट्रपल फाईव की लंबी सिगरेट थी। सिगरेट उसकी सिगरेट जैसी ही पतली-पतली अंगुलियों के बीच छटी अंगुली जैसी लग रही थी। लंबे-लंबे नाखूनों को उसने नेल पॉलिश से पोत रखा था। अपलम-चपलम और अधेड़ आयु के शख्स के बीच हुई बातें उसने भी सुनी थीं। शायद इसलिए उनसे पूछा–"जान-पहचान वाले तो यहां सभी के हैं। फिर वह उसे देखकर चौंका क्यों और इस तरह उसकी तरफ क्यों लपका जैसे उस लड़के को यहां नहीं होना चाहिए था?"

अपलम-चपलम पर जवाब होता तो देते भी। दोनो ने 'नामालूम' वाले अंदाज से कंधे उचका दिए।

उधर, अधेड़ आयु के शख्स ने चक्रेश के नजदीक पहुंचकर बहुत धीमे से कहा– "तुम यहां क्या कर रहे हो?"

निरंतर चांदनी की तरफ देख रहा चक्रेश चौंका। अधेड़ की तरफ देखता बोला–"कौन हो तुम?"

"मुझसे पूछ रहा है?" अधेड़ ने दांत पीसे–"तू मुझसे पूछ रहा है मैं कौन हूं। पहचानता नहीं है मुझे?"

"सारी!" चक्रेश ने कहा–"मैं आपको नहीं जानता।"

"नहीं जानता। तू 'मुझे' नहीं जानता।" 'मुझे' शब्द पर उसने कुछ ज्यादा ही जोर डाला था। चक्रेश का बाजू पकड़ा उसने। जबरदस्ती एक तरफ ले गया। उस तरफ, जिधर लोग कम थे।

अपलम-चपलम और उस औरत के अलावा भी बहुत से लोगों का ध्यान उस ड्रामे ने अपनी तरफ खींच लिया था।

एकांत में ले जाकर अधेड़ आयु के शख्स ने चक्रेश से कहा–"तुझे यहां नहीं आना चाहिए था।"

"क्यों नहीं आना चाहिए था?" चक्रेश ने अपनी आवाज नीची बिल्कुल नहीं रखी।

"धीरे बोल। महेश घोष मुंबई के इज्जतदार लोगों में से एक हैं।" वह भी थोड़ा उत्तेजित हो गया था–"कनिष्क होटल का मैनेजर हूं। मैं जानता हूं–तू और चांदनी वहां अक्सर रूम नम्बर तेरह में मिला करते थे। इसका मतलब ये नहीं कि तू . . ."

"च-चांदनी मुझसे होटल में मिला करती थी?" चक्रेश ताव खा गया–"ये क्या बात कर रहे हैं आप। मुझे तो आप कोई पागल लगते हैं। छोड़िए मुझे।" कहने के साथ एक झटके से उसने अपनी बांह छुड़ा ली।

अधेड़ ने बौखलाकर चारों तरफ देखा।

अनेक लोग उनकी तरफ देखने लगे थे।

"मैं तो तुझे देखते ही समझ गया था।" अधेड़ ने पुनः दांत पीसे। कोशिश उसकी यही थी कि आवाज चक्रेश के अलावा किसी के कानों तक न पहुंचे–"तू यहां कोई बखेड़ा करने आया है। मगर देख– इश्क-मुश्क की बातें अलग होती हैं। शादी का मसला, अलग। भूल जा चांदनी को। कोई और तलाश कर। उसकी शादी एक शरीफ खानदान में, शरीफ लड़के के साथ हो रही है। तूने कोई विघ्न डालने की कोशिश की तो उसकी जिंदगी खराब हो जाएगी और . . . बेचारे महेश घोष के पास तो आत्महत्या के अलावा कोई चारा ही नहीं बचेगा।"

चक्रेश चुप रहा।

"क्या तू अपनी चांदनी की जिंदगी खराब करना चाहता है?"

"नहीं।"

"तो पतली गली से फूट ले। तू यहां रहा तो कभी भी, कोई भी बखेड़ा हो सकता है। मुमकिन है चांदनी ही खुद को संभाल न सके।"

"शायद आप ठीक कहते हैं। कहने के साथ चक्रेश ने अपने चेहरे पर दीवानगी 'तारी' कर ली।

ब्राऊन कलर की आंखों में डबडबाते आंसू साफ नजर आने लगे थे।

"अबे क्या कर रहा है?" अधेड़ ने उसे झंझोड़ा–"फूटता क्यों नहीं?"

"आं!" चक्रेश इस तरह चौंका जैसे किसी और दुनिया से अभी-अभी इस दुनिया में लौटा हो–"हां। मैं जा रहा हूं। मुझे चले ही जाना चाहिए।" कहने के साथ वह मुड़ा और यूं पंडाल के विशाल गेट की तरफ बढ़ गया जैसे अपना 'सब कुछ' यहीं छोड़कर जा रहा हो।

एक सज्जन ने अधेड़ आयु के शख्स के नजदीक पहुंचकर पूछा–"आप दोनों के बीच क्या बातें हो रही थीं?"

अधेड़ बौखलाया। मगर सिर्फ एक क्षण के लिए। अगले क्षण उसने खुद को सामान्य दर्शाया। खिसियानी-सी हंसी हंसता बोला–"क-कुछ भी नहीं। क-कोई खास नहीं।"

"कुछ तो है जिसकी पर्देदारी है।" एक और सज्जन अधेड़ के नजदीक आ लपके।

"क-कुछ भी नहीं है।" अधेड़ मानो झुंझला गया–"आप अपना काम कीजिए न।"

एक थुलथुल औरत ने आंखें 'मटकाकर' पूछा–"नाम क्या है लड़के का?"

"अ-आप लोग बेवजह तिल का ताड़ बना रहे हैं। वह भांजा है मेरा। थोड़ा आवारा है। उसे यहां नहीं आना चाहिए था। बस–यही कह रहा था उससे।"

"और दूसरे होटल वाली क्या बात थी?" किसी ने व्यंग्य उछाला।

दूसरे ने पूछा–"शायद किसी रूम नंबर थर्टीन का जिक्र था।"

"समझने की कोशिश क्यों नहीं कर रहे आप लोग? बेवजह . . ."

"हम सब समझ चुके हैं। सब कुछ अपने कानों से सुन लिया है मैंने।" भन्नाए हुए लहजे में यह सब कहने वाला शख्स सिर पर गुलाबी रंग की पगड़ी बांधे हुए था–"अब आप बात बदलने की कोशिश कर रहे हैं।"

"अ-आप कौन हैं?"

"बाप हूं लड़के का।" वह गर्जा और मंडप की तरफ लपकता हुआ बोला–"यह शादी नहीं होगी!"

उसके ये चंद शब्द पूरे पंडाल में ऐसा धमाका कर गए जैसा धमाका शायद परमाणु बम भी नहीं कर सकता था। चारों तरफ खलबली मच गई। पगड़ी वाला मंडप के करीब पहुंच चुका था। दूल्हे पर बरसा–"सुना नहीं तूने! खड़ा हो जा!"

दूल्हा हैरान! चांदनी परेशान!

उधर गेट की तरफ जा रहा चक्रेश ठिठका! घूमा।

उस वक्त पगड़ी वाला दूल्हे की बांह पकड़कर उठाने की कोशिश करता कह रहा था–"अबे मैं कहता हूं उठ! वेश्या से शादी करने के लिए मरा जा रहा है क्या?"

"अंकल!" चांदनी चीखी–"ये क्या कह रहे हैं आप?"

"मेरे बेटे को बख्श . . . वह देख–वहां खड़ा है तेरा यार। उसी से शादी कर।"

"ये झूठ है। ये झूठ है।" चक्रेश दौड़ता हुआ मंडप की तरफ आया–"मेरा चांदनी से कोई संबंध नहीं है।"

"देखो-देखो।" दूल्हें के बाप ने कहा–"कैसा फड़फड़ा रहा है?"

चक्रेश लपककर चांदनी के नजदीक पहुंच गया। उसके दोनों कंधे पकड़कर दीवानगी के आलम में झंझोड़ता हुआ बोला–"बोलो! बोलो चांदनी! तुम चुप क्यों हो? कह दो इनसे–हमारे बीच कोई संबंध नहीं है।"

चांदनी बौखलाकर रह गई। उसकी समझ में नहीं आ रहा था कि ये क्या हो रहा है? उसे क्या करना चाहिए? अजीब-सी नजरों से उसने चक्रेश की तरफ देखा। ब्राऊन आंखों में आंसू थे। भाव ऐसे जैसे जो कुछ यहां हो रहा था उसका बेहद अफसोस था। एक झटके से उसने खुद को चक्रेश से छुड़ाया। दूल्हे के बाप से बोली–"अंकल, मुझे नहीं पता आपको कैसे क्या शक हो गया है मगर सच्चाई यही है–मैं तो इस लड़के को जानती तक नहीं। मैंने तो आज . . . और अभी-अभी इसे देखा ही पहली बार है।"

"मगर मैं अच्छी तरह जान चुका हूं। इस लड़के को भी और तुझे भी।"

"क्या हुआ शहजाद राय? किस बात पर हंगामा हो रहा है यहां?" इन शब्दों के साथ भीड़ चीरते महेश घोष मंडप के नजदीक आए।

"लो।" शहजाद राय ने व्यंग्य किया–"यहां पलक झपकते ही सारी रासलीला सारे शहर को पता लग गई और ये . . . लड़की के बाप पूछ रहे हैं मसला क्या है?"

"मुझे वाकई कुछ नहीं मालूम शहजाद राय। डीएम साहब को उनकी गाड़ी तक सी ऑफ करने गया था। बहुत गुस्से में नजर आ रहे हैं आप! आखिर बात क्या है?"

"मेरे ख्याल से तो तुम पहले ही से अपनी बेटी की सारी करतूत जानते थे। सब कुछ जान-बूझकर छुपाया गया हमसे।"

"क-क्या बात कर रहे हो शहजाद राय?" महेश घोष बौखला गए–"चांदनी की कौन-सी करतूतों की बात कर रहे हो तुम? क्या छुपाया हमने?"

"उस लड़के को पहले से नहीं जानते तुम?" शहजाद राय की अंगुली चक्रेश की तरफ उठी।

उस अंगुली के साथ पहली बार महेश घोष ने उस तरफ देखा और . . . चक्रेश पर नजर पड़ते ही जैसे उन पर बिजली गिर पड़ी। मारे गुस्से के बुरा हाल हो गया। झपट ही जो पड़े चक्रेश पर। दोनों हाथों से उसका गिरेबान पकड़कर झंझोड़ते हुए चिल्लाए–"तू फिर सामने आ गया?"

"देखा-देखा-सिद्ध हो गया ये उसे जानता है।" शहजाद राय ने भीड़ से कहा।

उधर महेश घोष चक्रेश पर गुर्रा रहे थे–"यहां क्या कर रहा है तू?"

"आप तो जानते हैं सर। स्ट्रगलर हूं। स्ट्रगल कर रहा हूं।" चक्रेश ने कहा–"पता लगा–आपकी बेटी की शादी है। सोचा–सारी इंडस्ट्री ही होगी यहां तो। शायद टेलेंट दिखाने का कोई मौका मिल जाए। पर यहां तो मुझे लेकर हंगामा ही कुछ और हो गया। पता नहीं वो अंकल मुझे और चांदनी को लेकर क्यों . . ."

'चटाक्।'

महेश घोष के हाथ का झन्नाटेदार चांटा चक्रेश के गाल पर पड़ा।

चक्रेश चकराकर जमीन पर गिर गया।

"अब उसे चांटे मारने से कुछ नहीं होगा महेश घोष। सारी पोल खुल चुकी है।" शहजाद राय ने कहा।

"क्या पोल खुल चुकी है? क्या सोच रहे हो तुम इस फ्रॉडिए के बारे

में?" गुस्से की ज्यादती के कारण महेश घोष बिफर पड़े–"मेरा इससे, इससे ज्यादा कोई संबंध नहीं है, कि दो दिन पहले अजीब तरीके से मेरे ऑफिस में काम मांगने आया था। तब के बाद आज . . . आज ही देख रहा हूं मैं इसे।"

"हो सकता है तुमने इसे केवल दो ही बार देखा हो मगर तुम्हारी बेटी ने हजार बार देखा है। बार-बार देखा है। और खूब अच्छी तरह देखा है क्योंकि लड़का-लड़की जब होटल के कमरे में मिलते हैं तो एक-दूसरे को अच्छी तरह देखने के अलावा दूसरा कोई काम नहीं होता उनके पास। वे यह भी जानते हैं कि वहां उन्हें कोई और नहीं देख रहा।"

"यह तुम क्या कह रहे हो शहजाद राय? प्लीज . . . प्लीज . . . ऐसा लांछन मत लगाओ मेरी बेटी पर।"

"लांछन मैं नहीं लगा रहा महेश घोष। पहले से यह मालूम होता तो बेटे की बारात लेकर ही क्यों आता। क्यों खुद ही तेरे पीछे पड़ता शादी के लिए। मुझे तो यहीं आकर सब कुछ पता लगा। तेरी बेटी उस लड़के से कनिष्क होटल के रूम नंबर तेरह में गुलछर्रे उड़ाती रही है।"

मारे गुस्से और अपमान के महेश घोष का सारा शरीर कांप रहा था। चेहरा इस कदर सुर्ख हो गया जैसे जिस्म का सारा खून वहां और केवल वहीं इकट्ठा हो गया हो। अंगारों की तरह सुलग रही आंखों से जब उन्होंने चांदनी की तरफ देखा तो चांदनी घबराकर कह उठी–"नहीं पापा, नहीं! ये सब झूठ है। मैं तो . . ."

"झूठ है तो हमारे लाल हुए इतने सारे जोड़ों में से एक भी जोड़ा क्यों नहीं पहना तूने?" लड़के की मां पहली बार गुर्राकर आई–"एक से एक शानदार और कीमती जोड़े दिए थे हमने। मगर पहना है ये! टाट से बस कुछ ही ज्यादा अच्छे कपड़े का बना जोड़ा। मगर तुझे हमारे लाए जोड़े कैसे भा सकते थे? मेरे ख्याल से तो ये जोड़ा और नेक्लेस भी इसे इसके आशिक ने ही भेंट किया होगा।"

"ये झूठ है! झूठ है ये!" चांदनी बिफर पड़ी–"ये जोड़ा मैंने इसलिए पहना है क्योंकि ये इन्होंने दिया था।" कहने के साथ उसने दूल्हें की तरफ इशारा किया।

"म-मैंने?" दूल्हा चिहुंका–"मैंने तुम्हें कौन-सा जोड़ा दिया?"

"अरे!" मारे हैरत के चांदनी की आंखें फट पड़ीं–"आप भी झूठ बोल रहे हैं।"

"मैं झूठ क्यों बोलूंगा?" दूल्हे ने कहा।

चांदनी चिल्लाई–"तो मैं ही झूठ क्यों बोलूंगी?"

"क्योंकि रंगे हाथों, शहर के सभी सम्मानित लोगों के बीच पकड़ी जो गई हो।"

"ये झूठ बोल रहा है पापा।" पहली बार चांदनी ने दूल्हे के लिए सम्मान सूचक शब्दों का साथ छोड़ा–"मुझे तो इन्हीं की साजिश लग रही है ये। पता नहीं किसलिए ये मुझे, आपको, हमारे सारे परिवार को बदनाम कर रहे हैं। ये जोड़ा मेरे पास इसी ने पहुंचाया था। इस बात का मेरे पास सबूत भी है। इन्होंने, इस जोड़े पर एक चिट भी लगाई थी। चिट पर लिखा था–चांदनी, इसे पहनकर तुम दूज का चांद लगोगी–तुम्हारा होने वाला पति।"

"पता नहीं क्या बक रही है ये।" दूल्हे ने बौखलाकर अपने मां-बाप की तरफ देखते हुए कहा–"मैंने ऐसा कुछ नहीं किया।"

"कुछ नहीं किया! कुछ नहीं किया तो ये क्या है?" कहने के साथ चांदनी ने एक झटके से अपने ब्लाऊज से चिट निकाली। उसे हवा में लहराती बोली–"क्या है ये?"

एक पल के लिए चारों तरफ सन्नाटा छा गया।

चांदनी ने महेश घोष की तरफ पलटकर कहा–"पापा, कहने को तो शहजाद राय आपके दोस्त हैं, मगर मुझे लगता है ये बारात लेकर यहां आपकी बेटी से शादी करने नहीं बल्कि भरे समाज में आपको बेइज्जत करने आए थे। शायद अंदर ही अंदर इनके मन में आपके प्रति कोई खुंदक थी। इस चिट को पढ़िए और फिर इनके लड़के के कथन पर गौर कीजिए। आपको खुद पता लग जाएगा ये लोग किस कदर झूठ बोल रहे हैं।"

महेश घोष ने काग़ज़ उसके हाथ से लिया। पढ़ने के लिए आंखें उस पर गड़ा दीं। परंतु आंखों को कोई खुराक न मिल सकी। पलकें बड़े ही अजीब अंदाज में सिकुड़ गईं। कुछ और सरककर वे चांदनी के समीप आए। उसे चिट दिखाते बहुत ही धीमे स्वर में बोले–"इस पर तो कुछ भी नहीं लिखा है बेटी।"

और चांदनी।

मानो आकाश से सीधी 'धड़' से आकर जमीन पर गिरी हो।

झपटकर काग़ज़ लिया उसने। उलट-पुलट कर देखा। दोनों तरफ से वह पूरी तरह कोरा था। हैरत और बौखलाहट की वजह से उसका बुरा हाल हो गया। अभी कुछ कह भी नहीं पाई थी कि शहजाद राय ने आगे बढ़कर काग़ज़ छीनने के से अंदाज़ से चांदनी के हाथ से लिया। बोला–"मैं भी तो देखूं, क्या लिखा है इस पर?"

और।

उसे खाली पाते ही, हाथ ऊंचा करके हवा में लहराता बोला–"लो भाईयों! पढ़ने की कोशिश करो इसे।"

"ये सब क्या है?" महेश घोष की आवाज़ भर्रा गई–"ये सब क्या है चांदनी?"

"मेरी तो खुद कुछ समझ में नहीं आ रहा पापा। पता नहीं काग़ज़ पर लिखे अक्षर कहां चले गए? क्यों हुआ ऐसा? कहते-कहते वह फूट-फूटकर रो पड़ी।"

"अपनी औलाद हमेशा सबको सच्ची और मासूम लगती है महेश घोष।" शहजाद राय ने कहा–"जहां उसने दो टसवे बहाए कि मां-बाप को सारी दुनिया झूठी लगने लगती है। तेरी ये बेटी छल रही है तुझे। टसवे बहाकर खुद को सती-सावित्री साबित करना चाहती है। हकीकत जानना चाहता है तो इससे पूछ। इससे!" कहने के साथ उसने कनिष्क होटल के मैनेजर की बांह पकड़ी। लगभग जबरदस्ती उसे घसीटकर महेश घोष के सामने खड़ा करता बोला–"यहां! इस पंडाल में यह मेरा नहीं, तेरा गेस्ट है। तेरी तरफ से गए हुए कार्ड पर आया है। इसी से पूछ, तेरी लड़की इसके होटल के रूम नंबर तेरह में मिलती रही है या नहीं?"

"क्यों अमरनाथ!" महेश घोष ने अधेड़ से पूछा–"क्या ये सच है?"

"नहीं।" बुरी तरह बौखलाए हुए अमरनाथ ने अटकते-अटकते कहा–"ये सच नहीं है। मैंने चांदनी को कभी किसी के साथ अपने होटल में किसी कमरे में नहीं देखा।"

"मान गया . . . मान गया महेश घोष। तेरा कोई पक्का हितैषी है ये जो सबके सामने सच्चाई को कुबूल करके तेरा काम नहीं बिगाड़ना चाहता। यही कोशिश यह उस लड़के से बात करते वक्त कर रहा था।

चुपचाप यहां से लौट जाने के लिए कह रहा था उससे। मगर।" कहने के साथ उसने गुस्से में अमरनाथ को अपनी तरफ घुमाया। बोला–"तुम्हारी यह कोशिश अब बहुत खोखली है मिस्टर अमरनाथ। उस वक्त शायद कुछ रंग भी ला सकती थी अगर मैंने सब कुछ अपने कानों से न सुना होता। मैं उस कन्नात के ठीक पीछे था जहां तुम एकांत समझकर लड़के से बात कर रहे थे। मैंने एक-एक लफ्ज सुना है, तुम्हारा भी और उस लड़के का भी। लड़के ने पहले अंजान बनने की कोशिश की लेकिन जब देखा–तुम उसके हर राज से वाकिफ हो तो खुद ही सब कुछ कुबूल कर गया।"

"कुबूल कर गया?" चांदनी ने चिहुंककर चक्रेश की तरफ देखा।

मगर।

चक्रेश वहां नहीं था।

वहीं क्यों, पंडाल में कहीं भी नहीं था वह।

किसी को नजर नहीं आया।

शायद उस वक्त खिसक लिया था जब किसी का ध्यान उस पर नहीं था। जिस वक्त महेश घोष, शहजाद राय, उसकी पत्नी, दूल्हा और चांदनी आपस में उलझे हुए थे। शायद उसी वक्त का फायदा उठाया था उसने।

"मैं समझ गया। . . . मैं समझ गया शहजाद राय। सब कुछ उसी हरामजादे का किया-धरा है। ऐसा न होता तो यहां से खिसक क्यों लेता वह?" महेश घोष कहते चले गए–"ऑफिस में भी आकर उसने कुछ ऐसा ही ड्रामा किया था। कुछ क्रेक-सा लगता है। पता नहीं क्यों मेरे पीछे पड़ा हुआ है?"

"कभी तेरी बेटी को हम षड्यंत्रकारी नजर आते हैं, हमारा बेटा षड्यंत्रकारी नजर आता है। कभी सारी साजिश तुझे उस लड़के की नजर आने लगती है जिसे बकौल अपने तू ठीक से जानता तक नहीं है। अपनी लड़की दूध की धुली नजर आ रही है तुझे। अरे साफ हो चुका है–वह लड़का मजनूं है, तेरी बेटी लैला। इन्हीं दोनों की शादी रचा दे। मुझे बख्श। अपने बेटे को झूठन नहीं खिला सकता मैं। और तू सुन!" शहजाद राय ने चांदनी से कहा–"मुहब्बत कर ही ली है तो उसे निभाना सीख। अपने बाप के सामने, सारे समाज के सामने उसे कुबूल करने

का हौसला पैदा कर खुद में। इस तरह तो तू उस लड़के की जिंदगी भी बरबाद कर देती और मेरा बेटा . . . उफ्फ। समय रहते सब कुछ पता न लग गया होता तो मेरा बेटा तो शायद आत्महत्या ही कर लेता?" कहने के बाद एक पल के लिए शहजाद राय वहां रुका नहीं बल्कि तेज कदमों के साथ पंडाल के गेट की तरफ बढ़ गया।

"नहीं . . . नहीं शहजाद राय।" महेश घोष तड़पकर उसकी तरफ लपके। कदमों में गिर पड़े उसके। पैर पकड़कर गिड़गिड़ाए–"तू इस तरह बारात वापस नहीं ले जा सकता यार। इस सबके अलावा, दस साल पुराने दोस्त भी तो हैं हम। तेरी भी एक बेटी है। बेटी वाले के दर्द को महसूस कर। इस तरह बारात लौट जाएगी तो . . ."

"तो क्या चाहता है तू?" कहने के साथ शहज़ाद राय ने दोनों हाथों से उसका गिरेबान पकड़कर ऊपर उठाया। दांतों पर दांत जमाकर कहता चला गया–"तेरी तवायफ जैसी लड़की से अपने बेटे की शादी कर दूं? सारा मुंबई जिस पर थू-थू करेगा उसे अपनी बहू बना लूं? नहीं महेश घोष, ऐसा काम तो मुंबई की झोपड़-पट्टी में रहने वाला भी नहीं करेगा। मैं तो फिर भी, इस शहर के गिने चुने सम्मानित नागरिकों में से एक हूं। तेरी इज्जत की अर्थी एक बार अट्ठारह साल पहले तेरी पत्नी की वजह से उठी थी। आज उसकी बेटी के कारण उठी है। मैं कनिष्क होटल के तेरह नंबर की कीचड़ को अपने घर में नहीं भर सकता।"

"प्लीज . . . प्लीज पापा।" चांदनी ने दौड़कर महेश घोष को पकड़ा–"बंद कीजिए ये सब।"

"दूर हट मेरी नजरों से!" भन्नाए हुए महेश घोष ने उसे जोर से धक्का दिया–"तेरे ही कारण हुआ ये सब।"

एक चीख के साथ चांदनी दूर जा गिरी।

"ये नाटकबाजी हम लोगों के जाने के बाद कर लेना।" शहजाद राय ने महेश घोष से कहा–"और सुन, शायद तुझे याद होगा–मेरे पचास करोड़ रुपए हैं तुझ पर। एक हफ्ते के अंदर अगर वे मुझे वापस नहीं मिल गए तो . . . तो इज्जत में तो तेरी चार चांद लग ही चुके हैं, शरीर भी मुंबई के किसी कूड़ेदान में पड़ा पत्थर नजर आएगा।"

महेश घोष हकबकाई अवस्था में खड़े रह गए।

सब कुछ लुट चुका था उनका।

सब कुछ।

शहजाद राय और उसके परिवार के लोग पैर पटकते चले गए। एक-एक करके बाकी मेहमान भी सरकने लगे। उनके सरकने का अंदाज ऐसा था जैसे किसी 'मय्यत' से लौट रहे हों। केवल एक शख्स था जिसके होंठों पर लौटती बारात के इस मंजर को देखकर मुस्कान थी।

वह था वह, जिसने अपना नाम चक्रेश बताया था।

चक्कर चलाने वाला ईश्वर।

वह अंधेरे में खड़ी सफेद रंग की मारुति की ड्राईविंग सीट पर बैठा था। गुलाबी होंठों पर ऐसी मुस्कान लिए जैसी एवरेस्ट पर झंडा गाड़ते वक्त तेनसिंह और हिलेरी के होंठों पर रही होगी।

⅄

एक-एक करके सब चले गए।

सुबकती हुई चांदनी भी बंगले के अंदर जा चुकी थी।

वहां रह गए तो केवल महेश घोष, चंपक और सर्वेंट्स क्वाटर्स में रहने वाले कुछ नौकर।

हां, एक बाहर का आदमी भी था अभी वहां।

अमरनाथ।

कनिष्क होटल का मैनेजर।

महेश घोष पूरी तरह टूटे हुए नजर आ रहे थे। अंततः वह भी थके-थके कदमों के साथ बंगले की इमारत की तरफ बढ़ गए। तभी लपककर, उनके सामने आते अमरनाथ ने कहा–"घोष, मैं तुमसे कुछ कहना चाहता हूं।"

महेश घोष ठिठके। बोले– "किसी के भी कहने के लिए क्या अब भी कुछ बाकी रह गया है?"

"मुझे दुख है, एक बार फिर तुम्हें लगभग वैसा ही दिन देखना पड़ा जैसा अट्ठारह साल पहले देखना पड़ा था।"

महेश घोष उसकी तरफ देखते रह गए।

"ऐसा ही बल्कि शायद इससे भी ज्यादा बेइज्जती तुम्हें तब उठानी पड़ी थी जब लोगों को कंचन के बारे में पता लगा था। तुम्हारी पत्नी के बारे में।"

महेश घोष के जबड़े कस गए। अपमान की पराकाष्ठा के कारण चेहरा भभकता चला गया। हलक से ज्वाला-सी फूटी–"उस जिक्र को छेड़कर क्या तुम मेरे जख्मों पर नमक छिड़क रहे हो?"

"नहीं घोष। ऐसी तो कभी कल्पना भी मत करना अपने दोस्त के बारे में।" अमरनाथ ने कहा–"मैं तो केवल यह कहना चाहता हूं–लगभग ऐसी ही जिल्लत तुमने अट्ठारह साल पहले अपनी पत्नी के कारण उठाई थी और आज . . . आज जो कुछ हुआ तुम्हारी बेटी के कारण हुआ। मुझे याद आया–खून तो चांदनी में भी कंचन ही का है। कम से कम तुम्हें अंधेरे में नहीं रखना चाहता। इसलिए हकीकत बताने का फैसला किया है।"

"कैसी हकीकत?"

"चांदनी सचमुच मेरे होटल के कमरे में चक्रेश से मिलती रही है।"

"ये क्या बक रहे हो तुम?" महेश घोष ज्वालामुखी की मानिंद फट पड़े–"सबके सामने तो तुमने कहा था ये झूठ है।"

"सबके सामने तो अपने दोस्त की इज्जत बचाने की कोशिश की थी मैंने मगर अफसोस . . . वैसा हो नहीं सका।"

"अगर ऐसा कुछ था तो तुमने मुझे पहले क्यों नहीं बताया?"

"मुझे मालूम नहीं था चांदनी तुम्हारी बेटी है।"

"क्या मतलब?"

"हम दोस्त सही मगर इतने गहरे भी नहीं हैं कि एक-दूसरे के घर आना-जाना हो। इसलिए मैं चांदनी को पहचानता नहीं था। होटल का मैनेजर हूं, जानता हूं–वहां कमरों में एक-दूसरे से संबंध रखने वाले जोड़े मिलते ही रहते हैं। वहां के माहौल में यह कोई खास बात नहीं है। सामान्य-सी बात है। चांदनी और चक्रेश को भी मैंने उसी सामान्य अंदाज में लिया था। चौंकना तो आज पड़ा। तब, चांदनी को दुल्हन के रूप में देखा। तुम्हारी बेटी के रूप में पहचाना। उससे भी ज्यादा दूल्हे को देखकर चौंका। वह चक्रेश नहीं था। कुछ देर के लिए दिमाग घूमा जरूर मगर फिर सोचा–इसी में क्या खास बात है। ऐसा तो अक्सर होता ही रहता है। आजकल के बच्चे अफेयर किसी और से करते हैं, शादी किसी और से रचा लेते हैं। वैसे भी चांदनी को मैंने खुश देखा था। कोई शिकन नहीं थीं। उसके चेहरे पर। समझ गया–जो हो रहा है, उसकी

रजामंदी से हो रहा है। कसम से घोष, यदि चक्रेश यहां नहीं आता और ये सारा बखेड़ा न हुआ होता तो मैं किसी और का तो क्या, तुम तक को उनके होटल से मिलने वाली बात बताने वाला नहीं था। बुद्धि तो चक्रेश को देखकर खराब हुई। मुझे लगा–वह यहां काम बिगाड़ने आया है। अपनी बाद की हरकतों से यह बात उसने साबित भी कर दी। वह तो चांदनी को देख भी उन नजरों से रहा था कि देखने वाले खुद ही उनके संबंधों की गहराई को समझ जाएं। हालांकि चांदनी की नजर एक पल के लिए भी उस पर नहीं ठिठकी थी। मैं समझ गया–वह उसे 'अवाईड' कर रही है मगर मुझे लगा–अगर वह यहां रहा और उन्हीं नजरों से चांदनी को देखता रहा तो बखेड़ा होकर रहेगा। इसलिए मैंने उसे . . ."

"बस! बस अमरनाथ! मैं सब कुछ समझ गया।" महेश घोष ने उसकी बात काटकर कहा और तेज कदमों के साथ बंगले के मुख्यद्वार की तरफ बढ़ गए। उन्हें उस मुद्रा में जाते देखकर अमरनाथ के होंठों पर कुटिल मुस्कान उभरी।

⅄

महेश घोष आग का गोला बना चांदनी के बैडरूम की तरफ बढ़ रहे थे। अभी लॉबी में ही थे कि जाने क्या सोचकर ठिठके। दिमाग में विचार उभरा–'क्या मेरी समस्या इस तरह हल होगी?' दिमाग के किसी दूसरे हिस्से ने जवाब दिया–'नहीं।' फिर उसने निश्चय किया–'काम उत्तेजना का प्रदर्शन करने से नहीं शांति का प्रदर्शन करने से होगा?' सो, चांदनी के बैडरूम में दाखिल होने तक वह खुद को काफी हद तक नियंत्रित कर चुके थे।

चांदनी बैड पर औंधी पड़ी तकिए, में मुंह छुपाए सिसक रही थी।

कुछ देर तक महेश घोष बुत से बने, उसे देखते रहे। फिर धीरे से, अपने लहजे में प्यार भरकर उसे पुकारा–"चांदनी!"

वह चौंकी।

उसी पोज में चेहरा उठाकर महेश घोष की तरफ देखा। आंसुओं ने उसका सारा मेकअप धो डाला था। कुछ देर तक दोनों एक-दूसरे को देखते रहे। फिर चांदनी के मुंह में बस एक ही लफ्ज निकला–"पापा।"

वह उठी और दौड़कर महेश घोष से लिपट गई।

अब वह उनकी छाती में मुखड़ा छुपाए फूट-फूटकर रो रही थी।

कुछ देर यही स्थिति रही।

जब चांदनी की सिसकियां कुछ कम हुई तो महेश घोष ने कहा–"मैं तुमसे कुछ पूछना चाहता हूं बेटी।"

कुछ नहीं बोली वह। बस सिसकती रही।

"बगैर मां की बच्ची को पालना कितना कठिन होता है, इस बात को तो मुझसे बेहतर कोई नहीं समझ सकता।" महेश घोष बोले–"उस वक्त तुम केवल तीन साल की थीं जब तुम्हारी मां तुम्हें गोद में छोड़कर इस दुनिया से . . ."

"नाम मत लीजिए उस वेश्या का।" उनकी बात काटती हुई चांदनी नागिन की तरह बिफरकर उनसे अलग हो गई। अचानक वह दुख में डूबी होने की जगह गुस्से से नजर आने लगी– "मैं उससे नफरत करती हूं। लोग कहते हैं इस दुनिया में मां से ज्यादा पवित्र दूसरा कोई शब्द नहीं है मगर मुझे इस शब्द से घृणा है। किसी के मां कहते ही मेरा जहन सड़ांध से भर जाता है। काश . . . काश मैं उस वक्त बड़ी होती। सच पापा, मुंह नोंच लेती उस डायन का।"

"नहीं बेटी। इतनी नफरत ठीक नहीं होती। मैं तुमसे अनेक बार पहले भी कह चुका हूं–लोगों की हर बात पर विश्वास नहीं कर लेना चाहिए।"

"मैं जानती हूं आप ऐसा किसलिए कहते हैं।"

"क्या जानती हो?"

"बहलाने की कोशिश करते हैं आप मुझे। मगर पापा, अब मैं कोई बच्ची नहीं रह गई हूं। सब समझती हूं। उस दुष्ट औरत ने जो किया वह ऐसा था ही नहीं जो लोगों से छुपा रह सकता। आपने तो मुझे कभी कुछ बताया नहीं लेकिन लोग वर्षों तक ऐसी घटनाओं को नहीं भुला पाते। इसलिए मेरे कानों तक भी पहुंच गई।"

"समझने की कोशिश कर बेटी, कौन जाने तेरी मां की क्या मजबूरी थी। हालात कभी-कभी . . ."

"यह सब आप बार-बार मुझे 'भरमाने' के लिए कहते हैं। इसलिए कहते हैं ताकि मैं अपनी मां को वैसी न समझूं जैसी वह थी। आप तो

अपना दर्द भी छुपाते हैं मुझसे। हकीकत यह है–एक औरत की बेवफाई से जितनी जिल्लत, जितनी रुसवाईयां एक पति को उठानी पड़ती हैं, उतनी कोई और नहीं उठाता। मुझे तो बहुत बाद में सुनने को मिला कि मैं एक चरित्रहीन औरत की बेटी हूं, आपको तो उसका पति होने का जहर पीते-पीते अट्ठारह साल हो गए। घर के नौकर के साथ रंगरलियां मनाती पकड़ी गई थी वह। ऐसी हालत में कि शक की कहीं कोई गुंजाईश ही नहीं रह गई थी। उफ्फ! मुझे तो यह सोच-सोचकर खुद ही से घृणा होने लगी है कि मैं एक ऐसी औरत की कोख से पैदा हुई हूं जिसके संबंध अपने नौकर से थे।"

"चांदनी! मैं यहां तुमसे उन दिनों की बात करने नहीं आया था। कंचन की बात करने नहीं आया था। आज की बात करने आया था। तुम्हारी और अपनी बात करने आया था। लेकिन . . . उसका जिक्र जब तुमने छेड़ ही दिया है तो मुझे कहना पड़ रहा है–तुम्हीं ने उससे अलग क्या किया? अट्ठारह साल के लम्बे अर्से बाद मैं लोगों के दिमाग से कंचन को भुलाने में कामयाब हुआ था। बड़ी मुश्किल से अपनी इज्जत-सम्मान स्थापित कर सका था। मगर आज . . . आज तुमने मुझे फिर जिल्लत की उसी दलदल में ला पटका। लोग आज फिर उसी तरह खुलकर थू-थू कर रहे हैं। अट्ठारह साल पुरानी कंचन याद आ गई है सबको। उन्होंने कहा नहीं, अमरनाथ ने कह दिया– 'बेटी भी आखिर मां के ही नक्शे कदम पर चली।'"

"नहीं पापा, मैंने ऐसा कुछ नहीं किया। क्या आपको भी मुझ पर विश्वास नहीं रहा?"

"विश्वास तो तुमने मुझ पर नहीं किया। किया होता तो वह सब होता ही नहीं जो हुआ।"

"मेरी समझ में कुछ नहीं आ रहा पापा, आप क्या कह रहे हैं।"

"और मेरी समझ में यह नहीं आ रहा कि तुमने चक्रेश से अपने संबंध मुझसे छुपाए क्यों?"

"चक्रेश . . . कौन चक्रेश?"

"उफ्फ!" महेश घोष मिमिया उठे–"तुम चक्रेश को नहीं जानतीं?"

"नहीं पापा। सचमुच मैं किसी चक्रेश को नहीं जानती।"

"होटल कनिष्क के रूम नंबर थर्टीन में तुम उसे मिलती नहीं रही हो?"

"मैं कभी किसी होटल के कमरे में किसी से नहीं मिली।"

"आखिर क्यों झूठ पर झूठ बोले चली जा रही हो तुम।" महेश घोष बुरी तरह झुंझला गए थे–"क्यों इस बात को नहीं समझीं कि अगर तुम मुझे कहतीं–'मुझे चक्रेश पसंद है,' तो मैं उसी से तुम्हारी शादी कर देता। भला क्या आपत्ति हो सकती थी मुझे, अरे तुम्हारे तो मुंह से निकलते ही मैं तुम्हारी हर ख्वाहिश पूरी करता रहा हूं। फिर ये ख्वाहिश पूरी क्यों नहीं करता। तुमने मुझसे कहा क्यों नहीं और अब भी . . . तुम कुबूल क्यों नहीं कर रहीं कि तुम चक्रेश से प्यार करती हो?"

"कहूं तो तब, जब मैं किसी से प्यार करती होऊं। किसी चक्रेश को जानती होऊं।"

"तो वह लड़का कौन था जिसे लेकर सारा बखेड़ा हुआ?"

"क्या उसी का नाम चक्रेश है?"

"क्या यह बात भी तुम्हें अब मुझे बतानी होगी?"

"मैंने आज से पहले उसे कभी नहीं देखा।"

"क्या बात कह रही हो, भला अमरनाथ मुझे झूठ क्यों बोलेंगे?"

"मुझे नहीं पता आपसे कौन क्या कह रहा है। बस इतना जानती हूं–अपनी बेटी पर विश्वास कीजिए। मैंने आपके अलावा कभी किसी से प्यार नहीं किया। सोचिए तो सही–ऐसी कोई बात होती तो भला आपको क्यों नहीं बताती? क्या मैं जानती नहीं हूं–आप हमेशा मेरी हर ख्वाहिश पूरी करते हैं।"

महेश घोष की मानो खोपड़ी घूम गई। चांदनी की तरफ यूं देखते रह गए वह जैसे अभी-भी यकीन न कर पा रहे हों। अंततः उसका हाथ पकड़कर अपने सिर पर रखते बोले–"अब कहो, तुम किसी चक्रेश को नहीं जानतीं। किसी से प्यार नहीं करतीं।"

चांदनी ने बेहिचक महेश घोष के शब्द दोहरा दिए।

और जब उसने ऐसा कर दिया तो मारे गुस्से और हैरत के महेश घोष का बुरा हाल हो गया। मुंह से निकला–"बात समझ में नहीं आई। उस लड़के ने ऐसा क्यों किया और अमरनाथ . . . इसका मतलब तो वह भी उससे मिला हुआ है। दोनों ने मिलकर सारा काम बिगाड़ा।" कहने के बाद वह कमरे से निकलकर पंडाल की तरफ दौड़-सा पड़ा।

“नहीं! मैं किसी का ये बेवकूफी भरा जवाब नहीं सुनना चाहता कि वह नहीं मिला।” अगले दिन महेश घोष फोन पर दहाड़ रहे थे–“मुझे वह चाहिए। हर कीमत पर चाहिए। धरती नहीं निगल सकती उसे। आसमान नहीं खा सकता। सारे शहर में फैल जाओ। चप्पा-चप्पा छान मारो। कहीं तो मिलेगा हरामजादा। मैं उसे अपने पास लाने वाले को मुंह मांगा ईनाम दूंगा।” कहने के बाद उन्होंने दूसरी तरफ से बोलने वाले की आवाज सुने बगैर रिसीवर क्रेडिल पर पटक दिया।

बुरी तरह हांफ रहे थे वह। भन्नाए हुए थे।

तभी, चांदनी ने लॉबी में कदम रखते हुए पूछा–“क्या हुआ पापा?”

“अभी तक नहीं मिला हरामजादा। मगर कब तक नहीं मिलेगा? जाएगा कहां? मैंने सारे शहर में अपने आदमी फैला दिए हैं। बस एक बार हाथ आ जाए। साले की वह गत बनाऊंगा कि पैदा करने वाले तक पहचानने से इंकार कर देंगे।”

“पूछना तो उससे मुझे भी है, ये खेल उसने खेला क्यों?” चांदनी का चेहरा तमतमा उठा।

“सब उगलना पड़ेगा कमीने को।”

“और आपका वह दोस्त! अमरनाथ?”

“वह साला भी नहीं मिल रहा। न अपने फ्लैट पर, न ड्यूटी पर पहुंचा। रात ही से गायब है। अब तो पक्का हो चुका है। वह भी उसी से मिला हुआ था। दोनों ने मिलकर खेला ये खेल।”

“मगर पापा, सोचने वाली बात ये है–ऐसा उन्होंने किया क्यों?” चांदनी बोली–“मेरी शादी तुड़वाकर उन्हें क्या मिला? क्यों उन्होंने सारे शहर के सामने हमें अपमानित किया? जिस शख्स को मैं जानती तक नहीं उसने क्यों खुद को मेरा प्रेमी साबित किया, बात एकदम समझ से बाहर है।”

कुछ कहने के लिए महेश घोष ने मुंह खोला ही था कि उनके एक आदमी ने लॉबी में कदम रखते हुए कहा–“सर, उसके बारे में तो बड़ी अजीब बातें पता लगी हैं।”

“जल्दी बताओ–क्या पता लगा?”

“वह होटल ताज के रूम नंबर फाईव ओ फाईव में ठहरा था। वहां

के रजिस्टर में उसका नाम 'अमर' लिखा है। ढूंढ़ता-ढूंढ़ता मैं 'बेंजर' पर पहुंच गया। आसमानी कलर का वह जोड़ा उसने वहीं से खरीदा था जिसे कल चांदनी मेमसाहब ने पहना था। पता लगा–पेमेंट उसने क्रेडिट कार्ड से किया था। कार्ड पर उसका नाम–'अकबर' था। मैंने वह ज्वेलरी शॉप ढूंढ़ निकाली जहां से उसने 'नेक्लेस' खरीदा था। वहां उसने किसी 'एंथोनी' नाम के आदमी के क्रेडिट कार्ड से पेमेंट किया। पांच लाख का नेक्लेस है वह।"

"बेवकूफ हो तुम!" भन्नाए हुए महेश घोष कहते चले गए–"इतना भी नहीं समझ सके–वह जेबकतरा ही नहीं, कोई बहुत बड़ा फ्रॉडिया है। उसने लोगों की जेब साफ कीं। उनके हस्ताक्षरों की नकल मारकर अलग-अलग जगह अलग-अलग नामों से पेमेंट किया। मगर मेरा पेट इन जानकारियों से नहीं भरेगा। मुझे वह चाहिए। खुद वही। साक्षात्। अपने सामने! ताकि जी भरकर उसकी चमड़ी उधेड़ सकूं।"

तभी वहां, दौड़ता-हांफता चम्पक पहुंचा। उसके मुंह से बार-बार एक ही लफ्ज निकल रहा था।–"सर जी . . . सर जी!"

"क्या बात है चंपक?" महेश ने चौंकते हुए पूछा।

"सर-जी–वह।" कहकर चंपक पुनः हांफने लगा। हलक मानो सूख गया था। कोशिश के बावजूद मुंह से आवाज नहीं निकाल पा रहा था। वह हकला नहीं था मगर इस वक्त बुरी तरह हकला रहा था।

"क्या सर जी–सर जी कर रहा है। बताता क्यों नहीं क्या बात है?"

"वह तो यहीं आ गया सर जी।" चंपक बड़ी मुश्किल से कह सका।

महेश घोष और चांदनी के मुंह से एक साथ निकला–"कौन?"

"वही! वही!" चंपक का बुरा हाल था।

"अबे कौन वही? ठीक से क्यों नहीं बताता?"

"वही लड़का। चांदनी मेमसाब का वो . . ."

चंपक के शब्द मानो अणु बम बनकर फटे वहां। दिमागों में धमाके से हुए। दिलों ने उस एक पल के लिए मानो धड़कना बंद कर दिया था।

सब कुछ रुक गया था जैसे सन्नाटा छा गया।

ऐसा सन्नाटा कि सुई भी गिरे तो आवाज सबको सुनाई दे।

जो जहां खड़ा था, वहीं अवाक् मुद्रा में खड़ा रह गया।

सबसे पहले महेश घोष 'शॉक' की दुनिया से बाहर आए। पूछा–"कहां है वह?"

"फ्रंट लॉन में।" चंपक ने कहा।

⅄

वह आंखों पर 'रेबैन' का चश्मा लगाए, लॉन में पड़े झूले पर झूल रहा था।

"पूरी तरह निश्चिंत।"

होंठों पर किंग साईज की सिगरेट लटकाए।

वातावरण में सिर्फ झूले की चूं-चूं गूंज रही थी।

इस वक्त वह बिस्कुटी कलर का शानदार सूट, सफेद शर्ट और सूट से मैच करती टाई पहने हुए था। पैरों में काले जूते चमचमा रहे थे।

वे सब कुछ इस तरह दौड़ते हुए झूले के नजदीक पहुंचे थे जैसे सामने पड़ते ही उसे कच्चा चबा जाएंगे, मगर नहीं–उनमें से कोई भी ऐसा नहीं कर सका। सब झूले के नजदीक पहुंचकर यूं ठिठक गए जैसे किसी अज्ञात ताकत ने जकड़ लिया हो।

लॉबी से वहां तक भागकर आने के कारण वे सब हांफ रहे थे।

महेश घोष, चांदनी और चंपक के अलावा ढेर सारे नौकर भी वहां पहुंच चुके थे।

इस बार भी सबसे पहले महेश घोष ही ने खुद को नियंत्रित किया। हलक से गुर्राहट निकली–"तो तू यहां पहुंच ही गया।" वह झूले से उठकर महेश घोष की तरफ बढ़ता बोला–"सोचा, क्यों न मैं ही आपके दरबार में हाजिरी बजा दूं।"

"क्यों आए हो यहां?"

"सुना है, आप मेरी चमड़ी उधेड़ने के तलबगार हैं।"

"चक्रेश तेरा असली नाम तो हो नहीं सकता। सबसे पहले असली नाम बता।"

उसके गुलाबी होंठों पर मुस्कान उभरी। बोला–"लोग चक्कर चलाने वाला ईश्वर ही कहते हैं मुझे।"

"ईश्वर के बच्चे! क्यों किया वह सब? सारे शहर के सामने हमारी नाक काटकर तुझे क्या मिला?"

"ऐसा कोई इरादा तो नहीं था मेरा लेकिन अगर ऐसा हो गया है तो–सॉरी!" कहने के साथ उसने महेश घोष के बेहद नजदीक पहुंचकर चश्मा उतार लिया था–"वाकई! माफी चाहता हूं मैं।"

"और यह भी चाहता है तुझे माफ कर दूं?"

"आपकी मर्जी।" उसने लापरवाही के साथ कंधे उचकाकर चश्मा जेब में रख लिया।

"अब भी एक्टिंग कर रहा है क्या? टेलेंट दिखा रहा है अपने?"

"वह तो आप पहले ही काफी देख चुके हैं।"

"तो अब असली वजह बता। क्यों पीछे पड़ा हुआ है हमारे? सबसे पहले ऑफिस में आया। अजीब ड्रामा किया। क्यों आया था? क्यों किया था यह ड्रामा? उसके बाद रात नजर आया। ऐसा तमाशा किया कि सारा शहर तुझे चांदनी का प्रेमी समझ बैठा। मेरी बेटी की बारात लौट गई।"

"यही! ठीक यही चाहता था मैं।"

"कोई वजह तो होगी।"

"वजह है ये! ये लड़की!" उसने चांदनी की तरफ अंगुली तानी–"मुझे यह पसंद आ गई है।"

"दिमाग खराब है क्या तेरा?"

उनकी उत्तेजना पर जरा भी ध्यान दिए बगैर चक्रेश ने कहा–"मैं इससे मुहब्बत करने लगा हूं।"

"मगर मैं तुम्हें जानती तक नहीं!" चांदनी चीखी।

"जान जाओगी।" कहने के साथ वह एक झटके से चांदनी की तरफ घूमा, अपनी ब्राऊन आंखों से उसकी झील जैसी नीली आंखों को देखता हुआ बोला–"बहुत जल्द तुम मुझे उतना जान जाओगी एक पत्नी अपने पति को जानती है।"

महेश घोष चीख पड़े–"क्या बक रहा है हरामजादे?"

"मैं बका नहीं करता मिस्टर महेश घोष। फरमाया करता हूं।" वह जरा भी उत्तेजित हुए बगैर पुनः महेश घोष की तरफ पलटकर बोला–"आपने पूछा–मैंने खुद को चांदनी का प्रेमी क्यों साबित किया? क्यों

ऐसा ड्रामा किया जिससे बारात, बगैर शादी के वापस लौट गई? उसी सबका जवाब दिया है। सीधा और सच्चा जवाब। एक लड़का जिससे प्यार करता है, भला किसी दूसरे से उसकी शादी कैसे होने दे सकता है?"

"और कोई वजह नहीं है?"

"दूसरी और वजह हो भी क्या सकती है।" चक्रेश ने उनकी आंखों में झांकते हुए अजीब रहस्यमय स्वर में कहा–"आप खुद सोचिए। शायद कुछ समझ में आ जाए।"

महेश घोष उसके स्टाईल पर सकपकाकर रह गए।

"और अब!" वह एक-एक शब्द को चबाता चला गया–"मैं आपको एक चैलेंज दे रहा हूं। खुला चैलेंज। चांदनी बहुत जल्द मेरे मोहपाश में बंधी होगी। ये आपसे कहेगी–'मैं शादी करूंगी तो सिर्फ और सिर्फ चक्रेश चक्रवर्ती से।' आपने चूं-चा की तो वही करेगी जो मुहब्बत करने वाले अक्सर करते हैं। बगावत कर देगी आपसे। आपकी दुनिया छोड़कर भाग जाएगी मेरे साथ।"

"ऐ . . . मिस्टर!" चांदनी ने उसका बाजू पकड़कर एक झटके से अपनी तरफ घुमाया–"आखिर चीज़ क्या हो तुम? किस बूते पर कर रहे हो ये बकवास?"

"सच्चे प्यार के बूते पर।" उसके गुलाबी होंठों पर आत्मविश्वास भरी मुस्कान थी।

"सच्चा प्यार?"

"जो अभी तुम्हें हुआ नहीं है। इसलिए इसकी ताकत को नहीं पहचानतीं। मगर मेरा दावा है–बहुत जल्द तुम सच्चे प्यार का स्वाद चखोगी और उसके बाद . . . ये तो हैं क्या चीज़। तुम मेरे लिए सारी दुनिया, सारी कायनात छोड़ने के लिए तैयार हो जाओगी।"

"वाह!" चंपक कह उठा–"क्या लड़का है।"

महेश घोष ने उसे खूंखार नजरों से घूरा।

चंपक सकपका गया।

"उधर बुरी तरह भन्नाई चांदनी दांत भींचकर कह रही थी–"मुझे तो कोई सनकी लगते हो तुम। मेरे ही सामने कह रहे हो कि तुम मुझे अपने मोहपाश में बांधने वाले हो। और मैं बंध जाऊंगी। ऐसा कहीं होता है?"

"होता है।" वह कहता चला गया–"मुहब्बत की दुनिया में ऐसा ही चमत्कार होता है चांदनी। यकीन मानो–ये वो जादू है जो दिलो-दिमाग को सुकून पहुंचाने वाली रोशनी से चकाचौंध कर देता है। जब तुम मेरी मुहब्बत के मोहपाश में बंधने लगो तो रोकने की कोशिश करना खुद को। मेरा दावा है–तुम हार जाओगी। मुंह की खानी पड़ेगी तुम्हें। वह वक्त आएगा जब तुम मेरे लिए तड़पोगी। जब तुम्हें कोई मुझसे नहीं मिलने देगा तो मेरे लिए रोओगी। आंसू बहाओगी। और ये सब तुम्हें सुकून पहुंचाएगा। अजीब बात ये है कि प्यार करने वालों को हंसने से कई-कई गुणा ज्यादा रोना अच्छा लगता है। बार-बार रोना चाहते हैं वे। दुनिया की हर नशीली चीज़ से ज्यादा नशा उन्हें रोने से होता है। ये सब तो गहने हैं मुहब्बत के। और मुझे पूरा यकीन है–इन्हें पहनकर तुम रात की रानी की तरह महक उठोगी।"

"अजीब पागल आदमी हो तुम।"

चांदनी की बात पर जरा भी ध्यान दिए बगैर दीवानगी के आलम में वह कहता चला गया–"तुम्हें मुझसे मुहब्बत करनी पड़ेगी चांदनी। बेइंताह मुहब्बत।" एक नजर उसने महेश घोष पर डालने के बाद कहा–"दुनिया की किसी और ताकत की तो बिसात ही क्या। खुद अपने आपको नहीं रोक सकोगी तुम। ये मेरा दावा है। चैलेंज है मेरा। एक बार जब तुम्हारे दिल में मेरे लिए कशिश पैदा होगी तो अपने ही कदमों को तुम मेरी तरफ बढ़ने से नहीं रोक सकोगी।"

चांदनी को अवाक् रह जाना पड़ा।

महेश घोष तो मारे गुस्से के मानो पागल हो गए। दहाड़ उठे–"तू कोई पागल है क्या?"

"मुहब्बत करने वाले तुम जैसे लोगों को पागल ही नजर आते हैं।"

"अभी तेरे सिर से प्यार का भूत उतारता हूं साले।" कहने के साथ वे अपने आदमियों की तरफ पलटकर चीखे–"इतनी देर से खड़े-खड़े देख क्या रहे हो हरामजादो! चमड़ी उधेड़ दो इसकी!"

चक्रेश ने सिगरेट का अंतिम सिरा घास पर डाला। उसे अपने चमकदार जूते से कुचलता हुआ बोला–"ये भी सही।"

एक साथ कई तरफ से महेश घोष के आदमी चक्रेश पर झपटे।

मगर, चक्रेश एन समय पर अपना स्थान छोड़ चुका था।

वे सभी आपस में उलझकर रह गए और अभी संभल भी नहीं पाए थे कि एक के चेहरे पर चक्रेश का घूंसा पड़ा। दूसरे के पेट में चमकदार जूते की ठोकर। तीसरे का चेहरा उसके सिर की टक्कर के कारण लहूलुहान हो उठा था, तो चौथा अपने गुप्तांग पकड़े डकरा रहा था।

इतने ही पर बस नहीं कर दी चक्रेश ने। उस वक्त महेश घोष और चांदनी को हैरान रह जाना पड़ा, जब उन्होंने उसे उनके आदमियों से भिड़ते देखा।

वह हाड़-मांस का इंसान नहीं बल्कि बिजली का पुतला नजर आ रहा था।

अभी यहां था, अभी वहां।

अभी उनके एक आदमी पर प्रहार कर रहा था अभी दूसरे पर।

लॉन में लगातार उनके आदमियों की चीखें गूंज रही थीं और हकबकाए से, असहाय से खड़े वे उस सबको देखते रहने से ज्यादा कुछ भी नहीं कर पा रहे थे। अकेला चंपक था। जिसके होंठों पर उस दृश्य को देखकर मुस्कान थी। चेहरे पर चक्रेश के लिए प्रशंसा के भाव।

अगर यह कहा जाए तो गलत नहीं होगा—महेश घोष के चार में एक भी आदमी एक बार भी अपनी मर्जी से उसे छू तक नहीं सका था। दो धराशायी हो चुके थे। दो अभी-भी जूझ रहे थे।

चक्रेश ने उनमें से एक को उठाया। अपने सिर के ऊपर हवा में घुमाया और खुद पर झपटने की तैयारी कर रहे दूसरे पर फेंक मारा। दोनों एक-दूसरे से उलझकर घास पर गिरे।

और इस बार ऐसे गिरे कि उठ ही न सके।

कुछ देर चक्रेश उनके अगले हमले का जवाब देने की मुद्रा में खड़ा रहा लेकिन जब पाया—वे उठने की स्थिति में ही नहीं हैं तो—ऐसे अंदाज में हाथ झाड़े जैसे धूल झाड़ रहा हो।

मारे हैरत के चांदनी का बुरा हाल था।

महेश घोष गुस्से से कांप रहे थे।

वह उनकी तरफ पलटा। मुस्कराया। बड़ी ही कातिल मुस्कान थी वह। ऐसी मुस्कान जो महेश घोष के जिस्म में चिंगारियां-सी भड़काती चली गई।

उसके बाद।

अपनी आंखों में ढेर सारा प्यार भरकर उसने चांदनी की तरफ देखा। वे नजरें ऐसी थीं जिनका चांदनी सामना न कर सकी। सकपकाकर इधर-उधर देखने लगी। उस वक्त तो महेश घोष के होश ही उड़ गए जब उनके नजदीक जाते-जाते चक्रेश ने अपनी जेब से रिवॉल्वर निकाल लिया। उसे बार-बार गेंद की तरह हवा में उछाल-उछालकर लपकता हुआ बोला–"मेरे पास यह भी है मिस्टर घोष। 'स्मिथ एंड वेसन' कम्पनी का बना बहुत ही शानदार रिवॉल्वर है ये। एक ही गोली में कनपटी फाड़ डालता है। चाहूं तो इसी वक्त इसकी नोक पर तुम्हारे सामने से तुम्हारी बेटी को उठाकर ले जाऊं। यकीन मानो–दुनिया की कोई ताकत मुझे रोक नहीं सकेगी। मगर नहीं, मैं ऐसा नहीं करूंगा।" कहने के साथ उसने रिवॉल्वर वापस जेब में रख लिया। पूछा–"जानते हो क्यों?"

"क्यों?" यह शब्द महेश घोष के मुंह से मानो स्वतः फिसलता चला गया।

"क्योंकि यह काम बहुत आसान है और आसान काम करना चक्रेश की फितरत में नहीं है। मुश्किल काम है–चांदनी के दिल में अपने लिए मुहब्बत भरना। वही करने निकला हूं मैं। मैं डाकू नहीं हूं कि किसी को उठाकर ले जाऊं और जबरदस्ती अपनी बना लूं। ये उस दिन मेरी होगी जिस दिन उतनी ही शिद्दत से मुझे अपना बनाना चाहेगी जितनी शिद्दत से मैं इसे चाहता हूं और . . . एक बार फिर कहता हूं– वह दिन बहुत जल्दी आएगा। तुम भी सुन रही हो न चांदनी, तुम्हें मुझे टूट-टूटकर चाहना होगा।"

दोनों की जुबानों को जैसे लकवा मार गया था।

"अब आता हूं उस पर जो कुछ देर पहले यहां हुआ।" चक्रेश ने घास पर इधर-उधर पड़े महेश घोष के आदमियों की तरफ इशारा करते हुए कहा–"हालांकि प्यार करने वाले वैसा करने पर विश्वास नहीं करते जैसे मुझे करना पड़ा, मगर तुम्हारे दिमाग से यह खुश्की निकालनी जरूरी थी कि मैं इस रास्ते से रास्ते पर आ सकता हूं।" कहने के बाद एक पल के लिए भी वह वहां रुका नहीं। लंबे-लंबे कदमों के साथ पोर्च के नीचे खड़ी अपनी सफेद रंग की मारुती की तरफ बढ़ गया।

उधर उसने गाड़ी स्टार्ट करके लोहे वाले गेट की तरफ बढ़ाई इधर,

महेश घोष यूं चौंके जैसे नींद से जागे हों। जेब में हाथ डाला। मोबाईल निकाला। नंबर मिलाते वक्त उनकी अंगुलियां कांप रही थीं। इच्छित नंबर मिलते ही बोले–"यस! मैं महेश घोष बोल रहा हूं कमिश्नर साहब।"

"हां महेश बोलो।" दूसरी तरफ से पुलिस कमिश्नर की आवाज उभरी।

"सुबह मैंने तुमसे बात की थी। चक्रेश के बारे में सब कुछ बताया था। कहा था कि मेरी बेटी का उससे कोई संबंध नहीं है जबकि वह।"

"हां। मुझे सब कुछ याद है।"

"वह लफंगा, अभी-अभी हमारे बंगले से निकला है। प्लीज .... उसे अरेस्ट करो।"

"वहां क्यों आया था वह?"

महेश घोष ने संक्षेप में बता दिया। यह भी कि उसके पास रिवॉल्वर भी है। सुनने के बाद दूसरी तरफ से कहा गया–"कमाल का लड़का है वह खैर, तुम फिक्र मत करो। मैं अभी नाकेबंदी करा देता हूं। शहर से बाहर नहीं निकल सकेगा वह।"

⅄

चैकपोस्ट पर गाड़ियों की लंबी लाईन लगी हुई थी।

पुलिसवालों की पूरी फौज तैनात थी वहां। एक-एक गाड़ी को अच्छी तरह चैक करने के बाद आगे बढ़ा रहे थे।

उस दृश्य को देखकर चक्रेश के होंठों पर मुस्कान उभर आई।

अपनी गाड़ी उसने लाईन में नहीं लगाई बल्कि लाईन के समांतर सर्र-सर्र दौड़ाता हुआ बेरियर की तरफ बढ़ा।

कई पुलिसवालों ने रोकने की कोशिश की मगर वह नहीं रुका।

रुका वहां, जहां से आगे बढ़ ही नहीं सकता था। यानी बैरियर पर।

वहां पहुंचकर बहुत जोर से ब्रैक मारा था उसने। इतनी जोर से कि टायरों की चीख-पुकार ने खुद-ब-खुद सबका ध्यान सफेद मारुती की तरफ आकर्षित कर लिया।

कई पुलिसवाले गाड़ी की तरफ लपके।

चक्रेश ने बगैर किसी की परवाह किए जेब से 'रोथमैंस' का पैकिट निकाला। शानदार लाईटर से सिगरेट सुलगाई। तब तक भन्नाया हुआ एक इंस्पेक्टर उसकी कार का ड्राईविंग डोर खोल चुका था।

गाड़ी से बाहर निकलते हुए चक्रेश ने कहा–"गेट खोलने के लिए शुक्रिया।"

"तुम्हें दीख नहीं रहा यहां चैकिंग चल रही है!" इस्पेक्टर गुर्राया।

"दीख क्यों नहीं रहा। देख नहीं रहे–भगवान ने अच्छी खासी आंखें दी हैं।"

"फिर?"

"फिर क्या?"

"लाईन में पीछे क्यों नहीं रुके?"

चक्रेश ने उसके सवाल का जवाब देने की जगह 'रोथमैंस' का पैकिट उसकी तरफ बढ़ाते हुए पूछा–"सिगरेट पियोगे?"

"ज्यादा स्मार्ट बनने की कोशिश की तो चमड़ी उधेड़कर रख दूंगा। इंस्पेक्टर गुर्राया।"

"तुम्हारे होठ बता रहे हैं तुम चेन स्मोकर हो मगर मेरा दावा है–अगर तुम रिश्वत नहीं लेते तो इतनी महंगी सिगरेट पहले कभी नहीं पी होगी।"

"अरे!" इंस्पेक्टर चौंका–"तू तो पागल लगता है कोई। मेरे सवालों का जवाब देने की जगह अपना ही राग अलापे जा रहा है।"

"तुम भी तो मेरे सवालों का जवाब देने की जगह अपना राग अलापे जा रहे हो। तो क्या तुम भी पागल हो?"

"मुझसे जुबान लड़ाता है हरामी के बच्चे!" मारे गुस्से के इंस्पेक्टर का बुरा हाल हो गया। अपने हाथ में मौजूद रूल को हवा में उठाकर गुर्राया–"अभी बताता हूं तुझे।"

इससे पहले कि रूल उसके जिस्म को छूता। उसके मुंह से बहुत ही पैनी आवाज निकली–"अगर ये रूल मेरे जिस्म से टच भी हो गया तो तुम्हारे जिस्म पर ये वर्दी नहीं रहेगी मिस्टर अवधेश तेवतिया।"

इंस्पेक्टर का हाथ हवा ही में, जहां का तहां ठिठककर रह गया। मुंह से निकला–"तुम मुझे जानते हो?"

"नहीं।"

"फिर मेरा नाम!"

"गवर्नमेंट के रूल के मुताबिक तुमने अपनी वर्दी पर लगा रखा है। वहीं से पढ़कर अभी-अभी जाना।"

"इंस्पेक्टर ने बौखलाकर अपनी नेम प्लेट पर नजर डाली। यह छोटी-सी बात उसके दिमाग में नहीं रही थी कि नेम प्लेट को देखकर कोई भी उसका नाम आसानी से जान सकता है। जिस ढंग से चक्रेश बात कर रहा था। जिन तेवरों के साथ उसने उसकी वर्दी उतरवाने की बात की थी उसे देखकर इंस्पेक्टर को लगा–लड़का यकीनन कोई न कोई चीज़ होगा। रूल वाला हाथ नीचे करने के साथ उसने पूछा–"कौन हो तुम?"

"पहले ये पूछो–मैं गाड़ी सीधी यहां क्यों लाया?"

"क्यों लाए?"

"ये जो लाईन में शरीफ शहरी खड़े हैं, इनका कीमती टाईम बचाने के लिए।"

"क्या मतलब?"

"तुम बेवजह सारे शहर को परेशान कर रहे हो मिस्टर अवधेश तेवतिया।" अधूरी बात कहने के बाद चक्रेश ने सिगरेट में कश लगाया। आराम से धुंआ छोड़ने के बाद वाक्य पूरा किया–"वह आदमी मैं हूं जिसकी तुम्हे तलाश है।"

"क-क्या मतलब?" इंस्पेक्टर हड़बड़ा गया।

"तुम्हें उस शख्स की तलाश है न जो कुछ देर पहले महेश घोष के बंगले से निकला है?"

"हां-हां।"

"नाम चक्रेश बताया गया होगा?"

"हां।"

"मैं वही हूं।"

लड़के के स्टाईल पर इंस्पेक्टर हक्का-बक्का रह गया।

पांच-सात सेकेंड तक तो समझ ही में नहीं आया लड़के ने कहा क्या है और उसे करना क्या चाहिए। जब समझ में आया तो मुंह से निकला–"हवलदार!"

"यस सर।"

"हथकड़ी लगाओ इसे।"

हवलदार अपनी बैल्ट से हथकड़ी निकालता हुआ चक्रेश की तरफ बढ़ा।

"नहीं इंस्पेक्टर!" चक्रेश ने कोट की जेब से एक काग़ज़ निकालते हुए कहा–"पहले इसे देख लो, शायद तुम्हारी समझ में आ जाए कि तुम तो हो क्या चीज़, तुम्हारे कमिश्नर तक की औकात मुझे गिरफ्तार करने की नहीं है।"

हैरान इंस्पेक्टर के मुंह से निकला–"ये है क्या चीज़?"

"खोलकर देखो। नहीं देखोगे तो पछताना पड़ेगा।"

चक्रेश के स्टाईल में कॉन्फिडेंस ही इतना था कि इंस्पेक्टर इच्छा न होने के बावजूद काग़ज़ को देखे बगैर सख्ती नहीं कर सका। उसने काग़ज़ लिया। तहें खोली और उस वक्त वह उसे समझने की कोशिश कर रहा था जब चक्रेश ने कहा–"ये मेरी 'एंटीसिपेट्री बेल' का काग़ज़ है। सीधा हाईकोर्ट का आर्डर–मुझे गिरफ्तार नहीं किया जा सकता है।"

इंस्पेक्टर ने हैरान नजरों से चक्रेश की तरफ देखा।

"अब तुम समझ सकते हो।" चक्रेश कहता चला गया–"जिसने भी मुझे गिरफ्तार करने की कोशिश की। हाईकोर्ट उसकी वर्दी उतरवा लेगी।"

इंस्पेक्टर के मुंह में मानो जुबान ही नहीं रह गई थी। चक्रेश की तरफ यूं देखता रह गया जैसे लोग अजूबों को देखते हैं। सामने वाले को जलाकर राख कर देने वाली मुस्कान के साथ चक्रेश ने उसके हाथ से काग़ज़ वापस लिया। तह बनाकर अपने कोट की जेब में रखता हुआ बोला–"बैरियर हटाओ। मुझे भी जाने दो और उन शरीफ शहरियों को भी जिनका तुम कीमती टाईम बरबाद कर रहे हो।"

कसमसाकर रह गया इंस्पेक्टर। सचमुच वह कोर्ट के ऑर्डर की अवहेलना नहीं कर सकता था इसलिए हवलदार से कहा–"बैरियर उठा दो।"

चक्रेश घूमा। अपनी गाड़ी का ड्राईविंग डोर खोला। ड्राईविंग सीट पर बैठता हुआ बोला–"मुझे मालूम था पुलिस कमिश्नर महेश घोष का दोस्त है। इसलिए उसके बंगले पर जाने से पहले कोर्ट से यह ऑर्डर लेना पड़ा।"

इंस्पेक्टर को सूझा नहीं क्या कहे।

"चाहूं तो मैं जा सकता हूं।" चक्रेश ने कहा–"तुम जानते हो कि मुझे रोक नहीं सकते मगर जाऊंगा नहीं। पूछो क्यों?"

"क्यों?"

"क्योंकि मुझे तुम्हारे कमिश्नर से मिलना है।"

इंस्पेक्टर के पसीने छूट गए। हवलदार ने कहा–"सर, मेरे ख्याल से तो यह कोई घुटा हुआ कारीगर है।"

⅄

पुलिस कमिश्नर की आयु करीब पचपन साल थी।

कनपटियों के बाल सफेद हो चुके थे। बावजूद इसके, चेहरे से 'रुकाब' टपकता था। कारण था–चेहरे की चमक। बड़ी-बड़ी आंखें। घनी भवें। लंबी नाक, पतले होंठ और चौड़ा मस्तक। घनी मूंछें तो मानो उसके आकर्षक व्यक्तित्व का खास हिस्सा थीं। चक्रेश देखते ही समझ गया–उन्हें उसने खिजाब से काली किया हुआ है, वर्ना उम्र के मुताबिक उनका एक न एक बाल सफेद जरूर होना चाहिए था।

जिस वक्त इंस्पेक्टर चक्रेश को लिए कमिश्नर के ऑफिस में दाखिल हुआ उस वक्त वहां महेश घोष भी मौजूद थे। वे कमिश्नर की चमचमाती हुई शानदार मेज के इस तरफ पड़ी दो, 'विजिटर्स चेयर्स' में से एक पर बैठे थे। उन्होंने जैसे ही अपने पीछे से ऑफिस का दरवाज़ा खुलने और ठीक सामने बैठे कमिश्नर को दरवाज़े की तरफ मुखातिब होते पाया, स्वाभाविक रूप से पलटकर दरवाज़े की तरफ देखा।

इंस्पेक्टर ने 'जयहिंद सर।' कहने के साथ जोरदार सल्यूट मारा था।

मगर महेश घोष की नजर भला उसे कहां देख रही थीं।

उनकी नजर तो उस पर केंद्रित थीं। उस पर, जिसके गुलाबी होंठों पर अब भी मुस्कान थी।

मुस्कान भी ऐसी जो महेश घोष को मानो 'आरी' बनकर अंदर तक चीरती चली गई।

तुरंत ही कमिश्नर की तरफ पलटकर यह कहे बगैर न रह सके–"देख रहे हो कमिश्नर, देख रहे हो ये अब भी कितनी बेशर्माई से मुस्करा रहा है?"

कमिश्नर ने इंस्पेक्टर से कहा–"तुम जाओ।"

वह पुनः एड़ियां बजाने के बाद ऑफिस से बाहर चला गया।

महेश घोष के चेहरे की तमतमाहट कम होकर नहीं दे रही थीं। एक बार फिर वे कुर्सी पर बैठे ही बैठे पीछे देखने पर मजबूर हो गए। चक्रेश को अपने होंठों पर चिरपरिचित मुस्कान लिए अपनी तरफ बढ़ते देखा।

मेज के उस तरफ पहुंचकर चक्रेश ने अपने हाथ कमिश्नर के चरणों की तरफ बढ़ाते हुए कहा–"मुझे चक्रेश कहते हैं सर।"

"बैठो।" कमिश्नर ने रिवॉल्विंग चेयर घुमाकर अपने पैर दूर हटाते हुए, सख्त लहजे में कहा।

"अरे!" महेश घोष भन्नाए–"शांति रखो। हम तुम्हें बता चुके हैं–इसके पास अपनी 'एंटीसिपेट्री' बेल का पेपर है। कोर्ट के हुक्म की अवहेलना करके इसे गिरफ्तार नहीं किया जा सकता है।"

"ये बात पढ़े-लिखे लोगों की समझ में आ सकती है।" महेश घोष के बराबर वाली कुर्सी पर बैठते हुए चक्रेश ने व्यंग्य उछाला–"इनकी समझ में नहीं आएगी।"

एक बार फिर महेश घोष आपे से बाहर हो गए–"हरामजादे, तू हमसे ज्यादा पढ़ा-लिखा?"

"प्लीज . . . प्लीज घोष!" कमिश्नर के उनकी बात काटी–"हमें बात करने दो।"

महेश घोष कसमसाकर रह गए। गुस्से को जहर का घूंट बनाकर पी जाने के अलावा कोई चारा नहीं था।

कमिश्नर ने चक्रेश पर नजर गड़ाए कड़क लहजे में पूछा–"कौन हो तुम?"

"आधा नाम बता चुका हूं। पूरा नाम–"चक्रेश चक्रवर्ती।"

"कहां के रहने वालो हो?"

"क्षमा करें।" चक्रेश ने पूरी तरह सपाट लहजे में पूछा–"बताने के लिए बाध्य नहीं हूं।"

"बस।" एक बार फिर महेश घोष कह उठे–"इसी तरह अकड़कर बातें करता है ये। इस अंदाज में बोलता है कि सामने वाले का खून खोलकर रह . . ."

कमिश्नर ने बायां हाथ उठाकर उसे शांत रहने का इशारा किया।

इसलिए, एक बार फिर महेश घोष की बात अधूरी रह गई। इसमें कोई शक नहीं, चक्रेश के जवाब ने चेहरा कमिश्नर का भी सख्त कर दिया था। अपनी आंखों में कड़े भाव लिए उसने गुर्राते से लहजे में कहा– "क्या तुम्हें मालूम है इस वक्त तुम इस शहर के पुलिस कमिश्नर के सामने बैठे हो?"

"मुझे बस इतना मालूम है, मैं भगवान के सामने नहीं बैठा।"

"तुम्हारा दिमाग तो कुछ ज्यादा ही खराब लगता है लड़के।"

"आपको लगता होगा मगर असल में है नहीं।"

"सचमुच तुम्हें बड़ों से बात करने की तमीज नहीं है।"

"इस वक्त आप मुझसे बड़े होने की हैसियत से बात नहीं कर रहे।"

"मतलब?"

"इस दुनिया में दो किस्म के बड़े होते हैं। एक वह जो 'ओहदे' में बड़े हों। उस लिहाज से न आप मुझसे बड़े हैं न छोटे। क्योंकि न मैं आपका अफसर हूं, न मातहत। दूसरे बड़े वे होते हैं जो उम्र में बड़े हों। उस लिहाज से आप बेशक मुझसे बड़े हैं। सम्मानित हैं और . . . सम्मानित लोगों को जिस तरह सम्मान देना चाहिए उस तरह सम्मान देने की कोशिश मैंने यहां आते ही की थी। इसलिए की थी क्योंकि उम्र में बड़ों को वैसे ढंग से सम्मान देने की शिक्षा मुझे घुट्टी में पिलाई गई है। उसी घुट्टी में यह भी बताया गया था–जब कोई छोटा चरण स्पर्श करे तो बड़े को उसे आशीर्वाद देना चाहिए। आपने ऐसा नहीं किया बल्कि रिवॉल्विंग चेयर दूसरी तरफ घुमा ली। मतलब खुद आपने बड़े होने को कुबूल नहीं किया।"

"बातें काफी अच्छी बना लेते हो।"

"उनका आशीर्वाद है जो मुझे अपने चरण स्पर्श करने देते हैं।"

"तुम शायद अपनी जेब में पड़े एंटीसिपेट्री बेल के काग़ज़ पर कूद रहे हो।"

"गलतफहमी है आपकी।" बेखौफ कहता चला गया वह–"मैं जानता हूं। पुलिस अगर 'अपनी' पर आ जाए तो तो किसी कोर्ट का कोई आदेश उसके लिए कोई अहमियत नहीं रखता। आपका एक आदेश मुझे हवालात में बंद करके हवाई जहाज बना सकता है। मेरी हड्डियां तोड़ सकता है। यहां तक कि दुनिया से 'गारत' तक कर

सकता है। किसी को पता तक नहीं लगेगा मैं आपसे कभी मिला भी था और फिर . . . जब मैं ही नहीं रहूंगा तो किसी अदालत या दुनिया को यह बताने कौन जाएगा कि आपने कोर्ट के आदेश की अवहेलना करके गैरकानूनी तरीके से एक युवक को दुनिया से 'उड़ा' दिया है।"

"इतना सब जानने के बावजूद अकड़ रहे हो।"

"इसका भी एक कारण है।"

"वह क्या?"

"मानवाधिकार आयोग।"

कमिश्नर चिहुंका–"मानवाधिकार आयोग?"

"आप अपने सूत्रों से तस्दीक कर सकते हैं–यहां आने से पहले बल्कि घोष साहब के बंगले पर भी जाने से पहले मैं मानवाधिकार आयोग में एक एप्लीकेशन लगा चुका हूं। उसमें लिखा है–पहले मैं घोष साहब से मिलूंगा। अपनी बात कहूंगा। जानता हूं, मेरी बात उन्हें पसंद नहीं आएगी। आप उनके दोस्त हैं। मुझे गिरफ्तार करने की कोशिश करेंगे। 'एंटीसिपेट्री बेल' के कारण जब नहीं कर पाएंगे तो दोस्ती निभाने के लिए कोई गैर कानूनी हरकत भी कर सकते हैं। उसमें यह भी लिखा है–'अगर मैं कल सुबह तक खुद मानवाधिकार आयोग के सामने उपस्थित न होऊं तो इस बात की जांच की जाए कि कहीं आपके हत्थे तो नहीं चढ़ गया हूं।' और सर, मैं आपको विश्वास दिलाता हूं–मानवाधिकार आयोग जब जांच करेगा तो उसे इस बात के पक्के सबूत मिल जाएंगे कि मैं अंतिम बार इस ऑफिस में देखा गया था।"

हक्का-बक्का रह गया कमिश्नर।

इसमें शक नहीं उसके चेहरे की चमक उसी अनुपात में फीकी पड़ती चली गई थी जिस अनुपात में चक्रेश की बात समझ में आती गई। बहुत कुछ कहने की इच्छा के बावजूद कमिश्नर पर कुछ कहते नहीं बन पड़ा। वह चक्रेश ही था जो होंठों पर बहुत ही चित्ताकर्षक मुस्कान लिए अब भी कहता चला गया–"यह सब बताना मेरा फर्ज था ताकि बाद में आप शिकायत न कर सकें कि मैंने 'आगाह' नहीं किया था। अब . . . आप अपने पूरे कसबल निकालने के लिए आजाद हैं। जैसा चाहें मेरे साथ व्यवहार करें। आपके सामने, आपकी 'मांद' में बैठा हूं।"

कुछ देर कमिश्नर उसे घूरता रहा। फिर बोला–"इतना तो मानना ही पड़ेगा, तुम कोई पढ़े-लिखे, कानून के जानकार और घुटे हुए क्रिमिनल हो। पूरी नाकेबंदी करने के बाद मैदान में उतरे हो मगर . . ."

"मगर?"

"एंटीसिपेट्री बेल का मतलब ये नहीं कि तुम्हें क्राईम करने का लाईसेंस मिल गया है।"

"कौन-सा क्राईम कर डाला मैंने?"

"मिस्टर घोष मेरे पास रिपोर्ट लिखवाने आए हैं–तुमने इनके बंगले में घुसकर उनकी बेटी को उठा ले जाने की धमकी दी।"

"मैंने कोई धमकी नहीं दी जनाब। केवल ऐलान किया है। प्यार का ऐलान। यह कहकर आया हूं कि चांदनी को एक दिन मुझसे उसी कदर प्यार करना होगा जैसा कभी लैला ने मजनूं से या हीर ने रांझे से किया था। अगर ये क्राईम है तो मैं कानून की उस किताब का अवलोकन करना चाहूंगा जिसमें प्यार का ऐलान करने को 'क्राईम' कहा गया हो। उस 'दफा' को देखना चाहूंगा जिसके तहत आप मुझे गिरफ्तार कर सकते हैं। क्या आप मेरे ज्ञान में वृद्धि करने का कष्ट फरमाएंगे?"

थोड़ा सकपकाया कमिश्नर। फिर बोला– "प्यार का ऐलान करना या किसी लड़की से यह कहना जुर्म न सही कि एक दिन तुम्हें मुझसे प्यार करना होगा मगर किसी के घर में घुसकर मारपीट करना जुर्म है।"

"वह इन्होंने शुरू की। मैंने नहीं।"

"तुमने रिवॉल्वर निकालकर इन्हें धमकाया।"

"ये बताएं–मैंने क्या कहा?"

"तुमने हमें रिवॉल्वर दिखाते हुए कहा–चाहूं तो अभी चांदनी को उठाकर ले जाऊं।"

"क्या मैंने ऐसा किया? उठाकर लाया आपकी बेटी को?"

महेश घोष सकपकाकर कमिश्नर की तरफ देखने लगे।

चक्रेश ने एक-एक शब्द पर जोर देते हुए कहा– "जवाब दीजिए, क्या मैंने ऐसा किया?"

"तुम्हें पता होना चाहिए मिस्टर।" कमिश्नर गुर्राया–"धमकी देना अपने आप में क्राईम होता है।"

"पता है। उतनी ही अच्छी तरह पता है जितनी अच्छी तरह एक घुटे हुए वकील को पता होता है।" चक्रेश कहता चला गया–"मगर आपके दोस्त को इतना तक नहीं पता कि ये एक ही सांस से एक-दूसरे को काटने वाली दो बातें कह बैठे हैं। एक तरफ इनका कहना है–मैंने इनकी बेटी को उठा ले जाने की धमकी दी। रिवॉल्वर निकाला। मैं कहता हूं उस वक्त इन्होंने और इनके नौकरों ने भी रिवॉल्वर निकालकर मुझ पर तान दिए थे।"

"ये झूठ है! सरासर झूठ!" महेश घोष चीख पड़े–"कमिश्नर ये लड़का एक नम्बर का हरामी है। कितनी आसानी से सफेद झूठ बोल गया। रिवॉल्वर की तो बात ही दूर, हमारे या हमारे नौकर के पास उस वक्त हथियार के नाम पर एक सुई तक नहीं थी।"

"मतलब अगर मैं रिवॉल्वर की नोक पर चांदनी को उठा ले आता तो आप और आपके नौकर मुझे रोक पाने की पोजीशन में नहीं थे?"

"क . . . क्या मतलब?"

"साबित हो गया कमिश्नर साहब, इनके पूरी तरह असहाय होने के बावजूद मैंने चांदनी को, उठाकर लाने का जुर्म नहीं किया।"

महेश घोष सकपका गए।

कभी चक्रेश को देख रहे थे, कभी कमिश्नर को। अचानक उन्होंने खुद को अपने ही शब्दों के जाल में जकड़ा पाया था। अपनी बात सिद्ध करने के बाद चक्रेश के गुलाबी होंठों पर मौजूद मुस्कान कुछ और चमकदार हो उठी थी।

कमिश्नर ने खुद, खुद को बेबस महसूस किया।

लड़का किसी भी तरह पकड़ में नहीं आ रहा था।

वह थोड़ा पैंतरा बदलकर बोला–"वह रिवॉल्वर कहां है?"

चक्रेश ने कोट की जेब से रिवॉल्वर निकालकर मेज पर रख दिया।

कमिश्नर ने उसे उठाया, पलट-पलटकर देखा। चौंका। मुंह से निकला–"ये तो नकली है।"

"क्या कर सकता हूं, घोष साहब उस वक्त पहचाने ही नहीं।"

कमिश्नर ने महेश घोष की तरफ देखा।

चक्रेश कहता चला गया था–"ऐसा ही एक रिवॉल्वर मैं इनके ऑफिस में इन्हें सप्रेम भेंट करके आया था। ऐसे ही रिवॉल्वर ये शूटिंग्स

के दरम्यान अक्सर इस्तेमाल करते रहे हैं, इसके बावजूद अगर ये गुस्से की ज्यादती के कारण उस वक्त इसे असली समझे तो मेरा क्या कसूर हो सकता है?"

महेश घोष के चेहरे पर हवाईयां उड़ती नजर आने लगी थीं।

अब, कमिश्नर भी फट पड़ा–"आखिर क्यों . . . क्यों महेश घोष के पीछे पड़े हुए हो तुम?"

"आपका ये ख्याल भी गलत है। मैं महेश घोष के नहीं, चांदनी के पीछे पड़ा हुआ हूं।"

"मगर क्यों?"

"जवाब मिस्टर घोष के लॉन में इन्हें दे चुका हूं। चांदनी मुझे पसंद आ गई है। उसे अपनी पत्नी बनाने का फैसला किया है मैंने।"

"जब चांदनी तुम्हें जानती नहीं तो कोई जबरदस्ती . . ."

"साफ-साफ कहकर आया हूं यहां, जबरदस्ती करनी होती तो कर चुका होता। मेरे पास पूरा मौका था। जो होगा चांदनी की रजामंदी से होगा। यहां मैं एक बात बता दूं आपको।" कहने के साथ उसने कमिश्नर की आंखों में आंखें डालकर कहा–"इस मामले में मिस्टर घोष की रजामंदी भी मेरे लिए काफी नहीं होगी। यानी कल अगर ये किसी वजह से चांदनी की शादी मुझसे करने के लिए तैयार हो जाएं तो मैं सहमत नहीं होऊंगा। मुझे चांदनी की रजामंदी चाहिए कमिश्नर साहब। केवल चांदनी की। किसी और की रजामंदी से कुछ नहीं होगा और . . . मेरा दावा है–मैं उसे रजामंद करके रहूंगा। ये तो चीज़ क्या हैं, सारे जमाने को छोड़कर वह मेरी बांहों में आ सिमटेगी।"

"हरामजादे। अभी बताते हैं हम तुम्हें।"

गुस्से की पराकाष्ठा के साथ महेश घोष कुर्सी से उठकर चक्रेश पर हमला करने ही वाले थे कि कमिश्नर चीखा–"नहीं घोष, ऐसी कोई बेवकूफी नहीं करोगे तुम।"

हमला करने से तो रुक गए महेश घोष मगर चीखने से नहीं रोक सके खुद को–"हद हो गई कमिश्नर! हद कर दी इस लड़के ने! मैंने तो सोचा था–पुलिस के चंगुल में फंसने के बाद इसके सारे कसबल ढीले पड़ जाएंगे। मगर इस पट्ठे के चेहरे पर तो शिकन तक नहीं है। ये तो यहां–शहर के सबसे बड़े पुलिस अफसर के सामने मेरी बेटी को

मानसिक तौर पर अगवा करने की धमकी दे रहा है और तुम . . . तुम भी कुछ नहीं कर रहे हो। ये तो . . . ये तो हद ही हो गई।"

"समझने की कोशिश करो घोष। ये लड़का जरूरत से ज्यादा चालाक है।" कमिश्नर ने कहा–"पूरी तैयारी के साथ मैदान में उतरा है। पहली बात–अभी तक इसने अपनी हर चाल इतनी होशियारी से चली है कि कोई कानून न टूटे। दूसरी बात–हमारे द्वारा कोई भी कानून तोड़ा जाते ही यह उल्टा हम ही को 'लपेट लेने' की फिराक में है। यह तुम्हें जबरदस्ती उत्तेजित कर रहा है। तुमसे वही कराना चाहता है जो करने के लिए गुस्से में करने पर आमादा हो ताकि कोर्ट में साबित कर सकें कि पुलिस कमिश्नर ने अपने दोस्त के साथ मिलकर अपने ऑफिस में इसके साथ मारपीट की। ज्यादती की।"

हकबकाए से महेश घोष कमिश्नर की तरफ देखते रह गए।

चक्रेश उनके आपसी वाद-विवाद का भरपूर मजा लूटता नजर आ रहा था।

काफी देर तक भन्नाए रहने के बाद महेश घोष ने कहा।

"कमाल की बात है। इस लड़के के इतना सब कुछ देने के बावजूद तुम . . . तुम तक इसका कुछ नहीं बिगाड़ पा रहे।"

इस बार कमिश्नर ने गुस्से में कहा–"अगर तुम चाहते हो मैं इस समस्या को हल करूं तो ये बार-बार उत्तेजित होने का सिलसिला बंद कर दो घोष। मुझे शांति के साथ इससे बात करने दो।"

महेश घोष का चेहरा चाहे जितना तमतमा रहा हो मगर दिल मसोसकर बैठ जाने के अलावा उनके पास कोई चारा नहीं था। कुछ और देर कमरे में खामोशी छाई रही। फिर कमिश्नर ने चक्रेश से मुखातिब होकर कहा–"जो कुछ तुमने अब किया है, यह नहीं माना जा सकता कि उसके पीछे केवल वही वजह है जो तुम बता रहे हो।"

"आपके ख्याल से और क्या वजह हो सकती है?"

"कोई भी दूसरी। शायद कोई बड़ी वजह है। जिसे किसी वजह से अभी तुम बता नहीं रहे हो।"

"नहीं। आपका ख्याल गलत है।" कहने के साथ एक बार फिर वह महेश घोष की तरफ देखकर बहुत ही रहस्यमय तरीके से मुस्कुराया था–"दूसरी या तीसरी कोई वजह नहीं है। मेरे ख्याल से तो दूसरी कोई

वजह इससे बड़ी हो भी नहीं सकती कि एक लड़के को एक लड़की से मुहब्बत हो गई हो।"

"केवल इतनी ही बात थी तो तुमने अपनी इच्छा मिस्टर घोष या चांदनी को पहले क्यों नहीं बताई?"

"पहले कब?"

"ये रिश्ता होने से पहले या कम-से-कम शादी का फंक्शन होने के पहले तो बताई ही जानी चाहिए थी।"

"मौका नहीं मिला।"

"कल तुम मिस्टर घोष के ऑफिस में इनसे मिले थे।"

"आप खुद सोचिए–उस वक्त अगर इस बारे में मैं कुछ कहता भी तो क्या कोई नतीजा निकल सकता था? क्या मिस्टर घोष चांदनी की शादी मुझसे करने के लिए तैयार हो जाते? खासतौर से उस अवस्था में जबकि चांदनी मुझे जानती तक नहीं थी?"

"तो क्या इस तरह, जो कुछ तुमने अब किया–क्या तुम समझते हो, चांदनी से शादी हो जाएगी?"

"ये शादी होगी और शायद आप भी उसमें शरीक होंगे।" चक्रेश के हर शब्द में आत्मविश्वास कूट-कूटकर भरा था।

"भूल है तुम्हारी। भला एक ऐसी लड़की जिसकी तुमने बारात लौटा दी। किसी भी कंडीशन में तुमसे शादी करने पर कैसे सहमत हो सकती है। जानते भी हो, जिस लड़की की बारात इस तरह लौटी हो। जिस पर सारे शहर के सामने तुमसे होटल के कमरे में मिलने का इल्जाम लगा हो वह कितनी जिल्लत और रुसवाई से गुजरी होगी। तुम शायद सोच भी नहीं सकते उसे तुमसे कितनी नफरत होगी और तुम कह रहे हो वह तुम्हें चाहेगी। तुमसे शादी करेगी?"

"यह चमत्कार मैं करके दिखाऊंगा।"

"बड़ी-बड़ी डींगें मारने से बड़े-बड़े काम नहीं हो जाते लड़के। कमिश्नर ने एक-एक शब्द चबाया–"हालांकि मुझे बिल्कुल यकीन नहीं है कि तुम्हारी हरकतों के पीछे वजह केवल वही है जो तुम बता रहे हो लेकिन अगर है–तो मैं ये कहूंगा–तुम बहुत बड़ा 'मिस फायर' कर चुके हो। अगर तुम वह न करते जो किया है तो मुमकिन है किसी तरह चांदनी का दिल जीतने में कामयाब हो जाते मगर अब नहीं . . .

एक लड़की उस लड़के से शादी नहीं कर सकती जिसने उसकी बारात लौटा दी हो। जिसने सारे शहर में उसे बदनाम कर दिया हो।"

"अब अगर इजाजत दें तो आपको पूरा सम्मान देते हुए मैं भी कुछ कहूं?"

"क्या कहना चाहते हो?"

"मानता हूं–जो मैंने किया उसकी वजह से मेरा काम कठिन जरूर हो गया है मगर नामुमकिन नहीं हुआ। दरअसल नामुमकिन काम इस दुनिया में कोई है ही नहीं। आप यूं भी कह सकते हैं–अपने मिशन को कठिन से 'कठिनतम' मैंने खुद बनाया है मगर मजबूरी थी। चांदनी की शादी ही हो जाती तो मेरे करने के लिए बचता ही क्यों? जो किया उसे करने के लिए बहुत मजबूर था। और कर भी क्या सकता था? कुछ भी तो नहीं था मेरे हाथ में। ये तो हो नहीं सकता था कि एक अजनबी लड़का चांदनी से कहता–'मैं तुमसे मुहब्बत करता हूं इसलिए वहां शादी मत करो जहां हो रही है।' . . . और वह मान जाती। दूसरी बात–आप कह रहे हैं, वह लड़की भला उस लड़के से शादी कैसे कर सकती है जिसने उसकी बारात लौटाई हो? सारे शहर के सामने चरित्रहीन साबित किया हो? इस सबको आप अपने नजरिए से देख रहे हैं। मेरा नजरिया ठीक आपके विपरीत है। मैं सोचता हूं–जब सारे शहर को यह पता लग गया है कि चांदनी होटल के बंद कमरे में मुझसे मिला करती थी तो मेरे अलावा कोई और उससे शादी करने वाला भला मिलेगा ही कहां? मतलब ये हुआ–मेरे अलावा चांदनी के पास अब कोई विकल्प ही नहीं है। हर शख्स वही कहेगा जो दूल्हे के बाप ने कहा था–उसी से शादी रचाना जिससे होटल के कमरे में मिला करती थी।"

"उफ्फ! . . . तुम कोई बहुत ही शातिर लड़के हो मगर . . ."

"मगर?"

"झूठ की हांडी लंबी नहीं चढ़ा करती। एक दिन सारे शहर को हकीकत पता लगेगी ही।"

"तब तक मैं बाजी जीत चुका होऊंगा।"

"बहुत हो चुका कमिश्नर। बहुत हो चुका!" महेश घोष के धैर्य के मानो सभी बांध टूट गए–"अगर तुम भी कुछ नहीं कर सकते तो मुझे अदालत की शरण में जाना होगा। मैं मान-हानि का मुकदमा करूंगा इस

पर। चांदनी की तरफ से चरित्रहनन का केस कराऊंगा। तब तक काम नहीं चलेगा कमिश्नर जब तक मैं सारी दुनिया के सामने साबित नहीं कर दूंगा कि यह कोई फ्रॉडिया है। चांदनी इससे कभी भी नहीं मिली। अपना मान-सम्मान और बेटी के चरित्र की पुनः स्थापना मुझे करनी ही होगी। ये ठीक कह रहा है–जब तक लोगों के सामने सच्चाई नहीं आएगी तब तक कौन शादी करेगा चांदनी से?"

"अपने पैरों में कुल्हाड़ी मारने का आपको इतना ही शौक है तो ठोकिए मुकदमे।" चक्रेश ने कहा।

"क्या मतलब?"

"मुझे खुली अदालत में अपनी बात कहने का मौका मिल जाएगा।" चक्रेश के होंठों पर बड़ी ही चित्ताकर्षक मुस्कान थी–"जो बातें केवल अभी इस शहर को पता हैं, कल उनकी चर्चा पूरे देश में होगी।"

"अब तेरी किसी भी धमकी के सामने हम घुटने टेकने वाले नहीं हैं।" कहने के साथ तमतमाते हुए महेश घोष कुर्सी से खड़े हो गए–"तुम्हें सारी दुनिया के सामने एक्सपोज करना ही हमारे सामने एकमात्र विकल्प है।"

चक्रेश के होंठों पर नृत्य करती मुस्कान गहरी . . . और गहरी होती चली गई।

पैर पटकते हुए महेश घोष ऑफिस से जा चुके थे। चक्रेश ने कमिश्नर की आंखों में आंखें डालकर कहा–"कमिश्नर साहब बहुत देर से तलब लगी है। मैं सिगरेट यहीं, आपके सामने पी सकता हूं या बाहर चला जाऊं?"

"गेट आऊट!" कमिश्नर हलक फाड़कर चिल्ला उठा।

कुर्सी से उठते चक्रेश ने जोरदार ठहाका लगाया।

⟁

"ये कोई बहुत ही बड़ा फ्रॉडिया है योर ऑनर।" कटघरे में खड़े चक्रेश की तरफ अंगुली ताने मुंबई का नंबर वन वकील रमेश तैरानी अपनी पुरजोर आवाज में चीख रहा था–"ऐसा कारनामा किया है इसने जैसा पहले न कभी सुना, न देखा। मैं 'शॉर्ट' में इसका पूरा कारनामा बयान

करता हूं–सबसे पहले यह हिंदुस्तान के सबसे बड़े डायरेक्टर-प्रोड्यूसर और मेरे क्लाईंट मिस्टर महेश घोष के ऑफिस में पहुंचा। इसके नाटक से मेरे क्लाईंट को जबरदस्त मानसिक आघात लगा। गवाह है महेश घोष का सिक्योरिटी गार्ड मिस्टर हरीराम और उस वक्त बतौर हिरोईन मिस्टर घोष के ऑफिस में काम मांगने आई एक लड़की। दोनों इस वक्त कोर्टरूम में मौजूद हैं। दूसरी बार यह लड़का चांदनी की शादी के फंक्शन में देखा गया। शहर के अनेक मुआज्जिज लोग गवाह हैं। वहां इसने अमरनाथ नाम के अपने एक साथी के साथ यह भ्रम फैलाया कि चांदनी न केवल इसकी महबूबा है बल्कि कनिष्क होटल के रूम नंबर थर्टीन में इससे मिलती भी रही है। जबकि यह सरासर झूठ को इसने कुछ इस तरह फ्लैश किया कि लड़के वाले उस झूठ को सच समझे और बगैर शादी के बारात लौटा ले गए। एक लड़की और उसके पिता के लिए इससे ज्यादा बेईज्जती की बात कुछ और नहीं हो सकती योर ऑनर कि उनके दरवाज़े पर आई बारात बगैर शादी के लौट जाए। तीसरी बार, यानी कल तो यह सारी सीमाएं लांघकर मिस्टर घोष के घर ही पहुंच गया। यह कहकर चांदनी और उसके पिता को जलील किया कि यह चांदनी से ही शादी करेगा। रोकने की कोशिश की गई तो मारपीट की। पुलिस ने पकड़ना चाहा तो 'एंटीसिपेट्री बेल' का काग़ज़ दिखाया। कोर्ट की अवमानना न हो इस बात का पूरा ख्याल रखते हुए पुलिस ने इसे गिरफ्तार नहीं किया लेकिन 'एंटीसिपेट्री बेल' क्राईम करने का लाईसेंस नहीं हो सकती योर ऑनर। इस लड़के ने उसका दुरुपयोग किया है इसलिए मेरी गुजारिश है–'बेल' तत्काल रद्द करके इसे पुलिस को रिमांड पर दिया जाए ताकि क्रिमिनल्स को सबक मिल सके कि –'एंटीसिपेट्री बेल' कराकर वे न किसी के मान-सम्मान से खेल सकते हैं, न ही उन्हें मारपीट करने का लाईसेंस मिल जाता है।"

इतना कहकर रमेश तैरानी एक तरफ हुआ तो कक्ष में सन्नाटा छा गया।

यह सन्नाटा तब था जब कक्ष भीड़ से खचाखच भरा था।

अब सबकी निगाहें चक्रेश पर जमीं थीं।

कामदेव-से सुंदर ट्राउजर और काले चमकदार जूते थे। कटघरे में खड़े उस लड़के के गुलाबी होंठों पर सभी ने मुस्कान को उसी अनुपात

में गहरी होते देखा था जिस अनुपात में रमेश तैरानी उस पर आरोप लगाता चला गया था।

यह सन्नाटा इसलिए था क्योंकि सभी को उसके बोलने का इंतजार था।

महेश घोष, चांदनी और पुलिस कमिश्नर दर्शक दीर्घा की सबसे अगली पंक्ति में बैठे थे।

माननीय न्यायाधीश ने पूछा–"क्या आपका कोई वकील है मिस्टर चक्रेश?"

"अपनी सफाई मैं खुद देना चाहूंगा मिलॉर्ड।" उसने कहा।

"कहिए!"

"वकील साहब ने जो आरोप मुझ पर लगाए उनका बिंदुवार जवाब देना चाहूंगा।" न्यायाधीश पर नजरें टिकाए चक्रेश कहता चला गया–"सबसे पहले अपने बारे में बता दूं। मैं सचमुच उन बदनसीब स्ट्रग्लर्स में से एक हूं जो फिल्मों में काम करने के सपने आंखों में लिए मुंबई की सड़कों पर भटकते-फिरते हैं। उसी उद्देश्य से मिस्टर घोष के ऑफिस में गया था। हरीराम और वह हिरोईन बनने की इच्छुक लड़की ही नहीं, खुद महेश घोष भी अगर गीता का सम्मान करते हुए बयान देंगे तो यही कहेंगे–हां मैं वहां काम मांगने गया था और किसी के ऑफिस में काम मांगने जाना मेरे ख्याल से कोई जुर्म नहीं है।"

"उसका एक तरीका होता है योर ऑनर।" रमेश तैरानी ने हस्तक्षेप किया–"आप अपने हाथ में रिवॉल्वर लेकर . . ."

"रिवॉल्वर नकली था मिलॉर्ड।"

"मगर दर्शाया आपने असली था। वहां मौजूद तीनों लोगों ने उसे असली ही समझा। मारे खौफ के तीनों का बुरा हाल हो गया था।"

"मुमकिन है मिलॉर्ड, मेरा तरीका ठीक न रहा हो।" चक्रेश ने कहा–"मगर नीयत में कोई खोट नहीं था, इसके गवाह ये तीनों भी हैं और यह सच्चाई भी कि पूरा मौका होने के बावजूद मैं वहां से कुछ लूटकर नहीं ले गया। . . . अपना टेलेंट दिखाने का जो तरीका मैंने चुना वह मेरी मजबूरी थी। मेरी ही नहीं, मुझ जैसे हजारों स्ट्रग्लर्स की मजबूरी होती है। आप उनसे बात करके देखिए–टेलेंट होने के बावजूद वे गली-गली में भटकने पर मजबूर हैं। महेश घोष जैसे लोगों से मिलने का टाईम मांगते हैं, उनके सामने गिड़गिड़ाते हैं, मिन्नतें करते हैं, तलवे चाटते हैं मगर

कहीं से कोई 'रेस्पोंस' नहीं मिलता सर।" कहता-कहता चक्रेश भावुक होता चला गया, लोगों ने महसूस किया, उसकी आंखें डबडबाने लगी हैं। बगैर रुके वह कहता चला जा रहा था–"हम लोगों के मन में एक ही बात होती है–काम तो हमें फौरन मिल जाएगा, कम से कम एक बार कोई देख तो ले हममें कितने टेलेंट हैं। कुछ ऐसी ही भावना मेरे दिल में भी थी। उसी अति उत्साह में महेश घोष के दफ्तर में पहुंचकर वह नाटक किया। वह मैंने केवल और केवल अपने टेलेंट दिखाने के लिए ही किया था यह बात खुद महेश घोष और दोनों गवाह भी मान रहे हैं। अगर मेरे नाटक की वजह से महेश घोष को मानसिक आघात पहुंचा तो मैं इंसानियत के नाते भरी अदालत में उनसे माफी मांगता हूं मगर जहां तक कानून के दायरे का सवाल है, मुझे कोई सजा नहीं दी जा सकती, क्योंकि न तो मेरी नीयत में फर्क था, न ही कोई क्राईम किया है। क्राईम तो तब होता जब वहां से कोई लूटपाट करके भागा होता। पूरा मौका होने के बावजूद मैंने वैसा कुछ नहीं . . ."

"इसके कृत्य से मेरे क्लाईंट और . . ."

"ऑब्जेक्शन मिलॉर्ड!" इस बार चक्रेश रमेश तैरानी से कहीं ज्यादा जोर से चीखा–"मिस्टर तैरानी को हिदायत दी जाए ये बार-बार बीच में बोलकर मुझे डिस्टर्ब न करें। जिस तरह शांति से मैंने अपने ऊपर लगाए गए आरोप सुने हैं–उसी तरह मुझे सफाई देने का मौका दिया जाए। अगर इन्हें कुछ कहना है तो तब कहें जब मैं अपनी बात पूरी कर चुकूं।"

एक बार फिर कक्ष में गहरा सन्नाटा छा गया।

"लड़का ठीक कह रहा है मिस्टर तैरानी।" सन्नाटे को न्यायाधीश महोदय ने तोड़ा–"आप वकील हैं। कानून को उससे बेहतर जानते हैं। अपनी सफाई को उसे पूरा मौका दिया जाना चाहिए। जिस तरह वह बिंदुवार खुद पर लगाए गए आरोपों पर बोल रहा है उसी तरह उसकी बात पूरी होने के बाद आपको भी जो ऑब्जेक्शंस हों उन पर विस्तार से बोल सकते हैं"

"यस योर ऑनर।" कहने के साथ तैरानी को वापस अपनी सीट पर बैठ जाना पड़ा।

चक्रेश ने तैरानी की तरफ अपनी मुस्कान की एक ऐसी चिंगारी

उछाली जो उसे अंदर तक सुलगाती चली गई मगर फिलहाल वह कुछ कहने की पोजीशन में नहीं था। हां, वापस न्यायाधीश से मुखातिब होकर चक्रेश ने जरूर कहना शुरू किया–"वकील साहब के मुताबिक मुझे दूसरी बार चांदनी की शादी के फंक्शन में देखा गया। बात बिल्कुल करेक्ट है। मैं वहां पहुंचा था। बगैर इंविटेशन के पहुंचा था। उद्देश्य वही था–किसी डायरेक्टर-प्रोड्यूसर से काम मांगना। मैंने सोचा था–महेश घोष की बेटी की शादी में तो पूरी इंडस्ट्री होगी। सबके पैर पकड़ूंगा। कोई न कोई तो पिघलेगा। सच था भी यही– वाकई वहां इंडस्ट्री के ज्यादातर लोग थे मगर इससे पहले कि मैं अपना असली उद्देश्य पूरा करता। एक सज्जन मेरे पास आए। कहने लगे–मुझे यहां नहीं आना चाहिए था। उन्होंने मुझे जानने का दावा भी किया। मैं चौंका क्योंकि मैं उन्हें बिल्कुल नहीं जानता था। यही बात उनसे कही भी। मगर वे तो मेरी पीछे ही पड़ गए। कहने लगे उन्होंने मुझे चांदनी के साथ कनिष्क होटल के रूम नंबर थर्टीन में देखा है। मेरे होश उड़ गए मिलॉर्ड। दंग रह गया मैं। कहा भी– 'ये क्या कह रहे हैं आप? भला मेरा चांदनी से क्या संबंध?' मगर वे नहीं माने। पीछे ही पड़े रहे। मुझे लगा–अगर ये इस झूठी बात को इतने कॉन्फिडेंस के साथ कह रहे हैं तो मुमकिन है उन्होंने चांदनी को भी मेरी शक्ल से मिलती-जुलती शक्ल के किसी अन्य के साथ देख लिया हो और वे मुगालते में मेरे पीछे पड़े हों। अनेक मेहमान उस वक्त हमारी तरफ देख रहे थे। ऐसा देखकर मैं बौखला गया। लगा–उन सज्जन की गलतफहमी के कारण कहीं सचमुच शादी में कोई बखेड़ा ही न हो जाए। वे मुझसे बार-बार वहां से चले जाने के लिए कह रहे थे। मैंने भी चले जाना ही मुनासिब समझा। वापस जाने के लिए चल भी पड़ा था मगर . . . बखेड़ा हो चुका था मिलॉर्ड। उन सज्जन की बातें अनेक मेहमानों के साथ-साथ लड़के के पिता के कानों में भी पड़ चुकी थीं। वे तो पूरी तरह उखड़ गए। आप वहां मौजूद किसी भी मेहमान का बयान ले सकते हैं। मैंने सबके सामने बार-बार, चीख-चीखकर एक ही बात कही थी– 'यह झूठ है। चांदनी से मेरा कोई संबंध नहीं है।' मैंने तो खुद चांदनी से भी कहा था– 'तुम कहती क्यों नहीं हमारा कोई संबंध नहीं है।' उसने कहा भी मगर लड़के वाले इतने भड़क चुके थे कि कुछ सुनने को ही तैयार नहीं थे। अब तो वे सज्जन

भी कह रहे थे कि हमारे बीच वैसी कोई बात नहीं हो रही थी मगर सब बेकार। वहां मौजूद अगर एक भी आदमी यह कह दे मिलॉर्ड कि मैंने अपने मुंह से चांदनी से संबंध होने की बात कही थी तो निःसंदेह मैं दोषी हूं। रही उन सज्जन की बात जिनका नाम वकील साहब अमरनाथ बता रहे हैं। इनका कहना है वह मेरे साथी थे। उनसे मिलकर मैंने चांदनी को बदनाम करने और शादी तुड़वाने की साजिश रची। जवाब में एक ही बात कह सकता हूं–अमरनाथ को मेरे सामने लाया जाए। इस कोर्ट में पेश किया जाए। मैं साबित कर दूंगा न वह मुझे जानता था, न ही मैंने उसे पहले कभी देखा था।"

रमेश तैरानी ने कहा–"पुलिस तलाश कर रही है योर ऑनर, वह मिल नहीं रहा। उसी रात से गायब है।"

"इसमें मेरा क्या कुसूर है मिलॉर्ड?" चक्रेश ने ऐसी मासूमियत के साथ कहा कि एक बार को तो कक्ष में हंसी का फव्वारा छूट पड़ा।

"आर्डर . . . आर्डर . . ." न्यायाधीश ने व्यवस्था कायम की।

कक्ष में पुनः शांति छा गई।

रमेश तैरानी ने कहा–"मैं यहीं, बयान के इसी बिंदु पर मिस्टर चक्रेश से कुछ पूछना चाहता हूं सर।"

जज ने चक्रेश से पूछा–"ऐनी ऑब्जेक्शन?"

"बोलना तो वकील साहब ने एक बार फिर मेरी बात खत्म होने से पहले ही शुरू कर दिया है लेकिन . . . जब कर ही दिया है तो क्या रोकूं इन्हें? इनके मन की मन ही में न रह जाए इसलिए इजाजत देता हूं–जो पूछना चाहें, पूछें।"

"तो शादी वाली रात अमरनाथ ने जो कुछ तुमसे कहा, वह झूठ था?"

"सरासर झूठ था।"

"चांदनी तुमसे कनिष्क होटल के रूम नंबर थर्टीन में कभी नहीं मिली?"

"होटल और रूम की बात छोड़िए वकील साहब।" कहने के साथ उसने बहुत ही प्यार से चांदनी की तरफ देखते हुए कहा–"हम कभी भी, कहीं भी नहीं मिले। शादी वाली रात से पहले एक दूसरे को हमने देखा तक नहीं था। एक-दूसरे की शक्ल ही उस रात पहली बार देखी थी। क्यों चांदनी, मैं ठीक कह रहा हूं न?"

चांदनी तिलमिलाकर रह गई। बुरी तरह दांत पीस रही थी वह।

चक्रेश बोल रहा था मगर अंदाज ऐसा था जिससे कक्ष में मौजूद लोगों को झूठ बोलता लगे। लगे कि यह सब वह अपनी महबूबा को बदनामी से बचाने के लिए कह रहा है।

उधर, रमेश तैरानी ने पुरजोर स्वर में कहा–"यह संदेश पूरे शहर में जाना चाहिए योर ऑनर कि चांदनी का इस लड़के से कोई संबंध नहीं था। फंक्शन में मौजूद जिन लोगों ने महेश घोष और चांदनी के बारे में गलत धारणा बना ली थी, यह संदेश उस हर कान तक पहुंचना चाहिए। क्यों मिस्टर चक्रेश?" उसने सीधे चक्रेश से कहा–"इसका मतलब तो ये हुआ, लड़के वालों ने बारात वापस ले जाकर भूल की?"

"भूल नहीं, बेवकूफी की वकील साहब।" चक्रेश एक-एक शब्द पर जोर देता कहा चला गया–"मैं तो कहता हूं गधे थे वे। कच्चे कानों वाले। भला इस तरह, बगैर किसी सुबूत के सुनी-सुनाई बात के आधार पर भी कोई समझदार आदमी किसी लड़की वाले के दरवाज़े से बारात वापस ले जाकर लड़की वाले का अपमान करता होगा? मगर मैं कहता हूं–उन्हीं का नुकसान हुआ। इतनी हसीन और पाक लड़की उस गधे और गधे के बाप को अब कभी नहीं मिलेगी।" कहने के साथ एक बार फिर वह अपनी आंखों में दीवानगी भरकर चांदनी की तरफ देखने लगा था–"और चांदनी के लिहाज से मैं कहता हूं–जो हुआ, ठीक ही हुआ। इतने कच्चे कानों वाले लोग चांदनी को सुखी नहीं रख सकते थे। अच्छा ही हुआ जो वक्त रहते उनकी हकीकत सामने आ गई। और . . . जहां तक सवाल मुझ पर लगे इस आरोप का है कि मैं चांदनी के साथ रहा। मेरा तो रोम-रोम एक ही बात चाहता है–चांदनी जहां रहे खुश रहे। फूल ही फूल खिल उठें इसके चारों तरफ। ये जहां कदम रखे वहां फूलों की सड़कें बन जाएं। जहां सांस ले वहां हर तरफ खुशबू ही खुशबू हो। मैं तो कहता हूं . . ."

"मिस्टर चक्रेश!" न्यायाधीश ने टोका।

चक्रेश इस तरह चौंका अचानक ध्यान आया हो वह अदालत में खड़ा है। उपरोक्त शब्द कहते वक्त निरंतर चांदनी की तरफ देख रहा था। लोगों ने उसकी आंखों में चांदनी के लिए तैरती दीवानगी साफ-साफ देखी थी। इस तरह कहता चला गया था वह जैसे सपनों की

दुनिया में पहुंच गया हो। और न्यायाधीश की आवाज पर यूं चौंका जैसे झटका खाकर इस दुनिया में लौटा हो। हड़बड़ाकर बोला–"स-सॉरी मिलॉर्ड।"

एक बार फिर कक्ष में मौजूद ज्यादातर लोग ठहाके लगाकर हंस पड़े।

वह ठहाके गवाह थे इस बात के कि मैसिज वही गया है जो चक्रेश लोगों को देना चाहता था।

एक बार फिर उसे और चांदनी को प्रेमी-प्रेमिका ही समझ रहे थे।

बड़ी ही अनोखी टैक्नीक इस्तेमाल कर रहा था चक्रेश। मुंह से ऐसा कोई शब्द नहीं निकाल रहा था जिस पर किसी को आपत्ति हो सके मगर स्टाईल ऐसा था जो खुद-ब-खुद लोगों को उनके प्रेमी-प्रेमिका होने का संदेशा पहुंचा दे।

सब कुछ समझ रही चांदनी भन्नाकर रह जाने से ज्यादा कर भी क्या सकती थी?

जज और रमेश तैरानी तक को लगा–चांदनी और चक्रेश में कोई न कोई संबंध है जरूर। कटघरे में खड़ा होकर जो कुछ वह कह रहा है, एक सच्चे प्रेमी की तरह अपनी प्रेमिका को बदनामी और रुसवाई से बचाने के लिए कह रहा है।

जज ने पूछा–"क्या आपको और भी कुछ कहना है?"

"यस मिलॉर्ड।" चक्रेश ने ऐसी एक्टिंग की जैसे खुद को नियंत्रित कर लिया हो। बोला–"अभी मैं केवल दो घटनाओं पर बोला हूं। तीसरी घटना पर सफाई देनी बाकी है। वह, वह घटना है जो कल मिस्टर घोष के बंगले पर घटी और . . ." इतना कहने के बाद वह थोड़ी देर के लिए रुका। एक बार फिर चांदनी की तरफ देखता बोला–"अब मैं जो कुछ कहने वाला हूं, मुमकिन है कुछ लोगों को वह अच्छा न लगे। कुछ लोग यह सोचकर मुझ पर हंस भी सकते हैं कि मैं चांद को छूने की कोशिश कर रहा हूं मगर अपना बयान शुरू करने से पहले मैंने गीता पर हाथ रखकर सच बोलने की कसम खाई है इसलिए जो चाहे, जो फील करें मगर बोलूंगा वही जो सच है। कहूंगा वही जो सच्चाई है।"

"योर ऑनर।" रमेश तैरानी ने कहा–"मिस्टर चक्रेश से कहा जाए

अदालत को पहले ही बता चुका हूं, यह सच है कि वह शादी वाली रात ही थी जब चांदनी ने मुझे और मैंने चांदनी को पहली बार देखा। मैं नहीं कह सकता चांदनी ने मेरे बारे में क्या फील किया मगर मेरे दिमाग में एक झटके से पहली और अंतिम बार बस एक ही ख्याल आया–नहीं, इस धरती पर इससे हसीन लड़की कोई दूसरी नहीं हो सकती। काश . . . काश ये मेरी दुल्हन बनी होती।"

"ऑब्जेक्शन योर ऑनर।" एक बार फिर रमेश तैरानी अपने स्थान से खड़ा होकर चीखा–"एक बार फिर यह लड़का भरी अदालत में चांदनी को बदनाम करने की कोशिश कर रहा है।"

"मुझे मिस्टर तैरानी के इस आरोप पर घोर एतराज है मिलॉर्ड।" चक्रेश उससे कहीं ज्यादा जोर से चीखा था–"मैं यहां चांदनी की फीलिंग्स के बारे में कुछ नहीं कह रहा। यह नहीं बता रहा चांदनी मेरे बारे में क्या सोचती है। बता भी नहीं सकता क्योंकि इसकी फीलिंग्स के बारे में मुझे कुछ पता नहीं है। उसके बारे में केवल अपनी फीलिंग्स बता रहा हूं।"

"लेकिन योर ऑनर, वे फीलिंग्स भी इस तरह नहीं बताई जा सकतीं जिसमें किसी की बदनामी हो।"

"जब मैं किसी और की फीलिंग्स का जिक्र ही नहीं कर रहा तो किसी की बदनामी का सवाल ही कहां उठता है। रहा सवाल मेरी फीलिंग्स का। जब तक मैं ठीक से अपने दिल का हाल बयान नहीं करूंगा तब तक अदालत को नहीं समझा पाऊंगा कि महेश घोष के बंगले पर मैं गया क्यों था? और मैं वहां किसी बुरी नीयत से नहीं गया था, कोई ऐसा काम नहीं किया जिसे क्राईम कहा जा सके। यह बात कोर्ट को उन शब्दों में समझाने का मुझे राईट है जिन शब्दों में मैं समझता हूं कि समझाने में कामयाब होऊंगा।"

इस मुद्दे पर दोनों के बीच थोड़ी बहस हुई।

फिर न्यायाधीश ने फैसला सुनाया–"मिस्टर चक्रेश जिन शब्दों में अपनी सफाई देना चाहें दे सकते हैं मगर मिस्टर चक्रेश, आपको ध्यान रखना होगा–आपके शब्दों में किसी की भावनाओं को ठेस न पहुंचे।"

"बहुत बेहतर मिलॉर्ड। लेकिन . . ."

"लेकिन?"

"वकील साहब अदालत की हिदायत के बावजूद कई बार मेरी सफाई के बीच बोलकर दखल दे चुके हैं। इस बार इन्हें बीच में न बोलने की चेतावनी दी जाए।"

जज ने कहा–"इस बात का ख्याल रखें मिस्टर तैरानी।"

मिसमिसाता तैरानी वापस अपनी कुर्सी पर बैठ गया।

"तो कह मैं यह रहा था मिलॉर्ड कि मेरे साथ वही हुआ था जो किताबों में लिखा होता है।" चक्रेश एक बार फिर कहता चला गया–"पहली नजर में प्यार हो गया जैसी ही कोई बात हुई थी मगर वह जिससे मुझे पहली नजर में प्यार हुआ वह तो किसी की दुल्हन बनी मंडप में बैठी थी। मेरे दिमाग में दूसरा विचार कोंधा–'तू पागल तो नहीं हो गया चक्रेश, भला ऐसे प्यार का क्या फायदा। बहुत देर बल्कि पूरी देर हो चुकी है।' यह सब सोच ही रहा था कि वे सज्जन आ गए जिनका नाम अमरनाथ बताया गया है। बता ही चुका हूं उन्होंने बखेड़ा कर दिया।"

"यहां मैं अदालत की परमीशन से एक बात कहना चाहता हूं योर ऑनर।" एक बार फिर रमेश तैरानी खड़ा हो गया।

जज ने चक्रेश की तरफ देखा।

"मुझे मालूम है मिलॉर्ड, अचानक वकील साहब के पेट में क्या कहने के लिए इतना तेज मरोड़ा उठा है।" एक बार फिर चक्रेश ने रमेश तैरानी को जलाकर राख कर देने वाली मुस्कान के साथ कहा और फिर उसे बोलने का मौका दिए बगैर कहता चला गया–"आप यही कहना चाहते हैं न वकील साहब कि जब मैं खुद कुबूल कर रहा हूं कि मुझे पहली नजर में चांदनी से प्यार हो गया था। इसे अपनी दुल्हन के रूप में देखने की तमन्ना जाग उठी थी तो ऐसा क्यों नहीं हो सकता है कि मैंने अपनी तमन्ना को पूरी करने के लिए अमरनाथ के साथ मिलकर नाटक शुरू कर दिया ताकि वह शादी न हो सके और मुझे अपनी तमन्ना पूरी करने का मौका मिल जाए। मुझे दुख है वकील साहब आपने अपनी पूरी जिंदगी कानून की रूखी-सूखी बेस्वाद किताबें पढ़ने में ही गवां दी। प्यार का 'ढाई अक्षर' पढ़ने तक का समय नहीं निकाल सके आप।"

"क्या मतलब?" तैरानी हड़बड़ा-सा गया।

"मेरा दावा है– मुहब्बत की अगर आपने एक भी किताब पढ़ी होती तो वैसी बात की कल्पना तक नहीं करते जैसी कह बैठे। आपको जरूर मालूम होता–जिस इंसान को प्यार हो जाता है, सबसे पहले 'स्वार्थ' ही उसके अंदर से काफूर होता है। उसी क्षण से वह अपने लिए नहीं, उसके लिए जीने लगता है जिससे उसे प्यार हुआ होता है। प्यार को खुदा की इनायत यूं ही नहीं मान लिया गया वकील साहब। इसलिए माना गया है क्योंकि इस पाक एहसास से ग्रस्त इंसान तलवार से अपना सिर कलम कर सकता है परंतु अपने महबूब के तलवे में चुभे छोटे से कांटे को देखकर मारे दर्द के तड़प उठता है।"

"मिस्टर चक्रेश को इस बात का एहसास कराया जाए योर ऑनर कि ये अदालत है।" तैरानी बोला–"किसी ड्रामा कंपनी का स्टेज या फिल्म का सैट नहीं जहां ये प्यार का राग अलाप रहे हैं। भारी-भारी डायलॉग बोल रहे हैं।"

"अगर अदालत में चर्चा प्यार की हो रही है तो बात प्यार की ही होगी।"

"ये चर्चा प्यार की नहीं है।"

"चर्चा प्यार ही की है।" चक्रेश ने दृढ़तापूर्वक एक-एक शब्द पर जोर देते हुए कहा–"आप मुझ पर ऐसा आरोप लगाने की कोशिश कर रहे हैं, एक प्यार करने वाले के लिए जिससे बड़ा आरोप कोई हो ही नहीं सकता। कहना मैं यह चाहता हूं कि एक आशिक ऐसा कोई काम करना तो दूर, करने के बारे में सोच तक नहीं सकता। जिसके परिणाम स्वरूप उसकी महबूबा की वैसी बदनामी और रुसवाई हो जैसी चांदनी की हुई। वह खुद लाखों गम उठा सकता है। सारी जिंदगी तड़पता रह सकता है। जरूरत पड़े तो अपनी महबूबा के लिए जान दे सकता है परंतु उसे यूं अंधेरों के गर्त में नहीं धकेल सकता। कानून की तार्किक किताबों से जरा बाहर आईए वकील साहब। समझने की कोशिश कीजिए एक प्यार भरे दिल को। तब आप खुद-ब-खुद समझ जाएंगे मैं कितना सच बोल रहा हूं।"

"अगर यह इत्तफाक था कि जैसे ही तुम्हें चांदनी से मुहब्बत हुई, ज़ैसे ही तुम्हारे दिमाग में इसे अपनी पत्नी बनाने का ख्याल आया वैसे ही बानक चांदनी की बारात लौट जाने के बन गए तो मैं कहूंगा–बड़ा ही खूबसूरत इत्तफाक था।"

"आप इसे इत्तफाक कहते हैं, मैं संयोग कहूंगा।"

"केवल लेंग्वेज का फर्क है लड़के। मतलब दोनों शब्दों का एक ही है।"

"कभी गहराई से सोचना वकील साहब, दोनों शब्दों में बहुत ही बारीक-सा फर्क है। बड़ा मीठा-सा फर्क है। कुछ वैसा ही जैसा 'चतुर' और 'चालाक' में होता है। मतलब दोनों शब्दों का एक ही है लेकिन किसी को चतुर कहा जाए तो लगता है उसकी तारीफ की जा रही है। चालाक कहा जाए तो लगता है–आलोचना की जा रही है। ऊपर बैठा सबसे बड़ा न्यायाधीश जब डोरियां हिला रहा होता है तो संयोग होते हैं, इत्तफाक नहीं। मुमकिन है वह संयोग ऊपर वाले ने मुझे और चांदनी को मिलाने के लिए ही किया हो। कम से कम मैं तो ऐसा ही सोचता हूं। प्यार की किताबें पढ़ने वाले कहते भी हैं–सच्ची चाहत में बहुत ताकत होती है। ऐसे-ऐसे संयोग हो जाते हैं जिनकी आदमी कल्पना तक नहीं कर सकता।"

"जो हुआ वह संयोग था या तुम्हारा षड्यंत्र, इस बात का फैसला तो तभी हो सकता है जब अमरनाथ कोर्ट में पेश हो।"

"उसे पेश करना मेरा नहीं आपका काम है वकील साहब क्योंकि यह साबित करने के लिए आप मरे जा रहे हैं कि जो हुआ, वह षड्यंत्र था और उसे अमरनाथ के साथ मिलकर मैंने रचा था। वैसे तभी से उस जलील आदमी को तलाश करने की कोशिश कर मैं भी रहा हूं। एक बार हाथ आ जाए तो साले का टेटवा दबा दूं।"

"क्यों, तुम क्यों टेंटवा दबाओगे उसका। तुम्हारे लिए तो उसने अच्छा ही किया है।"

"एक बार फिर आप एक आशिक के दिल को समझने में नाकाम हैं। बावजूद इसके नाकाम हैं कि मैं आपको समझाने की काफी कोशिश कर चुका हूं। बता चुका हूं–प्यार करने वाला स्वार्थी नहीं होता। अपने स्वार्थ के लिए महबूब की बदनामी और रुसवाई बरदाश्त नहीं कर सकता बल्कि जिसने ऐसा किया हो वह उसका सबसे बड़ा दुश्मन होता है। आप कहते हैं वह मुझसे मिला हुआ है जबकि मैंने सुना है वह महेश घोष का दोस्त था। इन्हीं के भेजे इंविटेशन पर शादी में शामिल था। मुझ पर आरोप लगाना छोड़िए वकील साहब। सही लाईन पकड़ने की कोशिश कीजिए। अपने क्लाईंट को समझाइए–दोस्ती के चोलों में

अक्सर दुश्मन छुपे होते हैं। जो कुछ हुआ, जब आज उसे याद करता हूं तो लगता है अमरनाथ ने जान-बूझकर मिस्टर घोष का काम बिगाड़ा था। मिस्टर घोष को याद करना चाहिए–मुमकिन है दोस्ती के बीच कोई ऐसी बात हुई हो जिससे मन ही मन वह इनसे खुंदक खाने लगा हो। मेरे ख्याल से तो अपनी समझ में उसने मुनासिब मौके पर खुंदक निकाली और गायब हो गया।"

"अगर ऐसा भी था तो उस खुंदक का फायदा तुम्हें ही मिला।"

"फायदा मिला या नहीं, इस बात का फैसला तो भविष्य करेगा मगर फिलहाल तो उसकी हरकत ने मुझे जख्मी किया है। ऐसी चोट दी है कि मैं तिलमिला उठा। मेरी तिलमिलाहट उस वक्त लोगों ने देखी भी थी। मैं यह साबित करने के लिए पगला-सा गया था कि चांदनी पर झूठा इलज़ाम लगाया जा रहा है। जिस दौर से चांदनी उस वक्त गुजर रही थी, कोई भी महबूब अपनी महबूबा को उस दौर से गुजरते देखकर तड़प उठेगा। वही हालत मेरी थी।"

"और फिर तुम चांदनी के जले पर नमक छिड़कने बंगले पर पहुंच गए।" तैरानी ने व्यंग्य किया।

"जले पर नमक छिड़कने नहीं बल्कि मरहम लगाने गया था।" चक्रेश ने एक बार फिर भावुक स्वर में कहना शुरू किया–"सारी रात नींद नहीं आई मुझे। बिस्तर पर करवटें बदलता रहा। तड़पता रहा। सिगरेट पर सिगरेट फूंकता रहा। सोचता रहा–'हे भगवान, ये क्या कर दिया तूने? मेरी आंखों को ये कैसा मंजर दिखाया? पहली बार मन को कोई लड़की भाई थी। पहली बार एहसास हुआ था प्यार क्या होता है और तूने उसी को मेरी आंखों के सामने बदनामी और रुसवाईयों की गर्त में धकेल दिया। अब कौन शादी करेगा उससे? कौन इतनी बदनाम हो चुकी लड़की को अपनी पत्नी बनाना चाहेगा?' जब, मेरे दिल में ख्याला आया–'मैं। मैं शादी करूंगा उससे। मैं रखूंगा उसे अपने दिल की पटरानी बनाकर।' इस ख्याल ने मुझे रोमांचित कर दिया। इस कल्पना मात्र से ही मैं झूम उठा कि चांदनी। वह चांदनी मेरी पत्नी बन सकती है जो पहली ही नजर में मेरी आंखों के रास्ते से दिल में उतरकर वहां जाकर स्थापित हो चुकी है जहां कभी-कभी, कोई-कोई ही स्थापित हो पाता है।"

"तो चांदनी पर तरस आ गया था तुम्हें। इसलिए बंगले पर पहुंचकर।"

"दो भावनाएं मुझे खींचकर वहां ले गई थीं। पहली–मेरा प्यार। चांदनी को पाने की लालसा। दूसरी–चांदनी के प्रति सहानुभूति। इस बात से इंकार नहीं करूंगा–मेरे मन में यह भाव था कि अब कौन चांदनी से शादी करेगा। मगर वहां अपनी किसी भी बात से मैंने उस भाव को प्रकट नहीं होने दिया। जानता था–वह भाव प्रकट हुआ तो चांदनी को ठेस पहुंचेगी। बता चुका हूं–प्यार करने वाले एक-दूसरे को ठेस पहुंचाना सबसे बड़ा गुनाह समझते हैं। वहां खुलेआम मैंने एक ही बात कही–यह कि मैं चांदनी से प्यार करता हूं, इसे अपनी पत्नी बनाना चाहता हूं लेकिन तब जब इसे भी मुझसे उतना ही प्यार हो जाए जितना मुझे इससे है। इसे जबरदस्ती अपनी बनाने की बात मैंने कभी नहीं की। केवल यही कहा–तुम्हें मुझसे प्यार करना होगा चांदनी। अगर यह कहना गुनाह था तो मैं इस गुनाह को बार-बार करना चाहूंगा योर ऑनर। आपके कानून में अगर ऐसा कहने वाले के लिए कोई सजा है तो शौक से दे दीजिए मुझे। मैं आपके सामने भरी अदालत में कह रहा हूं–चांदनी आज भले ही मुझसे प्यार न करती हो मगर अपने प्रयासों से मैं वह दिन ले आऊंगा जब यह मुझसे शायद उससे भी ज्यादा प्यार करेगी जितना मैं इससे कर बैठा हूं।"

"जुर्म वह नहीं है जो तुमने वहां या यहां कहा बल्कि जुर्म तुम्हारे द्वारा यहां की गई मारपीट है।"

"वह मिस्टर महेश घोष के हुक्म पर इनके नौकरों ने शुरू की थी।"

"पहले तुमने रिवॉल्वर निकाला।"

"यह झूठ है।"

"यह सच है मिस्टर चक्रेश। वहां मौजूद किसी भी शख्स का बयान लिया जा सकता है। क्या तुम्हारे पास कोई ऐसा गवाह या सुबूत है जो सिद्ध कर सके मारपीट महेश घोष ने शुरू की।"

चक्रेश चुप रह गया।

"जवाब दो मिस्टर चक्रेश! सांप क्यों सूंघ गया तुम्हें?"

"मिलॉर्ड।" चक्रेश ने जज से कहा–"आप समझ सकते हैं, वहां जितने भी आदमी थे सब महेश घोष के थे। कोर्ट में महेश घोष के फेवर का ही बयान देंगे।"

"रमेश तैरानी ने कहा–"इसका मतलब तुम्हारे पास कोई गवाह नहीं है।"

"है।" चक्रेश ने एक झटके से कहा।

तैरानी चौंका–"है?"

"हां वकील साहब। एक गवाह मेरे पास भी है।"

"कौन है?"

"चांदनी।"

"चांदनी।" यह शब्द हकलाहट से भरकर रमेश तैरानी के नहीं बल्कि अनेक मुंहों से निकला था।

उनमें चांदनी भी थी।

चांदनी तो उछल ही पड़ी थी।

हैरत और रोमांच के कारण वह अपने सारे जिस्म में सनसनी-सी दौड़ती महसूस कर रही थी।

उसने महसूस किया–सबकी निगाहें उस पर केवल उसी पर केंद्रित हो गई हैं। हड़बड़ा-सी गई वह। चेहरा ही नहीं, संपूर्ण जिस्म पसीने से भरभरा उठा। घबराई हिरनी के से अंदाज में इधर-उधर देखा मगर किसी से नज़रे न मिला सकी। वह खुद को बड़ी ही अजीब स्थिति में फंसी महसूस कर रही थी।

और आम लोग।

जो अदालत में इस केस का आनंद लेने आए थे।

उनके होंठों पर मुस्कान फैल गई।

महेश घोष दांत पीसते नजर आ रहे थे। कमिश्नर हैरान। रमेश तैरानी ने हड़बड़ाकर महेश घोष की तरफ देखा था। कुछ ऐसे अंदाज में जैसे पूछ रहा हो–कटघरे में पहुंचकर यह लड़की कहीं कोई नादानी तो नहीं कर देगी?

बहुत लंबे ही चले सन्नाटे पर चक्रेश ने अपनी वाणी का वार किया–"वकील साहब, एक बीमारी ये भी हो जाती है प्यार करने वालों को। जिससे वे प्यार करते हैं उसके भरोसे पर अपनी जिंदगी तक दांव पर लगा देते हैं। वही किया है मैंने। चांदनी ने अगर सच बोला तो मैं छूट जाऊंगा। झूठ बोला तो जेल चला जाऊंगा। वैसे मुझे पूरा विश्वास है–चांदनी झूठ नहीं बोलेगी। उसे विटनेस बॉक्स में बुलाया जाए।"

जज ने चांदनी को विटनेस बॉक्स में आने को कहा।

चांदनी को उठना पड़ा।

"धड़-धड़ कर रहे अपने दिल की आवाज वह साफ सुन रही थी। साफ महसूस कर रही थी कि वह उसकी पसलियों पर सिर टकरा रहा है। उठते वक्त शायद अनजाने ही में चांदनी की नजर चक्रेश पर पड़ी। उसने पाया–उसकी आंखों में प्यार, होंठों पर विश्वास से भरी मुस्कान थी। आंखों में ऐसा कुछ था जिसका वह सामना न कर सकी। फौरन अपनी पलकें झुका लेनी पड़ीं।

बहुत धीमे से कहे गए कमिश्नर के शब्द कानों से टकराए।

"अदालत में कही गई उसकी बातों में मत आना बेटी। वह एक नंबर का शातिर और मक्कार है। हमारे हथियार से हम ही को जख्मी कर देना चाहता है।"

वह आगे बढ़ गई।

वे क्षण ऐसे थे जब जज सहित सबके दिलों की धड़कन तेज हो गई।

सबके दिलो-दिमाग एक ही सस्पेंस में फंसे थे–चांदनी क्या कहेगी?

वह विटनेस बॉक्स में पहुंच गई।

रमेश तैरानी ने कहा–"तुमसे केवल एक सवाल पूछा जाएगा। घबराना मत। पूरे कांफिडेंस के साथ जवाब देना।"

"आपने कांफिडेंस के साथ जवाब देने के लिए कहा है वकील साहब। सच्चा जवाब देने के लिए नहीं। इसलिए मुझे कहना पड़ रहा है।" उसने चांदनी से कहा–"चांदनी, मैंने तुम पर विश्वास करके अपनी जिंदगी का जुआ खेला है। जानता हूं–तुम मुझसे प्यार नहीं करतीं। फिर भी उम्मीद मैं यही करता हूं कि तुम सच बोलोगी।"

"योर ऑनर, मिस्टर चक्रेश गवाह को प्रभावित करने की कोशिश कर रहे हैं।"

जज ने कहा–"आप सवाल कीजिए मिस्टर तैरानी।"

"मिस चांदनी।" तैरानी ने पूछा–"मारपीट चक्रेश ने शुरू की या आपके पापा ने?"

चांदनी सिर झुकाए चुपचाप खड़ी रही।

मारे सस्पेंस के लोगों का बुरा हाल था। अंदर ही अंदर यह सोचकर खुद रमेश तैरानी कांप रहा था कि भावनाओं में बहकर कहीं ये लड़की

सारे केस को ही न उलट डाले। मगर, जवाब तो लेना ही था इसलिए कहा–"जवाब दो मिस चांदनी। मार-पीट किसने शुरू की थी?"

"चक्रेश ने।" चांदनी ने एक झटके से कह दिया।

कक्ष में लोगों की सिसकियां-सी उभरीं।

"शिट!" दांत भींचकर कहने के साथ चक्रेश ने जोर से कटघरे के रेलिंग पर घूंसा मारा। साथ ही चीख पड़ा–"ये झूठ है! झूठ है चांदनी! तुम ऐसा नहीं कह सकतीं। नजरें उठाओ। एक बार मेरी तरफ देखो। मेरी आंखों में देखकर कहो कि मारपीट की शुरूआत मैंने की थी!"

"ऑब्जेक्शन योर ऑनर।" रमेश तैरानी जोश में भरकर चीखा–"आंखों में आंखें डालना क्या होता है। मिस चांदनी को जो कहना था कह चुकी। ये कोर्ट है। रंगमंच नहीं।"

चक्रेश उसकी बात पर जरा भी ध्यान दिए बगैर चीखे चला जा रहा था–"मेरी तरफ देखो चांदनी। मेरी तरफ देखकर . . ."

"तेरी तरफ देखकर ही जवाब दे रही हूं मैं।" चांदनी ने एक झटके से चक्रेश की तरफ देखा। बुरी तरह तमतमा रहा था उसका चेहरा। हर तरफ चक्रेश के लिए नफरत ही नफरत नजर आ रही थी। दांत भींचकर गुर्राते से स्वर में कहती चली गई–"ले! डाल दीं तेरी आंखों में आंखें। अब कहती हूं–तूने रिवॉल्वर निकालकर मुझे और मेरे पापा को धमकाया। तब पापा ने नौकरों को तुझे रोकने का हुक्म दिया।"

और बस।

एक बार फिर कोर्ट रूम में सन्नाटा छा गया।

वही सन्नाटा जिसके दरम्यान केवल उस वाल क्लॉक की 'टिक-टिक . . .' सुनी जा सकती थी जो जज के पीछे वाली दीवार पर राष्ट्रीय चिह्न के ऊपर लगी हुई थी।

कक्ष में मौजूद ज्यादातर लोगों के चेहरों पर निराशा फैल गई।

शायद उन्हें चांदनी के इस जवाब की अपेक्षा नहीं थी।

चक्रेश तो चांदनी की तरफ देख ही रहा था। चांदनी भी उसी की तरफ देखे जा रही थी। उसकी आंखें चक्रेश पर चिंगारियां-सी बरसा रही थीं। उसने तो कह भी दिया–"देख क्या रहा है कमीने! सोच क्या रहा है तू–कि मैं तेरी इन आंखों से डर जाऊंगी?"

रमेश तैरानी को लगा–भावनाओं में बहकर चांदनी कहीं कुछ ऐसा

न कह बैठे जिससे उस चालाक लड़के को यह साबित करने का मौका मिल जाए कि वह झूठ बोल रही है इसलिए जल्दी से बोला–"दूध का दूध, पानी का पानी हो चुका है योर ऑनर। मेरे ख्याल से अब मिस्टर चक्रेश को जेल भेजने की तैयारी हो जाए।"

चांदनी अब भी अपनी आंखों से चक्रेश पर आग बरसाती उसी को घूरे जा रही थी। जैसे पक्का इरादा कर चुकी हो–नजरें पहले चक्रेश को झुकानी होंगी। वह उसके चेहरे पर विषाद देखना चाहती थी मगर . . . मगर यह क्या?

चक्रेश के होठ तो मुस्कुराने वाले अंदाज में फैलते चले जा रहे थे।

फिर, वह धीरे-धीरे हंसने लगा।

लोग हैरान।

बाकायदा कहकहे लगाने लगा वह।

"पागल हो गया क्या? अब हंस क्यों रहा है?" अंततः दांत भींचकर चांदनी को पूछना ही पड़ा।

"आजमा रहा था तुम्हें।" चक्रेश रहस्यमय मुस्कान के साथ बोला–"देख रहा था–तुम्हें मुझसे थोड़ा बहुत प्यार हुआ है या नहीं? पाया–प्यार होने लगा है।"

लोग हंस पड़े।

"प्यार!" चांदनी गुर्राई–"मेरी आंखों में प्यार नजर आ रहा है तुझे?"

"बेईंतहा।"

"कमीने! जलील! मैं तेरा मुंह नोंच लूंगी।" आपे से बाहर होकर चांदनी विटनेस बॉक्स से निकलकर उसकी तरफ लपकी। ऐन वक्त पर तैरानी उसे पकड़ न लेता तो शायद सचमुच चक्रेश का मुंह नोंच डालती।

"यही।" चक्रेश जानदार मुस्कान के साथ कहता चला गया, "यही तो है प्यार की पहली सीढ़ी। तुमने जरूर सुना होगा चांदनी प्यार का पहला पायदान नफरत है और मैं तुम्हारे सारे वजूद को अपने प्रति नफरत से सुलगता देख रहा हूं। मतलब साफ है–तुम मेरी तरफ बढ़ने लगी हो।"

उसके शब्दों ने तो चांदनी को मानो पागल ही कर दिया। वह बाकायदा रमेश तैरानी के बंधनों से निकलकर चक्रेश पर झपटने

के लिए जूझने लगी। उसे संभालने का प्रयत्न करते तैरानी ने कहा–“योर ऑनर, अब आपको अपना फैसला सुनाने में देर नहीं करनी चाहिए।”

जज साहब ने कलम उठाई ही थी कि चक्रेश कह उठा–“नहीं मिलॉर्ड! मेरी सफाई अभी पूरी नहीं हुई है।”

“मिस चांदनी के बयान के बाद क्या रह गया?”

“गवाह झूठ बोल सकते हैं मिलॉर्ड मगर सुबूत झूठ नहीं बोला करते।”

“सुबूत?”

“जी हां। मेरे पास ऐसा सुबूत मौजूद है जो सिद्ध कर देगा कि चांदनी ने झूठ बोला है।”

चांदनी सहित सभी ने बुरी तरह चौंककर उसकी तरफ देखा था। दर्शक दीर्घा में बैठे आम लोगों के चेहरों पर एक बार फिर जिज्ञासा और दिलचस्पी के भाव उभर आए। जाने क्यों, आम लोगों की सहानुभूति उसके साथ थी। सब मान चुके थे–वह कोई पहुंचा हुआ खिलाड़ी है। ऐसा खिलाड़ी जो किसी भी मोर्चे पर हार नहीं सकता।

“पता नहीं योर ऑनर, ये शातिर लड़का अब कौन-सा खेल खेलने वाला है।” रमेश तैरानी का लहजा कांप रहा था।

“दर्शक दीर्घा में सबसे पिछली पंक्ति की ठीक बीच वाली कुर्सी के नीचे एक बैग रखा है मिलॉर्ड।” चक्रेश ने बड़ी ही जानदार मुस्कान के साथ कहा था–“उसे डायस पर मंगाया जाए।”

सबके चेहरे उसी कुर्सी की तरफ घूम गए।

उस चेयर पर एक युवक बैठा था। उसने झांककर कुर्सी के नीचे देखा। वहां वाकई चमड़े का काला बैग रखा था। वह काफी बड़ा था। उसे खींचकर बाहर निकालने के लिए लड़के ने हाथ डाला ही था कि चक्रेश ने ऊंची आवाज में कहा–“नहीं दोस्त! बेदर्दी से मत खींचना उसे। उसमें जो भी है, नाज़ुक चीज़ है।”

युवक के हाथ जहां के तहां ठिठक गए।

चक्रेश ने पलटकर जज से कहा–“उसे अहतियात के साथ डायस पर मंगाया जाए मिलॉर्ड।”

जज ने दो कर्मचारियों को हुक्म दिया।

बेग कुर्सी से निकलकर डायस पर लाया गया। लाने वालों को ही नहीं देखने वालों तक को एहसास हो गया था बैग काफी भारी है। अब सब केवल एक ही बात जानना चाहते थे। यह कि बैग में है क्या?

सबकी निगाहें उस पर यूं जमी थीं जैसे जादूगर के बॉक्स को देख रहे हो।

चक्रेश के कहने पर अदालत की परमीशन से बैग खोला गया।

उसमें से एक पोर्टेबल कलर टीवी, मिनी वीसीपी और एक केसिट बरामद हुई।

"इस केसिट में वह सब 'शूट' है मिलॉर्ड जो महेश घोष के बंगले के फ्रंट लॉन में हुआ।" चक्रेश कहता चला गया–"कैमरा मैंने पोर्च के नीचे खड़ी अपनी गाड़ी के अंदर लगा रखा था। ऐसा इसलिए किया क्योंकि ऐसी आशंका पहले ही से थी कि मुझे झूठ बोलकर फंसाने की कोशिश की जा सकती है।"

महेश घोष, कमिश्नर, तैरानी और चांदनी के चेहरों पर हवाईयां उड़ती साफ देखी जा सकती थीं।

"कोर्ट के बैठने से पहले ही मैंने बैग उस कुर्सी के नीचे छुपाकर रख दिया था। कहते वक्त चक्रेश के होंठों पर मुस्कान गहरी होती चली जा रही थी–"सोचा था–जरूरत नहीं पड़ी तो अदालत के उठने के बाद उठाकर चुपचाप वापस ले जाऊंगा। जरूरत पड़ी तो दिखानी ही पड़ेगी। चांदनी ने सच बोला होता तो शायद मुझे यह कदम उठाने की जरूरत नहीं पड़ती।" कहते वक्त एक बार फिर उसकी नजरें चांदनी पर केंद्रित हो गई–"अब तुम मुझे दोष नहीं दे सकती चांदनी। भरी अदालत में इस केसिट को दिखाने पर मुझे तुमने मजबूर किया है। इस केसिट को जिसमें मेरे झूले पर बैठे होने, तुम सबके लॉबी से दौड़कर लॉन में आने से लेकर मेरे वापस आने तक का पूरा एपिसोड मौजूद है। वह एक-एक डायलॉग जो तुम लोगों ने मुझसे या मैंने तुमसे कहा। ये फिल्म खुद बता देगी मारपीट कब, क्यों और किसने शुरू की। मैंने रिवॉल्वर कब निकाला और क्या कहकर वापस जेब में रख लिया।"

तैरानी के खेमें में ऐसा सन्नाटा पसर गया था जैसे सांप सूंघ गया हो।

जज के आदेश पर केसिट चलाई गई।

और तब–दर्शक दीर्घा में बैठे लोगों ने जमकर उस दिलचस्प फिल्म

का लुत्फ लिया। लोग हंस रहे थे। ठहाके लगा रहे थे। चक्रेश उनकी नजर में हीरो बन गया था। चांदनी तो उस फिल्म को पूरी देख तक नहीं सकी। ठीक उस वक्त पैर पटकती कोर्ट से बाहर चली गई जब टीवी पर चक्रेश उसे चैलेंज दे रहा था। जाते-जाते उसने फाड़ खाने वाले अंदाज में कटघरे में खड़े चक्रेश को देखा था। उस चक्रेश को जिसके होंठों पर हमेशा की तरह चित्ताकर्षक मुस्कान थी।

⅄

"मैं क्या करूं! मैं क्या करूं कमिश्नर!" अपने बाल नोंच डालने के से अंदाज में महेश घोष फोन पर चीख रहे थे–"वह अब भी हमारे बंगले के मेन गेट के ठीक सामने सड़क से उस पार अपनी गाड़ी सहित खड़ा है। कल कोर्ट से निकलते हो कम्बख्त सीधा यहीं आ गया था। सारी रात यहीं खड़ा रहा। न खुद सोया न मुझे सोने दिया। पता नहीं हरामजादे को नींद भी आती है या नहीं। अब . . . दोपहर के बारह बज गए हैं। एक सेकंड के लिए भी बंगले के सामने से हिला तक नहीं है। बस ड्राईविंग सीट पर बैठा चांदनी के कमरे की बंद खिड़की को यूं घूरे जा रहा है जैसे आंखों ही से उसे तोड़ डालेगा। जी चाहता है अभी बाहर निकलूं और गोली से उड़ा दूं साले को।"

"मैं तुमसे पहले भी कह चुका हूं घोष। फिर कहता हूं, ऐसी कोई बेवकूफी मत करना।" कमिश्नर उसे समझा रहा था–"दरअसल वह चाहता ही यह है कि तुम कोई ऐसी बेवकूफी करो ताकि वह तुम्हें अपने फंदे में लपेट सके।"

"हद हो गई कमिश्नर। हद हो गई। एक अदना-सा लड़का इतनी बड़ी मुसीबत बन गया। न तुम्हारी पुलिस उसका कुछ बिगाड़ पा रही है न अदालत कुछ कर सकी। कितना 'बोदा' कितना हल्का कानून है हमारा।"

"समझने की कोशिश करो घोष। साबित हो चुका है–लड़का बहुत ही शातिर और मक्कार किस्म का है। कानून की पूरी नॉलिज रखता है। इसलिए वह किसी कानून को नहीं तोड़ रहा। बस खड़ा है तुम्हारे बंगले के सामने। कोई भी शख्स कहीं भी चाहे जितनी देर खड़ा रह सकता है।

पुलिस उस पर तब तक हाथ नहीं डाल सकती जब तक कि वह कोई गैर कानूनी हरकत न करे और फिर . . . मैंने तुमसे पहले ही कहा था। फिर कहता हूं—धैर्य से काम लो। अपने दिमाग को ठंडा रखो। उत्तेजित मत होने दो उसे। सारी रात सोए क्यों नहीं। आराम से सोना चाहिए था। नींद आ रही हो तो अब सो जाओ।"

"कैसी बात कर रहे हो कमिश्नर। ऐसे हालात में क्या मुझे नींद आ सकती है?"

"वही कह रहा हूं। यही समझाने की कोशिश कर रहा हूं। वह खड़ा है तो खड़ा रहने दो। अपना सिरदर्द मत बनाओ उसे। नेग्लेट करो। भूल जाओ उसकी वहां मौजूदगी को।"

"कैसे भूल जाऊं कमिश्नर। कैसे भूल जाऊं। कहना आसान है। करना बहुत मुश्किल। वही जानता है जिस पर पड़ती है। उस बाप को नींद भला आ ही कैसे सकती है जिसे पता है कि उसकी बेटी का आशिक घर के बाहर जमा खड़ा है। पता नहीं साला कब घर के अंदर घुस आए। कब चांदनी के साथ कोई बदसुलूकी कर बैठे?"

"वह ऐसा नहीं करेगा। मैं समझ चुका हूं। कानून नहीं तोड़ेगा वह।"

"कानून की किसी धारा के तहत ही आ घुसा तो क्या कर लेगा तुम्हारा कानून?"

"उफ्फ!" कमिश्नर मानो झुंझला उठा—"तुम समझ क्यों नहीं रहे घोष। यह तब तक वहां से बिल्कुल नहीं हटेगा जब तक तुम्हें अपनी हरकत से परेशान देखेगा। तुम्हें बौखलाया हुआ देखने का ही तो आनंद लूट रहा है वह। जैसे ही तुम अपने आपको नॉर्मल करोगे। खुद को सामान्य दर्शाओगे तो उल्टा वह बौखला उठेगा। यह देखकर कि उसकी हरकत तुम पर कोई असर नहीं डाल रही। उस पोजीशन में या तो खुद-ब-खुद वहां से हट जाएगा या बौखलाहट से कोई गलती करेगा और . . . ऐसा प्रबंध मैंने कर रखा है कि गलती करते ही उसकी गर्दन पुलिस के शिकंजे में होगी।"

"पता नहीं कब गलती करेगा हरामजादा। यहां तो तमाशा बन गया है। सारे नौकर मुंह छुपा-छुपाकर हंस रहे हैं। पड़ोसी मजे ले रहे हैं। कई के फोन आ चुके हैं। कोई कुछ कह रहा है, कोई कुछ।"

"चांदनी कहां है?"

"उसे एक कमरे में बंद करना पड़ा।"

"क्यों?"

"उसकी वहां मौजूदगी से वह मुझसे ज्यादा बौखलाई हुई थी। बार-बार उससे उलझने के लिए बंगले से बाहर दौड़ रही थी। तुमने कहा ही था–ऐसा कुछ न होने दूं इसलिए कमरे में . . ."

"तुमने ठीक किया।"

"मगर उस बेचारी की गलती क्या है? वह किस बात की सजा भुगत रही है?"

"धैर्य रखो घोष। सब ठीक हो जाएगा।" कहने के बाद दूसरी तरफ से रिसीवर रख दिया गया।

महेश घोष ने भी रिसीवर पटका। उस नौकर की तरफ देखा जो पर्दे का हल्का-सा कोना सरकाए पारदर्शी कांच के पार देख रहा था। घोष ने उससे पूछा–"अभी गया या नहीं?"

"अभी तो वहीं खड़ा है सर।"

"उफ्फ! यहां खड़ा-खड़ा साला क्या कर रहा है?" कहने के साथ भन्नाए हुए से वे भी खिड़की के नजदीक पहुंचे। कुछ इस तरह हल्का-सा पर्दा हटाकर बाहर देखा कि बाहर से पर्दे के हटने का इल्म न हो सके।

वहां से लोहे वाले गेट की सड़क साफ नज़र आ रही थी।

और उतनी ही साफ नजर आ रही थी सड़क के उस पार एक पेड़ के नीचे खड़ी सफेद मारुति।

मारुति की ड्राइविंग सीट पर बैठ चक्रेश भी साफ नज़र आ रहा था।

इधर ही देखता हुआ वह सिगरेट में कश लगा रहा था।

महेश घोष वहां से हटे।

अपना ध्यान बंटाने के लिए टीवी ऑन किया।

और . . . उस पर चल रही अपने ही लॉन की फिल्म उछल पड़े। चांदनी के सामने खड़ा चक्रेश यह दावा करता नजर आ रहा था कि एक दिन वह सारी दुनिया से बगावत करके उसके साथ भाग जाएगी।

दृश्य बदला।

आज तक में समाचार पढ़ने वाली जोड़ी स्क्रीन पर नजर आई। दोनों के होंठों पर मुस्कान थी। बड़ी ही दिलचस्प मुस्कान। उनमें से एक

ने कहा–"तो ये थे मुंबई में चल रही अजीबोगरीब प्रेम कहानी के कुछ दिलचस्प दृश्य।"

दूसरा बोला–"अब वक्त है एक ब्रेक का। खबरें अभी और भी हैं। देखते रहिए–*आज तक*।"

महेश घोष ने मेज पर रखा कांच का पेपरवेट उठाकर धड़ से स्क्रीन पर मारा।

स्क्रीन खील-खील होकर बिखर गई।

पेपरवेट टीवी के अंदर जा गिरा था।

कमरे में मौजूद नौकर ने महेश घोष की तरफ इस तरह देखा जैसे वे पागल हो गए हों।

सहमकर बोला–"हौसला रखिए सर, टीवी को फोड़ने से क्या होगा?"

"गेट आऊट। आई से गेट आऊट।" महेश घोष हलक फाड़कर चिल्ला उठे।

सकपकाया-सा नौकर गेट की तरफ बढ़ गया मगर अभी बाहर नहीं निकल पाया था कि चंपक कमरे में दाखिल हुआ।

उसे देखकर नौकर भी चौंका। महेश घोष भी।

नौकर ने कह भी दिया–"अबे क्या कर रहा है, ये मालिक के सामने बीड़ी?"

सचमुच चंपक के होंठों के बीच एक सुलगी हुई बीड़ी लटक रही थी। उस चंपक . . . जो महेश घोष को देखते ही बीड़ी फैंक दिया करता था . . . एक बड़ा-सा थाल था। थाल पर ढका था–लाल कपड़ा।

चंपक ने नौकर की बात पर जरा भी ध्यान नहीं दिया। होंठों के बीच बीड़ी लटकाए। दोनों हाथों से थाल संभाले वह इस तरह महेश घोष की तरफ बड़ा जैसे कांच पर चल रहा हो।

उसे उस मुद्रा में, अपने सामने बीड़ी पीते देखकर तो महेश घोष मानो सचमुच पागल हो गए।

दहाड़ उठे–"चंपक! ये क्या कर रहा है तू?"

चंपक उनके बेहद नजदीक पहुंच चुका था। मुंह में भरा बीड़ी का ढेर सारा धुंआ सीधा महेश घोष के चेहरे पर मारा। उस वक्त महेश घोष धुवें की कड़वाहट से बचने की कोशिश कर रहे थे, जब चंपक ने ठीक चक्रेश के स्टाईल में कहा–"क्यों महेश उस्ताद, पसंद आई अदा?"

"अदा के बच्चे।" महेश घोष दहाड़ उठा–"पागल हो गया है क्या?"

"पागल तुम हो गए हो मिस्टर महेश।" बीड़ी मुंह में दबाए वह उसी स्टाईल में कहता चला गया–"चांदनी मेम साहब चक्रेश के लिए पैदा हुई हैं। वाह! क्या लड़का है। क्या स्टाईल भरा चैलेंज दिया उसने। अभी-अभी टीवी पर देखकर आ रहा हूं। बार-बार देखने को जी चाहता है। *आज तक* वाले दिखा भी तो रहे हैं बार-बार। लगातार। पत्थर से सिर मत टकराओ महेश। वह लड़का मानने वाला नहीं है। अपनी जिंदगी में खुशहाली चाहते हो तो दोनों की शादी कर दो। वह भी खुश। तुम भी खुश। चांदनी मेमसाहब भी खुश। सब खुश हो जाएंगे।"

"अभी बताता हूं तुझे।" कहते हुए महेश घोष घूसा तानकर उस पर लपके ही थे कि–

"आं-हां-हां।" पीछे हटते चंपक ने कहा–"मुझे छू भी मत लेना महेश मियां। मानव बम बना हुआ हूं इस वक्त मैं।"

"मानव बम?"

"तुमने छुआ और मैं फटा। दोनों फिनिश।"

"बक क्या रहा है तू?"

"बक नहीं रहा। फरमा रहा हूं सेठजी।" अचानक वह टोन बदलकर रोने को तैयार-सा बोला–"ये थाल मुझे उसी ने दिया है जो बाहर खड़ा है। उसने कहा–इसमें बम है।"

"बम?"

"इधर मैंने थाल को जमीन पर रखा, उधर बम फटा।"

हकबकाए से महेश घोष उसे देखते रह गए।

"उसी ने हाथों में यह थाल पकड़ाने के बाद, बीड़ी सुलगाकर मेरे मुंह में ठूंसी थी। कहा था–सीधा अपने मालिक के पास जा और उनसे कह–मेरी और चांदनी की शादी कर दें।"

"तो तू वह बक रहा था जो उसने पढ़ाया?"

"स्टाईल तक। डायलॉग तक। सब उसी ने बताए थे सेठ जी। मैं क्या करता। मैं तो हीरो मात्र था। डायरेक्टर तो वह है। मरते को सब कुछ करना पड़ता है। उसने कहा था–मैं यह सब नहीं कहूंगा तो वह रिमोट से थाल में रखे बम को फाड़ देगा।"

"उल्लू के पट्ठे!" गुर्राने के साथ महेश घोष उस पर झपटने ही वाले थे कि–

"बम। सेठ जी बम का तो ख्याल करो।" पीछे हटते चंपक ने थाल की तरफ इशारा किया।

महेश घोष ठिठक गए।

एक पल के लिए स्थिति ऐसी रही जैसे कुछ समझ में न आ रहा हो। फिर, फोन पर झपटे।

कांपती अंगुलियां बहुत तेजी से कमिश्नर का नंबर मिला रही थीं। उधर चंपक ने दूसरे नौकर से कहा था–"मेरे होंठों से बीड़ी नोंचकर बाहर फैंक आ जालिम सिंह। वर्ना बम फोड़ दूंगा।"

⅄

'पिंग-पिंग' करती अनेक गाड़ियां इस तरह महेश घोष के बंगले में दाखिल हुई जैसी दुनिया के सबसे बड़े क्रिमिनल को घेरने के फेर में हों। उन गाड़ियों की छतों पर लगी लाल बत्तियां तेजी से डिस्को करती घूम रही थीं। उनमें पुलिस की गाड़ियों के अलावा एक मिलिट्री जीप भी थी।

जीप के मस्तक पर लाल रंग से लिखा था–'बम निरोधी दस्ता।'

जाहिर है–कमिश्नर की गाड़ी तो उनमें थी ही।

एक पल को तो ऐसा लगा था जैसे बंगले में भूकंप आ गया हो।

शोर-शराबा का वह भूकंप उस वक्त एक क्षण . . . केवल एक क्षण के लिए शांत-सा होता नजर आया जब सभी गाड़ियां ड्राईव-वे एक-दूसरे के पीछे रुकीं।

पिंग-पिंग की आवाज बंद हुई।

मगर अगले ही पल।

बंगला दूसरे किस्म के भूकंप से थर्रा उठा।

वह भूकंप उन जवानों के बूटों की आवाज का था जो गाड़ियों से निकलकर दौड़ते हुए बंगले की इमारत के चारों तरफ फैल गए थे। सभी हथियारबंद थे। बेहद मुस्तैद।

मिलिट्री की जीप से सेना के जवानों के साथ एक कुत्ता भी कूदा।

कुत्ता 'ग्रेट डेन' जाति का था।

करीब छः फुट लंबा। चार फुट ऊंचा। भयंकर शक्ल वाला।

खतरनाक जीभ निकाले वह जोर-जोर से हांफ रहा था। जब भौंका तो उसकी दहाड़ से बंगला दहल उठा।

कुत्ते के गले में पट्टा था। पट्टे में बंधी थी उतनी मोटी चेन जितनी मोटी भैंस को बांधने के काम आती है। चेन का दूसरा सिरा एक सैनिक के हाथ में था।

अपने अफसरों के पीछे वह भी पुलिस कमिश्नर की तरफ लपका। कमिश्नर की गाड़ी के पोर्च के ठीक नीचे रुकी थी। महेश घोष इमारत के मुख्य द्वार की तरफ चली गई सीढ़ियों पर ही खड़े उन लोगों के आगमन का इंतजार कर रहे थे। काफिले के बंगले में दाखिल होते ही सीढ़ियां उतरनी शुरू कीं। कमिश्नर की गाड़ी के पोर्च में रुकने तक वे उसके नजदीक पहुंच चुके थे। कमिश्नर ने एक झटके से एम्बेसडर का दरवाज़ा खोलते हुए पूछा–"कहां है बम?"

"मेरे साथ आओ।" कहने के साथ महेश घोष पुनः तेजी से सीढ़ियां चढ़ने लगा।

कमिश्नर ने उनके पीछे लपकते हुए सेना के जवानों से कहा–"कमान!"

सैनिक उनके पीछे लपके। कुत्ते वाला जवान भी साथ था।

सभी बेहद हड़बड़ाए हुए और जल्दी में नजर आ रहे थे।

महेश घोष के पीछे लगभग दौड़ते हुए लॉबी में पहुंचे। घुमावदार सीढ़ियां फर्स्ट फ्लोर पर और कारीडोर में दौड़ लगाने के बाद उस कमरे में जहां एक टीवी स्क्रीन के टूटे हुए किरचे पड़े थे।

जहां हाथ में थाल लिए चंपक खड़ा था।

स्टैचू की मानिंद खड़ा था वह। बाल बराबर भी हिले-डुले बगैर। चेहरे पर आतंक के भाव थे। ऐसा लगता था जैसे अभी दहाड़े मार-मारकर रो पड़ेगा। कमरे में पहुंचकर सभी ठिठक गए।

कुत्ता चौंका।

चंपक हड़बड़ाकर पीछे हटा।

"हिल मत!" महेश घोष दहाड़े–"मैंने कहा था तुझे हिलना नहीं है।"

चंपक ने रोनी सूरत के साथ कहा–"मैं तो पूरा हिला पड़ा हूं सेठ जी।"

"बम इस थाल में है कमिश्नर।" उसकी बात पर ध्यान दिए बगैर महेश घोष कमिश्नर की तरफ घूमे।

कमिश्नर ने बम निरोधी दस्ते के इंचार्ज की तरफ देखा। उसके सीने पर लगी छोटी-सी प्लेट पर लिखा था–'मेजर मुश्ताक अहमद।'

उसने चंपक की तरफ बढ़ते हुए पूछा–"इसे इस तरह लिए तुम खड़े क्यों हो?"

"उसने कहा था–यदि थाल को कहीं रखा तो बम फट जाएगा।"

"ऐसा कोई बम नहीं होता।" मेजर मुश्ताक ने कहा–"इसे सेंटर टेबल पर रख दो।"

"जी?" चंपक की घिग्घी बंध गई।

"डरो मत। जो कहा, वह करो।"

चंपक ने महेश घोष की तरफ देखा। कहा–"सेठ जी मैं गांव में रहने वाले अपने जवान मां-बाप का छोटा-सा बेटा हूं।"

"वह करो चंपक जो कहा जा रहा है।" महेश घोष गुर्राए।

"नहीं करूंगा।" अचानक चंपक पूरी तरह भड़क गया–"आपके गिने-चुने पैसों के लिए अपनी जान नहीं गंवा सकता मैं। मैं ही नहीं रहा तो किसको अपना बेटा कहेगी मेरी मां? सुना जरूर था–लोग अपनी जान हथेली पर लिए घूमते हैं। मगर देखा आज ही है। देखना भी खुद ही को पड़ा। पट्ठे ने मेरे ही हाथों पर रख दिया बम का गोला।"

"नहीं रखेगा तो कब तक इसे यूं ही लिए-लिए खड़ा रहेगा?"

"कयामत तक। कयामत तक खड़ा रहूंगा सेठ। साली कभी तो आएगी। जब आएगी तो सभी मरेंगे। मैं अकेला क्यों मरूं? नहीं सेठ जी, मैं सबसे पहले नहीं मर सकता। बम से नहीं मर सकता। कयामत आने पर सबके साथ।"

"अच्छा लाओ।" मेजर मुश्ताक ने अपने दोनों हाथ बढ़ाकर कहा–"थाल मुझे दो।"

चंपक ने उसकी तरफ इस तरह देखा जैसे किसी पागल आदमी को देख रहा हो। कह भी दिया उसने–"बीवी से झगड़ कर आए हो क्या?"

मुश्ताक मुस्कुराया। बोला–"तुम इसलिए डर रहे हो क्योंकि बम का केवल नाम सुना है। मैं इसलिए नहीं डर रहा क्योंकि मैं जानता हूं–बम कितने प्रकार के होते हैं और किन-किन कंडीशन में फट सकते हैं। ऐसा

कोई बम नहीं होता जो तब तक नहीं फटेगा जब तक थाल तुम्हारे हाथ में है और थाल को वहीं रखते ही फट जाएगा। लाओ इसे मुझे दो मगर आहिस्ता से।"

चंपक ने थाल उसे यूं पकड़ाया जैसे कांच का बना हो।

थाल से सौंपते ही चंपक दौड़ता हुआ कमरे से बाहर चला गया था।

मेजर मुश्ताक ने यह सावधानी जरूर बरती कि थाल ज्यादा हिले-डुले नहीं लेकिन सावधानी के साथ आगे बढ़कर उसे सेंटर टेबल पर रखने में जरा भी नहीं हिचका।

कुछ भी नहीं हुआ।

कपड़े का एक कोना पकड़ने के साथ उसने बाकी लोगों से कहा– "सब पीछे हट जाएं।"

कमिश्नर सहित सब अपने-अपने पीछे की दीवारों से जा सटे।

मुश्ताक ने बहुत आहिस्ता से लाल कपड़ा हटा दिया।

अब सबकी नजर थाल में रखे गत्ते के एक डिब्बे पर थी। देखने में वह मिठाई का डिब्बा लग रहा था।

बम निरोधी दस्ते के सैनिकों को छोड़कर सभी के दिल धड़-धड़ करके बज रहे थे।

चेहरे पसीनों से लथपथ। मौत का खौफ उन पर साफ देखा जा सकता था।

मुश्ताक झुका। अपना कान बंद डिब्बे के नजदीक ले गया और बहुत ध्यान से कुछ सुनने की कोशिश करने लगा।

कुछ देर बाद सीधा होता हुआ बोला–"कमान बैंजो!"

कुत्ता अपने दोनों पैर हवा में उठाकर भौंका।

उसे संभालने वाले जवान ने पट्टे की चेन खोल दी। आजाद होते ही 'बैंजो' सेंटर टेबल की तरफ लपका।

मुश्ताक ने अंगुली से डिब्बे की तरफ इशारा किया।

'बैंजो ने डिब्बा सूंघा। कुछ देर सूंघता रहा। फिर सेंटर टेबल का एक चक्कर लगाया। इस चक्कर के दरम्यान कई बार डिब्बे को सूंघा। और अंततः अपने पंजे से उसने डिब्बे को थोड़ा दूर सरका दिया।'

मुश्ताक ने घोषणा की–"डिब्बे में बम नहीं है।"

"क्या?" महेश घोष के मुंह से निकला।

"बम होता तो बैंजो इसे छेड़ता नहीं।" कहने के साथ उसने बगैर जरा भी हिचके डिब्बे का ढक्कन हटा दिया–"मेरे ख्याल से किसी ने आपसे मजाक किया है।"

कहने के लिए किसी को कुछ नहीं सूझा।

"अरे!" डिब्बे में मौजूद सामान को देखकर मुश्ताक के मुंह से निकला–"इसमें तो बड़ा अजीब सामान है।"

"क्या है?" कहने के साथ लगभग सभी मेज के तरफ लपके और– डिब्बे में मौजूद सामान को देखकर दंग रह गए।

उसमें मिठाई थी। कुछ गुंजिए थीं। चूड़ियां और सिंदूर की डिब्बी थी। एक काग़ज़ भी था। उस पर बड़े-बड़े हर्फों में केवल यह लिखा था–आज पहली 'तीज' है। पेश है–सिंदारा।

मुश्ताक और उसके साथी पर्ची को पढ़कर मुस्कुरा उठे।

कमिश्नर हैरान।

महेश घोष का तो मारे गुस्से के मानो हाल ही बुरा हो गया। बहुत जोर से सेंटर टेबल में ठोकर मारी उन्होंने।

डिब्बा सेंटर टेबल सहित कमरे में बिछे कालीन पर जा गिरा। उसमें मौजूद सामान चारों तरफ बिखर गया था। मुश्ताक और उसके साथी उनकी इस अवस्था पर चकित रह गए। कमिश्नर उन्हें पकड़ने की कोशिश कर रहा था जबकि वे उसे धक्का देकर मेज की तरफ लपके। एक झटके से दराज खोली। उसमें रखा रिवॉल्वर निकाला और यह कहते हुए खिड़की की तरफ लपके–"हम साले का खेल ही खत्म कर देते हैं।"

"घोष! संभालो खुद को। कोशिश करो समझने की।" कमिश्नर उन्हें पकड़ता हुआ बोला–"होश में आओ, जितना बवाल वह खड़ा कर चुका है उसके बाद अगर उसे खुद भी कुछ हो गया तो लोगों का शक सीधा तुम्हीं पर जाएगा। और तब कानून की गिरफ्त से शायद मैं भी तुम्हें न बचा सकूं।"

"चढ़ना है तो भले ही चढ़ जाएं सूली पर मगर हम अपनी हर सांस उसके आतंक के साए में नहीं गुजार सकते।" कहने के साथ कमिश्नर को एक तरफ धकेलकर खिड़की पर जा पहुंचे थे। एक हाथ में रिवॉल्वर था, दूसरे हाथ से एक झटके से पर्दा हटाया। रिवॉल्वर वाला

हाथ पारदर्शी कांच की तरफ तना मगर . . . केवल तना ही रह गया। उससे ज्यादा कुछ न हो सका। सड़क के उस पार, पेड़ के नीचे सफेद मर्सडीज नहीं थी।

"कहां गया। कहां गया हरामजादा?" रिवॉल्वर हाथ में लिए वे पगलाए से कह उठे।

"वही तो मैं पूछने वाला था तुमसे।" कमिश्नर ने कहा–"उसकी गाड़ी वहां तब भी नहीं थी जब हम लोग यहां आए थे। पेड़ के नीचे से वह कब गया?"

"हमें नहीं पता। उसके भेजे इस डिब्बे के चक्कर में लग गए थे, मगर जाएगा कहां? चांदनी के पीछे जब पड़ा ही हुआ है तो फिर सामने आएगा। इस बार हम उसे छोड़ेंगे नहीं कमिश्नर। इस समस्या का यह और केवल यही एक हल है।"

"दिमाग खराब हो गया है तुम्हारा।" कमिश्नर ने उनके हाथ से रिवॉल्वर छीन लिया।

"चंपक कहां है? हमारे सामने लाओ उसे। हमें लगता है–वह भी उससे मिल गया है।"

सारे बंगले में चंपक को तलाश किया गया।

किया जाता रहा।

वह कहीं भी किसी को नहीं मिला।

अंततः यही निष्कर्ष निकाला गया चंपक हमेशा के लिए बंगले से जा चुका है। तब तक महेश घोष भी काफी हद तक शांत हो चुके थे। वे आगे बढ़कर डिब्बे के साथ आई पर्ची उठाते हुए बोले–"क्या यह पर्ची भी उसे नहीं फंसा सकती?"

"क्या मतलब?"

"उसके हाथ की लिखी पर्ची है ये।"

"तुम्हारा दिमाग खराब हो गया लगता है घोष। पर्ची में लिखा ही क्या है।" कमिश्नर ने कहा–"आज पहली तीज है। पेश है–सिंदारा। . . . एक बार फिर यह पर्ची कोर्ट में कुछ सिद्ध नहीं कर पाएगी। शातिर इतना है, यह बात तो कोर्ट में कह चुका है–'मैं चांदनी का पीछा छोड़ने वाला नहीं हूं। उसे खुद से शादी करने पर रजामंद करके ही दम लूंगा। और ऐसा करने से कोई मुझे रोक नहीं सकता। कानून में

ऐसी कोई धारा नहीं है जो किसी को किसी से प्यार करने से रोकती हो।' "

"लेकिन ये डिब्बा उसने बम का भ्रम फैलाकर भेजा था।"

"अदालत को सुबूत चाहिए। कहां है सुबूत कि उसने ऐसा किया था?"

"उफ्फ!" महेश घोष झुंझलाकर रह गए।

थोड़ी शांति हुई तो मेजर मुश्ताक ने पूछा–"प्रॉब्लम क्या है? किसके बारे में बात कर रहे हैं आप लोग?"

"किसी के बारे में नहीं मेजर।" उसे टालने के लिए कमिश्नर ने उसकी तरफ हाथ बढ़ाते हुए कहा–"ब्रिगेडियर को हमारी तरफ से धन्यवाद कहना और 'सॉरी'–हम लोगों ने बेवजह तुम्हें तकलीफ दी।"

"हमारे लिए यह कोई नई बात नहीं है कमिश्नर साहब।" हाथ मिलाते मुश्ताक ने कहा–"यहां कम से कम मिठाई का एक डिब्बा तो मिला है। कई बार तो हमें इसी तरह दौड़कर उन जगहों पर भी जाना पड़ता है जहां सुई तक नहीं मिलती। बम का नाम ही ऐसा है। लोग जरा-सा भ्रम होते ही हमारा फोन खड़का देते हैं।"

कुछ और औपचारिक बातों के बाद मेजर मुश्ताक अपनी टीम के साथ चला गया।

कमिश्नर ने पुलिसवालों को भी कमरे से बाहर भेज दिया। जब वह और महेश घोष अकेले रह गए तो बोला–"घोष यह समस्या उत्तेजित होने से हल नहीं होगी। हमें शांति से सोचकर कोई कदम उठाना होगा।"

"कमाल ही हो गया।" महेश घोष मिसमिसा उठे–"इतनी बड़ी-बड़ी ताकतें। देश का पूरा का पूरा कानून एक लड़के का कुछ नहीं बिगाड़ पा रहा। इसका मतलब तो ये हुआ–कोई भी लफंगा चाहे जिस लड़की के पीछे लग जाए। अकेली उसी को नहीं, उसके सारे परिवार को बदनाम कर डाले। कोई उसका कुछ कर ही नहीं सकता।"

"मुझे यह चक्कर केवल प्यार-मुहब्बत का नहीं लग रहा।"

"और क्या लग रहा है?"

"कोई गहरा। बहुत ही गहरा चक्कर है। किसी लड़के का इस कदर किसी लड़की के पीछे केवल इसलिए लग जाना मेरी समझ में बिल्कुल नहीं आ रहा कि लड़की उसे भा गई या पहली नजर में उसे उससे प्यार

हो गया है। उस लड़के का उद्देश्य कुछ और है।"

"और क्या उद्देश्य हो सकता है?"

"तुम बता सकते हो।"

"हम। हम भला क्या बता सकते हैं?"

"घोष।" कमिश्नर उन्हें समझाने की कोशिश कर रहा था–"तुम उसी समय से बुरी तरह बौखलाए हुए हो जिस समय उस लड़के ने तुम्हारी जिंदगी में प्रवेश किया। गौर किया जाए तो सोचने के लिए शांति का एक पल तक नहीं मिल सका है। दिमाग जब उत्तेजित हो तो ठीक से काम नहीं कर पाता। इसीलिए कह रहा हूं–शांति से सोचो। कौन हो सकता है यह लड़का? तुम्हें बदनाम करने की ख्वाहिश किसकी हो सकती है?"

"हमारी समझ में तो कुछ नहीं आ रहा।"

"इतनी जल्दी जवाब मत दो। प्लीज–कोशिश करो सोचने की। दिमाग पर जोर डालो। मेरा एक्सपीरियेंस कहता है–ऐसी घटनाओं की जड़ इंसान के अतीत में होती है। चांदनी के पीछे पड़े होने का, एक ही नजर में उससे प्यार हो जाने का तो वह सिर्फ नाटक कर रहा है। उसका असली उद्देश्य तो तुम्हें बदनाम कर डालने का लग रहा है। काफी हद तक तो अपने उद्देश्य में वह कामयाब भी हो चुका है। तुम्हें यही सोचना है–ऐसा कौन चाह सकता है?"

महेश घोष सचमुच दिमाग पर जोर डालते नजर आने लगे। फिर जाने क्या ख्याल उनके दिमाग में आया कि चेहरा पीला पड़ता चला गया। होंठों से बड़बड़ाहट-सी निकली–"शायद तुम ठीक कह रहे हो कमिश्नर। अब, जब तुमने कहा और हम सोच रहे हैं तो लग रहा है–वाकई उसका उद्देश्य केवल चांदनी को हासिल करना नहीं है बल्कि हमें बरबाद कर डालना है।"

"बरबाद कर डालना है?"

"बदनामी एक अलग चीज़ है, बरबादी एक अलग चीज़। बदनाम तो वह हमें कर ही चुका है। बरबाद भी कर चुका है। उफ्फ! यह ख्याल हमारे दिमाग में पहले क्यों नहीं आया?"

कमिश्नर ने उत्सुकतापूर्वक पूछा–"कौन-सा ख्याल?"

"यकीनन उसने यह सब कुछ हमें बरबाद करने के लिए किया है बल्कि किसी हद तक कर भी चुका है।"

"कुछ बताओ तो सही। तुम्हारे दिमाग में क्या चल रहा है?"

"देखो कमिश्नर, तुम मेरे दोस्त हो इसलिए बता रहा हूं।" महेश घोष ने कहना शुरू किया–"इस मुंबई में तुम्हें मेरे ज़ैसे और भी लाखों लोग मिल जाएंगे जो ऊपर से बहुत अमीर और अकूत संपदा के मालिक नजर आते हैं मगर अंदर से आर्थिक रूप से पूरी तरह खोखले हैं। ऊपर से केवल मेरा बंगला, फार्म हाऊस विदेशी गाड़ियों का काफिला आदि नजर आता है। और यह नजर आता है कि मेरी हर फिल्म हिट होती है। एक फिल्म पर करोड़ों-करोड़ों रुपए कमाता हूं। देखने वालों को मेरे पास धन की कोई कमी नजर नहीं आती मगर . . ."

"मगर?"

"असल में मेरे पास कुछ भी नहीं है। सब गिरवी रखा हुआ है।"

"ऐसा क्यों . . . कहां जाती है इतनी इनकम?"

"पहली बात–इनकम उतनी होती नहीं है जितनी नजर आती है उस इनकम में एक बड़ा हिस्सा फाइनेंसर्स और डिस्ट्रीब्यूटर्स का होता है जिनके पैसे से फिल्म बनी होती है। ज्यादातर उनके मूल और ब्याज ही में गर्क हो जाता है। जो बचता है, उसका एक हिस्सा 'खान' को पहुंच जाता है।"

"खान को?"

"तुम मुंबई के कमिश्नर हो। उस रूप में मीडिया के सामने भले ही कुबूल न करो कि मुंबई पर दुबई में बैठे खान की हुकूमत चलती है मगर असल में तुम जानते हो–हकीकत यही है। हम जैसे लोग उसे नजराना पहुंचाए बगैर मुंबई में एक सांस तक नहीं ले सकते। वहीं पहुंच जाएंगे जहां गुलशन कुमार को भेज दिया गया।"

"मैं समझता हूं।"

"रहा-सहा अपनी शानो-शौकत दिखाने की भेंट चढ़ जाता है। यह कहूं तो गलत नहीं होगा–एक सुपर-डुपर हिट फिल्म बनाने के बाद जब हम दूसरी फिल्म की तैयारी में जुटते हैं तो हाथ में 'अपना' कहलाने वाला बहुत कम होता है। पुनः फाईनेंसर्स और डिस्ट्रीब्यूटर्स के सामने हाथ फैलाना पड़ता है। फिल्म उन्हीं के पैसों के बनती है। इस चक्रव्यूह में फंसे हम जैसे लोगों के कोठी बंगलों के काग़ज़ हमेशा उन्हीं के पास पड़े रहते हैं। शहजाद राय मेरा सबसे बड़ा फाइनेंसर है। आज भी उसके

मेरी तरफ करोड़ों रुपए हैं। मेरा सब कुछ उसी के पास गिरवी रखा है।"

"वही शहजाद राय जिसके बेटे से चांदनी की शादी हो रही थी?"

"हां। अपने बेटे के लिए बहुत भा गई थी चांदनी उसे। उसने मेरे सामने शादी का प्रस्ताव रखा। मैं तो झूम ही उठा मगर कहा–'क्या बात कर रहे हो शहजाद राय। तुम तो मेरी अंदरूनी पोजीशन जानते ही हो। कहां तुम। कहां मैं? रिश्ते-नाते बराबर के लोगों में अच्छे लगते हैं।' मगर, वह नहीं माना। कहने लगा–'चांदनी मुझे अकेले को ही नहीं, मेरे बेटे को भी बहुत पसंद है बल्कि अगर यह कहा जाए तो गलत नहीं होगा, वह तो दीवाना हो गया है चांदनी का। कहता है–शादी करूंगा तो केवल चांदनी से। शायद चांदनी को उसने किसी फंक्शन में देख लिया था।' . . . उस पूरी रात हम चांदनी के भाग्य पर खुश होते रहे। नींद नहीं आ रही थी। दिमाग को विचारों ने जकड़ लिया था। उन्हीं विचारों के बीच से एक विचार यह भी उभरा–'अगर शहजाद राय और उसका लड़का चांदनी पर इतने ही लट्टू हो गए हैं तो चांदनी के साथ-साथ मैं भी अपने भाग्य खोल सकता हूं।' अगले दिन मैंने रात भर जागकर बनाई गई अपनी ही स्कीम पर काम करना शुरू कर दिया। शहजाद राय के सामने पड़ते ही मुंह लटका लिया। कहा–'तुम्हारे ऑफर पर मैं कितना खुश था। तुम्हारे घर में बेटी देने से बड़ी खुशी मुझे और क्या मिल सकती थी मगर मैं मजबूर हो गया हूं। चांदनी से जिक्र किया था। वह तो विवेक का नाम सुनते ही बिदक गई। कहने लगी मुझे उससे शादी नहीं करनी। अब यार . . . उसकी इच्छा के बगैर तो शादी नहीं की जा सकती न। बच्चे जब बड़े हो जाएं . . . वैसे भी, बालिग है वह। मालिक है अपनी इच्छा की। मगर कहूंगा मैं यही–भाग्य ही फूटे हैं उसके जो इस रिश्ते को ठुकरा रही है।' शहजाद राय ने पूछा–'कुछ कारण तो बताया होगा उसने। क्यों विवेक से शादी नहीं करना चाहती?' मैंने वे सारे अवगुण गिना दिए जो उसके बेटे में थे। यह कि वह स्मैक लेता है। जुआ और रेस खेलता है। एक बार कॉल गर्ल्स के साथ भी पकड़ा गया था। सुनकर शहजाद राय ने कहा–'लेकिन अब वह सब कुछ छोड़ चुका है।' मैंने कहा–'चांदनी को कौन समझाए?' वह बोला–'तुम! तुम समझाओ। आखिर बेटी है तुम्हारी।' मैंने चांदनी से इस बारे में अभी कोई बात नहीं की मगर चांदनी के नाम पर शहजाद

राय को नखरे दिखाता रहा। एक दिन मैं उसे वहां ले ही आया जहां उसे लाना चाहता था। खुद ही बोला–'देख ले, अगर तू चांदनी को तैयार कर लेगा तो मैं सारा कर्ज माफ कर दूंगा।' और बस–मैंने तो मानो जुबान पकड़ ली उसकी। उस रात पहली बार चांदनी से उसकी शादी का जिक्र किया। उसे तो कहीं कोई ऑब्जेक्शन था ही नहीं बल्कि इतने बड़े घर की बहू बनने की कल्पना मात्र से ही झूम उठी थी।"

"तो वह शादी होने पर तुम्हारा सारा कर्जा माफ हो जाना था।"

"जो नहीं हो सका। इसलिए अब–तुम्हारी बात सुनकर लग रहा है–ये शादी उस लड़के ने प्यार की खातिर नहीं बढ़वाई बल्कि मुझे बरबाद करने के लिए बढ़वाई है। बारात वापस ले जाते वक्त शहजाद राय तो मुझे बरबाद करने की धमकी भी दे गया। उफ्फ! यह सब मुझे उस वक्त क्यों नहीं सूझा? क्यों मेरे दिमाग में यह बात नहीं आई कि उस लड़के का उद्देश्य मुझे बरबाद करना भी हो सकता है। उसे जरूर किसी सूत्र से यह मालूम था कि यह शादी न होने पर हम सड़क पर आ जाएंगे। इसी उद्देश्य से उसने ऐसा प्रपंच रचा कि शहजाद राय भड़क उठा। बारात वापस ले गया।"

"अब सोचने वाली बात ये है–तुम्हें कौन और क्यों बरबाद कर डालना चाहता है?"

"मेरी तो समझ में नहीं आ रहा ऐसा कौन, क्यों चाहेगा?"

"एक बार फिर कहता हूं घोष। अपने अतीत पर नजर डालो। दिमाग पर जोर डालकर सोचो। मुमकिन है तुमने कभी किसी पर ज्यादती की हो। जो तुम्हारे साथ हुआ है वैसा वैसे ही लोग करते हैं।" कमिश्नर कहता चला गया–"और सुन, यह सोचकर डरने की जरूरत नहीं है कि मैं पुलिस कमिश्नर हूं। तुम जानते हो पुलिस कमिश्नर से बहुत पहले मैं तुम्हारा दोस्त हूं। इस वक्त उसी हैसियत से बात कर रहा हूं। डरने की जरा भी जरूरत नहीं है। अतीत में अगर तुमसे कोई क्राईम भी हो गया हो तो खुलकर मुझे बता सकते हो। वादा करता हूं–बात मुझसे आगे नहीं बढ़ेगी। हां, चक्रेश के चक्कर को समझने में मदद जरूर मिलेगी मुझे।"

"क्या बात कर रहे हो कमिश्नर। क्या तुम्हें लगता है हम कभी कोई क्राईम कर सकते हैं?"

"हो जाता है घोष। कभी-कभी इंसान से अनजाने में भी कुछ ऐसा

हो जाता है जिसे कानून क्राईम कहता है।"

"नहीं दोस्त। यकीन मानो–हमसे ऐसा कभी कोई काम नहीं हुआ।"

"क्राईम न सही। ज्यादती हुई हो सकती है।"

"कैसी ज्यादती?"

"ज्यादती अनेक किस्म की होती है। उन्हें अलग-अलग करके नहीं गिनवाया जा सकता। कई बार तो ऐसी ज्यादती भी हो जाती है कि कहने वाले को ज्यादती नहीं लगती लेकिन जिस पर हुई होती है उसे बहुत बड़ी ज्यादती लगती है।"

"कुछ ऐसा ही हो गया तो कह नहीं सकते। कम से कम अपनी जानकारी में तो हमने कभी किसी पर कोई ज्यादती की नहीं।"

"इस तरह तो चक्रेश की तह तक पहुंचना बहुत मुश्किल हो जाएगा।"

"क्या मतलब?"

"कोई 'क्लू' तो मिले घोष। तभी तो आगे बढ़ा जा सकता है। इसलिए बार-बार कह रहा हूं–अपने अतीत को खंगालो। कोई न कोई ऐसी घटना जरूर होनी चाहिए जिसके परिणाम स्वरूप चक्रेश जैसा किरदार जीवन में आया। वह घटना भी कोई छोटी-मोटी घटना नहीं होनी चाहिए। कोई यूं ही, किसी को इस कदर बदनाम और अब तो कहा जा सकता है बरबाद करने पर आमादा नहीं हो जाता और . . ."

"और?"

"मेरे ख्याल से उसका उद्देश्य तुम्हें बरबाद करने से भी ज्यादा कुछ है।"

"क्या मतलब?" महेश घोष के चेहरे का रहा-सहा रंग भी उड़ गया–"ऐसा कैसे लगता है तुम्हें?"

"वह तुम्हें बदनाम भी पूरी तरह कर चुका है और बरबाद भी कर चुका है। वकील तुम्हारे चांदनी और विक्की की शादी न होना ही तुम्हारी बरबादी है और . . . वह शादी अब हो नहीं सकती। फिर अब-अब भी क्यों पीछे पड़ा हुआ वह तुम्हारे? साफ जाहिर है–वह कुछ और भी चाहता है। उससे भी ज्यादा कुछ जितना हो चुका है। ऐसा न होता तो अपने दोनों काम कर ही चुका है। क्यों गायब नहीं हो गया? क्यों सारी रात तुम्हारे बंगले के सामने खड़ा रहा? क्यों ये बम वाला

ड्रामा किया?"

महेश घोष सोचते-सोचते मानो थक गए। 'उफ्फ' कहकर दोनों हाथ से अपना सिर पकड़ लिया। बोले–"कुछ समझ में नहीं आ रहा इससे ज्यादा वह हमारा और क्या बिगाड़ सकता है। और क्या चाहता है हमसे?"

"एक बार पता लग जाए वह है कौन। सारे रहस्यों से खुद-ब-खुद पर्दा उठ जाएगा।"

"तो पता लगाओ न कौन है।"

"वही तो कर रहा हूं।"

"हम से झक मारकर।"

"एक बार फिर वही कहता हूं–तुम्हीं से झक मारकर पता लगेगा वह कौन है, क्या चाहता है, क्योंकि वह तुम्हारे ही अतीत की किसी घटना से जुड़ा होना चाहिए।"

"तुम्हें यकीन क्यों नहीं आ रहा?" महेश घोष झुंझला उठे–"हमने कभी कोई क्राइम नहीं किया। कम से कम अपनी समझ में कभी किसी के साथ ज्यादती नहीं की। अब अगर कोई किसी ऐसी बात को दिल से लगाए बैठा हो जिसका हमें कोई इल्म ही नहीं तो क्या कह सकते हैं। क्या कर सकते हैं।"

"ओ.के.।" फिलहाल मान लेता हूं मगर फिर भी, अपनी बात यह कहकर समाप्त करूंगा–अपने दिमाग को टटोलना बंद मत करना। कोशिश करते रहना। कई बार ऐसा होता है–कुछ घटनाएं याद करने की कोशिश पर याद नहीं आतीं। खुद-ब-खुद याद आ जाती हैं। मैं बार-बार इस बात पर जोर इसलिए डाल रहा हूं क्योंकि अगर तुम्हें ऐसा कुछ याद आ गया तो नब्बे प्रतिशत सवालों के जवाब खुद-ब-खुद मिल जाएंगे।

"वह तो जब होगा तब होगा। फिलहाल तो समस्या उस लड़के की है। कैसे पीछा छुड़ाए उससे अपना और चांदनी का।"

"मेरे दिमाग में एक हल है।"

"इतनी देर से बता क्यों नहीं रहे?"

"चांदनी को शहर से कहीं बाहर भेज दो।"

"कहां?"

"कहीं भी, अपने किसी रिश्तेदार के पास। या पढ़ने के बहाने किसी हॉस्टल में। तात्पर्य मुंबई से बाहर भेजने का है।"

"रिश्तेदार के नाम पर तो एक ही बचे हैं। मेरे बहनोई। चांदनी के फूफा।"

"कहां रहते हैं?"

"कनाडा।"

"यानी देश ही से बाहर। ये तो और भी अच्छा है। चक्रेश को पता भी लग गया तो उसके लिए वहां पहुंचना आसान नहीं होगा।"

"जब हम किसी को बताएंगे ही नहीं तो किसी को पता क्या लगेगा?" महेश घोष को कमिश्नर का आइडिया मानो एकदम जंच गया–"यही ठीक रहेगा। एक साल कनाडा में ही पढ़ लेगी वह। वह चाहती भी यही थी।"

⅄

"मैं कनाडा चली जाऊं?" चांदनी सुनते ही भड़क उठी–"मैं क्यों चली जाऊं कहीं। मैंने क्या किया है?"

"समझने की कोशिश करो बेटी। और फिर, तुम तो वैसे ही आगे की पढ़ाई के लिए कनाडा जाना चाहती थीं। मैंने ही रोका था। यह कहकर कि बहुत हो ली पढ़ाई-वढ़ाई। अब शादी करो। घर बसाओ और चाहे जहां घूमो।"

"तो अब क्यों भेज रहे हैं?"

"शादी तो खटाई में पड़ चुकी है। कुछ दिन अब होनी भी नहीं तो हमने सोचा है तुम वहां जाकर आगे की पढ़ाई . . ."

"यह झूठ है। आप मुझे पढ़ाई के लिए नहीं, उस लड़के की वजह से भेज रहे हैं।" बिफरी हुई चांदनी उनकी बात काटकर कहती चली गई–"इस मामले में आपका व्यवहार मेरे प्रति ठीक नहीं है। पापा, मुझे क्यों इस कमरे में कैदियों की तरह बंद किया आपने? क्या कुसूर था मेरा? और अब . . . अब क्यों कनाडा भेजना चाहते है? क्या मैं समझती नहीं, आपके इस फैसले के पीछे वही लड़का है।"

"अगर है भी बेटी, तो क्या गलत कर रहे हैं हम?"

"क्यों, एक झूठे के झूठ से डरकर मैं क्यों भागूं? ऐसा तो लड़की के पेरेंट्स तब करते हैं पापा जब लड़की खुद भी किसी ऐसे लड़के के साथ इंवाल्व हो जिसे वे न चाहते हों। आप ऐसा क्यों कर रहे हैं? आप तो जानते हैं–मेरा चक्रेश के साथ कोई इंवाल्वमेंट नहीं है बल्कि मैं तो . . ."

"समझने की कोशिश करो बेटी। सवाल इज्जत का है। इज्जत की चादर इतनी उजली होती है कि किसी झूठे के झूठ तक से दागदार हो जाती है। तुम देख ही रही हो–राई भी नहीं थी कि उस लफंगे ने पर्वत खड़ा कर दिया। सारे शहर में, बल्कि सारे देश में बदनाम कर डाला। जिद मत करो, फिलहाल तुम्हारा जाना ही ठीक होगा।"

"कमिश्नर अंकल। आप समझाइए न पापा को। आखिर उसके किए की सजा मुझे क्यों दी जा रही है। और फिर इससे तो उस जंगली का हौसला और बढ़ेगा। यह सोचकर तो शेर हो जाएगा कि चांदनी उसके डर से देश ही छोड़कर भाग गई। बल्कि . . . बल्कि मैं तो मिलना चाहती हूं उससे। मुंह नोचना चाहती हूं कमीने का। उस दिन अदालत में तो मुझे रोक लिया। वह तो खैर अदालत थी। एक बार कम-से-कम एक बार जरूर मिलना चाहती हूं मैं उससे। कहना चाहती हूं–क्यों पीछे पड़ा है मेरे। उसकी आखिर दुश्मनी क्या है मुझसे। क्यों मेरी बारात लौटाई?"

"यहां।" कमिश्नर ने कहा–"यही सब तो चाहता है वह।"

"क्या मतलब?"

"तुम अभी बच्ची हो चांदनी . . ."

"अंकल। आपसे किसने कहा मैं बच्ची हूं?"

"उफ्फ! नहीं! यह शब्द मैंने इस लिहाज से यूज नहीं किया। वैसे तो तुम बड़ी हो गई हो। बालिग हो। मैंने तो केवल उस लफंगे के मुकाबले बच्ची कहा तुम्हें और तुम ही क्यों, उसके मुकाबले में तो हम जैसे बुजुर्ग तक फिलहाल बच्चे ही साबित हुए हैं। पुलिस और कानून तक को हिला डाला उसने। साबित हो चुका है इसलिए तुम भी दिलो-दिमाग से कुबूल करो बहुत ही शातिर किस्म का लड़का है वह। जो सवाल तुम्हारे दिमाग में कुलबुला रहे हैं। जिनके जवाब पाने के लिए तुम उससे मिलना चाहती हो वे सारे सवाल खुद उसी ने तुम्हारे दिमाग में घुसेड़े हैं ताकि उनके जवाब पाने के लिए उत्सुक

होकर उससे मिलो। और वह अपना चैलेंज पूरा करने की दिशा में एक कदम बढ़ जाए।"

"वह . . . वह मुझे अपने मोहपाश में बांधने वाला चैलेंज?"

"हां।"

"क्या आप समझते हैं, वह कोशिश करेगा और मैं उसके जाल में फंस जाऊंगी? प्यार करने लगूंगी उस लफंगे से?"

"नहीं चांदनी। कोशिश करो समझने की। ऐसा हम नहीं, वह समझता है।"

चांदनी के दांत भिंच गए–"उसी को तो मुंहतोड़ जवाब देना है मुझे।"

"तुम्हें किसी को कोई जवाब नहीं देना।" महेश घोष ने जब देखा चांदनी समझाए में नहीं आ रही है तो हुक्म देने वाले स्टाईल में निर्णायक स्वर में कहा–"उस लड़के का जो करना है हम कर लेंगे। तुम्हें कल सुबह की फ्लाईट से कनाडा जाना है। पढ़ाई में मन लगाना है अपना। यहां जो हुआ उसे पूरी तरह भूल जाना है।"

"पापा प्लीज . . ."

"कोई एक्सक्यूज नहीं।" महेश घोष ने अब चांदनी को बोलने ही जो नहीं दिया–"तुम्हें मालूम है। जो फैसला हम एक बार कर लेते हैं, उसे बदलते नहीं हैं। तुम्हें कनाडा जाना है, तो जाना है। . . . आओ कमिश्नर!" कहने के साथ उन्होंने कमिश्नर का हाथ पकड़ा और कमरे के दरवाज़े की तरफ बढ़ गए। चांदनी ने 'पापा-पापा' कहते हुए उनके पीछे आने की कोशिश की मगर वे दरवाज़ा बाहर से बंद कर चुके थे।

चीखती-चिल्लाती चांदनी दरवाज़ा पीटती रह गई।

⅄

कनाडा एयरपोर्ट पर उस वक्त धूप चटकी हुई थी।

विमान के दरवाज़े पर कदम रखते ही चांदनी का स्वागत ठंडी हवा के झोंके ने किया।

बहुत ही खुशगवार मौसम था। चटकी हुई धूप, ठंडी हवा। हवा ने उसके सारे बाल उड़ाकर चेहरे पर बिखेर दिए थे। उन्हें उसने अपनी पतली-पतली और नाज़ुक अंगुलियों से हटाया।

विमान पर लगी सीढ़ी तय करने लगी।

जाहिर है–यहां आने का उसका कोई मन नहीं था।

जबरदस्ती भेजी गई थी।

वह तो बस ठुकाई करना चाहती थी चक्रेश की। अपना बदला खुद लेना चाहती थी। दिमाग में कुछ सवाल भी थे। जिनके जवाब केवल चक्रेश ही दे सकता था।

मगर।

दिल मसोसकर यहां आना ही पड़ा।

औपचारिकताओं से निपटने के बाद लाऊंज में कदम रखा ही था कि नजर उसकी बुआ और फूफा पर पड़ी।

उसे चौंक जाना पड़ा।

वे दोनों अपनी आंखों पर काली पट्टियां बांधे हुए थे।

"हाय, चांदनी!" कहती हुई उनकी बेटी उत्साहपूर्वक चांदनी की तरफ लपकी।

वह चांदनी की ही उम्र की थी। नाम–शीतल।

शुरू से ही बड़े अनफिट से अनमेल कपड़े पहनती थी वह। इस वक्त भी टांगों से चिपकी, घुटने से थोड़ी नीचे तक की जींस और ढीला-ढाला मर्दाना कुर्ता पहने हुए थी।

आंखों पर आई साईड का चश्मा था। चश्मा भी ऐसा था जो उसके फेस पर जरा भी फिट नहीं था।

बाल बड़े बेढब ढंग से बांधे हुए थी।

वह दौड़कर चांदनी से आ लिपटी।

बहुत उत्साहित थी वह। बहुत खुश। जबकि चांदनी उतनी उत्साहित नहीं थी। खुश तो बिल्कुल भी नहीं।

दिमाग में चक्रेश चकरा रहा था।

शीतल उसे बांहों में उठाकर फिरकनी की तरह घूम गई थी। रुकी, तो उसके गाल पर चुम्बन जड़ती हुई बोली–"वाह मजा आ गया। तुम यहां आई तो सही। कब से बुला रहे थे हम सब। मामाजी भेज ही नहीं रहे थे। और अब आई तो अचानक आ गई। कल रात ही तो फोन आया मामा जी का कि तुम इस फ्लाईट से आ रही हो।"

कुछ कहने के लिए चांदनी ने मुंह खोला ही था कि बगैर कहे बंद

कर लिया।

नजर एक बार फिर बुआ और फूफा पर अटककर रह गई थी।

ये दोनों अंधों की तरह दोनों तरफ अपनी बांह फैलाए घूमते हुए बार-बार एक ही बात कह रहे थे–"कहां है, कहां है हमारी चांदनी बेटी?" लोग उन्हें देखते, मुस्कुराते और आगे निकल जाते।

"शीतल।" चांदनी को पूछना ही पड़ा–"अंकल आंटी को क्या हुआ, आंखों पर पट्टियां क्यों बांध रखी हैं इन्होंने?"

"सुनेगी तो हंसेगी।" शीतल ने कहा।

"बता तो सही।"

"यह तो तू जानती है न, हम लोगों को यहां आए दस साल हो गए हैं मगर मम्मी को यहां की हवा छू तक नहीं सकी है। बस एक ही धुन सवार है इनके दिलोदिमाग पर। आदमी कहीं भी रहे, अपनी परम्पराएं, अपनी संस्कृति नहीं छोड़नी चाहिए।"

"बात तो ये ठीक है।"

"उसी ठीक बात का नतीजा है ये पट्टियां।"

"क्या मतलब?"

"हफ्ते में चौदह व्रत रखती है मम्मी। व्रत भी ऐसे-ऐसे अनोखे कि तूने कभी सुने नहीं होंगे। आज ही के व्रत का नाम सुन ले। आज इनका 'गंधारी व्रत' है।"

"गंधारी व्रत?"

"पता नहीं तूने गंधारी का नाम भी सुना है या नहीं।"

"कहीं तू वह–महाभारत वाली गंधारी की बात तो नहीं कर रही?"

"करेक्ट! ठीक वही।" शीतल ने कहा–"अगर तूने उस गंधारी का नाम सुना है तो यह भी जरूर ही जानती होगी–वह हमेशा आंखों पर पट्टी बांध कर रहती थी।"

"क्योंकि उसका पति अंधा था। मैंने टीवी सीरियल में देखा है।"

"गंधारी इस विचार के तहत आंखों पर पट्टी बांधकर रहा करती थी जिस दुनिया को मेरा पति नहीं देख सकता उसे मैं भी नहीं देखूंगी। उसके अपने विचार से वह पतिव्रत धर्म का पालन कर रही थी।"

"मगर अंकल तो अच्छे भले हैं। फिर आंटी कौन से धर्म का पालन

कर रही है?"

"उनका ख्याल है–यह व्रत रखने से, आंखों पर पट्टी बांधने से पति की आयु बढ़ती है।"

"चलो। वह तो ठीक है मगर अंकल ने पट्टी क्यों बांध रखी है?"

"मम्मी ने बंधवाई है।"

"क्यों?"

"उनका कहना है–पति-पत्नी का अर्धांग्ना होता है। यानी आधा अंग। पत्नी अगर अकेली व्रत रखे तो वह लगता नहीं है। व्रत तो तभी व्रत है न जब पूरा अंग रखे।"

सारी बात समझ में आते ही चांदनी के मुंह से ठहाका फूट पड़ा।

"अरे! ये तो चांदनी की आवाज है।" मामचंद चारों तरफ को हाथ-पैर फैंकता बोला–"आसपास ही कहीं है। कहां हो बेटी! तुम कहां हो चांदनी।"

"यहीं हूं अंकल! ये रही!" कहने के साथ आगे बढ़कर उसने मामचंद का माथा चूम लिया।

तब तक मंशादेवी भी नजदीक आ चुकी थीं।

चांदनी को बहुत ही प्यार से अपनी बांहों से भरा उन्होंने। उसके चेहरे को चूमती बोली–"इस महेश के बच्चे को भी कभी अक्ल नहीं आएगी। कब से कह रही थी–चांदनी बिटिया को भेज दे। तब नहीं भेजी। अब भी भेजी है तो ऐसे दिन जब मेरा गंधारी व्रत है। चेहरा तक देखने को कल तक इंतजार करना होगा।"

चांदनी ने महसूस किया–उसके आवागमन पर वे सभी बहुत-बहुत ज्यादा खुश थे।

उसे लगा–यहां न आकर वह बहुत बड़ी गलती करती। कितना प्यार करने वाले लोग थे ये। किस कदर झूम उठे थे उसे आई देखकर। शीतल ने ट्रॉली संभाल ली थी। मामचंद ने उसका दायां हाथ अपनी उंगलियों में फंसा लिया था। तो मंशादेवी ने बायां। दोनों उसके दाएं-बाएं, साथ-साथ चल रहे थे।

जरा-सी फुरसत मिलते ही उसे 'गुटकू' का ख्याल आया।

मामचंद और मंशादेवी का बेटा। शीतल का भाई।

उसने पूछा–"गुटकू नहीं आया।"

"उस नालायक से हमने बहुत कहा–"तेरी बड़ी दीदी आ रही हैं, एयरपोर्ट चल। नहीं माना।"

"आता भी कैसे। जानता ही कहां होगा मुझे। एक ही साल का तो था। मेरी ही गोद में चिपका रहता था।"

"अब तो वह अच्छो-अच्छो की गोद सूनी करके चक्कर में लगा रहता है।" मामचंद ने कहा।

"क्या मतलब?"

शीतल बोली–"पापा की पटरी नहीं बैठती उसके साथ। थोड़ा शरारती है।"

"बच्चों को शरारती होना ही चाहिए। अभी ग्यारह साल का ही तो होगा।"

"केवल ग्यारह साल में बापू बन गया है मेरा।" मामचंद गुटकू से ज्यादा ही नाराज आ रहे थे। इसी किस्म की सामान्य बातें करते हुए लाऊंज से बाहर निकलने के लिए 'निकासी द्वार' के नजदीक पहुंचे और–'धक्क' से रह गया चांदनी का दिल।

यूं लगा जैसे एक जोर से उसकी पसलियों पर सिर पटकने के बाद दिल ने धड़कना बंद कर दिया हो।

एक ही क्षण में सारा चेहरा पसीने से भरभरा उठा था।

अपने समूचे जिस्म में उसने विद्युत तरंगें दौड़ती महसूस कीं। ठीक ऐसा एहसास था जैसे कोई उसे इलैक्ट्रिक चेयर पर बैठाकर बिजली के शॉक दे रहा था।

पैर जहां के तहां जाम होकर रह गए थे।

आंखें एक ही जगह स्थिर। जैसे पत्थरा गई हों।

"क्या हुआ बेटा?" मामचंद की आवाज–"तुम रुक क्यों गई?"

मगर!

वह आवाज चांदनी के कानों तक मानों पहुंची ही नहीं। जिन कानों में सिर्फ और सिर्फ सांय-सांय करता सन्नाटा गूंज रहा था उनमें कोई दूसरी आवाज भला घुस ही कैसे सकती थी। सन्नाटा उसके कानों में ही नहीं, जहन तक में फैला हुआ था। ऐसी आवाज थी उस सन्नाटे में जैसे सैकड़ों प्लेन एक साथ चीखते हुए रनवे पर दौड़ रहे हों।

"क्या हुआ चांदनी?" मंशादेवी की आवाज उसे दूर . . . कहीं बहुत

दूर से आती महसूस हुई।

पथराई-सी आंखें उस बैनर को देखने के अलावा और किसी को देख ही नहीं रही थीं जो निकासी द्वार के ठीक ऊपर लगा हुआ था। 'साटन' के नीले कपड़े का बना हुआ बैनर था वह। उस पर सिलवर रंग के कलर से बड़े-बड़े हर्फों में लिखा था–'चांदनी वैलकम टू कनाडा।' नीचे अपेक्षाकृत छोटे हर्फों में लिखा था–'चक्रेश।'

चांदनी बार-बार लगातार उन्हीं हर्फों को पढ़ रही थी।

"क्या हुआ . . . क्या हुआ चांदनी!" उसने महसूस किया इन शब्दों के साथ शीतल ने उसे जोर से झंझोड़ा है।

"आं!" वह चौंकी।

शीतल ने अपनी बड़ी-बड़ी आंखें मटकाई। शरारती अंदाज में बैनर की तरफ देखती बोली–"कौन है ये?"

चांदनी ने हड़बड़ाकर कहा–"कोई नहीं।"

"कोई नहीं है तो यहां यह बैनर किसने लगवा दिया?"

"होगा कोई सिरफिरा। चलो!" उसने कहा और आगे बढ़ गई।

शीतल को टालने के लिए कह तो दिया था उसने और आगे भी बढ़ गई थी मगर, पैर उठ नहीं पा रहे थे। मानों उनमें 'क्विंटलों' वजन बंधा हो। एक बार फिर वह वापस जाकर बैनर को देखना चाहती थी।

विश्वास ही नहीं कर पा रही थी कि बैनर पर वही लिखा था जो पढ़ा।

इसका तो एक ही मतलब था–चक्रेश कनाडा पहुंच चुका था।

उससे भी पहले।

तभी तो वहां बैनर टांग या टंगवा सका।

चक्रेश के कनाडा पहुंचने के एहसास मात्र से उसने अपने सारे जिस्म में चींटियां-सी रेंगती महसूस की थीं।

खुद को सामान्य दर्शाने की लाख कोशिशों के बावजूद वह नाकाम थी। खुद न जान सकी कब उन लोगों के साथ सड़क पार करके पार्किंग में पहुंच गई। उसकी आत्मा जिस्म से निकलकर मानो कहीं और भटक रही थी।

"अरे!" शीतल की आवाज हथौड़े की तरह जहन पर पड़ी–"एक और बैनर।"

चांदनी का कलेजा जैसा मुंह को आ गया।

उसका कंधा हिलाती शीतल ने कहा था–"देखो चांदनी! एक और बैनर।"

चांदनी की आंखें उस तरफ उठीं जिधर शीतल अंगुली से इशारा कर रही थी। वह पार्किंग के गेट पर लगा था। लाल रंग के साटन के कपड़े का बैनर था वह। गोल्डन कलर से लिखा था–'चांदनी वैलकम टू कनाडा–तुम्हारा चक्रेश।'

चांदनी का सिर घूम गया।

ऐसा लगा–जैसे अभी चकराकर गिर पड़ेगी।

उसी क्षण–जहन में विचार कौंधा–'अगर यहां ये बैनर लगे हैं तो चक्रेश भी आसपास ही कहीं होगा। अगर उसने उसे यूं चक्कर खाकर गिरते हुए देखा तो बल्लियों उछलेगा अपनी कामयाबी पर! नहीं। वह उसे इस कदर जीत का एहसास नहीं करा सकती। उसकी नजरों में खुद को इतना कमजोर नहीं दर्शा सकती वह।'

वह इस विचार के तहत उसने खुद को संभाला।

नियंत्रित किया।

और . . . पैर जमा-जमाकर आगे बढ़ने की कोशिश की परंतु टांगों में हो रही कंपकंपाहट को वह लाख प्रयासों के बावजूद नहीं रोक पा रही थी। मंशादेवी ने तो कह भी दिया–"तुम कांप क्यों रही हो बेटी?"

"कहां कांप रही हूं आंटी?" अपनी आवाज उसे अंधकूप से निकलती-सी लगी।

मामचंद बोला–"कांप तो रही हो। मैं भी महसूस कर रहा हूं।"

चांदनी कोशिश के बावजूद मुंह से आवाज न निकाल सकी।

शीतल ने अपना मुंह उसके कान के नजदीक लगाकर पूछा–"बता न, कौन है, चक्रेश?"

"कह तो चुकी हूं।" वह अनजाने में बहुत जोर से चीख पड़ी–"कोई नहीं।"

शीतल सहम-सी गई। उसने अचानक चांदनी से इतने गुस्से की आशा नहीं की थी।

"क्या बात है बेटी।" मंशादेवी ने पूछा–"तुम इतने गुस्से में क्यों हो?"

मामचंद का सवाल–"और ये बैनर का क्या चक्कर है?"

एक बार फिर चांदनी कोशिश के बावजूद जवाब न दे सकी।

"तू बता न शीतल।" मामचंद ने पुनः पूछा–"बैनर का क्या चक्कर है?"

"कोई खास नहीं पापा।" चांदनी की तरफ देख रही शीतल ने कहा–"किसी चक्रेश नाम के शख्स ने जगह-जगह बैनर लगा रखे हैं। उन पर लिखा है–"चांदनी वैलकम टू कनाडा।"

"अरे वाह, ऐसा स्वागत तो हमने पहले कभी किसी का नहीं सुना। इसका मतलब कनाडा में हमारी बेटी को हमसे भी ज्यादा चाहने वाला शख्स पहले ही मौजूद है।"

"जी चाह रहा है, पट्टी नोचकर बैनर को देखूं।" मंशादेवी ने कहा।

मामचंद बोला–"तो नोच लूं पट्टी?"

"खबरदार जो व्रत तोड़ा तो।" मंशादेवी ने गुर्राकर चेतावनी दी–"यह व्रत मैंने तुम्हारी लंबी आयु के लिए रखा है। इधर हमने पट्टी हटाई उधर तुम फट से ऊपर पहुंच जाओगे।"

"लगता है–तू मुझे तब भी नहीं मरने देगी जब शरीर में कीड़े पड़ जाएंगे।"

वे आपस में उलझ गए थे और चांदनी . . . वह बेचारी तो खुद ही से उलझी पड़ी थी।

शीतल बहुत कुछ पूछने की इच्छा के बावजूद चांदनी का मूड देखकर कुछ नहीं पूछ पाई थी।

वे पार्किंग में खड़ी अपनी गाड़ी तक पहुंचे।

बिल्कुल नई। ऐसी मर्सडीज थी वह जैसे सीधी शोरूम से लाई गई हो।

कीरिंग अपनी अंगुली में घुमाती शीतल ड्राईविंग डोर की तरफ बढ़ी। अभी गाड़ी के उस तरफ पहुंची ही थी कि उसे ठिठक जाना पड़ा। आंखें गाड़ी के दरवाज़े पर जमी रह गई थीं।

होंठ सीटी बजाने वाले अंदाज में सिकुड़े और फिर . . . बाकायदा बड़ी लय के साथ सीटी बजा उठी वह।

"क्या हुआ?" गाड़ी के दूसरी तरफ खड़ी चांदनी ने पूछा।

"इधर आइए।" शीतल के अंगुली के इशारे से उसे अपने नजदीक आने को कहा।

चांदनी समझ नहीं पाई। घूमकर गाड़ी के दूसरी तरफ पहुंची। नजरें

शीतल के चेहरे पर केंद्रित थी। आंखों में सवालिया निशान। शीतल ने अंगुली से ड्राईविंग डोर की तरफ इशारा किया–"ये क्या है?"

"क्या . . ." कहने के साथ जो चांदनी ने ड्राईविंग गेट की तरफ देखा तो मुंह खुला का खुला रह गया। आवाज़ स्वतः दम तोड़ चुकी थी।

दरवाज़े पर फिल्म के पोस्टर जैसा चार कलर का आकर्षक पोस्टर लगा था। पूरे पोस्टर पर बड़े-बड़े शब्दों में बड़े ही आर्टिस्टिक ढंग से लिखा था–'चांदनी, वैलकम टू कनाडा। . . . चक्रेश।'

चांदनी के जहन में गुस्से की चिंगारियां यूं चटककर भड़कीं जैसे अचानक किसी ने पटाखों की पूरी लड़ी में आग लगा दी हो। वह यूं पोस्टर पर झपट पड़ी जैसे वह खुद चक्रेश था।

"मैं इसका मुंह नोंच लूंगी। कच्चा चबा जाऊंगी इसे!" दांत भींचकर कहने के साथ वह अपने लंबे-लंबे नाखूनों से दरवाज़े पर चिपके पोस्टर को नोचने की कोशिश करने लगी मगर पोस्टर इतना सैट करके चिपकाया गया था कि उसका कोई भी सिरा चांदनी के नाखूनों में नहीं फंस सका।

कम से कम ऐसी उम्मीद शीतल से बिल्कुल नहीं थी।

वह बौखला गई।

लपककर चांदनी को कब्जाने का प्रयत्न करती बोली–"अरे ये क्या कर रही हो चांदनी!"

चांदनी होश में हो तो कुछ कहे भी।

मामचंद और मंशादेवी बार-बार एक ही बात पूछ रहे थे–"क्या हुआ . . . क्या हुआ चांदनी को?"

शीतल उसे बांहों में भरकर दरवाज़े से दूर खींचने का प्रयास कर रही थी और चांदनी दांत भींचे बार-बार पोस्टर पर अपनी नोकीली सैंडिल्स के वार कर रही थी।

बहुत मुश्किल से शीतल उसे शांत करने में कामयाब हुई। कहा–"इतनी क्यों उखड़ रही है तू! ऐसे पोस्टर तो लगभग सभी गाड़ियों पर लगे हैं। किस-किस को नोंचकर फैंकेगी?"

भन्नाई हुई चांदनी ने सुलगती आंखों से देखा–शीतल ठीक कह रही थी।

एक-एक पोस्टर लगभग सभी गाड़ियों पर लगा था।

एक बार फिर गुस्से की चिंगारियों ने उसे बेकाबू करना चाहा।

जी चाहा–इन सारी गाड़ियों को ज्वालामुखी में झोंक दे। मगर इस बार उसने खुद पर काबू पा लिया।

काबू भी केवल एक ही विचार के तहत पाई थी। वह चक्रेश के विचार के तहत। एक बार फिर उसे लगा था कि वह आसपास ही कहीं होगा और उसकी हालत पर वह मन ही मन ठहाका लगा रहा होगा।

उसने चारों तरफ नजरें दौड़ाई। जैसे आसपास शेर का अहसास पाकर हिरनी उसे ढूंढ़ने की कोशिश कर रही हो। मगर हिरनी की मानिंद सहमी हुई नहीं थी वह। गुस्से में थी। नथूनों तक से आग निकल रही थी।

एक बार . . . बस एक बार नजर आ जाए कमीना।

गला घोटकर मार ही जो डालूंगी मगर नजर आए तब न। वह कहीं नहीं था। केवल एहसास था उसका।

"किसे ढूंढ रही है?" एक बार फिर शीतल ने आंख मटकाई।

"किसी को नहीं।" कहने के साथ चांदनी पैर पटकती हुई गाड़ी के दूसरी तरफ बढ़ गई।

शीतल अजीब ढंग से मुस्कुराई। 'की' की हॉल में डालने के बाद दरवाज़ा खोला। सेंट्रल लॉक खुलते ही चांदनी अपनी तरफ का दरवाज़ा खोलकर अगली सीट पर धम्प से जा गिरी।

शीतल ने चांदनी का सामान 'ट्रॉली' से उठाकर मर्सडीज की डिक्की में रखा। पिछला दरवाज़ा खोलकर मामचंद और मंशादेवी को बैठाया। खुद ड्राईविंग सीट पर आकर बैठी। कनखियों से चांदनी की तरफ देखा और गाड़ी स्टार्ट करके एक झटके से आगे बढ़ा दी।

झटका उसने जान-बूझकर इसलिए दिया था ताकि चांदनी विचारों से बाहर आ सके मगर अपनी कोशिश में उसे जरा भी कामयाबी नहीं मिल सकी थी।

मिलती भी कैसे।

जिसका जहन सुलग रहा है उसे बाहरी ताकतें आकर्षित नहीं कर पातीं।

शीतल की समझ में यह बात आकार नहीं दे रही थी आखिर मामला क्या है? अपनी जिज्ञासा को शांत करने के लिए उसने ड्राईविंग करने के साथ धीमे से स्वर से पूछा–"चांदनी प्लीज! बताओ न, कौन है ये?"

चांदनी ने गर्दन घुमाकर अपनी सुलगती आंखों से उसे घूरा और उसे . . . बगैर कुछ कहे चेहरा वापस घुमा लिया। वह विंड स्क्रीन के पार मानो शून्य से निहार रही थी।

दिमाग से थोड़ी देर के लिए चक्रेश का ख्याल हटा तो लगा–वह दस साल बाद मिली शीतल के साथ उचित व्यवहार नहीं कर रही है। चक्रेश में उसे इस कदर नहीं खो जाना चाहिए कि उन्हें नाराज कर ले जो उसके अपने हैं। उससे प्यार करते हैं अपने व्यवहार के लिए क्षमा मांगने हेतू उसने होंठ खोले ही थे कि–

"अरे!" शीतल के चौंकने की आवाज–"वॉव। मजा आ गया।"

"क्या हुआ?" चांदनी के मुंह से निकला।

"उधर देख। इस बार बैनर और पोस्टर की जगह सीधा होर्डिंग।" ड्राईविंग करती शीतल ने जिस तरफ इशारा किया था, वह एक चौराहा था। बहुत सारे होर्डिंग लगे थे वहां। उनमें से एक होर्डिंग वह भी था जिस पर लिखा था–'चांदनी, वैलकम टू कनाडा। . . . चक्रेश।'

उसे देखकर चांदनी पुनः गुस्से से कांपने लगी।

शीतल ने सर्किल पर गाड़ी घुमाते हुए कहा–"उखाड़ना चाहेगी उसे? गाड़ी रोकूं होर्डिंग के पास?"

जल-भुनकर राख हो गई चांदनी।

उसे लगा–अब शीतल उसका मजाक उड़ाने लगी है।

"अब तो जरा चौकस नजरों से घर तक का सफर तय करना पड़ेगा।" शीतल पूरा मजा लेने के मूड में आ चुकी थी–"रास्ते में पता नहीं कितने जलवे बिखेर रखे हैं जालिम ने। नजारा तो सभी का होना चाहिए न।"

चांदनी चुप रही। बोलती भी क्या? कुछ सूझा भी नहीं।

"वॉव। एक और होर्डिंग . . . एक और बैनर . . . वह देख उस बस पर एक और पोस्टर लगा है।" बार-बार यही सब कहती शीतल मस्ती में ड्राईविंग किए चली जा रही थी मगर एक बार भी उसने 'यूं ही' नहीं कहा था।

सचमुच सारे रास्ते पर जगह-जगह बैनर्स, पोस्टर और होर्डिंग लगे हुए थे।

शीतल चांदनी को सुनाने के लिए बड़बड़ाई–"काफी पैसा खर्च

किया है उसने। कुछ भी हो–आशिक दुनिया के आम आशिकों से जरा हट के लगता है।"

शीतल को घूरती हुई चांदनी दांत पीसने से ज्यादा कर भी क्या सकती थी?

गाड़ी रेड लाईट पर रुकी।

तांबे जैसे बालों और नीली आंखों वाले एक बहुत ही प्यारे लड़के ने चांदनी की तरफ वाला कांच खटखटाया।

चांदनी ने कांच नीचे किया।

लड़के ने हाथ अंदर डालकर उसे गुलाब की एक कली दी।

चांदनी ने कली लेते हुए पूछा–"ये किसलिए?"

लड़के ने कहा–"चक्रेश भैया की तरफ से कनाडा में आपका स्वागत है।"

चांदनी के जहन को जबरदस्त झटका लगा। एक पल तो कुछ समझ नहीं पाई। जब तक समझी तब तक एक और झटका लगा। पहला झटका जहन को लगा था। दूसरा जिस्म को लगा क्योंकि लाईट ग्रीन होते ही शीतल ने गाड़ी आगे बढ़ा दी थी।

चांदनी ने बुरी तरह बौखलाकर गुलाब की कली इस तरह खिड़की से बाहर फैंकी जैसे अचानक उसके हाथ में सांप आ गया था।

शीतल खिल-खिलाकर हंस पड़ी।

चांदनी ने जल्दी से कांच वापस चढ़ा लिया। शीतल की खिलखिलाहट पिघले शीशे की मानिंद उसके कानों में उतरती-सी चली जा रही थी। मगर उससे न हंसने के लिए भी तो नहीं कह सकी वह। शीतल तो उस वक्त भी हंस रही थी जब अगले सिग्नल पर एक छोटी-सी बच्ची ने चांदनी की तरफ वाला कांच पुनः खटखटाया।

चांदनी ने कांच नहीं खोला।

उसने बच्ची के हाथ में मौजूद गुलाब की कली पहले ही से देख ली थी।

गुस्से के साथ-साथ अब उसके चेहरे पर उड़ती हुई हवाईयां भी साफ नजर आ रही थीं।

शीतल की खिलखिलाहट तेज और तेज होती चली गई।

मंशादेवी ने पूछ ही लिया–"तू इतना हंस क्यों रही है शीतल?"

"कोई खास बात नहीं मम्मी।" हंसती हुई चांदनी ने कहा–"मामला मुझे आम मामलों से हटकर नहीं बल्कि पूरी तरह हटा हुआ लगता है। मेरे ख्याल से भविष्य के आशिक चक्रेश के आईडिए चुराया करेंगे।"

"पर चक्रेश है कौन?" मामचंद ने पूछा।

शीतल ने कनखियों से चांदनी की तरफ देखते हुए जवाब दिया–"चांदनी जाने या खुदा।"

फिर।

एक बार फिर शीतल कें मुंह से 'वॉव' निकला। कहे बगैर न रही वह–"एक और आईडिया।"

वह ऑक्सीजन से भरा एक बहुत बड़ा गुब्बारा था जो सभी इमारतों से ऊपर हवा के परों पर हौले-हौले झूम रहा था। उस पर भी वही स्लोगन लिखा था–'चांदनी, वैलकम टू कनाडा–तुम्हारा चक्रेश।'

बहुत ऊंचा होने के कारण वह काफी दूर से नजर आने लगा था।

चांदनी उसे देखना नहीं चाहती थी मगर नजर बार-बार स्वतः उस तरफ उठ जाती।

वह नजदीक आता जा रहा था। जैसे गाड़ी बढ़ ही उसकी तरफ रही हो। सच था भी यही। यह तो तब पता लगा जब गाड़ी मामचंद की कोठी के पोर्च में जाकर रुकी। यह देखकर चांदनी के सम्पूर्ण जिस्म में रोमांच की लहर दौड़ गई कि गुब्बारे की डोर का निचला सिरा मामचंद के मकान की बाल्कनी की रैलिंग पर बंधा हुआ था। शीतल मस्त होकर कह उठी–"मार्वल्स! इसका मतलब पट्ठा यहां तक पहुंच चुका है।"

⅄

शाम के पांच बजे तक। अपनी आवाज को खतरनाक बनाए रखकर गुटकू फोन पर कह रहा था–"याद रख, ठीक पांच बजे तक अगर पांच सौ डॉलर मुझे नहीं मिले तो तेरे बच्चे के पांच हजार टुकड़े करके तेरे घर भिजवा दूंगा।"

"नहीं।" दूसरी तरफ से किसी औरत ने तड़पकर कहा–"ऐसा मत

करना। कौन बोल रहे हैं आप?"

"डॉन।" गुटकू ने आवाज भारी बनाए रखकर कहा–"डॉन मास्रोनी।"

"डॉन साहेब। मैं पांच सौ डॉलर भिजवा दूंगी। मगर मेरे बच्चे को हाथ मत लगाना।"

"डॉलर मुझ तक पहुंच गए तो बच्चा तुझ तक पहुंच जाएगा।"

"पहुंच जाएंगे।" दूसरी तरफ मौजूद औरत की मानो जान निकली जा रही थी–"मगर पहुंचाने कहां है?"

"पुराना कब्रिस्तान देखा है?" गुटकू गुर्राया।

"हां?"

"बस वहीं पहुंचाने हैं।"

"और मेरा बच्चा?"

"वह भी वहीं मिलेगा। इस हाथ से तुम डॉलर दोगी, उस हाथ से मैं बच्चा।"

"वह तो ठीक है मगर क्या जरूरी है कि मेरा बच्चा . . ."

"ओह!" गुटकू उसकी बात काटकर कह उठा–"तो अभी तक तुझे यही शक है कि मैंने तेरा बच्चा उठाया भी है या नहीं। . . . ले सुन अपने जिगर के टुकड़े की आवाज!" कहने के साथ गुटकू ने अपने नजदीक बैठे बच्चे के हाथ से वह आइसक्रीम छीन ली, जिसे सारी दुनिया से बेखबर वह मजे से चाट रहा था। करीब तीन साल का वह बच्चा आईसक्रीम अपने हाथ से निकलते ही रोने लगा।

गुटकू ने रिसीवर रोते हुए बच्चे के मुंह पर लगा दिया।

करीब दस सेकेंड बाद एक हाथ से बच्चे की आईसक्रीम वापस दी। दूसरे हाथ से रिसीवर अपने कान पर रखा। आईसक्रीम वापस मिलते ही बच्चे ने रोना बंद कर दिया था।

रिसीवर से तड़पती बिलखती मां की आवाज निकल रही थी–"रो मत बिट्टू, मैं तुझे कुछ नहीं होने दूंगी बेटे। पांच सौ तो क्या पांच लाख डॉलर की बात भी होती तो मैं पहुंचा देती।"

"मुझे केवल पांच सौ डॉलर चाहिए।" गुटकू गुर्राया।

"पहुंच जाएंगे।" दूसरी तरफ से सकपका कर बच्चे की मां ने कहा–"जरूर पहुंच जाएंगे।"

इस सारे दृश्य को कमरे के दरवाज़े पर खड़ी चांदनी और शीतल

देख रही थी। मामचंद और मंशादेवी भी वहीं थे। वे दृश्य को देख भले ही न रहे हों मगर गुटकू की आवाज तो सुन ही रहे थे। ग्यारह वर्षीय गुटकू की उस हरकत को देखकर मारे आश्चर्य के चांदनी की तो आंखें ही फट पड़ी थीं। उसने इस वक्त काले रंग की जींस, काली टी शर्ट और गले में लाल रंग का रूमाल बांध रखा था।

आंखों पर काला चश्मा था। सिर पर हैट।

फोन पर उसके द्वारा कही गई बातें सुन-सुनकर मामचंद का चेहरा तमतमा उठा था। उसके धैर्य के मानो सभी बांध टूट गए थे। उधर गुटकू ने फोन पर कहा–"याद रहे! ठीक पांच बजे। पुराने कब्रिस्तान . . ."

"गुटकू!" अपनी पट्टी नोचने के साथ मामचंद हलक फाड़कर चीख पड़ा।

गुटकू ने हड़बड़ाकर रिसीवर फौरन ही क्रेडिल पर पटक दिया।

मामचंद तो मानो होशो-हवाश में ही नहीं रहा था। झपटकर गुटकू के नजदीक पहुंचा। जोरदार चांटा उसके गाल पर रसीद किया। एक चीख के साथ गुटकू दूर जा गिरा। हैट सिर से उतरकर लुढ़कता हुआ सोफे के नीचे चला गया था। चश्मा बच्चे की आईसक्रीम पर गिरा।

और।

मामचंद ने यहीं बस नहीं कर दी।

गुटकू को लात, घूंसों और ठोकरों से मारते चले गए।

"पापा।" कहती हुई शीतल उनकी तरफ लपकी।

चांदनी ने भी वैसा ही करते हुए कहा–"ये आप क्या कर रहे हैं अंकल?"

वे दोनों गुटकू को मामचंद से बचाने की कोशिश कर रही थीं जबकि आंखों पर पट्टी चढ़ाए मंशादेवी बार-बार एक ही बात कह रही थी–"हाय राम! आपने पट्टी हटा दी थी क्या। व्रत तोड़ दिया क्या?"

"छोड़ दो! छोड़ दो मुझे!" शीतल और चांदनी के बंधनों में जकड़ा मामचंद चीख रहा था–"आज मैं इसे जान से मार डालूंगा। अब इसकी हरकतें जरूरत से ज्यादा बढ़ती जा रही हैं।"

"मार दीजिए मुझे। मार दीजिए।" रोने की जगह गुटकू गुस्से से कांपता हुआ चीखा था–"अगर आप मुझे 'रिबॉक' नहीं दिलवाएंगे तो मैं ऐसा ही कुछ करूंगा।"

"अभी बताता हूं तुझे।" एक बार फिर मामचंद ने उनके बंधनों से

निकलने की कोशिश की।

"पापा प्लीज।" शीतल ने कहा–"वह अभी बच्चा है।"

"बच्चा। तू उसे बच्चा समझ रही है। फोन पर फिरौती मांग रहा था कमबख्त।"

चांदनी दौड़कर गुटकू के नजदीक पहुंची। बोली–"पापा से इस तरह से बात नहीं करते गुटकू।"

"इतने दिनों से रिबॉक शू मांग रहा हूं मैं। दिलाते क्यों नहीं?" वह भड़का हुआ था।

"तो फिरौती तुम रिबॉक शू के लिए मांग रहे थे?"

"हां।"

"पर ये तो गलत बात है न गुटकू। अपनी जरूरत पूरी करने के लिए क्या क्राईम करना चाहिए?"

"डॉन मास्त्रोनी अपनी हर जरूरत इसी तरह पूरी कर लेता है।"

"कौन डॉन मास्त्रोनी?"

"टीवी पर 'डॉन' नाम का एक सीरियल आता है।" शीतल ने कहा।

"हर वक्त उसी को देखता रहता है कम्बख्त।" मामचंद चीखे–"उसी ने दिमाग खराब कर रखा है इसका। डॉन ही बनेगा साला।"

"हां।" गुटकू का लहजा पूरी तरह विद्रोही था–"मैं डॉन बनूंगा। अपनी हर इच्छा पूरी करूंगा।"

"नहीं . . . नहीं . . ." उसके मुंह पर हाथ रखती चांदनी ने कहा–"ऐसा नहीं कहते गुटकू। डॉन कोई अच्छा आदमी थोड़ी है जो तुम वह बनोगे और फिर, टीवी सीरियल तो सिर्फ ड्रामा होता है। नकली कहानी। नकली करेक्टर। और सुनो, रिबॉक मैं तुम्हें दिला दूंगी।"

"तुम?"

"हां मैं।"

"तुम हो कौन?"

"पहचानो।" होंठों पर मुस्कान लिए चांदनी ने उसकी तरफ देखा।

गुटकू उसे ध्यान से देखने लगा। उस क्षण चांदनी ने भी पहली बार उसे ध्यान से देखा। बहुत ही सुंदर बच्चा था गुटकू। भोले, गुदगुदे और गोल चेहरे वाला। आंखें बड़ी-बड़ी और काली थीं।

जिस्म गोल-मटोल।

"आप चांदनी दीदी हैं?" उसने कहा।

"अरे वाह! तुमने तो पहचान लिया मुझे।" चांदनी ने कहा–"कमाल की मेमोरी है तुम्हारी। मुझसे बिछुड़ते वक्त तुम केवल एक साल के थे। गोद में खेला करते थे मेरी।"

"मैंने आपकी शक्ल से थोड़ी पहचाना है।"

"और कैसे पहचाना?"

"मम्मी-पापा और दीदी मुझे बताकर एयरपोर्ट गए थे। कह रहे थे इंडिया से चांदनी दीदी आ रही हैं। तो अब मैंने आपको उनके साथ देखकर . . ."

"मुझे रिसीव करने तुम क्यों नहीं आए एयरपोर्ट पर?"

"जब मैं आपको जानता ही नहीं था क्यों आता?"

"कोई बात नहीं। अब तो जान गए। दोस्ती करोगे मुझसे?"

"एक शर्त पर।"

"बोलो।"

"आप मुझे 'रिबॉक' दिलवाएंगी। मेरे सभी फ्रैंड्स के पास है।" गुटकू ने उसी के अंदाज में कहा–"बोलो।"

"आप कभी भी अपनी कोई भी इच्छा पूरी करने के लिए वैसा काम नहीं करेंगे जैसे डॉन करता है।"

गुटकू उसकी तरफ इस तरह देखता रहा जैसे सोच रहा हो वादा करे या न करे।

"बोलो। कोई गंदा काम नहीं करोगे न।"

"चलो। नहीं करूंगा।" उसने इस तरह कहा जैसे एहसान कर रहा हो।

"प्रॉमिस!" चांदनी ने उसकी तरफ हाथ बढ़ाया।

उसने भी अपना गोल-मटोल हाथ बढ़ाते हुए कहा–"प्रॉमिस।"

दोनों के हाथ मिले। फिर, चांदनी ने प्यार से खींचकर उसे गले से लगा लिया। कुछ देर प्यार से उसके सिर पर हाथ फेरती रही। फिर बोली–"किसका बच्चा है ये?"

मामचंद ने कहा–"बगल में रहने वाले शर्मा जी का ही तो है।"

चांदनी ने मामचंद को चुप रहने का इशारा किया। गुटकू से पूछा–

"तुम कैसे उठा लाए?"

"उठाकर कहां लाया दीदी। ये तो खेलता ही मेरे पास रहता है।"

"लेकिन अब इसे पहुंचाओगे कैसे? इसकी मम्मी तो सोच रही होगी इसे डॉन ने . . ."

"अभी पहुंचा देता हूं। आंटी कुछ कहेंगी तो कह दूंगा–ऐसे ही किसी ने मजाक में फोन कर दिया होगा। बिट्टू तो मेरे साथ खेल रहा था। देखो–मैंने इसे आईसक्रीम भी खिलाई है। अब ये तो आंटी को बताने से रहा कि फोन मैंने ही किया था।"

"देखो!" मामचंद अब भी नाराज था–"ऐसे मामलों में इतना तेज चलता है इसका दिमाग?"

"प्लीज अंकल।" चांदनी ने एक बार फिर मामचंद को चुप रहने का इशारा करने के बाद गुटकू से कहा–"अच्छा जाओ। इसे इसकी मम्मी के पास पहुंचाओ। बेचारी परेशान हो रही होगी।"

"आओ बिट्टू मास्टर।" उसने बच्चे को गोद में उठाया और कमरे से बाहर निकल गया।

"अंकल।" चांदनी ने मामचंद से कहा–"ऐसे बच्चे डांट-फटकार और मारपीट से काबू में नहीं आते। दोष इनका नहीं है। उसका है जो हम इन्हें दे रहे हैं। टीवी बच्चों का बचपन छीन रहा है। यहां बच्चे डॉन की नकल कर रहे हैं। इंडिया में शक्तिमान बनने के चक्कर में जान तक गंवा चुके हैं। पता नहीं हम कब समझेंगे–बच्चों के लिए ऐसे प्रोग्राम नहीं बनाए जाने चाहिए। वह तो खैर जब होगा तब होगा–फिलहाल हमें वह करना चाहिए जो हमारे हाथ में है और हमारे हाथ में है ये कि ऐसे बच्चों का हम साईक्लोजीकल ट्रीटमेंट करें। अगर हमें अपने बच्चे को उस स्कूल में पढ़ाना है जहां के सभी बच्चे 'रिबॉक' जैसे महंगे जूते पहनते हैं तो हमें उसे भी रिबॉक दिलाने होंगे। उनके पास नहीं होंगे तो इनफ्यूरिटी कॉम्पलेक्स महसूस करेगा। डॉन जैसे सीरियल उसे रास्ता दिखा देंगे।"

"अरे वाह।" मामचंद कह उठा–"बहुत बड़ी हो गई है हमारी बेटी। बड़ी-बड़ी बातें करने लगी है।"

चांदनी शरमा गई।

मंशादेवी की आवाज एक बार फिर उभरी–"अजी मैं इतनी देर से

यह पूछे जा रही हूं आपने व्रत तोड़ दिया क्या?"

"हां। तोड़ दिया।" मामचंद ने कहा–"और अभी तक साबुत का साबुत खड़ा हूं।"

चांदनी और शीतल एक साथ खिलखिलाकर हंस पड़ीं। जबकि मंशादेवी ने कहा था–"सत्यानाश!"

⅄

सारा घर घूमने के बाद शीतल उसे एक कमरे में ले जाती हुई बोली–"और ये रहा, तेरा कमरा।"

"मेरा कमरा।" चौंकती हुई चांदनी बोली–"मैं तो तेरे कमरे में तेरे साथ ही रह लेती।"

"मैं बगल वाले कमरे ही में हूं।"

"पर अलग कमरे की भला क्या जरूरत थी?"

"मैंने कहा था मम्मी-पापा से कि हम तो इंडिया में भी एक ही कमरे में रहती थीं। वे नहीं माने। कहने लगे तब तुम छोटी थीं। वैसे भी चांदनी यहां पढ़ने आ रही है। तुम उसे पढ़ने नहीं दोगी।"

"मुझे नहीं रहना यहां। अपने कमरे में चल।"

"मैं यहां रह लूंगी। बात तो एक ही है।" कहने के साथ शीतल धम्म से सोफे पर बैठ गई।

चांदनी भी बैठती हुई बोली–"ये भी ठीक है।"

कुछ देर दोनों के बीच शांति छाई रही। फिर शीतल ने कहा–"मेरा मूड फिर तेरा मूड बिगाड़ने का बन रहा है।"

"क्या मतलब?"

"मुझे मालूम है–चक्रेश का नाम सुनते ही तेरा मूड फिर बिगड़ जाएगा।"

और सचमुच।

उसका नाम सुनते ही चांदनी के चेहरे पर तनाव नजर आने लगा।

घर में घुसने के बाद। गुटकू का कारनामा देखकर चक्रेश उसके दिमाग से काफूर हो गया था। शीतल के नाम लेते ही वह फिर जिंदा हो उठा। दांत भिंचते चले गए। उसकी ऐसी हालत देखकर शीतल ने

कहा–"देख . . . तेरा मूड फिर ऑफ होने लगा। हालांकि मुझे मालूम था ऐसा होगा मगर क्यों? इसे . . . उसके बारे में जानने की जिज्ञासा ही इतनी है? आखिर क्या संबंध है तेरे उसके बीच। वह तेरा इतना दीवाना क्यों है और उसके ठीक विपरीत तू उसका नाम सुनते ही इस कदर उखड़ क्यों जाती है? दो व्यक्तियों के बीच ऐसा कॉम्बिनेशन मैंने पहली बार देखा है।"

"जिसे तू उसकी दीवानगी समझ रही है वह दीवानगी नहीं बल्कि चाल है।"

"चाल?"

"मेरे स्वागत में लगे बैनर्स, पोस्टर्स और हॉर्डिंग। उन्हीं के कारण तू उसे दीवाना कह रही है न?"

"गुब्बारे को भूल गई तू!" शीतल मुस्कुराई।

"उसके बारे में सुनोगी तो पता लगेगा–वह दुनिया का सबसे कमीना लड़का है।"

"तो सुना ना। मैं तो मरी जा रही हूं सुनने को।"

कुछ कहने के लिए चांदनी के होंठ खुले ही थे कि–

फोन की घंटी बज उठी।

"उफ्फ!" शीतल झुंझला उठी–"इसे भी अभी बजना था।"

वह उठी। मेज की दराज पर रखे फोन का रिसीवर कान से लगाने के साथ कहा–"हैलो!"

"आप शीतल बोल रही हैं न?"

"यस! आपका परिचय?"

"चक्रेश।"

"ओह।" शीतल के जहन में धमाका-सा हुआ।

"मुझे चांदनी से बात करनी है।"

"एक मिनट।" कहने के साथ उसने माऊथ पीस पर हाथ रखा। चांदनी की तरफ पलटती शरारती लहजे में बोली–"तेरा फोन।"

"मेरा?" चांदनी चिंहुकी।

शीतल ने एक-एक शब्द पर जोर देते हुए कहा–"तेरा ही है।"

"भला मुझे यहां कौन . . ." कहती-कहती अटक गई वह। चेहरा खुरदरे पत्थर जैसा नजर आने लगा।

दांत भींचकर कह उठी–"वही तो नहीं है?"

"वाह! क्या राहत है दिल से दिल की?" शीतल ने चटखारा मारा–"सोलह आने वही है।"

भन्ना गई चांदनी। गुर्राकर कहा–"कह दे। . . . मुझे कोई बात नहीं करनी।"

"कह दूं?"

"कह ना।"

"सचमुच यही कह दूं? उसने बड़ी गहरी नजरों से चांदनी को देखा चांदनी भड़क उठी–"तू कह रही है या नहीं?"

"जी नहीं चाह रहा। आवाज ही बड़ी प्यारी है जालिम की। बड़ा सलीकेदार लड़का मालूम पड़ रहा है। बड़े प्यार से पूछा–"आप शीतल बोल रही हैं न?"

"तुझे भी जान गया वह?"

"वाकई इस बात पर तो ध्यान ही नहीं दिया मैंने। पट्ठा मुझे कैसे जान गया?"

"बहुत बड़ा फ्रॉडिया है वह। पता नहीं कैसे सब कुछ जान जाता है। फोन पटक दे।"

"नहीं अब तो बिल्कुल नहीं पटकूंगी। तुझे अब करनी है तो कर। नहीं करनी तो मत कर मगर मैं तो यह जरूर कहूंगी–जीजा जी, इस ताजी-ताजी साली का नाम कैसे पता लग गया आप . . ."

"शीतल!" चांदनी आपे से बाहर होकर चीख पड़ी–"खबरदार जो तूने उससे कोई रिश्ता जोड़ने की कोशिश की। वह मेरा कोई नहीं है और जब मेरा ही कोई नहीं तो तेरा कुछ कैसे हो सकता है।"

"झगड़ा इतना नहीं बढ़ाना चाहिए चांदनी।

"उफ्फ! तू समझ क्यों नहीं रही। मेरा उससे कोई झगड़ा नहीं हुआ है।"

"वह तो उसके प्रति तेरा व्यवहार ही बता रहा है। खैर, मैं बात करती हूं। कहने के साथ उसने माऊथ पीस से हटाया ही था कि चांदनी यह सोचकर उसकी तरफ झपट पड़ी कि कहीं वह 'जीजाजी' जैसा कोई शब्द न बोल दे। उसके हाथ से रिसीवर लेकर गुर्राई–"यहां फोन क्यों किया तूने?"

"तुम्हें यह बताने के लिए यह तो सिर्फ कनाडा है, तुम्हारा बाप

अगर तुम्हें पाताल में भी उतार देता तो मैं वहां पहुंच जाता।" चक्रेश की आवाज बहुत धीर-गंभीर और गजब की दृढ़ता लिए हुए थी–"कोई नया पैंतरा नहीं चला तुम्हारे बाप ने। जब कोई लड़की किसी लड़के के चक्कर में पड़ जाती है तो हर बाप यही करता है।"

"पहली बात तुझे इतनी तक तमीज नहीं है कि बड़ों के बारे में किस तरह बात की जाती है। दूसरी बात तू जानता है, मेरा तेरे साथ वैसा कोई चक्कर नहीं है जैसे चक्कर से परेशान होकर लड़की का पिता लड़की को कहीं बाहर भेजता है।"

"चक्कर है चांदनी। बस अभी तुम समझ नहीं पा रही हो। वही समझाने के लिए मैं कनाडा में हाजिर हूं।"

"तेरा मुंह नोंचे बगैर आना मैं भी नहीं चाहती थी कमीने।" चांदनी दांत भींच जबरदस्त नफरत के साथ कहती चली गई–"पापा की जिद के कारण आना पड़ा और सुन।" थोड़ा ठहरकर उसने फिर कहना शुरू किया–"मुझे खुशी है तू यहां पहुंच गया।"

हल्के से ठहाके के साथ कहा गया–"जानती हो, एक लड़की को किसी लड़के को अपने आस-पास महसूस करके खुशी कब होती है?"

"फोन पर क्या धमकाता है फ्रॉडिए। हिम्मत है तो सामने आ। मैंने भी गिन-गिनकर बदले नहीं लिए तो नाम चांदनी नहीं।"

"यानि मिलना चाहती हो मुझसे।"

"तेरा मुंह नोंचने के लिए।"

"चाहे जिस वजह से सही मगर, तुम कुबूल कर रही हो कि तुम मुझसे मिलना चाहती हो।" हंसता हुआ कहता चला जा रहा था–"तुम्हारी आवाज में एक कशिश, एक बेचैनी भी महसूस कर रहा हूं मैं। वैसी ही कशिश और बेचैनी है जैसी प्यार करने वालों के दिलों में एक-दूसरे से मिलने के लिए होती है। और यह मेरी कामयाबी है चांदनी। आखिर मुझसे मिलने के लिए तुम बेचैन हो ही उठीं।"

"तू एक बीमार आदमी है। हर बात का मतलब अपने ढंग से निकालने की बीमारी है तुझे।"

"याद करो जानेमन। याद करो–मैंने यही कहा था तुम्हें मुझसे मुहब्बत करनी होगी। खुद को रोके नहीं रुक सकोगी तुम? तुम्हें पता तक नहीं लग रहा जबकि सच्चाई ये है कि तुमने मुहब्बत की

चमचमाती सीढ़ियां चढ़नी शुरू कर दी है। पहली सीढ़ी तुम अदालत में चढ़ चुकी थीं। तब जब तुमने मुझसे नफरत करनी शुरू की और अब . . . तुम मुझसे मिलने के लिए बेकरार हो। मुहब्बत नाम के चांद पर पहुंचने की दूसरी सीढ़ी है ये। दिल दिलबर से मिलने के लिए तड़पने लगता है। बेचैन होने लगता है। आंखें हमराही को देखने के लिए तरसने लगती हैं। और जब वह नजर नहीं आता तो इंसान पागल-सा हो जाता है। वही हालत इस वक्त मैं तुम्हारी महसूस कर रहा हूं।"

"हां। यह सब तो है।" चांदनी ने दांत पीसे–"तो बोलो! कब और कहां मिल रहे हो?"

"रोको चांदनी। रोक सकती हो तो रोको खुद को। संभाल सकती हो तो संभालो। मगर नहीं, तुम पुरजोर कोशिश के बावजूद खुद को रोक नहीं सकोगी। मैंने कहा था न–मुहब्बत नाम है उस आग का जिसकी तरफ बढ़ने से आज तक कोई खुद को नहीं रोक सका। क्योंकि . . . क्योंकि ये वह आग है मेरी देवी जिसमें जलने के लिए इंसान लालायित हो उठता है और ऐसा इसलिए होता है क्योंकि इस आग में जलने के बाद इंसान कुंदन की तरह दमकने लगता है। जहर के इस दरिया में डुबकियां लगाने के बाद जब इंसान बाहर निकलता है तो ऐसी खुशबुएं उठ रही होती हैं उसके जिस्म में कि लोग मदहोश हो जाते हैं।"

"मेरे ख्याल से तुम्हें किसी कॉलिज में प्रेमशास्त्र के प्रोफेसर की नौकरी मिल सकती है।"

"अब तुम मुहब्बत की तीसरी सीढ़ी पर कदम रखने जा रही हो। खूबियां नजर आने लगी है मुझसे। उस शख्स में जिसमें तुम्हें खामियां ही खामियां नजर आती थीं। बहुत तेजी से मंजिल की तरफ बढ़ रही हो तुम।"

"शायद बातों में तुझसे कोई नहीं जीत सकता।"

"दूसरी खूबी पहचानने के लिए शुक्रिया।"

"तू कोई पागल लड़का है।"

"शायद तुम्हें मालूम होगा–मजनूं, रांझे और महिवाल को आज तक इसी नाम से जाना जाता है।"

"उफ्फ!" कहने के साथ चांदनी ने झुंझलाकर रिसीवर पटक दिया।

शीतल उसकी हालत पर मुस्कुरा उठी।

चांदनी यूं हांफ रही थी जैसे मीलों लम्बी रेस लगाने के बाद अभी-अभी यहां पहुंची हो। लड़खड़ाकर वह केवल इतना ही कह सकी–"यह लड़का तो मुझे पागल करके मानेगा।"

⅄

चांदनी ने डिपार्टमेंटल स्टोर से गुटकू के लिए रिबॉक शू ही नहीं, ढेर सारा सामान खरीद लिया था। अपने लिए, शीतल के लिए, मामचंद और मंशादेवी के लिए भी। शीतल भी साथ थी। उसने अनेक बार कहा था–"क्या कर रही है तू? क्यों कर रही है इतना खर्चा?" मगर चांदनी ने हर बार डांटकर उसे चुप कर दिया था। कहा था–"कायदे में तो यह सब मुझे तुम सब लोगों के लिए इंडिया से ही लाना चाहिए था मगर वहां से निकली ही कुछ ऐसे हालात में कि कुछ सोचने-समझने का होश ही नहीं था।"

शॉपिंग करके जब वे पेमेंट काऊंटर पर पहुंचीं तो डिपार्टमेंटल स्टोर के मालिक ने कहा–"मैं आपको एक और दिलचस्प आईटम दिखाना चाहता हूं।"

"बस!" शीतल ने कहा–"बहुत हो लिया।"

"तू चुप रह!" चांदनी ने उसे डपटने के बाद मालिक से कहा।

"दिखाईए।"

मालिक ने 'शोकेस' से उठाकर एक 'टेडी बियर' काऊंटर पर रख दिया।

चांदनी और शीतल ने देखा–लंबे-लंबे भूरे बालों वाला वह एक साधारण टेडी बियर था। आंखें जरूर जरूरत से ज्यादा चमकदार थीं उसकी। चांदनी ने कहा–"मुझे तो इसमें कोई खास बात नजर नहीं आई।"

मालिक मुस्कुराया। बोला–"एक चांटा मारिए इसे।"

"जी?"

"मारिए तो सही।"

"थप्पड़?"

"जी।"

शीतल ने टेडी बियर के गाल पर एक हल्का-सा चांटा मारा।

टेडी बियर के होंठ हिले। उसके अंदर से आवाज निकली–"बुरी बात।"

"अरे!" दोनों चौंक पड़ीं–"ये इसने कहा?"

"थप्पड़ आपने हल्का मारा था इसलिए केवल इतना ही कहा, जरा जोर से मारिए।"

इस बार शीतल ने जोर का चांटा मारा।

"मैं आपसे प्यार करता हूं और आप मुझे मार रही हैं।" टेडी बियर ने कहा।

"अरे वाह!" चांदनी कह उठी–"ऐसा कैसे करता है ये?"

"ऐसे ही नहीं करता बल्कि इससे ज्यादा भी बहुत कुछ करता है।" मालिक ने कहा–"जितना जोर से चांटा आपने मारा, अब उतनी ही जोर का चांटा मैं इसे मारता हूं तो देखिए क्या कहेगा।" कहने के साथ मालिक ने उसी कनपटी पर चांटा मारा। टेडी बियर ने कहा–"उल्लू का पट्ठा है तू?"

दोनों खिलखिलाकर हंस पड़ीं।

हंसने के बाद चांदनी बोली–"वाकई दिलचस्प चीज़ है, मगर ये हुआ कैसे? लड़की ने चांटा मारा तो कुछ और कहा, जो इसने मारा तो कुछ और।"

"ये तो बनाने वाली कंपनी जाने कि उन्होंने इसमें यह खूबी कैसे भरी है मगर है बहुत दिलचस्प। अभी तो आपने कुछ भी नहीं देखा। आप इसे जितनी जोर से मारेंगे उतने ही अलग-अलग जवाब देगा?"

"वाह!" चांदनी बोली–"गुटकू का तो शानदार साथी साबित होगा ये। पैक कर दीजिए।"

टेडी बियर भी खरीदे गए सामान में रख दिया गया।

पेमेंट की बारी आई तो मालिक ने हाथ जोड़ लिए। कहा–"इसकी जरूरत नहीं है।"

"क्यों?" चांदनी चौंकी। चौंककर शीतल की तरफ देखा। उसे लगा था–शायद डिपार्टमेंटल स्टोर का मालिक उसका पूर्व परिचित है इसलिए उससे पेमेंट नहीं ले रहा है मगर उस वक्त हैरान रह जाना पड़ा जब शीतल को कहते सुना–"क्यों भई, हजारों डॉलर्स का सामान फ्री में देने का मूड है क्या?"

"जी, पेमेंट हो चुका है।"

"हो चुका है?" दोनों हैरान–"किसने किया?"

"इन्होंने।" कहने के साथ उसने एक क्रेडिट कार्ड काऊंटर पर रख दिया।

शीतल ने उसे उठाया। देखा। बड़ी-बड़ी आंखों की पुतलियां चारों तरफ घुमाई और क्रेडिट कार्ड चांदनी की तरफ बढ़ाती हुई बोली–"मुलाहिजा फरमाईए।"

चांदनी क्रेडिट कार्ड पर 'चक्रेश' लिखा देखते ही मानों पागल हो गई। पूरी तरमक लगाकर कार्ड के टुकड़े-टुकड़े कर दिए उसने। उन्हें मालिक के चेहरे पर फेंका और पैर पटकती हुई बाहर निकल गई।

मालिक हैरान रह गया। बोला–"अरे! ये क्या किया आपने? चलिए आप ही दे दीजिए पेमेंट। कम से कम सामान तो ले जाईए।"

⅄

चांदनी बुरी तरह भन्नाई हुई थी।

पैर पटककर गैलरी पार करने के बाद अपने कमरे के दरवाज़े पर पहुंची।

एक झटके से दरवाज़ा खोला और . . .

चक्रेश का अदृश्य घूंसा सीधा उसके जहन से टकराया।

ऐसा घूंसा था वह कि जहन ही नहीं, मुकम्मल आंतरिक वजूद के परखच्चे उड़ गए।

ऐसा कमरे की हालत को देखकर हुआ था। वह सारा सामान जो उसने डिपार्टमेंटल स्टोर पर खरीदा तो था मगर लेकर नहीं आई थी, सारा का सारा कमरे में मौजूद था।

बहुत सजाकर डबल बैड पर रखा गया था उसे।

सामान में सबसे ऊपर टेडी बियर था। वही टेडी बियर जिसे स्टोर के मालिक ने खासतौर पर दिखाया था। दरवाज़े ही पर ठिठकी खड़ी रह गई थी वह।

एक कदम भी आगे नहीं बढ़ा पाई।

आंखें मानो पत्थरा गई थीं।

फिर, शायद वह खुद न जान सकी कब जोर-जोर से चीखने लगी– "शीतल . . . शीतल!"

"क्या हुआ चांदनी? जाने कहां से भागती हुई शीतल वहां पहुंची।"

"ये सामान कौन लाया है यहां?"

"कौन-सा सामान . . .?" कहते-कहते शीतल को किसी के जवाब की जरूरत ही नहीं रह गई।

उसकी नजर पलंग पर रखे सामान पर पड़ चुकी थी। मुंह से निकला।

"वॉब! . . . तो ये सारा सामान यहां आ गया।"

चांदनी दरवाज़े पर खड़ी-खड़ी कांप रही थी।

शीतल कमरे मे अंदर दाखिल हुई। उसके होंठ सीटी बजाने वाले अंदाज में केवल जुड़े ही नहीं बल्कि बाकायदा सीटी बजा उठे। वह बैड के चारों तरफ इस तरह घूम रही थी जैसे 'एग्जीवीशन' में लोग किसी दुर्लभ वस्तु को देखने के लिए उसके चारों तरफ घूमते हैं। चांदनी अंदर दाखिल होती दहाड़ी–"मैं पूछती हूं ये सारा सामान यहां आया कैसे?"

"मैं तो लाई नहीं कम से कम।" शीतल ने सफाई दी–"कारण साफ है, मैं तो तेरे ही साथ थी। तेरे ही साथ-साथ अभी घर पहुंची हूं।"

"कोई न कोई तो लाया ही है इसे यहां। उड़कर खुद तो पहुंच नहीं गया।"

शीतल ने पूरा मजा लिया–"सो तो है। सामान के पंख भी नजर नहीं आ रहे।"

"उसी कमीने ने पहुंचाया होगा। मगर ये हो क्या रहा है? उसे कैसे पता लग गया पापा ने मुझे कनाडा भेजा है? कैसे वह मुझसे पहले ही यहां पहुंच गया? इतनी जल्दी कैसे उसने मेरे स्वागत की इतनी सारी तैयारियां कर लीं। तुम लोगों के बारे में कैसे पता लगा उसे? कहां से मिल गया यहां का फोन नंबर और . . . और तो गुब्बारे की डोर तक इसी मकान की बाल्कनी में बंधी थी। अब . . . अब ये सामान यहां पहुंच गया है। मैं पूछती हूं यह सब हो कैसे रहा है?"

"ये सारे सवाल ऐसे हैं जिनका जवाब वही दे सकता है।" शीतल ने कहा–"अकेला वही।"

"कहीं गुटकू को तो अपने में नहीं मिला लिया है उसने? मुमकिन है

रिबॉक शू के बहाने . . .।" वाक्य खुद अधूरा छोड़ दिया उसने। कारण था–ठीक उसी समय टेडी बियर का बोल पड़ना। उसने कहा था–"चलो मान लिया चांदनी कि तुम मुझसे मुहब्बत नहीं करतीं मगर इस सामान से भला इतनी चिढ़ क्यों? वह सारा सामान तो तुम्हारी अपनी पसंद का है?"

हकबकाई-सी चांदनी मुंह फाड़े टेडी बियर को देखती रह गई। उस टेडी बियर को जो अब इतना मासूस नजर आ रहा था जैसे उसने कुछ कहा ही न हो। जबकि चांदनी को तो उसके मुंह से निकली आवाज भी चक्रेश की ही लगी थी। मुट्ठियां भींचे वह पलंग के नजदीक पहुंची। नजर सिर्फ और सिर्फ टेडी बियर पर ही केंद्रित होकर रह गई थी। जबड़े कसे हुए थे। चेहरा सुलग रहा था जर्रे-जर्रे पर ऐसे भाव जैसे–सामने बेजान टेडी बियर नहीं, चक्रेश हो। साक्षात् चक्रेश। उसने एक जोरदार ठोकर टेडी बियर में जमाई।

वह हवा में लहराया।

कमरे की एक-एक दीवार से टकराया।

फर्श पर गिरा और कहने लगा–"आई लव यू चांदनी। आई लव यू।"

शीतल खिलखिलाकर हंस पड़ी।

चांदनी कुछ और बौखला गई। अर्ध विक्षिप्त वाली अवस्था हो गई उसकी। झपटकर टेडी बियर के नजदीक पहुंची। दांत भींच एक ठोकर जमाई। टेडी बियर उछलकर दूसरी जगह पर गिरा। कह वह अभी बराबर यही रहा था–"आई लव यू चांदनी। आई लव यू।"

"एक बार नजर आ जा मुझे! चांदनी गुर्राई–"तेरा गला न दबा दूं तो मेरा नाम चांदनी नहीं?"

⅄

अब तो शीतल को भी चांदनी की हालत पर तरस आने लगा था।

इतना तो वह समझ ही रही थी–चक्कर है प्यार, मुहब्बत का ही। पढ़ाई तो केवल बहाना है, असल में चांदनी को यहां चक्रेश से परेशान होकर भेजा गया है। उसने खुद चांदनी को फोन पर चक्रेश से कहते

सुना था–"तेरा मुंह नोंचे बगैर आना तो मैं भी नहीं चाहती थी। पापा की जिद के कारण आना पड़ा।"

जाहिर था–इस चक्कर को चांदनी अपने साथ इंडिया से ही लेकर आई है।

मगर।

वह चक्रेश से इतनी नफरत क्यों करती है? ठीक उतनी ही नफरत जितना चक्रेश उसका दीवाना है। यह सवाल बार-बार शीतल के दिमाग में कौंधता था।

जवाब के लिए बेचैन थी। बता केवल चांदनी सकती थी और चांदनी को वह बता पाने की अवस्था में पा नहीं रही थी। 'चक्रेश' का नाम आते ही इस कदर भड़क उठती थी वह कि बात आगे बढ़ ही नहीं पाती थी? शुरू में उसने सोचा था–मामला वही है जो प्यार-मुहब्बत के दरम्यान अवसर होता है।

चक्रेश और चांदनी एक-दूसरे से प्यार करते होंगे। मामा को चक्रेश पसंद नहीं होगा। फिर किसी बात को लेकर चांदनी और चक्रेश में भी झगड़ा हो गया होगा। वैसा ही झगड़ा जैसे प्यार करने वालों में अक्सर होता रहता है। रूठकर चांदनी यहां यानी कनाडा आ गई होगी। मनाने चक्रेश भी चला आया।

मगर नहीं।

धीरे-धीरे शीतल को लगा–मामला इतना सामान्य नहीं है।

चांदनी में तो चक्रेश के प्रति प्यार का एक छोटा-सा जर्रा तक नजर नहीं आया था।

फिर . . . फिर ये चक्कर क्या है?

कौन है चक्रेश? क्यों चांदनी के पीछे पड़ा हुआ है?

शीतल यह सब जानना चाहती थी। चांदनी को बता पाने की स्थिति में नहीं पाया तो सोचा–पहले चांदनी को नॉर्मल किया जाए। उसके बाद ही कुछ बता पाएगी।

सो, आज वह उसे उसका दिल बहलाने के लिए डिस्कोथ में ले आई थी।

हमेशा की तरह बहुत ही हंगामाखेल माहौल था वहां।

नशे में चूर लड़के-लड़कियां मस्त होकर फ्लोर पर नाच रहे थे।

अपने लिबास तक का होश नहीं था उन्हें।

यह भी जरूरी नहीं था जिस्म 'डीजे' की धुन पर ही थिरक रहे हों। मतलब अपने साथी के साथ जिस्म को मटकाते बल्कि झटके देते रहने से था। बहुत शोर था वहां एक तो डीजे की धुन पर ही थिरक रहे हों। मतलब अपने साथी के साथ जिस्म को मटकाते बल्कि झटके देते रहने से था। बहुत शोर था वहां एक तो डीजे का शोर। ऊपर से नशे में धुत्त लड़के-लड़कियों का शोर।

सच्चाई ये है कि चांदनी का मन 'यहां' भी नहीं लग रहा था।

एक सीट पर वह गुम-सुम जा बैठी थी।

शीतल ने कई बार फ्लोर पर चलने के लिए कहा–चांदनी ने इंकार कर दिया।

फिर अचानक डीजे शांत हो गया। लड़के-लड़कियों के उछलते कूदते जिस्म रुक गए। डीजे पर शायद धुन चेंज की जा रही थी। यह 'गैप' भी लड़के-लड़कियों को नागवार गुजरा। वे जोर-जोर से सीटियां बजाने लगे। तभी चांदनी के कानों में एक मर्दानी आवाज पड़ी–"एक्स-क्यूज मी।"

चांदनी ने चौंककर आवाज की दिशा में देखा।

एक यह घनी दाढ़ीवाला, सांवला लड़का था। बाल किसी लड़की के बालों की तरह लंबे थे।

आंखें सूर्ख। गाल पर चाकू के पुराने जख्म का चीरा।

चांदनी को वह पहली ही नजर में नहीं जंचा। देखने मात्र से 'गुंडा' लग रहा था।

"मेरा नाम जगबीर है। लड़कियां प्यार से जंगा कहती हैं।"

"तो?"

"काफी देर से देख रहा हूं आप बहुत खामोश हैं। चुप-चुप।"

"आपसे मतलब?"

"कम-से-कम यहां इस माहौल में किसी का चुप-चुप रहना बिल्कुल पसंद नहीं है। कोशिश तो कीजिए एंजॉय करने की। आपका दिल जरूर बहल जाएगा। आईए! डांस कीजिए मेरे साथ।" कहते हुए उसने बेहिचक चांदनी का हाथ पकड़ लिया था।

"ऐ मिस्टर!" चांदनी गुर्राई–"हाथ छोड़ो मेरा।"

"कमॉन यार।" कहने के साथ वह उसे खींचने की कोशिश करने लगा।

"जंगा!" शीतल ने दांत पीसकर कहा था–"ये यहां भले ही नई आई हो मगर मैं तुझे अच्छी तरह जानती हूं। और अब तू भी जान ले मेरे बारे में। मैं मामचंद श्रीवास्तव की बेटी हूं।"

"ओह! . . . वह कार डीलर?"

"हां! वह कार डीलर। शायद जानता होगा–इलाके का एसीपी मेरे पापा का दोस्त है। उसे तेरी इस हरकत के बारे में बता दिया जो जेल के अंदर होगा।"

"मगर किया क्या है मैंने?"

"हाथ छोड़ चांदनी का।"

"ओह! तो चांदनी है इसका नाम?"

शीतल एक झटके से खड़ी होती चीखी–"तू हाथ छोड़ रहा है या नहीं?"

"फालतू में इतनी गर्म हो रही है यार तू।" जंगा ने कहा–"डिस्कोथ में किसी को अपने साथ डांस करने के लिए कहना कौन-सा गुनाह है।"

"यह केवल मेरे साथ डांस कर सकती है।" यह आवाज चांदनी के पीछे से उभरी, उसने महसूस किया आवाज चक्रेश की है। अभी ठीक से कोई प्रतिक्रिया भी व्यक्त नहीं कर पाई थी कि एक मजबूत कलाई उसके पीछे से प्रकट हुई। बलिष्ठ हाथ ने जंगा का गिरेबान पकड़ा और खींचकर एक तरफ फैंक दिया।

कुर्सी से उछलता हुआ जंगा फर्श पर जा गिरा था।

वहां मौजूद जंगा के सात-आठ गुर्गे जल्दी से झपटकर उसके चारों तरफ इकट्ठे हो गए।

जंगा उछलकर तेजी से खड़ा हो गया था।

इधर, चक्रेश को अचानक अपने इतने नजदीक पाकर चांदनी भौंचक्की रह गई।

वह मुस्कुरा रहा था।

चांदनी की हालत ऐसी थी जैसे हिरनी ने अचानक शेर को अपने-सामने देख लिया हो।

न कुछ बोल पाई, न हिल-डुल सकी।

अवाक् थी वह।

जिस सोच में थी उसी में रह गई।

"मैंने ठीक कहा था चांदनी, तुम केवल मेरे साथ डांस कर सकती हो।" चक्रेश ने कहा।

"तू?" चांदनी के अंदर भरा सारा लावा एक साथ फूट पड़ा–"तू यहां भी!"

जंगा उस वक्त अपने गुर्गों के साथ चक्रेश पर झपटने की तैयारी कर ही रहा था जब उसने चांदनी को चक्रेश पर गुर्राते देखा। दोनों हाथ फैलाकर उसने अपने गुर्गों को चक्रेश पर झपटने से रोका।

उस चक्रेश पर जिसने अपने मस्त स्टाइल में चांदनी से कहा था–"यह तो तुम्हें सोचना ही नहीं चाहिए था कि जहां तुम होगी वहां चक्रेश नहीं होगा।"

"कुत्ते! कमीने!! जलील!!!" चांदनी नाम का ज्वालामुखी फट पड़ा–"मैं तो इंतजार ही कर रही थी तेरे सामने आने का।" कहने के साथ जो उसका हाथ घूमा तो–

'चटाक।'

एक जोरदार थप्पड़ की आवाज पूरे डिस्कोथ में गूंज गई।

चांदनी के हाथ का थप्पड़ चक्रेश के गाल पर पड़ा था।

एक पल को तो सन्नाटा छा गया चारों तरफ।

मगर।

बस एक ही पल का सन्नाटा था वह।

अगले पल चक्रेश का हाथ घूमा।

वातावरण में एक और चांटे की आवाज गूंजी।

यह चांटा चांदनी के गाल पर पड़ा था।

कहां चक्रेश! कहां चांदनी।

एक ही चांटे में वह मुंह से चीख निकालती, फिरकनी की तरह फर्श पर जा गिरी थी।

परंतु, वह फुर्ती के साथ उठी। इतनी फुर्ती के साथ कि कोई यह तक न जान सका, कब गिरी और कब खड़ी हो गई। केवल खड़ी ही नहीं हो गई थी वह बल्कि दांत किटकिटाती हुई खतरनाक बिल्ली की तरह, अपने लंबे-लंबे नाखूनों वाले पंजे फैलाए चक्रेश पर झपटी।

अजीब करेक्टर था चक्रेश।

इस बार उसके हाथ का जोरदार चांटा चांदनी के दूसरे गाल पर पड़ा।

एक बार फिर मुंह से चीख निकालती हुई चांदनी गिरने जा रही थी मगर इस बार चक्रेश ने उसे गिरने भी नहीं दिया। झपटकर बाएं हाथ से उसके बाल पकड़े और उसके चेहरे को अपने चेहरे के बेहद नजदीक लाकर एक-एक शब्द को चबाता हुआ गुर्राया–"मुहब्बत का मतलब यह नहीं कि मैं तुम्हारी बेहूदगी बरदाश्त कर सकता हूं।"

अपने बाल खिंचे होने के कारण चांदनी के चेहरे पर पीड़ा के भाव थे।

चक्रेश की हरकत ने शीतल सहित सभी को हैरान कर दिया था।

चांदनी उसी पोजीशन में चीखी–"मैंने कब कहा कि मैं तुमसे मुहब्बत करती हूं?"

"और मैंने कब कहा तुम्हें मुझसे मुहब्बत है?" पूरी बेरहमी के साथ बालों को झटका देकर चक्रेश उससे कहीं ज्यादा जोर से चीखा था–"मैंने कब हाथ में कटोरा लेकर तुमसे प्यार की भीख मांगी। मैं गिड़गिड़ाने वालों में से नहीं हूं चांदनी डार्लिंग, अपना हक छीन लेने वालों में से हूं। मैं जानता हूं, लड़कियों के तलवे चाटने वालों को उनकी मुहब्बत नहीं सहानुभूति मिलती है। ऐसे लड़कों पर तरस खाती है तुम जैसी मगरूर लड़कियां। और मैं जो तुम्हारे पीछे पड़ा हूं–मुझे तुम्हारी मेहरबानियां नहीं, तुम्हारी कृपा नहीं। मुहब्बत चाहिए! मुहब्बत!"

चांदनी एक झटके से खुद को छुड़ाती हुई चिल्लाई–"मुहब्बत! और तुझ जैसे जानवर से! थूकती हूं मैं तुझ पर! थूकती हूं!"

"संभालो जानेमन! रोक सकती हो तो रोको खुद को। पहली और दूसरी सीढ़ी के बीच ही भटक रही हो अभी तुम। तुम्हें याद होगा मैंने कहा था–प्यार का एक नाम नफरत भी है। वाह! इतनी नफरत! मैं तो निहाल हो गया।"

जगवीर ने झपटकर चक्रेश की कलाई पकड़ ली। उसके सामने आता बोला–"लड़कियों पर हाथ उठाने का बड़ा शौक है तुझे।"

जवाब में चक्रेश के दूसरे हाथ का घूंसा उसके चेहरे पर पड़ा।

चक्रेश की कलाई उसके हाथ से स्वतः निकल गई।

एक चीख के साथ वह दूर जा गिरा।

मगर।

उसके साथी चारों तरफ से चक्रेश पर झपट रहे थे।

उसके बाद जो धमा चौकड़ी वहां मची वह देखने लायक थी।

एक बार फिर चांदनी ने चक्रेश को ठीक उसी तरह बिजली के पुतले में चेंज होते देखा। जैसे अपने बंगले के लॉन में देखा था। लड़के-लड़कियों की भीड़ तमाशाई बनी उस उठा-पटक को देख रही थी। जगवीर के चमचों को धूल चटाने में चक्रेश को पांच मिनट से ज्यादा नहीं लगे थे। जगवीर ने जब महसूस किया वह अकेला रह गया है तो जेब से एक झटके के साथ चाकू निकाल लिया।

चाकू 'किल्क' की आवाज के साथ खुला।

सभी सहम गए थे।

चक्रेश खुद को उसका मुकाबला करने की पोजीशन में लाया।

ऐसा चाहने वाली वहां अकेली चांदनी थी कि जगवीर चक्रेश को अपने चाकू से चीर डाले। बाकी सबकी यहां तक कि शीतल की सहानुभूति भी चक्रेश के साथ थी। बहुत ही अनोखा लड़का लगा था वह उसे।

"बहुत दिन से मेरा चाकू खून का प्यासा था।" कहने के साथ जगवीर गुस्साए सांड की तरह चाकू संभाले चक्रेश पर झपटा। चक्रेश . . . वह चक्रेश जो पहले ही से उसके हर हमले का मुकाबला करने के लिए तैयार था, न केवल हल्का-सा पैंतरा बदलकर खुद को बचा गया बल्कि उसके बूट की ठोकर जगवीर के नितम्बों पर पड़ी।

एक चीख के साथ वह टेबल के नीचे घुस गया।

चक्रेश ने उस पर जम्प लगाई मगर तब तक वह पलट चुका था।

इसमें शक नहीं, अगर ऐन वक्त पर चक्रेश उसकी चाकू वाली कलाई को न जकड़ लेता तो चाकू का फल उसके पेट में घुस जाता। कुछ देर तक वहीं यानी मेज के नीचे दोनों में संघर्ष होता रहा। किन्तु, चक्रेश ने उसकी चाकू वाली कलाई इतनी जोर से उमेठी कि हड्डी टूटने से बचाने के लिए उसे पलट जाना पड़ा।

चक्रेश के पंजे में फंसी जगवीर की कलाई समकोण-सा बनाती हुई उसकी पीठ पर जा चिपकी थी।

चाकू हाथ से निकलकर फर्श पर गिर गया।

मगर।

उस क्षण एक हरकत जगवीर ने भी की।

उसने अपने बूट की ठोकर चक्रेश के गुप्तांग पर मारी थी।

होंठों से चीख निकालता चक्रेश दूर जा गिरा।

मौका मिलते ही जगवीर न केवल उछलकर खड़ा हो गया बल्कि फर्श पर पड़े चक्रेश पर जम्प भी लगा दी।

चक्रेश तेजी से करवट बदलकर एक तरफ हट चुका था।

जगवीर मुंह के बल फर्श पर गिरा।

इस तरह एक बार फिर दोनों में जमकर हाथापाई शुरू हो गई। दोनों जख्मी हो चुके थे। जगवीर तो कुछ ज्यादा ही लहू-लुहान था। दो मिनट बाद–जब चांदनी ने महसूस किया, जगवीर कमजोर पड़ रहा है और अपने चमचों की तरह धराशायी होने वाला है तो लपककर दोनों के बीच में आ गई। यह कहा जाए तो गलत नहीं होगा कि वह जगवीर की ढाल बन गई थी।

फाईनल वार करने के हवा में उठा चक्रेश का हाथ उठा का उठा रह गया।

चेहरे पर घृणा का सागर और आंखों में नफरत की चिंगारियां लिए वह चक्रेश की तरफ देख रही थी।

उसे यूं, जगवीर की ढाल बनी देखकर चक्रेश के खून सने होंठों पर मुस्कान दौड़ गई। अपना हवा में उठा हाथ ढीला करके नीचे गिराता हुआ बोला–"मैं अपने रास्ते में आई चट्टानों को रौंदता हुआ आगे निकल सकता हूं मगर . . . मगर ये चट्टान मुझसे नहीं गिरेगी।"

चांदनी ने पलटकर जगवीर की कलाई पकड़ी और डिस्कोथ के दरवाज़े की तरफ बढ़ गई।

उसके साथ बढ़ रहे जगवीर ने पलटकर कहा–"देख लूंगा हरामजादे! देख लूंगा तुझे!"

चक्रेश के होंठों पर धिक्कारपूर्ण मुस्कान थिरक कर रह गई।

"अरे! उसके साथ कहां जा रही है चांदनी?" कहती हुई शीतल उसके पीछे दरवाज़े की तरफ लपकी, फिर जाने क्या सोचकर हड़बड़ाकर रुकी। पलटी। लपककर चक्रेश के नजदीक आई। हाथ आगे बढ़ाती हुई बोली–"मर्द का बच्चा पहली बार देखा है मैंने। हाथ मिलाओ। वंडर

ब्वाय। और इसी तरह लगे रहो–कामयाबी जरूर मिलेगी।"

मुस्कुराते हुए चक्रेश ने उसकी तरफ हाथ बढ़ा दिया।

शीतल ने उससे बहुत ही गर्मजोशी के साथ हाथ मिलाया था।

⅄

"वाह! क्या लड़का है। बल्कि लड़का नहीं वंडर ब्वाय। बंडर ब्वाय कहना चाहिए उसे।" दीवानगी के आलम में शीतल कहे चली जा रही थी–"आश्चर्यजनक लड़का। क्या दीवानगी थी उसके हर अंदाज में। काश! ये दीवानगी किसी ने मेरे लिए दिखाई होती। मेरे गालों पर चांटे जड़े होते किसी ने।"

"क्या करती तू?" बुरी तरह किलसी हुई चांदनी ने पूछा।

"झपटकर मुंह चूम लेती कम्बख्त का।" शीतल ने तपाक से कहा–"उल्टी पीछे पड़ जाती। कहती–तुझे मुझ ही से शादी करनी पड़ेगी। नहीं करेगा तो सुसाईड कर लूंगी।"

"ओके।" चांदनी भिनभिना रही थी–"अब की बार जब वह मिले तो तू उसे चांटा मारना। पलटकर जब वह चांटा मारे तो।"

"नहीं।" शीतल मायूस स्वर में कह उठी–"मैं जानती हूं। वह तेरे अलावा किसी को चांटा नहीं मारेगा। तुझसे बेइंताह मुहब्बत जो करता है जालिम।"

"जिससे मुहब्बत हो उसके गाल पर चांटे मारे जाते हैं?" चांदनी बिफर पड़ी–"बाल पकड़कर खींचे जाते हैं उसके?"

शीतल उसके नजदीक, बेहद नजदीक सरक आई। चांदनी के गालों को देखा। उसके कोमल गालों पर अभी तक चक्रेश की अंगुलियों के निशान उपड़े हुए थे। अपने दाएं हाथ से उसके दाएं गाल को सहलाती हुई, उसकी आंखों में झांकती बोली–"याद रखना चांदनी, लड़कियों की मुहब्बत हासिल करने के लिए दुम दबाए उनका पीछा करने वाले। प्यार पाने की खातिर गिड़गिड़ाने वाले। हमारे तलवे चाटने वाले कुछ टाइम के लिए हमारी 'ईगो' भले ही शांत कर दें मगर पति बनने लायक बिल्कुल नहीं होते। गर्व करने लायक पति वह होता है जो पत्नी के पैर की जूती नहीं, सिर का ताज बनकर रहने की कूवत रखता हो। कभी

मन को टटोलना अपने–लडकी को गुलाम की नहीं, अपने ऊपर शासन कर सकने वाले जियाले की जरूरत होती है। पति वह अच्छा होता है, जिसका कद हर हाल में पत्नी से निकलता हुआ हो।"

चांदनी ने कुछ कहने के लिए मुंह खोला ही था कि–

"क्या बात है, आज लड़कियों पर पतियों पर रिसर्च हो रही है।"

दोनों ने चौंककर दरवाज़े की तरफ देखा।

मामचंद और मंशादेवी ने अभी-अभी कमरे में प्रवेश किया था।

शुरू में दोनों हड़बड़ा गई मगर शीतल ने जल्दी ही खुद को नियंत्रित कर लिया। सीधी मंशादेवी से मुखातिब होती बोली–"अच्छा तुम बताओ मम्मी, पति को दब्बू होना चाहिए या दबंग?"

"मुझे क्या पता?" मंशादेवी ने कनखियों से मामचंद की तरफ देखते हुए कहा–"मैं तो इन्हें जानती तक नहीं।"

"मैं ही कौन-सा इसे जानता हूं।" कहने के बाद मामचंद ने मंशादेवी की तरफ से मुंह घुमा लिया।

चांदनी और शीतल हैरान रह गई।

चांदनी ने तो पूछ ही लिया–"आप एक-दूसरे को नहीं जानते?"

"न . . ." दोनों ने एक साथ कहा।

चांदनी पर कुछ कहते नहीं बन पड़ा था कि तभी कमरे में दाखिल होता गुटकू बोला–"मम्मी-पापा एक-दूसरे को इसलिए नहीं जानते क्योंकि आज इनका 'अंजान व्रत' है।"

बात समझ में आते ही चांदनी खिलखिलाकर हंस पड़ी थी।

अभी वह हंस ही रही थी कि–

सड़क पर टायरों की चीख-चिल्लाहट की आवाज आई।

ऐसी आवाज जैसे किसी एक्सीडेंट को बचाने के लिए किसी गाड़ी के ब्रेक जोर से मारे गए हों।

अनजाने में वहीं वे सभी बाल्कनी की तरफ लपके।

देखा–सड़क पर सामने वाले घर के ठीक सामने काले रंग की एक बेहद लंबी गाड़ी खड़ी थी।

उस गाड़ी को वे ही नहीं बल्कि सभी पड़ोसी अपनी-अपनी बाल्कनियों में खड़े देख रहे थे। शायद सभी को टायरों की आवाज बाहर खींच लाई थी। उन्होंने देखा–कुछ लोग गाड़ी से फर्नीचर

निकालकर सामने वाले घर में ले जा रहे थे।

"शायद कोई किरायेदार आ गया है।" मामचंद कह उठा–"सामने वाला घर पंद्रह दिन से खाली पड़ा था।"

"पड़ोसी अच्छा होना चाहिए।" मंशादेवी बड़बड़ाई–"जरा भी खराब हो तो पड़ोसियों का जीवन नर्क बना देता है।"

इससे पहले कि कोई कुछ कह पाता गाड़ी का ड्राईविंग डोर खुला।

एक लंबा शख्स बाहर आया।

उसके जिस्म पर चमकदार जूते, गर्म पैंट, ओवरकोट और हैट था। ओवरकोट के कॉलर खड़े थे। हैट का अग्रिम सिरा चेहरे पर झुका था। काफी कोशिश के बावजूद वे उसकी शक्ल नहीं देख सके।

बहुत तेजी के साथ वह गाड़ी से निकलकर सामने वाले घर में चला गया।

"मुझे तो वह कोई किलर लगता है।" गुटकू हड़बड़ा उठा–"शायद डॉन का कोई साथी।"

कोई कुछ नहीं बोला। अजीब-सी खामोशी छाई रही उनके बीच।

शीतल ने चांदनी की तरफ देखा। होंठों पर शरारती मुस्कान उभर आई थी। बोली–"मुझे तो वही लगता है। पट्ठा सामने वाले घर में ही आ जमा। अगर ये सच है तो–वाह! क्या दीवानगी है।"

चांदनी के चेहरे पर हवाईयां उड़ती नजर आ रही थी।

⅄

"ये लीजिए मिस्टर मामचंद।" एक अमेरिकी ने सूटकेस मेज पर रखकर खोलते हुए कहा–"मर्सडीज मेरी हुई। अब जल्दी से गाड़ी के काग़ज़ात तैयार करा दीजिए। मुझे अपनी गर्ल फ्रैंड से मिलने जाना है।"

मामचंद ने बड़ी हसरत से सूटकेस में मौजूद डॉलर्स की गड्डियों को देखते हुए कहा–"पेमेंट पूरा है न?"

"एकदम पूरा।" उसने सूटकेस से गड्डियां निकाल-निकालकर मेज पर रखते हुए कहा–"आप गिन सकते हैं।"

"क्या बात कर रहे हो मिस्टर जेम्स। भला गिनने की जरूरत कहां है। कहने के साथ मामचंद ने इंटरकॉम पर अपने एक कर्मचारी को 'मियामी

गोल्ड कलर' की मर्सडीज के काग़ज़ तैयार करने का हुक्म दिया।"

शोरूम काफी बड़ा था।

सभी किस्म की गाड़ियां मौजूद थी वहां।

मामचंद का बिजनेस बहुत बढ़िया चल रहा था। इसीलिए तो उसने दस साल में एक बार भी इंडिया का रुख नहीं किया था। उसने जेम्स से कहा–"बस आप एक पेप्सी पिएं। इतनी देर में काग़ज़ तैयार हो जाएंगे।"

पेप्सी पीते जेम्स ने समय गुजारने के लिए यूं ही पूछ लिया–"मेरे अलावा कोई और कस्टमर नजर नहीं आ रहा मिस्टर मामचंद। आप हफ्ते में कितनी गाड़ियां बेच लेते हैं?"

मामचंद ने जवाब देने के लिए मुंह खोला मगर फिर बगैर कुछ कहे बंद कर लिया। उसके चेहरे पर दुविधा के भाव उभर आए थे। जेम्स उन्हें मार्क करता बोला–"क्या बात मिस्टर मामचंद! आप अचानक इतने परेशान क्यों नजर आने लगे?"

"कुछ नहीं। कोई खास बात नहीं मिस्टर जेम्स।" उसने बौखलाकर कहा।

"कुछ तो है जिसकी आप पर्देदारी कर रहे हैं।" जेम्स मुस्कुराया– "मेरे सवाल का जवाब भी नहीं दिया। मैंने पूछा था–एक बार में आप कितनी गाड़ियां बेच लेते होंगे?"

"प्लीज मिस्टर जेम्स।" मामचंद गिड़गिड़ाया–"मेरा मुंह मत खुलवाइए।"

जेम्स को आश्चर्य हुआ। बोला–"इसमें इतना परेशान होने की क्या जरूरत है?"

"जरूरत है मिस्टर जेम्स। झूठ आज मैं बोल नहीं सकता। और सच बोल दिया तो . . ."

"तो?"

"आप बगैर गाड़ी खरीदे यहां से भाग जाएंगे।"

"क्यों भाग जाऊंगा।" जेम्स की बुद्धि उलट गई–"बात कुछ समझ में नहीं आई।"

"सर, झूठ मैं आज इसलिए नहीं बोल सकता क्योंकि आज मेरा 'सच्चा व्रत' है। चाहे जितना नुकसान हो जाए–बोलना सच ही है। मेरी अर्धांग्नी का कहना है कि व्रत के रखने से व्यापार दिन-दूना रात

चौगुना बढ़ता है।

"मगर मैंने तो ऐसी कोई बात पूछी ही नहीं मिस्टर मामचंद जिसके लिए आपको झूठ बोलने की जरूरत पड़े। समय गुजारने के लिए बहुत ही सिंपिल क्वेश्चन किया है। इस हफ्ते में एक भी गाड़ी न बेचते हों या एक हजार बेच देते हों। भला मुझ पर क्या फर्क पड़ने वाला है। कुछ गेन होता होगा तो आपको, नहीं होता होगा तो आपको।"

"पड़ जाएगा मिस्टर जेम्स।" मामचंद ने मुट्ठियां भींचकर कहा–"आप पर भी फर्क पड़ जाएगा।"

मारे हैरत के जेम्स का बुरा हाल हो गया था। बोला–"आपने बेवजह इस सवाल को इतना इम्पॉर्टेंट बना दिया है मिस्टर मामचंद। अब तो बता ही दीजिए आप हफ्ते में कितनी गाड़ियां बेच लेते हैं?"

"रहने दीजिए मिस्टर जेम्स। मुझे झूठ ही बचा सकता है और झूठ मैं आज बोल नहीं सकता।"

"और अब।" जेम्स बोला–"मैंने फैसला किया है–अगर आपने मेरे सवाल का जवाब नहीं दिया तो मैं ये गाड़ी नहीं खरीदूंगा।"

"उफ्फ!" मामचंद की हालत ऐसी थी जैसे बेहद कष्ट से गुजर रहा हो–"मुझे मजबूर मत कीजिए मिस्टर जेम्स।"

"आप बता रहे हैं या मैं किसी और शोरूम में जाऊं?" कहने के साथ उसने एक गड्डी उठाकर सूटकेस में डाल ली।

"ठहरो! ठहरो मिस्टर जेम्स। बताता हूं।" मामचंद ने इस तरह कहना शुरू किया जैसे पुलिस टॉर्चर से आजिज आकर मुजरिम सच्चाई बताने पर मजबूर हो गया हो–बात दरअसल ये है मिस्टर जेम्स, एक महीने पहले तक मैं एक हफ्ते में करीब सौ गाड़ियां बेच दिया करता था मगर पिछले चार हफ्ते में इक्का-दुक्का ग्राहक ही आए हैं।"

"ऐसा क्यों?"

"बिजनेस प्रतिद्वंद्विता। लोग अपना धंधा बढ़ाने के लिए आज ओछे से ओछा हथकंडा अपनाने लगे हैं। आप जानते ही होंगे बराबर की सड़क पर एक और शोरूम है। था तो वह पहले भी मगर पिछले महीने उसने कुछ ऐसी अफवाह उड़ाई कि कस्टमर्स ने मेरे शोरूम की सीढ़ियां चढ़ना ही बंद कर दिया।"

"ऐसी क्या अफवाह उड़ाई उसने?"

"यह कि जो भी मुझसे गाड़ी खरीदता है वह अपनी उसी गाड़ी के एक्सीडेंट में मारा जाता है।"

"क्या?" जेम्स चिहुंका।

"जी।" मामचंद रोने को तैयार था।

"पर क्या यह सच है। एक्सीडेंट हुए हैं?"

"उफ्फ!" मामचंद कसमसाया–"मैं फिर झूठ नहीं बोल सकता।"

"जवाब दीजिए मिस्टर मामचंद!"

मामचंद ने इस तरह कहा जैसे कहते वक्त दिल पर बहुत जोर पड़ रहा हो–"हां! दुर्भाग्य से हुए तो हैं कुछ हादसे। मगर आप ही सोचिए मिस्टर जेम्स। भला ऐसा भी क्या अंधविश्वास? जो मर गए, उन्हें तो मरना ही था। भला मेरा या मेरे शोरूम का क्या कसूर है इसमें? वे जहां से भी गाड़ी लेते, मारे ही जाते। भला ऐसा भी कहीं होता है . . ."

वह सफाई देता चला जा रहा था और जेम्स उसके चेहरे को देखता जल्दी-जल्दी गड्डियां मेज से उठा-उठाकर सूटकेस में डालता जा रहा था। मामचंद उस समय भी चालू ही था। जब जेम्स सूटकेस बंद करके केबिन के दरवाज़े की तरफ बढ़ गया। मामचंद उसे आवाज देता रह गया। उसके पीछे लपकने की भी कोशिश की मगर जेम्स रुका नहीं।

अंततः मामचंद ने अपने दोनों हाथ 'धप्प' से अपने सिर में मारे और कोहनियां मेज पर टिकाकर कुर्सी पर गिरकर बड़बड़ाया–"मंशा रानी, तेरा ये सच्चा व्रत व्यापार को दिन दूना रात चौगुना तो क्या बढ़ाएगा, रात दूनी, दिन चौगुना अंधियारा जरूर कराएगा। साला एक मरा था, वह भी उठकर भाग गया।"

"मगर मैं भागने वाला नहीं हूं।" एक आवाज कानों में पड़ी।

मामचंद ने चेहरा ऊपर उठाया।

मेज के नजदीक गुलाबी होंठ और ब्राऊन आंखों वाला लड़का खड़ा था।

"तुम कौन हो भैया?"

"चक्रेश!" उसने कहा।

"मेरा दिमाग मत चाटो।" मामचंद ने कहा–"अपना चक्कर कहीं और जाकर चलाओ।"

वह मेज के उस तरफ पड़ी कुर्सी पर बैठ गया। उसी कुर्सी पर जिस

पर कुछ देर पहले जेम्स बैठा था। बहुत ही गहरी मुस्कान के साथ बोला–"मेरा चक्कर अब आपके बगैर आगे नहीं बढ़ेगा।"

"क्या मतलब?"

"एक गाड़ी चाहिए मुझे।" कहने के साथ उसने अपने हाथ में मौजूद सूटकेस मेज पर रखकर खोल दिया।

डॉलर्स के नए नोटों की गड्डियों से भरा पड़ा था। मामचंद ने ललचाई नजरों से गड्डियों को घूरा। फिर ऐसी मुद्रा बनाई जैसे वह उनके मोह में न पड़ना चाहता हो। बड़बड़ाया–"नहीं! ये मेरे नहीं हो सकते।"

"ऐसा क्यों सोचते हैं आप?"

"देखो! मिस्टर चक्रेश, मेरा टाईम कीमती है। उसे बरबाद मत करो। बगल वाली सड़क पर एक शोरूम है। वहीं चले जाओ। गाड़ी खरीदनी है तो वहीं से खरीदो।"

"क्यों?"

"क्योंकि आज मैं झूठ नहीं बोल सकता। कल बोल सकता हूं। कल ही से अपना धंधा जमाने की कोशिश करूंगा।"

"भला धंधे से झूठ-सच बोलने का क्या संबंध है?"

"संबंध है यार। भेजा मत चाटो। तुम्हारी समझ में नहीं आएगा। अटैची उठाओ और चलते-फिरते नजर आओ। उससे क्या फायदा कि यही काम तुम तब करो जब गाड़ी के काग़ज़ बनने लगें।"

"मेरी समझ में नहीं आ रहा आप कह क्या रहे हैं?"

"जरूरत भी नहीं है समझने की और मैंने भी हरेक को समझाने का ठेका नहीं ले रखा है।" मामचंद के दिलो-दिमाग पर झुंझलाहट सवार थी–"कह दिया सो कह दिया। गाड़ी लेनी है तो बराबर वाली सड़क पर चले जाओ।"

"मुझे गाड़ी आप ही से लेनी है।"

कुछ देर मामचंद चक्रेश को घूरता रहा। फिर बोला–"क्यों मौत को दावत दे रहा है यार?"

"क्या मतलब?"

"मुझसे गाड़ी लेने वाला एक्सीडेंट में मारा जाता है।" मामचंद चीख पड़ा।

चक्रेश बोला–"मैं मरने के लिए तैयार हूं।"

"क्या?" मामचंद का मुंह खुला का खुला रह गया–"घर से परेशान

है क्या?"

"नहीं।"

"फिर मरने क्यों चला आया यहां?"

"मैं अंधविश्वासी नहीं हूं।"

"क्या कहा? क्या कहा तुमने?"

"मुझे उस प्रचार के बारे में मालूम है जो बराबर की गली के शोरूम वाले ने कर रखा है। इसके बावजूद मैं गाड़ी तुम्हीं से लूंगा और एक हफ्ते तक अपने खर्चे से रोज अखबारों में यह विज्ञापन भी छपवाऊंगा कि मैंने तुमसे गाड़ी ली है और आज तक जिंदा हूं। इससे तुम्हारा ग्राहक लौट आएगा।"

"बड़ा मेहरबान लड़का है यार तू। पर ये मेहरबानी मुझ पर कर क्यों रहा है?"

"मैं आप पर मेहरबानी नहीं कर रहा। बल्कि दुनिया में फैला अंधविश्वास मिटा रहा हूं।" कहते वक्त चक्रेश के होंठों पर चालाकी भरी मुस्कान थी–"लोगों को पता तो लगे–ये सब बातें बकवास होती हैं। जो मर गए, उन्हें मरना ही था। उनका आपसे गाड़ी खरीदने का न कोई संबंध था, न है।"

"यही। . . . मैं लोगों को यही बात समझाता-समझाता परेशान हूं।"

"अब अखबारों में रोज मेरा विज्ञापन छपेगा तो यह बात खुद लोगों की समझ में आ जाएगी।"

"तू तो यार फरिश्ता बनकर आ टपका मेरी लाईफ में। कौन-सी गाड़ी चाहिए तुझे?"

"वह . . . रेड कलर की मर्सडीज।"

"अभी देता हूं बल्कि प्रॉफिट छोड़कर देता हूं तुझे।" कहने के साथ उत्साहित होकर वह एक झटके से उठा। घूमकर मेज के दूसरी तरफ पहुंचा और चक्रेश को कुर्सी से उठाकर गले लगा लिया। चक्रेश के होंठों पर वैसी मुस्कान थी जैसी शिकार के जाल में फंसने पर शिकारी के होंठों पर होती है।

‘टन्न।’ मंशादेवी ने मंदिर का घंटा बजाया। उनके हाथ में पूजा की थाली थी। ‘भवन’ में कदम रखा ही था कि एक आवाज कान में पड़ी–“इतने दिन हो गए भगवान मेरी भी सुन ले।”

मंशादेवी ने देखा–यह आवाज एक लड़के की थी। वह उसकी शक्ल न देख सकी क्योंकि लड़का उनकी तरफ पीठ किए, श्रीकृष्ण भगवान की मूर्ति के सामने हाथ जोड़े बहुत ही मार्मिक अंदाज में कह रहा था–“हे मुरली वाले! मुरली बजा। छेड़ दे कोई ऐसी तान कि जिससे मैं प्यार करता हूं उसका दिल भी मेरे लिए मुहब्बत से भर उठे।”

मंशादेवी ने ध्यान से लड़के को देखा।

मगर उसे मानो किसी के द्वारा खुद को देखे जाने का होश ही नहीं था। आंखें बंद किए दीवानगी के आलम में वह कहता चला जा रहा था–“हे रास रचैया, भला तुझसे ज्यादा प्यार कौन समझ सकता है? तूने तो पत्नी को घर में बैठाकर राधा से प्यार किया। एक नहीं अनेक गोपियों के साथ रास रचाया। मेरी गुजारिश तो तुझसे एक सिर्फ एक महबूबा के लिए है। क्या वह भी नहीं देगा तू मुझे? नहीं! तू इतना निर्दयी नहीं हो सकता नंद-लाल? ऐसा गैर इंसाफी भी नहीं हो सकता कि खुद तो हजारों गोपियों के साथ बंसी बजाता घूमे और अपने भक्त को एक। सिर्फ एक महबूबा भी न बख्शे। तू तो जानता है, सर्वव्यापी ठहरा–मैं उसके बगैर नहीं रह सकता। एक बार उसके मन में मेरे लिए प्यार भर दे। मैं सारे जहां की खुशियां उसके कदमों में डाल दूंगा और अगर तूने मेरी न सुनी तो कान खोलकर सुन ले।” अचानक लड़के का लहजा श्रीकृष्ण को चैलेंज देने जैसा हो गया था। वह हाथ जोड़े मूर्ति की तरफ बढ़ा। नजदीक पहुंचा। दोनों हाथ खोलकर मूर्ति के पैर पकड़े और बोला–“अगर वह मुझे न मिली तो तेरे कदमों में सिर पटक-पटककर जान दे दूंगा। ऐसे-ऐसे-ऐसे।”

कहने के साथ वह हर ‘ऐसे’ पर मूर्ति के चरणों में जोर-जोर से सिर पटकने लगा।

जुनूनी-सा नजर आ रहा था वह।

उसके मस्तक से खून बहने लगा।

"अरे! क्या कर रहा है बेटे?" इधर से मंशादेवी लपकीं।

उधर से भवन में कदम रखता पुजारी चीखा–"तू फिर आ गया दीवाने!"

युवक, जो वास्तव में चक्रेश था, ने जैसे दोनों में से किसी की आवाज सुनी ही न हो।

दीवानगी के आलम में वह लगातार अपने सिर का अग्र भाग मूर्ति के चरणों में पटकता उसे लहूलुहान करता रहा।

मंशादेवी और पुजारी ने उसे मुश्किल से मूर्ति के चरणों से अलग किया। पुजारी ने कहा–"रोज आ जाता है ये दीवाना! जाने किसके लिए इस नटखट के चरणों को अपने खून से धोता है।"

"रोज ऐसा ही करता है ये?" मंशादेवी ने कहा।

पुजारी ने बताया–"रोज बेनागा।"

"तू कौन है बेटे?" मंशादेवी ने उसके चेहरे पर बहते खून को देखकर पूछा।

"खुद को तो मैं भूला ही चुका मांजी। मुझे याद ही नहीं मैं कौन हूं। अब तो बस एक ही नाम याद है मुझे।"

"कौन-सा नाम है वह?"

"नहीं।" उसने मूर्ति की तरफ पलटकर कहा–"मैं कृष्ण कन्हैया के सामने कसम खा चुका हूं। अब मैं तब तक किसी को उसका नाम नहीं बताऊंगा जब तक वह मेरे प्यार को स्वीकार नहीं कर लेगी। मेरे लबों से नाम निकलते ही बदनाम हो जाएगी वह और जिससे प्यार करता हूं उसे भला बदनाम कैसे कर सकता हूं। हां, जब वह मुझे स्वीकार कर लेगी तो हजार बार नाम लूंगा। चीख-चीखकर अपने नाम के साथ उसका नाम जोड़ दूंगा।"

"भगवान कृष्ण बड़े दयालु हैं बेटे।" मंशादेवी ने पीछे से उसके कंधे पर हाथ रखकर कहा–"सबकी सुनते हैं। फिर भला तेरी क्यों नहीं सुनेंगे? जो तू इनसे मांगता है, वह जरूर मिलेगा।"

"मांजी।" कहता हुआ वह मंशादेवी की तरफ पलटा। भावुक स्वर में बोला–"होश भी नहीं संभाला था कि मां इस दुनिया में अकेला छोड़कर चल बसी। सुना है–मां का आशीर्वाद मिल जाए तो सात जन्म के पापी भी स्वर्ग में जगह पाते हैं। मां के मुंह से निकले शब्द 'ब्रह्म

वाक्य' होते हैं। आप भी तो मां ही जैसी है मेरी। आशीर्वाद दीजिए मुझे। एक बार कह दीजिए–मेरी महबूबा मुझे मिलेगी।" कहने के साथ वह उनके चरणों में गिर पड़ा।

"अरे-रे रे! क्या कह रहे हो बेटे।" मंशादेवी ने बौखलाकर उसे अपने चरणों से उठाकर गले से लगाते हुए कहा–"बेटों की जगह मां के कलेजे में होती है बेटे। तेरी मनोकामना जरूर पूरी होगी।"

पुजारी मंशादेवी के पीछे खड़ा था।

चक्रेश का चेहरा था उसकी तरफ। मंशादेवी के गले से लगे-लगे उसने अपनी बंद मुट्ठी पुजारी की तरफ बढ़ाई। अगले पल पुजारी उसके हाथ से पांच सौ डॉलर का नोट लेकर अपनी अंटी में ठूंस रहा था।

⅄

रात का वक्त।

चारों तरफ सन्नाटा।

गुटकू चोरों के मानिंद दबे पांव अपने घर से बाहर निकला।

सुनसान पड़ी सड़क पार की और उछलकर सामने वाले मकान की बाऊंड्री वाल पर चढ़ गया।

अगले पल वह बाऊंड्री वाल के उधर यानी सामने वाले मकान के छोटे से लॉन में कूद गया था।

कुछ देर वहीं बैठा आस-पास का निरीक्षण करता रहा। जब पाया–कहीं कोई हलचल नहीं है तो उठा और बिल्ली के मानिंद दबे पांव एक खिड़की की तरफ बढ़ गया। खिड़की ज्यादा ऊंची नहीं थी।

वहां पहुंचकर उसने एक खिड़की के कांच वाले पल्लों पर अपने हाथ का दबाव डाला।

पल्ले खुलते चले गए।

अब गुटकू का दिल जोर-जोर से धड़कने लगा था। उसने दाएं-बाएं देखा। हर तरफ सन्नाटा था। एक ही जम्प में वह खिड़की की चौखट पर चढ़ गया। कमरे के अंदर अंधेरा था। कुछ देर वहीं बैठा रहा। फिर, निक्कर की जेब में हाथ डाला, एक छोटी-सी टॉर्च निकाली। अगले पल वह टॉर्च के छोटे से प्रकाश दायरे की मदद से कमरे का निरीक्षण

कर रहा था। कमरा एकदम खाली था। इस बात ने गुटकू का हौसला बढ़ाया।

चौखट से कमरे में उतरा।

कमरा पार करके उसके दरवाज़े पर पहुंचा।

कुछ देर बंद दरवाज़े से कान लगाए दूसरी तरफ की आवाज सुनने की कोशिश करता रहा।

जब कोई आवाज नहीं आई तो आहिस्ता से दरवाज़ा खोला।

दरवाज़े के पार गैलरी थी।

उसने झांककर देखा–गैलरी में बहुत ही मद्धिम प्रकाश था। वह प्रकाश एक कमरे से निकलकर गैलरी में आ रहा था। कमरे के अंदर तेज रोशनी थी। गैलरी में जो प्रकाश था वह उन प्रकाश किरणों की वजह से था जो किवाड़ और चैम्बर के बीच बनी हल्की-सी दरार के कारण गैलरी में पड़ रही थी।

गुटकू ने टॉर्च वापस निक्कर की जेब में रख ली।

दूसरी जेब से रिवॉल्वर निकाला। बिल्कुल असली नजर आने वाला वह नकली रिवॉल्वर था। अपनी पॉकेट मनी से डॉलर्स बचाकर उसने उसे एक खिलौने की दुकान से खरीदा था मगर उस वक्त ठीक इस तरह अपने हाथ में संभाले रोशनी वाले दरवाज़े की तरफ बढ़ा जैसे बिल्कुल असली हो। उसने डॉन के कई एपीसोड में देखा था–डॉन के आदमी बड़ी चालाकी से नकली रिवॉल्वर को सच्चा साबित करके हालात पर काबू पा लेते थे।

किसी भी किस्म के खतरे का मुकाबला करने के लिए तैयार जैसी मुद्रा में वह दबे पांव ढुके हुए दरवाज़े के नजदीक पहुंचा।

दरार से झांककर अंदर देखा।

ओवरकोट और हैट वाले शख्स की पीठ नजर आई उसे। वह कमरे के फर्श पर पालथी मारे बैठा था। कमरे के फर्श पर यहां-वहां उसे कुछ पटाखे भी बिखरे नजर आए। ठीक वैसे पटाखे जैसे दीवाली पर छुड़ाए जाते थे।

एकाध पान मसाले का डिब्बा भी पड़ा नजर आया।

यह तो गुटकू नहीं समझ सका कि ओवरकोट वाला कर क्या रहा है मगर इतना समझ गया–कर कुछ वैसा ही रहा है जैसा डॉन के आदमी करते हैं।

गुटकू के हाथ की पकड़ रिवॉल्वर पर कस गई। दांत भिंच गए और अगले पल उसने अपने पैर में मौजूद रिबॉक शू की ठोकर बहुत जोर से ढुके हुए दरवाज़े पर मारी। दरवाज़ा 'भड़ाक' की जोरदार आवाज के साथ खुला।

डॉन के आदमी की तरह उछलकर कमरे में आता गुटकू गुर्राया– "हैंड्स अप।"

ओवरकोट और हैट वाले शख्स में हरकत तक नहीं हुई।

गुटकू को आश्चर्य हुआ।

जो कुछ सीरियल्स से उसने देखा था, उसके मुताबिक ओवरकोट वाले को फौरन ही चौंक पड़ना चाहिए था। बहुत तेजी से पलटकर उसकी तरफ देखना चाहिए था और उसके हाथ में रिवॉल्वर देखते ही उसकी फूंक सरक जानी चाहिए थी।

ओवरकोट वाले के चेहरे पर उड़ने वाली हवाईयों को देखने के लिए ही उसने महसूस किया था मगर जब वैसा कुछ नहीं हुआ तो वह चकित रह गया। मगर केवल एक पल के लिए। उससे कभी डॉन के आदमियों को कमजोर पड़ता नहीं देखा था इसलिए पूरे रोद्र रूप में गुर्राया–"सुना नहीं तुमने। हाथ ऊपर उठा लो। वर्ना गोली मार दूंगा।"

ओवरकोट और हैट वाला अभी भी ज्यों का त्यों बैठा रहा।

एक पल के लिए गुटकू के चेहरे पर आश्चर्य के भाव उभरे मगर तभी उसे डॉन का एक और ऐपीसोड़ याद आ गया।

उसमें भी एक शख्स इसी तरह बैठा था। आने वाले ने उसे जीवित समझा था मगर असल में वह मरा हुआ था।

कहीं वह मरा हुआ ही तो नहीं बैठा है?

ऐसा ख्याल दिमाग में आते ही गुटकू का दिल जोर-जोर से धड़कने लगा।

रिवॉल्वर हाथ में लिए तेजी से ओवरकोट वाले की तरफ बढ़ा। नजदीक पहुंचकर उसे घूर के छेड़ा। ओवरकोट वाला एक करवट के बल फर्श पर लुढ़क गया। हैट उसके सिर से उतरकर लुढ़कता चला गया था।

अब जाकर गुटकू को पता लगा–वह तो पुतला था।

"ओह! चाल?" गुटकू के दिमाग में ख्याल कौंधा–"गहरी चाल।"

"अब हाथ तुम्हें ऊपर उठाने पड़ेंगे गुटकू मियां।" आवाज उसके पीछे से उभरी।

गुटकू फिरकनी की तरह दरवाज़े की तरफ घूमा।

ब्राऊन आंखों और गुलाबी होंठ वाला युवक दरवाज़े पर खड़ा मुस्कुरा रहा था। गुटकू ने देखा–उसके हाथ में कोई हथियार नहीं था। ऐसा देखते ही उसने अपने हाथ में मौजूद रिवॉल्वर को ठीक उस ढंग से घुमाया जैसे डॉन घुमाया करता था। उसी के से स्टाईल से बोला–"रिवॉल्वर मेरे हाथ में है मिस्टर, हाथ तुम्हें उठाने पड़ेंगे।"

चक्रेश ने मोहक मुस्कान के साथ कहा–"तुम्हारा रिवॉल्वर असली होता तो जरूर उठा लेता।"

"क्या मतलब?" गुटकू थोड़ा अचकचाया।

"नकली रिवॉल्वर से केवल टीवी सीरियल में दिखाए जाने वाले पुलिसवाले धोखा खाते हैं। असली पुलिसवाले नहीं।"

"तुम पुलिसवाले हो?"

"बस।"

"झूठ बोल रहे हो। मुझे तो डॉन के कोई साथी लगते हो।"

"तब तो मैं तुम्हारा दोस्त हुआ। तुम भी तो खुद को डॉन का आदमी समझते हो?"

"वह गुजरे जमाने की बात हो गई।" गुटकू ठीक किसी बड़े के स्टाईल में बात करता था–"अब मुझे डॉन के आदमियों जैसा नहीं बल्कि उनका सफाया करने वाले इंस्पेक्टर वागले जैसा बनना है।"

"यह परिवर्तन तुममें कब आया?"

"चांदनी दीदी की तालीम के बाद।"

"कौन चांदनी दीदी?"

"जिन्होंने मुझे ये रिबॉक दिलाए हैं। मगर . . ." एकाएक उसे ख्याल आया कि उसे विषय से भटकाया जा रहा है। थोड़े कड़े स्वर में बोला–"इधर-उधर की बातों में उलझाने की कोशिश मत करो मुझे। सीधी तरह जवाब दो–हमारी कॉलोनी में तुम क्या कर रहे हो?"

"मैं यहां एक गुंडे को ठिकाने लगाने आया हूं।"

"तुम . . ."

"यकीन मानो, मैं एक पुलिसमैन हूं।"

गुटकू ने ठीक किसी सीरियल के पात्र की तरह कहा–"अपना कार्ड दिखाओ!"

चक्रेश ने एक कार्ड निकालकर उसके हाथ पर रख दिया। उसके मुताबिक उसका नाम इंस्पेक्टर चक्रेश था। कार्ड देखकर गुटकू कह उठा–"आप तो वाकई सचमुच के पुलिसवाले हैं।"

"तुम्हारी तरह डॉन का नकली आदमी नहीं हूं।" चक्रेश मुस्कुराया।

"तो फिर आप हर समय रहस्यमय आदमी की तरह क्यों रहते हैं? मैं तो उसी दिन से आपकी फिराक में हूं जिस दिन से आप इस घर में आए। इस वक्त यही सोचकर आया था कि शायद डॉन के आदमी हैं–और मैं आपको पकड़कर सारी कॉलोनी का हीरो बन जाऊंगा।"

"हीरो तो मैं तुम्हें बना दूंगा क्योंकि कॉलोनी में सचमुच डॉन का एक आदमी है। मैं यहां उसी के खात्मे के मिशन पर आया हूं। रह भी मैं रहस्यमय तरीके से इसलिए रहा हूं ताकि उसे मेरे पुलिस इंस्पेक्टर होने का इल्म न हो सके।"

"कौन है वह?" जोशवश गुटकू की मुट्ठियां कस गई।

"अभी नहीं बता सकता दोस्त। तुम जानते हो–वक्त से पहले पुलिसवाले कोई भेद नहीं खोलते।" उसे प्रभावित करने के लिए चक्रेश कहता चला गया–"मगर वादा करता हूं–जब वह मरेगा तो सब यही समझेंगे उसे गुटकू ने मारा है। केवल कॉलोनी के ही नहीं, पूरे कनाडा के हीरो बन जाओगे तुम। हम पुलिसवाले नाम नहीं चाहते, केवल काम करते हैं। अपना काम करके उसी तरह चुपचाप निकल जाऊंगा जिस तरह आया हूं मगर बदले में तुम्हें एक वादा करना होगा।"

"कैसा वादा?"

"तुम किसी को भी . . . अपने घर में भी किसी को नहीं बताओगे कि मैं पुलिसवाला हूं।"

"मैं समझता हूं–इस तरह बात फैल जाएगी। डॉन का आदमी सतर्क हो जाएगा।"

"वैरी गुड। अपनी उम्र से कहीं ज्यादा समझदार लड़के हो तुम।"

"सो तो हूं।" गुटकू खुश हो गया–"मगर यहां आपने अपना पुतला क्यों बैठा रखा था?"

"वही करने के लिए, जो हुआ।" चक्रेश ने बताया–"उस वक्त मैं

यहां बैठा अपना काम कर रहा था जब किसी के बाऊंड्री वाल से कूदने की आवाज सुनी। मैं सतर्क हो गया। सोचा–शायद डॉन के आदमी को मेरी कुछ भनक लग गई है। यह पुतला अपने सामान के साथ ऐसे ही किसी मौके से निपटने के लिए लाया था, सो, फौरन ही इसे यहां स्थापित करके खुद छुप गया मगर आने वाला डॉन का आदमी नहीं बल्कि तुम निकले।"

"ओह! . . . मैं समझता रहा किसी ने उस आहट को सुना ही नहीं है।"

चक्रेश केवल मुस्कुराकर रह गया।

गुटकू ने पुनः कहा–"काफी सटीक बात कहते हैं आप।"

"यह सब हमें सिखाया जाता है। जब तुम ट्रेनिंग में होंगे तो तुम्हें भी सिखाया जाएगा।"

"क्या आप मुझे भी पुलिस में भर्ती करा देंगे?"

"जरूर करा दूंगा लेकिन तब जब पढ़-लिखकर इस लायक बन जाओगे।"

"मैं जरूर पढूंगा। मगर . . ."

"मगर?"

"मेरे आने से पहले आप यहां पर क्या कर रहे थे?"

"बम बना रहा था।"

"बम? दीवाली के इन पटाखों से?"

"क्यों नहीं। इनमें एक खतरनाक बम बन सकता है।"

"कैसे भला?"

चक्रेश उसे पटरी पर आता देखकर मुस्कुराया। बोला–"तुम सीखोगे पटाखों से बम बनाना?"

"क्या आप सिखाएंगे?" गुटकू खुश हो गया।

"क्यों नहीं। बहरहाल हम दोस्त बन गए हैं।"

"मैं जरूर सीखूंगा। और अभी सीखूंगा।" कहने के साथ वह लुढ़के हुए पुतले को एक तरफ हटाकर बैठ गया।

चक्रेश के होंठों पर सफलतम मुस्कान थिरक रही थी। वह लगातार अपने प्लान की कामयाबी की तरफ अग्रसर था।

चांदनी ने अपने कमरे से निकलकर लॉबी में कदम रखा ही था कि दिल 'धक्क' से रह गया।

उसके जहन से ही नहीं, सारे जिस्म में चींटियां-सी रेंगने लगीं। ऐसा महसूस हुआ जैसे शिराओं में दौड़ते खून में किसी ने मिर्चें मिला दी हों। आंखें मूर्ति की आंखों की मानिंद पथरा गई थीं।

एक ही जगह स्थिर रह गई थी वह।

चक्रेश पर।

उस पर, जो उसके ठीक सामने सोफे पर बैठा था।

सोफों पर मामचंद, मंशादेवी, शीतल और गुटकू भी बैठे थे।

सेंटर टेबल पर टी सेट और नाश्ते की प्लेटें रखी थीं।

साफ जाहिर था–एक मेहमान की तरह चक्रेश की खूब खातिर की गई है। चक्रेश के अलावा अन्य किसी को अभी चांदनी के लॉबी में आगमन का आभास नहीं हो पाया था क्योंकि बाकी सबकी उस तरफ पीठ थी। चांदनी को देखते ही चक्रेश के होंठों पर मोहक मुस्कान उभरी। वह मुस्कान दीवाली के अनार से निकली चिंगारियों की मानिंद चांदनी के समूचे वजूद को सुलगाती चली गई।

अन्य लोगों ने उसे अपने पीछे देखकर मुस्कुराते देखा था तो सबकी गर्दनें उस तरफ घूम गईं।

"चांदनी आ गई।" कहने के साथ चक्रेश सोफे से खड़ा हो गया।

"आओ!" मामचंद ने कहा–"आओ बेटी! इनसे मिलो। ये हैं।"

मामचंद का वाक्य अधूरा रह गया।

कारण।

चांदनी साक्षात् सुलगती मीनार की मानिंद चक्रेश की तरह लपकती गुर्राई थी–"तो अब यहां भी पहुंच गया तू! इतनी हिम्मत बढ़ गई तेरी?"

"लो।" मामचंद कह उठा–"तुम सबकी तरह यह भी चक्रेश को पहले से जानती है।"

उधर, अपने बेहद नजदीक पहुंच चुकी चांदनी की आंखों में झांकते चक्रेश ने कहा था–"मेरी समझ में नहीं आता चांदनी, मुझ पर नजर पड़ते ही तुम इतनी भड़क क्यों उठती हो?"

"ओह! . . . तो, अभी तक यह भी समझ में नहीं आया तेरी।" चांदनी ने दांत पीसे–"नहीं भी आया तो मैं तुझे समझाने की ख्वाहिशमंद भी नहीं हूं। बस ये बता–खुद यहां से जा रहा है या धक्के दिलवाकर बाहर निकालूं?"

"ये तू चक्रेश से कैसी बातें कर रही है बेटी?" मंशादेवी सोफे से उठकर उन तीनों की तरफ बढ़ती हुई बोली–"ये तो तेरी बर्थडे का कार्ड देने आया है।"

"मेरी बर्थडे का कार्ड?" चांदनी की हालत ऐसी हो गई जैसे आसमान से सीधी जमीन पर गिरी हो।

सबसे दिलचस्प मुस्कान शीतल के होंठों पर थी।

चक्रेश थोड़ा झुका। सेंटर टेबल के कोने पर रखे करीब पचास कार्ड उठाए। उनमें से एक निकालकर बहुत ही सम्मान के साथ चांदनी की तरफ बढ़ता बोला–"ये कार्ड है। मैंने तुम्हारे बर्थडे पर . . ."

चांदनी चिल्लाई–"तुम्हें पता कैसे लगा आज मेरा बर्थडे है?"

चक्रेश चांदनी के चेहरे पर झुका। एक बार फिर उसकी चिंगारियां उगलती आंखों में झांकता बोला–"प्यार करने वाले अपने महबूब की झूमर से पायल तक की खबर रखते हैं।"

चांदनी उसके अंदाज पर सकपका कर रह गई।

"कॉलोनी के पार्क में मैंने एक छोटी-सी पार्टी रखी है। सभी कॉलोनी वाले चले आएंगे।"

"मेरे बर्थडे पर पार्टी रखने वाले तुम कौन होते हो?"

एक बार फिर बहुत प्यार से कहा था उसने–"तुम्हारा होने वाला वह।"

"मैं तेरा मुंह नोच लूंगी।"

"आज वैसा जवाब नहीं दे सकूंगा जैसा डिस्कोथ में दिया था। मजबूर हूं। आज तुम्हारा बर्थडे ठहरा। झगड़ा नहीं कर सकता। बस इतना कहने आया हूं–शाम को पांच बजे पार्क में पहुंच जाना।"

"मैं नहीं आऊंगी।"

"बर्थडे तुम्हारा है। तुम्हें तो आना ही होगा। तुम्हीं नहीं आओगी तो केक कौन . . ."

"तू वाकई कोई पागल है। तूने सोच कैसे लिया कि मैं तेरी पार्टी में आ जाऊंगी?"

"पार्टी तुम्हारी है चांदनी। तुम्हारे अपने बर्थडे की।"

"मगर रखी तूने है। इसलिए . . ."

"तुम आओगी।" चक्रेश के लहजे में आत्मविश्वास कूट-कूटकर भरा था।

"मैं नहीं आऊंगी। नहीं आऊंगी! नहीं आऊंगी!" कहने के साथ चांदनी ने चक्रेश के हाथ से कार्ड लगभग छीनकर फाड़ डाला। उसके टुकड़े-टुकड़े हवा में उछालती हुई मामचंद की तरफ पलटकर बोली–"इसे उठाकर बाहर फेंक दो अंकल वर्ना मैं पागल हो जाऊंगी।"

"बेटी मैं समझ नहीं पा रहा। आखिर तुम चक्रेश के साथ ऐसा व्यवहार क्यों कर रही हो?"

"बता दूंगी अंकल। बता दूंगी। पहले इसे यहां से दफा कीजिए।"

"मुझे लगता है–अब आप लोगों के बीच कुछ घरेलू बातें शुरू होने वाली हैं इसलिए मैं चलता हूं।" कहने के साथ वह दरवाज़े की तरफ बढ़ा। दरवाज़े पर पहुंचकर ठिठका। पलटा। और बोला–"भूलिएगा नहीं, आप सबको चांदनी के साथ ठीक पांच बजे पार्क में पहुंच जाना है।"

⅄

वह जा चुका था।

मामचंद ने कहा–"अब बताओ बेटी, तुमने उसके साथ ऐसा व्यवहार क्यों किया।"

"बताना ही पड़ेगा। मैं वह सब बताना नहीं चाहती थी मगर अब लगता है–बताए बगैर काम नहीं चलेगा।" चांदनी अचानक फट पड़े ज्वालामुखी की मानिंद चीखती चली गई–"जिस शख्स को आप अपने सोफे पर बैठाकर दावत उड़वा रहे थे वह कोई बहुत बड़ा फ्रॉडिया है अंकल। ऐसा फ्रॉडिया जिसका नाम तक आज तक किसी को पता नहीं है।"

"क्या बात कर रही हो बेटी?" मंशादेवी ने कहा–"सामने ही तो रहता है। हम सब जानते हैं–उसका नाम चक्रेश है।"

"कोई दावे से नहीं कह सकता वह उसका असली नाम है।"

"मैं कह सकता हूं दीदी।" गुटकू बोला।

"तुम? चांदनी चौंकी–"तुम कैसे कह सकते हो?"

"मैंने उसका कार्ड देखा है।"

"कैसा कार्ड?"

जवाब देता-देता हकलाया गुटकू। उसे याद आया–चक्रेश के पुलिसवाला होने वाली बात किसी को बतानी नहीं है। बोला–"उस बात को छोड़ो दीदी। बस यकीन करो मेरा। उसका नाम यही है और बहुत ही ऊंचे पद वाला है। बहुत ही अच्छा है।"

"बताता क्यों नहीं, उसका कौन-सा कार्ड देखा है तूने?"

"सॉरी।" गुटकू के जबड़े कस गए–"यह मैं नहीं बता सकता।"

"गुटकू तो बच्चा है बेटी।" मामचंद ने कहा–"तू बता! क्या जानती है उसके बारे में?"

"मैं ये जानती हूं कि उसने मुझे मुंबई के पूरे समाज के सामने बेइज्जत किया। मुझे अकेली को नहीं, पापा को भी। हमारे सारे खानदान के चेहरे पर कालिख पोत दी उसने।"

"ये क्या कह रही हो तुम। कुछ बताओ तो सही।"

"आप लोग वीसा न मिल पाने के कारण शादी में न पहुंच सके थे। फिर, पापा ने फोन पर आपसे केवल इतना ही कहा–फिलहाल शादी पोसपोंड हो गई है। ऐसा पापा ने कम से कम आपकी नजरों में अपनी इज्जत बचाए रखने के लिए कहा था। झूठ बोला था आपसे। सच्चाई ये है कि मेरी शादी पोसपोंड नहीं हुई। कैंसिल हुई है। रद्द हुई है। दरवाज़े पर आई हुई बारात लौटकर गई है मेरी। और कारण ये . . . ये जिसे आप चक्रेश के नाम से जानते हैं।"

एक साथ जैसे सभी पर बिजली गिर पड़ी थी। हक्के-बक्के रह गए थे।

काफी देर तक किसी के मुंह से कोई आवाज नहीं निकल सकी थी। इस कारण लॉबी में सन्नाटा छाया रहा।

चांदनी का चेहरा बुरी तरह तमतमा रहा था। यूं हांफ रही थी वह जैसे मीलों दौड़ने के बाद अभी-अभी यहां पहुंची हो।

काफी देर की खामोशी के बाद मामचंद ने कहा–"बात कुछ समझ में नहीं आई बेटी। उस वक्त तक बात समझ में आएगी भी नहीं जब

तक विस्तार से नहीं बताएगी। जरा खुलकर बता–हुआ क्या था?"

"ऐन फेरों के वक्त इसने अपने एक साथी के साथ मिलकर यह भ्रम फैला दिया कि मैं इसकी प्रेमिका हूं और अक्सर होटल के एक कमरे में इससे मिलती रही हूँ। यह सब जानने के बाद कौन मुझे अपनी बहू बनाता। कौन लड़का शादी करता मुझसे। बारात को तो लौटना ही था, लौट गई। सारे समाज के सामने मेरे और पापा के चेहरे पर कालिख पुत गई।"

"उससे पहले तू चक्रेश को बिल्कुल नहीं जानती थी?"

"नहीं।"

"कभी देखा तक भी नहीं था उसे?"

"नहीं! नहीं! नहीं!"

"तो फिर उसने ऐसा क्यों किया? क्या मिला उसे? क्यों कोई लड़का एक अजनबी लड़की के साथ ऐसा करेगा?"

"यह जानने के लिए जब अगले दिन पापा ने मुंबई में इसकी खोज कराई तो यह घर ही आ धमका और।" चांदनी एक ही सांस में सब कुछ बताती चली गई। अपने बंगले के लॉन का एपीसोड बताने के बाद वह सब भी बताया जो कोर्ट में हुआ था। सब कुछ बता चुकने के बाद भी कहती चली गई–"अब आप ही बताइए, ऐसे लड़के के साथ मैं ऐसा व्यवहार न करूं तो कैसा करूं? आप लोगों की तरह अपने साथ बैठाकर नाश्ता कराऊं उसे?"

एक बार फिर लॉबी में खामोशी छा गई।

इस बार भी खामोशी को मामचंद ने ही तोड़ा। बोले–"बड़ी अजीब बातें बताई तुमने मगर इस सबके बावजूद एक बात समझ में नहीं आई। वह यह कि–अभी तक भी यह लड़का तुम्हारे पीछे क्यों पड़ा हुआ है?"

शीतल ने कहा–"इस बात का जवाब मैं दे सकती हूं।"

"तुम?"

"हां।"

"बताओ।"

शीतल चांदनी की तरफ बढ़ी। उसके नजदीक पहुंची। बोली–"चांदनी शुरू से ही गुस्से में है। इसलिए चक्रेश को समझ नहीं पा रही। मैंने एयरपोर्ट पर उसकी दीवानगी देखी है। सारे रास्ते देखती चली

आई। डिस्कोथ में भी उसका अंदाज देखा था। तूने खुद बताया–तेरी हवेली के लॉन में उसने साफ-साफ कहा था–यह सब उसने तेरे प्यार की खातिर किया है। हम इसमें क्यों कोई पेंच, कोई साजिश ढूंढ़े? क्यों नहीं वह यह सब केवल और केवल अपने प्यार की खातिर कर रहा हो सकता? ठंडे दिमाग से सोच चांदनी, उसकी हर हरकत के पीछे सच्चे प्यार के अलावा और हो भी क्या सकता है?"

"पर शीतल उसने इसकी बारात वापस लौटा दी।"

"मानती हूं वह थोड़ा गलत हुआ। उसकी वजह से चांदनी और अंकल को अपमानित होना पड़ा मगर पापा देखिए–अगर चक्रेश को चांदनी से उतना प्यार हो ही गया था जितना कदम-कदम पर घटी घटना से खुद-ब-खुद प्रदर्शित हो रहा है तो वह कैसे चांदनी की शादी किसी और से हो जाने देगा? चांदनी ने खुद बताया–उस वक्त तक यह उसे जानती तक नहीं थी। जबकि बकौल चक्रेश उसे इससे प्यार हो गया था। उन हालत में उसने जो किया उसके अलावा उसके पास चारा ही क्या था।"

"बात तो ठीक है चांदनी बेटी।"

"इतना तो मैं भी कहूंगी वह इससे टूट-टूटकर प्यार करता है।" मंशादेवी कह उठी–"उसकी तड़प मैंने अपनी आंखों से देखी है। भगवान श्रीकृष्ण के चरणों को अपने खून से लाल कर दिया था उसने। पुजारी महाराज बता रहे थे–वह रोज मंदिर में आकर किसी लड़की का प्यार मांगता है। मैं क्या जानती थी वह लड़की अपनी चांदनी ही है। मैं तो कहती हूं–धन-दौलत तो सब बाद की चीज़ है। सबसे बड़ी बात ये है कि लड़की को प्यार करने वाला पति मिल जाए। लड़की के भाग्य खुल जाते हैं और . . . जितना प्यार वह चांदनी को करता है उतना प्यार करने वाले लोग अब दुनिया में रहे ही कहां है?"

"अजी मेरे ख्याल से तो धन-दौलत की भी कोई कमी नहीं है उसके पास।" मामचंद बोला–"मर्सडीज तो पट्ठे ने यूं खरीद ली जैसे सुई खरीद रहा हो। अंधा भिखारी भी नहीं है। अभी तक अखबार में हमारे शोरूम का विज्ञापन छपवा रहा है।"

"और दीदी।" गुटकू ने कहा–"किसी खास वजह से अभी मैं यह तो नहीं बता सकता कि चक्रेश भैया चीज़ क्या है मगर यह गारंटी मेरी रही–वे ऐसे ओहदे पर हैं कि तुम्हें गुरूर होगा।"

"गुस्सा थूक दे चांदनी। गुस्सा हमें ठीक से सही दिशा में नहीं सोचने देता।" शीतल ने उसे समझाया–"ठंडे दिमाग से सोच। उसकी जिन हरकतों के कारण तुझे नफरत हो रही है जब उन्हीं हरकतों को इस एंगिल से देखेगी कि यह सब उसने केवल अपने प्यार के कारण किया। तुझे पाने की खातिर किया तो तुझे भी उस पर प्यार आएगा। एहसास होगा कि सचमुच वह तुझे कितना चाहता है। ठीक ही तो कहा मम्मी ने–एक लड़की को प्यार करने वाले से ज्यादा और क्या चाहिए।"

"मैं बात करूंगी महेश भैया से।" मंशादेवी बोली–"जो हुआ, सो हुआ। उसे एक बुरा सपना समझकर भूल जाएं। चक्रेश से अच्छा लड़का उन्हें नहीं मिलेगा। जो लड़का उसके प्यार की डोर से बंधा कनाडा तक चला आया। मंदिर में भगवान के सामने . . ."

"बस! बस आंटी!" चांदनी चीख पड़ी–"मैं और तारीफ नहीं सुनना चाहती उसकी।"

उसे अब भी उसी मुद्रा में देख कर सब सकपका गए।

और वह।

यानी चांदनी।

बहुत देर से आंखें फाड़े उन सबको देख रही थी।

मुंह से निकला–"कमाल हो गया। गजब का जादूगर है वह। उसके जादू को मैं तुम सबके सिरों पर चढ़कर बोलता देख रही हूं। मैंने तो सोचा था–जब मैं तुम्हें हकीकत बताऊंगी तो तुम सब मुझसे पहले नोंच-नोंचकर खा जाओगे उसे। मगर तुम तो, तुम तो यह जानने के बावजूद उसके हिमायती बने हुए हो कि उसने मेरी बारात लौटा दी। यह जादू ही है उस फ्रॉडिए का। जादू के अलावा और इसे क्या कहूं? मान गई एक नंबर का हरामी है वह। मेरे अपने को मेरे खिलाफ खड़ा कर दिया।"

"उफ्फ!" शीतल ने कहा–"तू गुस्से को थूक क्यों नहीं रही चांदनी। भूल क्यों नहीं पा रही कि . . ."

"नहीं भूल सकती। कुछ नहीं भूल सकती मैं।" चांदनी हिस्टीरिया के मरीज की तरह चीखी थी–"उसने मुझे अपने मोहपाश में बांधने का चैलेंज दिया था। सीना ठोक-ठोककर कहा था कि एक दिन मुझे

उससे प्यार करना पड़ेगा, और वह उसी कोशिश में है। वह मुझसे प्यार नहीं करता। नीचा दिखाना चाहता है मुझे। तुम सब पर भी अपना जादू चला दिया मगर मैं उसके जाल में नहीं फसूंगी। तुम्हें जाना है तो चले जाना। मैं नहीं जाऊंगी पार्क में।" कहने के बाद वह पैर पटकती हुई वापस अपने कमरे में चली गई थी। उनमें से कोई नहीं जानता था चक्रेश कहीं नहीं गया था। दरवाज़े के दूसरी तरफ छुपके एक-एक लफ्ज सुना था उसने और होंठों पर थी वही मुस्कान जो उसकी विजय की प्रतीक थी।

⅄

शाम के साढ़े पांच बजे एक 'इंडियन कॉलोनी' के लगभग सभी परिवार पार्क में इकट्ठा हो गए थे। एक पार्क में जहां चक्रेश ने अच्छे खासे फंक्शन का आयोजन कर डाला था। काफी बड़ा पंडाल लगवाया था उसने। एक तरफ डिनर की व्यवस्था, दूसरी तरफ केक काटा जाना था।

मेज पर बहुत ही बड़ा और आकर्षक केक रखा हुआ था।

डीजे फ्लोर में था। उस पर जोड़े थिरक रहे थे।

मामचंद, मंशादेवी, शीतल और गुटकू सवा पांच बजे पहुंचे थे।

चक्रेश द्वारा किए गए भव्य आयोजन को देखकर जहां एक तरफ वे दंग रह गए वहां थोड़े सहम भी गए थे। गेट पर खड़े चक्रेश ने जब उनका स्वागत किया तो मामचंद ने धीमे स्वर में उससे कहा था–"ये इतना सब तुमने क्या कर डाला चक्रेश?"

"क्यों?" चक्रेश मुस्कुराया–"पसंद नहीं आया?"

"पसंद तो आया मगर . . ."

"मगर?"

"तुम देख रहे हो चांदनी हमारे साथ नहीं आई है।"

"कोई बात नहीं।" वह जरा भी फिक्रमंद नहीं था–"आ जाएगी।"

"वह नहीं आएगी चक्रेश भैया।" शीतल ने कहा–"हम सब कह-कहकर थक गए। सबने अलग-अलग समझाया है। पापा की बात वह कभी नहीं टालती थी मगर इस बारे में . . ."

"मानना तो दूर किसी की कुछ सुनने तक को तैयार नहीं है दीदी।" गुटकू कह उठा–"मैंने तो अपनी कसम दे दी। बात-बात पर बस भड़क कर आती हैं।"

"कहने लगी, इतना काफी नहीं है क्या कि तुम लोगों को मना नहीं कर रही।" मंशादेवी ने बताया–"उसके ख्याल से तो हम लोगों को भी यहां नहीं आना चाहिए था।"

"बेवजह परेशान हो रहे हैं आप लोग। फिक्र की कोई बात नहीं है।" उसके हर शब्द से आत्मविश्वास टपक रहा था–"वह आ जाएगी। आना ही होगा उसे। मुझे पूरा विश्वास है।"

"एक बात कहूं चक्रेश भैया?"

"भैया कहा है तो पूछो मत–बस कह दो जो कहना है।"

"थोड़े से हिले हुए तो मुझे भी लग रहे हो तुम।" कहने के साथ उसने अपनी अंगुली से अपनी कनपटी की तरफ इशारा करके अंगुली गोल-गोल हिलाई थी।

"ऐसा क्या" चक्रेश की मुस्कान गहरी हो गई।

"तुम एक बात कहते हो और उस पर अड़ जाते हो। इसीलिए हिले हुए लग रहे हो।"

"लगाती हो शर्त?"

"शर्त . . . कैसी शर्त?"

"वह आएगी।"

"लगी।" शीतल ने हाथ फैलाते हुए कहा–"हरगिज नहीं आएगी।"

"ओके लगी शर्त।" कहने के साथ उसने पूरी गर्मजोशी के साथ शीतल से हाथ मिलाते हुए कहा–"अब आप लोग भी सारी चिंताएं भुलाकर कॉलोनी के दूसरे लोगों के साथ एंजॉय करें।"

चक्रेश का दावा वह आएगी।

वे जानते थे–इस दावे में कोई दम नहीं।

फिक्र थी केवल ये कि जब वही नहीं आएगी जिसका बर्थडे है तो होगा क्या?

उस माहौल को चक्रेश कैसे संभालेगा।

वह चक्रेश जिसके चेहरे पर जरा भी शिकन नहीं थी।

उसकी निश्चिंतता उन्हें हैरान किए दे रही थी।

और . . . वही हुआ जिसका डर था। या यूं कहा जाए–जो होना स्वाभाविक था।

छः बजते-बजते लोगों में बेचैनी फैलने लगी। एक-दूसरे से पूछने लगे–"चांदनी कहां है? वह अभी तक क्यों नहीं आई?" शुरू-शुरू में सुरसुराहट-सी चली। फिर लोगों ने चक्रेश से कहना शुरू किया। हरेक को एक ही जवाब दे रहा था वह–"आप फिक्र क्यों करते हैं। आ जाएगी।"

मगर

लोगों को कब तक टाला जा सकता था?

साढ़े छः बजते सब व्याकुल हो गए। एक सरदार जी ने सबका प्रतिनिधित्व करते हुए कहा–"अरे भई बुलाओ न चांदनी को। केक कटे तो डिनर शुरू हो। पहले तो चूहे पेट में कूद ही रहे थे। अब तो कबड्डी खेलने लगे हैं।"

एक रिटायर्ड सज्जन बोले–"अजीब फंक्शन है भाई। मेहमान आ चुके हैं मेजबान गायब है।"

"इस संबंध में मैं आप सब लोगों से थोड़ी मदद चाहूंगा।" चक्रेश ने ऊंची आवाज में कहा।

लगभग सभी ने सामूहिक स्वर में पूछा–"कैसी मदद?"

"चांदनी मुझसे थोड़ा-सा नाराज है।"

"क्यों?"

"मैंने यह पार्टी उसे पहले से बताए बगैर जो रख दी।"

"इसमें नाराज होने की क्या बात है। एक-दूसरे को चाहने वाले अक्सर ऐसी सरप्राईज पार्टियां रख ही देते हैं।" एक महिला ने कहा–"बल्कि ये तो खुश होने की बात है। यह सोचकर कि कम से कम कोई हमें इतना प्यार करता है। मेरे इन्होंने मुझे बताए बगैर हमारी एनीवर्सरी की पार्टी रख दी थी। मैं तो झूम उठी थी खुशी से।"

"यही मिसेज चड्ढा। बिल्कुल यही सोचा था मैंने।" चक्रेश ने कहा–"मगर रियेक्शन उल्टा हुआ। वह तो नाराज . . ."

"अजी नाराज नहीं हुई होगी। नखरे दिखा रही होगी।" सरदार जी बोले–"मन में तो अनार छूट रहे होंगे खुशियों के।"

"कुछ ऐसा ही ख्याल मेरा भी है। मैं चाहता हूं आप सब मेरे साथ

चलें और यहां आकर केक काटने के लिए कहें। वैसे तो मेरा ख्याल है कि तैयार ही बैठी होगी। सचमुच ही नाराज भी होगी तो हम सबके अनुरोध को नहीं ठुकरा सकेगी।"

"चलो जी!" सरदार जी बोले–"सब एक साथ चल पड़ते हैं। मुंडा ठीक कह रहा है।"

सभी ने एक स्वर में कहा–"चलो।"

"ये क्या कर रहे हो चक्रेश भैया?" बहुत तेजी से उसके नजदीक आती शीतल फुसफुसाई–"क्या इसी बूते पर शर्त लगाई थी?"

"कुछ बुराई है?"

"बुराई ही बुराई है। मैं चांदनी को बचपन से जानती हूं। वह बेहद जिद्दी है। उसे नहीं आना तो सारी कॉलोनी के कहने के बावजूद नहीं आएगी। आपके इस पैंतरे में कोई दम नहीं है और फिर आपका जो सार्वजनिक रूप से अपमान करने के लिए वह मरी जा रही है। इस तरह तो उसे अच्छा-खासा मौका मिल जाएगा। मैं दावे से कह सकती हूं–इन सब लोगों के सामने वह जमकर आपका अपमान करेगी।"

"क्या खुसर-फुसर होने लगी भई।" एक सज्जन ने कहा–"चलते क्यों नहीं?"

"शीतल बहन का कहना है, सब लोगों के जाने की जरूरत नहीं है।" चक्रेश ने ऊंची आवाज में कहा–"ये अकेली ही चांदनी को ले आएंगी।"

शीतल चक्रेश को देखती रह गई। उसके चेहरे पर हवाईयां उड़ने लगी थीं।

"तो ठीक है। शीतल ले आए।" किसी ने कहा।

"ये क्या कर रहे हो तुम?" शीतल दांत भींचकर बड़बड़ाई।

चक्रेश ने उसका बाजू पकड़ा। दरवाज़े की तरफ ले जाता बोला–"उसके पास जाओ। कहो–या तो तुम्हारे साथ आ जाए अन्यथा मैं इस सारी फौज को लेकर वहां पहुंच जाऊंगा। अगर तुम उसे बचपन से जानती हो तो उतनी ही अच्छी तरह चंद ही दिनों में वह भी मुझे अच्छी तरह जान गई है। उससे कहना–अपमान वह मेरा चाहे जितना कर ले लेकिन इन लोगों की मदद से मैं उसे जबरदस्ती उठाकर यहां ले आऊंगा। केक उसी को काटना होगा शीतल। बर्थडे उसी का है।

उससे कहना–मैं भी जिद पर अड़ गया हूं। अगर वह इस एपीसोड को रजा-खुशी से निपटाना चाहती है तो चुपचाप तुम्हारे साथ चली आए। कहना–ये सब मैंने कहा है।"

शीतल चक्रेश के चेहरे को देखती रह गई।

उस चेहरे को, जो इस वक्त खुरदरे पत्थर की तरह सख्त नजर आ रहा था।

बवाल के बादल शीतल को साफ-साफ नजर आने लगे।

"बोलो!" चक्रेश ने कठोर स्वर में पूछा–"अपनी तरफ से एक कोशिश कर रही हो या मैं सबके साथ 'कूच' करूं?"

"ओके! मैं कोशिश करती हूं। तुम तो मेरे ही द्वारा मुझे शर्त हराने पर आमादा हो।"

"इसलिए मेरा नाम चक्रेश है–चक्कर चलाने वाला ईश्वर।"

⅄

"ओह!" सारी बातें सुनने के बाद चांदनी गुर्रा उठी–"तो तेरे द्वारा उसने धमकी भिजवाई है मुझे।"

"समझने की कोशिश कर चांदनी। क्यों फजीहत कराती है। वे सब लोग यहां आ गए तो . . ."

"आओ! आओ जगवीर!" चांदनी उसकी बात काटकर दरवाज़े की तरफ देखती बोली।

शीतल तेजी से घूमी। जगवीर को घर में दाखिल होता देखकर बुरी तरह चौंकी। उसकी तरफ बढ़ती हुई गुर्राई–"अब तुम्हारी हिम्मत इतनी बढ़ गई? यहां हमारे घर में घुस आए तुम?"

"इसे मैंने बुलाया है।" पीछे से चांदनी की आवाज उभरी।

"तूने!" शीतल तेजी से उसकी तरफ घूमी।

"क्यों, अगर तुम लोग ऐसे शख्स को यहां बुलाकर नाश्ता करा सकते हो, उसकी पार्टी में जा सकते हो जिसे मैं पसंद नहीं करती तो मैं अपनी पसंद के लड़के को क्यों नहीं बुला सकती?"

"य-ये-ये तुम्हारी पसंद है?"

"ऑफकोर्स?" उसने आगे बढ़कर जगवीर का हाथ पकड़ लिया।

"चांदनी ये क्या बेवकूफी कर रही है तू। जानती भी है ये कौन हैं? इसे कनाडा में रहने वाली लगभग सभी इंडियन लड़कियां जानती हैं। ये एक नंबर का लफंगा है।"

जगवीर उसकी बात काटकर गुर्राया–"मिस शीतल . . ."

"नही जंगा। तुम्हें बोलने की जरूरत नहीं है। जवाब मैं दे लूंगी।" जगवीर से कहने के बाद चांदनी शीतल से मुखातिब हुई–"ये जो भी है। जैसा भी है। मेरा फ्रैंड है और तुम मेरे फ्रैंड का अपमान नहीं कर सकतीं।"

"चांदनी। तू कहीं पागल तो नहीं हो गई है?"

"पागल के पीछे तो तुम पागल हो। अब मैंने भी सोच लिया है–मैं उसे पूरा पागल बना दूंगी।"

"उफ्फ! चांदनी! तुम इसे नहीं नहीं जानती। तुम्हें नहीं मालूम किसके साथ क्या संबंध रखने हैं। ये . . ."

"मुझे अच्छी तरह मालूम है, किसके साथ क्या संबंध रखने हैं।" एक बार फिर चांदनी उसकी बात काटकर कह उठी–"जब तुम मुझे जंगा के साथ देखकर इतना बौखला रही हो तो सोचने वाली बात है–उसके दिल पर कितने सांप लौटेंगे। वाह! आईडिया!" अचानक वह चुटकी बजाकर कह उठी–"मैं चल रही हूं। मैं पार्टी में केक काटने चल रही हूं। तुम यही चाहती थी न?"

"क्या मतलब?" शीतल बौखला गई।

"आओ जंगा। हम एक पार्टी में चल रहे हैं।" उसने जगवीर की बांहों में बांहें डाल दीं–"अपनी बर्थडे पार्टी में।"

शीतल हकबकाई-सी खड़ी रह गई।

जगवीर की बांहों में बांहें डाले चांदनी सचमुच लॉबी से बाहर निकल गई।

⅄

वह जिस पोज में घर से निकली थी उसी पोज में पंडाल के गेट पर पहुंची।

चक्रेश गेट पर खड़ा था।

चांदनी जगवीर के साथ कुछ और सट गई।

चक्रेश ने उन्हें दूर ही से आते देख लिया था।

उनके पीछे ही पीछे शीतल भी चली आ रही थी। उसका चेहरा फक्क था।

चक्रेश के नजदीक पहुंचते-पहुंचते चांदनी के होंठों पर कुटिल मुस्कान उभर आई थी। वह मुस्कान, जिससे वह चक्रेश को जलाकर राख कर देना चाहती थी . . . और वैसा हुआ भी।

उसने चक्रेश के चेहरे पर हवाईयां उड़ती देखी।

पहली बार।

पहली बार उसने उस शख्स के चेहरे का रंग उड़ता देखा था जो सबके रंग उड़ाता फिरता था।

मारे खुशी के मन ही मन वह बल्लियों उछल पड़ी। चक्रेश से जीत के एहसास ने रोमांचक कर दिया।

जहन ने कहा–"अब आया है मजा।"

उसे अफसोस हुआ–ऐसा कोई ख्याल उसे पहले क्यों नहीं आया?

क्यों एक तरफ गुस्से से सुलगती रही?

अब तो शुरू हुआ है मजा आना। अभी तो और मजा आएगा। उसने देखा–चक्रेश ने बड़ी मुश्किल से खुद को सामान्य दिखाने की कोशिश की थी। मुस्कान भी बिखेरी थी होंठों पर मगर वह बात ही नहीं थी। मुस्कान की वह चमक गायब थी जिससे वह सामने वाले को जलाकर राख किया करता था। बड़ी ही निर्जीव-सी मुस्कान के साथ उसने खुद को सामान्य दर्शाने का असफल प्रयास करते हुए कहा था–"आओ चांदनी सब लोग तुम्हारा ही इंतजार कर रहे हैं।"

चांदनी ने ऐसी मुद्रा बनाई जैसे उसकी बात सुनी ही न हो।

उसके नजदीक से गुजरते वक्त जानबूझकर जगवीर से बोली–"आज हम जमकर डांस करेंगे जंगा डार्लिंग। मैं देखती हूं हमें कौन रोकेगा?"

वे उसके सामने से गुजर गए।

पंडाल में मौजूद लोगों ने जो चांदनी को देखा तो चारों तरफ से शोर उठा–"चांदनी आ गई। चांदनी आ गई।"

सब खुश हो उठे।

मस्त।

वातावरण हर्षोल्लास का बन गया।

चक्रेश ने अपने नजदीक पहुंच चुकी शीतल से कहा–"मैं शर्त जीत गया।"

"शर्त तो जीत गए मगर . . ."

"मगर?"

"देख नहीं रहे, किस मूड में आई है वह?"

"चाहे जिस मूड में आई हो। मगर आई है। मैंने कहा था–वह आएगी।"

"दीवानगी छोड़ो चक्रेश भैया। कोशिश करो समझने की। तुम्हें जलाने की। तुमसे बदला लेने की धुन ने चांदनी को पागल कर दिया है। जगवीर के बारे में वह कुछ नहीं जानती। जो वह कर रही है, जगवीर उससे उसकी बहुत बड़ी कीमत वसूलेगा।"

"डर क्यों रही हो। मैं हूं न। मेरे होते कोई चांदनी का कुछ नहीं बिगाड़ सकता।"

"लेकिन जब वह तुम्हारी . . . तुम्हारी तो छोड़ ही दो। हम तक की नहीं सुनेगी तो . . ."

"फिलहाल यह अब डिसकस करने का मौका नहीं है।" चक्रेश ने कहा–"मौका चांदनी के बर्थडे का है। सबको उसका इंतजार था। वह आ गई है। आओ इस मौके को सैलीब्रेट करें। बाकी बातें बाद में सोची जाएंगी।" कहने के बाद चक्रेश उसे कुछ भी बोलने का मौका दिए बगैर खींचता हुआ पंडाल के अंदर ले गया।

वहां, जहां डीजे का कान फाड़ शोर गूंज रहा था।

चांदनी को जगवीर के साथ उस मुद्रा में देखकर मामचंद, मंशादेवी और गुटकू पर भी लगभग शीतल जैसी ही प्रतिक्रिया हुई थी। मगर माहौल ऐसा नहीं था कि कोई कुछ कह सकता। जगवीर को लिए चांदनी सीधी फ्लोर पर पहुंच गई थी।

उसके साथ जमकर नाची वह।

उसका हर कदम सिर्फ और सिर्फ चक्रेश का जलाने के लिए था।

केक काटने की बारी आई तो अपने साथ जगवीर को मेज के नजदीक ले गई।

कॉलोनी के लोगों ने दूसरी तरफ चक्रेश को खड़ा कर दिया।

चांदनी ने केक काटा।

सबसे पहला पीस जगवीर को खिलाया। जगवीर ने उसे।

चक्रेश को केक खिलाना तो दूर उस क्षण उसकी तरफ देखा तक नहीं। महसूस कर सकती थी कि इस वक्त उसके चेहरे पर वैसे भाव होंगे जैसे चरित्रहीन साबित होते वक्त उसके अपने चेहरे पर थे।

चांदनी ने अजीब-सा सुकून महसूस किया।

चक्रेश ने उसे केक देना चाहा। वह अनजान बनकर जगवीर के साथ फ्लोर की तरफ बढ़ गई।

चक्रेश का हाथ बढ़ा का बढ़ा रह गया।

डिनर शुरू हो चुका था। कुछ मेहमान खाना खा चुके थे। कुछ नाच रहे थे। पार्टी अपने शबाब पर थी और धीरे-धीरे यह सभी ने महसूस कर लिया–चांदनी चक्रेश को उपेक्षित ही नहीं अपमानित भी कर रही थी।

परंतु कोई क्या कर सकता था?

यह उनका आपसी मामला था।

उधर सबके बीच चक्रेश को अपमानित करके चांदनी को जो खुशी मिल रही थी, उसका स्वाद बस उसे ही पता था।

और फिर।

अचानक एक तरफ से शोर उठा–"आग . . . आग . . . आग।"

पंडाल में भगदड़ मच गई।

चीख-पुकार।

उस दिशा में सचमुच लग गई थी जिधर हलवाई खाना बना रहे थे। आग पंडाल में फैली भी बहुत तेजी के साथ।

चीखते-चिल्लाते लोग बगैर सोचे-समझे भागे थे। सबको अपनी जान बचाने की परवाह थी। कोई गिर गया तो उसे उठने का मौका ही नहीं मिल रहा था। लोग गिरते-पड़ते उसे रौंदते हुए भाग रहे थे।

देखते ही देखते आग ने विकराल रूप धारण कर लिया।

उसकी चपेट में आया समूचा पंडाल धू-धू कर जल रहा था।

कई लोगों को बचाता हुआ चक्रेश सबसे अंत में बाहर आया था।

उस समय तक अनेक लोग आग को बुझाने का प्रयास कर रहे थे। कोई पानी की बाल्टी भरकर आग पर डाल रहा था तो कोई कहीं से

रेत ले आया था। मगर आग थी कि सुरसा के मुंह की तरह बढ़ती ही चली जा रही थी।

चारों तरफ अफरा-तफरी का माहौल था।

एक बच्चे को गोद में उठाए आग से बाहर निकला चक्रेश चिल्लाया–"कोई फायर ब्रिगेड को फोन करो।"

"मैंने कर दिया है।" आग पर पानी डालते हुए सरदार ने कहा।

"चांदनी दीदी।" गुटकू उसके नजदीक आता हांफता हुआ बोला– "चक्रेश भैया, चांदनी दीदी।"

"क्या हुआ चांदनी को। कहां है वह?" चक्रेश ने चीखकर पूछा।

"वे अभी अंदर ही हैं।" उसने धूं-धूं करके जल रहे पंडाल की तरफ अंगुली उठाई।

चक्रेश ने विनाश लीला फैला रही आग की तरफ देखा। जबड़े कसते चले गए। धुवें से काला हो चुका पसीने से लथपथ चेहरा सख्त हो गया। तभी आग के अंदर से चांदनी की आवाज उभरी–"बचाओ . . . बचाओ।"

चक्रेश ने फुर्ती के साथ अपना कोट उतारा।

उसका इरादा भांपते ही शीतल चीखी–"क्या कर रहे हो चक्रेश भैया। अब इसमें नहीं घुसा . . ."

और . . . अधूरा ही जो रह गया शीतल का वाक्य।

कोट को अपने सिर पर डाले वह लपलपाती आग में जम्प लगा चुका था।

शीतल का मुंह खुला का खुला रह गया। अब वह उसे नजर लगा चुका था।

वह, जो आग की लपटों के बीच उनसे बचने की कोशिश करता बार-बार चिल्ला रहा था–"चांदनी . . . चांदनी।"

"बचाओ . . . बचाओ।" यह आवाज चांदनी की थी।

उस आवाज का पीछा करता चक्रेश वहां पहुंच ही गया जहां अपने चारों तरफ फैली आग के बीच चांदनी बुरी तरह फंसी हुई थी। हालांकि खुद वह अभी तक सुरक्षित स्थान पर थी परंतु वहां से निकलने का रास्ता किसी तरह नहीं था। एक अधजली और अब भी जल रही मेज पर पैर रखकर चक्रेश ने आग के दायरे के बीच जंप लगाई।

लपटों की तपिश और धुवें ने चांदनी का बुरा हाल कर रखा था।

चक्रेश ने अपने सिर से कोट उतारा। उसे चांदनी की तरफ बढ़ाता बोला–"चांदनी इसे सिर पर डाल लो वर्ना बाल . . ."

"नहीं।" चांदनी उन हालात में भी अत्यधिक नफरत के साथ चिल्लाई–"मुझे तेरी कोई मदद नहीं चाहिए।"

"चांदनी। पागल हो गई हो क्या? देखो–आग चारों तरफ से हमारी तरफ बढ़ रही है।" कहने के साथ उसने खुद लपककर कोट उसके सिर पर डाल दिया।

एक क्षण के लिए भी तो कोट चांदनी के सिर पर नहीं रहा। वह उसे फौरन ही नोंचकर एक तरफ फैंकती हुई गुर्राई–"नहीं चाहिए। मुझे नहीं चाहिए तुम्हारा कुछ भी। इस आग में जलकर भले ही मर जाऊं मगर तुम्हारे हाथों नहीं बचना।"

"चांदनी तुम पागल हो गई हो।"

"जाओ! दफा हो जाओ यहां से!" कहने के बाद ढेर सारा धुंवा मुंह में घुस जाने के कारण वह बुरी तरह खांसने लगी।

"तुम इस तरह नहीं मानोगी।" कहने के साथ चक्रेश उस पर झपटा। उसने . . . केवल झपटा ही नहीं उसे उठाकर अपने कंधे पर लाद लिया उसने।

चांदनी अभी भी बार-बार उसकी पीठ पर मुक्का मारती चीख रही थी–"छोड़ दे कमीने! छोड़ दे मुझे। मुझे नहीं चाहिए तेरी मदद।"

मगर, रास्ता था कहां?

फिर, उसने उस तरफ जंप लगा दी जिधर अपेक्षाकृत आग कम नजर आई।

कंधे पर पड़ी चांदनी लगातार उसका विरोध कर रही थी।

कहीं आग की लपटों से बचता तो कहीं छलांग मारकर उन्हें पार करता चक्रेश अंततः चांदनी सहित जलते हुए पंडाल से निकल ही आया। वह काला पड़ चुका था। कई जगह से जल चुका था। जख्मी था। हांफ रहा था। जबकि चांदनी अभी भी उसे गालियां बक रही थी। मचलकर वह चक्रेश के कंधे से जमीन पर गिर पड़ी।

जख्मी नागिन की तरह बल खाकर खड़ी हुई और चीखी–"क्यों बचाया कमीने! तूने क्यों बचाया मुझे?"

और।

उस क्षण तो देखने वालों के रोंगटे खड़े हो गए जब दांत किटकिटाते चक्रेश ने चांदनी के दोनों गालों पर अपने दोनों हाथों से चांटे बरसाने शुरू कर दिए। जुनूनी अवस्था में वह उसे मारता ही चला गया।

वातावरण में चांदनी की चीखें गूंज रही थीं।

लोग चक्रेश को रोकने के लिए लपके।

पकड़ने की कोशिश की भी उसे मगर वह भला किसके हाथ आता है जिस पर जुनून हावी हो। जी भरकर चांदनी को मारने के बाद उसने बाएं हाथ से चांदनी के बाल पकड़े। उसके चेहरे को बेरहमी से अपने चेहरे के नजदीक लाकर चिल्लाया–"आईंदा ऐसी बेवकूफी की तो मारते-मारते भूसा भर दूंगा खाल में। मर जाती तो क्या होता मेरा। कैसे जिंदा रहता मैं? क्या मकसद रह जाता मेरी जिंदगी का?" चीखने के साथ वह बुरी तरह लड़खड़ा रहा था।

यूं, जैसे सारे जहां की शराब पी गया हो।

चांदनी के बाल खुद-ब-खुद उसके हाथ से निकलते चले गए।

चांदनी सहित सभी उसे हैरत से देखते रह गए थे।

एक बार फिर मामचंद के साथ अन्य लोग उसे संभालने के लिए लपके परंतु किसी के भी खुद तक पहुंचने के पहले वह बुरी तरह लड़खड़ाकर धड़ाम से जमीन पर गिरा। सब हैरत से आंखें फाड़ें देखते रह गए थे।

चांदनी भी।

तभी वातावरण में एम्बुलेंस और फायर ब्रिगेड की गाड़ियों की आवाज गूंजी।

⅄

मामचंद, मंशादेवी, शीतल और गुटकू ने अभी-अभी लॉबी में प्रवेश किया था।

वे अस्पताल से लौटे थे।

उन्हें देखते ही वहां, सोफे पर बैठी चांदनी उठकर खड़ी हो गई। वह मुंह से भले ही कुछ न बोली हो मगर आंखों में सवालिया निशान

थे। शीतल ने हिमाकत से चांदनी की तरफ देखते हुए गुटकू से कहा–"किसी को किसी का हाल बताने की जरूरत नहीं है गुटकू। कोई मरता है तो मर जाए। किसी की बला से।"

"जो हमें बचाने की कोशिश करता है बल्कि अपनी जान खतरे में डालकर बचा लेता है, उससे गंदा आदमी दुनिया में कोई और नहीं होता।" यह कहने के साथ चांदनी को घूरता हुआ गुटकू उसके नजदीक से गुजर गया था।

"भगवान भी कैसे-कैसे पत्थर दिल लोग पैदा कर देता है।" कहती हुई मंशादेवी अपने कमरे की तरफ चली गई।

चांदनी अपने होंठ काटकर रह गई।

मामचंद ने कमेंट्स किया–"साले सारे बस्ती वाले पागल हैं। लाईन लगाए खड़े हैं आईसीयू के बाहर। सोचने वाली बात है–भला चक्रेश का इससे क्या भला हो जाएगा?"

"अंकल।" अपनों की उपेक्षा से त्रस्त होकर चांदनी चीख पड़ी–"उसने मुझे अपने मोहपाश में बांधने का चैलेंज दे रखा है।"

"वही तो। पंडाल में आग भी उसी ने लगाई थी। जानबूझकर। ताकि अपनी जान पर खेलकर किसी पर एहसान लाद सके।" कहने के बाद मामचंद वहां रुका नहीं, सीढ़ियों की तरफ बढ़ गया।

चांदनी ने दांतों से अपना होंठ काट लिया था। खून बहने लगा था वहां से।

⅄

आज दसवां दिन था।

चक्रेश को अस्पताल से छुट्टी मिलने वाला दिन।

उसे लेने मामचंद, मंशादेवी, शीतल और गुटकू ही नहीं, कॉलोनी के अन्य भी अनेक लोग आए थे।

वह पूरी तरह स्वस्थ था एवं प्रसन्नचित नजर आ रहा था। जलने के सभी निशान जिस्म से गायब हो चुके थे।

अस्पताल से रिलीव होते वक्त उसने पूछा था–"चांदनी आज भी नहीं आई?"

"नहीं।" शीतल ने केवल इतना ही कहा।

चक्रेश बड़बड़ाया–"मुझसे कम जिद्दी नहीं है।"

एक बार फिर सब चुप रह गए। जैसे चांदनी के बारे में बात ही न करना चाहते हों।

झटका उन्हें तब लगा जब अस्पताल से बाहर निकलने के लिए दरवाज़े की तरफ बढ़े।

गेट के मस्तक पर सनील के नीले कपड़े का एक बैनर लगा था। बैनर पर सिल्वर कलर के बड़े-बड़े चमकदार हर्फों में लिखा था– "चक्रेश, वैलकम टू होम।" उसके नीचे अपेक्षाकृत छोटे हर्फों में लिखा था–"तुम्हारी चांदनी।"

"अरे, वह देखो–वह देखो चक्रेश भैया।" गुटकू बैनर की तरफ अंगुली उठाकर मारे खुशी के चीख पड़ा था।

मामचंद, मंशादेवी, शीतल और कॉलोनी के अन्य लोग भी खुशी से उछल पड़े थे।

चक्रेश के गुलाबी होंठों पर केवल मुस्कान भर रह गई।

"केवल मुस्करा रहे हो चक्रेश भैया। केवल मुस्कुरा रहे हो तुम?" मारे खुशी के पागल-सी हुई जा रही शीतल ने कहा–"अरे तुम्हें तो झूम उठना चाहिए। मारे खुशी के नाचने लग जाना चाहिए।"

मंशादेवी बोली–"तेरा पूजा-पाठ रंग ले आया। बंसीवाला बड़ा दयालु है।"

"ओए बल्ले-बल्ले हो गई।" सरदार तो भंगड़े पर ही उतर आया।

वे पार्किंग में पहुंचे।

हर गाड़ी पर एक पोस्टर लगा था।

वैसा ही पोस्टर जैसों में चक्रेश ने कनाडा आने पर चांदनी का स्वागत किया था।

बस स्लोगन में फर्क था। वही लिखा था जो उन्होंने अस्पताल के गेट पर लगे बैनर पर पढ़ा था।

चक्रेश थोड़ा झुका। अपनी मर्सडीज के गेट पर लगे पोस्टर पर चूम लिया।

गाड़ी स्टार्ट करने के लिए चाबी इग्नीशियन में डालने के बाद घुमाई ही थी कि टेप से बार-बार चांदनी की आवाज निकलने लगी–"वैलकम टू होम! . . . चक्रेश वैलकम टू होम।"

"वाह, मजा आ गया।" बगल वाली सीट पर बैठी शीतल कह उठी।

मामचंद, मंशादेवी और गुटकू पीछे बैठे थे।

सभी बहुत खुश थे।

चौराहे पर लगे होर्डिंग से उसी स्लोगन के साथ उनका स्वागत किया।

वह एक ही क्यों, अनेक होर्डिंग लगे हुए थे।

एक रेड लाईट पर ट्रेफिक कंट्रोल कर रहे सिपाही ने मर्सडीज रुकवाई। बंद कांच खटखटाया। होंठों पर मुस्कान लिए चक्रेश ने कांच गिराया। सिपाही ने गुलाब की एक कली उसकी तरफ बढ़ाते हुए कहा– "चांदनी मेमसाब की तरफ से आपको शुभकामनाएं।"

कहने का मतलब ये–चांदनी की तरफ से उसका ठीक वैसा ही स्वागत हुआ था जैसा उसने उसके कनाडा आने पर किया था। यहां तक कि पवन के परों पर अठखेलियां करता ऑक्सीजन से भरा एक विशाल गुब्बारा दूर ही से नजर आने लगा था। वही स्लोगन लिखा था उस पर। उसकी डोर का निचला सिरा चक्रेश के मकान की बाल्कनी में बंधा था। वहां तक पहुंचते-पहुंचते गाड़ी फूलों से भर चुकी थी।

चंपक पिछली गाड़ी में था।

चक्रेश मर्सडीज को अपने घर की तरफ मोड़ना ही चाहता था कि शीतल चीख पड़ी–"नहीं . . . नहीं! पीहर की तरफ नहीं, ससुराल की तरफ मोड़ों चक्रेश भैया।"

"ससुराल?"

"आपके पीहर के ठीक सामने है। बाईं तरफ ससुराल, दाईं तरफ पीहर।"

"म-मगर . . ."

"अगर-मगर कुछ नहीं। इधर चलना है।" कहने के साथ शीतल ने खुद स्टेयरिंग घुमा दिया।

मामचंद बड़बड़ा उठा–"सुना ही सुना था। देखा पहली बार है। बहुत ताकत होती है सच्चे प्यार में। आखिर चांदनी को घुटने टेकने ही पड़े।"

⅄

"संभालो चांदनी, संभालों खुद को।" एकांत में मिलने पर चक्रेश ने चांदनी से कहा–"याद करो, मैं वह शख्स हूं जिसने तुम्हें अपने मोहपाश में बांधने का चैलेंज दिया था।"

"तो।" उसने आंखों में प्यार भरकर चक्रेश को निहारा।

"शायद वही हो रहा है। तुम मेरे मोहपाश में बंधने की तरफ बढ़ रही हो।"

चांदनी ने शरारती अंदाज में पूछा–"ऐसा अंदाजा कैसे लगाया तुमने?"

"यह बैनर्स, पोस्टर्स, होर्डिंग। वह स्वागत।"

"प्यार की बात कहां से आ गई उसमें?" चांदनी के होंठों पर मुस्कान थी–"केवल इतना ही तो लिखा था–"वैलकम टू होम।" वह तो मेरी तरफ से तुम्हारा स्वागत था। वैसा ही स्वागत जैसा कॉलोनी के दूसरे लोगों ने किया था। वह तुम्हारा नहीं उस शख्स का स्वागत था जिसने मुझे आग में जलने से बचाया।"

"बचाया तो मैंने और भी कई लोगों को था।"

"मेरे ख्याल से उन सभी को तुम्हारा स्वागत इसी तरह से करना चाहिए था।"

"लेकिन उस वक्त तो तुम मेरे द्वारा बचाई जान तक पसंद नहीं कर रही थीं।"

"नादानी थी मेरी। भूल थी।"

"वही कह रहा हूं। जो तुम कल तक कर रही थीं वह आज तुम्हें नादानी और भूल नजर आने लगी है।" चक्रेश कहता चला गया–"ऐसे परिवर्तन तुम्हें मेरी तरफ धकेल देंगे। तुम्हारे दिल में मेरे लिए सॉफ्ट कॉरनर . . ."

"किसी गलतफहमी का शिकार होने की जरूरत नहीं है मिस्टर चक्रेश।" उसकी बात काटकर चांदनी शरारती अंदाज में कहती चली गई–"जिस कदर जान पर खेलकर तुमने मुझे बचाया है उसकी एवज में मैंने तुम्हारी केवल वे खताएं माफ की हैं जो तुमने की थीं। रही प्यार की बात, इस बारे में तो कभी सोचना भी मत कि मैं तुमसे कर सकती हूं।"

"अगर तुम सच कह रही हो तब भी, खुद को संभालो।"

"क्या मतलब?"

"किसी के मोहपाश में बंधने के लिए दिल इसी तरह खुद से बगावत करके आगे बढ़ता है। इंसान समझता रहता है कि वह प्यार नहीं कर रहा जबकि असल में वह वही कर रहा होता है। मैं यहां केवल तुम्हें 'चेताने' आया था। याद दिलाने कि तुम्हें भूलना नहीं चाहिए–मैं वह शख्स हूं जिसने तुम्हारी बारात लौटाई। मुंबई की क्रीम के सामने चरित्रहीन साबित किया और वह . . . वह भी मैं ही हूं जिसने दावा किया था कि एक दिन तुम मेरे प्यार में गिरफ्तार होंगी। भूलना मत यह सब। भूल गई और तब प्यार किया तो क्या किया। मैं तो साबित ही यह करने वाला हूं कि आदमी को सब कुछ याद भी रहता है और . . . तब भी, खुद तक के रोके नहीं रुक पाता। अपने पूरे कसबल लगाकर खुद को रोकने की कोशिश करो चांदनी। बस। यही कहने आया था।" कहने के बाद वह एक झटके से घूमा और लंबे-लंबे कदमों के साथ दरवाज़े की तरफ बढ़ गया।

"चक्रेश!" चांदनी ने जल्दी से पुकारा।

वह ठिठका। मगर घूमा नहीं।

चांदनी आहिस्ता-आहिस्ता चलती उसके नजदीक पहुंची। पीछे से उसके कंधे पर हाथ रखती बोली–"न इतने नखरे अच्छे होते हैं न गुरूर"

"मतलब?" वह घूमा।

"मेरे ख्याल से तुम मेरे दिल का हाल जानने के बावजूद जानबूझकर अनजान बन रहे हो।"

"मैं समझा नहीं।"

"समझ तुम सब चुके हो। जिसने प्यार की गहराई को इतनी शीघ्रता से जिया हो, ऐसा हो ही नहीं सकता उसने मेरे दिल का हाल न पढ़ लिया हो। सब कुछ पढ़ लेने के बाद भी अगर तुम अकड़े हुए हो तो इसे तुम्हारा गुरूर ही कहूंगी और . . . अब एक बात मैं भी कह दूं–प्यार करने वालों को गुरूर नहीं करना चाहिए।"

"पहेलियां मत बुझाओ चांदनी। जो कहना है, साफ-साफ कहो।"

"अगर तुम्हारी यही जिद है जालिम कि सब कुछ मेरे मुंह से ही

सुनोगे तो उसे भी पूरी करूंगी मैं।" कहने के साथ उसने बहुत प्यार से अपनी आंखों से निकलने वाली सारी किरणें ब्राऊन आंखों में डाल दी थीं। उन्हीं में खोई सी रहकर कहा था उसने–"वह हो चुका है जिसका तुमने दावा किया था।"

वह चुपचाप उसे देखता रहा।

"ठीक ही कहा था तुमने। तुमसे प्यार करने के लिए मैं अपने पूरे कसबल निकाल चुकी हूं। रोकने की पूरी कोशिश कर चुकी हूं खुद को मगर नहीं रोक सकी। मैं हार चुकी हूं चक्रेश। तुम जीत चुके हो। तुम्हारा चैलेंज पूरा हो चुका है।" ब्राऊन आंखों में खोई चांदनी कहती चली गई।

"एक-एक लफ़्ज सच्चा था तुम्हारा। पंडाल में लगी आग से बाहर निकलकर तुमने मुझे उस आग में खींच लिया है जिसमें जलने वाला सुकून और सिर्फ सुकून महसूस करता है।"

"चांदनी।"

वह आगे बढ़कर उससे लिपट गई। कहा–"अब और मत तरसाओ। कह दो तुम मुझे जीत चुके हो।"

चक्रेश की बांहें उसके जिस्म के चारों तरफ यूं लिपट गई जैसे जीते-जागते सर्प बन गई हों। होंठों पर मुस्कान थी। कामयाबी से भरपूर मुस्कान। उसे खुद से लिपटाए कह उठा–"इस बात का यकीन तो मुझे था कि एक दिन तुम इन बांहों में होंगी मगर यह नहीं सोच सका था, ऐसा इतनी जल्दी हो जाएगा।"

"वह वक्त आ गया है चक्रेश जब हमें देवी मां के मंदिर में मिलना चाहिए।"

"मतलब?"

"पापा को पता लग गया तो . . ."

"तो?"

"हमें जल्दी से जल्दी शादी कर लेनी चाहिए ताकि पता लगने पर भी वे कुछ न कर सकें।"

"मैं तो कब से उन लम्हों के लिए मरा जा रहा हूं।"

"तो फिर बोलो–कब और कहां होगी हमारी शादी?"

रात का वक्त।

दूर-दूर तक सन्नाटा।

चांदनी रात थी वह। हर तरफ चांदनी बिखरी पड़ी थी। जैसे चांदी को पिघलाकर बिखेर दिया गया हो। माता काली का वह मंदिर हालांकि अब खंडहर में तब्दील हो चुका था। मगर मान्यता आज भी उसकी बहुत थी।

मंदिर थोड़ा ऊपर था।

वहां पहुंचने के लिए कई जगह से सीढ़ियां टूट-फूट चुकी थीं

बस दो ही चीज़ें थी वहां। बड़े-बड़े पत्थर और बूढ़े हो चुके वृक्ष।

अचानक वे पत्थर और वृक्ष किसी गाड़ी की हैड लाईट से सरोबार हो गए। चारों तरफ छाए सन्नाटे को इंजन की आवाज ने भंग कर दिया था। वह लाल रंग की मर्सडीज थी जो सड़क से टर्न होकर मंदिर के आंगन में रुकी।

हैड लाईट्स के झाग अब टूटी-फूटी सीढ़ियों को जगमगा रहे थे।

चक्रेश ने हैडलाईट ऑफ करने की कोशिश नहीं की।

दरवाज़ा खोलकर बाहर निकला।

चेहरा मंदिर की तरफ उठाकर थोड़ा जोर से बोला–"चांदनी!"

पथरीले जंगल में भटकने के बाद उसकी अपनी ही आवाज उसके अपने कानों से आ टकराई। जवाब में कहीं से भी कोई अन्य आवाज नहीं उभरी थी। एक बार उसने चांदनी को पुकारा।

जवाब में चांदनी की आवाज आई–"मैं आ चुकी हूं चक्रेश।"

"पर तुम हो कहां?" चक्रेश ने ऊंची आवाज में पूछा।

"यह रही। ठीक तुम्हारे सामने।" इन शब्दों के साथ वह सबसे ऊपर वाली सीढ़ी पर खड़ी नजर आई।

वह सफेद रंग का सलवार सूट पहने हुए थी। लंबे बाल खुले हुए। हवा के परों पर वे कुछ यूं लहरा रहे थे कि चक्रेश को हॉरर फिल्मों में, दिखाई जाने वाली 'भटकती आत्मा' याद आ गई।

सफेद लिबास पहने चांदनी में खड़ी चांदनी वैसी ही लगी थी।

"कमाल है भाई। शादी के लिए कनाडा में तुम्हें कोई दूसरा मंदिर नहीं मिला?"

"क्यों, इस मंदिर में तुम्हें क्या बुराई नजर आ रही है?" कहने के साथ वह हंसी थी।

"यह मंदिर है? . . . मुझे तो खंडहर नजर आ रहा है।"

"मंदिर पुराना सही चक्रेश मगर कनाडा में सबसे ज्यादा मान्यता है। उसने संभल-संभलकर सीढ़ियां उतरते हुए कहा था–मगर तुम्हें यहां बुलाने के पीछे एक दूसरा कारण भी है।"

"दूसरा कारण?"

"मंदिर माता महाकाली का है।"

वह सीढ़ियों की तरफ बढ़ता बोला–"मैं समझा नहीं।"

"मैं बचपन से काली की पुजारिन हूं।" उसका स्वर बड़ा विचित्र था–"पूछो क्यों?"

"क्यों?"

"क्योंकि महाकाली ने एक हाथ में खड्ग दूसरे में खप्पर लेकर दुष्टों का संहार किया था।"

चक्रेश हंसा। बोला–"तुम यहां शादी करने आई हो या दुष्टों का संहार करने?"

"दुष्टों का न सही।" उसने बीच वाली सीढ़ी पर ठिठककर कहा।

"दुष्ट का संहार करने जरूर आई हूं मैं।"

"क्या मतलब?" चक्रेश हकला उठा। जैसे किसी खतरे की गंध सूंघी हो।

अचानक चांदनी की आवाज बहुत की कर्कश हो गई थी–"क्या तू अपने से बड़ा दुष्ट भी दुनिया में किसी को समझता है?"

"क्या बात है डार्लिंग।" चक्रेश ने सतर्क स्वर में कहा–"तुम्हारे तो तेवर ही बदले हुए हैं।"

"ठीक पहचाना। मगर देर से पहचाना। तू मेरे जाल में फंस चुका है जालिम।"

"जाल?"

"मुझे मालूम था–तू यहां जरूर आएगा। मैंने डोरे ही ऐसे डाले थे।"

"ओह!" चक्रेश के दिमाग के सारे खिड़की-दरवाज़े मानों एक झटके से खुल गए–"तो तुम्हारे वे बैनर्स, पोस्टर्स होर्डिंग्स और मुझसे प्यार का इजहार करना सब झूठे थे।"

"झूठ नहीं, जाल। जाल था वह।" चांदनी कहती चली गई–"चारा तो डालना ही पड़ता है न शिकार को फंसाने के लिए। और तू फंस गया। छैला बनकर शादी करने आया है यहां मुझसे।"

चक्रेश की जुबान तालू से चिपककर रह गई थी। बुरी तरह हक्का-बक्का नजर आ रहा था।

चांदनी ने पुनः सीढ़ियां तय करना शुरू करते हुए कहा–"अपनी मुहब्बत के मोहपाश में फंसाएगा मुझे। दीवानी बनाएगा अपनी। अपने प्यार में मुझे फंसाएगा। रुलाएगा। तड़पाएगा। . . . क्यों?"

"मेरी समझ में नहीं आ रहा। इस सबका मतलब क्या है?"

"मतलब साफ है कमीने।" चांदनी के लहजे में उसके लिए घृणा ही घृणा थी–"मैंने तुझे . . . सिर से मुहब्बत का भूत उतारने के लिए बुलाया है। इस किस्म के भूतों को उतारने वाले स्पेशल ओझा यहां पहुंच चुके हैं।"

"चांदनी तुम . . ."

वाक्य अधूरा रह गया।

कारण?

चांदनी ने तीन बार ताली बजाई थी।

और . . . चक्रेश को अपने चारों तरफ बड़े-बड़े पत्थरों पर असंख्य गुंडे नजर आने लगे।

किसी के हाथ में हॉकी थी तो किसी के हाथ में मोटर साईकिल की चेन। कोई लोहे के सरिए को हवा में लहरा रहा था तो कोई मोटे बक्कल वाली बैल्ट को। चक्रेश ने घूम-घूमकर चारों तरफ देखा।

खतरा भांपते ही वह फिरकनी की तरह वापस घूमा और अपनी गाड़ी की तरफ दौड़ा।

गाड़ी के नजदीक पहुंचा ही था कि–

हवा में 'सांय' की आवाज सुनी।

एक हॉकी बहुत जोर से उसकी पसलियों से आकर टकराई थी।

मुंह से चीख निकालता हुआ वह हवा में लुढ़ककर पथरीली जमीन पर जा गिरा।

"जाता कहां है हरामजादे। अभी तो डिस्कोथ का हिसाब बाकी है।" गाड़ी की बैक से जगवीर प्रकट हुआ।

वह हॉकी उसी के हाथ में थी जिसके वार के कारण चक्रेश अभी तक बिलबिला रहा था।

जबरदस्त पीड़ा के बावजूद वह बहुत फुर्ती से उछलकर खड़ा हुआ।

तब तक 'धप्प-धप्प' की आवाजों के साथ जगवीर के सभी साथी पत्थरों से कूद चुके थे।

चक्रेश के चारों तरफ एक दायरा-सा बना रखा था उन्होंने।

बौखलाया हुआ चक्रेश कभी दाएं देख रहा था कभी बाएं। कभी सामने कभी पीछे।

"बहुत बड़ा मजनूं है ना तू। बहुत बड़ा मजनूं है।" कहता हुआ हॉकी ताने जगवीर उसकी तरफ बढ़ रहा था।

चक्रेश के पास उसी अनुपात में पीछे हटते रहने के अलावा कोई चारा नहीं था।

मगर कब तक?

कब तक पीछे हट सकता था वह?

पीछे भी जगवीर के साथी थे। पीछे ही क्यों—वे तो हर तरफ थे उसके। अपने-अपने हथियारों को लहराते दायरा तंग करते चले जा रहे थे। बेहद नजदीक पहुंचकर जगवीर ने एक बार फिर हॉकी घुमाई।

उससे बचने के लिए चक्रेश एक तरफ को हटा मगर जिधर हटा था उधर वाले गुंडे के हाथ में मौजूद चेन 'राड' से उसके जिस्म पर पड़ी। वह तड़प उठा। हलक से चीख निकली और . . . उसके बाद तो उसकी चीखों से मंदिर के आसपास का इलाका मानो दहल उठा।

जमीन पर गिर गया था वह।

बावजूद इसके, गुंडे उस पर एक के बाद एक वार करते चले गए।

उधर दांत भींचे चांदनी जुनूनी अवस्था में चीखे जा रही थी—"मारो . . . मारो . . . और मारो कमीने को।"

बहुत जल्द चक्रेश के हलक से चीखें निकलनी बंद हो गईं।

जब किसी ने उसकी तरफ से प्रतिरोध होता न देखा तो हाथ स्वतः रुकते चले गए।

चांदनी तब तक सीढ़ियों से उतरने के बाद मर्सडीज की हैडलाईट के दायरे में आ चुकी थी।

चेहरे के जर्रे-जर्रे पर घृणा लिए वह कदमों को जमा-जमाकर रखती हुई जमीन पर पड़े चक्रेश के जिस्म के नजदीक पहुंची अपनी दाएं पैर की ठोकर मारती बोली–"दीवानी बनाएगा मुझे अपनी! पागल करेगा अपने प्यार में!"

चक्रेश का जिस्म लुढ़ककर रह गया।

कोई कुछ नहीं बोला।

नफरत की अपनी ही दुनिया में खोई चांदनी कहती चली गई–"जंगा, इसने बहुत सताया मुझे। इतना ज्यादा कि कोई लड़का किसी लड़की को नहीं सता सकता। आज मैं इस कमीने से अपनी बदनामी का बदला ले सकी। अब . . . अब जाकर चैन मिला है मुझे। और ये सब तुम्हारी मदद से हो सका जंगा।" वह जगवीर की तरफ घूमकर बोली–"तुम्हारे इस एहसान को मैं कभी नहीं भूला सकूंगी। थैंक्यू जंगा। थैंक्यू वेरी मच।"

"सूखे थैंक्यू से जंगा की प्यास न कभी बुझी है, न बुझेगी।" जगवीर के होंठों पर कुटिल मुस्कान थी।

"क्या मतलब?" चांदनी चिहुंकी।

"उसमें तुम्हारे इन रसीले होंठों का शहद मिला होना चाहिए।"

"जंगा!" चांदनी का सारा वजूद कांप उठा–"ये क्या कह रहे हो तुम?"

"क्यों?" जगवीर ने उसकी तरफ बढ़ते हुए कहा–"मेहनताना अदा नहीं करोगी हमारी इस मेहनत का?"

"देखो जंगा।" वह पीछे हटती बोली–"यह बात ठीक नहीं है।"

"क्या बात ठीक नहीं है साली। क्या बात ठीक नहीं है। बेवकूफ समझती है जंगा को। पैदल समझती है दिमाग से। तू मुझे यूज करेगी और मैं होता रहूंगा। क्या मैं नहीं जानता–तुझे मुझसे कोई प्यार नहीं है। अपनी बर्थडे पार्टी में तू मुझे खुद से चिपकाए केवल इसे जलाने के लिए नाचती रही। मैं भी नाचता रहा। उल्लू जो सीधा हो रहा था अपना?"

चांदनी की हालत चारों तरफ से घिरी भयभीत हिरनी-सी हो गई।

"क्यों दोस्तो, जब इस जैसी कोई हसीना खुद ही मेरे जिस्म से रगड़-रगड़कर ठुमके लगाए तो भला मुझे क्या ऑब्जेक्शन हो सकता था?"

सारे गुंडे ठहाका लगाकर हंस पड़े।

"और फिर, यह तो मैंने भी नहीं सुना–प्यार साला है किस चिड़िया का नाम। एक ही बात सीखी है मैंने तो–अपने दोस्तों के साथ मिल-जुलकर आम को चूसो और गुठली को फेंक दो।"

"देखो जंगा।" चांदनी की रुलाई फूटने को थी–"मैं ऐसी लड़की नहीं हूं।"

"तो क्या सोचा था तूने, मेरे कहने पर हमने तेरे इस यार की ठुकाई क्यों की?"

"ठुकाई करने के लिए तुमने कहा था। मैंने तो केवल सहमति दी थी।" लगातार पीछे हट रही चांदनी कहती चली गई–"पहले तुम्हीं ने कहा था–तुम्हें इससे डिस्कोथ का बदला लेना है। मैं इसे किसी बहाने से यहां . . ."

"और तेरे हाथ बटेर लग गई।" वह उसकी बात काटकर कह उठा–"तू! तो जाने कब से, इससे किन-किन बातों का बदला लेने के लिए फड़फड़ा रही थी। तूने सोचा–फ्रीफंड में आंख का अंधा गांठ का पूरा मिल रहा था। फौरन सहमत हो गई। डोरे डालकर बुला ही लिया इसे यहां।"

तभी, पीछे हटती चांदनी को एक गुंडे ने पीछे से दबोच लिया।

चांदनी जोर-जोर से चिल्लाने लगी–"बचाओ . . . बचाओ!"

जगवीर और उसके साथियों के ठहाके बुलंद होते चले गए।

"बेकार घेंट फाड़ रही है।" हंसते हुए जगवीर ने कहा–"तू जानती है। यहां दूर-दूर तक हमारे अलावा कोई नहीं है। तूने तो खुद ही यहां इसलिए बुलाया था ताकि उसे किसी किस्म की मदद न मिल सके। और हमने सोचा था एक पंथ दो काज हो जाएंगे। डिस्कोथ का बदला भी चुक जाएगा, तुझे भी चख लेंगे।"

अब चांदनी की समझ में यह बात आ चुकी थी कि गिड़गिड़ाने से कुछ नहीं होगा।

उसे जकड़े गुंडा ठिठककर दूर जा गिरा।

वह एक तरफ को दौड़ी।

मगर।

किधर दौड़ सकती थी वह?

जब चक्रेश को ही रास्ता नहीं मिल सका तो वह किधर से निकल जाती?

किसी तरह एक से खुद को छुड़ाती तो दूसरा दबोच लेता। दूसरे से छुड़ाती तो तीसरा। कपड़े जगह-जगह से फट गए थे। जिस्म से खून झांकने लगा। पैशाचिक अट्टाहास के साथ वे उसके साथ खिलवाड़-सा कर रहे थे।

जगवीर ने तो कह भी दिया—"मुझे फड़फड़ाता हुआ गर्म गोश्त बहुत अच्छा लगता है।"

उस वक्त वे उसे पूरी तरह दबोच चुके थे। जमीन पर डाल चुके थे। कपड़े नोच रहे थे जब चक्रेश के जिस्म में हरकत हुई। उछलकर खड़ा हो गया वह।

जगवीर सहित सभी चीखती-चिल्लाती चांदनी को काबू में करने की कोशिश कर रहे थे। उसकी तरफ तो ध्यान तक नहीं था किसी का। उसने झपटकर अपने नजदीक पड़ी एक हॉकी उठाई और दहाड़ा—"उसे छोड़ दो हरामजादो!"

वे चौंके।

मगर।

"ठक्क।" हॉकी एक के सिर पर पड़ी। हलक से चीख निकालता वह जमीन पर जा गिरा।

और . . . एक ही क्यों, अब तो चक्रेश की हॉकी ने एक-एक की पसलियां तोड़नी शुरू कर दीं।

जुनून हावी था उस पर।

उसे खुद नहीं मालूम था हॉकी कब किसके जिस्म से टकरा रही है। वह तो बस उसे घुमाए चला जा रहा था। जगवीर के साथियों को प्रतिरोध तक करने का मौका नहीं मिल रहा था। चांदनी के चक्कर में अपने हथियार वे बहुत पहले ही जमीन पर डाल चुके थे।

इधर चक्रेश हॉकी घुमा रहा था। गुंडों की चीखें गूंज रही थीं।

उधर मौका मिलते ही चांदनी उछलकर बहुत तेजी से मंदिर के पीछे की तरफ भागी मगर जगवीर उसके पीछे था।

वह ज्यादा दूर नहीं भाग सकी।

जगवीर ने एक ही जंप में उसका रास्ता रोक लिया। जाने कब उसने

अपनी जेब से चाकू निकाल लिया था। उसे हवा में लहराता हुआ हिंसक स्वर में गुर्राया–"इतनी आसानी से बचकर नहीं जाने दूंगा, तुझे। तेरे यार से मेरे यार निपट लेंगे। कुछ भी सही। है तो साला अकेला ही। वे छः हैं। वापस चल वर्ना चीरकर रख दूंगा।"

मरने की जरा भी तो परवाह नहीं की चांदनी ने।

पैंतरा बदलकर दूसरी तरफ को भागी।

जगवीर उस पर झपटा। झपटकर उसने उसके बाल पकड़ भी लिए मगर एक पत्थर पर ठोकर लगने के कारण गिर भी पड़ा। उसके साथ चांदनी भी गिर गई थी।

कुछ देर तक दोनों लुढ़कते चले गए।

उधर जगवीर संभला, इधर चांदनी।

वह उछलकर खड़ा हो गया।

चांदनी ने देखा–चाकू उसके नजदीक पड़ा था।

जब जान बन जाती है तो कमजोर से कमजोर व्यक्ति भी असीम ताकतवर बन जाता है। शायद यही कारण था कि मासूम लड़की ने झपटकर चाकू उठाया और उछलकर खड़ी हो गई। पता नहीं जगवीर उसके हाथ में मौजूद चाकू को देख भी पाया था या नहीं, उसने तो बस चांदनी पर जंप लगा दी थी।

जगवीर की जोरदार चीख से माहौल दहल उठा।

चांदनी ने पाया–उसके हाथ में मौजूद चाकू का चमकदार फल जगवीर की छाती में पेवस्त था।

चीख के साथ वह अजीब ढंग से लहराया और 'धड़' से जमीन पर जा गिरा।

खून से सराबोर चाकू चांदनी के हाथ में था। हकबकाई हुई वह आंखें फाड़े जमीन पर पड़े जगवीर को देख रही थी। उसके जिस्म में कोई हलचल नहीं थी।

चांदनी जिस पोज में थी उसी पोज में इस तरह खड़ी रह गई जैसे टीवी स्क्रीन पर दृश्य फ्रिज कर दिया गया हो।

उधर, लगभग सभी को 'बिछाने' के बाद चक्रेश का ध्यान जब इधर गया तो दौड़कर नजदीक आया।

चांदनी की समझ में कुछ नहीं आ रहा था। ज्यों का त्यों खड़ी थी वह।

चक्रेश ने हॉकी एक तरफ फैंकी। झपटकर जगवीर की नब्ज चैक की। मुंह से निकला–"उफ्फ! ये तो मर गया!"

चांदनी के कानों तक मानो कोई आवाज पहुंच ही नहीं रही थी।

चक्रेश बुरी तरह हांफ रहा था। कुछ देर तक तो जैसे उसकी भी समझ में कुछ नहीं आया।

तभी, वातावरण में पुलिस साइरन की आवाज उभरी। आवाज कहीं दूर से आ रही थी मगर चक्रेश की मानो सभी इंद्रियों को जगा गई। झपटकर उसने चांदनी के हाथ से चाकू छीन लिया। चीखा–"भाग जाओ! यहां से भाग जाओ चांदनी!"

"क्या मतलब?" उसके मुंह से हकबकाया लहजा निकला।

"इसे मैंने मारा है। तुम्हें यहां के बारे में कुछ पता ही नहीं। तुम कभी आई ही नहीं यहां।"

चांदनी का दिमाग जाम होकर रह गया। उसकी समझ में कुछ नहीं आ रहा था।

साइरन की आवाज नजदीक आती जा रही थी।

"जाओ! मैं कहता हूं भाग जाओ यहां से!" चीखने के साथ चक्रेश ने उसे धकेला।

चांदनी गिरते-गिरते बची। तंद्रा भंग हो चुकी थी। एक बार फिर चक्रेश ने भागने के लिए कहा तो पलटकर सचमुच मंदिर के पिछले हिस्से की तरफ भागी। मगर थोड़ा-सा भागते ही महसूस किया–चक्रेश उसके साथ नहीं है। ठिठकी। पलटी। चीखी–"और तुम!"

"मेरी परवाह मत करो।" लाश को अपनी गाड़ी की तरफ घसीटता चक्रेश चीखा।

एक बार फिर चांदनी अपने स्थान पर जाम होकर रह गई।

साइरन की आवाज नजदीक . . . और नजदीक आती जा रही थी।

लाश को लगातार मर्सडीज की तरफ घसीटता चक्रेश एक बार फिर चिल्लाया–"खड़ी क्यों हो चांदनी? प्लीज! भाग जाओ! तुम्हें मेरी कसम . . . नहीं . . . मेरी कसम कहां मानोगी तुम। . . . तुम्हें अपनी कसम। भाग जाओ यहां से। माना कि तुम मुझसे प्यार नहीं करतीं मगर . . . मगर तुम जानती हो–मैं तुमसे सच्चा प्यार करता हूं। तुम्हें मेरे प्यार का वास्ता। एक बार . . . बस एक बार . . . पहली और आखिरी बार

मेरे प्यार को इज्जत बख्श दो चांदनी। भाग जाओ यहां से।" हलक फाड़कर कहता-कहता वह मर्सडीज के नजदीक पहुंच चुका था।

और चांदनी।

चांदनी के जहन में अपने ही शब्द गूंज रहे थे—"सोच क्या रही है बेवकूफ! सोच क्या रही है तू? अगर वह खुद मरना चाहता है तो तू सोच क्या रही है, मत भूल। मत भूल कि यह वह कमीना है जिसने ऐन शादी के मौके पर तुझे सारे शहर के सामने जलील किया। भरी अदालत में रुसवाईयों के हंटर बरसाए। सारी दुनिया के सामने एक मजाक बनाकर रख दिया तुझे। डिस्कोथ में सबके सामने चांटे मारे। बाल पकड़कर खींचे। तेरे अपनों को तेरे खिलाफ कर दिया। अब वह खुद सूली पर चढ़ने के लिए तैयार है तो तू सोच क्या रही है? खड़ी क्यों है यहां? भाग क्यों नहीं जाती? उससे प्यार करने लगी है।"

"हुंह।" चांदनी मूर्खों की मानिंद बड़बड़ाई—"प्यार! और इस कमीने से? इससे! जिसने मुझे फंसाने का चैलेंज दिया था। दावा किया था मुझे अपनी दीवानी बनाने का। मेरी तो जूती तक इससे प्यार नहीं कर सकती।"

"तो भागती क्यों नहीं। उसे सब सिखाने का इससे अच्छा मौका और क्या मिलेगा। एहसान कर रहा है मुझ पर। मेरे द्वारा कि गए कत्ल के इल्जाम में खुद को फंसाकर प्रभावित करना चाहता है मुझे। अच्छा ही तो है। मरता है तो मरे। हमेशा के लिए पीछा ही छूट जाएगा। भाग! चांदनी। ऐसे फ्रॉडिए को उसी की चाल में फंसाना समझदारी होगी।"

उस वक्त वह लाश को उठाकर डिक्की में डाल चुका था।

अभी-भी लगातार उससे भाग जाने के लिए कह रहा था।

पुलिस साइरन की आवाज अब बेहद नजदीक से आ रही थी।

चांदनी ने मंदिर के पीछे की तरफ दौड़ लगा दी। उसकी गाड़ी उसी तरफ खड़ी थी। मंदिर के पीछे पहुंचकर एक बार पुनः ठिठकी। खुद को दीवार की आड़ में छुपाए रखकर मर्सडीज की तरफ देखा।

वह ड्राईविंग सीट पर बैठकर गाड़ी स्टार्ट कर चुका था।

गाड़ी को 'यू टर्न' दिया उसने।

चांदनी ने महसूस किया—वह उस दिशा से ठीक विपरीत दिशा में

गया है जिधर से पुलिस साइरन की आवाज आ रही थी। वह दांत भींचकर बड़बड़ाई–"बचना नहीं चाहिए कमीना।"

साइरन की आवाज निरंतर नजदीक आती जा रही थी।

करीब पांच मिनट बाद एक पुलिस पैट्रोल कार नजर आई। उसका साइरन अब भी बज रहा था। छत पर लगी लाल बत्ती तेजी से घूम रही थी। उसकी हैडलाईट पथरीली जमीन पर पड़े जख्मी गुंडों पर पड़ चुकी थी।

उनमें से कई अभी तक कराह रहे थे।

उनके हथियार भी आसपास बिखरे पड़े थे।

"अरे!" किसी की आवाज–"लगता है यहां दो गिरोहों के बीच जबरदस्त मारपीट हुई है।"

"इसका मतलब मेरा अनुमान ठीक ही निकला सर।" दूसरी आवाज–"थोड़े-थोड़े अंतराल पर मैंने तीन गाड़ियों को इधर आते देखा था। उसी समय माथा ठनक गया था मेरा। रात के इस वक्त आमतौर पर काली के इस मंदिर की तरफ कोई नहीं आता है। मुझे उसी समय लगा था–आज इधर कोई गड़बड़ होने वाली है।"

पैट्रोल कार का इंजन ऑफ कर दिया गया था। साइरन का बजना और बत्ती का घूमना भी उसी के साथ बंद हो गया। पांच पुलिसवाले गाड़ी से उतरे। हैडलाईट ऑफ नहीं की गई थी। उसकी रोशनी में चांदनी उन्हें साफ देख सकती थी। खुद को वह पूरी तरह दीवार के पीछे छुपाए हुए थी।

दिल धड़-धड़ की आवाज के साथ पसलियों पर सिर पटक रहा था।

एक इच्छा हुई थी–इस वक्त उसे यहां मौजूद नहीं रहना चाहिए।

पकड़ी गई या उनमें से किसी के द्वारा देख भी ली गई तो . . .

इस 'तो' से आगे सोचकर वह कांप उठी।

गर्दन घुमाकर एक बार मंदिर के पीछे खड़ी अपनी और जगवीर की गाड़ियों की तरफ देखा। उन्हें घुमाकर मंदिर के पीछे खड़ा ही इसलिए किया गया था ताकि चक्रेश को पहले से वहां जगवीर की मौजूदगी का एहसास न हो।

पुलिस को वे तब तक नजर नहीं आ सकती थीं जब तक बाकायदा 'सर्च' ही शुरू न हो जाए।

कम से कम अब . . . वह तब तक अपनी गाड़ी के साथ यहां से नहीं निकल सकती थी जब तक पुलिस मौजूद है।

गाड़ी के स्टार्ट होने की आवाज ही फंसा देती उसे।

सो, मजबूर थी। जहां थी वहीं अपनी आंखों के सामने का नजारा देखती रही।

"मगर।" एक पुलिसवाले ने कहा–"गाड़ी तो यहां कोई नजर आ नहीं रही।"

"यहां।" एक अन्य ने अपने हाथ में मौजूद टॉर्च का प्रकाश ठीक वहां डालते हुए कहा, जहां मर्सडीज खड़ी थी–"यहां टायरों के निशान मौजूद हैं सर और . . . खून के निशान भी हैं। जैसे किसी जख्मी को घसीटा गया हो।"

"और निशान बस यहीं पर खत्म हो गए हैं।" एक बार पुलिसवाले ने टॉर्च का प्रकाश दायरा आसपास लहराते हुए कहा–"इसका मतलब जख्मी को गाड़ी में डाल दिया गया।"

"जख्मी नहीं था सर।" कराहता हुआ एक घायल गुंडा कह उठा–"उसने जगवीर को मार डाला।"

"कौन जगवीर?" एक पुलिसवाले ने लपककर उसके नजदीक बैठते हुए पूछा–"किसने मार डाला उसे?"

"चक्रेश ने।"

"कौन चक्रेश?"

"मैं उसके बारे में नाम से ज्यादा कुछ नहीं जानता सर।"

"डैड बॉडी को लेकर वह किधर गया है?"

जख्मी गुंडे की उंगली उस तरफ उठ गई जिधर चक्रेश गया था।

"क्विक!" उनके अफसर ने पैट्रोल कार की तरफ लपकते हुए कहा–"पीछा करो उसका। निकलना नहीं चाहिए।"

आनन-फानन में पुलिसवाले पैट्रोल कार में समा गए।

'धड़-धड़' करके दरवाज़े बंद हुए। इंजन स्टार्ट होते ही एक बार फिर वातावरण में साइरन की आवाज गूंजने लगी। छत पर लगी लाल बत्ती नाचने लगी। पैट्रोल कार बहुत तेजी से उस दिशा में लपकी जिधर चक्रेश गया था।

इस दृश्य को देखकर चांदनी के होंठों पर ठीक वैसी ही मुस्कान

उभरी जैसी बारात को लौटते देखकर चक्रेश के होंठों पर उभरी थीं।

⅄

"तेज . . . और तेज।" पैट्रोल कार के ड्राईवर की बगल में बैठे इंस्पेक्टर रेंक के पुलिसवाले ने दांत भींचकर कहा–"और तेज चलाओ गोम्स। वह निकलना नहीं चाहिए। निकल गया तो शायद फिर कभी हाथ न आए क्योंकि हमें उसके नाम से ज्यादा कुछ पता नहीं लग सका है। रंगे हाथों में पकड़ा जाना चाहिए वह।"

गोम्स के पैर पर दबाव एक्सीलेटर पर बढ़ता चला गया।

दस मिनट तक भी गाड़ी दौड़ते रहने के बावजूद जब उन्हें सड़क पर कोई और गाड़ी नजर नहीं आई तो निराशा-सी फैलने लगी। पीछे बैठे एक पुलिसवाले ने तो कह भी दिया–"सर, मेरे ख्याल से वह हमसे काफी पहले . . ."

"वह रहा।" इंस्पेक्टर ने उत्साहित अंदाज में कहकर उसकी बात काटी।

सबने एक साथ विंड स्क्रीन के पार देखा–पैट्रोल कार की हैड लाईट्स के अगले सिरे पर एक लाल रंग की मर्सडीज खड़ी नजर आ रही थी। वह एक नदी के पुल पर खड़ी थी और नजर आया–एक डैडबॉडी को पुल के रेलिंग की तरफ घसीटता शख्स। खुद को हैड लाईट से नहाया देखकर उन्होंने उसे बौखलाए हुए साफ देखा था।

"तेज चलो गोम्स! तेज!" इंस्पेक्टर ने होलेस्टर से रिवॉल्वर निकाल लिया–"वह लाश को नदी में डालने की कोशिश कर रहा है।"

गोम्स के दांत दांतों पर, पैर एक्सीलेटर पर कस गए।

पैट्रोल कार की हैडलाईट तेजी से चक्रेश को रोशनी से नहलाती चली जा रही थी।

पुलिसवालों ने साफ देखा–एक पल के लिए तो वह इतना बौखला गया था जैसे समझ ही न पा रहा हो क्या करे?

किंकर्तव्यविमूढ़ जैसी अवस्था हो गई थी उसकी।

मगर अगले पल, डैडबॉडी को खींचकर पुल के रेलिंग पर लटकाया।

नदी की तरफ धकेला।

डैडबॉडी नदी में जा गिरी।

फिर वह वापस मर्सडीज की तरफ लपका। सीधा ड्राईविंग डोर खोला था उसने। गाड़ी स्टार्ट करके आगे बढ़ा दी।

डिक्की अभी तक खुली हुई थी। उसे बंद करने का टाईम ही नहीं था चक्रेश के पास। उस चक्कर में लगता तो पैट्रोल कार उसकी छाती पर ही जो आ चढ़ती। मर्सडीज ने गजब की फुर्ती के साथ रफ्तार पकड़ ली थी।

"अब बचकर कहां जाएगा बच्चू। अब तो हम तुझे भी दबोच लेंगे और लाश को भी बरामद कर लेंगे।" दांत भींचकर बड़बड़ाने के बाद इंस्पेक्टर ने कहा–"और तेज चलो गोम्स, वह तुमसे अच्छा ड्राईवर नहीं हो सकता।"

मगर।

इंस्पेक्टर का ख्याल गलत था।

दोनों गाड़ियों के बीच की दूरी लगातार बढ़ती जा रही थी, इससे जाहिर था–चक्रेश गोम्स से बेस्ट ड्राईवर था।

इंस्पेक्टर बार-बार "और तेज–और तेज" कह रहा था। गोम्स को कहना पड़ा–"इससे तेज चलाने पर एक्सीडेंट हो सकता है सर।"

"वह भी तो चला रहा है।" इंस्पेक्टर झुंझलाया।

"उसे शायद अपने मरने की परवाह नहीं है।"

इंस्पेक्टर कुछ कह नहीं सका। केवल दांत पीसकर रह गया। गोम्स ठीक ही कह रहा था–मर्सडीज की रफ्तार बढ़ रही थी–सचमुच चलाने वाले को अपनी जान की परवाह नहीं है।

दोनों गाड़ियां अपनी-अपनी रफ्तार से भागती रहीं।

कुछ देर इंस्पेक्टर जाने क्या सोचता रहा। फिर, रिवॉल्वर वाला हाथ तानता हुआ गुर्राया–"अगर वह भला मरना ही चाहता है तो उसका भी इंतजाम किए देता हूं।"

"धांय।" कहने के साथ उसने ट्रेगर दबा दिया था।

सायरन की आवाज को चीरती गोली की आवाज मुकम्मल जंगल में गूंज गई।

और।

वह एक ही क्यों?

इंस्पेक्टर ने कई गोलियां चलाईं। तब तक चलाता रहा जब तक एक गोली मर्सडीज के पिछले बाएं टायर में न जा धंसी। टायर के मुंह फाड़ते ही मर्सडीज भयंकर तरीके से डगमगाई और अगले पल ही–

"धड़ाम" की जोरदार आवाज के साथ चट्टान से जा टकराई।

उसका अगला हिस्सा पूरी तरह ध्वस्त हो चुका था।

उस दृश्य को देखते ही गोम्स के पैर ने ब्रेक पैडल दबाना शुरू कर दिया था। टायरों को तीव्र चीख-चिल्लाहट के साथ पैट्रोल कार चट्टान से टकराई मर्सडीज के बेहद नजदीक रुकी। उसके दरवाज़े खोलकर बाहर कूदते वक्त अकेले इंस्पेक्टर ही नहीं, सभी के रिवॉल्वर उनके हाथों में थे।

मगर, किसी को रिवॉल्वर के इस्तेमाल की जरूरत नहीं पड़ी।

चक्रेश न केवल मर्सडीज का टूटा-फूटा ड्राईविंग डोर खोलकर बाहर आ चुका था बल्कि अपने हाथ भी हवा में उठा रखे थे।

पुलिसवालों ने उसे घेर लिया। इंस्पेक्टर उसका कॉलर पकड़कर झंझोड़ता हुआ गुर्राया–"बहुत शातिर किस्म का हरामी लगता है। यह जानने के बावजूद लाश नदी में लुढ़का ही दी कि हम सारा मंजर देख रहे हैं।"

"मैंने अपना काम किया, तुम अपना करो।" चक्रेश के चेहरे पर शिकन तक नहीं थी।

⅄

चक्रेश के हाथों में हथकड़ी थी।

दो अन्य पुलिसवालों के साथ इंस्पेक्टर उसे लिए तेजी से हवालात की तरफ बढ़ रहा था।

हवालात के नजदीक पहुंचकर वे ठिठके। इंस्पेक्टर ने हवलदार को सलाखों वाले गेट पर झूल रहे मोटे ताले को खोलने का हुक्म दिया। हवलदार ने जेब में हाथ डाला। उसी क्षण उसके मुंह से निकला–"ओह! सॉरी सर। चाबी तो मैं भूल ही आया।"

इंस्पेक्टर की डांट से बचने के लिए वह तेजी से पलटकर वापस चल दिया था।

"ठहरो दोस्त!" एकाएक चक्रेश ने कहा।

वह ठिठका। घूमा।

अकेले, उसी को नहीं, तीनों की नजर चक्रेश पर अटककर रह गई थी।

बड़ी ही मोहक मुस्कान के साथ चक्रेश ने कहा–"उसकी जरूरत नहीं है।"

"क्या मतलब?" इंस्पेक्टर गुर्राया।

चक्रेश ने गुलाबी होंठों पर वही मुस्कान चिपकाए हथकड़ी सहित अपने दोनों हाथ इंस्पेक्टर की जेब की तरफ बढ़ाए। इससे पहले कि इंस्पेक्टर कुछ समझ पाता, चक्रेश ने उसकी जेब से पैन निकाल लिया।

उस वक्त वह अपने दांतों से पैन के क्लिप को सीधा करने का प्रयत्न कर रहा था जब असमंजस में फंसे इंस्पेक्टर ने पूछा–"ये तुम क्या कर रहे हो?"

"देखते रहो।" चक्रेश ने क्लिप सीधा करने के बाद कहा–"केवल दो मिनट दो मुझे।"

उनमें से किसी के मुंह से कोई आवाज नहीं निकली।

चक्रेश ने उनके बोलने का इंतजार भी नहीं किया।

दरवाज़े की तरफ घूमा। थोड़ा झुका। सीधा हो चुका क्लिप 'की होल' में डाला।

तीनों उसे हैरान नजरों से देख रहे थे।

और . . . दो मिनट तो बहुत ज्यादा मांग लिए थे चक्रेश ने। उन्होंने देखा–मजबूत ताले ने एक मिनट से भी कम समय में मुंह फाड़ दिया था। इस दृश्य को देखकर तो मारे हैरानगी के उनके मुंह खुले के खुले रह गए।

एक-दूसरे की तरफ कुछ ऐसी मुद्रा में देखा जैसे पूछ रहे हों–"क्या तुमने भी वही देखा जो मैंने देखा है?"

तीनों के भाव केवल पूछ ही रहे थे।

जवाब किसी ने नहीं दिया।

चक्रेश गेट खोलकर सलाखों वाले गेट के उस तरफ पहुंच चुका था। उनकी तरफ पलटकर अपनी स्थायी मुस्कान के साथ बोला–"यहां की हवालात के तालों की क्वालिटी भी इंडिया की हवालातों के तालों से बेहतर नहीं है। उधर तो अंदर-बाहर आना-जाना लगा ही रहता है न।"

वे तीनों उसे यूं देख रहे थे जैसे अजूबा देख रहे हों।

इंस्पेक्टर ने सलाखों के नजदीक पहुंचकर कहा–"मेरा पैन दो।"

"ओह!" चक्रेश की मुस्कान गहरी हो गई–"शायद आपको मेरे फरार हो जाने का डर है मगर . . ."

"मगर?"

"एक मिनट।" कहने के साथ उसने सलाखों के बीच से हाथ निकालकर क्लिप पुनः की होल में डाला। ठीक इस तरह ताला बंद किया जैसे चाबी से किया गया हो। दांतों से क्लिप वापस सीधा किया। पैन ठीक उसी पोजीशन में इंस्पेक्टर की जेब में लगाया जिसमें उनके छेड़ने से पहले लगा हुआ था। बोला–"अब आप चैन की नींद सो सकते हैं। मेरे पास कोई पैन नहीं है।"

⅄

चांदनी का दिल रबर की ठोस गेंद की तरह बहुत जोर-जोर से उछल रहा था। यूं महसूस हो रहा था जैसे किसी भी क्षण हलक में आ अटकेगा। उसने बहुत चाहा . . . बहुत चाहा कि घर में घुसते वक्त कोई आवाज न हो मगर गाड़ी के इंजन की आवाज को भला कैसे रोक सकती थी?

फिर भी, पोर्च के नीचे पहुंचते ही उसने इंजन बंद कर दिया।

सन्नाटा छा गया। हर तरफ सन्नाटा।

घर में भी सन्नाटा था। मुकम्मल कॉलोनी में भी।

वह बिल्कुल नहीं चाहती थी इस वक्त मामचंद, मंशादेवी, शीतल या गुटकू से सामना हो।

चाह भी कैसे सकती थी।

खून से लथपथ थी वह। कपड़े जगह-जगह से फटे हुए थे।

मुकम्मल हालत बता रही थी कि किसी भयंकर घटना से दो-चार होकर आ रही है। उसकी यह हालत देखने के बाद उन्हें अनेक सवाल करने ही थे। वे सवाल जिनके जवाब देने की कल्पना मात्र से वह थर्रा थर्रा उठती थी।

गाड़ी का दरवाज़ा बहुत आहिस्ता से खोला। बाहर जाने के बाद

उतनी ही आहिस्ता से बंद भी किया। लॉक करके दबे पांव मेन गेट की तरफ बढ़ी। गेट तक पहुंचते-पहुंचते अपने छोटे से पर्स से एक चाबी निकाल चुकी थी।

मेन गेट की चाबी।

वहां यही प्रथा थी। घर के मुख्य दरवाज़े की एक-एक चाबी घर के सभी सदस्यों के पास रहती थी ताकि रात को देर हो जाने पर वह घर के दूसरे मेम्बर को डिस्टर्ब किए बगैर अंदर जा सके।

'की होल' में चाबी घूमने तक की आवाज इस वक्त चांदनी को बहुत चुभी थी।

मगर, कर क्या सकती थी। ये ऐसी आवाज थी जिन पर उसका कोई काबू नहीं था। जिन आवाजों पर काबू था वे उसने बिल्कुल नहीं होने दीं। जैसे–दरवाज़ा बगैर जरा भी आवाज पैदा किए खोल लिया। बंद भी कर दिया। मगर . . . एक बार फिर लॉक करने पर आवाज तो होनी ही थी।

दरवाज़े को लॉक करने के बाद वह घूमी। सहमी-सहमी नजरों से लॉबी का निरीक्षण किया। कहीं कोई नहीं था। बस एक कम रोशनी वाला बल्ब ऑन था। वह रात के वक्त इसलिए ऑन रखा जाता था ताकि लॉबी से गुजरने वाला किसी वस्तु से टकराए नहीं परंतु इस वक्त वह रोशनी भी चांदनी को दुश्मन नजर आ रही थी। और लॉबी उसे पहली बार लगा था–लॉबी जरूरत से कुछ ज्यादा ही बड़ी थी। कारण–चांदनी को वह पूरी लॉबी पार करके उस कॉरीडोर में पहुंचना था जिसके अंतिम छोर पर उसका कमरा था। खामोशी इतनी ज्यादा थी कि लॉबी की एक दीवार पर लगी वाल क्लॉक की टिक् टिक् . . . साफ सुनाई दे रही थी।

भगवान का शुक्रिया अदा करती हुई वह तेजी से परंतु दबे पांव लॉबी पार कर गई।

राहत की पहली सांस कारीडोर में पहुंच कर ली।

दूसरी सांस तब जब शीतल के कमरे में अंधेरा देखा।

उसके अपने कमरे में भी अंधेरा था। बहुत आहिस्ता से दरवाज़ा खोला और . . . यही क्षण था जब रबर की गेंद की मानिंद अंधेरे में गूंजने वाली शीतल की आवाज–"आओ रानी! आ जाओ! अब

तो इतनी गिरफ्तार हो गई हो उस शख्स की मोहब्बत में जिसे कमीने के अलावा कभी कुछ कहती ही नहीं थी, कि सबसे चहेती बहन को चकमे देकर आधी-आधी रात तक उसके साथ सैर-सपाटे करती हो।"

दिल जब हलक में अटका हुआ था तो कोई आवाज उससे निकल ही कैसे सकती थी?

कोशिश जरूर की चांदनी ने मगर होठ थे कि केवल फड़फड़ाकर रह गए।

"मगर मैं भी पक्की हूं।" शीतल की आवाज पुनः उभरी–"न सोई हूं न तब तक तुझे सोने दूंगी जब तक वह न सुन लूंगी जो तू करके आई है।"

चांदनी बहुत मुश्किल से कह सकी–"लाइट मत जलाना शीतल।"

"क्यों?" कहने के साथ स्वीच ऑन जो कर दिया उसने।

और . . . कमरे में रोशनी फैलते ही शीतल के हलक से चीख निकल गई।

वह चीख इतनी जोरदार और डरावनी थी कि पूरे घर को दहलाती चली गई।

चांदनी ने बहुत तेजी से झपटकर उसका मुंह भींच लिया।

शीतल के मुंह से गूं-गूं की आवाज निकलने लगी। आंखें फटी पड़ी थीं उसकी। चेहरे के जर्रे-जर्रे पर आतंक। मारे खौफ के उसका बुरा हाल था। रोने को तैयार-सी चांदनी कांपती आवाज में गिड़गिड़ाई–"शीतल प्लीज . . . प्लीज! जोर से मत बोलना।"

छटपटाती-सी शीतल ने उसे हाथ हटाने का इशारा किया।

हाथ हटाती हुई चांदनी बोली–"प्लीज! इस बात को अपने तक सीमित रखना।"

शीतल हैरानियों के सागर में डूबती-उतरती चांदनी की हालत देखती रह गई थी। उसे जरा भी ध्यान नहीं रहा चांदनी ने धीरे बोलने को कहा है। चीख-सी पड़ी थी वह–"ये सब क्या है चांदनी! कहां से आ रही है तू?"

"प्लीज . . . प्लीज शीतल।" वह बुरी तरह गिड़गिड़ा रही थी–"धीरे बात कर।"

मगर।

उसका गिड़गिड़ाना अब बेकार था।

जिस बात से डर रही थी वह शीतल की पहली चीख ही कर चुकी थी।

कारीडोर से भागते कदमों की आवाज उभरी। हड़बड़ाए से मामचंद और मंशादेवी "क्या हुआ, क्या हुआ शीतल" कहते दरवाज़े पर पहुंचे और वहां पहुंचते ही लगभग वैसी ही चीख उनके हलकों से भी फूट पड़ी जैसी वह सुनकर आए थे।

उनकी हालत भी शीतल की हालत जैसी हो गई।

और चांदनी।

चांदनी उनके बीच खड़ी यूं कांप रही थी जैसे पूरी नंगी खड़ी हो।

बहुत देर तक कमरे में सन्नाटा छाया रहा। फिर सबसे पहले शीतल ने ही खुद को नियंत्रित किया। वह चांदनी के दोनों कंधे पकड़ कर झंझोड़ती हुई चीखी–"बोलती क्यों नहीं चांदनी? हुआ क्या है?"

उसके कुछ भी बोलने से पहले वहां गुटकू की आवाज गूंजी–"मेरे ख्याल से तो दीदी किसी का मर्डर करके आई हैं।"

"तू चुप रह!" मामचंद ने उसे डांटा–"चौबीस घंटे 'डॉन' में घुसा रहता है।"

"और।" गुटकू, बाज नहीं आया–"मेरे ख्याल से किसी ने दीदी के साथ रेप करने की कोशिश की है।"

"चुप नहीं रहेगा तू?" इस बार तो भन्नाया हुआ मामचंद उसे मारने ही दौड़ पड़ा।

"ठहरो अंकल!" चांदनी कह उठी।

सारा दृश्य जहां का तहां फ्रिज हो गया।

चांदनी समझ चुकी थी अब सब कुछ बताए बगैर काम नहीं चलेगा, दिल पक्का करके बोली–"गुटकू ठीक कह रहा है। सचमुच मेरे साथ रेप करने की कोशिश की गई?"

"किस हरामजादे ने किया ऐसा?" मामचंद चीख पड़ा–"किसकी हिम्मत हो गई इतनी? मुझे नाम बता बेटी।"

"और यह भी सच है कि मैं उसका कत्ल करके आ रही हूं।"

"कत्ल।" यह शब्द एक साथ तीनों के मुंह से निकला। मंशादेवी कह उठीं–"हे भगवान! खैर कर।"

"किसका?" शीतल चीखी–"किसका कत्ल किया है तूने?"

"जगवीर का।"

"जगवीर?"

"रेप की कोशिश भी उसी ने की थी।"

"जगवीर कहां मिल गया तुझे? मेरे ख्याल से तो तू चक्रेश से मिलने गई थी। हुआ क्या है? पूरी बात तो बता?"

पूरी बात सुनने के बाद उनके दिल चांदनी के प्रति नफरत से भर गए। मामचंद ने कहा–"मैं तो सोच भी नहीं सकता था यह खेल इतने भयानक अंजाम तक पहुंच जाएगा। महेश घोष को फोन करना अब जरूरी हो गया है।"

⅄

"तुम सब बेवकूफ हो! गधे हो!" महेश घोष चिल्ला रहे थे–"पहले खबर क्यों नहीं दी कि यहां पहुंच गया है? अब बता रहे हो? अब, जबकि मामला इतना बिगड़ चुका है। ये सारी गलती तुम्हारी है मामचंद। ये सब लोग तो बच्चे थे। तुम तो बहनोई होने से भी पहले मेरे दोस्त हो। बहनोई होने के नाते न सही, कम से कम दोस्त होने के नाते तो तुम्हें मुझे उसी दिन खबर करनी चाहिए थी जिस दिन वह पहली बार नजर आया।"

शीतल कहे बगैर न रह सकी–"मैं आपको बता चुकी हूं, वह शायद चांदनी के यहां पहुंचने से पहले ही कनाडा पहुंच चुका था। तभी तो उसने पोस्टर्स, बैनर और . . ."

"सुन चुके हैं। बार-बार उन बातों को दोहराकर हमारा खून मत जलाओ।" वे शीतल की बात काटकर चीख पड़े–"और वह सब बताने का भला अब क्या फायदा। उसी समय मुझे फोन करना चाहिए था।"

"क्यों और क्यों करते?" मंशादेवी ने कहा–"न आपने हमें कुछ बताया था, न चांदनी ने।"

"क्यों चांदनी?" वे आग-बबूला होकर चांदनी की तरफ घूमे।

"जी।" वह सकपका गई।

"पोस्टर्स और बेनर्स देखते ही तुमने इन लोगों को चक्रेश के बारे में क्यों नहीं बताया?"

"पापा।" थोड़ी सहमी हुई चांदनी ने पूछा–"क्या मैं सच बोल सकती हूं।"

"हमसे झूठ बोलने की हिम्मत भी है तुममें?"

"आपका गुस्सा देखकर सच बोलने की हिम्मत नहीं जुटा पा रही। इसलिए पूछना पड़ा।"

"बोलो!" महेश घोष के मुंह से ये लफ्ज इस तरह निकला जैसे बंदूक से गोली निकली हो।

"दो कारण थे। पहला–इज्जत की खातिर आप ही ने फोन पर इन लोगों को कुछ नहीं बताया था। मैंने सोचा . . ."

"इज्जत की परवाह केवल तब तक की जाती है चांदनी जब तक पानी नाक के नीचे रहे। जब पूरी मुंबई के सामने ही नाक कट चुकी थी तो इन्हीं को बताने में क्या था? कोई और तो हैं नहीं ये। फोन पर नहीं बताया था तो केवल यह सोचकर कि जिसे नहीं मालूम है उसे बताने का फायदा भी क्या है और . . ."

"बात तो पूरी सुन लीजिए पापा, मैं एक और कारण बताने वाली थी।"

"बता।"

"आप जानते हैं–उसने मुंबई में जो कुछ मेरे साथ किया, मैं उससे उसका बदला लेना चाहती थी। आपने और कमिश्नर अंकल ने जबरदस्ती मुझे यहां भेज दिया। सच्चाई तो ये है–उसे यहां पाकर मुझे खुशी ही हुई थी। यह सोचकर कि जो हसरत मुंबई में अधूरी रह गई थी उसे यहां पूरी करूंगी।"

"और कर लो हसरत पूरी। मर्डर कर बैठीं तुम।"

"पापा मेरी समझ में आपके गुस्से का कारण नहीं आ रहा।"

"क्या मतलब?" महेश घोष कुछ और भड़क उठे–"अभी तक तुम्हारी समझ में हमारे गुस्से का कारण ही नहीं आया।"

"नहीं।" चांदनी ने दृढ़तापूर्वक कहा।

"अजीब पागल लड़की है। हत्या किए बैठी है और . . ."

"गुस्से को देखकर दिमाग से सोचने की कोशिश तो कीजिए पापा। हत्या की भले ही मैंने हो मगर उसमें फंस पड़ा है चक्रेश। वह कमीना लड़का जिससे जितनी नफरत आप करते हैं उससे ज्यादा मैं करती हूं।

आपका भी और मेरा भी एक ही उद्देश्य तो था दोनों का। यह कि वह तबाह हो जाए, बरबाद हो जाए। धरती खा जाए या आसमान निगल जाए मगर हमारा पीछा छूट जाए उससे। वही हुआ है। अब या तो वह जगवीर की हत्या के इल्जाम में फांसी पर चढ़ेगा या सारी जिंदगी यहां की जेल में एड़ियां रगड़ेगा।"

"बेवकूफ लड़की। बचकानी बातें कर रही हो तुम। वह कोर्ट में कटघरे में खड़े होते ही तुम्हारा नाम ले देगा।" महेश घोष कहते चले गए–"सच्चाई बता देगा। तब तुम . . ."

"माफ करना पापा।" चांदनी के होंठों पर बड़ी जहरीली मुस्कान थी–"इस मामले में बच्चे आप हैं।"

"क्या मतलब?"

"वह मरते मर जाएगा, मगर अपनी जुबान पर मेरा नाम नहीं लाएगा।" चांदनी के लहजे में आत्मविश्वास कूट-कूटकर भरा था। वही आत्मविश्वास उसके चेहरे पर भी मौजूद था।

"क्यों?"

"वह प्यार करता है मुझसे। दीवाना है मेरा। चाहे कुछ हो जाए पापा, कोर्ट में तो क्या, वह कहीं भी किसी के भी सामने अपनी जुबान पर यह बात नहीं ला सकता कि जगवीर की हत्या चांदनी ने की है। मेरी खातिर सूली पर चढ़ जाने में तो उसे गर्व होगा गर्व।"

"और तुझे गर्व होगा इस बात पर कि वह तेरी खातिर सूली पर चढ़ गया।" चांदनी के प्रति असीम नफरत उगलती शीतल खुद को कहती चली जाने से न रोक सकी–"वाह! वाह! वाकई! एक लड़की के लिए, उसके पूरे जीवन में भला इससे ज्यादा गर्व की और क्या बात हो सकती है कि उसके इश्क में पागल हुआ एक लड़का सीना तानकर खुद को फांसी पर चढ़ा दे। धन्य है तू। तू धन्य है चांदनी। बल्कि महान है। ऐसी प्रेम कहानी के बारे में न मैंने पहले कभी सुना, न देखा। वह तुझे बचाने के लिए मरा जा रहा है। और तू मरी जा रही है उसे मारने के लिए। लाजवाब लड़की है तू। दुनिया की हर लड़की से निराली। हाथ जोड़कर प्रणाम करती हूं तुझे।"

"शीतल!" महेश घोष ने कहा–"जुबान को लगाम दो। यह क्या कहे चली जा रही हो तुम?"

"काश! . . . काश आप समझ सकते हैं कि मैं क्या बक रही हूं। आप न भी समझते तो कोई बात नहीं। कम से कम चांदनी तो समझती। मगर अफसोस–प्रतिशोध की आग ने इसका विवेक छीन लिया है।"

"इसे चुप कर मामचंद। ये लड़की जरूरत से कुछ ज्यादा ही बदतमीज हो गई लगती है।"

शीतल केवल दांत पीसकर रह गई।

दांत पीसते वक्त उसने चांदनी की तरफ जरूर देखा था और उसके चेहरे पर मौजूद भावों को देखकर अफसोस हुआ था गुस्सा आया था। नफरत भी हुई थी चांदनी से क्योंकि उसके चेहरे पर मौजूद एक-एक भाव बस यही कह रहा था कि वह माने बैठी है–ठीक वही है जो वह कह रही है।

एकाएक मामचंद ने कहा–"अगर तू अपने भाषण झाड़ चुका हो तो अब मैं शुरू हो जाऊं?"

"क्या मतलब?" महेश घोष सकपकाए।

"काफी देर से तेरी जायज-नाजायज बातें चुपचाप सुन रहा हूं। कुछ इस तरह जैसे मुंह में जुबान ही न हो। क्या तूने सोचा–क्यों कर रहा हूं ऐसा? पहली बात–मैं रिश्ते में तुझसे बड़ा हूं। बहनोई हूं तेरा। और इस बहनोई होने को भी ताख पर रख दे। अभी-अभी तूने खुद कहा मैं तेरा दोस्त हूं। यह रिश्ता दोनों को बराबर बोलने का हक देता है। ऐसा नहीं होता कि एक भौंकता रहे और दूसरा दुम दबाए सुनता रहे। दूसरे को भी भौंकने का बराबर का हक होता है। बावजूद इसके अगर मैं अभी तक कुछ नहीं बोला तो क्यों नहीं बोला? सोच!"

"हम समझ नहीं पाए मामचंद। तू कहना क्या चाहता है?"

"तू नहीं बताएगा। मैं ही बताए देता हूं। मैं केवल इसलिए चुप था क्योंकि दोनों का एक साथ भौंकना कुछ ठीक नहीं लगता। सोचा था–मैं तब शुरू करूंगा जब तू चुप हो जाएगा। मगर एक तू है कि बंद होने का नाम ही नहीं ले रहा इसलिए तेरे चालू रहते मैं भी शुरू हो गया और जब शुरू हो ही गया हूं तो यह कहे बगैर बाज नहीं आऊंगा कि तेरा और तेरी लड़की का दिमाग खराब हो गया है।"

"तुम शायद कोई बकवास करना चाहते हो।"

"मगर सुन! उसी तरह चुप रहकर सुन जिस तरह मैंने अब तक तेरी

बकवास सुनी है।" मामचंद कहता चला गया–"शुरू में भले ही न सही मगर बाद में, तब जब वह इसकी बर्डडे का कार्ड देने यहां आया था, चांदनी ने हमें चक्रेश के बारे में सब कुछ बता दिया था। उसका एक-एक कारनामा। इसके बावजूद मैंने तुझे फोन नहीं किया। नहीं बताया कि जिस आफत से बचाने के लिए चांदनी को तूने यहां भेजा है वह चांदनी से पहले ही यहां पहुंच चुका है।"

"यही तो शिकायत है मुझे तुझसे। तुझे उसी समय फोन . . ."

"जरूर होगी। मगर ये भी तो पूछ–क्यों? क्यों फोन नहीं किया मैंने?"

"क्यों नहीं किया?"

"क्योंकि मुझे लगा–तेरी बुद्धि का दिवाला निकल गया है। अच्छा खासा लड़का समझ में नहीं आ रहा तेरी। हमने उसे बहुत नजदीक से देखा है। बहुत ही अच्छा लड़का है। सीधा, सच्चा और नेक। इन सबसे बढ़कर जो क्वालिटी उसमें है वह यह है कि चांदनी से बहुत प्यार करता है। एक बाप को अपनी लड़की का वर तलाश करते वक्त केवल और यही देखना चाहिए कि जिसे वह अपने जिगर का टुकड़ा सौंप रहा है वह उसे अपने जिगर का टुकड़ा बनाकर रखेगा या नहीं। जवाब अगर 'हां' में आए तो, बाकी सारे बिंदुओं पर धूल डाल देनी चाहिए। जवाब अगर 'नहीं' में आए तो भले ही लड़के में बाकी सारी खूबियां हों, उसे भूल जाना चाहिए।"

महेश घोष कुछ बोल न सके। केवल देखते रहे उसकी तरफ।

मौका मिलते ही लपककर मंशादेवी ने भी अपने मन की बात कह दी–"ये बात तो कहूंगी भैया। चांदनी से बहुत प्यार करता है वह। मैंने उसे मंदिर में तड़पते देखा है। कोई और हमारी चांदनी को इतना प्यार नहीं कर सकता।"

"अरे उसके प्यार का इससे बड़ा सबूत और क्या होगा कि हत्या चांदनी ने की। पट्ठे ने चाकू खुद संभाल लिया। भाग जाने के लिए कहा इसे। और अब . . . बगैर कोई गिला-शिकवा करे फांसी पर चढ़ने के लिए तैयार है। मेरे ख्याल से प्यार की इससे बड़ी मिसाल तूने फिल्म-विल्म में भी नहीं देखी होगी।"

महेश घोष ने चांदनी की तरफ देखा।

उस क्षण उनके चेहरे पर मौजूद भाव से चांदनी को लगा–पापा कन्विंस होने के नजदीक हैं।

मामचंद ने आगे कहा–"इसलिए कहता हूं–भूल जा उसने मुंबई में क्या किया। मेरा दावा है–चांदनी के लिए उससे बेहतर।"

"बस . . . बस अंकल।" चांदनी बिफर पड़ी–"मैं इस बारे में एक लफ्ज भी सुनना नहीं चाहती।"

"अरे, मुझे लगता है–तेरा दिमाग तेरे बाप के दिमाग से ज्यादा खराब है।"

"हां! हां! दिमाग खराब है मेरा।" चांदनी हिस्टीरियाई अंदाज में दहाड़ती चली गई–"मेरा दिमाग इसीलिए खराब है क्योंकि उसने किसी और की नहीं, मेरी बात लौटाई थी। इस जख्म को भी शायद वक्त का मरहम भर देता मगर एक जख्म उसने मुझे ऐसा भी दिया है जिसे वक्त नाम का वह मरहम भी नहीं भर सकता जिसके बारे में लोगों का दावा है कि बड़े से बड़े जख्म को भर देता है। वह जख्म है–सारी मुंबई के सामने यह साबित कर देना कि मैं कनिष्क होटल के रूम नंबर तेरह में उससे मिलती रही हूं। उफ्फ! क्या गुजरी थी मुझ पर? कैसी नजरें उठी थीं मेरी तरफ। नहीं अंकल, यह सब बताने से आपकी समझ में नहीं आएगा। ऐसी बातें तब समझ में आती हैं जब खुद पर गुजरती है और जो मुझ पर गुजरी है उसके बाद मैं किसी का यह कहना सुन तक नहीं सकती कि चक्रेश नाम के उस दरिंदे का मुझसे कोई संबंध हो सकता है।"

"चल बेटी, हमें इसी वक्त मुंबई के लिए निकल जाना चाहिए।" महेश घोष ने हिकारत से मामचंद की तरफ देखते हुए कहा–"सजा सुनते वक्त मुजरिम के चेहरे पर जो पीलापन उभरता है उसे मैं अपनी आंखों से देखना चाहती हूं। वह वही पीलापन होगा जो चरित्रहीन साबित होने पर मेरे चेहरे पर काबिज था। अपनी मुस्कुराहट के जहरीले बाण जो उसने मुझ पर चलाए थे, अब तो उनका जवाब देने का वक्त आया है और आप कह रहे हैं कि मैं मुंबई चलूं। नहीं पापा, आपकी बेटी उसकी हर करतूत का माकूल जवाब देने के बाद यहां से हिलेगी।" यह सब कहते वक्त चक्रेश के लिए जो घृणा उसके पोर-पोर से टपक रही थी उसे देखकर मामचंद, मंशादेवी, शीतल और गुटकू ही नहीं,

महेश घोष भी हैरान रह गए। शायद उन्हें भी उम्मीद नहीं थी कि चांदनी चक्रेश से इतनी घृणा करती है।

आहिस्ता-आहिस्ता चलता मामचंद महेश घोष के नजदीक आया। बोला–"मुझे मालूम है तेरी हवा क्यों खराब हो रही है मगर निश्चिंत रह, अदालत में वैसा कुछ नहीं होगा जैसी चिंताएं तुझे सता रही है। प्यार करने वालों की फितरत को तू इसीलिए नहीं जानता क्योंकि तूने खुद कभी इस "डिश" का स्वाद नहीं चखा। मैंने चखा है।" कहने के साथ उसने अपना एक बाज़ू मंशादेवी की पीठ के पीछे से घुमाकर उसके कंधे पर रख दिया–"मुझसे पूछ! प्यार जब हो जाता है तो आदमी साला अपनी महबूबा को खुश करने के लिए अच्छी भली आंखें होने के बावजूद उन पर पट्टी बांध लेता है। तू घबरा मत। इस मामले में तेरी बेटी ही सही है। वह फना हो जाएगा मगर कोर्ट में चांदनी का नाम नहीं लेगा। चांदनी इस बात को जानती है, महसूस करती है। इसका मतलब प्यार की खट्टी-मीठी डिश का स्वाद तो महसूस हो रहा है उसे।"

महेश घोष उसे घूरते रह गए।

⅄

चक्रेश के चेहरे पर दूर-दूर तक वह पीलापन नजर नहीं आ रहा था जिसे देखने के लिए चांदनी मरी जा रही थी।

इसीलिए तो कोर्ट आई थी वह। दस की जगह पौने दस बजे पहुंच गई थी।

महेश घोष, मामचंद, मंशादेवी, शीतल और गुटकू भी उसके साथ थे मगर, वह पट्ठा तो उसी मुस्कान के साथ कोर्ट में पेश हुआ जो मुस्कान उसके होंठों पर चैलेंज देते वक्त थी। यह दावा करते वक्त थी कि एक दिन वह चांदनी को अपनी दीवानी बना लेगा।

उस मुस्कान को देखकर चांदनी के चेहरे पर निराशा फैलती चली गई।

"वाह! . . . वाह चक्रेश भैया! क्या चीज़ हो तुम।" उसकी बगल में बेटी शीतल ने जान-बूझकर उसे सुनाने के लिए कहा–"मान गई। डिस्कोथ में मैंने तुम्हें जो खिताब दिया था उसे सार्थक करके दिखा दिया। वाकई वंडर ब्वाय हो तुम?"

चांदनी ने गुस्से में उसे घूरा।

"मुझे क्या देख रही है। उधर देख! उधर!" शीतल ने कोर्ट में दाखिल होते चक्रेश की तरफ इशारा किया–"देख, कैसी चमकदार मुस्कान है जालिम के होंठों पर। शिकन का तो पूरे चेहरे पर एक जर्रा तक नहीं है। मुझे तो नजर आ नहीं रहा, जरा तू भी अपनी नजर से देख–क्या वह पीलापन नहीं है जिसे देखने के चक्कर में तुझे सारी रात नींद नहीं आई?"

मिसमिसाती चांदनी ने उसकी तरफ से चेहरा घुमा लिया।

चक्रेश पर नजर पड़ते ही दांत पीसने पर मजबूर हो गई।

उसके हाथों में हथकड़ी। पैरों में बेड़ियां थीं।

दोनों तरफ दो पुलिसवाले चल रहे थे।

सबकी नजर उसी पर केंद्रित थी। होती भी क्यों नहीं। आखिर मुल्जिम था वह। कत्ल के केस का पुलिस द्वारा पेश किया गया एक मात्र मुल्जिम। लोगों को इस केस में बस एक ही दिलचस्पी थी। यह कि मुल्जिम उन आरोपों को कुबूल करेगा या नहीं जो पुलिस ने उस पर लगाए हैं।

उसके चलने पर बेड़ियां अजीब खड़खड़ाहट की आवाज पैदा कर रही थीं।

चांदनी ने जब महसूस किया कटघरे की तरफ बढ़ता चक्रेश होंठों पर अपनी स्थायी मुस्कान लिए उसकी ओर केवल उसी की तरफ देख रहा है तो सकपका-सी गई वह। अंततः उसे ही नजरें हटानी पड़ी।

"सच्चाई के सामने झूठ की नजरें इसी तरह झुक जाती हैं।" शीतल ने पुनः कामेंट पास किया, वह कोई भी मौका चूक नहीं रही थी।

वह कटघरे में पहुंचा।

अदालत की कार्यवाही की शुरुआत करते सरकारी वकील ने कहा–"मुल्जिम पर हत्या का आरोप है मिलॉर्ड। बात सोलह जनवरी की है। रात के करीब दस बजे का समय। पैट्रोल कार नंबर पांच के हवलदार ने दस-दस, पंद्रह-पंद्रह मिनट के अंतराल पर तीन गाड़ियां उस रोड पर जाती देखी जिस पर इंडियन देवी माता महाकाली का पुराना मंदिर है। हालांकि यह कोई खास बात नहीं थी। कोई भी शख्स कहीं भी घूम-फिर सकता है इसलिए कांस्टेबल ने कार चालकों को

रोककर कोई पूछताछ नहीं की, परंतु उन कारों का उस रास्ते पर जाना उसे खटका जरूर था। क्योंकि आमतौर पर रात के उस वक्त उस तरफ कोई जाता नहीं था। अपने दिमाग की यह खटकन उसने वायरलैस पर अपने इंस्पेक्टर को बताई। उस वक्त इंस्पेक्टर ने भी इस बात पर कोई खास ध्यान नहीं दिया। मगर तब जब वह गश्त करता कांस्टेबल से मिला और कांस्टेबल ने पुनः उन तीन कारों का जिक्र किया तो इंस्पेक्टर ने कहा–'चलो एक राउंड उस सड़क का भी लगा आते हैं।' यह निर्णय एकदम सामान्य था। अगर यह कहा जाए तो गलत नहीं होगा–पैट्रोल कार नंबर फाईव का तो काम ही सारी रात गश्त करते रहना था और . . . उसी रूटीन गश्त पर यह पुलिस टुकड़ी जब काली के मंदिर पहुंची तो दंग रह जाना पड़ा। वहां पांच लड़के जख्मी हालत में पड़े थे। तीन बेहोश, दो बेहाल। खून से लथपथ। घटनास्थल पर हॉकी, चेन और लोहे के सरिए जैसे हथियार भी थे। देखने से लगता था कि वहां मारपीट हुई है। पुलिस जांच पड़ताल कर ही रही थी कि एक जख्मी लड़के ने बताया–'चक्रेश नामक लड़के ने जगवीर नाम के लड़के की हत्या कर दी है और वह उसकी लाश को अपनी गाड़ी में लेकर वहां से गया है।' पुलिस अपनी पैट्रोल कार के साथ आनन-फानन में उस तरफ दौड़ी जिस तरफ लड़के ने चक्रेश को जाना बताया था। कुछ दूर जाने पर पुलिस ने खुद मिस्टर चक्रेश को जगवीर की लाश अपनी मर्सडीज से निकालकर नदी में डालते देखा। अपना काम निपटाने के बाद मिस्टर चक्रेश ने भागने की कोशिश की थी परंतु पुलिस ने अंततः दबोच ही लिया। इसे गिरफ्तार करने के बाद पुलिस वापस मंदिर पर पहुंची। घायलों को अस्पताल पहुंचाया। मंदिर के पीछे एक और गाड़ी खड़ी मिली। पुलिस को बाद की इंवेस्टिगेशन में पता लगा–वह गाड़ी मक्तूल यानी जगवीर की थी।"

जज ने पूछा–"तीसरी गाड़ी के बारे में कुछ पता लगा?"

"नो सर।" सरकारी वकील ने कहा–"पुलिस का मानना है–शायद उसका इस वारदात से कोई संबंध नहीं था। शायद उस गाड़ी का चालक अपने ही किसी अलग काम से उधर गया था।"

"क्या कांस्टेबल ने उस गाड़ी का नंबर नोट किया था?" जज का दूसरा सवाल।

"नो सर। बताया ही जा चुका है–उस वक्त संदिग्ध जैसी कोई बात नहीं थी। बस कांस्टेबल को उनका उधर जाना हल्का-सा खटका था।"

"लाश?"

"काफी कोशिश के बाद बरामद नहीं हो सकी।" सरकारी वकील ने कहा–"मगर, पूरी पुलिस टुकड़ी चश्मदीद गवाह है। उन्होंने इसे लाश नदी में डालते हुए न केवल साफ देखा है बल्कि रेलिंग के फोटो भी लिए हैं। फोटो में रेलिंग पर लगा खून साफ नजर आ रहा है। फाईल में ब्लड की जांच करने वाले डॉक्टर की रिपोर्ट भी मौजूद है सर। उसने रेलिंग पर लगे खून का मिलान मिस्टर जगवीर के ब्लड ग्रुप से किया। रिपोर्ट के मुताबिक दोनों का ब्लड ग्रुप एक है।"

अब जज ने चक्रेश से पूछा–"आपका कोई वकील है मिस्टर चक्रेश?"

"मेरे लिए मुझसे बेहतर वकील कोई और नहीं हो सकता सर।" चक्रेश ने ठीक इस तरह कहा जैसे मुंबई कोर्ट में कहा था।

"यानी अपना केस आप खुद लड़ेंगे?" जज ने पूछा।

चक्रेश ने एक नजर चांदनी पर डालने के साथ कहा–"मैं शुरू से अपना केस खुद लड़ता रहा हूं।"

चांदनी के चेहरे पर थोड़ी घबराहट-सी उभरी। चक्रेश के पैंतरे वह मुंबई कोर्ट में देख चुकी थी। पलटकर महेश घोष की तरफ देखा। अपने पापा का चेहरा इस वक्त पूरी तरह सपाट नजर आया।

"यानी अपना केस आप खुद लड़ेंगे?" जज ने पूछा।

चक्रेश ने एक नजर चांदनी पर डालने के साथ कहा–"मैं शुरू से अपना केस खुद लड़ता रहा हूं।"

चांदनी के चेहरे पर थोड़ी घबराहट-सी उभरी। चक्रेश के पैंतरे वह मुंबई कोर्ट में देख चुकी थी। पलटकर महेश घोष की तरफ देखा। अपने पापा का चेहरा इस वक्त पूरी तरह सपाट नजर आया।

उधर जज ने चक्रेश से अगला सवाल पूछा था–"आपने पुलिस द्वारा लगाए गए आरोप सुने?"

"जी।"

"आपको क्या कहना है?"

"कुछ भी नहीं।"

"क्या मतलब?"

"सभी आरोप सही हैं।" उसने दृढ़तापूर्वक कहा।

एक पल के लिए कोर्ट में सन्नाटा छा गया। वैसा सन्नाटा जैसा तब छाता है जब किसी के पास कहने के लिए कुछ नहीं रह जाता। सच था भी यही।

जब पहले ही झटके में मुल्जिम ने सारे आरोप स्वीकार कर लिए थे तो किसी के पास कहने के लिए रहा भी क्या था?

बहस का सवाल तो तब उठता है जब एक पक्ष दूसरे पक्ष का प्रतिवाद कर रहा हो।

फिर भी, क्षणिक खामोशी के बाद जज ने एक बार फिर पूछा–"यानी तुमने जगवीर की हत्या की।"

"जी।"

"झूठ।" शीतल की मुट्ठियां कस गईं। दांत भिंच गए–"यह झूठ है। हत्यारी मेरी बगल में बैठी है।"

"शीतल।" चांदनी बड़बड़ाई–"तुझे मेरी कसम–एक भी लफ्ज मुंह से नहीं निकालेगी।"

"तुझे अक्ल क्यों नहीं आ रही चांदनी? हो क्या गया है तुझे?"

शीतल के दूसरी तरफ बैठे मामचंद ने उसका कंधा थपथपाते हुए कहा–"मानता हूं जो हो रहा है गलत हो रहा है मगर हम चांदनी को फांसी पर चढ़ाने का कारण नहीं बन सकते। तेरी बहन है यह। हमारी बेटी है। वैसी ही जैसी तू है।"

"मिस्टर चक्रेश।" जज संदेह की कोई भी गुंजाइश बाकी नहीं रखना चाहता था–"इस वक्त आप पुलिस थाने में नहीं, अदालत में खड़े हैं। किसी दबाव में न रहें। जो कहना है, बगैर डरे अपनी मर्जी से कहें।"

"मैंने जो कहा है अपनी मर्जी से ही कहा है सर।"

"ओके।" जज ने ठंडी सांस ली–"अब हमारे कुछ सवालों के जवाब दीजिए।"

"मैं तैयार हूं सर।"

"रात के उस वक्त तुम मंदिर क्यों गए थे?"

चक्रेश ने सीधे-सीधे चांदनी की तरफ देखते हुए कहा–"देवी ने बुलाया था।"

चांदनी हड़बड़ा गई।

"क्या मतलब?" जज उलझा।

"आप क्रिश्चियन हैं सर, शायद इसलिए मेरी बात का मतलब नहीं समझ सके।" चक्रेश ने चांदनी की रुकी हुई सांस को फिर गति दी–"हम हिंदुओं की पक्की धारणा है कि भक्त चाहे जितना पक्का हो, तब तक देवी दर्शन नहीं कर सकता जब तक 'बुलावा' खुद देवी की तरफ से ही न आए।"

"यानी तुम्हें देवी ने बुलाया था?"

"जी।"

"रात के उस वक्त?"

"देवी जब भी बुलाए, भक्त को जाना पड़ता है।"

चक्रेश जो बात जिस ढंग से कह रहा था उसे महसूस करके चांदनी दांत पीस उठी।

जज ने पूछा–"उसके बाद क्या हुआ?"

"देवी ने दर्शन दिए ही थे मैंने पाया–देवी यहां अकेली नहीं थी। जगवीर भी अपने साथियों के साथ पहुंचा हुआ था। मेरा ख्याल है–वे लोग मेरा पीछा करते हुए वहां पहुंचे थे।"

"क्यों?"

"एक बार एक डिस्कोथ में मेरा जगवीर से झगड़ा हो गया था सर। तब से मुझसे दुश्मनी मानने लगा था। शायद तभी से बदला लेने के लिए मौके की तलाश में था।"

"तुम्हारे और उसके बीच डिस्कोथ में झगड़ा किस बात को लेकर हुआ था?"

"एक लड़की को लेकर।" ऐसा कहते वक्त उसने झूठे को भी चांदनी की तरफ नहीं देखा था–"आप समझ सकते हैं सर, इस उम्र में लड़कों के झगड़े ज्यादातर लड़कियों के कारण ही होते हैं और फिर डिस्कोथ का तो माहौल भी कुछ ऐसा ही प्रतीत होता है। जिस लड़की के साथ मैं डांस करना चाहता था उसी लड़की के साथ जगवीर भी डांस करना चाहता था। बस! हो गया झगड़ा। मगर मेरे ख्याल से वहां का झगड़ा वहीं खत्म हो गया था मगर शायद जगवीर के ख्याल से ऐसा नहीं था, तभी तो उसने अपने साथियों के साथ मुझे मंदिर में घेरा।"

"तुम्हारे साथ और कोई नहीं था?"

"बिल्कुल नहीं।"

"वे पांचों साथी जगवीर ही के थे जो वहां घायल पाए गए?"

"जी।" चक्रेश ने कहा–"वह चाकू भी जगवीर ही का था जो घटनास्थल से पुलिस को मिला है। उस पर जगवीर का खून लगा है। अंगुलियों के निशान मेरे हैं। होंगे भी क्यों नहीं। उसे मारा ही मैंने है। मगर सर।" चक्रेश ने थोड़ा रुकने के बाद पुनः कहा–"उन हालात में और कर भी क्या सकता था। वे पांच थे। मैं अकेला। वे हथियारबंद थे। मैं निहत्था। हथियार होता भी कहां से। वहां किसी से लड़ने तो गया नहीं था मैं। देवी दर्शन के लिए गया था। सबक सिखाने वे मुझे पहुंचे थे इसलिए हथियारबंद थे। मैं तो ऐसे भी देवी की ही कृपा मानता हूं कि अकेला होने के बावजूद मैंने उन्हें धूल चटा दी। पांच जख्मी कर दिए। जगवीर मारा गया। जब वह मारा तो मैं घबरा गया सर। लाश को गाड़ी में लेकर भागा। सोचा था–उसे नदी में बहाकर खुद गायब हो जाऊंगा। मगर काम अधूरा ही कर सका। पुलिस द्वारा पकड़ लिया गया। अब आपके सामने हूं।"

⅄

"तुम पागल हो गए हो चक्रेश भैया। पागल हो गए हो तुम।" शीतल की सहनशक्ति मानो जवाब दे चुकी थी। बगैर रुके एक ही सांस में चीखती चली गई वह–"झूठ पर झूठ बोले चले जा रहे हो। सच्चाई ये है कि जगवीर की हत्या तुमने नहीं की। उसे चांदनी ने मारा है। उस वक्त चाकू चांदनी के हाथ में था जब वह जगवीर के खून से नहाया। तुमने वह चाकू चांदनी से छीना। चांदनी को वहां से भाग जाने के लिए कहा। जानबूझकर फंसा रहे हो तुम खुद को।"

चक्रेश के होंठों पर फीकी मुस्कान उभर आई। बोला–"इसका मतलब ये हुआ की चांदनी तुम लोगों को सच्चाई बताने की बेवकूफी कर चुकी है।"

"बेवकूफियों के अलावा चांदनी और कर भी क्या सकती है।" शीतल मानो अपने होश में नहीं थी–"अरे तुमने चाकू छीना। भाग जाने के लिए कहा। अपनी जगह ठीक किया। एक प्यार करने वाला इसके

अलावा और कर भी क्या सकता था मगर दूसरी तरफ से वह जवाब नहीं मिला जो मिलना चाहिए था। ये भी कोई बात हुई कि एक ने भागने को कहा, दूसरी भाग आई। चांदनी को तो उसी वक्त चाकू तुम्हारे हाथ से वापस छीन लेना चाहिए था। कहना चाहिए था–'ये नहीं हो सकता। जगवीर की हत्या मैंने की है। सजा मुझे मिलनी चाहिए।' मगर वह . . . वह तो इतनी नीच निकली कि . . ."

"बस! बस शीतल! गाली मत देना मेरी चांदनी को।" चक्रेश ने तड़पकर कहा।

तमतमाई हुई शीतल चक्रेश के चेहरे को देखती रह गई।

उस चेहरे को जिस पर कुरबान हो जाने के भाव स्पष्ट नजर आ रहे थे।

शीतल ने दांत भींचे रखकर एक बार फिर कहा–"तुम वाकई पागल हो गए हो।"

"पागल मैं नहीं हुआ पगली। तुम हो गई हो।"

"मैं? वह कैसे?"

"अपनी ही बहन को फांसी पर चढ़ाने पर जो आमादा हो।"

"बहन!" शीतल के लहजे में जहर भरा था–"वह किसी की बहन तो क्या, कुछ भी नहीं कर सकती जो अपने किए गए मर्डर में किसी और को फंसाकर खुश है। मारे खुशी के वह तो बल्लियों उछल रही है। जश्न मना रही है अंदर ही अंदर। मैं तो सोच भी नहीं सकती थी कि दुनिया में कोई ऐसी लड़की भी हो सकती है! नहीं चक्रेश, अब मैं ये सब सहन नहीं कर सकती। अगली डेट पर कोर्ट में खुद खड़ी होकर . . ."

"नहीं शीतल! नहीं।" चक्रेश तड़प उठा। जेल के मुलाकाती कक्ष की सलाखें उसने कसकर पकड़ लीं–"तुम्हें मेरी कसम। तुम ऐसा कुछ नहीं करोगी। किया तो–अपने भाई का मरा हुआ चेहरा देखना होगा।"

"उफ्फ!" शीतल दांत भींचकर यूं कसमसा उठी जैसे बहुत कुछ करने की इच्छा के बावजूद समझ न पा रही हो क्या करे। अपने बाल नोच डालने की-सी अवस्था में कहती चली गई–"तुम समझ क्यों नहीं रहे चक्रेश भैया! समझ क्यों नहीं रहे तुम! चांदनी तुमसे इतनी नफरत करती है कि कभी प्यार नहीं कर सकती।"

चक्रेश ने सलाखों के उस तरफ मौजूद शीतल की आंखों में झांकते हुए कहा–“अब उसके प्यार की जरूरत भी नहीं है मुझे।”

“क्या मतलब?” वह चौंकी।

“प्यार अगर उस ढंग से उमड़ा जिस ढंग से तुम उमड़ना चाहती हो तो वह मुझे बचाने निकल पड़ेगी।” कहते-कहते चक्रेश की आंखें शून्य से स्थिर हो गईं। कहीं खोया-सा, दीवानगी के आलम में वह कहता चला गया–“अगर बचाने निकल पड़ी तो खुद कानून के शिकंजे में आ फंसेगी। मुझे बचाने की अब उसके पास बस यही एक सूरत है और . . . ऐसा हो गया तो मैं जीते जी मर जाऊंगा शीतल। उससे तो हजार-हजार गुना ज्यादा वही मौत बेहतर है जिसकी तरफ मैं बढ़ रहा हूं।”

शीतल उसे यूं देखती रह गई जैसे लोग अपने प्रियजन की हालत पर तरस खाते वक्त देखते हैं।

“मैंने उसे अपनी बनाने का चैलेंज दिया था। अपने प्यार में गिरफ्तार करने का दावा किया था मगर मेरे प्रयासों की परिणति यह होगी, ऐसा तो उस वक्त मैंने ख्वाब में भी नहीं सोचा था। क्या-क्या सोचा था और किस इल्जाम के साथ कहां आ पहुंचा। खैर . . . मैंने सुना था और बार-बार चांदनी से कहा भी था–प्यार का एक नाम नफरत भी है। इसी नफरत का सहारा है अब तो . . . अब तो बार-बार भगवान से ही दुआ है–चांदनी के प्यार को इसी रूप में बरकरार रखना। उसके प्यार का रूप बदल न पाए। हे ईश्वर! चांदनी के रोम-रोम में मेरे लिए इतनी नफरत भर दे कि ख्वाब में मुझे बचाने का ख्याल उसके जहन में न आए। वह हर घड़ी हर पल केवल यही एक ख्वाहिश करे कि उसे रुसवा करने वाला, उसकी बारात लौटा देने वाला, उसके गालों पर चांटें मारने वाला फंदे पर झूल जाए।”

“यही। ठीक यही कर रही है वह। यह कैसी मुहब्बत है चक्रेश भैया। कैसी मुहब्बत है ये। तुम उसके लिए मरने को तैयार हो जिसकी पहली और आखिरी ख्वाहिश ही तुम्हें मार डालना है। उसने अपने पापा से कहा . . .”

चक्रेश के गुलाबी होंठों पर फीकी मुस्कान उभर आई। जहां खोया था, वहीं खोया बोला–“शुक्रिया शीतल बहन, उसकी ख्वाहिश बताने

के लिए बहुत-बहुत शुक्रिया। पता नहीं तुम समझोगी या नहीं मगर सच्चाई ये है—मुहब्बत करने वाले अपने महबूब की ख्वाहिश पूरी करने का मौका दिया करते हैं जिन्हें यह मौका मिल जाए वे खुशनसीब होते हैं। मैं भगवान का बड़ा शुक्रगुजार हूं कि उसने मेरा नाम भी उन खुशनसीबों की फेहरिश्त में लिखा। एक प्यार करने वालों के लिए अपने महबूब की ख्वाहिश पूरी करने में बड़ी नियामत और कुछ नहीं होती।"

"अगर तुम यह सोच रहे हो, चक्रेश भैया कि तुम्हारी यह कुरबानी चांदनी के दिल पर कोई असर डालेगी तो गलत सोच रहे हो। मैं पक्के तौर पर जानती हूं—तुम उसके लिए मर भी गए तो . . .।"

"मैं उससे ऐसी किसी ख्वाहिश का तलबगार नहीं हूं।"

"उफ्फ! . . . मैं क्या करूं! क्या करूं मैं!" कहने के साथ शीतल फूट-फूटकर रो पड़ी। उसके बाद—एक पल के लिए भी वह वहां ठहर नहीं सकी। यूं भागती चली गई जैसे वहां ठहरे रहना दुनिया का सबसे कठिन काम हो।

⅄

"तुझसे ज्यादा जहरीली नागिन मैंने कभी नहीं देखी चांदनी।" शीतल अपने दिलो-दिमाग में भरा सारा का सारा जहर चांदनी पर उड़ेलती चली गई—"अरे नागिन तो उसे कहते हैं जो खुद से प्यार करने वाले के हत्यारों को किसी हालत में माफ नहीं करती। जरूरत पड़े तो उसे डसने के लिए सात समंदर पार भी पहुंच जाती है मगर तू . . . तू तो ऐसी नागिन है जो उसे डस रही है जिसका रोम-रोम तेरे प्यार से सराबोर है। जिसके अगर हजार टुकड़े भी कर दिए जाएं तो हर टुकड़ा सिर्फ और सिर्फ तेरा ही नाम पुकारेगा।"

"मैं पहले भी कह चुकी हूं शीतल और फिर कहती हूं।" चांदनी एक-एक लफ्ज चबाती चली गई—"ये सारी बकवास तू इसलिए कर पा रही है क्योंकि तूने मेरी लौटती बारात का मंजर नहीं देखा। उन निगाहों का सामना नहीं किया जो मेरे चरित्रहीन साबित होने पर मुझ पर गड़ी थीं। जलालत की जीती जागती मूर्ति बना दिया था उसने मुझे। कोर्ट में। डिस्कोथ में। कहां जलील नहीं किया उसने मुझे?"

"वह सब याद है तुझे! अपना आग में गिर जाना याद नहीं?" शीतल दहकता ज्वालामुखी नजर आ रही थी–"तेरी इज्जत लूटने की कोशिश करता जगवीर याद नहीं? अपनी जान पर खेलकर उनसे भिड़ता चक्रेश याद नहीं तुझे?"

"वह सब मुझे फंसाने के लिए उसके हथकंडे थे। चैलेंज दिया था उसने मुझे। अपने मोहपाश में बांधने का चैलेंज। समझने की कोशिश तुझे करनी चाहिए–यह सब उसने अपना दावा पूरा करने के लिए किया।"

"ओह!" शीतल की वाणी में व्यंग्य ही व्यंग्य था–"अब मैं समझी, टैंट में आग खुद चक्रेश ने ही लगाई थी ताकि खुद जलकर तुझे प्रभावित करने के लिए बचाने का मौका हाथ लग सके।"

चांदनी पर कहने के लिए कुछ नहीं था।

जबकि शीतल को सांस लेने तक का होश नहीं था। वह कहती चली गई–"और मंदिर में, जगवीर और उसके साथियों को तूने नहीं उसने बुलाया था। उसी ने तो चाकू पकड़ाया था तेरे हाथ में कि–'ले, चीर ले जगवीर का सीना। हत्या कर डाल उसकी।' और फिर, तुझे प्रभावित करने के लिए। केवल अपना चैलेंज पूरा करने के लिए। तुझे अपनी बनाने के लिए उसने तेरे हाथ से चाकू छीन लिया। तुझे भगा दिया वहां से। इल्जाम अपने ऊपर ले लिया और अब फांसी पर झूल जाने के लिए तैयार है। अपने ही अंत की यह सारी साजिश उसने केवल इसलिए रची ताकि तुझे दिया अपना चैलेंज पूरा कर सके। वाह चांदनी, वाह मेरी बहन, क्या सोच है तेरी। उसने फांसी पर झूल जाने के बाद तुझे अपनी बनाने का षड्यंत्र रचा था।"

इसमें शक नहीं कि चांदनी लाजवाब हो गई थी।

"चैलेंज वाली बात बहुत पीछे रह गई है बेवकूफ लड़की। अपने दिमाग के गले में डालकर मत घूम उसे। यह सब उसने अपने प्यार की खातिर किया है। दीवानगी की इस हद तक प्यार करने वाला तो लैला, हीर और सोहनी तक को नहीं मिला था। तुझसे बदनसीब और कौन होगी जो उसके इश्क को न समझ सकी। जिन घटनाओं को अभी तक तू केवल अपने नजरिए से सोचती रही है, उन्हीं घटनाओं पर उस नजरिए से विचार कर–सच्ची मुहब्बत करने वाला अपनी महबूबा के

फेरे किसी और के साथ पड़ने भी कैसे दे सकता है? हर जगह, हर कदम पर उसने अपनी पाक मुहब्बत का इजहार करने के अलावा और किया ही क्या है। आखिर तो नहीं की कभी। कद्र कर चांदनी, उसके प्यार की कद्र कर वर्ना सारे जीवन पछताएगी।"

"हो सकता है उसने यह सब अपना चैलेंज पूरा करने के लिए न किया हो मगर . . . मगर बार-बार उससे प्यार करने के लिए कहकर मुझे चिढ़ाने की कोशिश मत कर।" चांदनी शीतल के तर्कों के सामने लाजवाब जरूर हुई थी परंतु चक्रेश के प्रति पोजिटिव भाव कहीं नजर नहीं आया। अब भी वह मुकम्मल घृणा के साथ कहती चली जा रही थी–"न मेरे सामने उसके प्यार का गुणगान करने की जरूरत है, न उसे या तुझे कभी यह कल्पना करनी चाहिए कि मेरे दिल में उसके लिए सोफ्ट कॉरनर पैदा हो सकता है। उतनी नफरत तो अपनी मां तक से मैंने कभी नहीं की जितनी उससे करती हूं।"

"और उस नफरत के चलते तू फांसी पर झुला देगी?"

"अपने . . . अंजाम उसे भोगना ही होगा।"

"अपने कर्मों का!" एक बार फिर शीतल के दांत भिंचते चले गए–"अपने कर्मों का अंजाम भोग रहा है वह! शर्म कर चांदनी! शर्म कर! तुझसे बेहतर कौन जानता है कि वह किसके कर्मों का अंजाम भोगता फांसी के फंदे की तरफ बढ़ रहा है।" वह एक-एक शब्द जोर देती कहती चली गई–"एक बात कह देती हूं–अगर तू समय रहते न चेती तो अपने बाकी जीवन में बहुत पछताएगी। याद कर–मैंने कहा था, जगवीर से दूर रह, वह तुझे किसी मुसीबत में फंसा देगा। तू नहीं मानी। और देख ले–अपने उसी जुनून के कारण आज तू हत्यारी तक बन गई है। उस शख्स की हत्यारी जिसकी हत्या के इल्जाम में एक बेगुनाह फांसी पर झूलने वाला है। अगर ऐसा हो गया। अगर वह फांसी पर झूल गया तो भगवान तुझे उसका खून कभी माफ नहीं करेगा। और . . . भगवान की बात भी छोड़। तेरी खुद की आत्मा तुझे कभी चैन से नहीं रहने देगी। वह अंतरात्मा जो दुर्भाग्य से अभी तक सोई हुई है, मगर वह हमेशा सोई नहीं रह सकती चांदनी। किसी की भी अंतरात्मा हमेशा सोई नहीं रह सकती। ये यह चीज़ है जो सारी दुनिया को धोखा देने की क्षमता रखने वाले के भी धोखे में नहीं आती। जागते ही धिक्कारती है

हमें। तेरी अंतरात्मा भी एक दिन तुझे जरूर धिक्कारेगी। पल-पल गीली लकड़ी की तरह सुलगेगी तू। अगर तेरे द्वारा की गई हत्या के इल्जाम में वह फांसी पर झूल गया तो मरते दम तक तुझे चैन नहीं मिलेगा। यह एहसास तुझे सोते से हड़बड़ाकर उठा दिया करेगा कि तू असल में जगवीर की नहीं, चक्रेश की हत्यारी है। जगवीर के पेट में तो तूने इसलिए चाकू घोंपा क्योंकि वह तेरी इज्जत लूटना चाहता था मगर चक्रेश केवल इसलिए मरा क्योंकि तू खुद को बचाने के लिए स्वार्थी हो उठी थी। अगर वह फांसी पर झूल गया तो यह तेरी शिकस्त होगी चांदनी। ऐसी करारी शिकस्त जो तेरा सुख, चैन करार और रातों की नींद तक छीन लेगी। तेरे जीवन का एक भी पल ऐसा नहीं गुजरेगा जब तेरी अंतरात्मा कचोट-कचोट तुझे घायल न करती रहे।"

"क्या करूं मैं! क्या करूं? मिसमिसाकर कहने के बाद चांदनी फूट-फूटकर रो पड़ी–"न उस कमीने के चैलेंज को भुला पा रही हूं, न उस हकीकत को भूला सकती हूं जो हुआ है। आखिर करूं क्या मैं? कुछ समझ में नहीं आ रहा।"

शीतल को लगा–वह टूटने वाली है। उसका रोना उसी टूटन का द्योतक था। खुद को सफलता के नजदीक पाकर अगला हमला करने के लिए मुंह खोला ही था कि फोन की घंटी बज उठी।

फोन चांदनी के नजदीक था।

स्वाभाविक रूप से उसने रिसीवर उठा लिया। रोती आवाज में कहा–"हैलो।"

"रो रही हो चांदनी?" चक्रेश की आवाज सुनते ही वह उछल पड़ी–"मेरे लिए रो रही हो तुम?"

एक ही झटके में चांदनी के तन-बदन में चिंगारियां-सी सुलग उठीं–"हां कमीने! हां! तुझे ही रो रही हूं मैं।"

"मैं फिर चेतावनी देता हूं।" चक्रेश का लहजा उसे जलाकर खाक किए दे रहा था–"तुम मेरी मुहब्बत का शिकार होती जा रही हो। दीवानी बनती जा रही हो मेरी। याद करो, मैंने कहा था–तुम मेरे लिए रोओगी, तड़पोगी, आंसू बहाओगी मेरे लिए। वही सब हो रहा है न?"

शीतल यह महसूस करते ही बुरी तरह चौंक पड़ी थी कि दूसरी तरफ चक्रेश है।

दिमाग में सवाल उभरा–"वह बोल कहां से रहा है?"

गुर्राती हुई चांदनी ने वही पूछ लिया–"बोल कहां से रहा है तू?"

शीतल ने जल्दी से इंस्ट्रूमेंट का वह बटन दबा दिया जिसके दबते ही चक्रेश की आवाज सारे कमरे में गूंजने लगी–"जेल से बोल रहा हूं। यहां की जेलें भी भारतीय जेलों से अलग नहीं है। धन हर सुविधा उपलब्ध करा देता है। तुमसे बात करने का मन हुआ। थोड़े डॉलर खर्च किए। जेलर का फोन मुहैया हो गया। मगर, काफी कम टाईम दिया है उसने मुझे। इसलिए वह बात जल्दी से सुनो जिस लिए फोन किया है।" थोड़े गैप के बाद पुनः कहा गया–"ये रोना-धोना छोड़ो चांदनी क्योंकि रोने-धोने से भी अब मैं हासिल होने वाला नहीं हूं। मेरी सलाह है–अगली तारीख से पहले ही तुम अपने बाप के साथ इंडिया चली जाओ। हो सके तो पूरी तरह भूल जाना मुझे। वैसे भी मेरी कहानी अब खत्म हो चुकी है।"

"तुझे भूल जाऊं?" चांदनी बिफरी–"तुझ जैसे कमीने को भूल सकता है कोई?"

"सो तो है।" वह हंसा–"भूलने वाली चीज़ तो मैं वाकई नहीं हूं। देख लो जानेमन, मेरा एक-एक लफ्ज कितना सटीक साबित हुआ है। मैं तुम्हारे दिलो-दिमाग में इतना गहरे तक रच-बस गया हूं कि तुम खुद कुबूल कर रही हो कि कोशिश के बावजूद मुझे भुला नहीं सकोगी।"

"ये सब मैंने इसलिए नहीं कहा फ्रॉडिए जिस लिए समझ रहा है।"

"मेरे लिए ये महत्वपूर्ण नहीं है कि तुमने किसलिए कहा। मेरे लिए महत्वपूर्ण यह है कि तुमने वह कहा, जिसका मैंने दावा किया था कि तुम कहोगी। फिर भी मुझे भुलाने की कोशिश करना चांदनी। इसके अलावा अब और कोई रास्ता भी नहीं है।"

"नहीं दरिंदे। अपनी जान गंवाकर तू मुझ पर यूं अपनी जीत दर्ज नहीं कर सकता। मेरी अंतरात्मा पर अपनी फतह का झंडा नहीं गाड़ सकता तू।"

"क्या मतलब?" दूसरी तरफ से चक्रेश की हड़बड़ाई हुई आवाज आई।

भन्नाई हुई चांदनी कहती चली गई–"बहुत मोर्चे जीत लिए तूने। हर बार, हर मोर्चा तू नहीं जीतता रह सकता। इस बार जीत मेरी होगी।

मुंह की खाएगा तू। मेरी आत्मा पर अपनी फतह का झंडा गाड़कर कोई यूं मुझसे आगे नहीं निकल सकता। बहुत जल्द तुझे शिकस्त का मुंह देखना होगा।"

"क्या बक रही हो चांदनी?"

"क्यों? बौखला उठा? उस एहसास से ही बौखला उठा कि मैं तुझे तेरे ही हथियार से शिकस्त देने पर आमादा हो गई हूं। होता है–जिसे जीतने की आदत पड़ जाए उसके साथ अक्सर ऐसा होता है। शिकस्त का एहसास तक बौखला डालता है उसे और . . . तुझे जीतने की आदत मैंने अपनी ही बेवकूफी से डाल दी। मुझे अफसोस है–हमेशा डरी-सी ही रही मैं तेरे सामने। कभी डटकर खड़ी नहीं हुई। मुकाबला नहीं किया तेरा। इसलिए हर कदम पर तू ही जीतता रहा मगर अब . . . अब मेरी समझ में आ गया है कि तुझे मुंहतोड़ जवाब किस तरह दिया जा सकता है। अब मैं वही करूंगी।"

"चांदनी पागल हो गई हो क्या, ये कौन-सी भाषा बोल रही हो तुम।"

"हा . . . हा . . . हा . . .।" चांदनी सचमुच ठहाके लगाकर हंस पड़ी। मानो सचमुच उसका दिमाग घूम गया था–"अब आया मजा। अब मिली है तेरी बौखलाई हुई आवाज सुनने को। अफसोस, तुझे शिकस्त देने का यह ख्वाब मुझे पहले नहीं आया। मगर खैर, वक्त अभी निकल नहीं गया है। मैं तुझे उससे ज्यादा तड़पा सकती हूं जितना तूने मुझे तड़पाया है।"

"चांदनी तुम कहना क्या चाहती हो?"

"सुन! कान खोलकर सुन।" चांदनी एक-एक लफ्ज को चबाती चली गई–"मैं अगली तारीख पर अदालत में आऊंगी। नाकाम कर दूंगी तेरे उस मिशन को जिसके तहत तूने मेरी आत्मा पर अपनी फतह का झंडा गाड़ने के मंसूबे बनाए हैं। मेरा एक बयान तेरे सारे इरादों पर पानी फेर देगा। खुलकर बताऊंगी जज को कि जगवीर की हत्या मैंने की है।"

शीतल के होंठों पर चमकदार मुस्कान उभरी।

दूसरी तरफ से बौखलाए चक्रेश ने कहा–"नहीं चांदनी, तुम ऐसा हरगिज नहीं करोगी।"

"मैं ऐसा ही करूंगी। मेरे राजा। ऐसा ही करूंगी मैं।" उसके दांत इस

कदर भिंच गए थे जैसे एक-दूसरे को तोड़ डालना चाहते हों–"क्योंकि समझ चुकी हूं, तुझे असली पीड़ा मेरे ऐसा करने से ही होगी। तुझे उसे अपनी आंखों से फांसी के फंदे पर झूलते देखना होगा जिसे अपनी दीवानी बनाना चाहता था।"

"हुंह! वह सब तो हो चुका है चांदनी।" मानो अचानक चक्रेश ने पैंतरा बदला–"वह सब तो मैं अपनी आंखों से देख रहा हूं। दीवानी तो बन ही चुकी हो तुम मेरी। कोई लड़की किसी लड़के के लिए इससे ज्यादा दीवानी और क्या होगी कि वह लड़के को बचाने के लिए पगला उठे। इतनी ज्यादा पगला उठे कि खुद तक को फंसाने के लिए तैयार हो जाए। बस चांदनी। बस! मैं तुमसे अपने लिए यही तड़प, यही दीवानगी देखना चाहता था। मेरा चैलेंज भी पूरा हुआ और हर इच्छा भी। अगर बात तुम्हारी समझ में नहीं आ रही तो किसी ऐसे शख्स से पूछना जिसने टूट-टूटकर किसी को चाहा हो–चाहत की पराकाष्ठा यही है कि प्यार करने वाला जिससे प्यार करता है उस पर खुद को 'वार' देने पर आमादा हो जाता है? तुम जैसे भी पहुंची, उस स्थिति में पहुंच चुकी हो। और . . . इस तरह मैं जीत चुका हूं।"

"बहुत जल्द पैंतरा बदल दिया तूने?" चांदनी जहर उगलती चली गई–"क्यों, चुप क्यों हो गया? सांप सूंघ गया क्या?"

"मुझे लगता है, तुम्हारी आत्मा को शीतल ने झकझोरा है।"

और, शीतल कह ही जो उठी–"और मैं खुश हूं। बेहद खुश। मैं कामयाब हो गई।"

"ओह! इसी फोन पर तुम भी हो शीतल। मगर सुनो, ये क्या बेवकूफी की तुमने?" चक्रेश कहता चला गया–"तुम वही कर बैठी जिसका मुझे डर था। सोचो तो सही, जो कर रही हो–उससे फायदा क्या होगा? जगवीर की हत्या करने की सजा मैं पाऊं या चांदनी? अंजाम तो एक ही होना है–यह कि अब हम मिल नहीं सकते।"

"ओह!" चांदनी कह उठी–"तो इससे पहले तक तू मिलन की खुशफहमी पाले हुए था।"

"देखो शीतल। मैं तुमसे हाथ जोड़कर विनती करता हूं बहन।" अब वह चांदनी से नहीं, शीतल से मुखातिब था–"किसी भी हालत में चांदनी को अदालत में आने से रोकना। वह आई तो . . ."

"वाह! वाह! कैसे फड़फड़ा रहा है?" चांदनी कह उठी।

तभी आगे बढ़कर महेश घोष ने टेलीफोन का तार तोड़ दिया। वे बहुत देर से कमरे के दरवाज़े पर खड़े उन तीनों की बातें सुन रहे थे। वहां अकेले नहीं थे वे। मामचंद, मंशादेवी और गुटकू भी थे। सभी ने फोन पर होने वाली उनकी अजीबोगरीब बातें सुनी थीं। शीतल की तरह मामचंद, मंशादेवी और गुटकू भी चाहते यही थे कि चांदनी चक्रेश को बचाने का फैसला करे मगर ऐसा उसे प्यार की खातिर करना चाहिए था। चांदनी ने फैसला तो वही किया मगर कारण बिल्कुल उलट था। ऐसा तो वे सोच भी नहीं सकते थे कि चांदनी यह सोचकर ऐसा फैसला करेगी। पर जैसा भी हुआ फैसला उनके मन माकिफ हुआ था इसलिए उनके चेहरे चमक रहे थे जबकि उन सबके विपरीत महेश घोष का सारा जिस्म गुस्से की ज्यादती के कारण कांप रहा था। उनके तार तोड़ते ही चांदनी चीख पड़ी–"ये आपने क्या किया पापा?"

"बेवकूफ लड़की!" वे गर्जे–"क्या कह रही थी उससे? तू कोर्ट में जाकर अब सब कहेगी?"

"हां पापा। मेरी आत्मा पर जगवीर की हत्या होने का जो बोझ आ पड़ा है उससे निजात पाने का एकमात्र यही रास्ता है।" चांदनी कहती चली गई–"और फिर, जिसने कदम-कदम पर हमें शिकस्त दी है उसे मुंहतोड़ जवाब भी केवल इसी तरह दिया जा सकता है। देखा नहीं आपने, मेरे फैसले पर कैसे फड़फड़ा रहा था।"

"तू ये बेवकूफी हरगिज नहीं करेगी।"

चांदनी ने दृढ़तापूर्वक कहा–"मैं यही करूंगी पापा।"

"तड़ाक्।" भन्नाए हुए महेश घोष का चांटा उसके गाल पर पड़ा।

"पापा!" चांदनी चीख पड़ी।

"खबरदार जो मुंह से एक भी लफ्ज निकाला।" महेश घोष चीखे–"सोचा भी है, अंजाम क्या होगा इसका?"

"मैं जानती हूं पापा, अंजाम वही होगा जो होना चाहिए।"

"मतलब?"

"जगवीर की हत्या करने की सजा मिलेगी मुझे। और . . . ऐसा होना भी चाहिए पापा। बाहरहाल हत्या तो की ही है मैंने। यह सच है–

अगर मेरी जगह कोई बेगुनाह उसकी सजा पा गया तो मेरी अंतरात्मा कभी मुझे माफ नहीं कर सकेगी।"

"ये अंतरात्मा का पाठ तुझे इस शैतान लड़की ने पढ़ाया है।" महेश घोष ने आग्नेय नेत्रों से शीतल को घूरते हुए कहा–"भूल जा सब कुछ। ऐसे मामलों में आत्मा-वात्मा का कोई रोल नहीं होता! तू हमारी एकमात्र बेटी है और तुझे हम कच्ची भावनाओं की सूली पर चढ़कर गंवा नहीं सकते।"

"और एक बेगुनाह को सूली पर चढ़ने देंगे?"

कुछ और चौंके महेश घोष। बोले–"ये तू चक्रेश के लिए कैसी भाषा को इस्तेमाल कर रही है? उसके बारे में तेरे विचार बदल रहे हैं क्या?"

"उस कुत्ते के बारे में विचार बदलने का तो सवाल ही नहीं उठता पापा मगर, जो सच्चाई है, सो है। उसने कुछ भी किया हो मगर जगवीर की हत्या नहीं की। फिर उसे उसकी सजा क्यों मिले? उसे क्यों न मिले जिसने हत्या की है?"

"हम देख रहे हैं–तेरा दिमाग पूरी तरह घूम चुका है।" महेश घोष गुर्राए–"जो लड़की कल तक बल्कि कुछ देर पहले तक यह सोचकर खुश थी कि जगवीर की हत्या के बहाने ही सही, निजात तो मिलेगी चक्रेश नाम के शैतान से, वह अब कह रही है–बेगुनाह को सजा क्यों मिले? नहीं चांदनी, ये नहीं हो सकता। उसके बचने का मतलब है तेरा फंस जाना और तुझे हम किसी कीमत पर अपनी बेवकूफी की सूली पर नहीं चढ़ने देंगे।"

"नहीं पापा। अब मैं नहीं रुक सकती। मुझे कोर्ट में जाकर सच्चाई बतानी होगी। इसके अलावा दूसरा कोई रास्ता ही नहीं है।"

"फोन पर शायद ठीक कह रहा था वह लड़का। तुम उसके प्यार में गिरफ्तार हो गई हो।"

"पापा। . . . आप ऐसा सोच भी कैसे सकते हैं?"

"ठीक वैसा ही व्यवहार है तुम्हारा जैसा किसी लड़के की मुहब्बत में गिरफ्त लड़की का अपने बाप से तब होता है जब आप उस लड़के से न मिलने, बात न करने के लिए कह रहा होता है। उसके चेहरे पर विद्रोह के वैसे ही तेवर होते हैं जैसे इस वक्त हमें तुम्हारे चेहरे पर देखने

को मिल रहे हैं। इसी कदर लड़के से मिलने के लिए बेताब हो उठती है वह। बाप की समझाई एक बात भी उसकी समझ में नहीं आती। शायद ठीक ही कह रहा है वह फ्रॉडिया–तुम खुद नहीं समझ पा रही हो कि तुम उसकी मुहब्बत में गिरफ्तार हो चुकी हो। ऐसा न होता तो उसे बचाने के लिए इस कदर बेकरार न होती।"

"मुझे अफसोस है पापा। अफसोस है मुझे कि आप भी मेरी भावनाओं को नहीं समझ पा रहे हैं अब किसे और कैसे समझाऊं कि मैं उसे बचाने के लिए बेताब नहीं हूं बल्कि उसे शिकस्त देने के लिए बेकरार हूं। जो गुनाह मैंने किया है उसकी सजा पाने के लिए बेकरार हूं ताकि सारे जीवन अंदर ही अंदर न घुटती रहूं?"

"असली वजह चाहे जो हो मगर उसका जो अंजाम होगा वह हमें कबूल नहीं है। इसलिए अब हमें भी यह व्यवहार करना होगा जो किसी लड़के के प्यार में गिरफ्त एक लड़की के पिता को मजबूर होकर करना पड़ता है।"

"क्या मतलब पापा?"

"अब तुम तब तक बल्कि तुम दोनों।" उन्होंने शीतल को घूरा–"इस कमरे में बंद रहोगी जब तक या तो हम तुम्हें इस कमरे से निकालकर सीधे मुंबई ले जाने का इंतजाम नहीं कर लेते या कोर्ट उस लड़के को सजा नहीं सुना देती। इस कमरे से बाहर निकलने या परमीशन अब तुम दोनों में से किसी को नहीं है।"

चांदनी चीखती रही, चिल्लाती रही मगर महेश घोष को न उसकी सुननी थी। न सुनी।

हां, शीतल के होंठों पर जरूर संतुष्टिजनक मुस्कान थी। होती भी क्यों नहीं, चांदनी में वह परिवर्तन वह साफ देख रही थी जो चाहती थी। उसने तो कह भी दिया–"अब बना है ठीक लव स्टोरी वाला सीन।"

महेश घोष एक बार फिर दांत पीसकर रह गए।

अंतत उन्होंने मामचंद, मंशादेवी और गुटकू को कमरे के बाहर निकाला। खुद भी बाहर आए। दरवाज़ा बंद करके उस पर ताला लगाया। चाबी अपनी जेब में डालते हुए मामचंद और मंशादेवी से बोले–"अब मुद्दा यह नहीं है कि हम ठीक हैं या तुम लोग। न ही मुद्दा ये है कि वह लड़का कैसा है। उससे चांदनी की शादी होनी चाहिए या

नहीं। अब मुद्दा केवल ये है कि जो बेवकूफी चांदनी करना चाहती है वह उसे करने की छूट दी जानी चाहिए या नहीं। मेरे ख्याल से तुम्हें भी इस मुद्दे पर हमसे सहमत होना चाहिए क्योंकि अगर चांदनी को वह बेवकूफी करने दी गई तो अंजाम उसे भोगना होगा और यह बात मेरी तरह तुम्हें भी कुबूल नहीं होनी चाहिए। मैं उसका बाप हूं तो तुम भी बुआ और फूफा हो। उसे खोने की चाहत तो तुम्हारे मन में भी नहीं होनी चाहिए। मतलब ये कि उम्मीद करता हूं–तुम उन्हें इस कमरे से नहीं निकलने दोगे। फिर भी, अगर तुमने ऐसा किया तो मेरा मरा मुंह देखोगे। और . . . और एक और ताला चाहिए मुझे। इस कमरे की उस खिड़की के बाहर लगाने के लिए जो किचन लॉन में खुलती है।”

मामचंद और मंशादेवी सचमुच दुविधा में फंस गए थे।

बात तो सच थी–भला वे खुद चांदनी को मरने के लिए अदालत में कैसे जाने दे सकते थे?

⅄

जगवीर मर्डर केस की अगली तारीख।

मामचंद के घर पर यह तारीख मानो कहर बनकर टूटी थी।

कमरे के दरवाज़े और खिड़की के बाहर लगे तालों की चाबियां जेब में डाले महेश घोष कोर्ट चले गए थे। कोर्ट जाना उन्होंने इसलिए जरूरी समझा था क्योंकि उन्हें अब भी अंदेशा था किसी स्पॉट पर चक्रेश चांदनी का नाम ले सकता है।

मुकदमे की मुकम्मल कार्रवाही पर वे अपनी नजर रखना चाहते थे।

मामचंद और मंशादेवी को वे चांदनी और शीतल पर नजर रखने की सख्त हिदायत दे गए थे। या अगर यूं कहा जाए तब भी गलत नहीं होगा कि चांदनी कोर्ट न पहुंच सके यह जिम्मेदारी वे उन्हें सौंप गए थे।

उनके द्वारा सौंपी गई जिम्मेदारी को तो पता नहीं वे निभाते भी या नहीं मगर, मंशादेवी और मामचंद को लगा था–जो हो रहा है, भले ही वह अन्याय हो परंतु चांदनी को मौत के मुंह में नहीं झोंका जा सकता था।

दिल से यह बात मानने के कारण वे चांदनी की कोई मदद करने को तैयार नहीं थे।

जबकि चांदनी सुबह से ही चीख रही थी। चिल्ला रही थी। कभी दरवाज़े को भड़भड़ाती थी, कभी खिड़की को तोड़ डालने की कोशिश करती। उसमें वही तड़प, वही बेताबी, वही बेकरारी देखकर शीतल के होंठों पर बार-बार मुस्कुराहट उभर आती थी जो आमतौर पर प्यार करने वाली लड़की में कैद की जाने पर लड़के से मिलने के लिए पाई जाती है।

"अंकल . . . आंटी . . . पापा . . . प्लीज दरवाज़ा खोल दीजिए।" दरवाज़ा पीटने के साथ यही सब कहते-कहते चांदनी का हलक सूख गया था–"मुझे जाने दीजिए। अगर आज मैं न जा सकी तो कोर्ट उसे सजा सुना देगी। और ये ठीक नहीं होगा अंकल। एक बार फिर वह मुझसे जीत जाएगा। सारी जिंदगी मैं खुद को माफ नहीं कर सकूंगी। आंटी आप तो खोल दीजिए। आप तो खुद चाहती थीं किसी के साथ अन्याय नहीं होना चाहिए। ये अन्याय ही तो है। जगवीर की हत्या मैंने की है। चक्रेश ने कुछ नहीं किया। फिर क्यों एक बेगुनाह को सजा मिले?"

इस किस्म की जाने कितनी बातें उसने कितनी बार चीख-चीखकर कही थीं।

यह तो नहीं कहा जा सकता कि किसी के कान पर जूं नहीं रेंगी क्योंकि जो कुछ वह कह रही थी वह सब नश्तर बनकर मामचंद और मंशादेवी के कानों में घुसकर दिल में उतर रहा था। उसी दिल में जिसे उन्हें मसोसकर रह जाना पड़ रहा था।

कमरे के बाहर वे मुट्ठियां भींचे, जबड़े कसे खामोश बैठे थे।

खामोश वे बाहर से नजर आ रहे थे।

दिलो-दिमाग में भयंकर शोर मच रहा था।

दिल कह रहा था–जो हो रहा है, है तो वह अन्याय ही परंतु दिमाग का कहना था–चांदनी को . . . अपनी चांदनी को किसी हालत में मौत के मुंह में नहीं धकेला जा सकता।

इसीलिए चांदनी का रूदन। उसके मार्मिक शब्द उन्हें तड़पाते रहे थे मगर . . . भला निकल कैसे जाने देते उसे।

कमरे के अंदर।

चांदनी जहां पगलाई-सी घूम रही थी वहीं, शीतल आराम से बैड

की पुश्त पर तकिए और तकियों पर अपनी पीठ टेके आराम से बैठी थी। जब चांदनी दरवाज़ा और खिड़की पीटते-पीटते, चीखते-चिल्लाते थक गई तो हिंसक सिंहनी की मानिंद शीतल की तरफ पलटकर गुर्राई– "तब तो बहुत कह रही थीं मुझे यह करना चाहिए। वह करना चाहिए लेकिन अब, जब सब कुछ करने को तैयार हूं तो मजे से बैठी है, कोई मदद नहीं कर रही मेरी?"

"क्या मदद करूं?" शीतल ने कहा–"तेरी तरह चीख-चीखकर गला बैठा लूं अपना?"

"अरे जब चीखेगी-चिल्लाएगी, तभी तो दिल पिघलेगा किसी का। कोशिश तो कर। मुमकिन है जिन पर मेरी आवाज का असर न पड़ रहा हो वे तेरी आवाज सुनकर . . ."

"नहीं। . . . किसी पर कोई असर नहीं होगा।"

"मगर क्यों–क्यों मान रही है तू ऐसा?"

"क्योंकि सुनने वाले जितने भी हैं, सब तेरे अपने हैं। चक्रेश का एक भी नहीं।"

"क्या मतलब?"

"उनमें से कोई भी तुझे मौत के मुंह में झौंकने के लिए तैयार नहीं होगा। बेगुनाह चक्रेश फांसी पर चढ़ता है तो चढ़े। उनकी बला से। क्या फर्क पड़ता है उन पर। यही तो है 'अपनापन'। बस उनकी चांदनी बची रहे। भले ही वह गुनाहगार हो। यही रीत है इस स्वार्थी दुनिया की। अगर कोई चक्रेश का अपना होता। उसकी मां, उसकी बहन, उसका भाई या उसका पिता तो वह जूझता अपने चक्रेश को बचाने के लिए। वे क्यों जूझें जो उसके कोई नहीं है?"

"मगर अब होगा क्या?"

"आराम से बैठ जा। जो होना होगा हो जाएगा।"

"अरे। कैसी बातें कर रही है तू। तू! जो चक्रेश को बचाने के लिए मरी जा रही थी। तेरी वह स्पीच क्या केवल मेरे लिए थी? अरे जब एक बार कोर्ट उसे सजा सुना ही देगी तो क्या हो सकेगा?"

"कुछ भी नहीं।"

"तो?"

"तो क्या? तेरी बला से।"

"अब तो मैं ये कहूंगी, मेरी नहीं तेरी बला से।" चांदनी बिफर पड़ी–"शायद तुझे भी यह ख्याल आ गया है कि तेरी तो चांदनी है। भला चक्रेश कौन लगता है तेरा जो उसे बचाने की कोशिश करे। वही भाव तेरे अंदर भी काम कर रहा है जो अंकल, आंटी और पापा के दिलों में है। मुझे बचाने के लिए तू भी बेगुनाह चक्रेश को फंसे रहने के फेवर में है।"

"ठीक कह रही है तू। सच्चाई है भी यही। चक्रेश मेरा लगता ही क्या है।"

"क्या मतलब?"

"मेरा केवल एक ही मकसद था। यह कि वह तुझे अपना सब कुछ लगने लगे। वह पूरा हो गया। मेरा काम खत्म।"

"ये तू क्या बक रही है?"

"जरा हालत देख अपनी। कैसी दीवानी हुई जा रही है कोर्ट पहुंचने के लिए। चक्रेश को बचाने के लिए और याद कर–क्या अनेक फिल्मों में यही दृश्य अनेक बार नहीं दिखाया गया? क्या हर बार तूने कैद में फंसी लड़की को इसी तरह अपने दिलबर से मिलने के लिए छटपटाते नहीं देखा? इसे कहते हैं प्यार जो तुझे हो चुका है। बस अपने गरूर के कारण मुंह से कुबूल नहीं कर पा रही तू। प्यार उसी तरह लड़की का विवेक छीन लेता है जैसा तेरा छिना हुआ है। विवेक काम कर रहा होता तो कमरे में यूं चीखती-चिल्लाती न घूम रही होती तू। दरवाज़ा और खिड़की न पीट रही होती क्योंकि विवेक पहले ही समझा चुका होता–इस सबसे कुछ नहीं होगा।"

"तू जानती है शीतल, मैं उसके प्यार की खातिर कुछ भी नहीं कर रही। मैं जो कर रही हूं . . ."

"उसकी नफरत की खातिर कर रही है।" बात शीतल ने पूरी की।

"हां। मैं उससे नफरत करती हूं। कम्बख्त को शिकस्त देने के लिए निकलना चाहती हूं यहां से।"

"केवल सुना ही सुना था कि नफरत भी मुहब्बत का ही दूसरा नाम है। महसूस नहीं कर पाई थी कभी। कभी देखा भी नहीं था लेकिन तेरी और चक्रेश की कहानी ने महसूस भी करा दिया। दिखा भी दिया। मैं साफ देख रही हूं–नफरत में भी उतनी ही कशिश होती है जितनी प्यार

में होती है। तेरी तड़प में किसी के प्यार में पगलाई लड़की से कम कशिश नहीं है। इसे देखकर मुझे मानना पड़ा–नफरत प्यार का ही दूसरा नाम है।"

"स्पीच देनी छोड़। यह सोच–किया क्या जाए? कैसे कोर्ट पहुंचूं?"

"मुझे जरूरत ही नहीं है सोचने की।"

"क्यों?"

"मुझे शिकायत यह नहीं थी कि तेरे द्वारा किए गए जुर्म की सजा चक्रेश भैया को क्यों मिल रही है। मुझे शिकायत यह थी कि वे फांसी पर चढ़ रहे हैं और तुझे उनकी कुरबानी का एहसास ही नहीं है मेरी हर कोशिश तेरे उस सोए हुए एहसास को जगाने के लिए थी। वह जाग चुका इसलिए अब मैं पूरी तरह रिलैक्स हूं।"

"तू तो बीच मंझधार में साथ छोड़ रही है मेरा।"

शीतल ने कुछ कहने के लिए मुंह खोला ही था कि–

"धड़ाम।"

पूरा घर एक भयंकर धमाके की आवाज से गूंज उठा।

चांदनी और शीतल चीखती हुई दरवाज़े की तरफ भागी थी।

वह दिशा विस्फोट की विपरीत दिशा थी।

मलबे के कई टुकड़े उनके जिस्मों से टकराए थे। बौखलाई हुई वे दोनों अभी कुछ समझ भी नहीं आई थीं कि बंद दरवाज़े के बाहर से मामचंद और मंशादेवी ने पीटना शुरू किया। वे बार-बार चीख रहे थे–"क्या हुआ चांदनी। शीतल, ये धमाके की आवाज कैसी थी?"

तभी, उनकी नजर कमरे की खिड़की पर पड़ी।

बुरी तरह चौंकी वे।

खिड़की का एक बड़ा हिस्सा पूरी तरह गायब था।

किवाड़ ग्रिल, कांच। सभी कुछ।

चारों तरफ मलबा पड़ा था। साफ नजर आ रहा था–किसी को किसी ने बम से उड़ा दिया है।

खिड़की के नजदीक बैड और फर्श पर कुछ पटाखे भी पड़े हुए थे।

हैरत से मुंह और आंखें फाड़े वे खिड़की पर मौजूद धूल और धुएं को अभी देख ही रही थीं कि गुटकू का चेहरा नजर आया। पूरी तरह खुश नजर आ रहा वह कह रहा था–"काम हो गया दीदी। चक्रेश भैया

का ही फार्मूला काम आ गया। आ जाओ।"

"तू-तू?" एक साथ दोनों के मुंह से निकला।

"हां दीदी! मैं!" गुटकू ने कहा–"मम्मी-पापा को अंकल ने कसम दे दी थी। मुझे वह भी देना भूल गए। असल में उन्होंने सोचा होगा–गुटकू अभी छोटा है। कर ही क्या सकता है।"

चांदनी खिड़की की तरफ लपकी। वह बाहर निकलने के लिए बेचैन थी।

"ठहर!" शीतल ने टोका।

वह ठिठकी। बोली–"बात क्या है?"

"कानून केवल तेरे कहने से नहीं मान लेगा कि जो तू कह रही है, वह सच है।"

"फिर?"

शीतल कमरे में रखी एक अलमारी की तरफ बढ़ी।

मामचंद और मंशादेवी अभी भी बार-बार दरवाज़ा पीटते हुए चीख-चीखकर पूछ रहे थे–"क्या हुआ?" उनके उस एकमात्र सवाल का जवाब देने का न इस वक्त किसी को होश था, न जरूरत। खिड़की पर मौजूद गुटकू ने थोड़े बेचैनी भरे अंदाज में कहा–"जल्दी करो दीदी। कोई आ गया तो सारी मेहनत बेकार जाएगी।"

"ले। इन्हें साथ ले जा।" कहने के साथ शीतल ने अलमारी से अखबार का एक बंडल निकालकर चांदनी की तरफ फैंका। बंडल फर्श पर गिरते ही खुल गया।

⅄

फैसला लिखने के बाद उसे सुनाने के लिए न्यायाधीश ने मुंह खोला ही था कि

"ठहरिए जज साहब!" अदालत कक्ष के दरवाज़े से आवाज उभरी–"यदि आपने बोलना शुरू कर दिया तो वे शब्द इंसाफ की गर्दन में फांसी का फंदा बनकर अटक जाएंगे।"

जज और महेश घोष सहित सभी ने पलटकर दरवाज़े की तरफ देखा।

देखने वालों में चक्रेश भी शामिल था।

सभी के चेहरों पर चौंकने के भाव उभरे।

चेहरे पर चट्टानी खुरदुरापन लिए चांदनी आहिस्ता-आहिस्ता डायस की तरफ बढ़ रही थी।

उसके हाथ में अखबार का बंडल था। वही बंडल जो शीतल ने अलमारी से निकालकर दिया था। नजरें लकड़ी के बाक्स में खड़े चक्रेश पर स्थिर थीं। आंखों में उसके लिए घृणा और प्रतिशोध लेने का भाव।

महेश घोष तो मानो अपने आपको संभाल ही न पाए। एक झटके से खड़े होकर वे चांदनी की तरफ लपकते हुए चीखे–"तुम यहां पहुंच कैसे गईं चांदनी? और . . . तुम कोई बेवकूफी नहीं करोगी।"

"पापा।" चांदनी ने दृढ़तापूर्वक कहा–"आज आप तो क्या दुनिया की कोई ताकत नहीं रोक सकती।"

"नहीं! नहीं बेटी!" महेश घोष एक तरह से उसका रास्ता रोककर खड़े हो गए–"तुम्हें मेरी कस . . ."

"जज साहब।" चांदनी ने उनका वाक्य पूरा होने से पहले ही सीधे न्यायाधीश से कहा–"मुझे अपनी बात कहने का मौका दिया जाना चाहिए। ऐसा न किया गया तो आज न्याय के इस मंदिर में बहुत बड़ा अन्याय हो जाएगा।"

"क्या तुम इसी केस के संबंध में कुछ कहना चाहती हो?" जज ने पूछा।

"जी हां।"

"आप इसकी बात पर ध्यान मत दीजिए जज साहब।" महेश घोष ने कहा–"यह एक पागल लड़की है। आप अपना फैसला . . ."

"लड़की की मानसिक अवस्था तो हमें ठीक ही नजर आ रही है।" इस बार जज ने महेश घोष की बात काटकर कहा–"अभी-अभी उसने आपको पापा कहा है। शायद आप उसके फादर हैं मगर अदालत में सबको अपनी बात कहने का हक है। अदालत आपको हुक्म देती है–उसका रास्ता छोड़ दें। आओ बेटी, तुम्हें जो कहना विटनेस बाक्स में आकर कहो।"

जज के हुक्म के बावजूद महेश घोष ने काफी हंगामा किया। उसकी कोशिश चांदनी को विटनेस बॉक्स में न पहुंचने देने की थी। मगर, कोर्ट में भला जज के अलावा किसी की चल सकती है। जब जज ने उन्हें

चेतावनी दी–"अगर आप फौरन खामोश होकर अपनी सीट पर नहीं बैठे तो इस कक्ष में बाहर निकलवा दिए जाएंगे।" तो, वे मजबूर हो गए।

तमतमाए हुए अपनी सीट पर जा बैठे।

चांदनी बंडल संभाले विटनेस बॉक्स में जा पहुंची।

कुछ कहने के लिए उसने मुंह खोला ही था कि इस बार चक्रेश चीख पड़ा–"इसके पापा ने ठीक कहा योर ऑनर! ये लड़की सचमुच पागल है। कोर्ट की कार्रवाई खत्म हो चुकी है अब इसे बोलने का मौका नहीं दिया जाना चाहिए।"

न्यायाधीश के होंठों पर मुस्कान फैल गई। क्षणिक खामोशी के बाद उन्होंने कहा–"अभी यह तो पता नहीं लग सका है कि इस लड़की का तुमसे क्या संबंध है मगर यदि इसके फादर और इस केस का मुल्जिम लड़की के बोलने पर इतना बेचैन नजर आ रहे हैं तो ये तय है–लड़की कोई ऐसी जानकारी कोर्ट में लाना चाहती है जो महत्वपूर्ण है। आखिर . . . कोर्ट की कार्रवाई अभी पूरी हुई या नहीं, यह फैसला करने का अधिकार हमें है। आप दोनों को हिदायत दी जाती है–कोर्ट की परमीशन के बगैर आप में से कोई कुछ नहीं बोलेगा। कोर्ट इस लड़की का एक-एक लफ्ज सुनना चाहती है।"

सकपकाकर चक्रेश को भी खामोश रह जाना पड़ा।

चांदनी के चेहरे पर ऐसे भाव थे जैसे वह मुंबई की अदालत में हुए अपने अपमान का बदला लेने के लिए डटकर खड़ी हो गई हो। होंठों पर जहरीली मुस्कान लिए उस वक्त वह ठीक सामने वाले बॉक्स में खड़े चक्रेश पर आंखों से चिंगारियां बरसा रही थी जब न्यायाधीश ने पूछा–"तुम्हारा नाम?"

"चांदनी।" उसकी नजरें चक्रेश पर ही स्थिर थीं–"डॉटर ऑफ मिस्टर महेश घोष। मैं वह लड़की हूं जज साहब, जिसके साथ डांस करने को लेकर डिस्कोथ में इसका और जगवीर का झगड़ा हुआ था।"

"ओह!" जज साहब के मुंह से निकला–"कहो, तुम्हें क्या कहना है?"

"शायद इससे ज्यादा कुछ नहीं कि मुझे गलत बॉक्स में खड़ा किया गया है।" चांदनी ने चक्रेश की तरफ अंगुली तानकर कहा–"मैं उस बॉक्स में खड़ी होने की हकदार हूं।"

"क्या मतलब?" न्यायाधीश महोदय थोड़े चौंके।

चांदनी ने एक झटके से कह दिया–"जगवीर की हत्या इसने नहीं, मैंने की है।"

चांदनी के शब्द कोर्ट रूम में मानो अणु बम बनकर फटे।

सभी चौंक पड़े थे।

महेश घोष और चक्रेश के अलावा किसी को उम्मीद नहीं थी कि वह ऐसा कुछ कहेगी। वहां मौजूद वकीलों और दर्शक दीर्घा में बैठे लोगों में हलचल-सी मच गई। चक्रेश तो हलक फाड़कर चीख ही पड़ा–"झूठ! ये झूठ है योर ऑनर। ये लड़की सफेद झूठ बोल रही है। जगवीर की हत्या से इसका कोई ताल्लुक नहीं है।"

"ऑर्डर-ऑर्डर।" अपनी छोटी-सी हथौड़ी दो बार मेज पर मारने के साथ जज को व्यवस्था कायम करनी पड़ी।

इस वक्त चक्रेश के चेहरे पर खिलखिलाहट के जो भाव थे उन्हें देखकर चांदनी को सुकून पहुंच रहा था। वैसा ही सुकून जैसा हरियाली को देखकर कोई प्रकृति प्रेमी महसूस करता है। वैसी ही शांति जैसी चांद को देखकर चकोरी महसूस करती है। उसके चेहरे पर उन्हीं भावों को तो देखने के लिए मरी जा रही थी वह। उसे उसी अवस्था में देखने के लिए तो यहां आकर अपना गुनाह कुबूल किया था। यही तो थे वे भाव जिन्हें उसके चेहरे पर देखने के लिए वह तरस गई थी।

व्यवस्था कायम होने पर जज ने चक्रेश से पूछा–"मिस्टर चक्रेश, अगर ये लड़की झूठ बोल रही है–तो क्यों?"

"क्योंकि वह मुझसे प्यार करती है जज साहब।" तड़पता चक्रेश कहता चला गया–"मुहब्बत करती है मुझसे। मेरी दीवानी है ये। इसलिए मुझे बचाना चाहती है। मुझे बचाने के लिए यह खुद को . . ."

"ये झूठ है–योर ऑनर।" पहली बार चांदनी चक्रेश से कहीं ज्यादा जोर से चीखी थी–"प्यार . . . और इससे! इस जानवर से! मेरी तो जूती तक मुहब्बत न करे इससे। मेरा बस चले तो इसका मुंह नोंच लूं जज साहब। थूक दूं इसके चेहरे पर। दीवाना तो ये है मेरा। मुहब्बत तो ये करता है मुझसे। पागलपन की इस हद तक कि मेरे तलवे तक चाटने को तैयार है। अपनी उसी मुहब्बत की खातिर इसने मेरा इल्जाम आने सिर लिया है।"

"होता है मिलॉर्ड। कभी-कभी ऐसा भी होता है।" कहते वक्त सरकारी वकील के होंठों पर बड़ी ही दिलचस्प मुस्कान थी–"और ऐसा अक्सर तभी होता है जब मामला मुहब्बत का हो। इन दोनों बच्चों ने जो कुछ कहा उससे साबित हो गया कि ये दोनों एक-दूसरे से बहुत प्यार करते हैं। वर्ना ठीक ही कहा आपने। आज के जमाने में कौन किसी को बचाने के लिए अपनी गर्दन फंसाता है। वह प्यार की पराकाष्ठा है जिसे इस वक्त आप अपनी अदालत में देख रहे हैं। ऐसा तब होता है जब व्यक्ति एक-दूसरे की जान को अपनी जान से ज्यादा कीमती मानने लगते हैं। मिस चांदनी मिस्टर चक्रेश के चेहरे पर थूकने तक की बात केवल इसलिए कह रही है ताकि कोर्ट को इनके इस बयान पर विश्वास आ जाए कि वे जो कह रही हैं प्यार की खातिर नहीं बल्कि सच कह रही हैं। गहराई से सोचा जाए तो बात खुद-ब-खुद साफ हो जाती है। अगर वह मिस्टर चक्रेश से प्यार न करती होतीं तो उन्हें कोर्ट में आकर यह सब कहने की जरूरत ही क्या थी? भले ही मर्डर उन्होंने किया हो, सजा चक्रेश को मिलने वाली थी। क्या कष्ट था इन्हें? अपने घर बैठी रहतीं?"

"ये झूठ है! ये झूठ है योर ऑनर!" चांदनी चीख पड़ी–"मैं इस कुत्ते से जरा भी प्यार नहीं करती। मैं यहां . . ."

"हम समझ गए मिस चांदनी। सारी अदालत समझ चुकी है कि आप मिस्टर चक्रेश से प्यार करती हैं या नहीं?"

"उफ्फ!" झुंझलाकर चांदनी ने जोरदार मुक्का बॉक्स के रेलिंग पर मारा–"आप लोग मेरी बात समझ क्यों नहीं रहे हैं?"

वकील के होंठों पर ऐसी मुस्कान थी जो साफ कह रही थी–"हां, सब समझ चुके हैं तुम दोनों के बीच कितना गहरा प्यार है।" उसी मुस्कान के साथ उसने अपनी बात वहीं से शुरू की जहां छोड़ी थी–"मगर ये कोर्ट यहां इनके प्यार पर चर्चा करने नहीं बैठी है मिलॉर्ड। मसला जगवीर के मर्डर का है।" वह चांदनी की तरफ पलटकर बोला–"प्यार का जोश एक अलग चीज़ होता है मिस चांदनी, अदालत की कार्रवाई बिल्कुल अलग। कोई भी अदालत केवल किसी के कहने से किसी को किसी का हत्यारा नहीं मान लेती। उसे सुबूत चाहिए। क्या आप जानती हैं–पुलिस ने मिस्टर चक्रेश के खिलाफ अनेक सबूत पेश

किए हैं। फॉर एग्जाम्पल–वह चाकू जिससे जगवीर का मर्डर हुआ। उस पर जगवीर का खून और मिस्टर चक्रेश की अंगुलियों के निशान हैं।"

"वह चाकू मर्डर के बाद इसने मेरे हाथ से छीना था।"

"झूठ! ये झूठ है जज साहब!" चक्रेश चीखा–"ये तो उस वक्त वहां थी भी नहीं।"

"मिस चांदनी।" वकील एक बार फिर मुस्कुराया–"मैं आपके प्यार की कद्र करता हूं और भावनाओं की भी। यकीनन वे पूजा के योग्य मगर प्यार प्यार होता है, अदालत अदालत। अपने महबूब को बचाने की बहुत ही बचकाना कोशिश कर रही हैं आप। वह बेचारा बहुत बुरी तरह फंस चुका है। इतनी बुरी तरह कि खुद भी चाहे तो खुद को नहीं बचा सकता। पुलिस ने इसे रंगे हाथों पकड़ा है। अपनी आंखों से लाश को नदी में डालते देखा है। हां।" कहने के साथ चांदनी के कान पर लगभग झुक गया। अपेक्षाकृत धीमे स्वर में बोला–"व्यक्तिगत रूप से मुझे तुम्हारे प्यार ने बहुत प्रभावित किया है। अब तक मैं कोर्ट से उसे कठोर से कठोर सजा देने की अपील कर रहा था मगर अब कम से कम सजा देने के लिए कहूंगा ताकि आज नहीं तो कम से कम उस दिन तुम वहां जरूर एक हो सको जब वह जेल से बाहर आए। तुम्हारी दीवानगी बता रही है कि तुम कई जन्मों तक उसके जेल से बाहर निकलने तक उसका इंतजार कर सकती हो।"

"पता नहीं तुम क्या-क्या बके चले हा रहे हो मिस्टर वकील।" चांदनी ने दांत किटकिटाए–"मैं तुम्हारा मुंह नोंच लूंगी। हजार बार कह चुकी हूं मैं उस कमीने से प्यार नहीं करती। फिर क्यों तुम इसी बात को सच साबित करने पर तुले हो?"

"सच तो आपकी हरकत ने उजागर किया है।"

"कौन सी हरकत ने?"

"बगैर सबूत उसे बचाने चली आईं।"

वह गुर्राई–"मैं बगैर सबूत के नहीं आई हूं।"

"ओह। . . . तो सबूत भी पैदा कर लिया है तुमने। वाकई। प्यार करने वाले सबूत भी पैदा कर सकते हैं। पेश करो अपना सुबूत।"

चांदनी एक बार फिर चक्रेश पर चिंगारियां बरसाती बोली–"इसने कहा–'मैं वहां थी ही नहीं।"

"हां।" चक्रेश ने कहा–"तुम्हारा तो वहां दूर-दूर तक पता नहीं था।"

"फिर ये क्या है?" कहने के साथ उसने अपने हाथ में मौजूद अखबार का बंडल डायस के बीचो-बीच पड़ी मेज पर फैंक दिया। सबकी निगाह मेज की तरफ घूम गई।

बंडल खुल चुका था।

अब मेज पर पड़े चांदनी के कपड़े साफ नजर आ रहे थे। सफेद सलवार सूट। वे खून से लथपथ थे। जगह-जगह से फटे हुए।

उन्हें देखकर चक्रेश के चेहरे पर हवाईयां उड़ने लगी थीं। उन हवाईयों को देखकर चांदनी की इच्छा ठहाके लगा-लगाकर हंसने की हुई। बड़ी मुश्किल से खुद को रोके हुए थी वह।

वकील ने कहा–"बात समझ में नहीं आई। ये सब क्या है?"

"मेरे कपड़े हैं वकील साहब।" चांदनी एक-एक लफ्ज चबाती चली गई–"उन पर खून लगा है। जरा जांच कर लीजिए खून किसका है। जब रिपोर्ट बता दे वह जगवीर का है तो अपने मुल्जिम से पूछना–अगर उस रात मैं वहां थी ही नहीं तो जगवीर का खून मेरे कपड़ों तक कैसे पहुंच गया क्या उसके जिस्म से उछले खून की छींटें मंदिर से मेरे घर आ पड़े थे?"

अब।

वकील को अपनी सोच बदलनी पड़ी।

वह चक्रेश वाले बॉक्स के नजदीक पहुंचा। बोला–"पासे उल्टे पड़ गए मालूम पड़ रहे हैं मिस्टर मजनूं। अगर तुम यह साबित नहीं कर सके इन कपड़ों पर लगा खून जगवीर का नहीं है तो तुम्हारी वह महबूबा तो लद गई लंबी जिसे बचाने के लिए तुमने इतने पापड़ बेले।"

चक्रेश की जुबान को मानो लकवा मार गया।

वकील ने एक बार फिर कहा–"जवाब दो मिस्टर चक्रेश वर्ना इस युद्ध में चांदनी तुमसे जीत चुकी है।"

"मैं अपने बयान का वह हिस्सा वापस लेता हूं जिसमें मैंने कहा था कि चांदनी वहां थी ही नहीं।" शुरू में हकलाने के बाद चक्रेश ने खुद को नियंत्रित कर लिया–"यह सच है कि वह वहीं थी मगर जगवीर की हत्या मेरे ही हाथों हुई। जगह-जगह से फटे हुए चांदनी के ये कपड़े

खुद बता रहे हैं–जगवीर और उसके साथियों ने रेप करने की कोशिश की थी। मैं जो चांदनी को बेइंताह प्यार करता हूं, भला वह सब कैसे बरदाश्त कर सकता था। गुस्से में मैंने उन सबको पीटा। जगवीर की हत्या कर दी। चाकू पर मौजूद मेरी अंगुलियों के निशान इस बात का सबूत हैं कि हत्या मैंने ही की है।"

"मैं बता चुकी हूं।" चांदनी ने कहा–"चाकू हत्या के बाद इसने मुझसे छीन लिया था।"

चक्रेश चिल्लाया–"यह झूठ है।"

"झूठे तुम साबित हो चुके हो मिस्टर चक्रेश।" वकील ने कहा–"अब अदालत तुम्हारे किसी कथन पर विश्वास नहीं कर सकती।"

चक्रेश को सकपकाकर चुप रह जाना पड़ा।

चक्रेश के सामने पहली बार चांदनी ने खुद को फतह के नशे में चूर पाया था।

वकील ने उसके नजदीक आकर कहा–"अब मैं तुमसे एक सवाल पूछना चाहता हूं मिस चांदनी।"

"पूछिए।" यह सिंहनी बनी बॉक्स में खड़ी थी।

"हत्यारी आप हैं, यह बात आपने कोर्ट को इतनी देर से क्यों बताई?"

"मुझे मेरे पापा ने एक कमरे में कैद कर रखा था।" चांदनी ने कहा–"अपने छोटे भाई की मदद से बहुत मुश्किल से वहां से निकल कर यहां पहुंची हूं। थोड़ी देर हो जाती तो इस कोर्ट में शायद अनर्थ हो ही चुका था।"

"अनर्थ तो अब भी होने जा रहा है यहां।" कक्ष में एक नई आवाज गूंजी।

सबने चौंककर आवाज की दिशा में देखा और . . . और बुरी तरह चौंक पड़े।

चक्रेश और चांदनी के हलकों से तो मानो चीख ही निकल गई।

बाकी लोगों ने देखा–दरवाज़े के बीचो-बीच खड़े व्यक्ति के जिस्म पर जगह-जगह पट्टियां बंधी हुई थीं। बाएं हाथ पर प्लास्टर चढ़ा हुआ था। वह गले में पड़ी पट्टी में बंधा झूल रहा था।

"तुम कौन हो?" वकील ने पूछा।

"जगवीर।" उसने कहा।

और

यह विस्फोट पहले विस्फोट से भी ज्यादा भयंकर था।

जज सहित सभी अवाक् रह गए।

वह थोड़ा लड़खड़ाता हुआ आगे बढ़ता बोला–"वही जगवीर, जिसकी हत्या का यहां मुकदमा चल रहा है। जिसका हत्यारा खुद को साबित करने के लिए ये दोनों आपस में लड़ रहे हैं। भला मुझसे बेहतर कौन बता सकता है कि मेरी हत्या की कोशिश किसने की?"

इस नए रहस्योद्घाटन ने एक बार फिर कोर्टरूम में सनसनी और अव्यवस्था फैला दी थी।

जज खुद हैरान रह गया था मगर व्यवस्था बनाए रखने का दायित्व भी बहरहाल उसी का था। सो, एक बार फिर मेज पर हथौड़ी मारने के साथ 'ऑर्डर-ऑर्डर' कहा।

एक-दूसरे से खुसर-फुसर कर रहे लोग शांत हो गए।

जज ने जगवीर को विटनेस बॉक्स में आकर अपनी बात कहने के लिए कहा।

विटनेस बॉक्स में पहुंचने के बाद जगवीर बोला–"आप देख ही रहे हैं योर ऑनर कि मैं जिंदा हूं इसलिए यह तो सवाल ही खत्म हो गया कि मेरी हत्या चक्रेश ने की या चांदनी ने, हां, अब यह अदालत यह जरूर जानना चाह सकती है कि ऐसी कोशिश की किसने थी? इस सवाल का जवाब जितनी सच्चाई के साथ मैं दे सकता हूं, उतनी सच्चाई के साथ कोई और नहीं दे सकता।"

"तो बताओ।" वकील ने कहा–"तुम्हें चाकू किसने घोंपा?"

"चांदनी ने।" उसने चांदनी की तरफ देखा।

चांदनी यूं मुस्कुरा रही थी जैसे चक्रेश को पछाड़कर रेस में प्रथम आई हो।

"मगर सर।" जगवीर ने कहा–"क्या आपने सुना है कि किसी ने किसी को चाकू घोंपा और जिसे चाकू घोंपा गया वह मरने की जगह जिंदा हो उठा।"

"क्या मतलब?"

"मेरे साथ हुआ है ऐसा।" जगवीर ने कहा–"चांदनी ने मुझे ऐसा चाकू मारा कि मैं जिंदा हो उठा हूं।"

"अजीब बकवास कर रहे हो तुम।" वकील ने कहा–"चाकू लगने से पहले क्या कर रहे थे?"

"हां वकील साहब। चांदनी का वह चाकू लगने से पहले सचमुच मैं मरा हुआ ही था। अजीब दार्शनिक लहजे में जगवीर कहता चला गया–"इंसानी जिस्म होने के बावजूद जो इंसान न हो, उसे आप क्या कहेंगे? मरा हुआ इंसान ही न। वह चाकू लगने से पहले मैं वहीं था। जज साहब।" वह सीधा न्यायाधीश से मुखातिब हुआ–"मैं इतना बदमाश और हरामी था कि इंसानियत नाम की चीज़ तो मुझे कभी छू तक नहीं सकी थी। लड़की को देखता और बस एक ही इच्छा जागती थी मुझमें कि वह बगैर कपड़ों के बेड पर मेरे साथ होनी चाहिए। अनेक लड़कियों को भोगा है मैंने। किसी को उसकी रजामंदी से, किसी को जबरदस्ती। चांदनी भी उन्हीं लड़कियों में से एक थी जिसे देखते ही मेरे मन में इसे भोगने का ख्याल आया। डिस्कोथ में इसकी तरफ हाथ बढ़ाया ही था कि चक्रेश बीच में आ गया। उसके बाद चक्रेश को जलाने के लिए इसने मुझे लिफ्ट दी। मैं चक्रेश और चांदनी के संबंध को कभी नहीं समझ सका। समझने की जरूरत भी नहीं थी मुझे। मेरी नजर तो सिर्फ चांदनी पर थी। और वह मौका मुझे अपने साथियों के साथ मंदिर पर बुलाकर खुद चांदनी ने ही दे दिया। जिस क्षण चांदनी का चाकू मेरे पेट में पेवस्त हुआ उस क्षण मेरे मन-मस्तिष्क में केवल एक ख्याल था–यह कि मैं मर रहा हूं। मेरे उस जीवन का अंत हो गया है जिसमें हमेशा हरेक को मैंने केवल सताया ही सताया है। उसके बाद एक बार फिर मैंने खुद को चैतन्य अवस्था में पाया। पहला ख्याल दिमाग में यही उभरा था–'नहीं, मैं अभी मरा नहीं हूं। मैं तो जिंदा हूं। चांदनी द्वारा चाकू घोंपा जाने के बावजूद जिंदा हूं।' अपना जीवन होना कुदरत का बहुत बड़ा करिश्मा लगा मुझे। खुद को मछुआरों की एक बस्ती में पाया। उनके मुताबिक भी मेरा वापस जीवित हो उठना चमत्कार ही था। मुझे नदी से निकालने वाले मछुआरे ने बताया–उसने मुझे लाश समझकर पानी से निकाला था। अचानक ही उसने मेरे सीने में धड़कन महसूस की। वह मुझे मछुआरी बस्ती के डॉक्टर के पास ले गया। उसी

की मेहरबानी से इस वक्त यहां खड़ा हूं। मैं मरने के बाद पुनः जीवित हुआ हूं जज साहब। मुझे नहीं पता–आप लोग, जो न कभी मरे हों और न ही मौत को उतने नजदीक से देख सके हों जितने नजदीक से मैंने देखा है। मेरी फीलिंग को समझ पाओगे या नहीं मगर फिर भी बताता हूं–जो मौत को इतने नजदीक से देख लेता है उसे इस जीवन से मोह खत्म हो जाता है। एक ही भावना रह जाती है उसमें। यह कि बेकार ही तू जाने किस-किस 'अर्थ' के पीछे भाग रहा था। सब यहीं रह जाएगा। मरकर जाने कहां पहुंच जाएगा तू? तुझे तो कुछ ऐसा करना चाहिए था कि लोग तुझे एक भला आदमी कहकर याद किया करते। उस वक्त मैं कुछ ऐसे ही ख्यालों से ग्रस्त था जब एक अखबार में पढ़ा–मेरी हत्या का मुकदमा कोर्ट में चल रहा है और चक्रेश नामक युवक को सजा होनी लगभग तय है। यह सब पढ़कर मेरा हृदय कांप उठा। उस कंपन के कारण ही खुद को जिंदा होना कह रहा हूं जज साहब। यदि उस वक्त भी मैं वही जगवीर होता जो चांदनी का चाकू लगने से पहले था तो अखबार पढ़कर मुझे खुशी से झूम उठना चाहिए था क्योंकि चक्रेश मेरा सबसे बड़ा दुश्मन था। मगर नहीं, मैं खुश नहीं हुआ। बल्कि मन-मस्तिष्क में एक हूक उठी–'नहीं, ऐसा नहीं होना चाहिए। वह बेकसूर है। मैं जिंदा हूं। मर भी गया होता . . . तब भी वह सब कुछ होता, क्योंकि सारा गुनाह तो मेरा ही था। मैंने ही अपने साथियों के साथ घेरा था उसे। नहीं। उसे सजा नहीं होनी चाहिए।' यही भावना मुझे यहां तक ले आई और यह सब कहलवा रही है। मैं महसूस कर रहा हूं–मेरे अंदर का इंसान पहली बार जागा है इसलिए कहता हूं–पहली बार जीवित हुआ हूं मैं। यहां आकर देखा–चक्रेश और चांदनी खुद को कुरबान करके एक-दूसरे को बचाने की कोशिश कर रहे थे। मुझे लगा–भगवान हमें एक-दूसरे के प्रति ऐसी भावनाओं के साथ जीने के लिए इस धरती पर भेजता है। एक-दूसरे का खून बहाने के लिए नहीं। तब मैं यहां हो रहे अनर्थ को रोकने के लिए बोला। सजा चाहे चक्रेश को होती या चांदनी को मगर, होता वह अनर्थ ही क्योंकि मेरी हत्या न चक्रेश ने की थी, न चांदनी ने। अपना हत्यारा मैं खुद था। मेरे कर्म थे। एक लड़की को जब मैं जबरदस्ती हासिल करने पर अड़ ही गया तो क्या करती वह लड़की? उसके अलावा वह और कर भी क्या सकती थी जो उसने

किया? नहीं जज साहब, अगर अपनी इज्जत बचाने के लिए लड़की किसी को मार भी डाले तो उसे सजा नहीं, ईनाम मिलना चाहिए। रावण को मारने वाले राम को भला हत्यार कौन कहता है? पहली बात तो–आपकी अदालत की परिभाषा के मुताबिक मैं बुरा ही नहीं। हां, आपके कानून के मुताबिक दफा तीन सौ सात के तहत इन पर अब भी मुकदमा चल सकता है मगर मैं अदालत से दरखास्त करूंगा योर ऑनर इन पर ऐसा कोई मुकदमा न चलाया जाए। अदालत में खड़ा मैं खुद कह रहा हूं–इनमें से किसी ने भी मुझे मारने की कोई कोशिश नहीं की। बल्कि मुकदमा चलाना ही है तो मुझ पर और मेरे साथियों पर चलाया जाए। हमने एक मासूम लड़की की इज्जत लूटने की कोशिश की थी। गुनाहगार ये नहीं . . . मैं और मेरे साथी हैं।" कहता-कहता जगवीर हांफने लगा था। इसके बावजूद वह रुका नहीं। बोलता ही चला गया। जाने क्या-क्या? उसकी हर बात का एक ही मतलब था–चक्रेश और चांदनी पूरी तरह बेकसूर हैं? उन पर कोई मुकदमा न चलाया जाए।

अंत में, जज ने कहा–"यह मुकदमा क्योंकि जगवीर मर्डर केस का था और जगवीर क्योंकि जिंदा है इसलिए खारिज किया जाता है। चक्रेश या चांदनी में से किसी के हत्यारे होने का सवाल ही नहीं उठता।"

जज अपनी कुर्सी से उठने ही वाला था कि–

चांदनी ने कहा–"सर, मुझे कुछ कहना है।"

"अब क्या कहना चाहती हो?" वापस बैठता हुआ जज मुस्कुराया था।

उसने चक्रेश की तरफ घृणापूर्वक देखते हुए कहा–"मैं इससे मिलना चाहती हूं।"

सभी हंस पड़े।

महेश घोष और चक्रेश के अलावा सभी।

जज तक। हंसते हुए उन्होंने कहा–"खूब मिलो। अब तुम्हें कौन रोक सकता है?"

"जी?" चांदनी अचकचा गई।

"सुना हमने भी था।" जज साहब बोले–"कि प्यार करने वालों का साथ गॉड भी देता है मगर प्रत्यक्ष पहली बार देखा। ऐसा मुकदमा हमारी कोर्ट में पहले कभी नहीं आया जिसका कोई अंजाम ही नहीं

निकला। कारण–वह शख्स मरा ही नहीं जिसकी हत्या पर बहस होती रही। वह वापस लौट आया। लौटा भी तो शैतान साधू बनकर। जो खुद कह रहा है–'मुझे किसी ने मारने की कोशिश नहीं की। सारा दोष मेरा ही था।' ऐसा शायद इसीलिए हुआ है क्योंकि गॉड भी तुम्हारे प्यार के सामने झुक गया। न उसने तुम्हें जेल भेजा, न तुम्हारे महबूब को। अब तुम दोनों पूरी तरह आजाद हो। चाहे जहां, चाहे जितनी देर के लिए मिलो। घूमो-फिरो, मौज मनाओ। कोई नहीं रोक सकता।"

जज महोदय ने उसकी डिमांड का जो मतलब समझा था उसे महसूस करके चांदनी एक बार फिर कसमसा उठी। और . . . उन्होंने ही क्या, चांदनी ने महसूस किया–कोर्ट में मौजूद हर शख्स यही सोच रहा था कि एक प्रेमिका अपने प्रेमी से मिलने की परमीशन मांग रही है।

सबके होंठों पर बड़ी दिलचस्प-सी मुस्कान थी।

"मैं इससे इसलिए मिलना नहीं चाहती जज साहब जिस लिए आप सोच रहे हैं।" भन्नाई हुई चांदनी ने कहा।

"और किसलिए मिलना चाहती हो?" व्यंग्य जज साहब की कोशिश के बावजूद उनके लहजे से गायब न हो सका।

"मैं इससे घृणा . . ." कहती-कहती खुद ही रुक गई चांदनी। उसे लगा–वह अपनी भावना से लोगों को ठीक से समझा नहीं सकेगी। चक्रेश ने वातावरण ही ऐसा बना दिया था कि इस विषय पर वह जितना बोलती यही माना जाता वह झूठ बोल रही है। असल में चक्रेश से प्यार करती है लेकिन जुबान से कुबूल नहीं कर रही है।

उसे चुप देखकर जज साहब ने कहा–"अब अदालत में तुम्हें कुछ प्रूव नहीं करना है इसलिए बार-बार यह कहने की जरूरत नहीं है कि तुम चक्रेश से घृणा करती हो। अपने संबंधों को खुलकर स्वीकारो। तुम बालिग हो। दुनिया की कोई ताकत तुम्हें चक्रेश से मिलने-जुलने, चाहे जहां चाहे जितनी देर बातें करने या चाहो तो शादी तय करने से नहीं रोक सकती।"

"जज साहब।" चांदनी ने कहा–"मैं बड़ी मुश्किल से पापा की कैद से निकलकर यहां पहुंची हूं। जानती हूं–यहां से निकलते ही एक बार फिर पापा द्वारा कैद कर ली जाऊंगी। इसलिए . . ."

"चांदनी।" महेश घोष चीख पड़े–"पहले ही क्या हमारी कम बेइज्जती हुई है जो तुम भी भरी अदालत में . . ."

"मिस्टर घोष" जज ने उनका वाक्य काट कर कहा–"ये इंडिया नहीं है जहां बल्कि लड़कियों तक को कैद कर लेने की प्रथा है। यह कनाडा है। यहां अगर तुमने अपनी बेटी पर अपनी इच्छा लादने की कोशिश की तो जेल की हवा खाते नजर आओगे।"

"म-मगर हम . . ." महेश घोष बौखलाकर रह गए।

"और तुम।" जज ने चांदनी से कहा–"बोलो, कहां मिलना चाहती हो चक्रेश से?"

"कहीं भी। एकांत में।" चांदनी ने दांत पीसे–"केवल पांच मिनट के लिए।"

एक बार फिर कोर्ट में हंसी का फव्वारा उछला।

उस फव्वारे का अर्थ समझकर चांदनी जल-भुनकर राख हो गई। चक्रेश के होंठों पर बहुत ही अनोखी मुस्कान थी।

"अरे वह।" कुछ देर सोचते रहने के बाद जज ने कहा–"तुम हमारे चेंबर में मिल सकते हो। पांच मिनट तक कोर्ट यूं ही बैठी रहेगी। न हम खुद हिलेंगे, न किसी को यहां से बाहर जाने देंगे।" जज की नजरें महेश घोष पर ठहर गई थी।

मारे गुस्से के वे बुरी तरह तमतमाए हुए नजर आ रहे थे।

चेंबर में।

चक्रेश और चांदनी आमने-सामने थे।

अन्य कोई नहीं था वहां।

दोनों एक-दूसरे की आंखों में झांक रहे थे। चांदनी की आंखों में अब भी उसके लिए घृणा ही घृणा थी जबकि चक्रेश आंखों के सागर से उस पर मानो अमृत उड़ेल देना चाहता था। उसके होंठों पर वही मुस्कान थी, वही मुस्कान जो शुरू से चांदनी के सम्पूर्ण जिस्म में तेजाब-सा घोलती आ रही थी। उसने उसी मुस्कान को अपनी गुलाबी होंठों पर चिपकाए कहा–"चांदनी, इतने सारे लोगों के सामने। भरी अदालत में मुझसे एकांत में मिलने के लिए कहकर जो तुमने मेरी मुहब्बत में चार चांद लगाए, उसके लिए बहुत-बहुत शक्रिया।"

"अपनी ये लच्छेदार बातें छोड़ कमीने। और पूछ!" वह गुर्राई–"पूछ कि मैंने तुझसे क्यों मिलना चाहा?"

"इसमें कौन-सी नई बात है?" चक्रेश की मुस्कान गहरी और गहरी होती चली जा रही थी–"सारी दुनिया जानती है–प्यार करने वाले तड़पते ही एकांत में मिलने के लिए रहते हैं। खासतौर पर तब जब उनमें से किसी का एक जालिम बाप विलेन की भूमिका पर आमादा हो जाए। सबके सामने कुबूल कर चुकी हो कि तुम्हारे पापा ने तुम्हें . . ."

"बंद कर कुत्ते! धोखा देना बंद कर खुद को।" चांदनी बिफरी–"तू जानता है मैं तुझसे प्यार नहीं करती।"

"अब अगर मैं ये कहूं कि धोखा तुम दे रही हो खुद को तो वह गलत नहीं होगा।" चक्रेश अपने एक-एक शब्द पर जोर देता कहता चला गया–"लफ्ज-दर-लफ्ज वही हो रहा है जिसका मैंने दावा किया था। प्यार तुम्हें हो चुका है मगर उसका एहसास नहीं कर पा रही हो लेकिन मैं जानता हूं–एक दिन वह भी हो जाएगा। अर्थात् एहसास भी होने लगेगा तुम्हें जब वह दिन आएगा तो तुम भी उस नशे में चूर होगी जिसमें मैं हूं। फिलहाल मेरे लिए इतना काफी है कि कोर्ट में दिए गए तुम्हारे बयान के बाद कनाडा का बच्चा-बच्चा जान गया है कि हम एक-दूसरे की जान हैं।"

"ये पांच मिनट का टाईम मैंने लोगों के दिमाग से उसी गलतफहमी को निकालने के लिए लिया है।" चांदनी ने दांत पीसते हुए कहा–"कुछ देर बाद जब वह मुझे तेरा मुंह नोचते देखेंगे। तेरे मुंह पर मुझे थूकती देखेंगे। और देखेंगे मेरे सैंडिल से होती हुई धुनाई।" कहने के साथ उसने सचमुच अपने पैर से सैंडिल निकाल ली थी–"तब लोगों की गलतफहमी खुद-ब-खुद दूर हो जाएगी। पता लग जाएगा उन्हें कि मैं तुझसे कितना प्यार करती हूं।"

"अजीब बेवकूफ लड़की हो तुम।" चक्रेश ने कहा–"अदालत से केवल पांच मिनट का टाईम लिया है जिसमें से तीन मिनट बातों में गंवा चुकी हो। बचे उस दो मिनट में भला कितनी पिटाई कर सकोगी मेरी? मेरी सलाह है–अब भी चेत जाओ। एक शब्द भी मत कहो आगे। बस शुरू कर दो अपनी सैंडिल का इस्तेमाल। मगर . . ."

"मगर।"

"याद रखना, लड़कियों से पिटना मेरी फितरत नहीं है।" अचानक चक्रेश का लहजा हिंसक हो उठा था–"हर हमले का माकूल जवाब देने की बीमारी है मुझे। उम्मीद है–डिस्कोथ के चांटें तुम भूली नहीं होगी। मैंने कभी इस बात की परवाह नहीं की कि लोग मेरे बारे में क्या सोचेंगे। हमेशा वही करता हूं जो मेरा जी चाहता है। लड़कियों से पिटना मुझे बिल्कुल पसंद नहीं है। तुम्हारे सैंडिल ने अगर मुझे छू भी दिया तो बाल पकड़कर यहां से कोर्ट तक घसीटता हुआ ठीक उसी तरह ले जाऊंगा जैसे अपने दरबार में कभी दु:शासन ने द्रौपदी को घसीटा होगा।"

चांदनी ने अपने सारे शरीर में सिहरन-सी दौड़ती महसूस की।

भय की एक तेज लहर।

पलक झपकते ही डिस्कोथ का दृश्य फ्लैश हो उठा। चक्रेश के चांटों की आवाजें कानों में शोर मचाने लगीं। वह पीड़ा सजीव हो उठी जो उस वक्त चक्रेश द्वारा बाल खींचे जाने पर हुई थी। इस सबने उसे थर्राकर रख दिया। नजरें चक्रेश पर स्थिर थीं। उसके चेहरे पर। वहां मौजूद हिंसक भाव साफ बता रहे थे–जो वह कह रहा है, उसे करने में जरा भी नहीं हिचकेगा। और अगर उसने वह सब कर दिया तो . . . इससे आगे वह सोचने तक की हिम्मत न जुटा सकी।

झल्लाहट भरे बहुत ही अजीब अंदाज में सैंडिल जमीन पर पटकती हुई वह चिल्ला पड़ी–"आखिर क्यों, क्यों पीछे पड़ गए हो तुम मेरे, हो कौन तुम? जब से मेरी जिंदगी में आए हो नरक बनाकर रख दी है मेरी जिंदगी। जीना हराम कर दिया है। क्यों आखिर क्यों? शुरू से यह एक ही सवाल मेरे दिमाग में सर्प बनकर रेंग रहा है। क्यों लौटाई तुमने मेरी बारात? क्यों कदम-कदम पर मेरी इज्जत की धज्जियां उड़ा रहे हो? क्या बिगाड़ा है मैंने तुम्हारा? क्या दुश्मनी है तुम्हारी मुझसे? क्यों? आखिर मैं ही क्यों? कोई और लड़की तुम्हारा निशाना क्यों नहीं बनी?"

"ये। . . . ये है वह सवाल जिसका इंतजार मैं शुरू से कर रहा था।" चक्रेश ने ऐसे अंदाज में सांस छोड़ी जैसे बहुत देर से उसे रोके हुए था। उसके बाद वह कहता चला गया–"वैसे तो इस सवाल का जवाब यह भी है कि एक प्यार करने वाले के लिए सवाल असल में सवाल ही

नहीं होता कि वह अमुक लड़की से ही प्यार क्यों करता है। उसकी जगह वही प्यार किसी और लड़की से क्यों नहीं करता। क्यों उसे वह लड़की दुनिया की हर लड़की से ज्यादा हसीन और खूबसूरत नजर आने लगती है जो दूसरों को छिपकली-सी लगती है? नहीं चांदनी। दरअसल इस सवाल का जवाब भी दुनिया का कोई प्यार करने वाला नहीं दे सकता। शायद इसलिए यह कहावत बनी है कि 'दिल आया गधी पर तो परी क्या चीज़ है?' क्यों दुनिया को सांवली नजर आने वाली लैला मजनूं को सारी कायनात से ज्यादा खूबसूरत लगने लगी थी? इस सवाल का जवाब न कभी मजनूं दे पाया था, न दुनिया तलाश कर सकी। बस ऊपर वाले की लीला ही कही जा सकती है इसे मगर . . . मेरे लिए इस सवाल का महत्व है। क्योंकि मैं तुमसे केवल प्यार करता ही नहीं बल्कि तुम्हें पाना, तुम्हें अपनी दुल्हन बनाना मेरी जिंदगी का सबसे बड़ा मिशन है। पहला और आखिरी मिशन।"

"मिशन?" चांदनी हैरान रह गई।

"ऐसा, जिसे अगर पूरा नहीं कर सका तो मर जाना पसंद करूंगा। जगवीर की हत्या के इल्जाम में खुद को फंसाकर वही कर भी रहा था।"

"मैं समझी नहीं।"

"समझना चाहती हो तो मेरे साथ चलो।"

"कहां?"

"जहां मैं ले चलूं।"

एकदम से जवाब न दे सकी चांदनी। चक्रेश के चेहरे को केवल देखती रह गई।

चक्रेश ने कहा–"क्यों डर लग रहा है मुझसे?"

"मैं डरूंगी और तुझसे?" वह गुर्राई।

"वाकई।" वह मुस्कुराया–"तुम्हें मुझसे डरने की कोई जरूरत नहीं है। लड़की अपने केवल एक ही अंजाम से डरती है। उससे जो मंदिर में जगवीर करना चाहता था और . . ." वह अपने लहजे में थोड़ी शरारत भरता बोला–"मैं जानता हूं, तुम्हें अभी तक मेरी किसी और बात पर विश्वास हुआ हो या न हुआ हो मगर यह विश्वास जरूर हो चुका है कि जगवीर जैसी हरकत मैं नहीं कर सकता। वैसा कुछ करना होता तो शुरू से तुम्हारा दिल जीतने की बात न कर रहा होता।"

"क्या तुम अपने मिशन के बारे में यहीं, केवल शब्दों में नहीं बता सकते?"

"नहीं।"

"वजह?"

"मेरी मर्जी। जवाब देने के लिए मैं मरा नहीं जा रहा हूं। तुम जानना चाहती हो तो मेरे साथ चलो, नहीं जानना चाहो तो रहने दो।"

"ओके।" पहली बार चांदनी के होंठों पर हल्की मुस्कान उभरी– "मगर . . ."

"अब भी मगर?"

"पापा मरते मर जाएंगे। मुझे तुम्हारे साथ नहीं जाने देंगे।"

"तुम तैयार हो तो दुनिया की कोई ताकत मुझे नहीं रोक सकती। और फिर, यहां तो किसी से संघर्ष भी नहीं करना।" कहने के साथ उसने चेंबर के उस दरवाज़े की तरफ इशारा किया जो बाहर की तरफ खुलता था। बोला–"ये खुला पड़ा है।"

⅄

कोर्ट रूम में केवल एक ही आवाज गूंज रही थी।

"टिक . . . टिक . . . टिक . . . टिक . . ."

सबकी नजरें उसी वाल क्लॉक पर स्थिर थीं जिससे वह आवाज निकल रही थी। जज की कुर्सी के पीछे वाली दीवार पर लगी थी वह। जज सहित सबके होंठों पर दिलचस्प मुस्कान थी। केवल महेश घोष थे जो बार-बार दांत पीस रहे थे।

और।

पांच मिनट होते ही वे इस तरह अपने स्थान से उछलकर खड़े होते चीखे जैसे छाती पर लगा टाईम बम 'फुस्स' हो गया हो–"पांच मिनट हो चुके हैं सर। उन्हें वापस बुलाया जाए।"

"आप इतने बेचैन क्यों हैं मिस्टर घोष?" जज भी मुस्कुरा रहा था–"बच्चे एकाध मिनट ज्यादा ही बात कर लेंगे तो कौन-सा गजब हो जाएगा।"

सभी लोग खिल-खिलाकर हंस पड़े थे।

"आप नहीं जानते सर। महेश घोष ने बौखलाकर कहा–"चांदनी उससे प्यार नहीं करती।"

"आप इंडियन कब अपनी मानसिकता में सुधार करेंगे। हमारी समझ में नहीं आता। लड़की बालिग है। अपना भला-बुरा खुद सोच सकती है। वह उससे प्यार करती है शादी करना चाहती है। आखिर आपको क्या प्रॉब्लम है?"

"आप समझ नहीं रहे हैं सर।" महेश घोष ने कहा–"मेरी प्रॉब्लम वह बिल्कुल नहीं है जो आमतौर पर इंडियन बाप की होती है? मेरी तो प्रॉब्लम ही यह है कि मेरी बेटी उससे प्यार नहीं करती। वह हरामजादा उसके पीछे पड़ा हुआ है।"

"फिर वही बात। अरे अगर प्यार न करती होती तो आपने क्यों कैद किया होता उसे? क्यों वह वहां से निकलकर चक्रेश को बचाने और खुद को बचाने यहां आई होती? यह सब उसने खुद आपके सामने कोर्ट को बताया। इतनी बड़ी कुरबानी देने क्या कोई यूं ही निकलता है, और फिर चक्रेश से एकांत में मिलने की इच्छा भी खुद चांदनी ने ही रखी। जरा सोचो, क्यों किया उसने ऐसा? कोई लड़की किसी लड़के से एकांत में मिलने को तलबगार और किसलिए होती है। समझने की कोशिश करो मिस्टर घोष। हमें लगता है–इंडियन होने की वजह से लड़की तुमसे खुलकर नहीं कह पा रही है। कनाडाई होती तो बाप की आंखों में आंखें डालकर कहती–'आप शादी करते हैं तो कीजिए वर्ना कोर्ट के दरवाज़े हमारे लिए खुले हैं।' आपका फर्ज है–लड़की जो कह नहीं पा रही है उसे खुद ही समझ जाएं। तब ही आप क्या कर लेंगे जब वे कोर्ट में जाकर शादी कर लेंगे? वैसे भी उससे अच्छा लड़का आपको कहां मिल सकता है जो आपकी बेटी के द्वारा किए गए कत्ल में खुद को फंसाने के लिए मरा जा रहा था।"

"उफ्फ।" महेश घोष झुंझला उठे–"आप नहीं समझ सकेंगे। फिलहाल मैं इस बहस में नहीं पड़ना चाहता। केवल इतना चाहते हैं–पांच मिनट हो चुके हैं उन्हें वापस बुलाइए।"

"ओके।" जज ने पेशगार से कहा–"चेंबर में जाकर उनसे कहो, पांच मिनट हो चुके हैं।"

"यस सर।" अदब से कहने के बाद पेशगार चेंबर की तरफ चला गया।

जब वापस आया तो उसके चेहरे पर हवाईयां उड़ रही थीं। उसने सार्वज़निक रूप से कुछ न कहकर जज साहब के कान में कुछ कहा। जो उसने कहा उसे सुनकर जज साहब के होंठों पर मुस्कान फैल गई। मारे सस्पैंस के उस वक्त सभी का बुरा हाल था। महेश घोष ने तो पूछ ही लिया–"क्या हुआ सर?"

"वही हुआ मिस्टर घोष जो वैसे हालात में होता है जैसे आपने उन बच्चों के चारों तरफ क्रियेट कर दिए थे।" जज ने मोहक मुस्कान के साथ कहा–"हम एक बार फिर कहेंगे–बच्चे जब बड़े हो जाएं तो उन्हें अपने फैसले लेने के लिए स्वतंत्र छोड़ देना चाहिए। जोर-जबरदस्ती, जुल्मो-सितम और कैद में रखने से कैद नहीं रह सकते। वही होता है, जो हुआ। पंछी पिंजरा तोड़कर उड़ चुके हैं? अब शायद किसी के हाथ न आएं।"

⅄

टैक्सी में बैठते ही चक्रेश ने अपनी जेब से मोबाईल निकाल लिया। तेजी से एक नंबर मिलाया और कान से लगा कर दूसरी तरफ से रिसीवर उठाए जाने का इंतजार करने लगा। कुछ देर तक रिंग जाती रही। रिसीवर उठाया जाते ही शीतल की आवाज उभरी–"यस।"

"शीतल। मैं चक्रेश बोल रहा हूं।"

"चक्रेश भैया तुम! कहां से बोल रहे हो?" उधर शीतल चौंकी इधर चांदनी। शीतल के चौंकने में उत्साह का भाव था जबकि चांदनी को इसलिए चौंक जाना पड़ा था, क्योंकि दिमाग में आकाशीय बिजली की तरह यह सवाल कौंधा था–वहां फोन क्यों मिलाया है इसने?

"टाईम कम है शीतल।" चक्रेश कह रहा था–"सवाल बाद में करना। पहले ध्यान से मेरी बात सुनो।"

"कम से कम यह तो तुम्हें बताना ही पड़ेगा—चांदनी कोर्ट पहुंची या नहीं?"

"पहुंच गई थी।"

"क्या कहा अदालत ने तुम्हें . . ."

"हम दोनों को छोड़ दिया।" चक्रेश ने उसकी बात काटकर कहा–"चांदनी इस वक्त मेरे साथ है।"

"दोनों को छोड़ दिया?" शीतल की चौंकी हुई आवाज–"मगर ऐसे कैसा हो गया? जगवीर की हत्या के इल्जाम . . ."

"मैंने कहा न शीतल।" एक बार फिर चक्रेश ने शीतल की बात काटी–"टाईम कम है। तुम्हारे पास पूछने के लिए बहुत कुछ है तो मेरे पास बताने के लिए बहुत कुछ है मगर फोन पर नहीं। हम एयरपोर्ट की तरफ जा रहे हैं। तुम भी पहुंच जाओ। वहां मैं विस्तार से तुम्हारे सवालों का जवाब दूंगा।"

"एयरपोर्ट? वहां क्यों जा रहे हो, तुम?" शीतल ने वही पूछा जो जवाब बम की तरह चांदनी के जहन में फूटा था।

"इस सवाल का जवाब भी वहीं दूंगा। बस इतना याद रखना–वहां तुम्हें चांदनी का पासपोर्ट लेकर पहुंचना है।"

"चांदनी का पासपोर्ट?"

"हां।"

"मगर मुझे क्या पता उसने उसे कहां रखा है?"

"इसके सामान में होगा या लो . . . यह खुद बता देगी पासपोर्ट कहां है?" कहने के साथ उसने मोबाईल बगल में बैठी चांदनी की तरफ बढ़ा दिया था। चक्रेश द्वारा अचानक की गई इस हरकत ने चांदनी को बुरी तरह बौखला दिया था।

मोबाईल उसके हाथ से लेते वक्त उसके मुंह से निकला–"मेरा पासपोर्ट क्यों मांग रहे हो तुम?"

"जाहिर है।" चक्रेश का स्वर बहुत शांत था–"हम लोग कनाडा से बाहर जा रहे हैं।"

"कहां?"

"चेंबर में बता चुका हूं–जहां मैं ले जाऊं।"

"नहीं।" चांदनी के जबड़े भिंच गए–"मैं यूं अंधी होकर तुम्हारे साथ नहीं जा सकती।"

"ओके।" चक्रेश ने बगैर किसी हील-हुज्जत के मोबाईल उसके हाथ से वापस लिया और कुछ कहने की तो बात ही दूर, सोचने-समझने का मौका दिए बगैर मोबाईल पर कहा–"शीतल, एयरपोर्ट पहुंचने की जरूरत नहीं है।"

कहने के बाद दूसरी तरफ से शीतल तक को कुछ भी कहने का

मौका दिए बगैर उसने मोबाईल ऑफ कर दिया था।

चांदनी को उससे इतनी जल्दी ऐसी हरकत की उम्मीद नहीं थी।

हकबकाई हुई-सी वह चक्रेश की तरफ देखती रह गई थी। उस चक्रेश की तरफ जिसके चेहरे पर कम से कम उत्तेजना का कोई भाव नहीं था। उसने पूछा–"कहां उतरना पसंद करोगी?"

कुछ भी समझ न पाने की-सी अवस्था में चांदनी के मुंह से निकला।

"क्या मतलब?"

"तुम जानती हो चांदनी। न मैंने पहले कभी किसी मामले में तुमसे जबरदस्ती की है, न भविष्य में करने का इरादा रखता हूं। तुमने खुद कुछ सवाल किए थे जिनके जवाब देने मैं तुम्हें साथ ले जा रहा था, तुम्हारी सहमति से ही मैं तुम्हें चेम्बर से लेकर निकला था। अब नहीं जाना चाहती तो तुम्हारी मर्जी। जहां कहो टैक्सी रुकवा देता हूं। अपनी मर्जी से चाहे जहां जा सकती हो।"

"मगर . . . तुम मुझे कनाडा से बाहर ले जाने के बारे में सोच रहे हो। ऐसा मैंने सोचा भी नहीं था।"

"ले तो वहीं जाऊंगा न, जहां तुम्हारे सवालों के जवाब हैं।"

"लेकिन कहां? क्या मुझे यह पूछने का राईट भी नहीं है?"

"राईट तो पता नहीं तुम्हें क्या-क्या मगर . . ." कहकर कुछ देर के लिए स्वयं ही रुक गया चक्रेश। फिर थोड़े गेप के बाद बोला–"शायद अभी वह वक्त नहीं आया है जब तुम अपने राईट्स के बारे में जानो।"

"दिक्कत ये है कि तुम बातें नहीं करते, पहेलियां बुझाते हो।"

"यह करार हमारे बीच चेम्बर में ही हो चुका था कि तुम वहां चलोगी जहां मैं ले जाऊंगा। कोई सवाल नहीं करोगी।"

एक बार फिर चांदनी तुरंत, कुछ न कह सकी। कुछ देर चक्रेश के तनावहीन चेहरे को देखती रही। फिर बोली–"अच्छा उस दिशा का नाम तो जान सकती हूं जहां के लिए हम कनाडा से फ्लाईट पकड़ेंगे।"

"देश भी तुम्हारा अपना है और शहर भी तुम्हारा अपना।"

"यानी मुंबई?"

"हमारी कहानी की जड़ें यहां से ज्यादा दूर नहीं हैं।" कहते वक्त चक्रेश की आंखें शून्य में स्थिर हो गई थीं।

इस बार बगैर कुछ कहे चांदनी ने उसके हाथ से मोबाईल लिया

और 'रिडायल' वाला स्वीच पुश कर दिया। चक्रेश के होंठों पर ऐसी मुस्कान रेंगी जैसे उसे मालूम था कि इस वार्ता का अंत यही होगा।

⅄

शीतल एयरपोर्ट पर थोड़ी लेट जरूर पहुंची, लेकिन जब पहुंची तो उसके साथ चांदनी का पासपोर्ट ही नहीं, पूरी अटैची थी। गुटकू भी साथ था। जब उसने चक्रेश को अपना कारनामा बताया तो चक्रेश मुस्कुराकर रह गया। शीतल चांदनी को चक्रेश के साथ देखकर खुश थी। विशेष रूप से खुशी की बात यह थी कि चक्रेश के साथ होने के बावजूद चांदनी के चेहरे पर कोई तनाव नहीं था। न वह किसी दुविधा में नजर आ रही थी, न ही उत्तेजना में मगर . . . चक्रेश के प्रति उसके चेहरे पर कोई पोजिटिव भाव भी नहीं था?

सबसे पहले शीतल ने यही पूछा–"कोर्ट में क्या हुआ?"

चक्रेश ने बता दिया।

जगवीर के जीवित होने की बात सुनकर वह हैरान रह गई थी। कहे बगैर न चूकी–"सरकारी वकील ने ठीक ही कहा था–इस मुहब्बत के सामने तो शायद भगवान ने भी घुटने टेक दिए हैं। तभी तो उसने जगवीर की जान नहीं ली वर्ना तुम दोनों में से एक जरूर बल्कि अब तो चांदनी ही जेल में होती। पता नहीं, चांदनी ही क्यों अपनी किस्मत से युद्ध किए चली जा रही है।"

चक्रेश केवल मुस्कुराकर रह गया।

चांदनी ने कोई प्रतिक्रिया व्यक्त नहीं की। शीतल चक्रेश की बांह पकड़कर चांदनी से थोड़ा दूर ले गई। धीमे परंतु शरारती स्वर में बोला–"काफी हद तक सैट कर लिया है तुमने उसे। जिसका नाम सुनते ही यूं बिदकती थी जैसे सांड ने लाल कपड़ा देख लिया हो उसके साथ घूम रही है। सफर करने तक को तैयार है।"

"सैट तो वहां होगी जहां मैं उसे ले जा रहा हूं।"

"कहां ले जा रहे हो?"

"मुंबई।"

"यानी बैक टू पवेलियन।"

"यस।"

"मगर वहां है क्या?"

"सही वक्त आने पर तुम्हें भी पता लग जाएगा।"

केवल होंठों पर ही शरारती मुस्कान लिए नहीं बल्कि समूचे चेहरे पर शरारत के भाव लिए शीतल ने कहा–"मैं तुम्हारी इस फितरत से वाकिफ हो चुकी हूं–जिस सवाल का जवाब नहीं देना होता, लाख पूछने के बावजूद नहीं देते और जिसका जवाब देना होता है बगैर पूछे दे देते हो। इसलिए दूसरी बार भी नहीं पूछूंगी मगर पीछा मैं भी छोड़ने वाली नहीं हूं। मुंबई में मिलेंगे।"

एक बार फिर चक्रेश केवल मुस्कुराकर रह गया।

शीतल और गुटकू से विदा लेते वक्त चांदनी ने कहा था–"पापा से कह देना हम मुंबई के लिए निकले हैं। वे फिक्र न करें।"

⅄

जगवीर पर नजर पड़ते ही चक्रेश पहले चौंका फिर जबड़े कसते चले गए।

एक नजर चांदनी पर डाली।

वह कुर्सी पर बैठी मैग्जीन पढ़ने में व्यस्त थी। यह मैग्जीन उसने कुछ देर पहले एयरपोर्ट के वेटिंग जोन में स्थित बुकस्टाल से ली थी। मुंबई जाने वाली फ्लाईट पच्चीस मिनट लेट थी। जिस वक्त चक्रेश की नजर जगवीर पर पड़ी उस वक्त वे भी अन्य यात्रियों के साथ 'वेटिंग जोन' में समय गुजार रहे थे।

चक्रेश ने उसे टॉयलेट के दरवाज़े के नजदीक खड़े देखा था।

उससे नजर मिलते ही जगवीर अजीब ढंग से मुस्कुराया था।

"अभी आया।" कहने के साथ चक्रेश अपनी कुर्सी से उठा।

चांदनी ने न कुछ कहने की जरूरत समझी। न ही चेहरा उठाकर देखा। यूं मैग्जीन में डूबी रही जैसे चक्रेश की आवाज सुनी ही न हो।

बावजूद इसके चक्रेश खुद को ऐसे कोण पर रखता हुआ जगवीर की तरफ बढ़ा था कि चांदनी अगर नजर उठाकर उस तरफ देखें भी तो उसकी नजर जगवीर पर न पड़ पाए। हर पल खुद को चांदनी और

जगवीर के बीच रखे वह लंबे-लंबे कदमों के साथ टॉयलेट की तरफ बढ़ा। उधर जगवीर के होंठों पर ऐसी मुस्कान उभरी जैसे पहले से जानता हो–उसे वहां देखते ही चक्रेश को उसकी तरफ आना ही होगा। उसके ठीक सामने, बेहद नजदीक पहुंचकर चक्रेश ने दांत पीसते हुए कहा–"तू यहां?"

बड़ी ही बेहयाई के साथ पूछा था उसने–"यहीं बात करें या टॉयलेट में चलें?"

चक्रेश ने एक नजर चांदनी पर डाली। वह मैग्जीन में तल्लीन थी। जगवीर का बाजू पकड़ा। जूते की ठोकर से टॉयलेट का दरवाज़ा खोला। और लगभग जबरदस्ती जगवीर को टॉयलेट के अंदर घसीटता-सा बोला–"यहां क्यों आया है?"

"मेरा काम खत्म हो चुका है? अपनी बाकी आधी रकम के बारे में मालूम करने आया हूं।"

"तुझे यहां नहीं, अपने बैंक जाना चाहिए था। मैंने कहा था–काम पूरा होने तक रकम तेरे एकाउंट में जमा हो जाएगी।"

"जगवीर ने कच्चा खेल न पहले कभी खेला है, न भविष्य में खेलने का मूड है।" धूर्ततापूर्वक वह कहता चला गया–"मैं बैंक जाता। मान लो वहां पता लगता–कोई रकम जमा नहीं है! इधर तुम फुर्र हो लेते। उन हालात में किसकी मां को मां कहता?"

"इसका मतलब क्राईम की दुनिया का अभी तू बहुत कच्चा खिलाड़ी है।" चक्रेश के हलक से एक आड़ निकली थी–"इतना तक नहीं जानता–दुनिया की सारी ईमानदारी सिमटकर सिर्फ और सिर्फ दो नंबर में इकट्ठी हो गई है। हमारी दुनिया में एक बार जो मुंह से निकाल दिया जाता है उसे पूरा किया जाता है।"

"मैं भाषण सुनने के मूड में नहीं हूं। केवल यह जानना चाहता हूं–बाकी रकम मेरे बैंक एकाउंट में जमा हुई या नहीं?"

"हो चुकी है।"

"सुबूत?"

चक्रेश ने जेब से एक बैंक स्लिप निकालकर उसके फैले हुए हाथ पर पटक दी। जगवीर ने स्लिप पर लिखी रकम पढ़ी। संतुष्ट होने के बाद बोला–"अब पड़ी है कलेजे में ठंडक। ईमानदार आदमी हो? और . . ."

"और?"

"मेरे अब तक के जीवन में आए सबसे बड़े हरामी भी।"

"क्या मतलब?"

"वर्षों से मोटी-मोटी रकम लेकर लोगों के लिए उल्टे-सीधे काम करने का धंधा कर रहा हूं। मर्डर तक किए हैं। इस धंधे में मेरा एक से एक पहुंचे हुए हरामी से पाला पड़ा है। मगर तू फर्स्ट आया। एक नंबरी। जिससे काम लेता है उस तक को हवा नहीं देता कि असल में तू है किस चक्कर में। एक डील में उतने नोट मैंने आज तक नहीं कमाए जितने इस डील में कमाए हैं। बता ही चुका हूं—मर्डर तक किए हैं। किसी साले ने इतनी मोटी रकम नहीं दी और तूने केवल एक लड़की के हाथों मरने का नाटक करने के बाद कोर्ट में एक साधू की तरह प्रकट होने का काम कराकर दे दी। उस पर भी तुर्रा ये—सारा प्लान खुद बनाया। मुझे तो बस उसी तरह काम करते चले जाना था जिस तरह डायरेक्टर के इशारे पर एक्टर को कैमरे के सामने एक्टिंग करनी होती है। वैसे ये बता—एक्टिंग कैसी रही मेरी? कोर्ट में लग रहा था न कि शैतान साधू बन चुका है।"

"अब तू यहां से अपने इस सड़े हुए शरीर को लेकर फूट रहा है या लुढ़का दूं?" बहुत ही खतरनाक लहजे में कहते हुए चक्रेश ने जेब से रिवॉल्वर निकालकर उसके मस्तक पर रख दी थी।

"फूट रहा हूं यार। फूट रहा हूं।" जगवीर का चेहरा पीला पड़ गया—"लुढ़काने तक की नौबत क्यों ला रहा है?"

⅄

चक्रेश की सदाबहार सफेद मारुति मुंबई महानगर की सीमा से बाहर निकल चुकी थी।

'हाईवे' भी छोड़ चुकी थी।

इस वक्त वह एक अधपक्की, संकरी-सी सड़क पर हिचकोले खाती आगे बढ़ रही थी। सड़क के दोनों तरफ दूर-दूर तक सरसों के पीले फूल ही फूल नजर आ रहे थे। बेचैन होकर चांदनी ने एक बार फिर पूछा—"अब तो बता दो। कहां से ले जा रहे हो तुम? वहां क्या देखने को मिलेगा?"

ड्राईव करते चक्रेश ने केवल इतना ही कहा–“मंजिल के बहुत करीब हैं।”

चांदनी को एक बार फिर चुप रह जाना पड़ा।

मारुति चक्रेश ने एयरपोर्ट के पार्किंग से ली थी। चांदनी के पूछने पर उसने बताया था–“इसे मैं कनाडा जाते वक्त यहां खड़ी कर गया था।” चांदनी ने मौका अच्छा जानकर पूछ लिया था–“तुम मुझसे पहले कनाडा कैसे पहुंच गए? कैसे पता लगा कि पापा मुझे वहां भेजने वाले हैं?” जवाब में जालिम ने केवल इतना ही कहा था–“आदमी अपनी सांसें ही न गिन सके मगर जिससे प्यार करता है उसकी हर सांस का हिसाब रखता है।”

चांदनी ने चुप रहने में ही भलाई समझी थी।

उस वक्त अचानक वह संभलकर बैठ गई जब महसूस किया–मारुति रुक गई है।

देखा–मारुति एक फार्म हाऊस के गेट पर रुकी थी।

गेट बहुत ही सुंदर और विशाल था। उसके माथे पर लिखा था–‘प्रेम नगर।’

चक्रेश ने हार्न बजाया।

लकड़ी के विशाल गेट में एक छोटी-सी खिड़की पैदा हुई। लंबी-लंबी मूंछों वाले एक शख्स ने खिड़की से झांककर गाड़ी की तरफ देखा और गाड़ी को पहचानते ही उसने पूरा गेट खोल दिया।

वह मिलिट्री कलर की ड्रेस में था। कंधे पर बंदूक।

गाड़ी जब उसके सामने से गुजरी तो बहुत ही सम्मान के साथ उसने जोरदार सैल्यूट मारा था।

चांदनी ने खुद को एक बहुत ही विशाल और सुंदर फार्म हाऊस में पाया। फार्म हाऊस को किसी पहाड़ी इलाके की सूरत देकर मेंटेन किया था। दूर, काफी दूर मखमली घास के उस पार एक झरना नजर आ रहा था। चारों तरफ फूल ही फूल खिले नजर आ रहे थे। हर तरफ अशोक, देवदार, इलाइची और पाम आदि के वृक्ष।

चांदनी वहां की खूबसूरती के बगैर प्रभावित हुए न रह सकी।

दिल जिज्ञासा की ज्यादती के कारण जोर-जोर से धड़कने लगा था। हर पल उसके दिमाग में एक ही जैसे सवाल कौंध रहे थे।

यह फ्रॉडिया उसे कहां ले आया है? यहां उसे क्या देखने को मिलेगा? क्यों वह उसके पीछे पड़ा हुआ था?

चक्रेश ने गाड़ी एक छोटे से मंदिर के बाहर रोक दी। बोला–"आओ, सबसे पहले देवी के दर्शन करते हैं।"

चांदनी को इस वक्त किसी देवी के कोई दर्शन करने में दिलचस्पी नहीं थी। वह तो सिर्फ और सिर्फ अपने सवालों का जवाब पाने के लिए मरी जा रही थी मगर, जानती थी–करना वही पड़ेगा जो चक्रेश कह रहा है।

सो गाड़ी से उतरी।

चक्रेश के पीछे-पीछे मंदिर में पहुंची।

दरवाज़े ही पर थी कि हलक से चीख निकल गई–"अरे! ये तो मैं हूं।"

चक्रेश के होंठों पर अभी भी केवल उसकी स्थायी मुस्कान थी।

सारे संसार का आश्चर्य सिमटकर मानो केवल और केवल चांदनी के चेहरे पर इकट्ठा हो गया था। हैरत से आंखें और मुंह फाड़े कभी वह बगल में खड़े चक्रेश को देख रही थी, कभी ठीक सामने मौजूद शेर पर सवार माता दुर्गा की मूर्ति को।

मां दुर्गा की मूर्ति का चेहरा असल में चांदनी का चेहरा था।

यह कहा जाए तो गलत न होगा–मां दुर्गा के रूप में उसी को बनाया गया था।

और . . . यही कारण था कि मारे हैरत के चांदनी पगलाई-सी जा रही थी।

"य-ये-ये तो मैं हूं। साक्षात् मैं।" एक बार फिर चांदनी के मुंह से यही लफ्ज निकले और फिर चक्रेश की तरफ पलटकर वह उसे झंझोड़ती हुई बोली–"ये सब क्या है? क्या है ये सब? मंदिर में मां दुर्गा रूप में मैं क्यों स्थापित हूं?"

"आओ।" चक्रेश ने उसका बाजू पकड़ा–"आगे चलते हैं। यहां बस मैं, तुम्हें यही दिखाने लाया था।"

"नहीं चक्रेश। पहले बताओ ये क्या चक्कर है। उसके बाद मैं आगे चलूंगी।"

"आगे चलकर ही तुम्हें अपने सवालों के जवाब मिलेंगे।" कहने के साथ वह उसे खींचता हुआ मंदिर से बाहर ले आया।

हैरत की ज्यादती के कारण चांदनी का बुरा हाल था। अनेक सवाल सर्प बनकर उसके जहन की दीवारों पर डंक मार रहे थे। दिल पसलियों पर सिर पटक रहा था।

किसी तरह चक्रेश ने उसे गाड़ी में बैठाया।

गाड़ी आगे बढ़ी। धनुषकार सड़क पर मोड़ पार होते ही चांदनी को फार्म हाऊस के बीचो-बीच सफेद संगमरमर का बना एक छोटा-सा मगर अत्यंत खूबसूरत कॉटेज नजर आने लगा। यह सड़क जिस पर गाड़ी दौड़ रही थी उसी कॉटेज तक चली गई थी। कॉटेज के चारों तरफ अनेक फव्वारे नजर आ रहे थे।

रंग-बिरंगे फूलों के बीच चांदनी को एक व्हील चेयर नजर आई।

व्हील चेयर पर एक अत्यंत बूढ़ा शख्स बैठा था। उसके हाथ में कैंची थी। कैंची से वह पौधों को तराश रहा था।

इधर कॉटेज के नजदीक पहुंचकर चक्रेश ने गाड़ी रोकी उधर गाड़ी पर नजर पड़ते ही बूढ़े ने न केवल कैंची एक तरफ फैंक दी बल्कि खुशी से पगलाया-सा अपने हाथों से व्हील चेयर के पहियों को चलाता बार-बार चीखने लगा–"अरे! चक्रेश आ गया। बहू . . .। चक्रेश आ गया। हमारा बेटा लौट आया।"

चक्रेश गाड़ी से निकला।

लंबे-लंबे कदमों के साथ व्हील चेयर की तरफ लपका।

बूढ़ा खुद व्हील चेयर को चलाकर तेजी से उसकी तरफ आ रहा था।

सामने पहुंचकर चक्रेश ने दोनों हाथों से व्हील चेयर रोकी। बूढ़ा खुशी से इस कदर पागल हुआ जा रहा था कि चेयर से उठने की कोशिश करने लगा! चक्रेश ने उसके दोनों कंधे पकड़कर कहा–"बस दादाजी! बस!"

मगर, बूढ़े ने बस नहीं की। वह अब भी ऊंची आवाज में कहते चला जा रहा था–"अरे कहां हो आरती! सुन नहीं रही क्या? देख–हमारा चक्रेश आ गया है।"

चक्रेश ने बहुत ही श्रद्धापूर्वक बूढ़े के चरण स्पर्श किए।

उसी समय कॉटेज के गेट से एक अधेड़ आयु की औरत दौड़ती हुई बाहर निकली। बहुत सुंदर औरत थी वह मगर जिस्म पर था–विधवाओं वाला लिबास। सफेद साड़ी। पूरी बाजू का सफेद ब्लाऊज।

तेजी से भागकर आने के कारण वह हांफ रही थी।

चक्रेश को देखते ही ठिठक गई।

चक्रेश उसकी तरफ लपका।

"मेरा बेटा।" कहकर वह भी चक्रेश की तरफ दौड़ पड़ी।

नजदीक पहुंचकर चक्रेश ने उसके भी चरण स्पर्श किए। औरत ने उसे ऊपर उठाकर गले से लगा लिया।

गाड़ी के नजदीक खड़ी चांदनी ने देखा–औरत की आंखों में आंसू आ गए थे। उसने चक्रेश को खुद से बुरी तरह चिपकाए रखकर कहा–"बहुत दिन लगा दिए बेटे। और . . ."

उसके आगे के शब्द मुंह में मुंह में रह गए थे।

चांदनी ने महसूस किया–ऐसा इसलिए हुआ है क्योंकि वह उसे देखकर बुरी तरह चौंकी है। अगले पल उसके मुंह से निकला–"अरे, ये तो चांदनी है।"

"हां मां।" उसने औरत के आंचल से हटते हुए कहा–"चांदनी ही है ये। देखो–मैं इसे ले आया।"

"मगर इसे तो तेरी दुल्हन बनकर यहां आना था न। . . . मेरी बहू बनकर।"

"हां मां। तेरा आशीर्वाद रहा तो वैसा ही होगा।" वह चांदनी की तरफ बढ़ता हुआ बोला–"फिलहाल तो केवल इतना ही हो सका है कि मैं इसे यहां तक ले आया।"

"ये सब क्या है?" हैरान चांदनी ने पूछा।

"ये मेरी मां है चांदनी। और वह।" उसने व्हील चेयर की तरफ इशारा किया–"मेरे दादा।"

"वह सब तो मैं समझ गई मगर . . ." अपना वाक्य खुद ही अधूरा छोड़कर चांदनी आरती की तरफ बढ़ी। वह अपने चेहरे पर आश्चर्य लिए आरती को देख रही थी जबकि महसूस कर रही थी–उसे देखते वक्त आरती के चेहरे पर ऐसे भाव हैं जैसे कोई अपनी सबसे पसंदीदा वस्तु को प्यार से निहार रहा हो। चांदनी ने उसके बेहद नजदीक पहुंचकर पूछा–"आप मुझे कैसे जानती हैं?"

"अरे।" आरती ने बुरी तरह चौंककर चक्रेश की तरफ पलटते हुए कहा–"तूने बताया नहीं?"

"मौका ही नहीं मिला मां।"

"हद कर दी तूने। इतने दिन हो गए यहां से गए और चांदनी को कुछ बताया ही नहीं।"

"बस हालात ही कुछ ऐसे बने मां कि . . ."

"आपस में ही बातें किए जाओगे या मुझे भी कुछ बताओगे?" सस्पैंस की पराकाष्ठा के कारण चांदनी चीख पड़ी–"आखिर कैसे जानते हो तुम लोग मुझे? मैंने तुम्हें अपने जीवन में पहले कभी नही देखा।"

"देखा तो है बेटी, मगर पहचान नहीं पा रही।"

"जी?"

"तू भी पागल हो गई है आरती।" दादा ने कहा–"भला पहचान कैसे सकती है बेचारी। उस वक्त गोद ही में तो थी।"

"तो अब बता दे न।" आरती ने चक्रेश से कहा।

चक्रेश बोला–"मां, अब वह सब इसे तुम ही बताओ तो अच्छा रहेगा।"

चांदनी एक बार फिर चीख पड़ी–"कोई भी बताओ मगर प्लीज–मुझे बताओ, तुम कौन लोग हो?"

"आ बेटी। मैं ही बताती हूं।" कहने के साथ आरती ने उसका बाज़ू पकड़ा। अपने साथ लेकर कॉटेज के दरवाज़े की तरफ बढ़ी। उत्कंठा से मरी जा रही चांदनी उसके साथ खिंचती चली गई।

⅄

"अरे!" ड्राईंगरूम की एक दीवार पर नजर पड़ते ही चांदनी चौंक पड़ी–"मेरे पापा का फोटो! और यहां?"

"वह तुम्हारे पापा नहीं हैं, वे मेरे पापा हैं।" अंदर कदम रखते चक्रेश ने कहा।

चांदनी ने पूछा–"क्या मतलब?"

"ध्यान से देखो इस फोटो को।" चक्रेश दीवार पर लटके फोटो के नजदीक पहुंचता बोला–"क्या फोटो के देखने से ही पता नहीं लग रहा कि इन दोनों की दोस्ती कितनी गहरी रही होगी?"

सचमुच, महेश घोष उस फोटों में अपने ही हमउम्र एक-दूसरे लड़के के साथ नजर आ रहे थे। फोटो कम से कम पच्चीस साल पुराना था।

महेश घोष भी खुद लड़के ही नजर आ रहे थे। उन्होंने फोटो में नजर आ रहे दूसरे लड़के के कंधे पर हाथ रख रखा था, दूसरे ने महेश घोष के। दोनों हंसते हुए नजर आ रहे थे।

चांदनी ने पूछा–"क्या तुम यह कहना चाहते हो कि मेरे पापा के साथ जो खड़े हैं वे तुम्हारे पापा हैं?"

"हैं नहीं।" चक्रेश के लहजे में अजीब-सा रोष, अजीब-सा दर्द था। वह आरती की तरफ घूमकर बोला–"क्या तुम्हें मेरी मां की सूनी मांग नहीं बता रही, वे कभी थे मगर अब नहीं हैं। केदारनाथ नाम के आगे स्वर्गीय लग चुका है।"

"कैसे हुई अंकल की डैथ?"

चांदनी के सवाल पर चक्रेश और आरती ने एक-दूसरे की तरफ देखा। दोनों के होंठों पर एक जैसी फीकी मुस्कान उभरी थी। फिर चक्रेश वापस चांदनी की तरफ पलटता हुआ बोला–"अगर मैं ये कहूं तुम्हारे पापा मेरे पापा के हत्यारे हैं तब भी गलत नहीं होगा।"

"क्या मतलब?" चांदनी गुर्राई–"क्या तुम यहां मुझे मेरे पापा के खिलाफ भड़काने लाए हो?"

"नहीं चक्रेश।" आरती ने भी विरोध किया–"अतीत का जिक्र ऐसे ढंग से मत करो कि चांदनी को बुरा लगे। बहरहाल, महेश भैया इसके पापा हैं। कोई भी लड़की अपने पापा के बारे में ऐसा नहीं सुन सकती और फिर बात है भी तो गलत–यह तेरा अपना मानना है कि तेरे पापा की मौत उस सदमें के कारण हुई है। . . . बेटी।" उसने चांदनी से कहा–"चक्रेश की बात का बुरा मत मानना। बहुत ही भावुक लड़का है ये। कम-से-कम अपने पति की मृत्यु का कारण महेश भैया को नहीं . . ."

"मां।" प्रतिरोध वश चीख पड़ा चक्रेश।

न आरती कुछ बोल सकी। न चांदनी। दोनों चक्रेश के तमतमाए चेहरे को केवल देखती रहीं। चक्रेश ही ने कहा–"या तो आप अपने ढंग से इसे सारी बातें बता दें या मुझे बताने दें।"

"अच्छा तू बाहर जा यहां से। बात-बात पर लड़ने को आता है। मैं खुद चांदनी को सब कुछ बता दूंगी। आ बेटी! एक और चीज़ दिखाती हूं।" अंतिम शब्दों के साथ आरती ने चांदनी का हाथ पकड़ा और उसे अंदर वाले कमरे में ले गई। उस कमरे में बेसमेंट में उतरने के लिए कुछ सीढ़ियां थीं।

आरती उसे साथ लिए सीढ़ियां उतरती चली गई।

बेसमेंट में अंधेरा था। नीम अंधेरा। कुछ भी दिखाई नहीं दे रहा था।

चांदनी को डर-सा लगने लगा–"ये आप मुझे कहां ले आई आंटी?"

"एक मिनट बेटी, यहीं खड़ी रह। मैं लाईट ऑन करती हूं।" कहने के बाद वह उसका हाथ छोड़कर अंधेरे में गुम हो गई।

चांदनी वहीं खड़ी धड़-धड़ कर रहे अपने दिल की आवाज सुनती रही। फिर एक झटके से लाईट ऑन हुई। बेसमेंट रोशनी से नहा गया और उसी के साथ चांदनी का दिमाग हिल उठा आश्चर्य के प्रकाश से। संगमरमर की बनी अनेक मूर्तियां उसके सामने थीं। हैरत से उसकी आंखें इसलिए फटी रह गई थीं क्योंकि वे सभी मूर्तियां उसकी अपनी थीं।

अलग-अलग मुद्राओं में।

किसी में वह बैठी थी। किसी में खड़ी थी। किसी में उसके हाथ में संगमरमर का बना फूल था तो किसी में सितार बजाती नजर आ रही थी। कहीं उसके बाल और आंचल हवा में उड़ते नजर आ रहे थे तो कहीं कोई किश्ती चला रही थी।

बहुत बड़ा हॉल था वह।

हॉल में अनेक मूर्तियां थीं।

सभी उसकी अपनी थीं। जैसे संगतराश ने उसे सामने खड़ी करके बनाई हों।

एक मूर्ति अधबनी भी थी। उसमें वह दुल्हन के लिबास में नजर आ रही थी। दुल्हन का श्रृंगार नहीं हो पाया था अभी। संगमरमर को तराशकर मूर्तियां बनाने के औजार उसी मूर्ति के आस-पास पड़े थे।

चांदनी इतनी ज्यादा हैरान थी कि बहुत देर तक अपने मुंह से कोई आवाज तक न निकाल सकी। एक-एक मूर्ति के नजदीक जाकर वह उसे आश्चर्य से देख रही थी। वह तो सोच तक नहीं सकती थी कि दुनिया में कहीं संगमरमर की बनी उसकी भी अपनी इतनी सारी मूर्तियां हो सकती हैं। बहुत देर बाद उसके मुंह से निकला–"ये सब क्या है आंटी?"

"मूर्तियां हैं तुम्हारी। तुम्हारी और केवल तुम्हारी।"

"वह तो मैं देख ही रही हूं मगर, इन्हें बनाया किसने है?"

"हे भगवान!" आरती कह उठी–"अभी तक यह भी नहीं बताया चक्रेश ने?"

"नहीं।"

"फिर इतने दिन तक करता क्या रहा ये बेवकूफ लड़का?" आरती बुदबुदाई।

"आप बता दीजिए। इन्हें किसने बनाया है?"

"उसी ने तो बनाई है सबकी सब।"

"चक्रेश ने।" इस एक पल के लिए चांदनी के दिल ने मानों धड़काना बंद कर दिया था।

"हां। यहां से जाने से पहले दीवानों की तरह बस इसी बेसमेंट में पड़ा रहता था वह। या तो अपने शाहकारों को निहारा करता था या नया शाहकार बनाने को जुट जाता था। आजकल इस . . . इस पर काम कर रहा था। कहती हुई वह संगमरमर की दुल्हन के नजदीक पहुंच गई थी–"दुल्हन का रूप वह तुम्हें पहली बार दे रहा था।"

"मुझे?" चांदनी बड़ी मुश्किल से पूछ सकी–"क्या उसने मुझे पहले भी कहीं देखा था?"

"नहीं।"

"तो फिर ये मूर्तियां?"

"यही तो आश्चर्य है। ये मूर्तियां वह चौदह साल की उम्र से बना रहा है। कोई उस्ताद नहीं है उसका। अर्थात् मूर्तियां बनाने का यह हुनर उसने कभी किसी से नहीं सीखा। बस पहली-दूसरी-तीसरी एक के बाद एक बनाता चला गया। मैंने और इसके पापा ने इसका ध्यान दूसरी चीज़ों में लगाने की काफी कोशिश की मगर इसे बस एक ही धुन थी–एक की फिनिशिंग करता दूसरी छेड़ देता। जब हमें लगा–इसकी दिलचस्पी इसी दिशा में है तो इसके पापा ने सोचा–इसके इसी शौक को कॉमर्शियल बना दिया जाए। वे एक कॉमर्शियल संगतराश को यहां ले आए। मूर्तियों की उसने बहुत तारीफ की। मगर साथ ही कहा–'इनमें एक बहुत बड़ी कमी है।' चक्रेश के पापा ने पूछा–'क्या?' संगतराश ने बताया–'हर मूर्ति का चेहरा एक ही लड़की का है। कुछ मूर्तियों के तो अच्छे पैसे मिल सकते हैं क्योंकि मूर्तियां वाकई लाजवाब है परंतु सभी मूर्तियां एक ही लड़की की होने की वजह से लंबे समय तक बिकती नहीं रह सकती। कौन है ये लड़की?' संगतराश ने इस सवाल का जवाब न हमारे पास था न चक्रेश के। उसने चक्रेश से पूछा–'कौन है ये लड़की?' चक्रेश ने कहा–'मुझे नहीं

मालूम।' संगतराश ने काफी कहा–'तुमने इस लड़की को कहीं न कहीं जरूर देखा होगा। उसी समय यह तुम्हारे दिमाग में रच बस गई होगी और तुम उसकी मूर्तियां बनाने लगे। तुम्हारी कला में बस यही एक कमी है। इसे दूर करने की कोशिश करो। कोशिश करो कि अगली मूर्ति में कोई और चेहरा बने।' चक्रेश ने कहा–'पहली बात–मैंने इस चेहरे को कभी नहीं देखा। मुझे तो यह भी नहीं पता–अपनी इस कमी को मैंने भी महसूस किया है। हर नई मूर्ति बनाते वक्त मैं इस बात की भरपूर कोशिश करता हूँ कि इस बार चेहरा अलग बन जाए मगर बनते-बनते फिर यह बन जाता है। अपनी सारी कोशिशों के बावजूद मैं इस चेहरे को बदलने में कामयाब नहीं हो पाता।' संगतराश उसकी दोनों बातों में से एक पर भी विश्वास नहीं कर सका। उसका ख्याल था–भले ही चक्रेश को याद न हो मगर यह चेहरा उसने कहीं न कहीं देखा जरूर है और ईमानदारी से कोशिश करे तो दूसरे चेहरे वाली मूर्तियां भी बना सकता है। उसने सलाह दी–'इस बार तुम किसी लड़की की नहीं बल्कि शेर पर बैठी मां दुर्गा की मूर्ति बनाना।' चक्रेश ने उसके जाते ही ऐसी कोशिश शुरू कर दी मगर . . ."

"दुर्गा का चेहरा फिर मेरे चेहरे जैसा बन गया।" बात चांदनी ने पूरी की।

"हां।" आरती बोली–"उसे बनाने के बाद चक्रेश खुद हैरान रह गया था।"

"शायद उसी को मंदिर में स्थापित किया गया है?"

"इसका मतलब तुम उसे देख चुकी हो।"

"देखी तो है मगर . . ."

"मगर?"

"बड़ी अजीब-सी कहानी है। मुझे तो विश्वास नहीं हो रहा।"

"हम ही नहीं बल्कि खुद चक्रेश भी हैरान है। दुर्गा की मूर्ति तैयार होने पर संगतराश को फिर बुलाया गया। मूर्ति को देखकर उसने कहा–'अगर यह सच है कि बदलाव लाने की सभी कोशिशों के बावजूद तुमसे यही बना है और वास्तव में तुमने इस चेहरे को कहीं देखा भी नहीं है तो एक ही बात लगती है–इस चेहरे का संबंध तुम्हारे किसी पिछले जन्म से है। यह केस तुम्हारे दिगाग में कहीं गहरा बैठ गया है कि निकल नहीं पा रहा। और इस अवस्था में तुम्हारी कुछ मूर्तियां भले ही अच्छे दामों में बिक जाएं परंतु उसके बाद की मूर्तियों के अच्छे पैसे नहीं मिल सकेंगे।' यह सुनकर चक्रेश को जाने क्या हुआ। बुरी तरह

से भड़क उठा वह। संगतराश पर चढ़ गया। कहने लगा–'तुम समझते हो, मैं इन्हें बेचूंगा? धंधा करूंगा इनका? तुम्हारी तरह सड़कों पर खड़ी करूंगा अपनी आर्ट? मैंने इन्हें बिजनेस करने के लिए नहीं बनाया है। ये शौक है मेरा। ये . . .ये लड़की तो मेरी दुल्हन है और अपनी दुल्हन को क्या कभी कोई बेच सकता है?' संगतराश ने चक्रेश के शब्दों को अपना अपमान माना। वह नाराज होकर चला गया मगर उस दिन के बाद से हमारे लिए एक नई समस्या खड़ी हो गई।"

"वह क्या?"

"चक्रेश कहने लगा–यह लड़की मेरी दुल्हन है। मैं शादी करूंगा तो केवल इसी से करूंगा। अन्य किसी से नहीं। उसे पक्का यकीन हो गया था कि इस शक्ल-सूरत की दुनिया में कोई न कोई लड़की है जरूर। उसकी बातें हमें पागलपन की बातें लगने लगीं। हम अक्सर कहते–'क्या पता इस शक्ल-सूरत की दुनिया में कोई लड़की है भी या नहीं। हुई भी तो जाने कहां होगी? कहां ढूंढेंगे उसे?' चक्रेश दृढ़तापूर्वक कहता–'नहीं मिली तो कोई बात नहीं। मैं शादी नहीं करूंगा।' इसी बात पर एक दिन इसके पापा भड़क गए। उन्होंने कहा–'बहुत हो चुका ये पागलपन। अब बैठकर ये मूर्तियां-वूर्तियां बनाना और जहां तक शादी की बात है–वह तुझे करनी नहीं है बल्कि शादी तेरी हो चुकी है।'"

"हो चुकी है।" चांदनी चौंकी–"चक्रेश शादीशुदा है?"

"हे भगवान अभी तक यह भी नहीं बताया उसने तुम्हें? फिर बताया क्या है?"

"क्या मतलब?"

"उसकी शादी तुमसे हो चुकी है।"

"मुझसे?" चांदनी मानो आकाश से जमीन पर आ पड़ी।

"तभी जब तुम केवल छः महीने की थी और चक्रेश डेढ़ साल का।" आरती कहती चली गई–"यह सब सुनकर चक्रेश भी बौखला उठा था। ठीक उसी तरह जैसे तुम इस वक्त बौखलाई हुई हो। उसने चीखकर अपने पापा से कहा था–'ऐसी अगर कोई शादी हुई भी तो मैं उस शादी को शादी नहीं मानता।'"

धड़-घड़ कर रहे अपने दिल पर बहुत मुश्किल से काबू रखे चांदनी ने पूछा–"पूरी बात बताइए। कैसे हुई थी वह शादी? किन हालात में?"

"सच्चाई तो ये है बेटी कि यह शादी तय ही तेरे पैदा होने से पहले ही हो चुकी थी।" आरती ने बताया–"तेरे पापा और चक्रेश के पापा बचपन के दोस्त थे। बहुत ही गहरे दोस्त। हमारी शादी पहले हुई थी। चक्रेश पैदा हो चुका था। उसके कुछ दिन बाद महेश भैया की शादी हुई। फिर वे प्रेग्नेंट हुई और दोनों दोस्तों ने तय किया–अगर लड़की हुई तो उसकी शादी चक्रेश से कर दी जाएगी। तुम पैदा हुईं। दोनों परिवारों ने खूब खुशियां मनाई।"

"उसके बाद?"

"उन दिनों तुम छः महीने की थीं। एक दिन अचानक कंचन बहन हमारे घर आई। जाने क्यों वे 'एब्नार्मल' लग रही थीं। कहने लगी–वे आज ही चक्रेश और चांदनी की शादी करना चाहती हैं। हम पति-पत्नी चौंके। चक्रेश के पापा ने कहा भी–'ये आप क्या कह रही हैं भाभी, हो क्या गया है आपको? भला ऐसे भी कहीं शादी होती है। और फिर, तय तो हम लोग कर ही चुके हैं। चक्रेश की शादी चांदनी से ही होगी मगर तब, जब ये दोनों बड़े हो जाएंगे।' मगर, कंचन बहन नहीं मानी। कहने लगी–'मुझे नहीं लगता है मैं जब तक जिंदा रहूंगी। अपनी बेटी की शादी मैं अपनी आंखों से देखना चाहती हूं। चक्रेश को अभी दूल्हा बनाओ, मैं चांदनी को दुल्हन बनाती हूं।' जब वे इस किस्म की बातें करने लगीं तो हम पति-पत्नी को उनकी मानसिक अवस्था पर शक होने लगा। चक्रेश के पापा ने कहा–'अच्छा ठीक है भाभी, अगर तुम्हारी यही जिद्द है तो मैं कल महेश से बात करूंगा। कोई छोटी-मोटी रस्म कर देते हैं।' कंचन भाभी ने कहा–'वे तो आज सुबह ही अमेरिका गए हैं। एक एक महीने बाद वापस आएंगे। मैं तब तक इंतजार नहीं कर सकती।' संक्षेप में अगर कहूं तो केवल यही कह सकती हूं उन्होंने हमारी एक नहीं सुनी। चक्रेश को दूल्हा बनाया। छोटा-सा सेहरा तक अपने साथ लाई थी वे। तुम गोद में थीं। तुम्हारे छोटे से मस्तक पर बिंदी लगाई। लाल चुनरी में लपेटा। वह सब करते वक्त वे बहुत भावुक नजर आ रही थी। जाने क्यों उन्हें यह वहम हो गया था कि वे ज्यादा दिन जिंदा नहीं रहेंगी। उनकी भावनाओं को ठेस न पहुंचे ऐसा सोचकर हमने भी गुड़िया-गुड्डे के उस खेल को होने दिया। अपनी तरफ से कंचन बहन ने कोई कसर नहीं छोड़ी थी। पंडित तक बुला लिया था। फेरे भी

डलवा दिए थे।"

"यह क्या बकवास सुना रही हैं आप मुझे?"

बेसमेंट में चक्रेश की आवाज गूंजी—"यह बकवास नहीं, हकीकत है।"

दोनों ने एक साथ पलटकर सीढ़ियों की तरफ देखा। चक्रेश सीढ़ियां उतरकर बेसमेंट में आ रहा था। उसके हाथ में पोस्टकार्ड साईज की एक छोटी और पतली-सी एलबम थी। उसने उसे वहीं से चांदनी की तरफ फैंकते हुए कहा—"ये रहा सुबूत।"

एलबम का कवर मोटे काग़ज़ का था। वह फर्श पर फिसलती हुई चांदनी के पैरों से टकराकर रुक गई।

"सुबूत?" चांदनी के मुंह से निकला।

"एलबम उठाकर देखो।" चक्रेश ने कहा—"तुम्हें पता लग जाएगा—मेरी मां बकवास नहीं कर रही है।"

चांदनी ने धड़कते दिल से एलबम उठाई। काफी पुरानी ब्लैक एंड व्हाईट फोटो थे वे। सचमुच 'कंचन' की गोद में मौजूद बच्ची दुल्हन और एक डेढ़ साल का लड़का दूल्हा बना नजर आ रहा था। आरती, केदारनाथ और एक पंडित भी था फोटुओं में। एक फोटो में कंचन, हवनकुंड के एक तरफ चलती नजर आ रही थी। गोद में थी नन्हीं दुल्हन। उसके पीछे दूल्हा बने डेढ़ साल के लड़के की अंगुली पकड़े आरती नजर आ रही थी। चांदनी ने साफ महसूस किया—वह फेरों का दृश्य था। दृश्य और भी थे। ऐसे, जिसे देखने के बाद चांदनी यह नहीं कह सकती थी कि वह घटना हुई ही नहीं जिसके बारे में आरती ने बताया था। सारी एलबम देखने के बाद चांदनी ने कहा—"तो ये है वह बेस जिसकी वजह से तुम मेरे पीछे पड़े हुए थे?"

"नहीं।" चक्रेश ने कहा—"इस शादी को तो खुद मैंने ही कभी शादी नहीं माना। गुड़िया-गुड्डे के खेल से ज्यादा वह कुछ नहीं था।"

"फिर?"

"सचमुच कंचन बहन उस घटना के ज्यादा दिन बाद तक जीवित न रही। उन्होंने आत्महत्या कर ली थी।"

"वह सारी कहानी मुझे मालूम है।" कहते वक्त चांदनी के चेहरे पर अजीब-सी घृणा के भाव आ गए थे—"दोहराने की जरूरत नहीं है उसे।

एक बेटी के लिए इससे ज्यादा जलालत की और कोई बात नहीं हो सकती कि उसकी मां . . .”

“नहीं बेटी, हमें कभी यकीन नहीं हुआ कि कंचन के संबंध तुम्हारे पिता के चार्टेड एकाउंटेंट से थे।”

“इतने ढेर सारे सबूतों के बावजूद?”

“हां। सुबूत तो वाकई ढेर सारे थे। बल्कि कहते हैं–कंचन चार्टेड एकाउंटेंट के साथ रंगे हाथों पकड़ी गई थी परंतु जाने क्यों, कभी विश्वास नहीं आया। ऐसी लगती तो नहीं थी कंचन।”

“छोड़िए उसका किस्सा। उसका जिक्र तक मेरे जिस्म में नफरत की आग भर देता है।” चांदनी के चेहरे पर अभी तक घृणा के भाव काबिज थे–“यहां मैं केवल यह जानना चाहती हूं, जिसे आप शादी कह रही हैं, उसके बाद क्या हुआ?”

“कंचन की मौत के कुछ दिन बाद महेश भैया गांव छोड़कर चले गए। हम लोग यहीं रह गए थे। साल छः महीने तक वे हमसे संपर्क बनाए रहे मगर उसके बाद सारे संपर्क टूट गए। हमें पता नहीं लग सका वे दुनिया की भीड़ में कहां गायब हो गए। लंबा अर्सा गुजर गया। फिर आए वे दिन जिनका जिक्र पहले कर चुकी हूं। अपने शाहकार के प्रति चक्रेश की दीवानगी ने हमें चिंतित कर दिया। हम पति-पत्नी का एक ही विचार बना–इससे पहले कि अपने शाहकार के प्रति चक्रेश की दीवानगी और बढ़े, हमें इसकी शादी कर देनी चाहिए। शादी का ख्याल आया तो महेश भैया और तुम्हारी याद आ गई। चक्रेश के पापा का कहना था–‘अगर हमने चक्रेश की शादी कहीं और कर दी और उसके बाद किसी दिन मेरा यार आकर सामने खड़ा हो गया। कहने लगा कि चक्रेश तेरा था ही कहां, उसकी शादी कहीं और करने का हक ही कहां था तुझे, तो तेरे पास कोई जवाब नहीं होगा। दोस्तों के बीच किए गए वादे हमेशा पक्के होते हैं। चक्रेश की शादी चांदनी से ही होनी चाहिए।’ मैंने कहा–‘होनी ही चाहिए। कंचन बेचारी तो इनकी शादी कर भी चुकी थी मगर महेश भैया को ढूंढेंगे कहां? इतनी बड़ी दुनिया में जाने कहां खो गए हैं। कभी संपर्क भी तो स्थापित नहीं किया हमसे।’ चक्रेश ने पापा ने कहा–‘मैं उसे तलाश करने की कोशिश करूंगा।’ यह कोशिश उन्होंने की भी मगर महेश भैया का पता उनकी कोशिश

से नहीं लग सका। बस अचानक एक दिन मुझे ही नजर आ गए वे।"

"कहां?"

"टीवी पर। उनका इंटरव्यू आ रहा था। मैं चौंक पड़ी। शोर मचा-मचाकर इन्हें भी टीवी लाऊज में बुला लिया। तब पता लगा प्रसिद्ध डायरेक्टर प्रोड्यूसर महेश घोष ही हमारे महेश भैया हैं। ये तो मारे खुशी के जैसे पागल हो गए। कहने लगे–'बड़ी तरक्की की साले ने। देश का सबसे बड़ा प्रोड्यूसर बन बैठा।' अगले ही दिन हम मुंबई के लिए रवाना हो गए थे। वहां क्यों जा रहे हैं इस बारे में हमने चक्रेश को कुछ नहीं बताया। जानते थे–अपने शाहकार के अलावा किसी और से शादी की बात सुनते ही वह भड़क उठेगा। हमने सोचा था–इसे महेश घोष के साथ मिलकर मनाएंगे।"

"तो आप लोग मुंबई आए थे?"

"हां। यह पिछले साल की बात है। तब तुम दिल्ली में पढ़ रही थीं। होस्टल में रहती थीं।"

"वहां क्या हुआ?"

"बस।" आरती का लहजा वेदना में डूब गया–"वही नहीं होना चाहिए था।"

"मतलब?"

"बड़ी मुश्किल से तो हम तुम्हारे बंगले में घुस गए। लॉबी में कदम रखते ही इतनी बुरी तरह चौंके जितनी बुरी तरह अपने पिछले जीवन में कभी नहीं चौंके थे। चौंकने का कारण था–लॉबी की एक दीवार पर लगा बड़ा-सा फोटो। चक्रेश की शाहकार का फोटो था वह। हमें तो यकीन ही नहीं आया–ठीक उसी शक्ल-सूरत की लड़की दुनिया में है। हमारे पूछने पर एक नौकर ने बताया–वह फोटो चांदनी मेमसाहब का है। हमारे तो होश उड़ गए। चक्रेश की शाहकार खुद चांदनी है। उसकी अपनी चांदनी। जो पैदा होने से पहले ही उसकी दुल्हन बन चुकी थी। कंचन तो अपनी तरफ से दोनों की शादी भी कर चुकी थी। वही चांदनी चक्रेश की शाहकार भी है। हमें यकीन ही आकर नहीं दे रहा था मगर हकीकत सामने थी। कैसे इंकार किया जा सकता था उससे। तब तक हम पति-पत्नी उस सुखद आश्चर्य के सागर के बाहर भी नहीं निकल पाए थे जब महेश भैया का व्यवहार ऐसा था

जैसे हम अछूत हों। किसी नीची जाति के हों। शादी की बात आई तो उन्होंने कहा–'दिमाग खराब हो गया है तुम लोगों का? कहां तुम, कहां मैं? भूल जाओ बचपन के उन खेलों को। इतना काफी है कि मैंने तुम्हें मिलने के लिए अंदर बुला लिया है। अब आए सो आए। फिर कभी मुंबई का रुख भी मत करना क्योंकि मैं तुमसे मेल-मुलाकात बढ़ाने में जरा भी इंटररस्टिड नहीं हूं।' अपमानित तो हम दोनों ने ही महसूस किया मगर ये तो अपने दोस्त की बातों और व्यवहार को दिल से ही लगा बैठे। बहुत भावुक स्वर में कहा था उन्होंने–'थोड़ा-सा पैसा आते ही ये तू कैसा हो गया यार। कैसी बात कर रहा है मुझसे? चांदनी और चक्रेश की शादी तो चांदनी के पैदा होने से पहले ही तय हो चुकी थी। याद तो कर अपने उन लफ्जों को और . . . कंचन भाभी तो दोनों की शादी भी कर चुकी थीं और आज चक्रेश एक मूर्तिकार है। ऐसा अनोखा मूर्तिकार जिससे केवल एक ही चेहरा बनता है। यह बात तो हमें यहां आकर पता लगी कि वह चेहरा चांदनी का है। उसकी अपनी चांदनी का। उसने तो उसने इस चेहरे वाली चांदनी को तो हम तक ने कभी नहीं देखा था। फिर भी वह चांदनी की मूर्तियां दिखाऊंगा। हमारी तरह तू भी हैरान रह जाएगा। तुझे मानना पड़ेगा–अद् भुत लीला है भगवान की चांदनी और चक्रेश बने ही एक-दूसरे के लिए हैं। ऐसा न होता तो क्यों हम दोनों दोस्त चांदनी के पैदा होने से पहले ही दोनों की शादी तय कर देते? क्यों कंचन भाभी वह हरकत करती जैसी किसी और की मां ने शायद कभी नहीं की होगी और . . . चक्रेश की वर्तमान हालत तो चमत्कार ही है। इसे ईश्वर की लीला के अलावा और क्या कहा जा सकता है कि एक लड़के से खुद को रोकते-रोकते भी एक ही चेहरे वाली मूर्तियां बनती हैं, ऐसे चेहरे वाली मूर्तियां जिसे उसने पहले कभी नहीं देखा और वह चेहरा उसका निकलता है जिससे बचपन में ही उसकी शादी हो चुकी है। इन दोनों को न मिलने देना तो ईश्वर की इच्छा को न मानने के समान होगा।' इस किस्म की उन्होंने जाने कितनी बातें की मगर महेश भैया ने केवल इतना ही कहा–'तुम पति-पत्नी का दिमाग खराब हो गया है। पता नहीं क्या-क्या उल-जलूल बक रहे हो।' जब बार-बार उन्होंने गुस्से में हमें बंगले से बाहर निकल जाने के लिए कहा और मेरे

खींचने पर भी 'वे' बंगले से बाहर नहीं निकले। बार-बार यही कहते रहे यह चक्रेश और चांदनी की शादी करेगा कैसे नहीं। उनकी शादी तो बचपन ही में हो चुकी है। तो, महेश घोष के हुक्म पर उनके नौकरों ने हमें फिजिकली उठाकर बंगले से बाहर फिंकवा दिया।"

"ओह!" चांदनी के चेहरे पर उनके प्रति सहानुभूति के भाव उभर आए।

"उस दिन के बाद जो उन्होंने बिस्तर पकड़ा तो बस बिस्तर से उठकर सीधे ऊपर ही गए।" बताती हुई आरती का स्वर वेदना में डूबता चला गया था–"उस घटना के तीन महीने बाद उनकी मौत हो गई थी। अंतिम सांस निकलने तक दो ही बातें कहते रहे थे–'मेरा यार हम दोनों का इतना अपमान नहीं कर सकता और चक्रेश की शादी चांदनी से ही होनी चाहिए। उसके शाहकार गवाह हैं–ईश्वर ने उन दोनों को एक-दूसरे के लिए बनाया है।' उन्हें यकीन ही नहीं आ रहा था कि महेश भैया उनका इतना अपमान कर चुके हैं। वे तो एक बार फिर मुंबई जाने को तैयार थे। मैंने ही नहीं जाने दिया। उनका कहना था शायद हम अपनी बात ठीक से महेश को समझा नहीं सके? एक कोशिश और की जानी चाहिए। मगर मैं जानती थी–यह उनका अपनी दोस्ती के प्रति खोखला दीवानापन है।"

"क्या उस घटना के बारे में आपने चक्रेश को नहीं बताया था?" चांदनी ने चक्रेश की तरफ देखते हुए पूछा।

"उस वक्त बिल्कुल नहीं।"

"क्यों?"

"क्या करते बताकर। हमें मालूम था–यह सुनते ही यह पागल हो उठेगा कि हम इसके शाहकार की फोटो देख आए हैं। वह चांदनी है। वही चांदनी जिससे बचपन में इसकी शादी हो चुकी है। हम जानते थे ऐसा सुनते ही एक सेकंड के लिए भी गांव में नहीं रुकेगा। मुंबई पहुंच जाएगा तुम्हारे बंगले पर। तुम्हें हासिल करने की कोशिश करेगा। वैसा हो नहीं सकता। महेश भैया के तेवर और ताकत हम देख ही आए थे। हमें लगा–इस बारे में चक्रेश को कुछ बताया तो खुद इसी की जान खतरे में पड़ जाएगी।"

"तो ऐन शादी वाले रोज यह वहां कैसे पहुंच गया?"

"चक्रेश के पापा की मौत के बाद मैंने चक्रेश को कुछ नहीं बताया था। बस अंदर ही अंदर घुटती रहती। दूसरी तरफ अपने शाहकार

के प्रति चक्रेश की दीवानगी बढ़ती जा रही थी। मैं इससे शादी की बात करती तो यह भड़क उठता। फिर एक दिन अखबार में खबर पढ़ी–'प्रसिद्ध निर्माता-निर्देशक महेश घोष की बेटी की शादी प्रसिद्ध फाइनेंसर के बेटे से तय।' इस खबर ने मुझे बुरी तरह बेचैन कर दिया। अखबार की डिटेल ने बताया–शादी दो दिन बाद होनी है। एक मां, एक मरहूम शख्स की पत्नी उस दिन खुद को रोक नहीं सकी। यहां, यानी बेसमेंट में आई। यह इस पर काम कर रहा था।" आरती ने दुल्हन की अधूरी मूर्ति की तरफ इशारा किया–"एक बार फिर मैंने इससे शादी की बात छेड़ी। हमेशा की तरह किसी और से शादी की बात सुनते ही यह भड़क उठा। बोला–'मां, एक बार कहलवाओ या हजार बार मगर कान खोलकर सुन लो–यह लड़की कभी मिली तो मेरी शादी होगी, नहीं मिली तो कभी नहीं होगी।' मुझे लगा–अगर मैं आज भी चुप रही तो बोलने के लिए कुछ नहीं रह जाएगा। चक्रेश सचमुच किसी और से शादी नहीं करेगा। उस दिन मेरे दिल से यह भय भी निकल गया था कि चांदनी को हासिल करने के चक्कार में चक्रेश की जान भी जा सकती है। सो, सब कुछ बता दिया इसे। सब कुछ। तुम समझ सकती हो–सुनने के बाद इसकी क्या हालत हुई होगी। सब कुछ बताने के बाद मैंने इससे कहा—'तेरे पापा को अंतिम इच्छा थी कि चांदनी इस घर में बहू बनकर आए। और अब समझ ले–मेरी भी अंतिम इच्छा यही है कि चांदनी को तेरी दुल्हन के रूप में देखूं। तेरी अपनी इच्छा भी यही है और शायद भगवान ने भी तुम दोनों को एक-दूसरे के लिए बनाया है मगर उसका बाप उसकी शादी किसी और से करने वाला है। मेरे दूध का कर्ज चुकाना है तो जा–चला जा मुंबई। वहीं है तेरा ये शाहकार। दुल्हन बनाकर मेरे सामने ला चांदनी को। न ला सके तो वापस आकर मुझे अपना चेहरा मत दिखाना।'"

"और तब।" उत्तेजनावश चक्रेश की आवाज कांप रही थी–"मैं मुंबई पहुंचा। सारे हालात के बारे में तुम जान ही चुकी हो। जो कहानी तुम्हें अभी-अभी पता लगी है उस पर तुम्हारे बाप या तुमसे बात करने का कोई फायदा नहीं था। वह तो अपना नमूना मेरे मां-बाप पर दिखा ही चुका था तुम मेरी बातों पर यकीन करती क्यों? फिर, अपनी बातों पर विश्वास दिलाने का मेरे पास समय ही कहां था? समय हासिल करने के

लिए शादी तुड़वाना जरूरी था, वही किया। वही करना मेरी मजबूरी थी।"

चांदनी चक्रेश की तरफ केवल देखती रह गई। कुछ बोलते नहीं बन पड़ा उस पर।

जबकि उत्तेजना के वशीभूत चक्रेश कहता चला गया–"अगर इतना सब जानने के बाद तुम्हारे दिल में मेरी दुल्हन बनने का जज्बा पैदा नहीं होता। अगर ये दुल्हन यूं ही पत्थर का बुत बनी रहती है।" उसने संगमरमर की अधूरी दुल्हन की तरफ देखा–"इतनी कोशिश के बाद भी अगर मैं इसे एक धड़कता हुआ दिल नहीं दे पाया हूं तो मुझे नहीं चाहिए इस जैसी पत्थर दिल दुल्हन। मां, अगर यह ताना भी देगी कि मैं इसके दूध का कर्ज न चुका सका तो सुन लूंगा मगर तुम्हारी चौखट पर सजदा करने नहीं जाऊंगा। तुम्हें अपनी बहू के रूप में देखने के लिए मेरे बाप की रूह अगर भटकती है तो भले ही सदियों तक भटकती रहे, तुम्हारे कदमों में गिरकर मुहब्बत की भीख नहीं मांग सकता मैं। मैं वह आदमी नहीं हूं चांदनी जो मुहब्बत को भीख मांगने की चीज़ समझते हैं। मुहब्बत यहां से पैदा होती है। यहां से!" चक्रेश ने अपने सीने की तरफ इशारा किया–"तुमने मेरे मिशन के बारे में जानना चाहा। मैंने बता दिया। बस। कहानी खत्म। भूल जाओ कि मैं क्या चाहता हूं। मेरी मां क्या चाहती है। यह भी भूल जाओ कि मेरा बाप क्या चाहता-चाहता मर गया। इस बात पर कि तुम्हारा दिल क्या चाहता है। हममें से किसी की मत सुनना और . . . सिर्फ वही करना जो वह कहे।" कहने के बाद एक पल के लिए भी वह वहां रुका नहीं। घूमा। और तेजी से सीढ़ियां चढ़ता चला गया।

"बिल्कुल बाप पर गया है। गुस्सा तो कम्बख्त की नाक पर रखा रहता है।" आरती बड़बड़ा उठी।

⅄

शाम का वक्त।

चक्रेश झरने के नजदीक एक पत्थर पर बैठा था।

पानी की शबनम जैसी नन्हीं-नन्हीं बूंदें हवा में उड़ रही थीं। उनमें भीगता चक्रेश ठीक इस तरह बैठा था जैसे कोई व्यक्ति अपना मिशन पूरा करने के बाद शांति से बैठता है। एकाएक वह चौंका। किसी ने

अपना कोमल हाथ उसके कंधे पर रखा था।

चक्रेश ने चेहरा घुमाकर पीछे की तरफ थोड़ा ऊपर देखा।

वह चांदनी थी। मुस्करा रही थी वह। मोहक मुस्कान।

वैसी मुस्कान जैसी कम से कम चक्रेश ने उसके होंठों पर पहले कभी नहीं देखी थी।

"चक्रेश।" चांदनी की आवाज पहली बार कोयल की कूक बनकर उसके दिल में उतरी–"तुम तो अब सजदा करने वाले हो नहीं। क्या अपने दिल की चौखट पर मेरी मुहब्बत का सजदा कुबूल करोगे?"

"चांदनी।" चक्रेश हैरत मिश्रित चीख के साथ खड़ा हो गया–"ये क्या कह रही हो तुम?"

"वह दुल्हन अब केवल पत्थर की नहीं रही जिसे तुम तैयार कर रहे थे।" कहती हुई चांदनी अपना चेहरा उसके चेहरे के बेहद नजदीक ले आई थी–"तुम उसे एक धड़कता हुआ दिल देने में कामयाब हो गए हो।"

"ये बातें तुम मेरी या मेरी मां की बातों से प्रभावित होकर तो नहीं कर रहीं?"

"तुम्हारी बातों पर पूरा अमल किया है मैंने। बहुत ध्यान से सुनी है अपने दिल की आवाज।" चांदनी कहती चली गई–"सच्चाई ये है कि आज से पहले मैंने उस आवाज को सुनने की कोशिश ही नहीं की थी। हालांकि उस आवाज को सुनने के लिए शीतल ने मुझे बार-बार प्रेरित किया था मगर, ठीक ही कहती थी वह। दिमाग में गुस्सा भरा हो तो दिल की आवाज सुनाई नहीं देती।"

"अब सुन रही हो?"

"बिल्कुल जानम। जैसे तुम्हारी आवाज सुन सकती हूं।"

"क्या कह रहा है?"

"उस शख्स को कतर-कतर कर खाना चाहिए जिसने मेरे लिए इतना संघर्ष किया।"

"अच्छा।" चक्रेश का लहजा शरारती हो उठा–"तो अब मुझे कतर-कतर कर खाने का इरादा है?"

"हूं" चांदनी ब्राउन कलर की आंखों में खो गई थी।

"आसपास जगवीर और उसके साथियों जैसे लोग तो नहीं छुपा रखे हैं?"

चांदनी खिलखिलाकर हंस पड़ी। चक्रेश के ठहाके भी मिक्स हो गए उसमें। उनके हंसने की आवाज झरने के उस पानी पर दौड़ती हुई पहाड़ी पर चढ़ गई जिससे झरना गिर रहा था। दोनों ने एक-दूसरे को बांहों में भर लिया था।

⅄

"मां।" आरती की गोद में सिर रखे लेटी चांदनी आत्म-विभोर अवस्था में कह रही थी–"मैं चक्रेश की बहुत एहसानमंद हूं जो वह मुझे यहां ले आया। न आती तो अब लग रहा है–दुनिया की सबसे बड़ी दौलत से महरूम रह जाती।"

"कौन-सी दौलत की बात कर रही है पगली?" आरती ने कहा।

"मां का प्यार है उस दौलत का नाम।" चांदनी ने अपनी आंखें बंद कर लीं–"मां। . . . यह एक ऐसा शब्द है जिससे मैं बचपन से नफरत करती आई हूं। मैं सोच भी नहीं सकती थी मां इतना प्यार भी कर सकती है। वह प्यार मुझे तुमने दिया है जो पहले कभी न मिल सका। अब तो तुम ही मेरी मां हो। हर रोज मैं तुम्हारी गोद में सिर रखकर सोया करूंगी।"

"पगली।" भावुक स्वर में कहती आरती ने उसे अपने कलेजे में भींच लिया। उसकी आंखों से आंसू टपक पड़े थे। बोली–"ऐसा तो कोई प्यार नहीं दे पाई मैं तुझे और शायद कभी दे भी नहीं पाऊंगी?"

"आरती।" वहीं मौजूद व्हील चेयर पर बैठे दादा ने कहा–"संभाल खुद को। ये पूरी दुनिया एक स्टेज है और हम सब ऊपर वाले के इशारों पर नाचने वाली कठपुतलियां। भावुक होने की जरूरत नहीं है।"

"कितनी महान हैं आप।" चांदनी ने आंखें खोलकर आरती की तरफ देखा था–"ठीक ही तो कहा था चक्रेश ने–देखा जाए तो आपका सुहाग मेरे पापा ने उजाड़ा है। न वे आप लोगों का इतना अपमान करते। न उन्हें सदमा लगता और न ही शायद वे . . ."

"नहीं बेटी। ऐसा नहीं कहते। जो होनी होती है, होकर रहती है।"

"इसीलिए तो महान कहा मैंने आपको। किसी के बारे में बुरा कभी सोचती ही नहीं।"

"अच्छा अब ज्यादा बातें मत बना।" आरती ने खुद को भावनाओं के

भंवर से निकालने की कोशिश करते हुए कहा–"ये बता चक्रेश कहां गया है?"

"शादी की तैयारियां करने।"

दोनों एक साथ चौंके–"शादी की तैयारियां?"

"हां। आपको मुझे उसकी दुल्हन के रूप में देखना है न?"

"हां, उससे शादी करने के लिए तैयार है?" पूछते वक्त आरती का लहजा कांप रहा था।

"हां।"

"चक्रेश तेरी इजाजत से शादी तैयारियां करने गया है?"

"अपने बेटे को क्या आप जानती नहीं?" चांदनी बोली–"मेरी इच्छा के बगैर कुछ करना चाहता तो जाने कब का सब कुछ कर चुका होता। उसे तो इंतजार ही मेरी 'हां' का था। मैंने 'हां' कहा तब भी ठोक बजाकर पूछता रहा–मेरी या मेरी मां की बातों के दबाव में तो नहीं हो तुम? यह फैसला तुम्हारे दिल का है न?"

"तुमने क्या कहा?"

"उसे तब यकीन आया जब मैंने बार-बार कहा–"हां भई हां। फैसला मेरा अपना है। मेरे दिल का।"

"तुम खुश तो हो न?" जाने क्यों आरती का लहजा कांप रहा था।

"लो। आप भी बार-बार यही पूछने लगीं। क्या मैं आपको खुश नजर नहीं आ रही?"

"बहुत खुश नजर आ रही हो।"

"मां। आप खुश नजर नहीं आ रहीं मुझे।"

"मैं?" आरती हकला उठी।

"जी हां। आप! जिन्हें सबसे ज्यादा खुश होना चाहिए था।" चांदनी कहती चली गई–"इस शादी के रूप में आप ही की नहीं आपके पति की अंतिम इच्छा भी पूरी होगी। ये ही सब कहकर तो आपने चक्रेश को मुंबई भेजा था।"

"भेजा तो था बेटी मगर . . ."

"क्या अगर-मगर। कहां अटक गई हैं आप?"

"दरअसल मैं चाहती थीं यह शादी ठीक उस तरह हो जैसे शादियां

होती हैं।" आरती ने कहा–"यहां एक पंडित आएगा। शायद मंडप का इंतजाम भी कर ले चक्रेश। मगर यह शादी, शादी जैसी नहीं लगेगी। वैसा ही खेल जैसा हो जाएगा जैसा कंचन भाभी ने वर्षों पहले किया था। फर्क बस इतना ही तो होगा–तब तुम दोनों छोटे थे। अब बड़े हो गए हो।"

"तो आप बोलिए।" वह आरती की गोद से उठकर उसके सामने बैठ गई–"आप कैसी शादी चाहती हैं?"

"लड़की की डोली तो पिता के घर से ही उठती अच्छी लगती है बेटी। लड़की अगर मायके से विदा होकर ससुराल आए तो बात ही कुछ और होती है। मगर शायद ऐसी शादी हमारी मजबूरी है। महेश भैया तो इस शादी के लिए तैयार होंगे नहीं। शायद इसीलिए चक्रेश ने यहीं शादी कर लेने का फैसला . . ."

आरती का वाक्य अधूरा रह गया।

नजर अभी-अभी कमरे में दाखिल हुए चक्रेश पर अटककर रह गई थी। उसके हाथ में सुर्ख जोड़ा था। चेहरे पर कठोरता। आरती का चेहरा काला पड़ता चला गया। दरवाज़े की तरफ चांदनी की पीठ थी। जब उसने आरती की नजरों को अपने पीछे फिरे देखा तो पलट कर पीछे देखा। चक्रेश पर नजर पड़ते ही वह–

"अरे, तुम आ गए?" कहती हुई उठ खड़ी हुई।

चक्रेश का चेहरा सुर्ख नजर आ रहा था।

"मांजी ठीक कह रही है चक्रेश।" चांदनी उसके नजदीक पहुंचती बोली–"एक कोशिश तो हमें करनी ही चाहिए। अगर तब भी पापा तैयार नहीं होते हैं तो कोर्ट के दरवाज़े हमारे लिए खुले ही हैं। मां की इच्छा पूरी हो जाए तो अच्छा ही है न?"

⅄

"हरामजादी!" आरती के बाल पकड़कर जोर से झटका देने के साथ चक्रेश ने दांतों पर दांत जमाए रखकर कहा–"इतना ज्यादा मुंह फाड़ने के लिए किसने कहा था तुझसे? किसने दी चांदनी को वह सलाह देने की सलाह?"

"मैं उसे और धोखा नहीं दे सकती।" दर्द से तड़पती आरती आंखों

में आंसू भरे कहती चली गई–"वह इतनी भोली है कि हमारी बातों में आकर तुझसे शादी तक करने को तैयार हो गई। उस मासूम लड़की को इतना बड़ा धोखा देकर तू ठीक नहीं कर रहा बेटे। इतना गिरा हुआ काम करने वाले को भगवान नर्क तक में जगह नहीं देता।"

"तू नौटंकी वाली है हरामजादी। नौटंकी वाली बनकर रह।" चक्रेश के हलक से हिंसक भेड़िए की-सी आवाज निकल रही थी–"असली मां बनने की कोशिश मत कर मेरी। और तू भी कान खोलकर सुन!" कहने के साथ वह आरती के बाल छोड़कर व्हील चेयर पर बैठे दादा की तरफ लपका था। व्हील चेयर के नजदीक पहुंचते-पहुंचते वह अपनी जेब से रिवॉल्वर निकाल चुका था। उसे 'दादा' की कनपटी पर रखता हुआ गुर्राया–"औकात में रख अपनी बेटी को। चांदनी पर प्यार बरसाते-बरसाते उससे सचमुच प्यार करने की बेवकूफी की तो भेजा उड़ाकर रख दूंगा। तुम शायद अभी जानते नहीं हो मैं कितना खतरनाक आदमी हूं। आदमी को मारने के बाद उसकी लाश तक किसी के हाथ नहीं लगने देता मैं।"

कमरे में सन्नाटा छा गया।

बहुत ही पैना सन्नाटा

बूढ़े और आरती के चेहरे पर खौफ नाच रहा था। बहुत ही कम रोशनी थी कमरे में। केवल एक नाईट बल्ब की। और . . . उस रोशनी में चक्रेश का चेहरा किसी भी तरह उस भेड़िए के चेहरे से कम खतरनाक नहीं लग रहा था जो भूखा होने के कारण अपना शिकार तलाश कर रहा होता है। बूढ़ा बुरी तरह डरा हुआ था, इसके बावजूद कहने की हिम्मत की–"हम स्टेज पर नाटक करने वाले लोग हैं चक्रेश। यह नाटक अब हम और नहीं कर सकते। पैसों के लालच में पहली बार असल जिंदगी में नाटक किया। अब लग रहा है–स्टेज पर नाटक करने और असली जिंदगी में एक्टिंग करके किसी को ठगने में बहुत फर्क है। ये तो पाप है। उस लड़की की मासूमियत ने हमारे कलेजे को हिला दिया है। नहीं और धोखा नहीं दे सकते हम उसे। तू अपने पैसे वापस ले ले। हमें जाने दे यहां से।"

"खोपड़ी में शायद रोशनदान पसंद है तुझे। मगर नहीं, पहले मुझे इसके भेजे में सुराख करना होगा।" कहने के साथ चक्रेश ने रिवॉल्वर की नाल बूढ़े की कनपटी से हटाकर आरती के मस्तक पर रख दी–

"इसी ने खेल बिगाड़ा है मेरा। अच्छी खासी मुझसे शादी करने को तैयार हो गई थी। तूने ऐसा बीज डाला उसके दिमाग में कि अब मैं खुद को बगैर महेश घोष से बात किए उस पर शादी का दबाव नहीं डाल सकता। वह सोचेगी अपनी ही मां की बात क्यों नहीं मान रहा हूं मैं।"

"नहीं!" बूढ़ा फड़फड़ा उठा–"उसे कुछ मत कहना। मुझे चाहे मार डालो।"

"अगर मेरी बात नहीं मानी तो मरेगी पहले यही।"

"आरती।" बूढ़े ने कहा–"मैंने तुझे तभी इशारा किया था बेटी जब तू चांदनी से बातें करते वक्त भावुक हो रही थी। कहा था–"ये पूरी दुनिया एक स्टेज है और हम ऊपर वाले के इशारों पर नाचने वाली कठपुतलियां हैं।" मगर, तू समझी ही नहीं। मुझे उसी वक्त लगा था चांदनी की बातों से तेरा मन पिघल रहा है।"

"मैं क्या करती बाबा, वह है ही इतनी मासूम और भोली।"

"तू शायद सचमुच मरना चाहती है।" चक्रेश एक बार फिर गुर्राया।

"सुनो बेटे!" बूढ़े ने कहा–"हम तुझसे वादा करते हैं। तेरे काम में कोई रोड़ा नहीं डालेंगे। चांदनी को कभी नहीं बताएंगे हम तेरे कुछ नहीं हैं। बस आज ही रात सुबह होने से पहले यहां से निकल जाएंगे। तू अपने पैसे वापस ले ले।"

"तेरी समझ में यह बात क्यों नहीं आ रही बुढ़ऊ कि अब पैसे देकर भी तुम्हारा पीछा छुटने वाला नहीं है। उस स्टेज से बहुत आगे आ चुके हो तुम। और मैं भी कल सुबह जब वह पूछेगी मेरी मां और दादा कहां गए तो मैं क्या जवाब दूंगा? नहीं, अब तुम कहीं नहीं जा सकते। यह काम पूरा करना ही होगा। पैसों के लिए नहीं तो अपनी जान की खातिर। क्योंकि ये बात तय है–अगर तुमने यह काम पूरा नहीं किया तो दोनों को सीधा ऊपर पहुंचा दूंगा।"

"लेकिन अगर हम मर गए तो तभी क्या जवाब दोगे उसे?"

"काम बिगाड़ना ही है तो तुम्हें जिंदा क्यों छोड़ूंगा?"

एक बार फिर बूढ़े या आरती पर कुछ कहते न बन पड़ा। दोनों के चेहरे पीले पड़े हुए थे। चक्रेश साक्षात् यमराज-सा लग रहा था उन्हें। फिर एक बात बूढ़े के दिमाग में आई–"मगर, अब हो भी क्या सकता है। तुमने खुद कहा–'शादी से पहले वह एक बार अपने पापा

से बात जरूर करेगी। जब बात करेगी तो वह कहानी भी जरूर सामने आएगी जो कहने पर आरती ने उसे सुनाई है। महेश घोष उस कहानी को सुनकर चौंक पड़ेंगे। न सिर्फ यह कहेंगे कि यह पूरी कहानी झूठ है बल्कि हमें तो वह जानता तक नहीं है। वे कहेंगे केदारनाथ नाम भी कभी कोई शख्स उनका दोस्त नहीं रहा।'"

"वह कुछ भी कहे मगर तुम्हें अपनी बात पर अड़े रहना है। यही कहते रहना है कि यह कहानी सच्ची है। उल्टे महेश घोष को झूठा कहते रहोगे तुम।"

"मगर इससे होगा क्या? सच के आगे झूठ भला कितनी देर ठहर सकेगा?"

"ठहरेगा। सच के आगे झूठ इसलिए ठहरेगा क्योंकि चांदनी हमारे झूठ के जाल में पूरी तरह फंस चुकी है। महेश घोष को ही झूठा मानेगी वह। बाकी मैं संभाल लूंगा। अगर तुममें से किसी ने दूसरी बार चूक की तो वहीं के वहीं सबके सामने क्रिया-कर्म कर दूंगा तुम्हारा या . . ."

अपना वाक्य उसने खुद अधूरा छोड़ दिया। जैसे कुछ सोचने लगा हो।

जब काफी देर हो गई तो बूढ़े ने पूछा–"या?"

"तू क्या करेगा वहां। मेरे और चांदनी के साथ मुंबई जाने के लिए तो तेरी ये लाड़ली ही काफी है। तू यहीं रहेगा। मेरे आदमियों की निगरानी में।" कहते-कहते ही चक्रेश को अपना प्लान जमने लगा। आरती से कहा–"तू सुन। तू हमारे साथ मुंबई चलेगी। वहीं वही करेगी और कहेगी जो मैं समझाऊंगा। उससे अगर जरा भी भटकी तो मैं मोबाइल पर अपने आदमियों को इस बूढ़े को खत्म करने का हुक्म दे दूंगा। मेरा इशारा होते ही वे इसे लुढ़का देंगे।"

आरती के संपूर्ण जिस्म से मानो खून निचोड़ लिया गया था।

⅄

"ये तुम क्या कह रही हो चांदनी।" अपने बंगले के लॉन में खड़े महेश का मारे हैरत के बुरा हाल था–"कौन केदारनाथ? किसका अपमान कर दिया हमने? कौन मर गया इस सदमें से हमारी समझ में कुछ नहीं आ रहा बेटी तुम आखिर कह क्या रही हो?"

"मैं आपके बचपन के दोस्त की बात कर रही हूं पापा।" चांदनी ने

एक-एक शब्द पर जोर देते हुए कहा–"उस केदारनाथ की जिसके बेटे से आपने मेरी शादी मेरे पैदा होने से पहले ही तय कर दी थी। बाद में मां ने तो बाकायदा शादी ही कर दी। मैं उस शादी की एलबम अपनी आंखों से देखकर आ रही हूं। केदारनाथ जी के साथ आपका फोटो भी देखा है मैंने।"

आश्चर्य की पराकाष्ठा के कारण महेश घोष का मानो दिमाग फटने को तैयार था। पगलाई-सी अवस्था में कभी वे चांदनी को देख रहे थे, कभी आरती को तो, कभी चक्रेश को। उस चक्रेश को जिसके होंठों पर इस वक्त सारे जहां की धूर्तता सिमटकर मुस्कुरा रही थी। लॉन में मामचंद, मंशादेवी, शीतल और गुटकू भी थे। वे सब महेश घोष के साथ इंडिया आ गए थे। मगर इस वक्त महेश घोष का ध्यान उन पर बिल्कुल नहीं था। वे तो बस चांदनी को समझाने की कोशिश कर रहे थे–"समझने की कोशिश करो बेटी। आज के जमाने में ट्रिक फोटोग्राफी से हर तरह का फोटो तैयार किया जा सकता है। यकीन करो हमारा। ये सारी कहानी झूठी है। बचपन में कभी किसी से तुम्हारी शादी नहीं हुई। केदारनाथ नाम के आदमी का तो . . . मैंने कभी नाम तक नहीं सुना और।" वे आरती की तरफ पलटकर बोले–"इसकी तो शक्ल ही हमने जिंदगी में पहली बार देखी है।"

आरती के पीछे खड़े चक्रेश ने धीरे से उसे कोहनी मारी।

आरती ने फौरन कहा–"इतना झूठ मत बोलो महेश भैया। तुम्हें भी भगवान के घर जाना है।"

"अरे! सफेद झूठ खुद बोल रही है और झूठा हमें बता रही है। हद कर रही है ये औरत।"

"मैं कभी सोच भी नहीं सकती थी कि आदमी मुंह के मुंह पर इस कदर मुकर सकता है।" आरती कहती चली गई–"बीस बाईस साल पुरानी बातें तो छोड़ ही दो। हम तो पिछले साल ही तुम्हारे पास आए थे। तुमने हमारा अपमान करके . . ."

"बदजात औरत! ये क्या बक रही है तू। अभी बताते हैं तुझे।" गुस्से से पगलाए महेश घोष उस पर झपट ही जो पड़े। आरती घबराकर बचने के लिए पीछे हटी मगर यदि लपककर चांदनी बीच में नहीं आ जाती तो महेश घोष के हमले से शायद वह बच नहीं सकती थी।

महेश घोष का रास्ता रोकती चांदनी ने कहा था–"बस पापा! बस! बहुत हो चुका, बंद कीजिए अपने ये जुल्म। मांजी पहले ही आपके अपमान की बलिवेदी पर अपना सुहाग चढ़ा चुकी हैं।"

"अरे किसका सुहाग! कैसा सुहाग!" महेश घोष चीख पड़े–"तेरा दिमाग घुमा दिया है इन हरामियों ने।"

"आप बहुत बकवास कर चुके मिस्टर घोष। मेरे सामने मेरी मां तक को गाली दी है आपने।" गुर्राने के साथ चक्रेश ने महेश घोष की तरफ बढ़ना चाहा तो चांदनी ने उसे रोकते हुए कहा–"प्लीज! प्लीज चक्रेश। तुम्हारी जरूरत नहीं है। मैं संभाल लूंगी।" कहने के तुरंत बाद महेश घोष की तरफ घूमी। बोली–"पापा, मैं समझ सकती हूं आप इन लोगों को क्यों झूठा साबित करना चाहते हैं?"

"क्या समझ सकती है तू?"

"आपको इस वक्त केवल एक ही डर सता रहा है बल्कि अगर यूं कहूं तो ज्यादा मुनासिब होगा–अपनी बेटी के सामने आप झूठे साबित नहीं होना चाहते। आपको यह चिंता सता रही है कि चांदनी पूछेगी–आपने मुझे सच्चाई क्यों नहीं बताई थी तो आप क्या जवाब देंगे? चांदनी आपसे यह भी पूछ सकती है कि जब चक्रेश मेरे पीछे पड़ा हुआ था तो आप जरूर समझ गए होंगे कि वह केदारनाथ और आरती देवी का बेटा है, आपने मुझे वह सब क्यों नहीं बताया। ये सारी शंकाएं आपको सच कुबूल नहीं करने दे रहीं। मगर पापा, न मैं इस वक्त यहां आपसे अपने इस किस्म के सवाल का जवाब लेने आई हूं। न ही चक्रेश और मांजी पिछली घटनाओं की चर्चा करने जाए हैं। मैं तो वहीं, चक्रेश के घर ही इससे शादी करने के लिए तैयार थी। मांजी ने ही कहा कि नहीं, यह मुनासिब नहीं होगा। बेटी की डोली बाप के घर से उठती ही अच्छी लगती है। हम तीनों आपसे यह रिक्वेस्ट करने आए हैं, पीछे जो भी हुआ उसे ये भूल चुके हैं। आप भी भूल जाएं और।"

"संभाल! खुद को संभाल बेवकूफ लड़की। ये क्या बके चले जा रही है तू?" महेश घोष की हालत ऐसी थी जैसे अपने हाथों से अपने बाल नोंच डालना चाहते हों–"वह . . . जिसे अभी-अभी तूने हमारे सामने से हटाया है। क्या तू भूल गई, वह दुनिया का सबसे बड़ा फ्रॉडिया है। हम इसलिए नहीं चाहते थे तू उसके संपर्क में आए। अंततः

उसने तेरे दिमाग पर अपना जादू चला ही दिया। जादू भी ऐसा कि तू हमें झूठा और इन्हें सच्चा मान रही है। बहुत ही हैरत की बात है हमारा सच तुझे झूठ लग रहा है और इनका सफेद झूठ . . ."

"अच्छा छोड़िए पापा, छोड़ ही दीजिए इस बात को कि बचपन में मेरी शादी चक्रेश से हुई थी या नहीं।" चांदनी ने निर्णायक स्पष्ट स्वर में कहा–"इस बहस को भी छोड़िए कौन सच बोल रहा है कौन झूठ। मान लेती हूं कि आपने केदारनाथ का नाम तक कभी नहीं सुना। यह भी मान लेती हूं आप मांजी को नहीं जानते। पिछले साल तो क्या ये कभी भी चक्रेश का रिश्ता लेकर आपके सामने नहीं आए थे। मैं सिर्फ आज की बात करती हूं। इस लम्हें की बात जब मैं आपके सामने खड़ी हूं।"

"हम समझे नहीं, क्या कहना चाहती हो तुम?"

"मैं चक्रेश से प्यार करती हूं।"

"चांदनी प्लीज!" महेश घोष चीख पड़े–"बंद करो ये बकवास।"

चांदनी ने दृढ़तापूर्वक कहा–"मैं इससे शादी का फैसला कर चुकी हूं।"

"उफ्फ! तुम पागल हो गई हो?"

"अब बताइए। आपका फैसला क्या है?"

"चांदनी . . . चांदनी तू समझ क्यों नहीं रही, इसने तेरी अक्ल पर अपने झूठे प्यार का पर्दा डाल दिया है।"

"आप जानते हैं–हम दोनों बालिग हैं। आप शादी नहीं करेंगे तो यह शादी कोर्ट में हो जाएगी।"

महेश घोष फटी-फटी आंखों से अपनी बेटी को देखते रह गए। उस बेटी को जो चट्टान की तरह उनके सामने अड़ी खड़ी थी। जो दो टूक शब्दों में उनका जवाब चाहती थी। किंकर्तव्यविमूढ़-सी अवस्था में खड़े रह गए थे वे। तभी मंशादेवी ने आगे बढ़कर कहा–"भैया, मेरे ख्याल से अब आपको किसी दुविधा में नहीं फंसना चाहिए। कौन झूठा है, कौन सच्चा। क्या हुआ था, क्या नहीं हुआ। यह सारी बहस ही खत्म कर दी चांदनी ने। अब जब वह आज चक्रेश से शादी करने को . . ."

"तुम चुप रहो!" महेश घोष ने उसे डांट दिया।

"अंकल।" शीतल ने हौसला किया–"बच्चों के भविष्य का फैसला करते वक्त मां-बाप को 'इगो' का शिकार नहीं होना चाहिए।"

"तू! कल की छोकरी तालीम देगी हमें?"

"नहीं। तुझे कोई तालिम नहीं दे सकता।" मामचंद आगे आया–"किसी को तू डांटकर चुप कर देगा। किसी को बच्ची बता देगा। मुझसे बात कर। मैं तो हूं तेरी जोट का। जवान लड़की सामने खड़ी है। साफ-साफ कह रही है वह काले चोर से शादी करना चाहती है। क्या प्रॉब्लम है तुझे? क्यों 'हां' नहीं कर रहा?"

"मेरी प्रॉब्लम तुममें से कोई समझने के लिए तैयार हो तो समझाएं।" महेश घोष हलक फाड़कर चिल्ला उठे–"हमारी प्रॉब्लम ये है कि इस वक्त इस बात को हमसे बेहतर और कोई नहीं समझ रहा था कि चांदनी जो भी कुछ कह रही है दुनिया के उस सबसे बड़े फ्रॉडिए के जाल में फंसी होने के कारण कह रही है। उसकी अपनी बुद्धि को किडनैप कर चुका है वह। उफ्फ! कैसे समझाएं। कैसे समझाएं यह बात तुम सबको। जब चांदनी ही नहीं समझ रही तो कौन कैसे समझेगा।"

"चल। ये भी मान लिया चांदनी उसके जाल में फंसी हुई है।" मामचंद ने कहा–"और तू उसे समझा नहीं पा रहा तो सोच अगले पल क्या होगा? वह कह चुकी है–कोर्ट के दरवाज़े खुले हैं। उसके जाल में ही फंसी-फंसी वह कोर्ट में उससे शादी कर लेगी तभी क्या कर लेगा तू?"

"नहीं। हम चांदनी को उससे शादी नहीं करने देंगे।"

चांदनी ने कहा–"वह तरकीब बताइए जिससे आप मुझे रोक सकते हैं।"

"याद तो कर। याद तो कर नादान लड़की। यही लॉन था। यही जगह थी जहां इसने तुझे अपने मोहपाश में बांधने की बात कही थी।" दांत भींचे महेश घोष कहते चले गए–"चैलेंज दिया था तुझे। दावा किया था तुझे अपनी दीवानी बनाने का। तू भूल कैसे गई यह वही शख्स है जिसने इसी जगह खड़े होकर सीना ठोक-ठोककर कहा था कि तू हमसे कहेगी–'मैं शादी करूंगी तो सिर्फ और सिर्फ चक्रेश से।' इसने यह भी कहा था–हमने इंकार किया तो तू इसके साथ भाग जाएगी। वही सब तो हो रहा है। कुछ भी तो अलग नहीं हो रहा उससे। अक्षरशः अपने चैलेंज को पूरा करके दिखा रहा है यह फ्रॉडिया और तू इसके मोहपाश में बंधी इसके साथ खड़ी है। समझने की कोशिश कर चांदनी, अब भी समझ जा बेटी। जब इसके सारे हथकंडे तुझ पर बेकार हो गए तो ये

आखिरी हथकंडा चला। पता नहीं कहां से पकड़ लाया अपनी मां को। एक भावुक लेकिन पूरी तरह झूठी कहानी सुनाकर तुझे इस कदर फंसा लिया कि हमें झूठा समझ रही है। वही कह रही है जो इसने तेरे मुंह से कहलवाने का दावा किया था।"

"अगर चक्रेश ने अपनी बात पूरी करके दिखा भी दी है तो तुझे इतना 'पेन' क्यों हो रहा है?" मामचंद ने पूछा।

"तू समझ नहीं रहा यार।" महेश घोष बुरी तरह भन्ना उठे थे–"ये चांदनी से कोई प्यार-व्यार नहीं करता। इसकी नजर हमारी जायदाद पर है। ये जानता है चांदनी हमारी इकलौती बेटी है। और हमारी सारी जायदाद . . ."

"ऐ!" बहुत देर से खामोश खड़ा चक्रेश गुर्राया–"जुबान को लगाम दो मिस्टर घोष। लगाम दो अपनी जुबान को। इस ख्याल को खूरच-खूरचकर निकाल दो कि चक्रेश किसी की दौलत पर नजर रख सकता है। तुम्हारी इस दो टके की जायदाद की तो हैसियत ही क्या है? मैं अपने प्यार की दौलत को हासिल करने के लिए सारे जहां की दौलत को ठोकर मार सकता हूं।"

"वाह! वाह! चक्रेश भैया। जियो।" गुटकू कह उठा–"डायलॉग पसंद आया।"

चांदनी बलिहारी होने के अंदाज में चक्रेश के भभकते चेहरे को देख रही थी। शीतल के चेहरे पर भी उसके लिए प्रशंसा के भाव थे। मंशादेवी तो कह ही उठीं–"हे भगवान, मेरी शीतल को भी ऐसा ही वर देना।"

महेश घोष चक्रेश की तरफ इस तरह देख रहे थे जैसे उससे इस जवाब की उम्मीद उन्हें बिल्कुल नहीं थी। जैसे सोचने की कोशिश कर रहे हों कि अगर ये फ्रॉडिया दौलत के चक्कर में भी नहीं है तो किस चक्कर में?

"अब बोल बेटे।" मामचंद ने चुटकी ली–"अब क्या कहता है? पट्ठे को तेरी जायदाद भी नहीं चाहिए।"

"ठीक है।" मामचंद की बात पर जरा भी ध्यान दिए बगैर महेश घोष ने उत्तेजित अवस्था में कहा–"तुम दोनों को लिखकर देना होगा कि जायदाद पर कभी अपना हक नहीं जताओगे।"

"देर मत करो मिस्टर घोष। समय मत गंवाओ बातों में अगर तुम

हमारी शादी के लिए तैयार हो तो स्टाम्प पेपर मंगाओ तुम जहां कहोगे मैं साईन करने को तैयार हूं।"

"और तुम?" महेश घोष ने चांदनी से पूछा–"क्योंकि मोहरा यह तुम्हें ही बनाएगा।"

"मुझे दुख है पापा, आपने हमारी मुहब्बत को दौलत के तराजू में तोला।" चांदनी ने कहा–"ठीक कहा चक्रेश ने। आप स्टाम्प पेपर मंगाइए। हम दोनों पति-पत्नी के रूप में उस पर साईन करने को तैयार हैं।"

"महेश घोष उसे देखते रह गए। भाव ऐसा था जैसे कोई अपने सबसे प्रिय को भरपूर कोशिश के बावजूद आग के दरिया में कूदने से न रोक पा रहा हो। मामचंद, मंशादेवी, शीतल और गुटकू के चेहरे दमक रहे थे। शीतल ने तो चांदनी को बांहों में भरने के साथ कह भी दिया–"ये हुई न बात?"

अकेली आरती ऐसी थी जो जानती थी–चक्रेश नाम का यह चक्करदार लड़का कोई लंबा दांव खेल रहा है मगर जब उसने स्टाम्प पेपर की साईन करने को कह दिया तो वह उलझकर रह गई। समझ न सकी–चक्रेश का लक्ष्य अगर दौलत भी नहीं है तो क्या?

⅄

महेश घोष ने उनकी शादी धूमधाम से करने से इंकार कर दिया था। कहा था–"हम अपने ही लोगों से जलील होने और तरह-तरह की टिप्पणियां सुनने के लिए तैयार नहीं हैं। कोर्ट में तुम लोगों के साथ जाकर गवाह वाले स्थान पर साईन करने के लिए तैयार हैं।"

चक्रेश ने व्यंगात्मक मुस्कान के साथ कहा था–"आपका इतना ही सहयोग काफी है।"

"पार्टी मेरी तरफ से होगी।" मामचंद ने घोषणा कर दी थी–"कोर्ट मैरिज के बाद शाम को 'होटल नीला' में। उसमें महेश घोष के नहीं केवल मेरे गेस्ट आएंगे। गिने-चुने सौ, डेढ़ सौ गेस्ट।"

महेश घोष ने उनकी शादी की खबर को काफी छुपाना चाहा था परंतु मीडिया के लोगों को भनक लग ही गई। सभी अखबारों ने यह खबर अपने-अपने ढंग से हैडिंग देकर छापी कि महेश घोष की बेटी

की शादी उसी लड़के से हो रही है जिसके कारण बारात वापस गई थी। टीवी के सभी चेनल्स ने भी प्रमुखता के साथ न्यूज दी।

शाम को, होटल नीला की पार्टी में भी विभिन्न चेनल्स की कैमरा टीमें कवरेज के लिए पहुंच गई।

महेश घोष पार्टी में शामिल जरूर हुए मगर जब मीडिया के लोग उनसे तरह-तरह के सवाल करने लगे तो बगैर कुछ कहे पार्टी छोड़कर चले गए। उनके जाने के बावजूद पार्टी की रौनक में कोई कमी नहीं आई थी।

हां, दो और बगैर बुलाए मेहमान पहुंच गए थे वहां।

अपलम और चपलम।

महरून कलर के बॉक्स को वे ठीक उसी तरह संभाले हुए थे जिस तरह शादी के पहले अवसर पर संभाल रखा था।

रात के करीब एक बजे।

तब, जब लगभग सभी मेहमान जा चुके थे।

मामचंद ने चक्रेश और चांदनी से कहा–"शादी के आगामी प्रोग्राम हेतु इसी होटल का सुईट नंबर ट्रपल सेविन तुम्हारे नाम बुक है। हम लोग बंगले की तरफ निकल रहे हैं। तुम उधर निकलो। सुबह मिलेंगे।"

शीतल ने शरारत की–"कमरा मैंने अपने हाथों से सजाया है।"

चांदनी खिल-खिलाकर हंस पड़ी। चक्रेश केवल मुस्कुराकर रह गया था।

फिर वे लोग चांदनी और चक्रेश को होटल की लिफ्ट तक 'सी आफ' करने के लिए आगे बढ़े। बाहरी व्यक्तियों के रूप में केवल अपलम-चपलम अपना बॉक्स संभाले उनके साथ थे। मामचंद पर जब रहा नहीं गया। तो ठिठका। बोला–"कौन हो भैया तुम? क्यों महादेव की चिप्पक बनकर हमसे चिपक गए हो?"

लंबे ने डस्टबीन में पीक थूका। कहा–"हम दोनों को मिलाकर अपलम-चपलम कहते हैं।"

"बहुत देर से खटक रहे हो तुम मेरी नजरों में बल्कि तभी से जब पार्टी शुरू हुई थी। तुम लोग सारी पार्टी में शामिल रहे। बावजूद इसके कि मैंने तुम्हें नहीं बुलाया। जानता ही नहीं तो बुलाता कैसे? किसके मेहमान हो तुम?"

"कंचन देवी के।" अपलम ने कहा।

"कंचन भाभी के।" मामचंद चौंका–"जो खुद अट्ठारह साल से नहीं है उनके मेहमान कहां से टपक पड़े?"

"और ये बॉक्स कैसा है?" चक्रेश ने पूछा–"मैं शुरू से देख रहा हूं। तुम इसे इस तरह कलेजे से लगा घूम रहे हो जैसे मां बच्चों को लिए घूमती है।"

तुमने तो अभी चार-पांच घंटों से देखा है, हम तो इस बॉक्स को अट्ठारह साल से कलेजे से लगाए घूम रहे हैं।" अपलम ने कहा।

"अट्ठारह साल से?"

मंशादेवी बोली–"बात कुछ समझ में नहीं आई।"

जब अपलम-चपलम ने वह बात अपने ढंग से समझाई जो पहली शादी के मौके पर महेश घोष को समझाई थी तो सभी हैरान रह गए। इस सस्पैंस ने सबको उद्विग्न कर दिया था कि बॉक्स में क्या है? सबसे ज्यादा बेचैन चांदनी नजर आ रही थी। उसने नफरत के साथ कहा–"मुझे नहीं चाहिए यह बॉक्स। मुझे उस औरत का कुछ भी नहीं चाहिए।"

"ऐसा नहीं कहते बेटी।" मामचंद ने समझाने वाले लहजे में कहा– "अगर अट्ठारह साल पहले इसे कंचन भाभी ने इन लोगों को इस मौके पर सौंपने के लिए कहा था तो निश्चित रूप से इसमें तुम्हारे लिए कोई नायाब तोहफा होगा।"

"उसे मेरी मां कहकर मुझे गाली मत दीजिए अंकल।" चांदनी के चेहरे पर घृणा फैली हुई थी।

"मानती हूं बेटी।" मंशादेवी ने कहा–"रघुनाथ से संबंध रखकर ठीक तो नहीं किया था उसने। बड़ी बेइज्जत हुई थी हम लोगों की, मगर एक औरत के रूप में नारी भले ही चाहे जैसी हो परंतु मां के रूप में हमेशा ममत्व से भरी होती है। जो कुछ अपलम-चपलम ने बताया उससे साफ जाहिर है–रघुनाथ से अपने संबंधों का भांडा फूटने के बाद उसने सुसाईड का मन बना लिया था परंतु उस वक्त भी उसे अपनी बेटी की शादी की 'हॉप' थी तभी तो इस मौके के लिए इन लोगों के पास गिफ्ट छोड़कर गई। कम से कम मरे हुए व्यक्ति की आत्मा को ठेस नहीं पहुंचाते। बॉक्स ले लो।"

"और फिर।" शीतल ने कहा–"कौन जानता है उन बातों में कितनी

सच्चाई है। हम नई पीढ़ी के लोगों ने केवल सुनी हैं। मेरे ख्याल से तो मामी अगर उतनी ही करेक्टर लैस होती जितनी सुनी गई है तो सुसाईड कभी न करती। उन्होंने सुसाईड की। इसी से जाहिर है–शर्मो हया से उनका उस वक्त भी कोई वास्ता था।"

चांदनी ने चक्रेश की तरफ यूं देखा जैसे पूछ रही हो–बॉक्स लेना चाहिए या नहीं?

चक्रेश ने एक नजर उसे देखा। फिर आगे बढ़ा। बॉक्स लिया और उसे उलट-पुलटकर देखता बोला–"मैं देख रहा हूं कि इस पर किसी किसी किस्म की सील नहीं है, क्या इसे आप लोगों ने तोड़ा है?"

"नहीं।" अपलम बोला–"कंचन देवी ने इस पर कोई सील नहीं लगाई थी। इसमें केवल एक लेटर है। लेटर उन्होंने हमें खुद पढ़ कर सुनाया था। कहा था–'इस लेटर को कोई भी पढ़ सकता है।'"

"आमतौर पर ऐसा नहीं होता। होता तो ये है–ऐसे गिफ्ट देने वाला उसे सील कर देता है ताकि गिफ्ट उसी को मिले जिसके लिए है। अगर कोई भी देख सकता है तो . . ."

चपलम ने कहा–"हमने कहा न, बॉक्स में गिफ्ट नहीं है। कंचन देवी का केवल एक लेटर है। वह लेटर जिसमें बताया गया है कि गिफ्ट कहां है। इस बॉक्स को कंचन देवी ने शायद इसलिए सील नहीं किया क्योंकि लेटर के पढ़ने के बावजूद उस गिफ्ट तक चांदनी के अलावा कोई नहीं पहुंच सकता जो कंचन देवी चांदनी के लिए छोड़ गई है।"

"भला ऐसा कैसे हो सकता है?" चक्रेश ने पूछा।

"तुम्हें लेटर पढ़कर पता लग जाएगा।"

बात जैसे पूरी हो चुकी थी। कोई कुछ नहीं बोला। थोड़ी देर की खामोशी के बाद चांदनी के कंधे पर हाथ रखते चक्रेश ने कहा–"आओ चांदनी। चलते हैं।"

बॉक्स उसके दूसरे हाथ में था।

चांदनी अब भी दुविधा में थी कि बॉक्स लेना चाहिए या नहीं। अपनी मां का वह कोई गिफ्ट नहीं लेना चाहती थी परंतु यह सवाल जिज्ञासा बनकर उसके जहन में घुस चुका था कि–वह बेगैरत औरत आखिर उसके लिए छोड़कर क्या गई है।

चांदनी।

मेरी बेटी, यह लेटर तुम्हें तब मिलेगा। जब तुम शादी के बाद विदा हो रही होगी। यह बॉक्स ठीक तुम्हारी बिदाई के वक्त तुम्हें सौंपने के लिए मैंने अपलम-चपलम को पूरी फीस दी है। अगर तुम्हारी शादी तक किसी वजह से अपलम-चपलम जिंदा न रहे तो यह काम वे किसी और को सौपेंगे। सोचती तो यही हूं कि यह बॉक्स तुम्हें जरूर मिलेगा।

भारतीय स्टेट बैंक की मेन ब्रांच लॉकर नंबर तेरह तेरे नाम है। उस लॉकर की चॉबी सुप्रीम कोर्ट के पांच जजों के एक पैनल के पास सुरक्षित है। वे लॉकर की चाबी तुझे और केवल तुझी को सौंपेंगे। उनके नाम गिरधारी लाल, मंगलसेन, आदित्य प्रकाश, विशम्बर सहाय और शोभा देवी हैं। तुम इनसे संपर्क स्थापित करके चाबी ले सकती हो।

लॉकर में मैंने तुम्हारे लिए एक तोहफा रखा है। ऐसा तोहफा जो न केवल तुम्हारी जिंदगी में एक तूफान ले आएगा बल्कि तुम्हारी पहचान तक बदल डालेगा। आज . . . मैं नहीं कह सकती कि उस वक्त जो भी तुम्हारा पति होगा उस पर तुम यकीनन विश्वास कर सकती हो। यह सब तुम्हारे विवेक पर छोड़ देने के अलावा मुझ पर कोई चारा नहीं है। अगर तुम्हें लगता है–'तुम्हारा पति तुम्हारी रक्षा नहीं कर पाएगा तो अकेली ही जाकर लॉकर खोलना और लॉकर रूम में ही उसमें से निकलने वाले सामान को ध्यान से देखना और यदि तुम्हें अपने पति का पूरा विश्वास हो तो यह लेटर उसे पढ़ाना।'

पढ़ते-पढ़ते चांदनी की पेशानी पर पसीने की बूंदें झिलमिलाने लगी थीं।

उत्सुकता की ज्यादती के कारण दिल धक्क-धक्क कर रहा था।

इस वक्त वह सुहाग सेज पर बैठी थी।

चक्रेश टॉयलेट के अंदर था। पत्र को आगे पढ़ने के लिए उसने निगाहें वापस उस पर जमाई ही थीं कि एक झटके से टॉयलेट का दरवाज़ा खुला। चक्रेश नजर आया। उस वक्त उसके जिस्म पर नाईट गाऊन था। वह चांदनी के चेहरे पर उड़ती हवाईयों को देखकर चौंका।

"अरे!" बैड की तरफ लपकता-सा बोला–"क्या हुआ तुम्हें?"

चांदनी ने सूनी-सूनी आंखों से चक्रेश को देखा।

उसके जेहन ने खुद उसी से सवाल किया–"क्या तू चक्रेश पर विश्वास करती है? उतना विश्वास जितने की दरकार इस लेटर को लिखने वाली ने की है?"

"क्या बात है चांदनी, क्या तुम्हारी यह हालत इस लेटर को पढ़कर हुई है?" चक्रेश फिक्रमंद नजर आया।

चांदनी ने मुंह से जवाब देने की पूरी कोशिश की थी परंतु मुंह से आवाज न निकल सकी।

"हां" में केवल गर्दन हिला सकी वह।

"ऐसा क्या लिखा है इसमें? क्या मैं पढ़ सकता हूं।"

एक बार फिर चांदनी के दिमाग में वही सवाल कौंधा–"क्या तू चक्रेश पर पूरा विश्वास करती है?"

इस बार जवाब भी उभरा–"विश्वास न करती होती तो पापा के इतने विरोध के बावजूद शादी क्यों करती उससे और फिर, अब तो वह उसका पति है। उसी पर विश्वास नहीं करेगी तो किस पर करेगी।"

बगैर कुछ कहे उसने लेटर चक्रेश की तरफ बढ़ा दिया।

चक्रेश ने उसे पढ़ना शुरू किया। जितना चांदनी पढ़ चुकी थी। उसके बाद लिखा था–मेरे अंजान मगर एक मात्र प्यारे बेटे, अगर यह पत्र तुम्हारे हाथ में है तो जाहिर है–मेरी बेटी ने तुम पर पूरा भरोसा किया है। तुम्हें अपनी इस अंजान मां की कसम बेटे, चांदनी के विश्वास को कभी तोड़ना मत। बस। यही एक वचन मांग रही है तुम्हारी सास तुमसे।

तुम्हारी पत्नी एक जबरदस्त मानसिक तनाव से गुजरने वाली है। इसे संभालना। इसकी रक्षा करना और वे सारे धर्म निभाना जो एक पति के होते हैं। मेरा आशीर्वाद तुम्हारे साथ है। जजों के पैनल से चाबी लेकर चांदनी जब बैंक पहुंचेगी तो बैंक मैनेजर उससे पूछेगा–क्या आप अपने पति को भी लॉकर रूप में अपने साथ ले जाना चाहती हैं? अगर चांदनी ने तुम्हें यह पत्र दिखाया है तो जाहिर है वह 'हां' कहेगी। उस वक्त तुम्हारी जिम्मेदारियां बहुत ज्यादा बढ़ जाएगी। एक तरफ तुम्हें अपनी पत्नी को संभालना होगा दूसरी तरफ उस मिशन को अंजाम देना होगा जो लॉकर खुलते ही तुम्हारे सामने होगा। याद रखना–बहुत जल्द मर जाने वाली तुम्हारी इस मां को तुमसे बहुत सारी उम्मीदें

हैं–तुम्हारी अंजान मां!

–कंचन।

पत्र पूरा होते ही चक्रेश के होंठों पर एक मुस्कान ने उभरना चाहा था।

मगर, यह महसूस करते ही उसने उस मुस्कान को बड़ी तेजी से कुचला कि चांदनी की आंखें उसी के फेस पर स्थिर हैं। उसके चेहरे पर अभी तक हवाईयां उड़ रही थीं। खुद को सामान्य दिखाते हुए चक्रेश ने कहा–"ऐसा तो इसमें कुछ भी नहीं है जिसने तुम्हारी यह हालत कर दी है। क्यों परेशान हो इतनी?"

"मेरा दिल बहुत घबरा रहा है चक्रेश।" चांदनी मुश्किल से कह पाई–"पता नहीं उस चुड़ैल ने लॉकर में क्या रख दिया है।"

"नहीं चांदनी। ऐसा नहीं कहते। वे जैसी भी थीं तुम्हारी मां थी। और . . . ठीक ही तो कहा था शीतल ने। कौन जानता है आज से अट्ठाईस साल पहले घटी घटना की सच्चाई क्या है। मुमकिन है . . ." चक्रेश इतना ही कह पाया था बैड के ठीक पीछे मौजूद कांच की खिड़की के पार उसे एक परछाई नजर आई। वह परछाई खिड़की के दाहिनी तरफ से प्रकट होकर बाईं तरफ गायब हो गई थी। चांदनी अपनी पीठ उस तरफ होने के कारण उसे नहीं देख सकी थी। जबकि चक्रेश के जबड़े थोड़े कस गए थे। उसे अचानक बोलते-बोलते रुक गया देखकर चांदनी थोड़ी चौंकी। पूछा–"क्या हुआ?"

"कुछ नहीं। और हां।" चक्रेश ने बहुत तेजी से खुद को सामान्य किया–"जब मैं साथ हूं तो भला तुम्हें घबराने की क्या जरूरत है। लॉकर में तुम्हारी मां ने तुम्हारे लिए तोहफा ही रखा होगा। बम तो रख नहीं दिया होगा।"

"मुझे तो बम ही लगता है।"

"क्या बात कर रही हो?" चक्रेश हंस पड़ा।

"तुम्हें वह तोहफा लगता है जिसे देखकर मेरी जिंदगी में तूफान आ जाएगा। पहचान तक बदल जाएगी मेरी। उफ्फ। समझ में नहीं आ रहा यह सब क्या लिखा है? क्या तुम इन शब्दों का अर्थ समझ सकते हो चक्रेश?"

"मेरे ख्याल से तो हमें इस सबके बारे में इतना ज्यादा सोचकर सिरदर्द करने की जरूरत ही नहीं है।" चक्रेश ने कहा–"दिन निकलते ही जजों के पैनल के पास चलेंगे। उनसे चाबी लेंगे। बैंक पहुंचेंगे। लॉकर

खोल लेंगे और देखेंगे–उसमें कैसा बम है।"

चक्रेश के लफ्ज सस्पैंस के चक्रव्यूह में फंसी चांदनी को बाहर नहीं निकाल सके।

⅄

पांच साल पहले एक दुर्घटना में मंगलसेन की मृत्यु हो चुकी थी।

बाकी चार जजों ने उसी सुप्रीम कोर्ट के एक अन्य जज मुश्ताक सिद्दीकी को पैनल में शामिल करके 'कोरम' पूरा किया।

डायस के ऊपर पांचों जज पांच पंक्तिबद्ध कुर्सियों पर बैठे थे।

चांदनी और चक्रेश उनके सामने थोड़ी निचाई पर पड़ी अनेक कुर्सियों में से अगल-बगल पड़ी दो कुर्सियों पर थे। उनसे पहला सवाल आदित्य प्रकाश ने पूछा–"तुम्हारे पास क्या सुबूत है कि तुम वही चांदनी हो जिसे हमें लॉकर की चाबी सौंपनी है?"

"अन्य किसी सुबूत की जरूरत ही कहां रह गई योर ऑनर।" चक्रेश ने कहा–"पूरे मीडिया ने हमारी शादी की खबरें छापी हैं। सर्वविदित है कि प्रसिद्ध डायरेक्टर प्रोड्यूसर महेश घोष की बेटी चांदनी यही है।"

"सवाल चांदनी से किया गया है मिस्टर चक्रेश।" गिरधारी लाल ने कहा–"जवाब उसी को देना है। आप तब तक बीच में नहीं बोलेंगे जब तक बोलने के लिए न कहा जाए। और . . . यह कोर्ट है। इस बात पर यहां कोई ध्यान नहीं दिया जाता कि मीडिया में कहां क्या छपा है। हमें इस बात पर पुख्ता सुबूत चाहिए कि हमारे सामने बैठी चांदनी नामक लड़की वही चांदनी है जिसे कंचन देवी की इच्छा के मुताबिक हमें लॉकर की चाबी सौंपनी है।"

"आपकी संतुष्टि किस किस्म के सुबूत से होगी?" चांदनी ने पूछा।

"अपना पासपोर्ट है तुम्हारे पास?" विशम्बर सहाय ने पूछा।

"जी हां।" कहने के साथ चांदनी ने पर्स से पासपोर्ट निकाला।

कोर्ट के एक कर्मचारी ने पासपोर्ट जजों के पैनल तक पहुंचाया। एक ने नहीं, बल्कि पांचों ने पासपोर्ट को बहुत ध्यान से देखा। अंततः शोभा देवी ने कहा–"ठीक है।"

"अब तुम बोलो।" मुश्ताक सिद्दीकी ने चक्रेश से कहा–"तुम्हारे

पास चांदनी का पति होने का क्या सुबूत है?"

चक्रेश ने 'मेरिज सर्टिफिकेट' निकालकर उन तक पहुंचा दिया।

विशम्बर सहाय ने कहा–"अब एक खाली पेपर पर तुम दोनों को साईन करने होंगे।"

चांदनी और चक्रेश ने वैसा भी कर दिया।

पांचों जजों ने वे साईन मैरिज सर्टिफिकेट पर मौजूद हस्ताक्षरों से मिलाए।

पांचों की नजरें मिलीं। फिर, शोभा देवी ने चांदनी से पूछा–"क्या आपको आपके पति के सामने लॉकर की चाबी सौंप दी जाए?"

"जी।"

"आप किसी दबाव में तो नहीं हैं?" आदित्य प्रकाश का सवाल।

"जी नहीं।" चांदनी ने कहा।

कुछ और औपचारिकताओं के बाद लॉकर की चाबी चांदनी को सौंप दी गई। चाबी को लेते वक्त सस्पैंस की ज्यादती के कारण चांदनी का हाथ कांप रहा था।

उसे मुट्ठी में भींचे वह कोर्ट से बाहर निकली।

"लाओ! चाबी मुझे दो।" कहने के साथ चक्रेश ने चाबी चांदनी से ले ली। अपनी मुट्ठी में उसने उसे कसकर भींच लिया। चेहरे पर ऐसे भाव थे जैसे विश्व कप जीतते वक्त कपिल देव के चेहरे पर देखे गए थे।

⁂

बैंक मैनेजर ने अपने सामने एक रजिस्टर पर दोनों के साईन कराए। फिर उन साईनों का मिलान उन साईनों से किया जो उन्होंने एक कोरे काग़ज़ पर जजों के सामने किए थे। हालांकि वे भी कोर्ट से सीधे बैंक ही पहुंचे थे। मगर जाने कैसे वह काग़ज़ उनसे पहले बैंक मैनेजर तक पहुंच चुका था। संतुष्ट होने के बाद मैनेजर ने पूछा–"क्या आप अपने पति को भी लॉकर रूम में ले जाना चाहेंगी?"

"हां।" चांदनी के सूखे हलक से संक्षिप्त-सा जवाब निकल सका।

मैनेजर ने 'बैल' बजाई। एक चपरासी आया। मैनेजर ने उससे कहा–"लॉकर इंचार्ज को भेजो।"

चपरासी उल्टे पैर वापस चला गया।

कुछ देर बाद लॉकर इंचार्ज ने मैनेजर के कमरे में कदम रखा। वह बड़ी-बड़ी लाल आंखों और गोल चेहरे वाला शख्स था। जाने क्यों, उसे देखकर चांदनी को अपने जिस्म में झुरझुरी-सी दौड़ती महसूस हुई।

"ये हमारे लॉकर इंचार्ज हैं मिसेज चक्रेश। मिस्टर मनोहर शुक्ला। और मनोहर, ये चांदनी घोष हैं लॉकर नंबर तेरह की मालकिन। उसी लॉकर नंबर तेरह की जिसे बैंक के रिकॉर्ड के मुताबिक करीब अट्ठारह साल पहले कंचन देवी नाम की महिला ने चांदनी के नाम से लिया था और बैंक को हिदायत दी थी इस लॉकर को चांदनी के अलावा कोई आपरेट नहीं कर सकेगा और चांदनी भी इसे केवल तब खोल सकेगी जब उसकी शादी हो चुकी हो।"

"ओह!" मनोहर बोला–"तो यह दिन आ ही गया।"

"लॉकर की यह चाबी पांच जजों के पैनल के पास थी।" मैनेजर ने मेज पर रखी चाबी उठाकर उसे दिखाते हुए कहा–"इसे ये लोग वहीं से लाए हैं। पैनल की रिपोर्ट बैंक को मिल चुकी है। उसके मुताबिक वे पुष्टि कर चुके हैं, लॉकर की मालिक यही है।"

"और ये?" उसने सुर्ख आंखों से चक्रेश को घूरा।

"चांदनी के पति। मिस्टर चक्रेश।" मैनेजर ने कहा–"कंचन देवी द्वारा बैंक को दी गई हिदायतों में से एक यह भी थी कि चांदनी लॉकर रूम में केवल अपने पति को लेकर जा सकती है वह भी तब जब वह खुद ऐसा करने को है। हम चांदनी से पूछ चुके हैं। ये मिस्टर चक्रेश के साथ लॉकर आपरेट करना चाहती हैं।"

"तो हम लोगों को क्या दिक्कत हो सकती है।" मनोहर ने कंधे उचका दिए।

मैनेजर ने अपनी दराज खोली। मास्टर की का गुच्छा निकालकर मनोहर को देता बोला–"लॉकर ऑपरेट करा दो।"

"कम विद मी।" ये साधारण से शब्द मनोहर ने चांदनी की आंखों में आंखें डालकर कुछ ऐसे अंदाज में कहे थे कि अपनी रीढ़ की हड्डी में उसने सर्द लहर दौड़ती महसूस की। अगर चक्रेश उसकी बांह पकड़कर कुर्सी से न उठा देता तो उसे मनोहर के शब्दों पर अमल करने तक का होश नहीं था। अपने शब्द कहने के बाद मनोहर कक्ष से बाहर जा चुका था।

चक्रेश चांदनी की बांह पकड़े उसके पीछे लपका।

लॉकर रूम बेसमेंट में था।

मनोहर का पीछा करते जब वे बैंक का कारीडोर पार करके सीढ़ियों पर पहुंचे तब चांदनी की टांगें बुरी तरह कांप रही थीं।

एक ही सवाल था उसके दिमाग में–लॉकर में क्या है?

ऐसा क्या हो सकता है जो उसकी जिंदगी में तूफान ला देगा? उसकी पहचान बदल देगा?

सस्पैंस की ज्यादती के कारण चांदनी का बुरा हाल था। उसे पूरा यकीन था–यदि चक्रेश ने संभाल न रखा होता तो वह सीढ़ियों पर लुढ़क जाती। अगर यह कहा जाए तो अतिश्योक्ति नहीं होगी कि अपने जिस्म पर सारा भार उसने चक्रेश पर डाल रखा था। उस चक्रेश पर जिसने बहुत आहिस्ता से कहा था–"खुद को संभालो चांदनी। मेरी समझ में नहीं आ रहा। जब से लॉकर का चक्कर चला है तब से तुम इतनी घबराई हुई क्यों हो?"

चांदनी कोशिश के बावजूद मुंह से आवाज न निकाल सकी। हां, चक्रेश पर से उसने अपना भार थोड़ा कम जरूर कर लिया था।

सीढ़ियां तय करके वे लॉकर रूम में पहुंचे।

यह बीस बाई बीस का एक हॉल था।

दीवारों के सहारे अनेक बड़ी-बड़ी मजबूत अल्मारियां खड़ी थीं।

उन अल्मारियों में थे अनेक लॉकर।

उस वक्त वहां उन दोनों के अलावा केवल मनोहर था।

वह, जो मास्टर की लॉकर नंबर तेरह के दो की हॉल्स में से एक में फंसाकर आधी घुमा चुका था। पूरी वह तब तक धूम भी नहीं सकती थी जब तक दूसरे होल में कस्टूमर की डालकर न घुमाई जाए।

"प्लीज।" कहते हुए उसने चांदनी को अपनी चाबी इस्तेमाल करने का इशारा किया।

चांदनी का हाल ऐसा था जैसे उसे पूरा यकीन हो कि लॉकर खुलते ही एक विस्फोट होगा और धमाके के साथ लॉकर रूम सहित उन सबके परखच्चे उड़ जाएंगे। उसे अपना चेहरा ही नहीं, सारा जिस्म पसीने के कारण चिपचिपा महसूस हुआ।

बेहद नर्वस थी वह।

की हॉल की तरफ बढ़ता चाबी वाला हाथ बुरी तरह कांप रहा था।

मनोहर कह ही उठा–"मैडम कुछ ज्यादा ही एक्साईड हो रही हैं।

मिस्टर चक्रेश।"

चक्रेश ने सांत्वना देने वाले अंदाज में चांदनी का कंधा थपथपाया।

"तुम खोल लो।" चांदनी ने अपना चाबी वाला कांपता हाथ चक्रेश की तरफ बढ़ा दिया।

चक्रेश ने चाबी ली और झट से की हॉल में डालकर घुमाने की कोशिश की मगर वह भी केवल आधी ही घूम सकी।

फिर मनोहर ने अपने दो हाथों से दोनों चाबियां पकड़ीं और विपरित दिशाओं में घुमा दीं। दोनों चाबियां साथ घुमाए जाने पर पूरी घूम गई। लॉक खुल चुका था मगर लॉकर नहीं, उसका छोटा-सा गेट अभी बंद था।

मनोहर ने लॉकर का पल्ला खोले बगैर अपनी चाबी निकाली।

पहली बार वह चक्रेश की तरफ देखकर मुस्कुराया। बड़ी अजीब मुस्कान थी वह। ऐसी, जैसे चक्रेश को किसी किस्म को चेतावनी दे रहा हो।

जवाब में चक्रेश भी केवल मुस्कुराकर रह गया था।

अपनी चाबी संभाले मनोहर लॉकर रूम से बाहर चला गया मगर सीढ़ियां तय नहीं की उसने। वह लॉकर रूम के भारी-भरकम दरवाज़े के पीछे छुपकर खड़ा हो गया था। चक्रेश ने साफ महसूस किया–मनोहर वहीं है मगर उसकी वहां मौजूदगी की जरा भी तो परवाह नहीं की पट्ठे ने। हां, चांदनी को बिल्कुल मालूम नहीं था वहां क्या खेल चल रहा है।

होता भी कैसे?

किसी और पर भला वह क्या ध्यान देती? उसे तो अपना ही होश नहीं था।

चक्रेश ने लॉकर का पल्ला खोला।

उसमें काले रंग के चमड़े का एक छोटा-सा हैंडबैग था।

इधर चांदनी का दिल धड़-धड़ की आवाज पैदा करता हुआ उसकी पसलियों पर सिर टकरा रहा था उधर, चक्रेश ने लॉकर के अंदर हाथ डालकर हैंड बैग निकाल लिया था। दरवाज़े के उस तरफ खड़ा मनोहर सुर्ख आंखों से सब कुछ देख रहा था।

चांदनी चक्रेश से लिपट गई थी।

चक्रेश ने महसूस किया–चांदनी का सम्पूर्ण जिस्म जुड़ी के मरीज की मानिंद कांप रहा था।

नजर चांदनी की भी हैंड बैग ही पर स्थिर थी। चेहरे पर भाव ऐसे

जैसे बैग को नहीं, काले नाग को देख रही हो।

फिर, उसने एक झटके से बैग की चेन खोल दी।

चेन का खुलना था कि चांदनी के हलक से चीख निकल पड़ी। चक्रेश ने बहुत फुर्ती के साथ झपटकर एक हाथ से उसका मुंह भींच लिया था। खुला हुआ बैग अभी-भी उसके दूसरे हाथ में था। चांदनी के मुंह से "गूं-गूं" की आवाज निकल रही थी।

चेहरे पर खौफ ही खौफ।

आंखें विस्फारित अंदाज में फैली हुई।

चक्रेश के चंगुल से निकलने के लिए वह यूं फड़फड़ा रही थी जैसे गर्म रेत पर पड़ी मछली।

चेन खुल जाने के कारण बैग ने मुंह फाड़ दिया था। उसमें रखी एक छोटी-सी डायरी और रिवॉल्वर साफ नजर आ रहे थे।

उन दोनों के ऊपर रखे एक काग़ज़ पर मोटे-मोटे हर्फों में लिखा था खबरदार! रिवॉल्वर को हाथ मत लगाना। इस पर किसी की अंगुलियों के निशान हैं।

चक्रेश ने अपने बंधन में मचल रही चांदनी से कहा–"चांदनी प्लीज! संभालो खुद को। क्यों डर रही हो इतना? मैं तुम्हारे साथ हूं, चीखो मत। बैंक में किसी को पता नहीं लगना चाहिए हमें क्या मिला है।"

चांदनी की तड़पन कुछ कम हुई।

चक्रेश ने उसके मुंह से हाथ हटाया। चेन वापस बंद की।

चांदनी के चेहरे पर अभी-भी खौफ कत्थक कर रहा था। वह बड़ी मुश्किल से कह पाई–"रिवॉल्वर! शादी का तोहफा कहकर उस कमीनी औरत ने मुझे रिवॉल्वर . . ."

"प्लीज। प्लीज चांदनी। एक लफ्ज भी मुंह से मत निकालो।"

"अब उसके कुछ बोलने से कोई फर्क पड़ने वाला नहीं है।" इन शब्दों के साथ मनोहर ने लॉकर रूम में कदम रखा।

दोनों ने पलटकर एक झटके जैसी आवाज की दिशा में देखा और . . . चांदनी के हलक से एक और चीख उबल पड़ी मगर वह चीख किसी भी तरह लॉकर रूम की सीमा को नहीं लांघ सकती थी क्योंकि मनोहर उससे पहले ही लॉकर रूम का भारी-भरकम दरवाज़ा बंद कर

चुका था।

चांदनी उसके हाथ में मौजूद रिवॉल्वर को देखकर चीखी थी।

चक्रेश के पीछे जाकर छुप गई वह। उस चक्रेश, जिसका चेहरा इस वक्त किसी हिंसक भेड़िए से भी ज्यादा खतरनाक नजर आ रहा था। वह और मनोहर प्रतिद्वंद्वी की तरह एक-दूसरे की आंखों में झांक रहे थे।

मनोहर ने अपने हाथ में मौजूद रिवॉल्वर को हवा में लहराते हुए कहा–"बैग मेरे हवाले कर दो।"

"ये तय नहीं हुआ था।" रिवॉल्वर से बगैर जरा भी डरे चक्रेश गुर्राया।

"बको मत। तुम्हारा काम खत्म हो चुका है। बैग मेरे हवाले करो और फूट लो यहां से वर्ना . . ."

"वर्ना?"

"ढेर कर दूंगा तुम दोनों को।" मनोहर के दांत भिंचे हुए थे।

"ये लो।" कहने के साथ चक्रेश ने बैग मनोहर की तरफ उछाला।

मनोहर ने अपनी आंखें बैग पर जाए रखकर खाली हाथ उसे लपकने के लिए हवा में उठाया और . . . चक्रेश को तो मानो इंतजार ही इस क्षण का था। उसने तो बैग हवा में जैसे उछाला ही उस क्षण का लाभ उठाने के लिए था। उधर वह बैग लपकने की कोशिश कर रहा था इधर चक्रेश की लंबी टांग हाथी की सूंड की तरह झूमकर उसके रिवॉल्वर वाले हाथ पर पड़ी।

रिवॉल्वर हाथ से निकला। एक अल्मारी पर 'टन्न' की आवाज के साथ टकराया और फर्श पर गिर गया।

उसके बाद–मनोहर वह काम भी पूरा नहीं कर सका जिसके कारण मात खाया था। अर्थात् उसके बैग लपकने से पहले ही चक्रेश ने गोरिल्ले की तरह झपटकर एक जोरदार घूंसा उसकी नाक पर जड़ दिया था।

चीख के साथ मनोहर उछलकर एक अलमारी से जा टकराया।

चक्रेश ने झपटकर रिवॉल्वर उठाया और उसके दस्ते का वार पूरी ताकत से संभलकर उठने का प्रयास करते मनोहर की कनपटी पर किया। एक बार फिर लहराकर वह चक्रेश के कदमों में गिर पड़ा। इस बार ऐसा गिरा कि उठ ही न सका।

उसके सिर से गर्म और गाढ़ा खून तेजी से बह रहा था।

चक्रेश ने आगे बढ़कर दरवाज़े के नजदीक पड़ा बैग उठाया। पलटकर चांदनी की तरफ देखा।

चांदनी थरथर कांप रही थी।

"चक्रेश।" रोती-सी आवाज में कहती वह दौड़कर उससे जा लिपटी।

चक्रेश ने एक बार फिर सांत्वना देने वाले अंदाज में उसका कंधा थपथपाते हुए कहा–"खुद को संभालो चांदनी। और तुम्हारा यही हाल रहा तो शायद हम बैंक से सुरक्षित नहीं निकल सकेंगे।"

"मगर। ये कौन हैं? ये सब क्या हो रहा है चक्रेश?"

"मुझे लगता है–तुम्हारी मम्मी ने ठीक ही लिखा था–मुझे जान पर खेलकर अपनी पत्नी की रक्षा करनी होगी।"

चांदनी उसकी तरफ यूं देखती रह गई जैसे कोई अपने मसीहा को देखता है।

⅄

वे ऊपर पहुंचे।

अगर किसी की नजर चांदनी के चेहरे पर पड़ जाती तो यकीनन समझ जाता कोई भारी गड़बड़ है क्योंकि चक्रेश के लाख समझाए जाने के बावजूद वह अपने चेहरे के पीलेपन को नहीं पी पाई थी।

ऐसा लग रहा था वह जैसे हजार-हजार बार कोल्हू के पाटों के बीच से गुजारा गया हो।

चक्रेश के समझाने का बस इतना असर हुआ था कि वह उसके साथ सीढ़ियां चढ़ करके ऊपर पहुंच गई थी।

उसके साथ चल रही थी।

चल क्या रही थी–यह कहा जाए तो ज्यादा मुनासिब होगा–चक्रेश के साथ घिसट रही थी वह।

दिल इस कदर उछल रहा था जैसे किसी भी क्षण गले में आ अटकेगा। दिमाग में 'सांय-सांय' का शोर गूंज रहा था और आंखों के सामने अभी भी चकरा रहा था–उन पर रिवॉल्वर ताने मनोहर।

यह याद आते ही उसकी हालत और खराब हो गई थी मनोहर

जख्मी और बेहोश अवस्था में अब भी लॉकर रूम में फर्श पर पड़ा होगा। चांदनी को प्रत्येक पल यह डर सता रहा था कि वे अब फंसे . . . कि अब फंसे।

मगर किसी का ध्यान उनकी तरफ नहीं था।

सारा स्टाफ अपने काम में मशगूल था। ग्राहक अपना नंबर आने की धुन में मग्न।

किसी ने इस बात का ध्यान नहीं दिया कि लॉकर आपरेट करके कस्टमर ऊपर आ चुके हैं तो मनोहर क्यों नहीं आया?

उसे तो उनसे पहले ऊपर पहुंच जाना चाहिए था।

मैनेजर के कक्ष का गेट कांच का था। मुख्य द्वारा तक पहुंचने के लिए उसके सामने से गुजरना जरूरी था। चक्रेश की कोशिश चांदनी सहित उस गेट के सामने से इतनी तेजी से गुजर जाने की थी कि मैनेजर उन्हें देख ही न सके परंतु इंसान के साथ वह जरूर होता है जिससे उसने बचने की कोशिश की होती है।

गेट के नजदीक पहुंचे ही थे कि एक झटके से गेट खुला।

चांदनी बेचारी के तो पहले ही छक्के छूटे हुए थे। चक्रेश भी हड़बड़ा गया। पलक झपकते ही मैनेजर उनके सामने था। उन्हें देखते ही बोला–"ओह! आप लोग। कर आए लॉकर ऑपरेट?"

"जी" चक्रेश ने खुद को नियंत्रित करने की भरसक चेष्टा की थी।

"अरे।" मैनेजर चांदनी की हालत देखकर चौंका–"मैडम को क्या हुआ?"

"कुछ नहीं।" चक्रेश ने चांदनी को गिरने से बचाए रखकर कहा–"बस थोड़ी तबियत खराब है।"

"हां। गर्मी थी कुछ ज्यादा ही पड़ रही है।" मैनेजर ने कहा–"लॉकर रूम तो और ज्यादा गर्म होगा।"

"हां। कुछ ऐसा ही है।"

"मनोहर कहां है?" एकाएक उसने वह सवाल पूछ लिया जिसका डर था।

चक्रेश जैसे शख्स के भी छक्के छूट गए। मुंह से निकला।

"व-वह-वह उन्हें मैंने टॉयलेट की तरफ जाते देखा था।"

"ओह!" कहने के बाद मैनेजर भी टॉयलेट की तरफ बढ़ गया।

शायद वह इसलिए कक्ष से बाहर निकला था।

इस वक्त चक्रेश जैसे शख्स के चेहरे पर भी पसीना झिलमिला रहा था। वह चांदनी को अपने साथ घसीटता-सा तेजी से मेन गेट की तरफ बढ़ता बड़बड़ाया–"खुद को संभालो चांदनी और जल्दी चलो। भेद खुलने वाला है। मुमकिन है टॉयलट में मनोहर को न पाकर उसका माथा ठनक जाए।"

क्या करती चांदनी?

क्या कहती?

टांगें कांप ही इस कदर रही थी कि जैसे उनमें जान ही न हो।

फिर भी, चक्रेश उसे घसीटता-सा किसी तरह मेन गेट से बाहर निकल ही गया।

जहां एक टाटा सफारी खड़ी थी।

पिछला गेट खोलकर पहले उसमें चांदनी को धकेला। फिर खुद फुर्ती के साथ घुसकर दरवाज़ा बंद करता थोड़ी उत्तेजित अवस्था में बोला–"थोड़ी गड़बड़ हो गई है। जितनी जल्दी हो सके यहां से दूर निकल जाओ।"

"क्या गड़बड़ हो गई है?" खुरदुरी-सी आवाज में इस सवाल के साथ ड्राईविंग सीट पर बैठे शख्स ने जो पलटकर पीछे देखा तो चांदनी के रहे-सहे हौंसले भी पस्त हो गए। मौत की सिहरन आकाशीय बिजली की मानिंद सारे जिस्म में गड़बड़ाती चली गई थी। कारण था–ड्राईवर का चेहरा। बहुत खूंखार और चोड़े चेहरे वाला शख्स था वह।

बड़ी-बड़ी मूछों और उबली-उबली-सी आंखों वाला।

उसके बाएं गाल पर किसी चाकू से बने जख्म का पुराना निशान था।

चांदनी की स्थिति अभी शेम ही थी कि चक्रेश ने हुक्म देने के से अंदाज में कहा–"जल्दी से गाड़ी स्टार्ट करके आगे बढ़ो। अगर तुम यहां गड़बड़ जानने के फेर में पड़े और हम यहां से निकल नहीं पाए तो सारी जिम्मेदारी तुम्हारी होगी।"

ड्राईवर ने गाड़ी स्टार्ट करके एक झटके से आगे बढ़ा दी।

फिर, वह ट्रैफिक को चीरता चला गया।

चक्रेश राहत की सांस दस मिनट बाद ले सका। तब जब उसे यकीन

हो गया–मनोहर का भेद अगर खुल भी गया होगा तो अब वह किसी के हाथ आने वाला नहीं है। मगर, चांदनी हजार कोशिशों के बावजूद खुद को नॉर्मल नहीं कर पा रही थी। उसने कहा–"चक्रेश मेरे हाथ-पैर ठंडे पड़ते जा रहे हैं। किसी डॉक्टर के पास ले चलो।"

"चांदनी प्लीज। संभालो खुद को। यह केवल नर्वसनैस है।" चक्रेश ने कहा–"और फिर, अब क्यों डर रही हो? हम सारे खतरे पार कर आए हैं।"

एकाएक ड्राईवर ने पूछा–"क्या लॉकर से वह सामान मिल गया जो मिलना था?"

"शटअप!" चक्रेश ने बहुत ही खतरनाक अंदाज में डांटा उसे था, होश फाख्ता चांदनी के हो गए।

उधर ड्राईवर भी सटपटा गया था।

"ज्यादा चू-चपड़ की तो ज़ुबान काट कर गाड़ी से बाहर फैंक दूंगा।" चक्रेश की आवाज अभी-भी चांदनी के कानों में गूंज रही थी–"तुम्हारा काम है गाड़ी चलाना। मुंह पर ताला लटकाकर गाड़ी चलाते रहो।"

सचमुच ड्राईवर ने उसके बाद एक लफ्ज मुंह से नहीं निकाला था।

चांदनी समझ नहीं पाई ये सब क्या हो रहा है? मनोहर कौन था? उसने बैग छीनने की कोशिश क्यों की थी? ड्राईवर जैसे खतरनाक नजर आने वाले शख्स को उसका चक्रेश इतनी बुरी तरह कैसे डांट सकता है और वह, जो ड्राईवर कम, पेशेवर गुंडा ज्यादा नजर आ रहा था, चक्रेश के डांटने पर क्यों और कैसे भीगी बिल्ली बन गया?

यह सारे सवाल चांदनी के जहन में कौंधे जरूर मगर जवाब किसी का नहीं था। जवाब तलाशने की कोशिश में दिमाग पर ज्यादा जोर डालने की ताकत भी नहीं थी उसमें। चक्रेश के जिस्म पर गिरती-सी चांदनी ने एक बार फिर अपनी बात दोहराई–"प्लीज चक्रेश, मुझे किसी डॉक्टर के पास ले चलो।"

"ड्राईवर।" चक्रेश ने कहा–"वह देखो। सामने नारियल पानी वाला है। वहां गाड़ी रोक देना।"

ड्राईवर ने सचमुच मुंह पर ताला लटकाए अपना काम किया।

गाड़ी रुकी। चक्रेश ने चांदनी को सीट की पुश्त पर टिकाया। दरवाज़ा खोलकर बाहर निकला। नारियल पानी वाले के पास दो-तीन

ग्राहक मौजूद थे। उसे देखते ही बोला–"आईए साहब। आइए।"

"दो नारियल देना।" चक्रेश ने कहा।

उसने बाकी ग्राहकों को छोड़कर पहले चक्रेश को अटैंड किया।

चक्रेश ने अपनी पीठ सफारी की तरफ की। जेब से एक टेबलेट निकाली और वहां मौजूद ग्राहकों या नारियल पानी वाले की जरा भी परवाह किए बगैर एक नारियल में डाल दी। उसकी यह हरकत ग्राहकों ने भी देखी थी, नारियल पानी बेचने वाले ने भी। चक्रेश की इस हरकत को न केवल उसने खुद अनदेखा कर दिया बल्कि ग्राहकों से भी बोला–"मुंबई शहर है ये। हर जगह कुछ न कुछ होता रहता है। सबको अपने काम से काम रखना चाहिए।"

चक्रेश ने उसकी बात पर ध्यान दिया, न ही किसी और को कुछ कहने का मौका दिया। जिस तेजी के साथ आया था उसी तेजी के साथ गाड़ी की तरफ वापस चला गया।

गाड़ी के अंदर पहुंचकर उसने टेबलेट वाला नारियल चांदनी को देते हुए कहा–"इसे पियो चांदनी, तुम्हारी तबियत में सुधार होगा।"

चांदनी पाईप से नारियल पानी पीने लगी।

बड़ी ही कुटिल मुस्कान के साथ चक्रेश ने ड्राईवर की तरफ देखा। कहा–"तुम भी पीना चाहो तो पी लो।"

"नहीं . . ." ड्राईवर ने कहना चाहा परंतु।

चक्रेश ने गुर्राकर हुक्म-सा दिया–"जो कह रहा हूं वह करो।"

ड्राईवर ने खा जाने वाली नजरों से उसे घूरा मगर बोला कुछ नहीं। दरवाज़ा खोलकर बंद करता हुआ नारियल पानी वाले की तरफ बढ़ गया। वह अपने नारियल का पानी वहीं पीकर जब पांच मिनट बाद गाड़ी में लौटा तब नशे में झूमती चांदनी कह रही थी–"मेरा सिर तो और ज्यादा चकराने लगा चक्रेश। यह क्या पिला दिया तुमने?"

"घबराओ मत।" चक्रेश के लहजे में सारे जमाने की धूर्तता सिमट आई थी–"सब ठीक हो जाएगा।"

मगर।

कुछ भी तो ठीक नहीं हुआ।

वह बेहोश होकर चक्रेश की गोद में लुढ़क गई थी। गुलाबी होंठों पर एक बार फिर वर्ल्ड कप जीतने वाले कपिल देव जैसी मुस्कान

उभरी। उसने अपना भी और चांदनी का भी नारियल खिड़की के बाहर उछालते हुए कहा–"चलो।"

ड्राईवर ने गाड़ी आगे बढ़ा दी।

⅄

"हा . . . हा . . . हा . . . हा।"

"हा . . . हा . . . हा . . . हा।"

किसी के जोर-जोर से ठहाके लगाने की आवाज ने चांदनी की चेतना पर हमले करने शुरू कर दिए। फिर उसके कानों से ऐसी आवाज टकराई जैसे कोई शख्स बहुत ही गहरे कुएं के अंदर से बोल रहा हो–"वैलडन चक्रेश! वैलडन! तुमने साबित कर दिया कि तुम नाम के ही नहीं काम के भी चक्रेश हो। खूब चक्कर चलाया तुमने। अपने आपको दिया गया तुम्हारा नाम बिल्कुल ठीक था। चक्कर चलाने वाला ईश्वर। वाकई! तुम चक्कर चलाने वाले ईश्वर हो। तुम जैसा लड़का मैंने पहले कभी नहीं देखा।"

"और मैंने भी तुम जैसा घटिया सेठ कभी नहीं देखा सेठ।" यह आवाज चक्रेश की थी।

"ऐ!" एक तीसरी आवाज–"सेठ को ऐसा मत बोलना।"

"तुझ जैसे चमचे डरते होंगे सेठ से। अपुन न कभी किसी से डरा है। न डरेगा। ये पूछ, अपुन ने सेठ को घटिया क्यों कहा?"

"क्यों कहा?"

"तय ये हुआ था कि अपुन बैग सहित लड़की को यहां लेकर आएगा मगर इसके हुक्म पर लॉकर रूम में इसके आदमी ने अपुन से बैग छीनने की कोशिश की। शायद इसे यकीन नहीं था कि अपुन बैग और लड़की को लेकर यहीं आएगा।"

"ऐसी बात नहीं थी चक्रेश।" इस आवाज को सुनकर चांदनी को ऐसा झटका लगा कि क्या किसी को चार सौ चालीस वाट का नंगा तार जिस्म से छूने पर लगता होगा। उसे यकीन ही नहीं आया कि वह आवाज उसके पापा की थी। महेश घोष की। मगर, आवाज उसी की थी और वह कहता चला जा रहा था–"तुमसे कुछ भी नहीं छुपाया था।

मैंने साफ-साफ कह दिया था–अपलम-चपलम द्वारा तुम्हें बॉक्स सौंपने से लेकर तुम्हारे यहां आने तक मेरे आदमी बराबर तुम पर निगाह रखेंगे। होटल में तुम्हारे कमरे की खिड़की के पास भी मेरा आदमी था। मनोहर से भी केवल इतना ही कहा गया था कि तुम पर निगाह रखे। वही सामान मुझ तक पहुंचना चाहिए जो लॉकर से निकले। उसने जो रिवॉल्वर निकालकर तुमसे बैग मांगा यह उसके द्वारा अपने विवेक से अति उत्साह में की गई हरकत थी। हमने उससे केवल इतना कहा था–तेरी ड्यूटी चक्रेश को बैंक से बाहर निकालने की है। उसके बाद सफारी का ड्राईवर उसे यहां, मेरे पास ले आएगा।"

"तुमने एक से एक बेवकूफ नमूने पाल रखे हैं सेठ।" चक्रेश की आवाज–"ये साला ड्राईवर मुंह फाड़कर ऐसा कुछ कहने वाला था कि समय से पहले ही चांदनी को मुझ पर शक हो जाता। डांटकर चुप करना पड़ा इसे।"

मिचमिचाने के बाद चांदनी की आंखों ने खुलना शुरू किया।

उसने देखा–ठीक सामने एक ऊंचे सिंहासन पर उसके पापा बैठे थे।

कुछ उतने ही ऊपर जितने ऊपर अदालत में जज को बैठे देखा था। उनके अगल-बगल दो सशस्त्र कमांडो खड़े थे।

एक बहुत बड़ा गोल हॉल था वह। दीवारों के सहारे काली वर्दी वाले कमांडो खड़े थे। सभी के हाथों में गनें थीं। चक्रेश की पीठ भले ही उसकी तरफ हो मगर पहचान वह उसे खूब रही थी। उसकी बगल में ही अमरनाथ खड़ा था। अन्य अनेक लोग थे वहां। जिनमें से कुछ को वह जानती थी। ज्यादातर को नहीं जानती थी।

उसने खुद को एक कुर्सी पर पाया था।

ऐसा लग रहा था उसे जैसे स्वप्न देख रही हो क्योंकि अपने पापा को वह किसी फिल्म के विलेन की तरह कहते देख रही थी–"कुछ भी हो चक्रेश। दिल खुश कर दिया तूने। कमाल का लड़का है तू।"

"खाली-पीली तारीफ से न अपुन का पेट कभी भरा है सेठ न भरेगा।" चक्रेश कहता चला गया–"अपुन तारीफ का नहीं, नगद का तलबगार है। नगद का। आई मीन कैश। तेरा काम कंपलीट हो चुका है। अब माल झटक।"

"लॉकर से निकला माल कहां है?" महेश घोष ने पूछा।

चक्रेश ने कोट की जेब से बैग निकालकर दिखाते हुए कहा–"ये रहा।"

"गुलाम सिंह।"

"यस सर।" एक फ्रेंचकट दाढ़ी वाला शख्स आगे बढ़ा।

"कमाल के लड़के को माल दिखा।"

गुलाम सिंह आगे बढ़ा। एक मेज पर रखा सूटकेस उठाया। उसे खोला। वह हजार-हजार के नोटों की गड्डियों से ठुसा हुआ भरा था। उन्हें देखकर चक्रेश कह उठा–"वाह! कितनी चमक होती है नगदऊ में।"

"पूरे पचास हैं। पचास काम शुरू होने से पहले दिए जा चुके हैं।" महेश घोष ने कहा–"गिन सकते हो।"

"अपुन गिना नहीं करता सेठ। नजर से बता देता है नगदऊ कितना है।" कहता हुआ चक्रेश मेज के नजदीक पहुंच चुका था–"वैसे भी चक्रेश को आज तक किसी ने एक पाई कम देने की कोशिश कभी नहीं की। पहली बात–अपुन के साथ काम करने वाला जान पड़ता है अपुन को धोखा नहीं दिया जा सकता। दूसरी बात–अपुन सामने वाले को अपनी परफारमेंस से खुश कर देता है और फिर खुद भी खुश होने का हकदार बन जाता है।"

"ये बात तो तुमने सोलह आने ठीक कही चक्रेश कि तुम अपनी परफारमेंस से सामने वाले की तबियत ग्लैड कर देते हो।" महेश घोष कहता चला गया–"अपने ऑफिस में तुम्हारे द्वारा दिखाए गए टेलेंट से प्रभावित होकर यह काम हमने तुम्हें सौंपा जरूर था मगर विश्वास नहीं था कि सारे मिशन को इतनी खूबसूरती से अंजाम दे सकोगे। हमें बिल्कुल यकीन नहीं था कि चांदनी की बारात लौटा देने के बाद, उसे इतना ज्यादा चिढ़ा देने के बाद तुम उसे खुद से शादी करने तक ले आओगे। हमने तो कई बार तुम्हारे 'तरीके' का विरोध भी किया। मदद भी करनी चाही तुम्हारी मगर तुमने हर बार यही कहा–'तुमने मुझे काम सौंप दिया। बस। इससे ज्यादा तुम्हारी कोई भूमिका नहीं है सेठ। न अपुन को तुमसे किसी किस्म की मदद चाहिए और न ही अपुन अपने काम करने से स्टाईल में किसी की दखलअंदाजी पसंद करता है।' जिस वक्त तू जगवीर वाले पैंतरे पर काम कर रहा था उस वक्त

तो सांसें ही रुकी हुई थीं मेरी। सोच रहा था–मामला जरा भी इधर-उधर हो गया तो . . .”

“चक्कर चलाने वाले ईश्वर का कोई भी पैंतरा कभी पिटा नहीं करता सेठ।” महेश घोष की बात काटकर चक्रेश कहता चला गया–“चांदनी के मनोविज्ञान को पढ़ने के बाद मुझे अच्छी तरह मालूम था जब डिस्कोथ में जगवीर और मेरे बीच फाईट होगी तो यह मुझे जलाने के लिए जगवीर को अपना दोस्त बना लेगी। जगवीर को 'हायर' करके उसके नजदीक अपुन ने पहुंचाया ही इसलिए था ताकि मुझे उसके इरादों की जानकारी रहे। उसने अपुन को पहले ही बता दिया था कि चांदनी ने अपुन को काली के मंदिर में क्यों बुलाया है। अपुन ने उसी समय आगे की पूरी स्कीम बना ली थी। जगवीर को हुक्म दिया था–किसी भी हालत में तुझे ऐसे हालात क्रियेट करने हैं जिनमें फंसकर चांदनी तुझ पर चाकू का वार कर बैठे। उसके बाद यह मैं उसके दिमाग में ठूंस दूंगा कि उसने तेरी हत्या कर दी है। चांदनी बेचारी तो नादान थी। कनाडा की पुलिस और कोर्ट तक कभी यह नहीं समझ सके कि चांदनी के कपड़ों और चाकू पर लगा खून जगवीर का असली खून नहीं बल्कि उसके लिबास में छुपे रबर के ब्लॉडर में भरा उसी के ब्लड ग्रुप का खून था। वह पट्ठा तो मेरे नदी में डालते वक्त ही जीवित था। वह सारा ड्रामा पुलिस को चकमा देने के लिए किया गया था। केस खत्म करने के लिए उसका जीवित होकर कोर्ट में पहुंचकर वह बयान देना भी जरूरी था जो दिया। मैंने उसे अच्छी तरह समझा दिया था, उसे किस अवस्था में कोर्ट में पहुंचकर क्या कहना है।”

“लेकिन अगर चांदनी अपना गुनाह कुबूल करने कोर्ट में नहीं पहुंचती?”

“पहली बात–ऐसा हो नहीं सकता था सेठ। उसकी अंतरात्मा को जगाने के लिए मेरे पास शीतल थी। शीतल बेचारी, तो 'प्रेम की तरफदार' होने के नाते वह सब कर रही थी। उसे तो अगर आज भी बताया जाए कि असल में वह तेरी साजिश का शिकार थी तो उसे यकीन नहीं आएगा। दूसरी बात–उसकी कोशिश के बावजूद अगर चांदनी की अंतरात्मा नहीं जागती अर्थात् वह सच्चाई बताने के लिए कोर्ट में न पहुंचती तब भी सजा तो हो नहीं सकती थी मुझे

क्योंकि जगवीर तो कानून को जिंदा मिलना ही था। जब इस हथकंडे से भी चांदनी मेरे मोहपाश में न बंध सकी तो नौटंकी वाली औरत को अपनी मां और उसके बूढ़े बाप को अपना बाबा बताने का ड्रामा करना पड़ा। एक झूठी कहानी सुनाकर, संगतराश द्वारा बनाए गए स्टेचू दिखाकर चांदनी को प्रभावित करना पड़ा। ऐसी लड़कियों को असल में सेंटीमेंटल स्टोरियों में फंसाकर आसानी से सैट किया जा सकता है। वह सैट हुई और ऐसी सैट हुई कि तुझे झूठा और हमें सच्चा मानती रही। भला तेरे रहते 'कंचन' के पुराने फोटुओं में जोड़-तोड़ करके बचपन में हुई शादी की एलबम बनाना क्या मुश्किल था?"

"बस! बस कमीने!" चांदनी के धैर्य की सभी सीमाएं टूट गई–"और ज्यादा नहीं सुन सकती मैं। उफ्फ! मैं ये क्या सुन रही हूं। क्या देख रही हूं। सब कुछ आंखों के सामने होने के बावजूद विश्वास नहीं कर पा रही कि यह सच है। दिमाग फटा जा रहा है मेरा। एक तरफ बाप है जो मुझे सारे जीवन अपनी बांहों के झूले में झुलाने का दम भरता रहा। दूसरी तरफ वह है जिसका मंगलसूत्र आज भी मेरे गले में पड़ा है। इन दोनों ने ही ठगा मुझे। क्यों? क्यों किया ऐसा? क्यों–क्यों–क्यों?"

सबकी निगाह एक साथ चांदनी की तरफ घूम गई।

"ले सेठ।" चक्रेश ने कहा–"होश में आ गई तेरी लौंडिया।"

और . . . सबसे पहले महेश घोष ने हंसना शुरू किया। उसके बाद हॉल में मौजूद सभी लोग हंसने लगे। अंदाज ऐसा था जैसे उसकी खिल्ली उड़ा रहे हों। हंसने वालों में चक्रेश भी शामिल था। उनकी वह हंसी जहरीले तीर बनकर जब चांदनी के जहन में धंसने लगे तो वह चीख पड़ी–"स्टोपिट स्टोपिट . . . बंद करो ये वहशियाना ठहाके।"

महेश घोष खी-खी करना बंद किया तो सभी ने हंसना बंद कर दिया।

एक पल के लिए खामोशी हो गई वहां।

फिर उस खामोशी को चांदनी की आवाज 'बेंधती' चली गई। भावनाओं से सुलगती हुई वह रोने के साथ चक्रेश से कहती चली गई–"क्या हो रहा है ये? आखिर क्या खेल है? और चक्रेश . . . क्या तुम सचमुच मुझसे प्यार नहीं करते? तुम्हारा वह चैलेंज। मेरे पीछे उड़ना। मुहब्बत के दावे। मुझे आग से बचाना। मेरा जुर्म अपने सिर लेना। तुम्हारे दादा और मां। मेरे वे स्टेचू। वह शादी। ये मंगलसूत्र। क्या

. . . क्या ये सभी कुछ झूठ था? केवल नाटक था एक?"

"हां जानेमन।" चक्रेश ने पूरी मस्ती के साथ कहा–"वह सब पूरी तरह नाटक था। एक सिरे से दूसरे सिरे तक केवल झूठ ही झूठ। अब सेठ की तरह तुम भी तारीफ करो। अपुन की एक्टिंग की। अपुन की कारीगरी की।"

"लेकिन क्यों चक्रेश! ऐसा क्यों किया तुमने?"

"अपुन पेड़ नहीं गिनता मोहतरमा। केवल आम खाता है।" उसने लॉकर से निकला हैंड बैग गुलामसिंह को देने के बाद रकम से भरा सूटकेस अपने कब्जे में लेकर थपथपाने के बाद कहा–"आम। सेठ का हुक्म हुआ–मेरी बेटी की शादी तुड़वा दे। उसके पीछे पड़ जा। इतना कि–वह तुझी से शादी बनाए। और फिर, उसके साथ लॉकर रूम में जा। लॉकर का सामान लाकर मुझे दे। सामान उसे मिल गया। नगद अपुन को। मामला खलास। अपुन को नहीं सोचना मांगता–सेठ ने ऐसा क्यों किया? क्यूं सेठ? एम आर राईट और रांग? अपुन क्यूं अपनी खोपड़ी में दर्द करें?"

चांदनी हैरान थी। उतनी हैरान जितनी शायद पहले कभी कोई लड़की नहीं हुई होगी। वह महेश घोष की तरफ देखती हुई बोली–"हद हो गई। पहली बार सुना कि किसी बाप ने खुद अपनी बेटी की शादी तुड़वाई। उसके पीछे लड़का लगाया। सारे समाज के सामने खुद ही अपनी नाक कटवाई। ऐसा आपने क्यों किया पापा? क्यों किया ऐसा?"

"सुनना ही चाहती है तो सुन।" महेश घोष दांत भींचकर कह उठे–"मैंने यह सब इसलिए किया क्योंकि तू मेरी बेटी नहीं है। क्योंकि तेरी हरामजादी मां लॉकर में मेरे लिए फांसी का फंदा रख गई थी। फांसी का फंदा।"

आश्चर्य के सागर में डूबी चांदनी चीख पड़ी–"ये आप क्या कह रहे हैं पापा। मैं आपकी बेटी नहीं हूं?"

"बंद कर बदजात लड़की। ये पिघला हुआ सीसा मेरे कान में उतारना बंद कर!" दांत भींचकर महेश घोष गुर्राता चला गया–"आज से पहले मैं तेरे मुंह से यह लफ्ज सुनने पर मजबूर था। पूरे अट्ठारह साल यह टॉर्चर झेला है मैंने। अब एक बार भी मुझे पापा कहा तो ज़ुबान खींच लूंगा। तू मेरी नहीं अपनी मां के प्रेमी की बेटी है। संजय नाम था

उसका। संजय मल्होत्रा। कंचन साली मुझसे शादी करने से पहले से ही तुझे अपने पेट में पाल रही थी।"

"फिर आपने उससे शादी क्यों की?" हैरत की ज्यादती के कारण चांदनी का दिमाग फटा जा रहा था।

"उसके बाप यानी तेरे नाना की दौलत हड़पने के लिए।" महेश घोष वर्षों से इकट्ठा हुआ सारा जहर एक साथ उगलता चला गया–"मैं तेरे नाना के यहां मुलाजिम था। तेरी मां संजय से प्यार करती थी। एक मंदिर में शादी भी कर ली थी उन्होंने। वह उसके बच्चे की यानी तेरी मां भी बनने वाली थी। तेरा नाना भी उनकी शादी करने के लिए तैयार हो गया था। मेरे तो सारे इरादों पर मानो पानी ही फिरा जा रहा था। तब मैंने संजय मल्होत्रा को खलास करने का इरादा बना लिया। लोग केवल इतना जान सके संजय मल्होत्रा की मौत एक कार एक्सीडेंट में हो गई है। कंचन के बाप के सामने यह समस्या आ खड़ी हुई कि उसकी प्रेग्नेंट बेटी से शादी कौन करेगा? वह किसी भी तरह अपनी कोख में पल रही अपने प्यार की निशानी को मिटाने के लिए तैयार नहीं थी। तब तेरे नाना पर एहसान करते हुए मैंने खुद को पेश कर दिया। कहा–'वह आपका नमक ही है सेठ जी। जो मेरी रगों में खून बनकर दौड़ रहा है। उसका कर्ज मुझे चुकाना होगा। मैं कंचन को बच्चे सहित अपनाने को तैयार हूं।' मैं पहले ही से जानता था–यह गोट फिर बैठेगी। इसीलिए तो मर्डर किया था संजय का। और बैठी। न तेरे नाना के सामने कंचन की शादी मुझसे करने के अलावा दूसरा कोई रास्ता था, न ही कंचन के सामने। हां, कंचन ने इतना जरूर कहा–'यह शादी मैं केवल दुनिया को दिखाने के लिए करूंगी। असल में महेश को मुझ पर वह हक हासिल नहीं होगा तो एक पति का पत्नी पर होता है।' मुझे ही कौन-सा शरीर चाहिए था उसका। मेरी नजर तो दौलत पर थी। सो, वह शर्त भी कुबूल करके मैं उनकी नजर में कुरबानियों का मसीहा बन गया।"

"उफ्फ!" चांदनी तड़प उठी–"इतना नीच। कोई आदमी इतना भी नीच हो सकता है। मैं कभी सोच भी नहीं सकती थी।"

"मेरी नीचता के बारे में अभी तूने सुना ही कहां है नाजायज लड़की। शादी के डेढ़ साल बाद की बात सुन–मैं एक शिप पर लड़कियों के साथ मौज-मस्ती कर रहा था। वहां गोद में तुझे उठाए तेरी मां, उसका

बाप और रघुनाथ पहुंच गए। रघुनाथ तेरे नाना की कंपनी का सीए था। तब तक मैं तेरी मां और नाना की नजरों में 'मसीहा' नहीं रहा था। मेरे असली करेक्टर से वे वाकिफ हो चुके थे। मगर कर क्या सकते थे? वक्त एक बार आदमी के हाथों से फिसल जाए तो फिर वह कुछ नहीं कर पाता। मैंने अपनी मौज-मस्तियों के लिए कंपनी से दस लाख रुपए निकाले थे। रघुनाथ का कहना था–मैंने खून किया है। यही शिकायत लेकर आए थे वे शिप पर। बूढ़ा कहने लगा–'रघुनाथ का कहना है तुमने एकाउंट में दस लाख की हेराफेरी की है।' मैंने कहा–'तो कौन-सा पहाड़ टूट पड़ा। रघुनाथ सीए है। इसका काम ही हेराफेरी को एडजेस्ट करना है और फिर हेराफेरी किसे कहते हैं। मैंने अपने पैसे को सिर्फ इधर-उधर किया है। आखिर दामाद हूं तुम्हारा।' बूढ़ा कहने लगा–'हमारे सब्र का इम्तहान मत लो महेश, इज्जत की खातिर आखिर हम कब तक तुम्हारी ज्यादतियों को बरदाश्त करते रहेंगे।' कंचन साली तो मुझे पुलिस के हवाले ही करने के लिए कहने लगी। मैंने झगड़े को टालने की काफी कोशिश की मगर न बूढ़ा माना, न तेरी मां। गुस्सा आ गया मुझे। और जब एक बार मुझे गुस्सा आ जाता है तो किसी का खून पिए बगैर शांत नहीं होता। वही हुआ। रिवॉल्वर निकालकर बूढ़े का क्रियाकर्म करना पड़ा मुझे। कंचन और रघुनाथ के होश फाख्ता हो गए। मगर मैं सोच चुका था क्या करना है। उन्होंने शिप से भागने की कोशिश की। मैं पहले ही कक्ष का दरवाज़ा बंद कर चुका था। अभी वे कुछ समझ भी नहीं पाए थे कि मैं रघुनाथ पर पिल पड़ा। मारते-मारते बेहोश कर दिया उसे। उस वक्त तू रोने लगी थी। कंचन चीखने वाली मशीन की तरह चीखे जा रही थी। मैंने झपटकर रिवॉल्वर तेरी नन्हीं-सी कनपटी पर रख दिया और गुर्राया–'ज्यादा चू-चपड़ की तो इसे भी खत्म कर दूंगा।' कंचन का चीखना-चिल्लाना इस तरह रुक गया जैसे चीखने वाली मशीन का स्वीच ऑफ कर दिया गया हो। मारे खौफ के पट्टी की आंखें फट पड़ी थीं। मैंने उसको और ज्यादा खौफजदा करने के लिए कहा–'एक नंबर का हरामजादा हूं मैं। ये पहली हत्या नहीं की। तेरे आशिक को भी मैंने ही मारा था। और अब . . . तेरी ये बेटी मेरी धार पर है। अगर तूने पुलिस को यह बयान नहीं दिया कि गबन रघुनाथ ने किया था। बूढ़े ने जब इसे पुलिस के हवाले करने

की बात कही तो इसने हम दोनों के सामने बूढ़े को गोली मार दी। रिवॉल्वर समुद्र में फैंक दिया। और मैंने मारते-मारते इसे बेहोश कर दिया। बोल–यही सब कहेगी या खत्म कर दूं इसे भी?' वाह री मां की ममता। झपटकर उसने मेरी गोद से तुझे छीन लिया। बोली–'मैं वही करूंगी जो तुम कहोगे।' और फिर . . . उसे पुलिस से लेकर कोर्ट तक यही कहना पड़ा।"

"तो तू मेरा पापा नहीं, पापा का हत्यारा है!" चांदनी चीख पड़ी– "मेरे नाना की हत्या भी तूने ही की है। मैं तुझे जिंदा नहीं छोडूंगी जलील आदमी। कच्चा चबा जाऊंगी तुझे।"

"अब जाकर शांति पड़ी है मेरे कलेजे को। तेरे मुंह से मैं अपने लिए 'पापा' नहीं, कुछ ऐसे ही शब्द सुनने का तलबगार था। मैं तेरे बाप और नाना का ही नहीं, मां का भी हत्यारा हूं।"

"मां के भी?"

"तुझे मार डालने की धमकी के बूते पर मैंने कंचन से एक सुसाईड नोट लिखवा लिया था। उसके मुताबिक रघुनाथ से उसके नाजायज ताल्लुकात थे। वे मेरी नॉलिज में आ गए थे इसलिए उसे आत्महत्या करनी पड़ी। मैंने सोचा था–जिस दिन कोर्ट रघुनाथ को बूढ़े की हत्या के इल्जाम में सजा सुनाएगी उसी दिन मैं कंचन का खात्मा करके यह साबित कर दूंगा कि उसने सुसाईड कर ली है ताकि बूढ़े की जायदाद का अकेला मालिक बन जाऊं। केवल छः महीने बाद वह दिन आ गया। दिन में कोर्ट ने रघुनाथ को फांसी की सजा सुनाई। रात को उसी रिवॉल्वर का एक बार फिर इस्तेमाल करने के लिए मैंने अपनी अल्मारी खोली जिससे बूढ़े का काम तमाम किया था मगर रिवॉल्वर अल्मारी से गायब था। यह देखते ही मेरे छक्के छूट गए। समझ गया–रिवॉल्वर कंचन ने गायब किया है। मैं उसे चांदनी रात में समुद्र की सैर कराने शिप पर ले गया। किनारे से काफी दूर पहुंचते-पहुंचते शायद उसे खतरे का आभास हो गया था। पूछने लगी–'तुम मुझे कहां लिए जा रहे हो?' मैंने कहा–'मेरा इरादा तुझे समुद्र के ही नहीं बल्कि दुनिया के अंतिम छोर के बाहर पहुंचाने का है।' मेरा इरादा भांपते ही वह बौखला गई। जब मैंने रिवॉल्वर के बारे में पूछा तो अचानक वह गुर्रा उठी–'अब वह रिवॉल्वर तुझे कभी नहीं मिलेगा।' उसके ऐसे वचन सुनकर तो मारे

गुस्से के मानो मैं पागल हो गया। ठोकता ही चला गया साली को। बार-बार एक ही बात पूछ रहा था–'बता! कहां है रिवॉल्वर?' जब इंतहां हो गई तो अचानक उसने अपने ब्लाऊज से एक बैंक पासबुक निकालकर मुझे दिखाते हुए कहा–'जिस दिन तूने मुझसे सुसाईड नोट लिखवाया मैं उसी दिन समझ गई थी कि एक दिन मैं भी संजय और पापा की तरह तेरे हाथों मारी जाऊंगी मगर देख। इस पासबुक को देख! मैंने एक बैंक के लॉकर में तेरे पापों के बीज बो दिए हैं। एक दिन उनसे फसल फूटेगी और तेरे गले में फांसी का फंदा होगा।' मैं कुछ समझ नहीं पाया वह क्या कह रही है। किसी को फांसी कराने से भला बैंक का क्या संबंध हो सकता है। मैं उस पर झपटा मगर वह तो मानो सचमुच आत्महत्या करने का फैसला कर चुकी थी पासबुक सहित वह डैक से सीधी समुद्र में कूद पड़ी, मैं यह तक न देख सका कि पासबुक थी किस बैंक की। अब उसकी मौत के सुसाईड नोट के बेस पर आत्महत्या प्रचारित करने के अलावा मेरे पास कोई चारा नहीं था। वही किया। किस्सा तो तेरा भी तभी खत्म कर देता मगर तेरी हरामजादी मां की वसीयत के मुताबिक जायदाद तेरे नाम थी। उसमें लिखा था–'अगर चांदनी को बालिग होने से पहले कुछ हो जाए तो जायदाद अनाथालय को सौंप दी जाए लेकिन अगर बालिग होने पर चांदनी की शादी हो जाए तो जायदाद महेश घोष की हो जाएगी।' बहुत चालाक थी तेरी मां। ऐसा बांध गई मुझे कि मैं तुझे पाल-पोसकर बड़ी करने और फिर शादी करने पर मजबूर हो गया। शादी कर ही रहा था कि अपलम-चपलम आ धमके। कंचन का तेरे नाम लिखा लेटर पढ़ते ही कानों में उसके अंतिम शब्द गूंज उठे। मैं समझ गया–लॉकर में मेरी मौत का सामान है। मनोहर नामक एक बैंक कर्मचारी मेरा पुराना दोस्त था। मैंने उससे कहा–'मेरी पत्नी, मेरी बेटी के नाम से एक लॉकर लेकर उसमें उसके लिए शादी का गिफ्ट रख गई है। चाबी सुप्रीम कोर्ट के पांच जजों के पैनल के पास है। क्या मैं किसी भी तरह उस लॉकर को खोल सकता हूं?' मनोहर ने बताया–'नहीं। ऐसा किसी हालत में नहीं हो सकता। पहली बात तो जज ही चाबी चांदनी के अलावा किसी और को नहीं देंगे। दूसरी बात– बैंक लॉकर को केवल वही आपरेट कर सकता है जिसका वह है।' मनोहर की बात सुनकर मुझे एक बार फिर कंचन के दिमाग का

लोहा मानना पड़ा। मुझे फंसाने का बहुत ही पुख्ता इंतजाम किया था उसने। वसीयत के जरिए मुझे यह लालच देकर कि तेरी शादी के बाद जायदाद मेरी हो जाएगी मुझे तेरी शादी करने पर मजबूर कर दिया। और शादी के बाद–तुझे और तेरे पति को लॉकर से निकले सामान के जरिए सारी हकीकत पता लग ही जानी थी। यानी मेरा बेड़ा गर्क। मनोहर से बात करने के बाद मेरा दिमाग बुरी तरह झनझना रहा था। बचाव का कोई रास्ता नहीं सूझ रहा था कि उसी समय मोबाईल पर चक्रेश का फोन आया। इसने पूछा–'उम्मीद है घोष साहब, अब आपका गुस्सा शांत हो गया होगा। क्या आपने मुझे अगली फिल्म में काम देने के बारे में कुछ सोचा?' इसकी आवाज सुनते ही मैं भन्ना गया। दिमाग में ख्याल उभरा–'मैं तो मौत और जिंदगी के बीच फंसा हूं, इस हरामजादे को फिल्मों में काम की पड़ी है।' इसे डपटकर फोन बंद करने ही वाला था कि दिमाग में दूसरा विचार कौंधा–'कुछ भी हो, लड़के ने ड्रामा स्वाभाविक किया था। इसका इस्तेमाल करके अगर आज होने वाली शादी रुकवा दी जाए तो मुझे अपनी मुसीबत से निकलने के बारे में सोचने का वक्त मिल जाएगा।' उस वक्त–शादी रुकवाना ही सबसे पहला काम था क्योंकि शादी होने का मतलब था–चांदनी को लॉकर के बारे में पता लग जाना। मैंने उसी वक्त फोन पर चक्रेश से कहा–'तुम इसी वक्त मेरे ऑफिस पहुंचो। मैं भी वहीं आ रहा हूं।'"

"अपुन की तो तबियत ग्लैड हो गई।" चक्रेश ने कहा–"सेठ के ऑफिस में पहुंचने से पहले ही अपुन वहां पहुंच चुका था। फिर सेठ ने अपना ऑफिस चारों तरफ से बंद करके मुझसे कहा–'आज मेरी बेटी की शादी है। अगर तू कोई ऐसा ड्रामा कर दे जिससे वह शादी टूट जाए। बारात बगैर शादी के लौट जाए तो मैं तुझे अपनी अगली फिल्म का हीरो बना दूंगा।' अपुन चौंका। बात थी भी चौंकने की। एक बाप खुद अपनी बेटी की बारात लौटाने की साजिश रच रहा था। कहा–'यह काम एक और आदमी की हैल्प के बगैर नहीं हो सकता सेठ। दो आदमी मिलकर शादी के फंक्शन में यह फैला सकते हैं कि तेरी लौंडिया अपुन का लवर है। लड़के वाले साले यह सुनते ही भाग खड़े होंगे।'"

"मुझे चक्रेश का आईडिया फौरन जंच गया।" महेश घोष अमरनाथ

की तरफ देखता हुआ बोला–"फिर अमरनाथ और चक्रेश ने मिलकर वहां जो किया उससे आज कौन वाकिफ नहीं है। उस कामयाबी ने चक्रेश पर मेरा विश्वास जमा दिया। अगली सुबह पुनः अपने ऑफिस में इससे मिला। कहा–

"बोर मत कर सेठ। इस रामकहानी की लंबाई बढ़ाकर बोर मत कर।" चक्रेश उसकी बात काटकर कह उठा–"लौंडिया समझ चुकी है, उसके बाद तेरे-मेरे बीच जो सौदा हुआ उसी के परिणामस्वरूप वह फांसी के एक फंदे से दूर है और मैं इतने नोटों का मालिक हूं कि खुद को लांच करने वाली फिल्म खुद बना सकता हूं। डायरेक्शन तो तू फ्री करेगा ही।"

"वादा करता हूं चक्रेश। पक्का वादा। तेरी पहली फिल्म का डायरेक्शन मैं फ्री में करूंगा।" कहने के साथ उसने उस बैग की चेन खोली जो गुलाब सिंह के जरिए उस तक पहुंच चुका था। चेन खोलते ही उसकी नजर रिवॉल्वर, डायरी और उस काग़ज़ पर पड़ी जिस पर लिखा था–'खबरदार! रिवॉल्वर को हाथ मत लगाना। इस पर किसी की उंगुलियों के निशान हैं।' उस काग़ज़ को निकालने के बाद पढ़ता हुआ वह बोला–"वाकई। बड़ी चालू थी कंचन। मेरी अंगुलियों के निशान वाला रिवॉल्वर ही पट्ठी ने लॉकर में रख दिया और रख दी यह डायरी जिसमें यकीनन उसने मेरी सभी करतूतें लिखी होंगी। यह तेरे हाथ लग जाती तो यकीनन फांसी करा देती मुझे।" कहने के साथ उसने कंचन के हाथ की लिखी चिट फाड़ दी। बैग से रिवॉल्वर निकाला उस वक्त वह हल्के से चौंका था मगर अगले पल पुनः नॉर्मल अंदाज में बोला–"एक बार फिर तेरा शुक्रिया अदा करता हूं चक्रेश। काम तूने वाकई लाजवाब किया है। क्या जलवा था। क्या एक्टिंग की तूने। जी चाहता है–सौदे की रकम के अलावा तुझे कुछ ईनाम भी दिया जाए।"

"तो खाली-पीली बातों से क्या दिल बहलाता है सेठ। ईनाम देना मांगता है तो गांठ ढीली कर।" चक्रेश कहता चला गया–"वैसे भी, कनाडा में पोस्टर्स, बैनर्स, और होर्डिंग्स में अपुन के पल्ले से काफी खर्चा हो गया। जगवीर को भी मोटी रकम देनी पड़ी। मामचंद को 'अंदर' करने के लिए मर्सडीज भी खरीदनी पड़ी। वह सारा खर्चा तो

अलग से . . .”

“जरा गौर से देख अपनी गुले गुलजार को।” उसकी बात काटकर महेश घोष ने कहा–“अभी तक दुल्हन के लिबास में है। बड़े मन से दुल्हन बनाया था मामचंद ने इसे। जेवरों से लदी पड़ी है। हीरे, मणिक, नीलम और पुखराज तक के सैट पहने हुए हैं। उतार ले। सब तेरे। मेरे ख्याल से तेरी जेब से हुए खर्चे से कुछ ज्यादा का ही माल होगा।”

“शुक्रिया सेठ। शुक्रिया।” चांदनी के जेवरों पर नजरें गड़ाए चक्रेश की ब्राउन आंखों में लालच के डोरे तैरते नजर आए।

“इन जेवरों का तो ख्याल ही नहीं आया अपुन को। जब ये मेरे साथ कोर्ट के रजिस्टर पर साईन कर चुकी है। बीवी बन चुकी है मेरी तो इसके जेवर भी तो मेरे ही हुए।”

चांदनी को लगा–भरे संसार में वह अकेली है।

कोई भी . . . कोई भी तो नहीं है उसका।

जिसे पिता समझती रही वह मां-बाप, नाना और रघुनाथ नाम के एक बेकसूर शख्स का हत्यारा निकला। जिसे पति समझा वह ठग निकला। शायद इस दुनिया का सबसे बड़ा ठग। ऐसा ठग जिसने उसे उसका पति बनकर ठग लिया था। जिसके लिए दुनिया का कोई रिश्ता, कोई नाता, कोई अहमियत नहीं रखता था।

चांदनी की आंखें डबडबा उठीं।

वह चक्रेश के तरफ शिकायती अंदाज में देख रही थी परंतु चक्रेश पर उसके देखने के अंदाज का लेशमात्र भी असर नहीं पड़ा। होंठों पर धूर्त मुस्कान लिए वह उसकी तरफ बढ़ता हुआ बोला–“क्यों डार्लिंग! खुद जेवर उतार रही हो या अपुन को तकलीफ करनी होगी?”

“सबसे बड़े जेवर तो तुम्ही थे मेरे। जब तुम ही उतर गए तो पत्थरों से बने इन जेवरों को पहन कर क्या करूंगी?” चांदनी हिस्टीरियाई अंदाज में चीख पड़ी–“उतारो! अपने हाथ से उतारो इन्हें। इन जालिम के दरबार में नंगी करो अपनी पत्नी को। जेवर ही क्यों, कपड़े तक उतार डालो मेरे। द्रोपदी के कपड़े तो दुःशासन ने नोंचे थे। मेरे कपड़े तुम . . . मेरे पति होकर नोंच डालो। इस दृश्य को देखकर तो श्रीकृष्ण भी अपना चेहरा शर्म से छुपा लेंगे।”

“सेठ।” चक्रेश तेजी से महेश घोष की तरफ पलटकर बोला–“ये तो

सेंटीमेंटल करना मांगती है अपुन को। अभी तक खुद को बीवी बताए जा रही है अपुन की।" उसने चांदनी की तरफ पलटकर कहा–"देखो जानेमन! अपुन की जब आंखें खुली तो खुद को गटर में पड़ा पाया था। कूड़े के ढेर से चावल बीन-बीनकर पेट भरा है अपुन ने। अपुन का मां-बाप, भाई-बहन, बीवी-बच्चे–सब नगद हैं। कैश गांठ में हो तो सारे रिश्ते लपक-लपककर अपने हो जाते हैं।" कहने के साथ उसने झपट्टा मारकर उसके गले में डायमंड नैक्लेस नोंच लिया था।

फिर एक-एक करके वह सारे गहने उतारता चला गया।

चांदनी बुरी तरह फफक-फफककर रो रही थी।

रोने से ज्यादा वह कर भी क्या सकती थी।

अंत में, चक्रेश का हाथ उसके मंगलसूत्र की तरफ लपका।

मंगलसूत्र को अपनी मुट्ठी में भींचे चांदनी रोती आवाज में पीछे हटती चीखी–"नहीं! नहीं चक्रेश। ये आज भी मेरा है।"

"नोंच ले चक्रेश! नोंच ले उसे!" महेश घोष गुर्राया।

"जाने दो सेठ। रखा ही क्या उसमें। साला टो टके का मंगलसूत्र।" वह अपने हाथ में मौजूद गहनों को तौलता-सा बोला–"काफी माल बन गया। मालामाल हो गया मैं।" कहने के साथ उसने सभी गहने नोटों से भरे सूटकेस में डाले। उसे बंद करता बोला–"सेठ! बुरा न माने तो एक चीज़ और मांग लूं?"

"मांग चक्रेश। आखिर फांसी के फंदे से बचाया है तूने मुझे।" मारे खुशी के महेश घोष झूम रहा था–"तेरी बात का बुरा मानने का तो सवाल ही नहीं उठता। मेरे अख्तियार में होगी तो तेरी हर मांग पूरी करूंगा।"

"कुछ भी हो, लौंडिया है लाजवाब।" अब चक्रेश की वासनामयी नजरें चांदनी पर जम गई थीं–"ये बात आज से पहले इसीलिए कहने की हिम्मत नहीं पड़ी थी क्योंकि सोचा करता था–कुछ भी हो, है तो तेरी बेटी ही। बुरा मान सकता है। तूने अपुन को इससे इश्क फरमाने के लिए कहा। शादी करने की परमीशन दी मगर सुहागरात नहीं मनाने दी। लार तो इस पर हमेशा टपकती थी पर . . . लेकिन आज–जब यह बात खुल ही गई है कि ये तेरी बेटी नहीं है तो कहने की हिम्मत पड़ रही है–अगर अपुन वह रस्म भी अदा कर डाले तो क्या तुझे

कोई एतराज है?"

बहुत जबरदस्त ठहाका लगाया महेश घोष ने। कुछ ऐसा जैसे चक्रेश ने दुनिया का सबसे बेहतरीन लतीफा सुना हो। दिल खोलकर हंसने के बाद बोला–"ये तूने खूब कही चक्रेश। भला मुझे क्या एतराज हो सकता है। ले जा। ये भी ईनाम में दी तुझे। और फिर, कानून के मुताबिक भी तो यह तेरी ही है। जो चाहे कर। एक बार नहीं, दस बार सुहागरात बना मगर . . ."

"मगर?"

"उसके बाद यह दुनिया में किसी को नजर नहीं आनी चाहिए।"

"अपुन की इतनी कलाबाजियां देखने के बाद इतना यकीन तो तुझे होना चाहिए सेठ कि अपुन बेवकूफ नहीं है। खोपड़ी रखता है। जानता है–इसका खुली दुनिया में रहना न तुझे सूट करेगा, न मुझे। वैसे भी गले में घंटी बांधने का तलबगार अपुन कभी नहीं रहा। अपुन आम को चूसकर गुठली फैंकता नहीं है बल्कि दो गज जमीन के नीचे दबा देता है। वह भी नमक के साथ। ताकि वहीं दफन हो जाए।"

"समझदार है तू। वाकई समझदार है। जा! ले जा इसे।"

"आओ जानेमन।" वह चांदनी की तरफ बढ़ता बोला–"अब हम अपने इश्क का आखिरी पड़ाव पार करेंगे।"

"नहीं। नहीं।" वह पीछे हटती चीखी–"मैं तुम्हारे साथ नहीं जाऊंगी।"

"अरे। अजीब खपती लड़की है। अभी-अभी तो अपना शौहर कह रही थी मुझे। मंगलसूत्र को बचाए घूम रही थी। उसका मतलब समझा रही थी और अब साथ तक चलने को तैयार नहीं है। आ! डर क्यों रही है। मैं तो पति हूं तेरा। कानूनन पति। साले पुलिसवाले भी मुझे तेरे साथ मनमर्जी करने से नहीं रोक सकते।" कहने के साथ एक ही जम्प में उसने चांदनी को दबोच लिया था।

चांदनी चीखती रही। चिल्लाती रही। छटपटाती रही उसके बाहुबल से निकलने के लिए मगर कहां चक्रेश, कहां वह। भला कैसे सफलता मिल सकती थी उसे। चक्रेश ने उसे उठाकर कंधे पर डाल लिया था।

अंधेरे को चीरती सफेद मारुति सुनसान सड़क पर दौड़ी चली जा रही थी।

"चक्रेश उसकी ड्राईविंग सीट पर था।"

चांदनी केवल चीख ही नहीं रही थी बल्कि रह-रहकर चक्रेश के जिस्म पर घूंसे भी बरसा रही थी मगर चक्रेश की सेहत पर कोई फर्क नहीं पड़ रहा था। इस तरह ड्राईव करता चला जा रहा था वह जैसे जिस्म पर चांदनी के घूंसे नहीं, फूल बरस रहे हों।

चक्रेश पर किसी बात का कोई भी तो फर्क नहीं पड़ रहा था।

बुत की तरह गाड़ी चलाए जा रहा था वह।

करीब एक किलोमीटर के बाद चक्रेश ने जोर से ब्रेक मारे।

टायरों की चीख-चिल्लाहट के साथ गाड़ी एक झटके से रुक गई। झटका क्योंकि अचानक लगा था इसलिए चांदनी का सिर बहुत जोर से विंडस्क्रीन पर जाकर टकराया। बड़ी मुश्किल से संभलकर पुनः चीखने के लिए उसने मुंह खोला ही था कि–

खुला का खुला रह गया।

कोई आवाज न निकल सकी उससे। आंखें सड़क के बीचो-बीच खड़े शख्स पर स्थिर होकर रह गई थीं। गाड़ी की तेज हेडलाईट में वह साफ चमक रहा था। नारियल पानी वाला था वह। वही, जिससे लिए दो नारियल में से एक में चक्रेश ने टेबलेट डाली थी। उसके हाथ में इस वक्त भी एक नारियल था।

चांदनी अभी तक कुछ समझ भी नहीं पाई थी कि वह दौड़ता हुआ गाड़ी की तरफ आया।

चक्रेश ने तुरंत रिमोट का इस्तेमाल करके 'लॉक' खोल दिया।

अब . . . चांदनी को दरवाज़ा खोलकर बाहर जम्प लगाने का होश नहीं था। होता भी तो चक्रेश उसे ऐसा करने नहीं देता। उसे ऐसी कोई भी हरकत न करने के लिए वह पूरी तरह सतर्क था।

नारियल पानी वाला एक झटके से दरवाज़ा खोलकर गाड़ी में आ गया। उधर उसने दरवाज़ा वापस बंद किया इधर चक्रेश ने रिमोट के इस्तेमाल से गाड़ी पुनः लॉक्ड करने के साथ आगे बढ़ा दी।

"चांदनी मेमसाहब साथ है गुरु।" नारियल पानी वाले ने कहा–

"इसका मतलब है पूरी फतह।"

उसका यह एक ही वाक्य चांदनी को बुरी तरह चौंका डालने के लिए काफी था। हलक फाड़कर चीख पड़ी वह–"कदम-कदम पर ये हो क्या रहा है? मुझे बताते क्यों नहीं? आखिर ये चक्कर क्या है?"

"क्यों गुरु? असलियत अभी भी आपने चांदनी मेमसाहब को नहीं बताई?"

"सुनने के मूड में ही कहां है ये। पट्ठी को चीखने से फुर्सत मिले तो कुछ समझे भी।"

"क्या बताना बाकी है मुझे। आखिर, आखिर तुम बता क्यों नहीं रहे?"

चक्रेश ने बहुत ही जबरदस्त रहस्यमय मुस्कान के साथ कहा–"कुछ देर बाद तुम्हारी आंखों पर पड़े सभी पर्दे उठ जाएंगे।"

⅄

चांदनी का सारा जहन सड़ांध से भर गया।

सड़ांध इतनी तीखी और उबकाई ला देने वाली थी कि उसे अपनी नाक बंद कर लेनी पड़ी।

मछलियों की दुर्गंध थी वह। सफेद मारुति इस वक्त गंदे समुद्र तट पर स्थित मछुआरों की बस्ती की टूटी-फूटी और उबड़-खाबड़ सड़कों पर हिचकोले खाती आगे बढ़ रही थी। सुबह के साढ़े पांच बज रहे थे। सूर्य उदय हो चुका था। बस्ती उसकी प्रारम्भिक रश्मियों से स्नान कर रही थी। कई गंदी-संदी और कीचड़ युक्त गलियों से गुजरने के बाद गाड़ी एक छोटे से मकान से बाहर रुक गई। चांदनी ने चारों तरफ देखते हुए नाक से हाथ हटाकर पूछा–"ये कहां ले आए तुम मुझे?"

"उतरो।" चक्रेश ने हुक्म-सा दिया–"अभी पता चल जाएगा।"

"नहीं।" चांदनी ने अड़ियल लहजे में कहा–"जब तक बताओगे नहीं। मैं गाड़ी से नहीं उतरूंगी।"

"बता भी दो गुरु।" नारियल पानी वाले ने कहा।

मगर चक्रेश के मुंह से कोई लफ्ज नहीं निकला बल्कि जबड़े कस गए उसके। अपनी तरफ का दरवाज़ा खोलकर बाहर निकलने के बाद

उसे जोर से बंद किया। उस वक्त वह गाड़ी की परिक्रमा-सी करके उसकी साईड के दरवाज़े की तरफ आ रहा था जब चांदनी ने जल्दी से नारियल पानी वाले से पूछा–"तुम्हीं बता दो न? यह कौन-सी जगह है और वह मुझे यहां क्यों लाया है?"

"यहीं तो रहते हैं गुरु . . ."

नारियल पानी वाला इतना ही कह पाया कि उसकी साईड के दरवाज़े के बाहर पहुंच चुके चक्रेश ने एक झटके से दरवाज़ा खोलकर बेहद कठोर लहजे में कहा–"उतरो!"

"मैंने कहा न। जब तक बताओगे नहीं . . ."

"उतर जाओ मेम साहब।" नारियल पानी वाले ने उसकी बात काटकर कहा–"तबियत ग्लैड हो जाएगी।"

चक्रेश ने चांदनी को सोचने-समझने तक का मौका नहीं दिया। अपना मजबूत हाथ बढ़ाकर उसका बाजू पकड़ा और एक झटके के साथ सीट से उठा लिया। झटका इतना जबरदस्त था कि चांदनी के हलक से चीख निकल गई। उसे हो रही पीड़ा की जरा भी परवाह किए बगैर चक्रेश लगभग घसीटता हुआ मकान के बंद दरवाज़े तक ले गया।

एक हाथ में नारियल, दूसरे में नोट और जेवरों से भरा सूटकेस संभाले नारियल वाला गाड़ी से निकलकर उनके पीछे लपका था।

चक्रेश ने जोर से दरवाज़ा खटखटाया।

एक बार खटखटाने पर नहीं खुला तो दूसरी बार खटखटाया। इस बीच चीखती-चिल्लाती चांदनी बराबर चक्रेश की पकड़ से निकलने की असफल कोशिश कर रही थी। जबड़े कसे चक्रेश ने दरवाज़ा तीसरी बार खटखटाने के लिए हाथ उठाया ही था कि–

दरवाज़ा खुल गया।

"धक्क।"

एक जोरदार आवाज के बाद चांदनी के दिल ने मानो धड़कना बंद कर दिया।

कुछ वैसी ही हालत दरवाज़े के उस तरफ खड़ी शख्सियत की भी हुई थी।

दोनों विस्फारित अंदाज में एक-दूसरे को आंखें फाड़े देख रहे थे।

"मां।" चांदनी के हलक से चीख निकल गई थी। चेहरे पर परम आश्चर्य के भाव थे।

जाने क्यों कंचन की आंखें डबडबा उठीं। आंसू भरी आंखों से चक्रेश की तरफ देखते हुए उन्होंने कांपते लहजे में कहा–"तूने इसे यकीन दिला दिया न कि मैं वैसी नहीं हूं। बैंक से डायरी निकालकर तू इसे पढ़ा चुका है न?"

"हां मां। बैंक से डायरी और रिवॉल्वर भी निकाल लाया हूं और वह सब इसे उसी हरामजादे के मुंह से सुनवा कर लाया हूं जो तुमने डायरी में लिखा है। अब यह तुमसे नफरत नहीं करती बल्कि जानती है कि महेश घोष कितना बड़ा कमीना है।"

"मां तुम–मां तुम जिंदा हो?" हर्ष मिश्रित आश्चर्य के कारण चांदनी का बुरा हाल था।

"हां बेटी। मैं अभागिन अभी तक जिंदा हूं।" कहते-कहते कंचन देवी रो पड़ी।

"मां मैं तुमसे . . . तुमसे बहुत प्यार करती हूं।" रो चांदनी भी पड़ी।

"मेरी बेटी।" चांदनी को खींचकर कंचन देवी ने अपनी बांहों में भर लिया। चांदनी की बांहें कंचन देवी के जिस्म के चारों तरफ लिपट गईं। उनका कसाव बढ़ता चला गया। दोनों रो रही थीं। उनके मिलन को देखकर नारियल पानी वाले की आंखों में आंसू आ गए मगर चक्रेश ज्यों का त्यों जबड़े कसे खड़ा था।

भावनाओं का ज्वार उतरा तो रुदन कम हुआ तो कंचन देवी चांदनी को अंदर ले गईं। ड्राईंग रूप में ले जाकर कहा–"तेरी मां चक्रेश की वजह से जिंदा है बेटी। मांएं तो बेटों को पाला ही करती हैं मगर यह दुनिया का वह पहला बेटा है जिसने मां को पाला है। ऐसे परवरिश की है मेरी जैसे माली अपने सबसे प्रिय फूल की करता है।"

"क्या मतलब?" चांदनी ने चक्रेश की तरफ देखा।

"अट्ठारह साल पहले मैं इसे समुद्र के किनारे बेहोश पड़ी मिली थी। उस वक्त यह आठ साल का था। उससे केवल एक महीने पहले इसके मछुआरे मां-बाप समुद्री तूफान में फंसकर समुद्र के गर्भ में समा चुके थे। दिन-रात समुद्र के किनारे बैठा रहकर यह उन्हीं की वापसी का इंतजार किया करता था। समुद्र ने इसे वह तो नहीं लौटाए मगर मैं दे दी। यह

मुझे ही अपनी मां मानकर मेरी परवरिश करने लगा। इसने बहुत पूछा। अट्ठारह सालों में हजारों बार पूछा कि मैं कौन हूं मगर इसके पूछने पर मैंने अपने बारे में कभी कुछ नहीं बताया बस यही कहती रही–मुझे कुछ याद नहीं।"

"मगर क्यों मां? क्यों?" चांदनी ने कहा–"इन अट्ठारह सालों में आप घर पर क्यों नहीं आईं। क्यों दुनिया वालों को और मुझे नहीं बताया कि आप जिंदा हैं? इतने जुल्म हुए आप पर। लोग आपके बारे में कितना गंदा सोचते हैं।"

"यह पता लगते ही महेश घोष नाम का राक्षस मुझे मार डालता कि कुदरत ने मुझे बचा लिया है। हां अपने तौर पर बंगले के हालात जरूर मालूम कर लिए थे मैंने। पता लगा था–महेश घोष ने मेरे लेटर के बेस पर मुझे बदनाम करके यह प्रचारित कर दिया था कि मैंने आत्महत्या कर ली है मगर तुझे, जो उस वक्त केवल डेढ़ साल की थी, हाथ तक नहीं लगाया। मैं समझ गई–यह उस वसीयत का कमाल है जो मैं बंगले में छोड़ आई थी। खूब सोच-समझकर मैंने वह वसीयत की ही इसलिए थी ताकि वह तेरी परवरिश करे। बड़ी करने और शादी करने के लिए विवश हो जाए। वही हो रहा था। तेरी परवरिश करने के लिए मजबूर था वह। उससे ज्यादा उस वक्त और मैं चाहती भी कुछ नहीं थी। खुद को सामने लाने का मतलब था अपने ही द्वारा सब कुछ गड़बड़ कर डालना। उस अवस्था में मेरी ही नहीं तेरी जान भी खतरे में पड़ जाती। मजबूरी में ही सही अगर तेरी परवरिश वह ठीक-ठाक कर रहा था। ज्यों-त्यों तू बड़ी होती गई और तुझे लोगों में प्रचारित यह बात पता लगती हुई कि तेरी मां ने इसलिए आत्महत्या की थी कि उसके रघुनाथ से नाजायज ताल्लुकात थे त्यों-त्यों तू 'मां' शब्द से नफरत करती गई। यह नफरत मुझे तेरे सामने नहीं आने दे रही थी।"

"आप एक बार सामने आतीं तो सही। हकीकत तो बतातीं मुझे। ऐसा नहीं हो सकता था कि मैं दुनिया को सच और आपको झूठ मानती। आखिर आप मां थी मेरी।"

"ये बात तू आज कह रही है बेटी। तब, जब सारी हकीकत चक्रेश तुझे खुद महेश घोष के मुंह से सुनवाकर लाया है। वर्ना जिन बातों के बीज इंसान के बचपन ही में उसके दिलो-दिमाग में 'रोप' दिए जाएं

वे आसानी से नहीं निकलतीं। उस अवस्था में महेश घोष को भी मेरे जीवित होने का अवश्य पता लग जाता और तेरी उस शांत जिंदगी में विघ्न पड़ जाता जो मेरी वसीयत से बंधकर चल रही थी। मैंने तो चक्रेश से भी यही कहा था–जब तक सुबूत हाथ में न हो तब तक चांदनी को मेरे बारे में कुछ मत बताना। बग़ैर सुबूत के वह उसी को सच मानेगी जो बचपन में उसके दिमाग में जम चुका है।"

"तो चक्रेश को आपने भेजा था?"

"हां।"

"क्यों? . . . मेरा मतलब–इसका उद्देश्य क्या था?"

"तेरी मां होने के नाते इसे पति चुन लिया था मैंने तेरा।"

"क्या मतलब?"

"समय-समय पर किसी न किसी जरिए से मैं बंगले की खबरें जरूर हासिल कर लेती थी। उस दिन मारे खुशी के उछली पड़ी जब अखबार में पढ़ा–'महेश घोष की बेटी की शादी शहजाद राय के बेटे से होने वाली है।' तेरी मां के होने के नाते यह जानना मेरा हक था कि जिस लड़के से महेश घोष तेरी शादी करने वाला है वह कैसा है। मैंने अपने तौर पर मालूम किया तो पता लगा–महेश घोष यह शादी इसलिए कर रहा था क्योंकि वह शहजाद राय का कर्जमंद था और शादी होने की सूरत में शहजाद राय वह सारा कर्जा माफ कर देने वाला था। यह सब जानते ही मैं बेचैन हो उठी। एक बार फिर महेश घोष नाम का राक्षस अपने स्वार्थ की खातिर मेरे खून को नर्क में झौंकने पर आमादा था। भला ऐसा कैसे होने दे सकती थी मैं। मगर समझ में नहीं आ रहा था करूं तो क्या करूं? कैसे रोकूं उस शादी को? सोचते-सोचते मेरे दिल ने मुझसे पूछा–'अपनी बेटी का पति मैं कैसा चाहती हूं।' जवाब में मेरी आंखों में चक्रेश का अक्स उभर आया। मेरी समस्त इंद्रियों ने कहा–'हां, मेरी चांदनी का पति चक्रेश जैसा होना चाहिए।' मैंने चक्रेश को बुलाया। पहली बार इसे बताया मैं कौन हूं। पूरी कहानी सुनाई। प्रॉब्लम भी बताई और रोली से इसके मस्तक पर टीका करते हुए कहा–'यह टीका मैं तेरे मस्तक पर इसलिए लगा रही हूं चक्रेश क्योंकि आज मैंने तुझे अपनी बेटी का पति स्वीकार कर लिया है। सास इसी तरह अपने दामाद के मस्तक पर टीका लगाया करती है। अपने दरवाज़े पर आने पर उसकी आरती उतारा करती

है। आज से तू मेरा दामाद हुआ। जा! मर्द का बच्चा है तो अपनी दुल्हन को मेरे पास लेकर आ। हां चक्रेश, आज के बाद चांदनी पर तेरे उतने ही अधिकार हैं जितने एक पति के अपनी पत्नी पर होते हैं। यह अधिकार तुझे खुद लड़की की मां दे रही है। मगर बेटे, राह कठिन है। हालात बहुत अलग हैं। खुद चांदनी को भी अगर तू बगैर सबूतों के अपनी असलियत बताएगा तो वह विश्वास नहीं करेगी। इसलिए करना तुझे कुछ ऐसा होगा कि किसी भी तरह दुनिया वालों की नजरों में उससे शादी कर। उसके साथ बैंक पहुंच। मेरी डायरी पढ़ा उसे।'"

"हां, मुझे याद है।" चांदनी ने कहा–"उस दिन चक्रेश के मस्तक पर रोली का टीका लगा हुआ था।"

"वह टीका लगाए मैं सबसे पहले महेश घोष के ऑफिस में पहुंचा था।" काफी देर से खामोश खड़े चक्रेश ने कहा।

"वहां क्यों?"

"तुम समझ सकती हो। जिस मिशन पर मैं निकला था वह बहुत कठिन था इसलिए महेश घोष को बहुत ही जबरदस्त मनोवैज्ञानिक तरीके से अपने जाल में फंसाना पड़ा। सबसे पहले ऑफिस में पहुंचकर उसके दिमाग में ऐसी छाप छोड़ी जिसे वह कभी भूला नहीं सकता था। उसके बाद अपलम-चपलम को फोन किया। उन्हें बताया–'आज कंचन देवी की बेटी की शादी है।' उन्होंने कहा–'हम अखबार में पढ़ चुके हैं।' मैं बोला–'तो घर में क्यों बैठे हो, जाकर अपनी जिम्मेदारी पूरी क्यों नहीं करते।' बस इतना कहकर मैंने फोन रख दिया था। वह पूछते रह गए मगर मैंने अपने बारे में कुछ नहीं बताया। मैं वह फोन न करता तो मुमकिन है वे रात को फंक्शन में पहुंचते। फोन ही का असर था कि वे फौरन बंगले पर पहुंच गए। मैं जानता ही था–बॉक्स वाले पत्र को पढ़कर महेश घोष की क्या हालत होगी। वह हुई। वह खुद उस शादी को टालने की मनःस्थिति में पहुंच चुका था। मगर समझ नहीं आ रहा था ऐसा कैसे करे। ठीक उसी समय मैंने उसके मोबाईल पर फोन किया। उद्देश्य वही था जो हुआ। यही थी मेरी मनोवैज्ञानिक चाल जिसमें महेश घोष फंस गया। मैं जानता था–जिस मनःस्थिति में वह है उसमें उसे मेरे जैसे टेलेंटेड लड़के की जरूरत है। मेरा फोन जब आएगा तो उसके दिमाग में मुझे 'यूज' करने का विचार आएगा। मेरा पैंतरा कामयाब हो

गया। उसी समय अपने ऑफिस में बुला लिया उसने मुझे। वही बातें की जो मैं चाहता था। एक बार उसके द्वारा 'अप्वाईंट' हो जाने के बाद मेरा काम आसान था। उसके बाद जो जैसे हुआ उसे तुम जानती भी हो और महेश घोष अपने मुंह से ही बता चुका है। सारे मिशन के दरम्यान वह इसी भ्रम में रहा कि मैं उसके लिए काम कर रहा हूं। जबकि असल में मैं किसी और के नहीं बल्कि अपने मिशन पर काम कर रहा था।

"उसी का नतीजा है कि ये . . . ये अभी तक हमारे कहने में है।" कहने के साथ नारियल पानी वाले ने अपने हाथ में मौजूद नारियल को दो भागों में विभक्त कर दिया। नारियल के बीच में एक रिवॉल्वर था।

"रिवॉल्वर?" चांदनी चौंकी।

"यह वही रिवॉल्वर है जिससे तुम्हारे नाना का मर्डर हुआ।" चक्रेश ने बताया–"जिसे मां ने डायरी और चिट के साथ लॉकर में रखा था।"

"मगर हैंड बैग तो तुमने मेरे सामने महेश घोष को दिया था।"

"उस दिए गए हैंड बैग में मां की लिखी हुई डायरी और वह चिट ओरिजनल है जिस पर रिवॉल्वर को हाथ न लगाने की चेतावनी लिखी थी मगर रिवॉल्वर दूसरा है। ओरिजनल रिवॉल्वर यानी ये मैं उसी वक्त बदल चुका था जब सफारी के ड्राईवर को नारियल पानी पीने भेजा था।"

"अगर तुम्हारे पास इतना मौका था तो पूरा बैग ही क्यों नहीं बदल दिया?"

"ऐसी बेवकूफी करना तो वह तुम सहित मुझे अपने अड्डे से नहीं निकलने देता। यह अनुमान तो वह भी लगा चुका था कि लॉकर में क्या होगा। कोई भी उल्टी-सीधी चीज़ देकर उसे झांसा नहीं दिया जा सकता था। उसे फुलप्रूफ करने के लिए बैग में मां के हाथ की लिखी चिट्ठी और ओरिजनल डायरी छोड़नी जरूरी थी। वैसे भी उनके हमारे पास न होने से कोई खास फर्क नहीं पड़ता। डायरी में जो कुछ लिखा है वह सब तो मोहतरमा ने कोर्ट के सामने बता दिया। असली चीज़ यह रिवॉल्वर ही था जिस पर महेश घोष की अंगुलियों के निशान हैं। यही मैंने उड़ा लिया।"

"मगर तब तुमने इसे बैग से निकालकर नारियल में रखा होगा तो।"

"उम्मीद है, जितने कारनामे तुम मेरे देख चुकी हो उसके बाद इतना बेवकूफ नहीं समझ रही होगी कि मैंने यह काम ऐसी बेवकूफी के साथ किया

होगा कि इस पर से महेश घोष की अंगुलियों के निशान ही साफ हो जाएं।"

"वाकई।" महेश घोष की आवाज सुनकर सब उछल पड़े–"वाकई तू बेवकूफ नहीं है करामाती लड़के।"

चारों ने घूमकर एक साथ दरवाज़े की तरफ देखा।

दंग रह गए थे।

महेश घोष दरवाज़े पर अपने दो कमांडो के बीच खड़ा था। कमांडोज की गनें उन्हीं की तरफ तनी हुई थीं। खुद महेश घोष के हाथ में भी रिवॉल्वर था। वह उनकी तरफ बढ़ता हुआ बोला–"वाकई तू बेहद करामाती लड़का है मगर चूकें भी अक्सर उन्हीं से होती हैं जो जरूरत से ज्यादा करामाती होते हैं। पहली चूक तुझसे तब हुई जब अपने बर्थडे के मौके पर चांदनी सचमुच आग में घिर गई थी। दूसरी घटनाओं की तरह वह हादसा तेरे प्लान का हिस्सा नहीं था। उस वक्त तूने जिस दीवानगी के साथ खुद को जलने की परवाह किए बगैर इसे बचाया था वह मुझे चौंका गया। इसे बचाने के बाद तूने होश में आकर यह भी कहा था–'तुम्हें कुछ हो जाता तो मां को क्या जवाब देता मैं?' तेरी उस हरकत से मुझे लगा था–तू केवल मेरे कहने से चांदनी के पीछे नहीं लगा हुआ है। कारण कोई दूसरा भी है। 'मां' वाली बात मुझे खटकी थी। पर यह सोचकर रह गया–मुमकिन है तूने आरती वाले ड्रामे की भूमिका बनाने के लिए वैसा कहा हो मगर यह यकीन नहीं आ रहा था कि एक लड़का केवल मुझसे मिलने वाली रकम की खातिर खुद के जलने की परवाह न करे। दूसरे मुझे लगा था–कहीं तू सचमुच ही तो इससे प्यार नहीं करने लगा है? जवान लड़का लगातार जवान लड़की के संपर्क में रहे तो ऐसा अक्सर हो जाता है–वही सब सोचकर मैंने तेरे चारों अपने आदमियों की निगरानी कड़ी कर दी थी। खासतौर पर उस वक्त के बाद से जब से अपलम-चपलम ने बॉक्स सौंपा। उसके बावजूद तू मेरे आदमियों की आंखों में धूल झोंककर इस रिवॉल्वर को यहां तक लाने में कामयाब हो गया, इसे तेरी कारीगरी ही कही जा सकती है मगर असल में यही तेरी दूसरी सबसे बड़ी भूल थी। तुझे सोचना चाहिए था–जिस रिवॉल्वर पर पहले नजर पड़ते ही मैं चौंका। एक ही नजर में पहचान गया कि यह वह रिवॉल्वर नहीं है। कंचन द्वारा लॉकर में कोई और रिवॉल्वर रखने का सवाल ही नहीं था। सो मैं पलक झपकते समझ गया–यह कारीगरी तेरी है। अब सवाल था–यह कारीगरी तूने क्यों

की? दिमाग में फिर तेरे द्वारा आग में घिरी चांदनी को बचाने का दृश्य उभरा। फिर यह शंका प्रबल हुई कि तू किसी और चक्कर में है। चक्कर को जानने के दो तरीके थे। पहला–तुझे वहीं टार्चर चेयर पर बैठाकर तेरा मुंह खुलवाना। दूसरे–तुझे आजाद रखकर तेरा पीछा करना। दूसरा तरीका मुझे ज्यादा माकूल लगा इसलिए रिवॉल्वर को देखकर चौंकने के बावजूद इतना नहीं चौंका जिससे तू महसूस कर सके। फिर तूने जबरदस्त नाटकबाजी के साथ चांदनी को अपने साथ ले जाने का प्रस्ताव रखा। मेरा शक विश्वास में बदल गया। पूरे तौर पर समझ गया–सारी दुनिया को अपनी कारीगरी से चने चबाने वाला शख्स मुझे ही कारीगरी दिखा रहा है। न समझ गया होता तो सोच–अपनी असलियत बताने के बाद क्या मैं चांदनी को छोड़ देता? नहीं मिस्टर कारीगर। हरगिज नहीं। वहां तू मात खा गया। तुझे वहां से इसके साथ निकलने ही इसलिए दिया गया था ताकि हम जान सकें कि तू खेल क्या खेल रहा है। उसी के परिणामस्वरूप इस वक्त यहां हूं मगर . . .” यहां तक कहने के बाद वह एक पल के लिए रुका। चक्रेश के बेहद नजदीक पहुंच चुका था वह। थोड़ा गैप देने के बाद पुनः बोला–“मानना पड़ेगा–जो दृश्य यहां आकर देखा उसकी तो कल्पना तक नहीं कर सकता था मैं। स्वयं मैं तक नहीं सोच सकता था कि अट्ठारह साल बाद अपनी जाने जिगर को एक बार फिर देख सकूंगा। यहां आकर तो आत्मा ही तर हो गई मेरी।” कहने के साथ उसने अपना हाथ नारियल पानी वाले के हाथ में मौजूद उस नारियल की तरफ बढ़ाया जिसमें रिवॉल्वर था।

परंतु उसके या उसके कमांडोज के हथियारों को जरा भी परवाह किए बगैर कंचन देवी जबरदस्त फुर्ती के साथ लपककर महेश घोष और नारियल पानी वाले के बीच अड़ चुकी थी। साथ ही, चेहरे पर दृढ़ता लिए कहा था उन्होंने–“नहीं, तू इस रिवॉल्वर को हाथ नहीं लगा सकता।”

महेश घोष हंसा। बोला–“बड़ी पगली है तू। अरे मेरे हाथ लगाने से तो तेरा दावा और पुख्ता ही होगा। मेरी अंगुलियों के निशान अट्ठारह साल पुराने पड़ जाने की वजह से कहीं ये धूमिल भी पड़ गए हों तो तुझे फिर से मिल जाएंगे।”

“निशान यह भी बता देता है महेश घोष कि कितने पुराने हैं। और तुझे तेरे अट्ठारह साल पुराने निशान चाहिए।”

“साबित कर चुकी है। और मानता भी हूं कि अट्ठारह साल पहले ही

से तू काफी समझदार है।" मुकम्मल हालात अब काबू में होने के कारण महेश घोष काफी मस्त नजर आ रहा था।–"जिन पेशबंदियां के साथ तूने मेरे जुर्म के सबूत लॉकर में रखे, वह पेशबंदियों एक सुलझे हुए दिमाग में ही आ सकती थीं। तेरी वह वसीयत . . .। कुल मिलाकर देखा जाए तो दिल से 'वाह' निकली है। क्या जबर्दस्त प्लान था तेरा–वसीयत के जरिए मुझे अपनी सपोली को पाल-पोसकर बड़ी करने और फिर उसकी शादी करने पर विवश कर दिया। शादी के बाद इसके और इसके पति के हाथ वह सामान लग ही जाना था जो मुझे सीधा फांसी के फंदे पर पहुंचा देता। यह सब काम तेरे मरने के बाद होना था मगर किस्मत से तू बच भी गई और चक्रेश के जरिए फिर एक ऐसा गेम खेला कि मैं जरा भी चूक जाता तो गर्दन फंदे में फंसकर लंबी हो गई नजर आती।"

"वह सब अब भी होगा महेश घोष!" कंचन देवी जख्मी नागिन की तरह फुफकारी थी–"मेरे जीते जी तू बच नहीं सकता।"

"कोई बात नहीं।" कहने के साथ उसने अपने रिवॉल्वर की नाल कंचन देवी के मस्तक पर ठीक वहां रख दी जहां से कभी महेश घोष की लंबी उम्र की दुआओं के साथ बिंदी लगाया करती थीं–"तेरे मरने के बाद बच जाऊंगा। मगर मरने की कुछ ज्यादा ही जल्दी में नजर आ रही है तू।"

"क्या मतलब?"

"तुझे देखकर सोचा था मारने से पहले कुछ देर खेलूंगा तुझसे मगर तू वैसा मौका देने के मूड में ही नजर नहीं आ रही।" एकाएक वह दांत भींचकर कठोर स्वर में गुर्राया–"अगर तू फौरन से पहले मेरे और इस नारियल वाले के बीच से हट गई तो यह काम मेरे रिवॉल्वर को करना पड़ेगा।"

एकाएक चक्रेश ने कहा–"मां से क्या उलझता है महेश घोष। इधर देख। मेरी तरफ!"

"तुझे भी देखूंगा मिस्टर कारीगर। तुझे खूब अच्छी तरह देखना है मुझे। मगर कोई भी हरकत करने से पहले याद रखना–हम तीन ही नहीं आए हैं यहां। मेरा पूरा लाव लश्कर मेरे साथ है। मेरे कमांडोज ने चारों तरफ से इस मकान को घेर रखा है।"

"अजीब बेवकूफ आदमी हो तुम।" बगैर जरा भी खौफ खाए चक्रेश अपनी सदाबहार मुस्कान के साथ कहता चला गया था–"एक तरफ मुझे कारीगर कुबूल कर रहे हो, दूसरी तरफ मुझसे चूक की आशा किए बैठे

हो।"

चक्रेश के शब्दों और शब्दों से ज्यादा उसके अंदाज ने महेश घोष को चकरा दिया था। मुंह से निकला–"क्या कहना चाहते हो?"

"तुमने यह सोच कैसे लिया कि मैं तुम्हें नकली रिवॉल्वर दूंगा और यह भी मान बैठूंगा कि तुम मेरे झांसे में आ जाओगे?"

"क्या मतलब?"

"मुझे क्या मालूम नहीं था तुम मेरी असलियत जानने के लिए मेरा पीछा करोगे और यहां तक पहुंच जाओगे। इसीलिए उधर देखो तुम्हारे गले में पड़ने वाला फांसी का फंदा कुछ और मोटा करने के लिए मैंने वहां पुख्ता इंतजाम कर रखा है।" कहने के साथ चक्रेश ने ड्राईंग रूम के रोशनदान की तरफ इशारा किया।

एक झटके से, अकेले महेश घोष की ही नहीं, सबकी नजरें रोशनदार की तरफ उठीं।

वहां से झांकता एक वीडियो कैमरे का 'मुंह' साफ नजर आ रहा था।

"अब सोच!" चक्रेश ने कहा–"उसके सामने तू क्या-क्या बक चुका है सब शूट हो गया। रिवॉल्वर से भी कहीं ज्यादा पुख्ता सुबूत।"

महेश घोष ने बौखलाकर रोशनदान पर फायर झोंक दिया। गोली सीधी कैमरे के लैंस पर लगी।

जाहिर है–वह खील-खील हो गया। मगर . . .

एक उसी फायर की आवाज नहीं गूंजी थी वहां।

एक साथ तीन गोलियां चलने की आवाज और गूंजी। एक-एक कमांडो के सीने में जा धंसी थी। दूसरी, दूसरे की खोपड़ी के परखच्चे उड़ा गई और तीसरी महेश घोष के हाथ में दबे रिवॉल्वर पर लगी थी। पलक झपकते ही जहां दोनों कमांडो अंतिम चीखों के साथ फर्श पर पड़े नजर आएं वहीं महेश घोष का रिवॉल्वर ठिठककर दूर जा गिरा।

हकबकाया-सा खड़ा रह गया वह।

तभी अंदर वाले कमरे का दरवाज़ा पार करके पुलिस कमिश्नर और दो इंस्पेक्टरों ने ड्राईंगरूम में कदम रखा। उन तीनों के हाथों में मौजूद रिवॉल्वरों से अभी तक धुवां निकल रहा था।

तभी बाहर से भी फायरिंग की आवाज आने लगी।

"कुत्ते के बीज!" चक्रेश ने झपटकर दोनों हाथों से महेश घोष का गिरेबान पकड़कर दांत पीसते हुए कहा–"एक बार फिर तू मुझे बेवकूफ समझने की बेवकूफी कर बैठा। कम से कम सोचा तो होता–अगर मैंने तुझे फंसाने के लिए केवल रोशनदान वाला ही इंतजाम किया होता तो तुझे बताता क्यों? कान खोलकर बाहर से आ रही अपने उन आदमियों की चीखें सुन जिन्होंने इस मकान को चारों तरफ से घेर रखा था। फिर कमिश्नर साहब के चेहरे पर नजर डालकर सोच–तेरे उन आदमियों को कौन चीख-चीखकर ढेर होने पर मजबूर कर रहा है।"

पलक झपकते ही बदल गए हालात में महेश घोष के होश उड़ा दिए।

उसका गिरेबान पकड़े चक्रेश भावुक अंदाज में जाने क्या-क्या कहता चला जा रहा था।

कंचन देवी ने देखा–महेश घोष का दायां हाथ अपने कोट की जेब में रेंगा था। चक्रेश का ध्यान उस तरफ बिल्कुल नहीं था। कंचन ने उस हाथ को जेब से बाहर आते देखा। और देखा–'उसमें दबा हुआ एक और रिवॉल्वर।'

कंचन बिजली की-सी फुर्ती के साथ घूमी। नारियल से रिवॉल्वर उठाया और इससे पहले कि महेश घोष अपने रिवॉल्वर का इस्तेमाल कर सके–

'धांय . . . धांय . . . धांय . . . धांय।'

ड्राईंगरूम का वातावरण दहल उठा।

कंचन देवी रुकी जब रिवॉल्वर 'धांय-धांय' की जगह 'किट-किट' की आवाज उगलने लगा।